# Ce que cachent les murs

## DÉJÀ PARUS DU MÊME AUTEUR

DANS LA SÉRIE RICK BENTZ & RUBEN MONTOYA

Un danger dans la nuit
Visions
Noire était la nuit
Dans l'ombre du bayou
Les disparues de la nuit
Mortel parfum
Le couvent des ombres

DANS LA SÉRIE SELENA ALVAREZ & REGAN PESCOLI

L'hiver assassin
Piège de neige

*Pour Hannah*
*A jamais dans mon cœur*

# 1

— Au secours… Oh, mon Dieu, aidez-moi, quelqu'un !…

La voix vibrait d'une supplication désespérée, à peine audible par-dessus les accents d'une chanson populaire et le floc floc régulier d'un liquide coulant goutte à goutte sur le sol.

Le cœur battant la chamade, Julia Farentino, pieds nus et vêtue de sa seule chemise de nuit, se dirigea vers le bureau, d'où parvenait une lueur bleutée au travers des voilages des portes-fenêtres.

— Vite… il n'y a pas de temps à perdre…

Elle voulut appeler, mais se retint. Le sentiment que quelque c[illegible]'allait pas, quelque chose de sinistre et de maléfique, l'inci[illegible]vancer à pas de loup sur le sol glacé.

Lentem[illegible]lle ouvrit la porte du bureau et jeta un coup d'œil à l'inté[illegible]napé en L et le fauteuil de relaxation étaient éclairés pa[illegible]ère vacillante et surnaturelle du téléviseur.

La voix de Michael Jacks[illegible]t *Billie Jean* en sourdine.

Et par-dessus la mélodie : flo[illegible]

Assourdissant.

Comme des roulements de tonnerre dan[illegible]loureux.

Un liquide chaud éclaboussa ses pieds [illegible] regarda par terre. Ses yeux s'arrondirent de frayeur en vo[illegible]nt du sang s'égoutter de la lame du couteau qu'elle tenait à la main, et une tache rouge se répandre pour former une flaque.

Elle voulut crier, mais aucun son ne sortit de sa bouche. Elle porta son regard vers les portes-fenêtres et vit son père étendu sur le parquet, à côté de la table basse.

— Aide-moi, Julia ! implora-t-il en remuant à peine les lèvres.

Le regard levé vers elle, il la fixait sans ciller. Une entaille aux bords déchiquetés lui barrait le front, une tache s'étalait sur le devant de sa chemise blanche froissée.

Du sang sortait en gargouillant de la bouche de Rip Delaney qui, sans la quitter des yeux, murmurait d'une voix à la fois humide et râpeuse :

— Pourquoi ?

Paralysée d'horreur, la main à présent poisseuse de sang, elle se mit à hurler.

— Il est 7 h 45. La température est actuellement de 2 °C. Ce n'est pas très élevé, mais le thermomètre va remonter jusqu'en milieu d'après-midi pour atteindre un maximum de presque 10°. La journée s'annonce froide et humide, et on attend une grosse tempête en fin de matinée. Et maintenant, le point sur la circulation…

Julia se réveilla en sursaut.

Son cœur cognait à grands coups dans sa poitrine, elle avait atrocement mal à la tête, et la voix de l'animateur de radio lui portait sur les nerfs. Elle éteignit le radio-réveil et frissonna. Il faisait glacial dans sa chambre, le vent s'engouffrait par la fenêtre entrouverte, la pluie tambourinait avec insistance sur le toit.

— Bon sang ! grommela-t-elle en s'essuyant le visage.

Les lambeaux du rêve qui revenait régulièrement la hanter se replièrent dans les recoins obscurs de son esprit. Elle jeta un coup d'œil au cadran de la radio et poussa un gémissement lorsqu'elle se rendit compte, avec consternation, qu'elle avait oublié de remettre le réveil.

Elle dégringola du lit, dérangeant au passage son chat qui dormait, roulé en boule, sur l'autre oreiller. L'animal leva sa tête grise et s'étira en bâillant à se décrocher la mâchoire, histoire de bien montrer ses canines pointues. Julia attrapa son peignoir et le jeta en hâte sur ses épaules. Elle n'avait pas le temps de prendre une douche, encore moins d'aller faire son jogging.

A la place, elle s'aspergea le visage d'eau froide, enfourna deux comprimés d'aspirine extraforte dans sa bouche et les fit descendre avec une gorgée d'eau qu'elle but directement au robinet. Après avoir enfilé un jean et un sweat-shirt surdimensionné, elle coiffa sa vieille casquette des Trail Blazers, l'équipe de base-ball de Portland. Puis elle fouilla dans son sac et dans les poches de son blouson à la recherche de ses clés.

La sonnerie de son téléphone portable retentit à ce moment. Elle le trouva par terre, à côté du lit, connecté à son chargeur de batterie.

L'ouvrant d'un coup de pouce, elle vit le visage de Shay sur le petit écran LED.

— Mais enfin, où es-tu ? demanda sa sœur d'une voix impérieuse.

— Je suis en route.

— C'est trop tard. Ils sont presque arrivés !

— Déjà ? s'exclama Julia en lançant de nouveau un regard sur le réveil, tout en chaussant une basket. Je croyais que tu partais à 9 heures.

— Le pilote a appelé. Il y a une tempête qui arrive, ou quelque chose comme ça… Je ne sais pas. Il va être obligé de repartir plus tôt.

— Oh, non ! Demande-lui d'attendre.

— Je ne peux pas ! répliqua Shay. Tu ne comprends pas ? Cette fois, ça y est, Julia ! continua-t-elle d'une voix dont la dureté avait quelque peu disparu. Edie se débarrasse de moi.

Cette affirmation semblait, certes, un peu excessive, mais Shay ne l'était pas moins — jusqu'au bout des ongles.

Julia finit de lacer ses chaussures de course.

— Alors, dis-lui, à elle, d'attendre.

— Toi, tu lui dis, rétorqua Shay.

Et une seconde plus tard, Julia entendit la voix de sa mère :

— Ecoute, Julia, ce n'est pas la peine de discuter ; je n'y peux rien. J'avais prévenu Shaylee qu'elle devrait partir dès que le pilote serait en mesure de la conduire à l'école en toute sécurité. Et lui, il dit qu'il faut y aller plus tôt à cause de la tempête de neige qui s'annonce.

— Non, maman, attends. Tu ne peux pas l'envoyer à...

— Oh, si, je le peux ! Elle est mineure, et je suis sa tutrice. Et puis, il y a une ordonnance du tribunal. Nous en avons déjà parlé, inutile de remettre ça sur le tapis.

— Mais...

— C'est ça ou le centre de détention juvénile une fois de plus. C'est sa dernière chance, Julia ! Le juge lui a ordonné de faire un choix et, maligne comme elle est, elle a opté pour cette école. C'est elle qui a décidé de frayer avec ce voyou et de s'impliquer dans une sale affaire. Son petit ami a eu moins de chance ; il n'a pas de père friqué pour lui payer un avocat. Wolf va rester derrière les barreaux pendant un bon bout de temps, alors ta sœur devrait s'estimer heureuse !

— Attends une minute !

La communication fut interrompue, laissant Julia rongée d'inquiétude, au milieu de sa chambre en désordre. Elle n'arrivait pas à croire que sa mère ait réellement décidé d'expédier Shaylee dans cette maudite école pour adolescents à problèmes, une école qui, par-dessus le marché, se trouvait au beau milieu de nulle part. Elle sortit en trombe de chez elle et adressa un petit signe de la main à Mme Dixon, sa voisine, qui regagnait sa maison, son journal tout mouillé à la main.

Au volant de sa vieille Volvo, elle prit la direction du lac Washington pour se rendre à l'adresse qu'Edie lui avait indiquée la veille. C'était là qu'on devait venir chercher Shaylee en hydravion pour l'emmener à Blue Rock Academy, dans le sud de l'Oregon.

Julia appuya sur le champignon.

Malheureusement, l'autoroute avait pris des allures de parking, et les bulletins d'information routière serinés par l'autoradio ne faisaient rien pour la rassurer. A en croire les centaines de feux arrière qui s'étiraient en lignes rougeoyantes devant sa Volvo, tous les propriétaires de véhicule dans l'Etat de Washington étaient immobilisés sur l'autoroute I-5, sous une bruine glaciale. Julia, accablée, observait les voitures qui roulaient au pas en direction du nord. Luttant contre son mal de tête, elle tambourinait sur le volant. Si seulement elle avait connu un moyen plus rapide pour arriver au lac Washington !

Elle avait maintes fois affronté l'heure de pointe à Portland, au temps où elle travaillait au lycée Bateman, dans l'Oregon, mais depuis qu'elle avait perdu son poste d'enseignante, l'été précédent, cette épreuve lui était épargnée. Désormais, c'était la nuit qu'elle travaillait, en tant que serveuse au 101, un restaurant chic du front de mer, ce qui lui permettait en général d'éviter les embouteillages. L'un des rares avantages de ce job, en fait.

Non seulement la radio n'aidait en rien à calmer ses nerfs, mais le mouvement des essuie-glaces chassant la pluie ne faisait que lui taper encore plus sur le système. Elle allait arriver trop tard. Shay partirait sans un au revoir, et personne n'y pourrait rien. Même Edie serait incapable d'arranger les choses. Un juge avait ordonné que Shay soit envoyée en rééducation.

Julia régla l'autoradio sur une station où des bulletins d'informations routières en rafales entrecoupaient des chansons des années 1980. Brenda, la journaliste qui énumérait à toute allure les points noirs sur le réseau autoroutier, parlait avec un débit si rapide qu'on avait peine à la suivre.

Elle n'était d'ailleurs d'aucune aide.

En ce maussade matin de février, c'était la pagaille sur quasiment toutes les autoroutes.

— Allez, plus vite ! grommela Julia en jetant un coup d'œil sur la pendule du tableau de bord de sa vieille berline.

8 h 17. Le pic de l'heure de pointe. Et elle était censée se trouver à l'embarcadère avant 8 h 30, sinon il serait trop tard. Elle alluma son clignotant, et se fraya un passage sur la voie qui descendait en courbe vers le pont de l'Evergreen Point enjambant le lac Washington.

Un semi-remorque la laissa passer à contrecœur. Elle le remercia d'un sourire et d'un petit geste de la main, tout en se faufilant dans la file de droite en direction de l'est. C'est alors qu'elle faillit se faire heurter par une Toyota noire dont le conducteur parlait dans son téléphone mobile.

— Imbécile !

Ecrasant la pédale de frein, elle dérapa en même temps que les premières notes de *Billie Jean* par Michael Jackson emplissaient l'intérieur de sa Volvo.

— Oh, mon Dieu !

Elle eut beau tourner le bouton de la radio pour trouver une autre station présélectionnée, les accords de la chanson continuèrent de résonner dans sa tête.

En imagination, elle revit son père, étendu dans son sang, levant vers elle ses yeux mourants tandis que la chanson se répétait à l'infini.

Julia manqua d'emboutir le camion devant elle.

— Seigneur !

« Calme-toi. Ne va pas te tuer en chemin ! » Une décharge d'adrénaline, déclenchée par l'accident évité de justesse, se répandit dans ses veines. A bout de nerfs, elle prit trois inspirations, puis, d'une main, fouilla dans son sac à la recherche d'un flacon d'antalgiques. Les comprimés précédents n'avaient eu aucun effet.

Elle fit sauter le bouchon d'un coup de pouce, et, sans prendre garde au contenu du flacon qui s'éparpillait sur ses genoux, se hâta d'avaler deux cachets avec un reste du Diet Coke de la veille, qu'elle avait laissé dans le porte-gobelet de la voiture.

L'affreux mélange du liquide sirupeux bourré de caféine et de l'analgésique lui arracha une grimace, tandis que le refrain de *Billie Jean* lui martelait encore et toujours le cerveau.

— Tu es vraiment fêlée, dit-elle à son reflet dans le rétroviseur. Pas étonnant que tu n'aies plus de boulot !

Enfin, théoriquement, elle avait du travail comme serveuse, mais sa carrière dans l'enseignement était bel et bien terminée. Ses cauchemars récurrents et ses maux de tête fulgurants s'étaient chargés d'y mettre fin.

Dans le miroir, sous la visière de sa casquette, elle aperçut les yeux gris dans lesquels brillait encore une lueur de rébellion — cette même révolte réprimée qui restait si criante chez sa sœur cadette.

Au moins Shaylee n'était-elle pas une hypocrite.

Julia ne pouvait en dire autant d'elle-même.

Une sirène hurla dans le lointain ; quelques instants plus tard, elle vit une ambulance arriver en sens inverse, se frayant un passage sur l'autoroute congestionnée.

La douleur lui vrillait le crâne.

Malgré le ciel couvert, la lumière lui devint insupportable. Elle trouva une paire de lunettes noires coincée dans le pare-soleil et la mit sur son nez.

— Allez, avance ! marmonna-t-elle à l'adresse du poids lourd qui vomissait ses gaz d'échappement devant elle.

Il lui fallut encore vingt minutes et une autre quasi-collision avant de pouvoir sortir de l'autoroute et s'engager sur une voie sinueuse qui suivait les bords du lac.

Après un dernier virage serré, elle franchit la grille en fer forgé d'une propriété privée. Au bout de sa longue allée de brique, le bâtiment qui se profilait entre les sapins et les épicéas ressemblait davantage à un château qu'à une maison — énorme édifice de pierre et de brique haut de deux étages surplombant la berge.

Julia se gara près de la porte d'entrée, à côté de la Lexus SUV de sa mère. Puis, sans prendre la peine de verrouiller ses portières, elle se précipita sous le crachin en direction du perron. Une fois à l'abri de l'auvent, elle actionna la sonnette de l'entrée et attendit devant la massive porte à double battant.

Au bout de quelques secondes seulement, une femme au corps fluet et à la mine tatillonne vint lui ouvrir.

— Que puis-je faire pour vous ?

L'inconnue était vêtue d'un pantalon noir et d'un élégant pull-over noué à la taille. Ses cheveux blond cendré, soigneusement coupés et permanentés, donnaient du volume à sa tête tout en masquant son âge. Son maquillage impeccable accentuait ses traits anguleux ; quant à sa peau lisse, elle accusait un récent lifting. Elle considéra Julia d'un regard mécontent, comme si on venait de l'interrompre au milieu de quelque chose de très important.

Julia se rendit compte qu'aveuUniversité de Washington, ses lunettes de soleil et sa casquette de base-ball décolorée, elle ressemblait sans doute plus à un braqueur de banque qu'à un proche parent inquiet. Mais bon, qu'est-ce que ça pouvait faire ?

— Je cherche Edie Delaney. Elle accompagne sa fille qui doit prendre l'hydravion pour aller…

— Je crois qu'elles sont à l'embarcadère, répondit la femme avec un sourire mielleux qui, bien qu'étudié, ne dissimulait pas sa désapprobation.

Elle ne demanda pas à Julia de lui montrer une quelconque pièce d'identité ni ne chercha à savoir ce qu'elle avait à voir avec le départ de Shaylee. D'un air indifférent, elle désigna une allée pavée qui contournait la maison.

— Mais vous arrivez peut-être trop tard. L'avion est sur le point de décoller.

Par-dessus le crépitement régulier de la pluie, Julia entendit le crachotement caractéristique d'un moteur qui démarre. Elle se rua dans la direction indiquée par la femme, mais déjà le vrombissement s'accélérait.

# 2

— Ne laissez pas sortir les chiens ! cria la femme dans son dos.

Prête à tout pour éviter l'inéluctable, Julia s'était élancée sous la pluie et, courant sur les pavés inégaux, avait tourné l'angle de la majestueuse demeure bordée de rhododendrons frissonnant dans le vent. Elle releva la capuche de son sweat-shirt, même si la pluie glacée était déjà en train de lui dégouliner dans le cou.

Elle ne s'en souciait pas le moins du monde.

Tout ce qu'elle voulait, c'était pouvoir passer une minute avec Shay.

Un haut portail en fer forgé l'arrêta une seconde, mais la clé était dans la serrure et elle eut tôt fait d'ouvrir le battant qui se referma derrière elle avec un bruit métallique. Elle dévala une volée de marches.

Les « chiens » — deux caniches noirs — accoururent à fond de train. C'est à peine si elle leur accorda un regard tandis qu'elle se précipitait vers le hangar à bateaux et l'embarcadère où se tenait Edie, sous son parapluie secoué par le vent. Derrière elle, un hydravion rasait la surface grise du lac avant d'entamer son ascension dans le ciel nuageux de Seattle.

— Super !

L'estomac de Julia se noua. Elle arrivait trop tard. Enfer et damnation !

— Tu l'as laissée monter dans cet avion ?

— Je t'avais prévenue, non ? Pour l'amour du ciel, Julia, elle ne fait qu'obéir à l'ordonnance du juge !

Dans son jogging de soie bleue, Edie Delaney se retourna pour faire face à sa fille aînée et considéra sa tenue d'un air dégoûté qui en disait long.

— N'as-tu donc rien d'autre à te mettre ? demanda-t-elle, visiblement embarrassée. Tu as l'air d'un voyou.

La pluie martelait la capuche de Julia, dégouttait sur la visière de sa casquette.

— C'est justement le look que je cherchais.

— Mais enfin, Julia, on ne voit même pas que tu es une femme !

— Quel rapport ? protesta Julia, regardant, à travers les verres teintés de ses lunettes, l'hydravion disparaître dans les nuages. Bon sang, maman ! J'avais dit que je la prendrais avec moi.

— A quoi Shay a répondu… Voyons, quelle charmante expression a-t-elle employée déjà ?

Edie effleura d'un doigt l'ourlet de ses lèvres, faisant mine de réfléchir, tandis que les gouttes de pluie éclaboussaient l'appontement de bois et criblaient la surface du lac.

— Ah, oui, je me souviens ! Elle a dit : « J'aimerais encore mieux dégueuler des rats morts que d'aller vivre avec Julia ! » N'était-ce pas la plus adorable façon de dire : « Non, merci » ?

Julia se hérissa.

— Bon, d'accord ! Je sais que cette idée ne l'emballait pas, mais, vraiment, cet endroit où tu l'envoies, c'est comme une prison.

— Une « prison » plutôt agréable. Ça ressemble davantage à un camp de vacances ou à un lieu de retraite. As-tu vu les brochures ?

— Bien sûr, j'ai regardé sur internet. Mais ils ont des gardiens et des clôtures et…

— Eh bien, ça lui apprendra peut-être à apprécier la liberté, coupa Edie, impassible.

— Mais à quel prix ? riposta Julia.

La pluie ruisselait sur ses joues et trempait les épaules de son sweat-shirt. Le ronronnement du moteur de l'hydravion s'affaiblissait de plus en plus. Julia se rappela les articles qu'elle avait réussi à dénicher sur le Web lorsqu'elle avait eu vent du projet d'envoyer Shaylee à Blue Rock Academy.

— Je me suis renseignée, et si j'en crois ce que j'ai découvert, ils ont eu leur lot de problèmes. L'école a eu mauvaise presse, dernièrement. Une fille a disparu l'automne dernier, et il y a eu une histoire à propos d'une liaison entre un prof et son élève, et…

— Ce genre de choses, entre enseignants et étudiants, ça peut arriver n'importe où — ce qui ne veut pas dire que je l'approuve, naturellement. Mais au moins, il a été découvert.

— Elle, corrigea Julia. Le prof était une femme.

— Il semble que ce soit la nouvelle transgression à la mode, remarqua Edie, la mine renfrognée. Quant à cette fille, Lauren Conrad…

— Elle s'appelait Conway.

— Si tu veux. En tout cas, elle a fait une fugue.

Des rides lézardaient le fond de teint uniformément étalé sur le visage d'Edie. Bien qu'elle eût récemment franchi le cap de la cinquantaine, elle s'escrimait à paraître quinze ans de moins que son âge. Mais, en cet instant, avec le stress occasionné par le départ de son enfant rebelle, tout son impeccable maquillage et ses injections semestrielles de Botox se révélaient impuissants à produire leur effet.

— Personne ne sait ce qui est arrivé à Lauren, maman, objecta Julia. Je suis au courant parce que, depuis que tu m'as dit que Shay allait là-bas, j'ai effectué des recherches. Lauren n'a toujours pas été retrouvée.

— Il paraît que ce n'était pas la première fois qu'elle jouait la fille de l'air. Sérieusement, Julia, il s'agit d'une école pour délinquants.

— Et ça justifie la disparition d'une élève ? Même si elle s'est enfuie, est-ce que cet endroit n'est pas censé être sécurisé ? N'est-ce pas tout l'intérêt de cet établissement ? Garder des jeunes à risques en lieu sûr ?

— Laisse tomber, répliqua Edie, les lèvres serrées comme par les cordons d'une bourse invisible. Je ne peux pas te citer exactement les détails de leur projet éducatif, mais fais-moi confiance, cette école est ce qu'il y a de mieux pour Shaylee et pour moi. Tu sais, j'ai tout essayé, et rien n'a marché. Je l'ai emmenée voir des psychologues quand elle était déprimée, je l'ai encouragée à pratiquer le taekwondo et même le kick-boxing pour l'aider à gérer son agressivité. Je lui ai fait donner des cours de dessin, de danse et de chant pour développer son expression créatrice. Les bijoux en perles, tu te rappelles ? Dieu tout puissant, des perles ! Et comment m'a-t-elle remerciée ?

Edie commençait à perdre patience.

— Eh bien, je vais te le dire. Elle a commencé à prendre de la drogue. Elle a été arrêtée pour vol et actes de vandalisme, sans compter les trois écoles dont elle s'est fait expulser.

Elle leva trois doigts couverts de bagues et les brandit, tout tremblants, sous le nez de Julia.

— Trois ! Avec un QI qui atteint des sommets vertigineux et tous les avantages que j'ai pu lui procurer, voilà ce qu'elle finit par faire ? Sortir avec un criminel nommé Wolf ?

— Ce n'est qu'une gosse. Elle avait peut-être seulement besoin d'une attention particulière.

— Oh, je t'en prie ! Je me suis occupée d'elle sans compter. Plus que je ne l'ai jamais fait pour toi !

Ça, Julia n'en aurait pas mis sa main au feu.

— Ce n'est pas une question d'amour maternel ou paternel, ni même de manque d'amour, alors arrête avec tes foutaises pseudo-psychologiques, Julia. Ça ne prend pas avec moi !

— Calme-toi.

— Non ! Tu as vu son dernier tatouage, n'est-ce pas ? Le poignard ensanglanté sur son avant-bras ? Mais qu'est-ce qui lui a pris ?

Edie leva les bras au ciel, manquant de peu de perdre son parapluie.

— Je ne compte plus les fois où Shay est rentrée à la maison avec un nouveau tatouage, ou un piercing, ou un CD volé. Et cette manière de parler… cette grossièreté, cette insolence…

Laissant ses pensées partir à la dérive, elle n'acheva pas sa phrase.

— On s'en moque de ses tatouages et de ses anneaux de nez ! objecta Julia. Elle n'a fait de mal à personne.

— Le tatouage est une automutilation révélatrice de problèmes plus graves !

— Je ne crois pas.

Une lueur de colère flamba dans les yeux d'Edie.

— Dans ce cas, pourquoi a-t-elle eu tous ces ennuis avec la justice ? Je ne le supporte plus !

— As-tu songé à lui chercher un autre psychologue ? suggéra Julia.

— Elle en a déjà vu une demi-douzaine.

— Fiche-lui un peu la paix, répliqua Julia, qui détestait voir leur mère se montrer si dure avec Shay. Elle était là ce jour-là, tu te rappelles ? Nom d'un chien, elle était à la maison quand papa a été assassiné !

L'expression d'Edie se durcit.

— Toi aussi.

— Et regarde comment ça m'a détraquée ! Shay n'avait que douze ans, maman !

Julia était à présent au bord de l'hyperventilation.

— Douze ans ! Encore un bébé !

— Je sais, je sais, répondit Edie avec calme, son autosatisfaction quelque peu évaporée. Ç'a été une période difficile pour nous toutes, admit-elle en redressant son parapluie.

L'espace d'une seconde, Edie parut sincèrement triste, et Julia se demanda si Rip Delaney avait vraiment été le grand amour de sa mère. Mais elle repoussa aussitôt cette pensée. Après tout, elle savait à quoi s'en tenir. Ce n'était qu'un fantasme stupide de sa part, le rêve d'une enfant qui avait toujours cru que ses parents n'auraient pas dû se séparer, qui avait été folle de joie lorsqu'ils s'étaient réconciliés, et qui avait finalement vu ses rêves tomber en poussière. Rip et Edie n'auraient jamais dû se remettre ensemble. Les sautes d'humeur et les querelles, qui étaient retombées pendant leurs années de séparation, avaient repris de plus belle dès qu'ils s'étaient retrouvés en présence l'un de l'autre. Quelques semaines après qu'ils eurent prononcé leurs vœux pour la seconde fois, Edie, folle de jalousie, était entrée dans une colère noire, persuadée que Rip voyait une autre femme. Ce qui était la stricte vérité. Rip Delaney n'avait tout simplement pas l'étoffe d'un monogame, même si Julia avait toujours espéré qu'il changerait.

— Je n'aurais jamais dû l'épouser, avait reconnu Edie peu après la cérémonie de son second mariage. Chassez le naturel, il revient au galop !

L'image de sa mère, les yeux rougis et gonflés de larmes, avait hanté Julia longtemps avant la mort de son père. Tout compte fait, se disait-elle, si l'aptitude aux relations interpersonnelles était héréditaire, Shay et elle étaient condamnées à mener des vies très solitaires.

Tournant le dos au lac, Edie inclina son parapluie en arrière et poussa un soupir théâtral.

— Je ne l'envoie pas en pension pour la punir. Mais là, c'était la goutte qui fait déborder le vase. Elle a besoin d'aide, Julia, une aide qu'elle n'a pas voulu recevoir de toi, ni de moi, ni d'aucun de ses psychologues. Ils pourront peut-être l'aider dans cette institution. Seigneur, je l'espère ! Est-ce que ça ne vaut pas le coup d'essayer ?

Elle leva les yeux vers le ciel, où le vent chassait de sombres nuages.

— Enfin, c'est fini, maintenant. Quelqu'un d'autre va se charger d'elle. Prions pour que ça marche !

Edie grimpa les marches du quai, frêle silhouette de femme drapée dans ses convictions.

Julia lui emboîta le pas.

— Hé, attends une seconde ! Pourquoi est-on venu la chercher dans cette maison ? Ça ne te paraît pas un peu bizarre ?

— Pas vraiment, non.

— Enfin, Edie ! s'étonna Julia, incrédule. Tu veux dire que tu ne trouves pas étrange de ne pas l'avoir conduite là-bas toi-même ou que… qu'on ne lui ait pas fait prendre un vol commercial à l'aéroport de Medford, par exemple ?

Edie ne ralentit pas l'allure.

— C'est ainsi que ça se passe. Cette maison appartient à l'école.

— Tu plaisantes ?

— Non, pas du tout. Je crois qu'elle est habitée par le directeur, le révérend Lynch.

— Ah bon ? répliqua Julia, déroutée. C'est un pasteur qui vit ici ?

— Une partie du temps, je crois. Quand il n'est pas à l'école.

Julia embrassa du regard le vaste parc, avec ses pelouses bien entretenues, ses arbustes sculptés et ses allées impécables qui descendaient en pente douce vers le large quai en béton et le hangar à bateaux en pierre. La propriété était séparée des demeures voisines par un haut mur d'enceinte et protégée par d'immenses sapins, des pins et des bouleaux dénudés. Les seules autres maisons en vue étaient situées à plus d'un kilomètre, de l'autre côté des eaux imperturbables du lac.

Vraiment impressionnante, comme propriété, pour un pasteur, songea-t-elle. Pas précisément le domicile d'un indigent.

— J'imagine qu'il ne croit pas à la renonciation aux biens terrestres et à ce genre de trucs.

— Peut-être que l'établissement est propriétaire de la maison et qu'il se contente d'y habiter.

Julia siffla entre ses dents.

— Si j'ai bien compris, Blue Rock n'est pas exactement bon marché.

Edie pinça les lèvres.

— Tout a un prix, Julia, tu devrais le savoir. Dans le cas de ta sœur, l'argent n'est pas un problème. J'en ai parlé avec Max. Il est d'accord pour m'aider à payer.

Max Stillman était le père de Shaylee — ou du moins son géniteur — et l'héritier de la fameuse « fortune des Stillman » à propos de laquelle Julia avait eu les oreilles rebattues depuis que sa mère avait rencontré Max, il y avait presque dix-neuf ans de cela. En principe, Shaylee aurait dû lui succéder à la tête du patrimoine familial, sauf que Max ne s'était jamais senti proche de sa fille et que le peu d'intérêt qu'il lui avait manifesté avait encore diminué depuis la naissance de Max Junior, le fils qu'il avait eu de sa seconde, et beaucoup plus jeune, épouse, Hester. Le petit Max était venu au monde environ quatre ans plus tôt, peu après que Shaylee fut devenue « difficile à gérer ». Ce qui, naturellement, avait valu à l'adolescente de passer du statut de « difficile à gérer » à celui de « problème ».

Julia remit en place sa casquette pour se protéger de la pluie battante.

— N'empêche, je le sens mal… Ce n'était pas la chose à faire, d'expédier Shay au milieu de nulle part.

— Je me contente de me conformer à l'ordonnance du juge, répliqua Edie en gravissant les dernières marches vers l'arrière de la maison, où l'un des caniches noirs arpentait la spacieuse véranda pendant que son compagnon était occupé à renifler une azalée trempée de pluie. Je te rappelle que Shay n'a plus guère le choix. C'était ça ou le centre de détention pour mineurs, et encore, seulement en raison de son âge. Elle aura dix-huit ans en juin, ensuite elle n'aura plus aucun moyen de s'en tirer à bon compte.

Edie frissonna, puis reprit :

— J'ai fait ce que le juge a ordonné : je me suis renseignée sur l'école, j'ai rempli le dossier d'inscription et Shay a été admise. J'ai même parlé avec ta cousine Analise. Elle y est allée, tu sais. Elle était droguée, et cette école a complètement changé sa vie. Elle a même pu suivre les cours de l'école d'infirmières. Alors, s'il te plaît, Julia, ne viens pas m'embêter avec ça. Cet établissement est tout ce qu'il y a de plus sérieux.

— Et que fais-tu de Lauren Conway ?

— Si elle a disparu, j'en suis désolée, mais c'est l'affaire de la police, rétorqua Edie en lançant à sa fille un regard maussade. Il faut que tu tournes la page, Julia. Il est temps de prendre ta vie en main, et d'espérer que ta sœur profitera de cette occasion pour transformer la sienne.

Edie toucha la manche trempée de Julia ; son expression se radoucit.

— C'est vrai, ça, il y a des moments où tu veux porter tout le poids du monde sur tes épaules. Tu n'as même pas vingt-cinq ans ; tu es à un moment de ta vie où tu devrais t'amuser comme jamais. Au lieu de ça, tu te comportes comme si tu frisais la quarantaine ; tu te ronges les sangs pour Shaylee, alors que ça ne sert à rien.

Une rafale de vent souleva les cheveux d'Edie.

— Je sais que c'est à cause de Rip, ma chérie, reprit-elle. Seigneur, si seulement tu n'avais pas été à la maison, cette nuit-là… Si aucun de nous n'avait été là…, ajouta-t-elle en baissant la voix.

Elle cligna des paupières pour refouler ses larmes. Puis elle tourna les talons et monta en hâte les dernières marches, laissant Julia seule sur la terrasse, abasourdie par la lucidité de sa mère.

— Ça alors ! murmura-t-elle, en se raclant la gorge.

Soudain, elle se demanda où étaient passés les chiens. Elle ne les avait pas vus se glisser à l'intérieur ; pourtant, ils avaient disparu, et le jardin derrière la maison paraissait brusquement vide et désolé, avec les branches nues des arbres qui s'entrechoquaient dans le vent.

Sur les pas de sa mère, Julia franchit le portail latéral et remonta l'allée qui conduisait à l'avant de la maison, où Edie s'affairait à fouiller dans son sac à main. Elle saisit ses clés et, toute sollicitude maternelle effacée de son visage, elle lança à Julia un rapide coup d'œil.

— Je croyais que tu avais un entretien d'embauche, ce matin.

Julia se raidit. Bon sang ! Pas facile de suivre l'humeur changeante de sa mère !

— J'ai appelé pour annuler. Je pensais qu'il était plus important de voir Shaylee.

— C'est ridicule, rétorqua Edie en montant dans sa voiture. Tu ne peux pas te permettre de refuser une occasion pareille, Julia. Il n'y a pas beaucoup de postes vacants dans l'enseignement, à cette époque de l'année.

Edie avait prononcé ces mots avec l'assurance d'un spécialiste de l'emploi, alors qu'en réalité, elle n'avait jamais travaillé de sa vie.

— Je crois qu'ils embauchent, dans le district, répondit Julia, déformant quelque peu la vérité. J'ai une amie qui travaille comme secrétaire dans une école, et elle m'a dit que quelqu'un allait être muté.

— Pour l'amour du ciel, Julia, débrouille-toi pour prendre le poste de cette personne ! A moins que tu ne préfères rester serveuse dans un restaurant ? Pourquoi ton « amie » ne pourrait-elle pas t'aider ? conclut-elle en dessinant en l'air des guillemets avec ses doigts, pour indiquer qu'elle n'était pas dupe des mensonges de sa fille.

Car, bien sûr, Julia mentait.

— Est-ce que ton « amie » ne pourrait pas glisser un mot en ta faveur ? insista Edie.

— Peut-être.

— Enfin, Julia, je ne te comprends pas ! Tu es instruite, tu as eu un mari merveilleux…

— Qui me trompait. Pas si merveilleux que ça, maman. J'aimerais mieux qu'on ne parle pas de Sebastian. Pas maintenant, d'accord ? Nous avons des questions plus urgentes à régler.

D'un coup de poignet, Edie tourna la clé de contact, puis descendit sa vitre pour poursuivre la conversation.

— Je sais que tu es très attachée à Shay, Julia. Moi aussi, je t'assure. Mais il est temps que chacune de nous prenne ses responsabilités. Pas seulement ta sœur, toi aussi.

Sur ces mots, elle enclencha la marche arrière, fit reculer sa Lexus, puis embraya en marche avant et partit dans un vrombissement de moteur.

Trempée jusqu'aux os, Julia repoussa en arrière la capuche de son sweat-shirt et s'installa au volant de son véhicule. La vieille berline démarra au quart de tour. Julia s'éloignait de la grande bâtisse lorsque, jetant un coup d'œil dans le rétroviseur, elle aperçut la femme revêche au sourire forcé, qui regardait au travers des carreaux entourant la porte d'entrée.

Julia sentit un frisson lui parcourir l'échine. Elle se mit à claquer des dents.

Quelle fichue journée !

Et il n'était pas encore midi.

# 3

Cooper Trent traversa rapidement le campus, la tête rentrée dans les épaules pour se protéger du vent cinglant, annonciateur de nouvelles chutes de neige. Le sol était encore tout blanc depuis la dernière tempête, enseveli sous une couche glacée qui recouvrait les herbes sèches et s'accrochait obstinément aux branches des arbres.

Trent ne disposait que de quinze minutes entre ses cours, et il avait été convoqué par son patron, le révérend Tobias Lynch. Il savait à quoi s'attendre ; le bruit courait qu'une nouvelle élève avait été admise à l'école. Elle allait arriver d'ici peu, mais Trent ne connaissait pas encore les détails. Personne n'était au courant, d'ailleurs.

C'était ainsi que cet établissement fonctionnait : en public, on affichait un air sérieux, aimable, bienveillant et ouvert, mais, à huis clos, Lynch dirigeait l'école d'une main de fer. Oh, bien sûr, au sein de chaque groupe, on parlait beaucoup de résoudre ensemble les problèmes, de libertés individuelles et de discussions ouvertes, mais la vérité, c'était qu'ici, à Blue Rock, il y avait davantage de conciliabules secrets et de buts inavoués qu'on ne pouvait l'imaginer.

Aussi les rumeurs allaient-elles toujours bon train, et le bruit avait circulé qu'une nouvelle élève arriverait en cours de trimestre. En passant devant le mât dressé devant le bâtiment de l'intendance, Trent eut la certitude que son compte était bon. Aucun doute, il avait été désigné, en sa qualité de chef de groupe, pour prendre en charge la nouvelle venue.

Ce qui était aussi bien. En tant que dernier professeur embauché, il avait besoin qu'on lui donne plus de responsabilités, qu'on lui fasse davantage confiance, et surtout, il voulait se fondre dans la masse. Il ne pouvait courir le risque qu'on devine les véritables raisons qui l'avaient incité à postuler pour un emploi d'enseignant dans cette école. Même s'il possédait toutes les qualifications requises pour le poste de professeur d'éducation physique, il travaillait en réalité au titre de détective privé, enquêtant sur la disparition de Lauren Conway. Selon Cheryl et Ted, les parents de la jeune fille portée disparue, la police locale avait épuisé toutes les pistes disponibles.

D'un pas leste, il monta les deux larges marches et franchit les portes vitrées de l'intendance, dans laquelle régnaient à la fois une agréable chaleur et une odeur de détergent.

Il adressa un clin d'œil à Charla King en passant près de son bureau, ce qui lui valut un de ces regards glacials dont elle avait le secret. On pouvait dire qu'elle était coincée, celle-là ! A la fois secrétaire et comptable de l'école et de l'église, Charla prenait son travail très au sérieux. Elle avait la cinquantaine bien tassée, et, avec ses cheveux coupés ras, ses lunettes sans montures, sa mâchoire crispée et néanmoins pendante, elle croyait dur comme fer que Dieu lui avait donné pour mission de tenir les comptes au centime près, et de veiller à ce qu'ils présentent toujours un solde positif. Bref, une grippe-sou de premier ordre !

Elle reporta son attention sur son ordinateur et sur les tableaux de chiffres qui s'affichaient à l'écran, tandis que Trent se faufilait entre les box vitrés où d'autres personnes accomplissaient avec zèle les tâches qui leur étaient assignées.

Ses bottes, à présent humides de neige fondue, claquèrent sur les quelques marches qui conduisaient au bureau de Lynch, celui où le pasteur réglait les affaires séculières. Le directeur de l'école disposait également d'un bureau plus petit et plus confortable dans l'enceinte de la chapelle, un lieu de retraite aux murs tapissés de livres, qu'il réservait aux conversations sur la foi, les problèmes personnels et les questions spirituelles.

C'était là aussi que le révérend Lynch méditait sur les sujets théologiques.

Du moins était-ce la version officielle.

Trent frappa à la porte entrouverte et entra dans la pièce lambrissée de pin. Tobias Lynch était assis derrière son immense bureau.

— Trent ! dit-il avec un large sourire, en lui désignant l'un des sièges réservés aux visiteurs. Asseyez-vous !

En traversant la pièce, Trent remarqua la présence d'Adele Burdette, l'air aussi distrait que d'habitude. Une hanche appuyée contre le rebord de la fenêtre, la directrice en charge des filles contemplait les eaux agitées du lac de la Superstition. Agée d'environ quarante-cinq ans, le corps svelte et robuste, la mine revêche, Adele était de ces femmes qui ne se donnent jamais la peine de se maquiller. Ses cheveux roux bouclés, tirés en arrière et attachés en une éternelle queue-de-cheval, commençaient à grisonner.

— Nous n'avons que quelques minutes, dit Lynch, mais j'ai pensé que je devais vous mettre au courant, à propos de la nouvelle élève.

Grand et mince, Lynch, qui, par sa posture, faisait songer à une version moderne d'Abraham Lincoln, se tenait penché au-dessus de son bureau. Les verres teintés de ses lunettes dissimulaient ses yeux d'un noir d'encre, des yeux auxquels, Trent le devinait, rien n'échappait.

— Je sais que je vous préviens un peu à la dernière minute, mais parfois, c'est ainsi que les choses se passent, ici.

Il esquissa un bref sourire qui étira sa moustache et la petite touffe de barbe qui poussait sous sa lèvre inférieure. Lynch remplissait plusieurs fonctions à Blue Rock : guide religieux, professeur de théologie, directeur en charge des garçons, et doyen du corps enseignant.

— J'ai reçu son dossier par fax ce matin. Son nom est Shaylee Stillman, mais elle se fait appeler Shay.

Trent sentit chaque muscle de son corps se raidir. Ce n'était pas possible ! Pas la sœur de Julia ! Il avait dû mal comprendre…

— Elle a eu pas mal de problèmes avec la justice, et sa mère craint que les choses ne fassent qu'empirer quand elle aura dix-huit ans.

Burdette manifesta son approbation d'un hochement de tête.

— La mère a raison ; j'ai lu tous les rapports.

— D'où vient-elle ? demanda Trent en se forçant à se renverser dans son siège avec une nonchalance feinte.

Si la nouvelle élève était réellement Shay Stillman, la situation allait se compliquer. Enormément.

— De Seattle, répondit Burdette.

— Elle est du même coin que vous, remarqua Lynch.

— Je suis originaire de Spokane.

— Ah, oui, c'est vrai.

Tout en caressant d'un doigt sa maigre barbichette, Lynch examina la feuille qui se trouvait sur le dessus de la pile de papiers.

Toujours aussi distraite, Burdette reporta son regard vers la fenêtre.

Ils pourraient tout de même faire un effort pour manifester leur intérêt à l'égard d'une nouvelle élève, non ? se dit Trent.

— En tout cas, reprit Lynch, je l'ai mise dans votre groupe.

Il fit glisser les documents faxés sur toute la largeur du vaste bureau et ajouta :

— Voici son dossier. Jetez un œil sur le questionnaire.

— Classique, marmonna Burdette.

— Quand doit-elle arriver ?

— Dans moins d'une heure.

— Aujourd'hui ? demanda Trent, s'efforçant de ne pas laisser percer son inquiétude.

— Elle est en route. Aux dernières nouvelles, l'avion se trouvait juste au nord d'Eugene.

Derrière son masque impassible, Trent luttait désespérément pour ne pas céder à la panique qui s'était emparée de lui. Si l'élève en question et Shay Stillman étaient la même personne — et il semblait bien que ce soit le cas —, il s'agissait de la demi-sœur de Julia. Un vrai démon ! Les renseignements fournis dans le dossier ne laissaient aucun doute : l'âge correspondait, le comportement destructeur était le même, et elle était originaire de la région de Seattle. En résumé, cela signifiait, pour lui, des tas d'ennuis en perspective. De très gros ennuis.

— Vous êtes sûr que mon groupe est le plus approprié pour elle ?

— Pourquoi pas ? répliqua Lynch, les sourcils froncés.

Malgré tous ces beaux discours sur les vertus de la discussion franche et ouverte et la nécessité de respecter l'opinion d'autrui, Tobias Lynch avait à peu près la flexibilité d'un chêne. Le révérend avait horreur d'être contredit. Trent ne travaillait pas dans l'établissement depuis longtemps, mais il avait déjà eu l'occasion de s'en rendre compte. Même si Lynch se considérait lui-même comme un guide bienveillant, réfléchi et impartial, dirigeant son institution d'une main ferme et attentive, ce type estimait être la seule personne capable de prendre les « bonnes » décisions. Sa parole avait force de loi.

Mais cette fois, Trent n'était pas disposé à se laisser faire ; il était hors de question qu'il côtoie la sœur de Julia de trop près. Ce serait sacrément trop risqué. Aussi choisit-il ses mots avec soin :

— Une jeune fille perturbée a parfois besoin d'une femme forte pour la guider, quelqu'un qui soit capable de comprendre ce qu'elle a enduré.

Lynch ne l'entendait pas de cette oreille.

— Pas celle-ci ! objecta-t-il. Elle est dominée par sa mère et n'a qu'une idée très confuse de la figure paternelle. Parfaite pour vous, conclut-il avec un sourire.

Burdette ajouta :

— Mon groupe et celui de Rhonda sont déjà au complet, et nous avons toujours eu des « meutes » mixtes. Ça n'a rien d'extraordinaire. En attendant de pouvoir embaucher un autre professeur, chacun de nous doit y mettre du sien et faire sa part du travail — plus que sa part, même. Vous savez qu'en cas de problème, n'importe quelle fille peut venir nous parler en particulier. Nous organisons aussi des séances de soutien psychologique spécialement pour les filles.

Comme elle regardait Trent par-dessus son épaule, de fines ridules se creusèrent entre ses sourcils.

— Ça vous pose un problème de vous charger de cette élève ?

Et comment ! Un problème majeur, même !

— Pas du tout, mentit-il, espérant malgré tout se montrer convaincant. Je réfléchissais tout haut, je me demandais ce qui serait le mieux pour elle.

— Parfait, dit le révérend, visiblement soulagé. Nous faisons toujours passer les besoins des pensionnaires avant toute autre considération. Puisque c'est à votre tour de vous occuper d'un nouvel élève, elle fera donc partie de votre groupe.

Il hocha la tête pour lui-même, se félicitant intérieurement d'avoir rondement mené cette affaire.

— Ça devrait être intéressant, commenta-t-il en guise de conclusion.

Plus qu'intéressant. Trent remarqua que les petites rides de suspicion sur le front de Burdette ne s'étaient pas effacées. Il régnait une tension réelle dans cette école, bien plus qu'on ne voulait bien l'admettre. Et le fait qu'il manquait un professeur n'arrangeait rien.

Lynch esquissa un sourire forcé et se leva, indiquant que l'entretien était terminé.

Trent se hâta de prendre congé. Il avait besoin de temps pour réfléchir à la façon dont il allait s'y prendre avec Shay. Allait-elle reconnaître son nom ? Ils ne s'étaient jamais rencontrés, mais il était plus que probable que Julia avait parlé de lui à sa sœur.

Et sûrement pas en des termes affectueux.

Leur rupture avait été tout, sauf amicale.

Génial !

Vraiment génial !

Shaylee Stillman représentait une complication dont il se serait bien passé. Il sortit du bâtiment et courut presque jusqu'au gymnase, où son bureau se nichait à l'extrémité des vestiaires. Il laissa tomber le dossier de Shaylee sur sa table de travail, l'ouvrit d'une pichenette. Et comme il fallait s'y attendre, les yeux de la jeune fille sur la photo le fixèrent intensément. Il devait s'agir d'un instantané pris sur le vif ; le regard étincelait de colère, d'insoumission et de défiance.

Un œil sur la pendule, il feuilleta le dossier, parfaitement conscient que Shaylee Stillman pourrait fort bien le démasquer et, par conséquent, tout gâcher.

Cliquant sur la souris de son ordinateur, Julia écoutait la radio d'une oreille, tout en cherchant sur internet des informations sur le lycée privé de Blue Rock. Depuis qu'Edie lui avait annoncé qu'elle expédiait Shaylee dans l'Oregon, Julia brûlait d'envie d'en apprendre autant que possible sur l'école.

C'est alors qu'elle entendit le spot publicitaire. Entre deux chansons, une voix de femme retentit soudain sur les ondes — une femme manifestement au bout du rouleau.

— Je ne savais plus quoi faire, gémit-elle. Je n'avais plus le choix. Ma fille avait des démêlées avec la justice, elle se droguait, fréquentait une bande peu recommandable, et elle refusait de m'écouter. Son comportement avait des conséquences néfastes sur mon mariage et sur mes autres enfants. Je croyais n'avoir personne vers qui me tourner, lorsque j'ai entendu parler de Blue Rock Academy, une école progressiste qui sait comment s'y prendre avec les jeunes en difficulté.

Julia cessa aussitôt de surfer sur le Net et écouta avec attention la suite du témoignage. La voix de la mère s'était raffermie.

— Alors, j'ai inscrit ma fille à Blue Rock. Au bout de dix mois, elle est rentrée à la maison, son attitude complètement transformée, des résultats scolaires excellents, et une bonne hygiène de vie. Elle a maintenant été admise à l'université avec mention.

Une réelle fierté perçait dans la voix de la femme, qui poursuivit :

— Grâce à la bienveillance et à l'intelligence du personnel de Blue Rock Academy, j'ai retrouvé ma fille.

Une autre voix, plus jeune, plus joviale, intervint :

— Et moi, j'ai retrouvé ma famille. Merci, maman ! Merci, papa ! Je vous aime !

Incrédule, Julia fixait son ordinateur, tandis que la voix grave et profonde d'un présentateur donnait quelques informations sur l'institution privée, y compris l'adresse du site Web et le numéro de téléphone.

— Si votre adolescent est en difficulté, appelez Blue Rock Academy. Ce coup de téléphone pourrait bien sauver votre mariage et la vie de votre enfant.

— Oh, par pitié ! s'exclama Julia, s'écartant du bureau sur sa chaise à roulettes, tandis qu'un morceau de musique revenait à l'antenne.

Il y avait quelque chose qui sonnait faux, dans cette annonce radiophonique. Sûrement une façade. Elle pensa à Shay, qui devait atterrir au même instant sur le campus de l'école, perdue au milieu de cette région sauvage qu'était le sud de l'Oregon.

Qu'est-ce donc qui la turlupinait tant, à propos de cet endroit ? Pourquoi ne pouvait-elle se résoudre à l'accepter comme le refuge pour adolescents à risques qu'il prétendait être ?

Elle retourna à son clavier et cliqua sur un lien pour ouvrir le site Web de l'école. Sur la page d'accueil de Blue Rock Academy s'affichaient des photos de bâtiments en pierre et bois de cèdre bordant les rives d'un lac limpide — le lac de la Superstition, disait la légende. Des adolescents souriants faisaient du canoë sur les eaux bleu saphir du lac. Une église imposante dominait le paysage. Ses fenêtres s'élevaient jusqu'au sommet de son toit pointu, et l'encadrement de ses parois de verre était soutenu par des poutrelles formant une magnifique croix, haute de trois étages. Des monts enneigés, aux cimes étincelantes sous le soleil, entouraient le campus.

Sur un montage, on voyait des groupes d'adolescents joviaux se livrer à diverses activités : se promener à cheval sur des pistes en pleine nature, descendre en radeau des rapides aux eaux bouillonnantes, dresser des tentes autour de feux de camp rougeoyants, ou gratter la guitare et chanter en chœur sous les étoiles. Des clichés pris en hiver montraient quelques étudiants faisant de la raquette tandis que d'autres s'adonnaient au ski de fond.

Blue Rock Academy ressemblait à un véritable paradis.

Naturellement, il y avait aussi des instantanés représentant des professeurs, l'air sérieux, penchés par-dessus les épaules de leurs élèves assis devant des ordinateurs. D'autres montraient des adolescents, examinant attentivement des éprouvettes ou bien l'œil vissé à un microscope. Sur d'autres encore, les étudiants étaient assis sur des tapis devant une massive cheminée de pierre, tenant pieusement leurs livres ouverts. Un éclatant esprit de camaraderie émanait de ces gentils pensionnaires bien proprets. Des bibles étaient mises bien en évidence sur plusieurs clichés, et l'on n'apercevait pas un seul tatouage, ni piercing, ni crête iroquoise aux couleurs vives. Pas le genre de la maison !

Tous ceux qui figuraient sur ces photos — élèves, professeurs et assistants d'éducation — paraissaient exemplaires. Un mélange politiquement correct d'Asiatiques, de Latinos et d'Afro-Américains, aussi bien parmi les étudiants qu'au sein du personnel de l'école.

La plupart de ces photos auraient pu servir à faire de la publicité pour un lieu de villégiature plutôt que pour un établissement scolaire. Les bâtiments étaient neufs et impeccables, le parc bien entretenu, le campus entièrement entouré d'une forêt magnifique. Julia se serait presque attendue à voir Bambi et Panpan pointer un museau curieux entre les arbres.

Elle cliqua sur le questionnaire préalable à l'inscription et parcourut rapidement certaines questions, auxquelles elle répondit tout haut en pensant à sa sœur.

Oui, Shay était en colère.

Oui, elle perturbait la famille.

Bon sang, oui, elle avait menacé un membre de la famille, plus souvent que Julia pouvait se le rappeler.

Et, oui, Shay avait des ennuis avec la justice et un problème avec la drogue et l'alcool.

Tout cela, Shay l'avait reconnu. Avait-elle mentionné l'éventualité du suicide ?

Seulement pour faire tourner Edie en bourrique.

Au total, il y avait trente questions, certaines très générales, d'autres plus spécifiques, et pour toutes, dans le cas de Shay, la réponse qui s'imposait était un « oui » sans réserve.

Peut-être, après tout, Julia ne devait-elle pas se montrer si méfiante. Peut-être Blue Rock était-elle une institution tout à fait réglo. Peut-être les conseillers psychopédagogiques parviendraient-ils à faire quelque chose de Shay.

— Je l'espère, dit-elle à son chat Diablo, qui venait d'entrer dans la pièce et s'installait sur ses genoux. Mais je n'y crois pas trop.

# 4

Trent regardait l'hydravion amorcer sa descente.

L'appareil se posa dans un grondement de moteurs. Il rebondit sur les eaux tumultueuses du lac de la Superstition, puis se dirigea vers l'appontement. De sombres nuages couleur de plomb se reflétaient sur la surface mouvante de l'eau, tandis que le pilote, Kirk Spurrier, coupait les gaz et sortait du cockpit. Avec l'aide empressée d'un élève requis par le révérend Lynch, Spurrier amarra l'avion aux taquets dressés à l'extrémité du quai. Une fois l'appareil solidement attaché, le pilote retourna dans la cabine, d'où la nouvelle élève émergea aussitôt après.

Trent sentit les muscles de sa nuque se crisper.

Effectivement, Shaylee Stillman, la nouvelle venue à Blue Rock, était bien la jeune sœur de Julia.

Manque de chance sur toute la ligne.

Pourvu que Shay ne le reconnaisse pas ! Sinon, il ne lui restait qu'à espérer qu'elle tiendrait sa langue jusqu'à ce qu'il ait une occasion de lui parler seul à seule.

Tout de même, le monde était sacrément petit ! songea-t-il, alors qu'avec six de ses collègues il attendait sur la plage qui bordait le lac. Avec leurs blousons identiques arborant fièrement le logo de l'école, ils formaient un groupe impressionnant. Le révérend Lynch se tenait au premier plan, Burdette, un pas derrière lui. Tyeesha Williams, la conseillère en charge des filles et titulaire d'un doctorat en psychologie, les bras croisés sur la poitrine, clignait des paupières pour se protéger les yeux du vent. Rhonda Hammersley, directrice des études, bavardait tranquillement avec Wade Taggert, professeur de psychologie, et Jacob McAllister, l'aumônier. Au bout de la rangée, Jordan Ayres, infirmière et autorité médicale de l'école, s'apprêtait à accueillir la dernière venue.

Celle-ci ne les fit pas attendre.

Shay sortit de l'avion, fermement décidée à ne pas se laisser intimider. Plus petite et plus mince que Julia l'avait jamais été dans le souvenir de Trent, la jeune fille portait un sweat-shirt gris et un jean moulant. Ses cheveux, d'un noir terne et artificiel, étaient ébouriffés et hirsutes, retombant sur ses grands yeux soulignés d'un épais trait de crayon noir. Elle portait plusieurs cordons tressés autour d'un de ses poignets et, aux pieds, des tongs, malgré la température glaciale. Le vernis noir de ses orteils était assorti à la couleur écaillée de ses ongles de mains.

Trent eut le sentiment que son allure rebelle et je-m'en-foutiste lui coûtait en réalité de gros efforts.

Jetant son sac à dos par-dessus son épaule, elle toisa le groupe des figures de l'autorité qui l'attendaient et, autant que ce fût possible, son visage blafard blêmit. Toutefois, sa bouche demeura figée, ses lèvres pâles contractées. Visiblement, elle aurait préféré se trouver autre part, n'importe où, mais pas là.

Trent ne pouvait lui en vouloir. Ses propres tripes se nouèrent lorsqu'il vit Lynch s'avancer. Le moment de vérité était venu.

— Bienvenue à Blue Rock, Shaylee, dit le pasteur.

Elle ne répondit pas, se contentant de regarder avec indifférence la main qu'il lui tendait.

Lynch ne cilla pas.

— Voici M. Trent. Il est responsable des membres de votre groupe, ou « meute », comme on les appelle ici.

— Meute ? répéta-t-elle, les yeux ronds. Sans blague ? Comme pour les animaux sauvages ? Avec un peu de chance, je finirai peut-être chez les loups.

Trent ne tint pas compte du sarcasme.

— Bonjour, Shaylee.

L'espace d'une seconde, il eut l'impression qu'elle plissait les yeux en le dévisageant. A moins qu'il ne soit devenu paranoïaque.

Lynch désigna la femme qui se tenait à côté de lui.

— Voici Mme Burdette, la directrice pédagogique chargée des jeunes filles. Elle sera votre conseillère.

— Bienvenue à Blue Rock, dit Burdette à Shaylee qui, pour toute réponse, leva les yeux au ciel.

Tandis que Spurrier sortait du cockpit une petite valise et un tapis de couchage, Wade Taggert et Jordan Ayres furent présentés en hâte à la nouvelle arrivante. Alors que Taggert, grand et svelte, arborait une expression de perpétuelle inquiétude, Ayres semblait être une force à ne pas négliger. Mesurant près de un mètre quatre-vingts, elle aurait pu passer pour une ex-championne olympique de l'équipe de décathlon d'Allemagne de l'Est. Cheveux blonds coupés court, yeux étonnamment bleus et corps musclé. Une ferme détermination irradiait de sa personne.

Lynch conduisit tout son petit monde le long du quai, vers le groupe de bâtiments qui bordaient la rive.

— Entrons ! Vous pourrez vous installer dès que nous aurons complété votre dossier d'inscription.

— M'installer ? répéta Shaylee. C'est une blague ! Il n'est pas question que je m'installe.

Personne ne protesta. Tous s'étaient attendus à ce genre de réaction. Typique. Le personnel de l'établissement l'avait déjà constatée des centaines de fois.

Shaylee observa les bâtiments de pierre, de verre et de bois de cèdre, qui évoquaient davantage un complexe hôtelier que le centre fermé qu'ils constituaient en réalité. En suivant son regard, Trent surprit plusieurs élèves occupés à épier aux fenêtres pour essayer d'apercevoir leur nouvelle camarade.

— Vous logerez dans la résidence des filles, annonça Burdette. Mais avant de pouvoir emménager dans votre chambre, vous allez devoir vous soumettre à un examen médical et de dépistage à l'infirmerie.

— Dépistage ? s'exclama Shay, son masque de décontraction commençant à se fissurer. Pourquoi ? Vous croyez que je suis défoncée ? Que je me came ? Oh, bon Dieu, je ne suis pas droguée ! Je ne prends aucune drogue ! A moins que vous ne comptiez la caféine dans le Red Bull ! Qu'est-ce que ma mère vous a donc raconté ?

Elle leva un bras vers le ciel, les doigts agrippant l'air d'un geste rageur.

— Quoi ? Que j'étais accro au crack ? A la méthamphétamine ?

McAllister fit un pas en avant et sourit à la jeune fille apeurée.

— Tout ira bien, assura-t-il.

— Ah ouais ? Comment vous le savez ?

Visiblement, elle n'en croyait pas un mot.

— J'ai mes entrées chez l'homme d'en haut, plaisanta McAllister. C'est lui qui me l'a dit.

Shay leva les yeux au ciel, et le jeune ecclésiastique n'insista pas. Ouvrant la marche, Williams et Ayres se mirent en route vers l'infirmerie, située derrière l'intendance.

— Par ici, dit Burdette calmement, avec un geste qui ne laissait guère le choix à Shaylee.

Peu rassurée, cette dernière jeta un coup d'œil par-dessus son épaule, pour essayer de suivre du regard l'aumônier qui traversait déjà le campus dans l'autre sens.

Elle s'aperçut alors que Trent l'observait. Il y avait de la peur dans son regard furieux. Et autre chose aussi — une interrogation. Le front plissé, les yeux étrécis, elle le jaugea.

L'avait-elle reconnu ? Apparemment, non. Du moins Trent l'espéra-t-il.

— Donc, tu dirais que ç'a été une expérience positive ? demanda Julia, assise au bord du canapé dans la petite maison de sa cousine, située dans un quartier de l'ouest de Seattle.

— Bien sûr, répondit Analise en essuyant le visage de sa fillette avec une serviette tiède. C'était super !

Dans sa chaise haute, Chloé, âgée de vingt-quatre mois, protesta vigoureusement en secouant la tête.

— Non ! Maman, non ! s'écria-t-elle.

— Blue Rock a vraiment changé ma vie, continua Analise avant de tenter de calmer la petite. D'accord, d'accord, tu es propre, maintenant…

— Descendre ! ordonna Chloé.

— O.K. ! Tu as gagné.

Analise laissa partir l'enfant qui, après avoir lancé un regard méfiant à Julia, se dirigea en se dandinant vers le chien de la maison. Quelques instants plus tard, rayant le parquet de ses griffes, le bouledogue déguerpissait sans demander son reste, préférant ne plus avoir à subir les pincements et autres papouilles d'une gamine de deux ans trop curieuse.

— Je ne sais pas pourquoi, mais cet endroit, je ne le sens pas, avoua Julia.

— Qu'est-ce qui te fait dire ça ?

— Tous ces mystères, cet isolement… Je ne peux même pas lui téléphoner.

— C'est pour éviter de les perturber. Mais Shaylee sera en mesure de te joindre dans environ une semaine. Et alors, tu te rendras compte que tu t'étais inquiétée pour rien. Au fait, veux-tu une tasse de café ou de thé ? Je crois qu'il me reste même un bon vieux Dr Pepper light dans le réfrigérateur.

— Non, merci, ça va.

Julia suivit néanmoins Analise dans la petite cuisine où la cafetière électrique gardait son café au chaud. Dehors, le jour était gris, la pénombre grandissait entre les branches dénudées d'un massif de lilas qui commençaient tout juste à bourgeonner. La pluie crépitait sur les carreaux, le froid de ce mois de mars s'infiltrait entre les vitres qui semblaient avoir été installées dans les années 1940.

— Pourquoi tu flippes tellement au sujet de Shaylee ? demanda Analise, se versant du café avant de lui en proposer une tasse. Tu es sûre que tu n'en veux pas ?

— Oui, oui, répondit Julia en secouant la tête. J'ai juste l'impression que quelque chose ne tourne pas rond.

— Quoi ? s'enquit Analise, avant de lever aussitôt la main

pour couper court à toute explication. Ecoute, malgré les publicités qui affirment le contraire, Blue Rock est loin d'être un établissement parfait, mais je peux te dire que j'étais une véritable épave quand mon père m'a envoyée là-bas. Tout ce qui m'intéressait, c'était fumer de l'herbe et sortir avec des garçons, j'ai même tâté de la méthamphétamine et de l'ecstasy. Mes résultats scolaires étaient en chute libre et je me suis retrouvée dans cet établissement, seule, sans amis. Au début, ç'a été l'enfer. Je ne te raconterai pas de bobards. Il existe une hiérarchie, là-bas, c'est sûr, comme dans n'importe quelle école, mais j'ai dû me débrouiller toute seule… et j'y suis arrivée.

Elle regagna le séjour où Chloé, les joues pareilles à des pommes rouges, avait acculé le chien derrière le canapé.

— Toutou ! appelait-elle gaiement, avec un sourire qui découvrait ses petites dents. Bent-ley !

— Laisse Bentley tranquille, ordonna sa mère. Viens plutôt ici.

Analise posa sa tasse et souleva l'enfant dans les airs jusqu'à ce que Chloé se mette à rire aux éclats. Le chien en profita pour quitter précipitamment son refuge et aller se coucher dans son panier, d'où il guetta l'enfant d'un regard inquiet.

— En réalité, ils s'entendent très bien, tous les deux, affirma Analise. Bentley adore Chloé, mais il a onze ans et il n'est plus aussi alerte qu'avant.

Elle s'assit dans le fauteuil à bascule, sa fille sur les genoux. Délaissant son café, la jeune mère prit une couverture et un recueil de récits bibliques Sans cesser de parler à Julia, elle se mit à feuilleter les pages. Chose étonnante, Chloé ne fit pas mine de se débattre pour descendre.

— C'est là que tu as trouvé Dieu, n'est-ce pas ? demanda Julia. A Blue Rock.

— Ç'a été un tournant dans ma vie, en effet.

— C'est facultatif ? Je veux dire, la religion et tout ça ?

— Non, non, c'est obligatoire. Et il n'est pas question de croire en n'importe quelle force suprême, mais au vrai Dieu des chrétiens.

— Enfin, « vrai » pour les chrétiens.

— Tu peux dénigrer si ça t'amuse, Julia, mais beaucoup de jeunes, moi y compris, ont trouvé Dieu et écoutent sa parole et son enseignement. Cela nous aide à nous libérer de nos dépendances. Cela nous aide à vivre.

Effectivement, songea Julia. Analise paraissait heureuse, en paix.

— Mais ça revient à échanger une obsession pour une autre, à remplacer la drogue par la religion.

— Il n'y a que les gens blasés pour voir les choses de cette façon, répliqua Analise, semblant pour la première fois un brin nerveuse, inquiète même. Ecoute, Julia, je ne sais pas pourquoi tu es si farouchement opposée à cette école. Elle m'a aidée ; il se peut qu'elle soit la solution pour Shaylee. Dieu sait qu'elle en a besoin… Comme ç'a été le cas pour moi. Je serais peut-être morte, à l'heure qu'il est, si je n'étais pas allée à Blue Rock. Et je n'aurais jamais rencontré Eli.

— Le petit Jésus ! s'exclama Chloé, en pointant du doigt une page de son livre.

— Tu as raison, c'est Jésus, approuva sa mère.

— Tu sais quelque chose au sujet de Lauren Conway ?

— Qui est-ce ?

— La fille qui a disparu il y a quelques mois. De Blue Rock. J'ai fait des recherches sur internet et dans toute la presse. Mais autant que je sache, on ne l'a pas retrouvée.

Le front lisse d'Analise se plissa.

— Je ne suis pas au courant. Quand j'étais là-bas, un garçon a essayé de partir, mais l'un des AE l'a convaincu de revenir.

— Les « AE » ?

— Les assistants d'éducation. Ce sont des étudiants qui ont obtenu leur diplôme et qui restent pour travailler à l'école. Chaque « meute » — c'est le groupe auquel tu es affecté au moment de ton inscription — est dirigée par un professeur et au moins un AE pour l'aider et, en quelque sorte, assurer la communication avec les membres de la meute. Combler le fossé des générations, si tu veux. Les AE sont des gens à qui tu peux parler. Ils sont déjà passés par ce que tu as subi et sont plus beaucoup proches de toi par l'âge, ce qui fait qu'il est plus facile de se confier à eux.

— Et ensuite ils rapportent tout aux professeurs.

— Non… pas vraiment. Eli était mon AE et, tu vois, j'ai fini par l'épouser, conclut Analise avec un sourire de fierté.

Mais Julia ne partageait pas son enthousiasme. A ses yeux, Eli Blackwood était un Monsieur Je-Sais-Tout moralisateur qui, manifestement, exerçait à loisir son emprise sur sa femme. Il y avait quelque chose de sournois chez lui, quelque chose que Julia trouvait dérangeant. Or, Analise paraissait folle de lui ; il pouvait donc la tyranniser en toute tranquillité. Cependant, ce n'était pas le moment d'aborder le sujet.

— J'imagine, demanda Julia, que le fait d'avoir une liaison avec son AE n'était pas vu d'un très bon œil.

— Bien sûr, mais nous ne nous sommes mis ensemble, enfin, ouvertement, que lorsque je suis revenue ici et qu'il a eu terminé son trimestre.

— Comment ça s'est passé ?

Pour la première fois, Analise détourna le regard, et une expression plus qu'anxieuse se peignit sur son visage.

— Pas très bien, admit-elle. Comme Eli avait été, disons, « choisi », faute d'un meilleur terme, pour devenir l'un des AE spéciaux, on s'attendait à ce qu'il reste jusqu'à la fin de ses études supérieures.

— Spéciaux ?

Analise haussa les épaules.

— Les étudiants les plus prometteurs sont inscrits à un programme d'études réservé à l'élite. L'école a mis au point un cursus en ligne, en partenariat avec une université locale du sud de l'Oregon. Eli remplissait les conditions pour y participer, mais il a décidé de poursuivre ses études ici, à Seattle.

Elle se mordit la lèvre, puis reprit :

— Ça n'a pas très bien marché, avoua-t-elle.

Tout en parlant, elle entortillait les boucles dorées des cheveux de sa fille autour de ses doigts, mais elle semblait avoir l'esprit ailleurs, dans un autre monde.

Julia demanda :

— Quelles ont été les conséquences de son départ ?

— Aucune. Nous nous sommes mariés dès que j'ai décroché mon diplôme de l'école d'infirmières, et nous avons adopté Bentley dans un refuge pour chiens. Nous avons acheté cette maison, puis Chloé est née.

— Et tu n'as aucun commentaire négatif à faire sur Blue Rock ?

— Non, s'empressa de répondre Analise.

Presque trop vite, de l'avis de Julia. Puis elle ajouta :

— Tu ne crois pas que tu te bats contre des moulins à vent, Julia ? Je sais que Shaylee et toi étiez très proches quand elle était petite, mais vous avez changé, toutes les deux, et il se peut que Shay ne soit plus la gentille petite fille innocente d'autrefois.

— Je ne pense pas qu'elle soit innocente ou naïve, reconnut Julia. Plus maintenant. Mais c'est dur pour les jeunes, dans ce monde.

— Je sais, et tu as toujours eu l'impression qu'elle et toi étiez seules contre tous.

— Oui, parfois.

— Mais voyons, nous ne sommes pas si vieilles, toi et moi... Pour nous aussi, c'était dur.

Chloé se tortilla sur les genoux de sa mère.

— Ah, on dirait que quelqu'un a sommeil, remarqua Analise.

La petite n'avait pas du tout l'air d'accord pour faire une sieste, mais Julia saisit l'allusion.

— Je ferais bien d'y aller, de toute façon, dit-elle.

Elle se leva pour aller prendre son manteau et son écharpe accrochés au portemanteau, près de la porte d'entrée.

— Oh, encore une chose ! ajouta-t-elle. Y avait-il une prof nommée Maris Howell, quand tu étais élève là-bas ?

— Je ne crois pas.

— Elle enseignait les sciences sociales, il me semble.

Analise secoua la tête.

— Ça fait huit ans, Julia, mais le nom ne me dit rien. Pourquoi ?

— On s'est arrangé pour qu'elle parte. Une affaire de scandale avec un étudiant.

— Vraiment ? s'étonna Analise avec une grimace. Elle a été renvoyée ?

— Je n'en suis pas sûre.

— Les histoires entre élèves et profs, c'est interdit, à Blue Rock.

— C'est interdit partout. N'empêche, ça arrive tout de même.

Julia enroula son écharpe autour du cou.

— Je pensais que tu saurais peut-être ce qui s'était passé, qui était l'étudiant en question.

Mais sa cousine secoua la tête tout en lui ouvrant la porte.

— Ni Eli ni moi n'avons eu beaucoup de contact avec l'école, depuis qu'il l'a quittée.

— Au revoir ! dit Chloé comme pour pousser Julia dehors.

— Au revoir, Chloé. Merci, Analise.

— De rien. A bientôt.

Analise resta plantée sur le perron quelques secondes tandis que Julia dégringolait les marches pour regagner sa voiture garée dans la rue. Sa Volvo se retrouvait coincée entre un 4x4 et un monospace, mais elle réussit à se dégager. Dans le rétroviseur, elle regarda Analise rentrer chez elle, sa fille dans les bras.

Analise était une inconditionnelle de Blue Rock. Et, en toute honnêteté, il fallait reconnaître que l'école l'avait réellement aidée à se remettre sur pied. Après sa visite à sa cousine, Julia aurait donc dû se sentir plutôt rassurée au sujet de cet établissement.

Au lieu de cela, elle se sentait plus mal à l'aise que jamais.

# 5

Shaylee balaya du regard la pièce où elle était retenue. De confortables fauteuils éparpillés çà et là, quelques tables, des lampes. Et même un aquarium. Le tout soigneusement gardé sous clé.

Seul un imbécile fini resterait là, se dit-elle. Et s'il y avait une chose dont elle était certaine, c'était que, selon tous les tests qu'elle avait passés pour déterminer son QI, Shaylee Stillman n'avait rien d'une imbécile.

Elle ne savait pas trop comment c'était possible, compte tenu de son patrimoine génétique, mais bon, ça lui convenait tout à fait de posséder plus de facultés intellectuelles que son père et sa mère réunis. Edie et Max — existait-il pire combinaison en matière de parents ? A son avis, sûrement pas. Enfin, peut-être Julia était-elle encore plus mal tombée, car Rip Delaney avait été le dernier des derniers.

Shay avait déjà passé beaucoup trop de temps à penser à ses losers de parents pendant qu'elle attendait son heure, dans la salle d'orientation de cette école merdique. Une journée et une nuit à Blue Rock avaient suffi pour lui faire comprendre que cet endroit était un cauchemar. Pas de téléphone mobile, pas de courrier électronique, pas de télé, excepté en groupe le dimanche, pendant quatre heures. Pas d'iPod, pas de Facebook, pas de MySpace. Rien pour décompresser. Elle n'était pas censée contacter qui que ce soit, n'avait pas le droit, en fait, de passer de coups de téléphone, sauf en cas d'urgence, et encore, sous la surveillance d'un membre du personnel lobotomisé de ce camp de concentration nouvelle tendance.

On lui avait donné l'emploi du temps de ses cours et les noms de ses professeurs — beau programme en perspective ! Cooper Trent, le professeur sexy d'éducation physique, l'aiderait à se maintenir en forme. DeMarco, le Latino-Américain qui ressemblait à G.I. Joe, lui enseignerait la chimie et la trigo. La pétulante Mme Hammersley lui ferait découvrir les joies de l'anglais et de l'histoire mondiale. Ce fêlé de Wade Taggert lui donnerait des cours de psycho et, évidemment, elle apprendrait toutes les raisons qui la conduiraient en enfer, sous la houlette du très révérend Lynch. Dommage qu'elle n'ait pas de cours avec l'aumônier dont elle avait fait la connaissance sur l'embarcadère. Il avait l'air intéressant, avec ses yeux bleus pleins de chaleur et son sourire sincère. Mais non, bien sûr, ça ne risquait pas ! Ses séances de soutien psychologique étaient prévues avec le révérend Lynch et Tyeesha Williams, qu'on pouvait difficilement qualifier de frangine. Il y avait aussi un truc appelé activités de plein air, avec une sorte de sergent instructeur nommé Flannagan. Pardon, monsieur Flannagan ! Au bout du compte, ses journées seraient entièrement occupées par les cours, puis par les corvées avec sa « meute ».

Quel désastre ! Mais où Edie avait-elle eu la tête ?

Shay se passa la main dans les cheveux. Il fallait à tout prix qu'elle sorte de là. Qu'elle trouve un moyen de rentrer à la maison. Mais ça s'annonçait plutôt difficile. Ce maudit endroit se trouvait au bout du monde.

A l'exception de l'hydravion, la seule voie d'accès était une route étroite et tortueuse qui coupait à travers les montagnes. Elle l'avait aperçue d'en haut, le jour où elle était arrivée. Une route en pente raide qui épousait les escarpements. Terrifiante, mais praticable. Bien entendu, il y avait un énorme portail et un poste de garde, à un ou deux kilomètres du centre du campus. Peu de chances de franchir pareil obstacle. Mais tout de même, si le ravitaillement et le personnel pouvaient entrer, quelqu'un doté d'un minimum de cervelle arriverait sûrement à s'évader.

Arpentant le parquet de long en large, Shay grattait distraitement sur son bras le pansement qui recouvrait la marque laissée par la prise de sang. L'infirmière l'avait piquée et avait rempli une grosse seringue.

Toutefois, Ayres ne faisait que son boulot. Se conformer à la décision du juge et acheter la tranquillité d'Edie. En repensant à la décision de sa mère de l'envoyer ici, Shay sentit sa colère s'enflammer. Elle était censée avoir eu son mot à dire en la matière — le juge leur avait permis de choisir une institution —, mais Edie l'avait privée de ses droits.

Et on pouvait faire confiance à Edie pour jeter son dévolu sur la première école qu'elle avait trouvée, histoire de se débarrasser du problème le plus vite possible. Le cœur de Shaylee en était transpercé de douleur, cette vieille douleur du rejet qu'elle avait toujours éprouvée avec ses parents. Max et Edie Stillman — une union de courte durée, qui s'était terminée par un divorce et par le départ de son père. Le plus dur, c'était que ce dernier n'avait à aucun moment regardé en arrière. Comme s'il n'avait jamais pensé à elle. Elle répétait à qui voulait l'entendre qu'elle le haïssait, mais tout au fond d'elle, elle aurait voulu qu'il lui manifeste un semblant d'intérêt. Rien qu'une fois.

Peut-être était-ce à cause d'Edie qu'il rejetait sa fille unique. Shay l'espérait. Nul besoin d'un diplôme en psychologie pour se rendre compte qu'Edie était complètement détraquée. Le fait qu'elle ait épousé Rip Delaney deux fois prouvait bien qu'il lui fallait toujours un homme dans sa vie — quoi qu'il arrive.

De nouveau, les pensées de Shay s'attardèrent sur son père. Riche, affable, prompt à plaisanter et « sacrément séduisant », comme l'avait souvent fait remarquer Edie, même si Shay soupçonnait que la fascination de sa mère pour Max tenait davantage à la fortune des Stillman, dont on lui avait rebattu les oreilles toute sa vie.

Shay chassa l'image de son père de son esprit et cligna des paupières pour refouler les larmes qui lui brûlaient les yeux.

Pas question de céder aux pleurs.

Même si elle se sentait malheureuse.

Elle dut pourtant se racler la gorge pour défaire le nœud qui s'y était formé.

Sa famille... Si on pouvait l'appeler ainsi. Elle espérait seulement ne jamais, jamais, devenir comme sa mère.

Elle s'est mariée trois fois, et deux fois avec le même type. Est-ce donc si terrible ?

Peut-être pas. En tout cas, s'il n'avait tenu qu'à elle, cette chère vieille Edie se serait empressée d'ajouter son nouveau fiancé — un jeune fana de golf nommé Grant Skyes — à la liste de ses maris. Une fois de plus, Shay sentit cette douleur tout au fond d'elle et, une fois de plus, elle la réprima, avec l'espoir qu'aucune de ces fichues caméras cachées ne l'avait vue s'essuyer les yeux pour ne pas faire dégouliner son mascara.

Shay en avait plus qu'assez de cette petite pièce derrière les portes verrouillées de l'infirmerie. Son seul espoir de sortir de là, c'était Julia, elle le savait. Sa demi-sœur ne manquerait pas de découvrir que cette école n'était qu'une fumisterie — guère plus qu'une prison. Mais d'abord, il fallait qu'elle trouve un moyen de communiquer avec le monde extérieur, d'entrer en contact avec Julia, et ça, ce serait sûrement compliqué.

Et puis, il y avait Wolf. De son vrai nom, Jensen Wolfe. Ça faisait un moment qu'ils sortaient ensemble. A vingt-trois ans, il était tellement plus mûr que les autres garçons de son âge ! Et maintenant, à cause de ce coup du braquage de la supérette, il allait finir en prison. Si seulement elle avait pu lui parler ! Wolf était peut-être la seule personne sur terre qui la « prenne aux tripes ».

Elle poussa un soupir et s'assit sur l'accoudoir d'une petite causeuse. Ça ne faisait pas vingt-quatre heures qu'elle était arrivée, et on la maintenait toujours en quasi-isolement dans l'attente des résultats de ses analyses toxicologiques, qui seraient évidemment négatifs.

Elle n'avait fumé qu'un peu d'herbe, cette année. Elle avait bien sniffé une fois de la cocaïne, mais il y avait plusieurs mois de cela. Malgré ce que pensait sa maman chérie, Shaylee n'était pas une droguée. Cela dit, il fallait reconnaître qu'Edie n'avait pas inventé la poudre. Il suffisait de voir les choix qu'elle faisait en matière d'hommes !

Mais ce n'était pas le moment de se faire de la bile à propos de sa mère. Pas tant qu'elle se trouvait dans cette galère. « Dépistage », avait dit Burdette. Tu parles !

Où l'enverrait-on ensuite ? Sa conseillère psychologique, la grande Black qui s'appelait Williams, avait dit qu'elle emménagerait de façon semi-permanente avec une camarade de chambre afin de se « socialiser » et de « se mettre à l'aise » avant qu'on ne lui attribue une chambre individuelle. En clair : jusqu'à ce qu'on puisse lui faire confiance et cesser de l'espionner vingt-quatre heures sur vingt-quatre. C'était nul, nul, nul. Archinul.

Mais elle était coincée, du moins pour le moment, et, pour tout arranger, sa camarade de chambre, une fille qu'on lui avait présentée au dîner, semblait aussi intéressante qu'un de ces films étrangers dont Edie se gargarisait sans arrêt. Elle s'appelait Nona Vickers et venait de quelque part dans le Midwest.

Shaylee n'avait pas encore eu l'occasion de parler avec Nona, mais elle se doutait déjà que leurs relations seraient difficiles et désagréables. Elle avait été « la nouvelle » dans quantité d'écoles, elle connaissait la chanson. Tout d'abord, on la tiendrait à l'écart, on la regarderait avec curiosité, et quelques bonnes âmes essaieraient peut-être même de la prendre sous leur aile. Mais il lui faudrait faire ses preuves, si elle voulait trouver de vrais amis, et cela, elle n'était pas certaine de le souhaiter. Pas encore. Pas avant qu'elle ait tout percuté à propos de cet endroit.

A condition, naturellement, qu'elle y reste assez longtemps.

Elle croisa les doigts. Avec un peu de chance, d'une manière ou d'une autre, Julia la sortirait de là.

Shay se remit sur ses pieds et arracha le pansement du creux de son coude, là où cette horrible infirmière avait planté une seringue pour lui tirer du sang. Elle fit le tour de la pièce, sans prêter attention aux livres éparpillés sur les tables. Tous ces trucs sur Dieu et ces foutaises de développement personnel dont elle n'avait rien à faire étaient soigneusement étalés sur une table basse.

Sous une étagère chargée d'ouvrages du genre *La Réponse* ou *Avec Jésus dans ma vie*, dans un aquarium glougloutant, des poissons aux couleurs vives frétillaient entre de faux rochers et des plantes artificielles. Shay avait passé une heure à observer une minuscule et craintive anguille cachée dans sa petite grotte près d'un bouquet de corail. De temps en temps, la bestiole s'enhardissait et sortait la tête un instant avant de la rentrer aussitôt.

— Je comprends ce que tu ressens, confia-t-elle au timide petit poisson.

Au son de sa propre voix, elle regarda par-dessus son épaule, certaine que quelqu'un la surveillait, l'écoutait, notait chacun de ses gestes. Depuis l'instant où elle avait mis les pieds dans l'hydravion, elle avait l'impression que des yeux invisibles l'observaient, avec autant de malveillance que de curiosité.

« Paranoïaque, Shay, tu deviens parano. Encore un peu et tu finiras comme Julia, complètement démolie, paralysée des sentiments. Franchement ! Comme si tu pouvais vivre avec elle ! Julia est une loque. »

Shay n'en savait pas moins, en son for intérieur, que sa sœur était sa seule planche de salut. La seule personne qui l'aiderait à sortir de cette école qui lui flanquait les jetons.

Aucun de ceux qu'elle avait rencontrés ici ne lui serait d'un grand secours. La première personne avec laquelle elle était entrée en contact était le pilote, Spurrier. La quarantaine, les cheveux et les yeux bruns, il n'avait cessé de scruter l'horizon tout le temps qu'il était resté aux commandes de son appareil. Au moins avait-il gardé le silence, son casque sur les oreilles, se bornant de temps en temps à parler de choses et d'autres. De leur brève conversation, elle avait appris qu'il ne se contentait pas de piloter l'avion, mais qu'il faisait aussi partie de l'équipe enseignante de l'institution.

Elle avait également aperçu quelques-uns de ceux qu'elle considérait comme des « détenus », en train de l'épier par les fenêtres au moment où elle traversait le campus. Puis il y avait ces deux types à l'infirmerie, âgés d'une vingtaine d'années, qui semblaient bénéficier de privilèges particuliers. L'un était asiatique, l'autre latino-américain. Apparemment, ils travaillaient là. A travers la paroi vitrée séparant la réception de sa « cellule », elle avait regardé l'Asiatique pianoter avec application sur le clavier d'un ordinateur portable. Son copain n'était pas aussi concentré sur son travail. Il avait croisé son regard à deux reprises, avait même ébauché un léger sourire, mais changeait bien vite de masque dès que quelqu'un arrivait. Quant à Ayres, cette grosse brute d'infirmière, elle était sans conteste la patronne de l'infirmerie.

Tripotant la croûte minuscule sur son bras, Shay se demanda s'il lui serait possible de s'assurer le concours du garçon latino. Il lui avait nettement témoigné de l'intérêt. Elle avait besoin d'un allié, et il était le premier ami potentiel qu'elle eût repéré jusqu'à présent.

Elle passa en revue les autres personnes dont elle avait déjà fait la connaissance, pour la plupart des membres du personnel, mais les rejeta tous, avant de se rappeler le type qui allait être le chef de sa « meute », quoi que cela puisse signifier.

Il avait les cheveux un peu plus longs que les autres, la peau hâlée par des heures d'exposition au soleil, même si l'on était encore en hiver. Il y avait un je-ne-sais-quoi, en lui, qui la tarabustait. Comment s'appelait-il déjà ?

M. Trent ?

Ce nom de Trent lui disait vaguement quelque chose, même si elle était pratiquement certaine de ne jamais l'avoir rencontré. Elle s'en serait souvenue, attendu qu'il était plutôt sexy.

Qui était-il ? Elle s'assit sur l'accoudoir du canapé, croisa les jambes et tambourina distraitement sur sa cuisse avec ses doigts.

Il était assez craquant, dans le genre cow-boy rugueux qui plaît à pas mal de femmes. Mais il était vieux. Selon toute vraisemblance, plus de trente ans. Peut-être trente-quatre ou trente-cinq.

Et puis, il y avait aussi l'aumônier, McAllister. Elle se demanda où il était en ce moment… si elle le reverrait bientôt. Quelque chose en lui semblait ne pas cadrer avec son col d'ecclésiastique…

La porte vitrée s'ouvrit brusquement.

Surprise, Shay leva la tête et vit Tyeesha Williams faire son entrée, un large sourire aux lèvres, suivie de Nona, une fille pâle aux grands yeux de biche, dont les cheveux châtains étaient si plats et si fins que ses oreilles suffisaient à en séparer les mèches.

— Bonjour, Shaylee ! dit Williams, de cette voix doucereuse que Shay avait déjà pris en horreur. J'ai pensé que Nona et vous pourriez faire un peu connaissance.

— Salut, dit Nona avec un de ces sourires mielleux que Shay détestait.

Shaylee ne répondit pas.

— Nona vient de Minneapolis, précisa Williams.

« Et alors ? »

— Elle est ici depuis, quoi, dix mois ?

« Dix mois ? Pas possible ! » Shaylee tressaillit intérieurement. Elle en mourrait, si elle devait rester ici aussi longtemps.

— Presque onze, rectifia Nona, tripotant la fine croix d'argent suspendue à une chaîne autour de son cou.

Bien qu'une certaine timidité fût perceptible dans sa façon de tourner la tête, il y avait quelque chose qui clochait dans sa modestie, une lueur dans ses yeux qui trahissait une forte personnalité sous l'humilité de façade.

— Alors pourquoi dois-tu encore partager ta chambre ? demanda Shay. Je croyais que tout le monde ici avait droit à une chambre privée au bout d'un certain temps. Ce n'est pas ce que vous m'avez dit ? ajouta-t-elle en tournant le regard vers la conseillère.

— Nona envisage de rester ici en tant qu'assistante d'éducation une fois qu'elle aura obtenu son diplôme de fin d'études, annonça Williams avec fierté.

— Pourquoi ?

Shay ne pouvait imaginer de demeurer dans cet établissement une seconde de plus que nécessaire.

— C'est une chance pour moi, répondit Nona. Ici, à Blue Rock, j'ai découvert de formidables perspectives d'avenir, une nouvelle vie. Une foi nouvelle en Dieu et dans mon pays.

Ses lèvres se retroussèrent en un sourire, à croire qu'elle était pénétrée de la vérité divine.

Ou qu'on lui avait fait un lavage de cerveau.

Shay se sentait écœurée. A ses yeux, Nona n'était qu'une marionnette jouant une comédie soigneusement répétée. Tout dans cette école était surréaliste, complètement déconnecté de la réalité.

— Tu ne veux pas rentrer chez toi ?

— Pas avant d'être prête.

— Moi, je suis prête, déclara Shay.

Williams émit un petit rire entendu qui l'agaça au plus haut point. La conversation se poursuivit en banalités futiles, destinées à faire sortir Shay de sa coquille et l'aider à se sentir à l'aise et en sécurité.

Et puis quoi encore ?

Le visage de Williams s'épanouit en un large sourire.

— Nous devons partir, maintenant, Shaylee, mais demain, je crois que vous pourrez vous installer dans votre propre chambre avec Nona !

— Waouh ! Style soirée-pyjama des années 1950 ? Dommage que je n'ai pas emporté ma jupe rock'n roll !

— Aïe ! s'exclama Williams, qui laissa toutefois échapper un petit rire.

La pieuse Nona la scruta du regard. Etait-ce un effet de l'imagination de Shay, ou bien Nona s'efforçait-elle de réprimer un sourire ?

Shay les regarda s'éloigner. Quelque chose ne tournait pas rond chez Nona Vickers, elle le sentait. Même si sa nouvelle camarade de chambre ne manifestait pas la moindre résistance au programme éducatif de l'institution, Shaylee sentait que sous la croix d'argent et l'obéissance docile, cette fille cachait autre chose.

Avec son air effacé et malléable, Nona Vickers pouvait bien constituer une force avec laquelle il faudrait compter.

De sa cachette dans les combles de la chapelle, le Guide se tenait à l'affût. Il attendait une autre occasion de l'apercevoir, cette nouvelle élève qui venait s'ajouter à l'effectif toujours croissant de Blue Rock. Par la haute fenêtre de la chapelle, il regardait au travers des vitres de l'infirmerie, dans l'espoir de la voir.

C'était de la folie, cette attirance qu'il éprouvait envers cette fille. La dernière aurait dû lui servir de leçon, d'autant plus qu'il savait, tout au fond de lui, que les femmes étaient son point faible. Depuis l'époque de sa puberté, sa fascination pour le sexe opposé était devenue pour lui un bienfait tout autant qu'une malédiction.

Lauren Conway l'avait séduit.

Un souvenir fugace lui revint à la mémoire. Il la revit : une fille grande, athlétique, superbe, presque une femme — ou du moins l'avait-il cru. Mais, bien sûr, il s'était trompé. Elle avait si bien dissimulé sa traîtrise sous le masque de l'innocence qu'il en était venu à lui faire confiance.

Et ç'avait été une erreur fatale.

Alors pourquoi diable se laisserait-il à présent ensorceler par celle-là ?

Se rapprocher d'elle serait une grosse bêtise.

Il le savait.

Les problèmes que Lauren lui avait causés témoignaient d'un défaut de jugement de sa part. Sa beauté l'avait envoûté, et il avait baissé sa garde. Maligne et culottée, elle avait attiré son attention dès le premier jour où il l'avait vue. Avec ses yeux bleus aussi irrésistibles qu'un lac de montagne, ses pommettes saillantes, son épaisse chevelure brune, presque noire, qui ondulait sur ses épaules, et sa petite bouche boudeuse, promesse de plaisirs intimes, Lauren s'était révélée une séductrice.

Il avait été stupide.

Dans son extase, il avait oublié sa mission.

Il ne pouvait se permettre de commettre la même erreur une seconde fois. De toute façon, il avait déjà assez de disciples comme ça, non ? Une de plus, et ils seraient trop nombreux, augmentant d'autant le risque de se faire remarquer.

Ou bien y avait-il encore de la place pour une nouvelle initiée, plus belle et plus désirable ?

Il l'aperçut enfin derrière la vitre. Elle faisait les cent pas. Comme un animal en cage.

Dieu qu'elle était ravissante, dans le genre rebelle qu'il trouvait si fascinant ! L'esprit vif, un QI qu'on disait proche du génie, Shaylee Stillman était un mélange explosif d'impétuosité et de beauté. Le feu qui couvait dans ses yeux plissés disait qu'elle n'accepterait pas facilement son admission forcée dans l'école. Peut-être était-elle mûre pour ce qu'il avait à lui offrir ; il pourrait lui proposer une place qui lui permettrait de s'élever, lui accorder des privilèges spéciaux au fil du temps. Elle était jeune ; il n'aurait aucun mal à la modeler à sa guise.

D'impatience, il se frotta le bout des doigts et sentit une vague brûlante déferler sur sa peau, la chaleur de son propre sang coulant dans ses veines. A la pensée du corps doux, souple et consentant de Shaylee, son pénis tressaillit, reprit vie.

Il s'imagina, appuyé sur les coudes, penché au-dessus d'elle, le regard planté dans ses grands yeux noisette. Ils seraient écarquillés d'impatience, brûlants de désir. Elle gémirait tandis qu'il lui effleurerait les cheveux et l'embrasserait dans le creux du cou. Son corps ondoyant répondrait à ses caresses, elle se cambrerait en même temps qu'il lui écarterait les genoux avec les siens. Elle serait sa servante dévouée et lui accorderait toutes les faveurs sexuelles qu'il lui demanderait.

Shaylee. Son seul nom suffisait à précipiter un afflux de sang à ses oreilles.

« Ne fais pas ça… Il ne faut pas. Tu te souviens de Lauren ? As-tu oublié la leçon ? Et si elle te rejetait ? Si elle repoussait tes avances et te les balançait à la figure ? Pis encore, si elle parlait ? Lauren t'a facilité les choses, mais si celle-là te dénonçait ? »

Qui la croirait ?

Il regarda Shaylee s'approcher de l'aquarium, et toutes ses inquiétudes s'envolèrent.

En imagination, il se projeta des images de son corps nu étendu sous lui, de ses seins pleins et fermes attendant qu'il les caresse, les embrasse, les titille avec ses dents…

A cette pensée, il sentit ses genoux fléchir. Il la posséderait. Absolument. Et elle le désirerait, attisant encore sa concupiscence. Il lui ferait une place parmi ses disciples secrets, pour réchauffer son lit.

Sa gorge était sèche, son pénis en érection. Il tendit la main vers sa braguette, histoire de calmer son excitation en attendant de pouvoir se trouver avec elle. Ses doigts effleurèrent sa fermeture Eclair.

Criiiss !

Une porte s'ouvrit au rez-de-chaussée.

Merde !

Il ne fallait pas qu'on le trouve ici.

Pas comme ça.

Son sexe se ratatina d'un seul coup.

Il jeta un dernier regard par la fenêtre et la vit rejeter ses cheveux noirs derrière ses épaules avant de lever les yeux vers la vitre, comme si son instinct lui avait soufflé qu'il observait le moindre de ses mouvements.

L'espace d'un instant, il retint son souffle, avant de se convaincre qu'elle ne pouvait pas le voir dans l'ombre. Puis, sans faire de bruit, il descendit furtivement l'escalier de derrière, tout en se demandant combien de temps il lui faudrait pour que ses fantasmes érotiques deviennent réalité.

# 6

— Salut, Julia !

La voix d'Eli retentit dans son portable tandis qu'elle se garait sur la place qui lui était réservée, sur le parking de sa résidence.

— Analise m'a dit que tu étais venue. Désolé de t'avoir manquée.

— Ce n'est pas grave.

Elle tira sur le frein à main et coupa le moteur. Pour quelle raison Eli l'appelait-il donc ? C'était la première fois. Il s'était toujours montré relativement amical lors des réunions de famille, mais ne lui avait jamais téléphoné de sa propre initiative, pas plus qu'il n'était passé la voir.

— Qu'y a-t-il ?

Jonglant avec son sac à main et son téléphone, elle sortit de sa voiture et verrouilla les portières. Une pluie fine tombait du ciel gris et lui dégoulinait dans le cou.

— Tu voulais te renseigner sur Blue Rock, c'est ça ? Parce que Shay est inscrite là-bas ?

— Oui, en effet.

— Pourquoi toutes ces questions ?

— Je cherchais des informations de première main.

— D'après Analise, ça ne te plaît pas que Shay ait été envoyée là-bas.

Elle courut vers sa porte d'entrée.

— Non, ça ne m'emballe pas du tout, grommela-t-elle.

— Pourquoi ?

— Je pense qu'il existe d'autres solutions.

Elle se pencha pour ramasser un prospectus détrempé que quelqu'un avait laissé sur le seuil — une publicité pour l'inciter à faire nettoyer sa moquette.

— Si j'ai bien compris, Shay a besoin qu'on la remette dans la bonne voie.

— Ou simplement qu'on l'aide et qu'on la conseille, suggéra-t-elle.

Eli faisait preuve d'une suffisance qui avait toujours eu le don de taper sur les nerfs de Julia.

— C'est ce que je voulais dire. Un peu de fermeté en même temps que de l'affection. On ne peut pas dire qu'il y en ait eu beaucoup dans ta famille, avec Max qui a quitté ta mère et tous ces ennuis à propos de Rip.

— Des ennuis ?

— Ouais…

— Il a été assassiné, Eli, lui rappela-t-elle sèchement, en se relevant pour introduire sa clé dans la serrure. Tué par un individu qui est entré chez nous par effraction.

Elle sentit soudain un élancement dans son crâne, comme un coup de tonnerre qui préludait toujours à la même vision — celle de Rip étendu sur le sol, la fixant du regard, le souffle court, les lèvres cramoisies, et elle, debout au-dessus de lui…

Avait-elle tenu le couteau dans ses mains ?

Ou bien cette image n'appartenait-elle qu'au cauchemar qui la hantait ?

— Ne le prends pas mal. Je disais seulement que Shaylee a grandi sans vraiment profiter d'une figure paternelle forte auprès d'elle.

— Et c'est Blue Rock Academy qui va lui en fournir une ? rétorqua-t-elle en tournant la poignée de la porte.

— L'école lui inculquera des principes solides. Des règles de vie à respecter. Elle y trouvera des conseillers à qui parler. De bons chrétiens qui lui montreront comment mener une vie épanouie.

— On croirait entendre un de ces témoignages que j'ai lus sur internet.

La porte était de nouveau coincée, gonflée par l'humidité de la pluie. Non sans mal, elle l'ouvrit d'un coup d'épaule et nota, dans un coin de son esprit, qu'il faudrait en parler à l'agent d'entretien de la résidence.

— Blue Rock est un endroit formidable. Idéal pour Shaylee.

Jetant le prospectus détrempé sur une table près de la porte, elle répondit :

— Contente de l'apprendre, merci !

— Eh bien… alors… tout va bien, non ?

— Est-ce que ça n'a pas toujours été le cas, Eli ?

— Oui, mais… Enfin, Analise avait peur que tu ailles fouiner.

— Fouiner ?

— Créer des ennuis.

— Encore ce mot ? Des ennuis pour qui ? Pour toi ?

— Analise t'a dit que nous n'avions pas quitté l'école dans les meilleurs termes, n'est-ce pas ? Mais c'est nous qui l'avions décidé. Personne à Blue Rock n'avait rien à se reprocher.

— Je ne comprends pas, dit-elle, appuyée contre le mur, son manteau dégouttant de pluie sur le tapis devant la porte.

Toutes griffes sorties, Diablo s'étira sur le dossier du canapé.

— Où veux-tu en venir, Eli ? Es-tu en train de me dire que quelqu'un à Blue Rock pourrait vous causer des problèmes ? C'est ça ?

Elle avait peine à le croire.

— Et tu as peur de ne plus être invité à la réunion annuelle des anciens élèves ?

Le chat descendit du canapé d'un bond et accourut vers sa maîtresse. Julia se pencha pour lui gratter le menton de sa main libre.

— Non, ce n'est pas ça !

— Alors, qu'est-ce que c'est, Eli ? Hein ? Pourquoi paniques-tu tellement à l'idée que je parle de cette école avec ta femme… ?

— Ça n'a rien à voir ! l'interrompit-il. Seulement, je ne

crois pas que tu connaisses Shay aussi bien que ça. Cette fille est une source d'embêtements. Elle a besoin d'être encadrée. Il faut qu'elle apprenne le respect.

— Je crois que je connais assez ma propre sœur. Alors n'essaie pas de détourner la conversation en t'en prenant à elle. De quoi as-tu donc peur ?

— De rien. Nous… je n'ai peur de rien.

Mais Julia n'était pas dupe. Un lourd silence plana un instant. Elle se releva, et Diablo se mit à décrire des huit entre ses pieds mouillés.

— Ecoute, Julia… J'étais un peu inquiet, c'est tout. Fais ce que tu as à faire, d'accord ? Mais ne va pas te plaindre, ensuite, que je ne t'avais pas prévenue.

— De quoi, Eli ?

Il hésita puis, baissant la voix, dit presque dans un murmure :

— De ce que tu pourras découvrir. Il se peut que ça ne te plaise pas, Julia.

Et sur ce, il raccrocha avec un clic sonore et sans appel.

— Pauvre type ! lança-t-elle en refermant son téléphone.

Le chat levait vers elle un regard plein d'attente.

— Ce n'est pas de toi que je parle, O.K. ?

Elle retira son manteau et l'accrocha à une patère près de la porte, laissant l'eau goutter sur le carrelage de l'entrée.

— Je vais te donner ton dîner, tu veux ? proposa-t-elle en se dirigeant vers la cuisine.

Qu'y avait-il donc, à Blue Rock, pour rendre tout le monde si nerveux ? Malgré tous les éloges qu'ils faisaient de l'institution, Analise et Eli avaient peur. Mais de quoi ? Ils n'en faisaient plus partie depuis longtemps.

— Je trouve que ça devient de plus en plus bizarre, dit-elle à son chat.

Elle dénicha une boîte de pâtée à moitié pleine et, à l'aide d'une fourchette, la vida dans une gamelle. Sans y accorder la moindre attention, Diablo la suivit en trottinant dans le coin séjour, où elle alluma le feu dans la cheminée à gaz et s'affala sur le canapé. Elle avait besoin de temps pour réfléchir. Pour décider de ce qu'il convenait de faire.

Tout le monde lui conseillait de ne pas s'occuper de Shay, de la laisser tranquille. Tous s'accordaient pour dire que sa demi-sœur n'avait que ce qu'elle méritait et que cette expérience lui serait très bénéfique. Mais Julia, qui, depuis toujours, veillait jalousement sur Shay, ne voyait pas les choses sous cet angle. Les autres, ceux qui n'étaient pas proches d'elle — et cela incluait même Edie — ne distinguaient pas l'enfant qu'il y avait toujours en Shaylee. Certes, elle avait un comportement violent, mais elle était terrifiée à l'idée d'aller dans cette école. Quelle gamine de dix-sept ans n'aurait pas eu la frousse ?

Il fallait dire, aussi, que personne ne connaissait la vie de Shaylee aussi bien que Julia. Elle se rappelait le jour où Edie était rentrée de l'hôpital avec son poupon aux yeux grands ouverts. Dès la minute où Shay était entrée dans sa vie, Julia avait été fascinée par ce bébé gazouillant, puis par la gamine curieuse qui la suivait partout comme un petit chien. Shay et elle avaient traversé ensemble les mariages houleux, les divorces orageux et les difficiles réconciliations de leurs parents.

Si Julia avait été très proche de son père — Rip l'adorait —, on ne pouvait pas en dire autant de Max Stillman. En son for intérieur, Julia se sentait un brin coupable de ce que son père l'avait traitée comme une princesse et, pour parler franchement, avait échoué à prendre aussi Shaylee sous son aile paternelle. Celle-ci ne l'aurait d'ailleurs pas laissé faire.

Tout le temps que Julia avait fréquenté l'école primaire, Shaylee avait attendu, chaque jour, postée près de la fenêtre, que sa grande sœur rentre à la maison. Dès que le crissement des freins de l'autobus annonçait l'arrivée de Julia, elle courait à la porte de toute la vitesse de ses petites jambes potelées.

— Sissy ! criait-elle gaiement, son joli petit minois rayonnant.

— Chut ! murmurait Julia, gêné, en prenant la menotte de sa sœur dans sa main. Appelle-moi Julia.

— Sissy ! répétait Shay qui avait toujours le dernier mot.

Et elle partait en courant, poussant de petits gloussements joyeux pour que Julia se lance à sa poursuite.

Plus tard, lorsque Shaylee était entrée à l'école, elles avaient pris le bus ensemble, même si elles s'installaient de part et d'autre de l'allée centrale, car Julia trouvait que ça faisait nul de s'asseoir à côté d'une gamine de sept ans sa cadette, surtout quand il s'agissait de sa sœur.

Au collège, elles s'étaient éloignées un peu plus l'une de l'autre et, une fois au lycée, Julia n'avait plus guère eu de temps à consacrer à sa petite sœur; elle avait eu mieux à faire. En particulier, une fois qu'elle eut découvert les garçons et, pour finir, rencontré Cooper Trent.

Julia dut refréner son imagination.

Elle n'avait aucune envie de déterrer le souvenir du seul homme à avoir pénétré jusqu'au tréfonds de son âme.

Diablo se roula en boule sur ses genoux et se mit à ronronner. Tout en caressant sa fourrure soyeuse, Julia contempla les flammes qui dansaient dans la cheminée. Son mal de tête s'était un peu estompé, Dieu merci, et quelques minutes plus tard, n'ayant trouvé aucune réponse à ses interrogations, elle retourna dans la cuisine où elle se prépara le dîner spécial petits budgets qu'elle préférait entre tous : soupe de nouilles instantanées et légumes surgelés au micro-ondes.

— Miam miam ! dit-elle à Diablo. Exactement comme à la fac. Tu peux t'estimer heureux de pouvoir manger des croquettes au thon.

Nullement impressionné, le chat suivit sa maîtresse à l'étage, où elle emporta son assiette pour s'installer devant son ordinateur. Julia n'avait certes rien d'un superdétective, mais il existait forcément un moyen d'en apprendre davantage sur Blue Rock Academy. Analise et Eli ne lui ayant pas été d'un grand secours, elle plaçait désormais sa foi dans internet. Si l'établissement renfermait de vilains secrets, elle les découvrirait.

Et ensuite ?

— Une chose à la fois, se rappela-t-elle en posant son assiette de bouillon fumant sur son bureau. Lentement mais sûrement.

***

C'était donc ça, sa chambre ! Son nouveau « chez soi ».

Deux lits jumeaux séparés par un large espace, deux minuscules placards, deux bureaux en L qui se rejoignaient au milieu de la pièce, sous l'unique fenêtre. Propre. Bien rangée. Sobre. Et avec autant de personnalité qu'une cellule.

« C'est bon d'être chez soi », songea ironiquement Shay. En fait, sa chambre était telle qu'elle s'y était attendue. Jusqu'à présent, Blue Rock Academy, ou BRA, comme elle avait surnommé l'école, ne la décevait pas.

— Voici votre lit, dit Williams en désignant le lit vide.

Celui de Nona, fait au carré avec une rigueur toute militaire, était recouvert d'une courtepointe bleu marine. Une croix était accrochée au-dessus du lit et un koala en peluche rose, usé jusqu'à la corde, était calé contre l'oreiller. A part cela, aucune décoration aux murs.

— Vous pouvez ranger vos affaires dans votre placard. Nona se fera un plaisir de répondre à la plupart des questions que vous pourriez vous poser, mais si vous avez besoin d'autre chose, vous pouvez vous adresser à moi à n'importe quelle heure du jour ou de la nuit.

Williams lui adressa son éclatant sourire artificiel, avant de lui donner les dernières instructions concernant l'heure du réveil, les réunions de prière et les emplois du temps.

— Je vous retrouve à l'office du matin, conclut-elle.

Et, sur un signe de la main, elle partit en laissant les deux filles seules.

Une fois la porte refermée, Shay jeta son sac à dos sur le lit.

— Elle s'entraîne, ou quoi ?

— En fait, elle est super, répondit Nona, coulant sa réponse dans le moule de la ligne officielle. Elle est très intelligente et bourrée de talents.

— Si tu le dis…

— Tous nos professeurs sont extrêmement dévoués. Ils se donnent vraiment à fond pour aider les jeunes.

Shay la dévisagea. Cette fille parlait-elle sérieusement ?

Nona s'approcha de la chaise de son bureau, lui décocha son sourire onctueux, puis jeta un coup d'œil au-dessus de la porte. Shay suivit son regard vers ce qui ressemblait à une tête d'extincteur automatique fixée au plafond. Mais s'agissait-il bien de cela ? Elle regarda Nona, qui arqua un sourcil nonchalant.

— Je suis ici depuis mai dernier, et je peux te dire que je déraillais complètement. Je me droguais. Et puis, j'avais un petit ami qui, je m'en rends compte maintenant, me maltraitait. Les premières semaines, j'ai détesté cet endroit. Mais au bout d'un moment...

Elle haussa les épaules et reprit :

— J'ai changé d'attitude et j'ai vu l'école telle qu'elle était vraiment.

— C'est-à-dire ?

— Une planche de salut. J'étais en perdition. Si je n'étais pas venue ici, je serais morte avant d'avoir atteint mes vingt-cinq ans.

Shay ne mordit pas à l'hameçon. Elle leva les yeux vers la croix.

— Tu es venue avec Jésus ou c'est un de tes nouveaux amis ?

Nona tressaillit.

— J'ai fait entrer le Christ dans mon cœur une fois que je me suis rendu compte à quel point j'avais besoin de lui, quand j'ai compris qu'il était là pour moi, que c'était grâce à lui qu'on m'avait amenée ici.

— Ah oui ?

— Je n'espère pas que tu me croies. Pas encore.

Jamais !

— Mais tu y viendras, poursuivit Nona. Tu n'as pas foi en Dieu ?

— Bien sûr que si, répondit Shay sans la moindre ironie. Mais pour moi, Dieu ne porte pas de jugement. Rien à voir avec un dieu vengeur, coléreux et vindicatif.

Elle s'attendait à ce que Nona secoue la tête, mais apparemment, elle avait touché une corde sensible.

— Je sais. Le révérend Lynch est…

— De la vieille école.

— Traditionaliste. Mais le révérend McAllister, que tout le monde appelle « père Jake », est beaucoup plus moderne. Plus actuel, à mon avis. Il a travaillé dans les quartiers déshérités. Je suis sûre qu'il te plaira. Tout le monde l'aime, ici.

— Le père Jake ? Il est prêtre ? demanda Shay.

Elle revit l'ecclésiastique et son visage couvert de taches de rousseur, ses cheveux blond roux, sa fossette au menton et ses yeux rieurs.

— Non, répondit Nona avec un demi-sourire. Mais il a essayé pendant un certain temps. Il est allé au séminaire, je crois, et a découvert qu'il aimait les filles. Alors il a changé d'orientation.

— Comme ça, tout d'un coup ?

Nona haussa les épaules.

— Qui peut savoir ? Tu n'as qu'à le lui demander. Je suis certaine qu'il te le dirait.

— Y a-t-il quelque chose, ici, que tu n'aimes pas ? demanda Shay. Quelque chose qui ne soit pas parfait ? ajouta-t-elle en traçant en l'air des guillemets avec ses doigts.

— Evidemment ! J'ai horreur des tomates en cocotte de Mme Pruitt. C'est dégoûtant.

— Mme Pruitt ?

— C'est la cuisinière en chef. Tout le monde est obligé de travailler avec elle à un moment ou à un autre, comme toutes les autres corvées dans cette école, d'ailleurs. Chaque mois, on passe une semaine aux cuisines, une semaine aux écuries, une semaine à faire le ménage dans les dortoirs et une semaine à travailler dehors dans le parc.

— De la main-d'œuvre gratuite, en quelque sorte.

— Ça nous enseigne le respect et le sens des responsabilités, et…

— Ouais, ouais, j'ai déjà entendu ce couplet. Je vois que le lavage de cerveau commence dès le premier jour.

Nona jeta de nouveau un regard vers la tête d'extincteur. Etait-ce un avertissement ? Ou simplement un tic nerveux ?

— Donc, tout est génial, ici ? conclut Shay. Absolument tout ? Je n'y crois pas.

Elle se hissa sur son bureau et s'assit, les jambes pendantes, sans quitter Nona des yeux.

— Je veux dire, à part les tomates en cocotte de la cuisinière en chef ?

Nona secoua la tête, mais il y avait un brin d'hésitation dans ses yeux, un infime soupçon de peur. Tout en regardant par la fenêtre, elle dissimula sa main avec son corps, de façon à la rendre invisible depuis la porte, et ouvrit le poing. Un bref message était écrit à l'encre sur sa paume : « Caméra & micro. »

— On mange bien la plupart du temps, précisa-t-elle, sans laisser à Shay le temps de placer un mot. Mais certaines corvées sont immondes, comme par exemple nettoyer les écuries.

Elle frissonna de manière exagérée et, une fois de plus, lança un regard vers la porte, puis fit rouler sa chaise vers son placard, d'où elle sortit un pot de crème pour les mains. Avec un mouchoir en papier, elle effaça promptement le message de sa paume. Lorsqu'elle releva les yeux sur sa camarade de chambre, son regard était suffisamment éloquent : « Fais attention. Cet endroit est dangereux. »

— Mais une fois qu'on y est habitué, même curer les stalles des chevaux, ce n'est pas si mal.

— Je crois que je ne m'y ferai jamais.

— Ce n'est qu'une question de temps.

Nona jeta son mouchoir sale dans la corbeille sous son bureau avant de déclarer :

— Bon, je ferais bien de me mettre à mes devoirs. Nous avons une dissertation d'anglais à rendre demain, et je dois encore réviser pour le contrôle de chimie.

Shay hocha la tête, s'efforçant de ne pas regarder la fausse tête d'extincteur. N'était-ce pas illégal d'installer une caméra et des dispositifs d'écoute chez quelqu'un sans son consentement ?

Elle réfléchit aux innombrables papiers qu'elle avait signés au cours des derniers jours et que, dans son état d'extrême agitation, elle n'avait même pas pris la peine de lire. Et puis, il y avait ceux sur lesquels Edie avait apposé sa griffe, prête à tout comme elle l'était pour envoyer Shay dans cette école. Cette chère maman… Edie aurait signé n'importe quoi pour l'éloigner de Seattle, afin de pouvoir convoler en toute tranquillité avec son minable fiancé. C'était répugnant !

Prise d'un accès de claustrophobie, Shay eut soudain l'impression que les murs se refermaient sur elle. Elle pouvait à peine respirer. Lorsqu'elle regarda la tête d'extincteur par-dessus son épaule, son sang se glaça dans ses veines. Qui se tenait de l'autre côté de la caméra ? Qui surveillait chacun de ses mouvements ? Ecoutait la moindre de ses paroles ? Elle n'était pas le genre de fille à s'effrayer facilement, mais il y avait quelque chose de pas net, ici, quelque chose de maléfique, même.

« Arrête ! Tu deviens paranoïaque ! »

N'empêche, lorsqu'elle jeta un coup d'œil par la fenêtre, dans l'obscurité grandissante de la nuit, les imposantes montagnes lui parurent sombres et menaçantes, telles des barrières dressées entre elle et le reste du monde. Elle se sentit faible et sans défense.

« Ne commence pas ! C'est exactement ce qu'ils veulent pour te faire craquer. »

Tandis que Nona allumait sa lampe de bureau et ouvrait son gros manuel de chimie, Shay continua de regarder par la fenêtre. Elle vit son pâle reflet miroiter sur la vitre, puis celui de Nona qui leva la tête et croisa son regard.

Dans ses yeux, Shay lut un avertissement.

Une mise en garde qui ne fit qu'exacerber son désespoir. Il fallait qu'elle trouve un moyen de sortir de cet endroit, et vite !

# 7

— Comment ça, tu n'as aucune nouvelle d'elle ? s'écria Julia en s'asseyant à son bureau, son téléphone portable coincé contre son oreille.

— C'est ainsi que ça marche, Julia, tu le sais très bien, expliqua Edie d'une voix tendue. Il ne doit y avoir aucun contact pendant deux semaines. Ensuite, on aura seulement le droit à un coup de téléphone très bref. Et encore, si elle le veut bien.

— Mais il s'agit de ta fille ! Elle est mineure. Tu devrais au moins recevoir un rapport.

— Je peux m'entretenir avec les conseillers psychologiques à n'importe quel moment. Mais pas avec ta sœur.

— C'est dingue !

— C'est la politique de l'école.

— Eh bien, c'est une connerie ! Shay n'est qu'une gamine.

Pourtant, Analise lui avait dit pratiquement la même chose.

— Nous en avons déjà assez discuté, conclut Edie. Les enseignants de Blue Rock connaissent leur affaire, et je leur fais totalement confiance.

— Je veux tout de même lui parler.

— Tu n'as qu'à lui écrire aux bons soins de l'école.

— Une lettre ? Ils en sont encore à l'âge des ténèbres ?

Julia repoussa sa chaise et se mit à faire les cent pas d'un bout à l'autre de son petit bureau.

— Les mobiles, les courriels, Facebook, ils connaissent ?

— Pas autorisés.

— Naturellement! Cet endroit commence à faire un peu trop draconien, maman.

— Et toi, tu commences à faire ton cinéma! Exactement ce que tu me reproches. Alors, calme-toi. Donne-leur une chance. Et, s'il te plaît, ne va plus ennuyer Analise.

— Quoi?

— Eli m'a appelée, tu sais.

Julia sentit un brusque découragement s'emparer d'elle.

— Ça ne m'étonne pas de lui!

Quelle mauviette! Aller se réfugier dans les jupes de tante Edie pour cafarder. Comme un môme de trois ans!

— On dirait que tu cherches les ennuis, répliqua sa mère.

— Je cherche des réponses.

— Tu ferais peut-être mieux de t'occuper davantage de ta propre vie et de regarder où elle te mène, plutôt que de tracasser au sujet de ta sœur.

— Qu'est-ce que c'est censé signifier?

— A toi de me le dire, Julia. C'est toi qui es divorcée et au chômage, pas vrai?

— J'ai de qui tenir, riposta Julia du tac au tac.

Elle entendit sa mère laisser échapper un hoquet de surprise. Les antécédents matrimoniaux d'Edie avaient toujours constitué un sujet tabou.

— Ecoute, je ne voulais pas dire ça, mais il faut que tu arrêtes de m'agresser, maman! Je m'inquiète pour Shay, c'est tout.

— Eh bien, que tu le croies ou non, nous sommes deux. Oh… j'ai un autre appel. C'est Grant. Je dois y aller. Au revoir!

Sur ces mots, Edie raccrocha.

Julia poussa un soupir de frustration. Cela faisait trois jours que Shay se trouvait dans le sud de l'Oregon, et elle était de plus en plus convaincue que Blue Rock n'était pas un endroit adéquat pour sa sœur. Bien sûr, Shay se conduisait mal, elle avait besoin de quelque chose qui la secoue et l'incite à renoncer à son attitude maussade et rebelle. Mais un internat d'où une fille avait disparu quelques mois plus tôt, où une enseignante avait été congédiée pour inconduite sexuelle avec un mineur?

En épluchant tous les articles qu'elle avait pu trouver sur internet à propos de Blue Rock Academy, Julia avait appris que l'institution avait été fondée en 1975 et n'était associée à aucune autre école. Son nom de Blue Rock Academy lui venait de la couleur de la roche dans certaines grottes de la région. Il s'agissait d'un établissement indépendant, dont les diplômes étaient reconnus par l'Etat, et — s'il fallait en croire les déclarations satisfaites des ados et de leurs parents postées un peu partout sur le site Web — d'une véritable « bénédiction ». Les témoignages débordaient d'enthousiasme. Si Julia devait ajouter foi à la publicité que Blue Rock faisait sur elle-même, nul doute que Shaylee trouverait son salut au fin fond des monts Siskiyou.

Pourtant, Julia n'y croyait toujours pas. Cela paraissait trop beau, trop parfait.

Elle lut le projet éducatif de l'école, une lettre du révérend Lynch, et quelques attestations élogieuses. Tout cela semblait avoir été écrit d'avance.

Distraitement, elle cliqua sur la page consacrée au personnel enseignant. La liste des professeurs était restreinte, et elle n'y reconnut aucun nom. Celui de Maris Howell brillait par son absence. Une note au bas de la page annonçait que le site Web était en cours de réactualisation.

— Evidemment ! s'exclama Julia à voix haute. Il faut mettre à jour le site Web pour ne laisser apparaître aucune faille.

Tout, dans cette école, avait l'air trop beau pour être vrai.

— Tu vois le mal partout, ajouta-t-elle, se répétant les paroles de reproche de son ex-mari, quand il lui jurait sur la tête de sa mère qu'il n'avait pas de maîtresse.

Le moins qu'on puisse dire, c'est que Sebastian Farentino était un fieffé menteur, n'hésitant pas à invoquer n'importe quelle excuse pour sauver sa peau de minable. Cela, il n'avait pas fallu longtemps à Julia pour s'en rendre compte. Quant à accuser Sebastian d'entretenir une liaison extraconjugale ? Combien de temps avait-il mis avant de se remarier ? Cinq ou six semaines à peine après la signature des papiers du divorce.

— Tu es un rapide, Sebastian, murmura-t-elle entre ses dents, même si, à la vérité, presque toute sa rancœur et sa peine s'étaient dissipées au cours des trois années écoulées.

Le pire, dans cette trahison, c'était que Peri, la nouvelle femme de Sebastian, avait autrefois été la meilleure amie de Julia. Ecœurant !

— Tellement banal, se dit-elle en fermant la page d'accueil de l'école.

Elle alla ensuite vérifier l'état de son compte en banque, qui fondait comme neige au soleil, puis cliqua sur le site Web qu'elle utilisait pour chercher du travail. Elle parcourut la liste des offres d'emploi, prit connaissance des quelques réponses qu'elle avait reçues — toutes négatives — et se convainquit que, comme professeur de lycée au chômage, elle ne retrouverait jamais de poste dans l'enseignement. Pour l'instant, elle devrait se contenter d'un boulot de serveuse dans un restaurant.

Découragée, elle repoussa sa chaise et redescendit dans la cuisine, où elle posa la bouilloire sur l'une des deux plaques chauffantes encore en état de marche. Elle avait loué cette petite maison mitoyenne d'un étage près de l'université lorsqu'elle était revenue de Portland. Elle s'était imaginée retournant à la fac puis, peut-être un jour, s'achetant une maison. Jusque-là, rien ne s'était passé comme elle l'avait rêvé.

Alors qu'elle enseignait encore au lycée Bateman, ses migraines débilitantes l'avaient obligée à manquer de nombreux cours. Ces horribles maux de tête provenaient directement du manque de sommeil, et de ses nuits hantées par des cauchemars récurrents.

— Le délire, ça me connaît, grommela-t-elle d'un ton sarcastique, en prenant une tasse tandis que la bouilloire commençait à siffler.

Elle dénicha le sachet de thé qu'elle avait utilisé le matin, le laissa tomber dans sa tasse et versa l'eau fumante par-dessus. Et si elle perdait son boulot de serveuse ? Tous les jours, des restaurants haut de gamme fermaient, à Seattle et dans sa banlieue.

Il suffisait de regarder son compte en banque qui dépérissait à vue d'œil pour constater qu'elle avait besoin d'une autre source de revenus. Elle avait envisagé un moment de prendre un colocataire — solution qu'elle avait jusque-là toujours cherché à éviter. Or, la situation avait changé. Maintenant qu'il n'y avait plus aucune chance que Shaylee vienne habiter chez elle, Julia pouvait caser son bureau dans sa chambre et louer les deux autres pièces à des étudiants. Bon, d'accord, ça porterait sérieusement atteinte à sa vie privée, mais au moins, cela l'aiderait à payer le loyer et les charges. Peut-être, alors, n'aurait-elle plus à se faire de souci à l'idée de se retrouver à la rue.

Elle songea un court instant à la maison dans laquelle elle avait vécu avec Sebastian, une construction moderne aux lignes épurées, dressée sur un coteau boisé, avec vue sur le mont Hood. Courtier de bois de construction, Sebastian habitait toujours la maison dans les collines à l'ouest de Portland, désormais avec Peri et leur petite fille d'un an.

Curieusement, il ne lui manquait pas. A vrai dire, elle regrettait sans doute davantage son amitié avec Peri. Quant à la maison, elle avait toujours été à lui, toute de bois et verre, hauts plafonds et téléviseurs à écran plat. Achetée avec son argent et décorée selon ses goûts. Non, décidément, Sebastian Farentino ne lui manquait pas, pas plus que la déception de sa mère — qui lui reprochait d'avoir laissé un si beau parti lui « filer entre les doigts » — ne la tracassait. Ce qui lui faisait le plus de mal, c'était que Peri, son amie depuis la sixième, avait mis fin à leur relation au profit de Sebastian.

La pire des trahisons.

Mais il fallait avouer, aussi, que Peri avait été au courant, pour Julia et Cooper Trent.

Et cette certitude fatale lui avait apparemment donné carte blanche pour flirter avec le mari de sa meilleure amie.

Perdue dans ses pensées, Julia remonta dans son bureau avec sa tasse de thé. Si ce n'avait pas été Peri, une autre femme aurait incité Sebastian à l'infidélité. C'était un joueur-né, et il le resterait jusque dans la tombe. Tout compte fait, Julia se portait bien mieux sans lui.

« Tu ne l'as jamais vraiment aimé. Allez, Julia, reconnais-le ! »

Mieux valait éviter le sujet. Elle avait cru l'aimer au moment où elle l'avait épousé, elle avait souhaité que ce mariage soit le premier et le dernier pour elle.

D'un coup de pied, elle fit tourner sa chaise pour se positionner en face de son bureau.

— Qu'est-ce que ça peut bien faire, maintenant ? se demanda-t-elle, en avalant une gorgée de thé.

Tout cela, c'était du passé.

Revenue à son clavier, elle cliqua de nouveau sur le site Web de Blue Rock Academy et examina les images du campus. Bon sang, ils avaient l'air de drôlement s'amuser, ces jeunes « à risque », avec leurs guitares, leurs kayaks, leurs chevaux, leurs chaussures de marche et leurs cannes à pêche ! Elle fit défiler des photos d'étudiants aux joues rouges, de bâtiments en forme de chalets, de lac miroitant et de monts enneigés dont la cime se perdait dans un ciel d'un bleu limpide.

Quelles fadaises !

Elle cliqua sur les différentes pages du site et arriva sur un menu dont l'une des options proposait : « Offres d'emploi ». Un autre clic lui apprit que l'école cherchait un commis de cuisine, un employé chargé de l'entretien et un enseignant.

Elle était enseignante. Et sans emploi, par-dessus le marché ! Une enseignante dont le diplôme était même valable en Oregon. Sans croire une seconde à l'éventualité de postuler pour ce poste, elle imprima le dossier de candidature. Pourquoi pas ?

*La dernière chose dont Shay a besoin, c'est bien que tu viennes tout gâcher. Si elle est là-bas, c'est pour une raison. Le juge en a décidé ainsi. Et elle a dit clairement qu'elle ne voulait pas de toi dans les parages.*

Julia parcourut rapidement les questions des yeux. Avait-elle encore un CV à jour ? Elle tapota son bureau d'un doigt. L'école ne l'engagerait pas si elle connaissait son lien de parenté avec l'une de ses élèves.

Il lui faudrait donc mentir.

Et il ne serait pas question d'un seul mensonge, mais de tout un tas.

Elle devrait donner sa dernière adresse en Oregon, ce qui ne poserait pas de problème, attendu qu'elle n'avait pas encore pris la peine de se faire délivrer un nouveau permis de conduire dans l'Etat de Washington. Ce serait parfait. Ça la dissocierait d'autant plus de Shay, dont le domicile se trouvait à Seattle.

Elle aurait également à mentir à propos d'Edie, mais ce ne serait pas trop compliqué ; elle avait acquis suffisamment d'expérience dans ce domaine, au temps de sa propre adolescence rebelle.

A quoi lui servirait-il de décrocher ce poste ? Certes, elle pourrait voir Shay tous les jours, mais après ?

« Tu serais en mesure de constater par toi-même que l'école est au-dessus de tout soupçon ; que tous ces témoignages sont en fait véridiques. Sinon, tu pourras toujours en faire sortir Shay, non ? Trouve le vice caché — s'il y en a un — et aide ta sœur à se faire la belle. Et par-dessus tout, reste pragmatique. Il y a un poste d'enseignant très sérieux dans une école privée. Même si tu n'y restes pas plus d'un an, ça fera bien sur ton CV, ça montrera que tu travailles toujours dans ton domaine comme éducatrice. »

Enfin, pas si on s'apercevait qu'elle avait menti. Et cela, Shay y veillerait.

Mais que s'était-elle donc imaginé» ?

Qu'elle pourrait kidnapper sa sœur ?

Qu'elle démasquerait l'imposture de l'école, sous prétexte qu'elle paraissait trop parfaite ?

— Idiote !

Elle prit les pages qu'elle avait imprimées, en fit des boulettes et les jeta l'une après l'autre dans la corbeille.

***

— Qu'est-ce que tu voulais dire, à propos du micro et de la caméra ? demanda Shay à sa camarade de chambre le lendemain après la classe.

Elle avait déjà subi une séance de prières, quatre cours, une affligeante réunion de groupe après le déjeuner et devait maintenant, avec les autres losers de sa « meute », s'acquitter des corvées qui leur avaient été assignées. Aujourd'hui, c'était à leur tour de curer les stalles des chevaux. Demain, ils repeindraient les canoës. Le jour suivant, ils nettoieraient de nouveau les box et devraient peut-être réparer et cirer les selles, les brides et autres harnais. On n'arrêtait pas de s'amuser, à Blue Rock !

— Dans les têtes d'extincteur, chuchota Nona, tandis qu'elles traînaient derrière le groupe qui marchait d'un bon pas vers les écuries.

Personne ne pouvait les entendre, pas même cette lèche-bottes de Kaci Donahue, la brune AE tout en jambes qui semblait se trouver partout à la fois, ni son occasionnel ami, Drew Prescott — un type à l'air méchant, dont Shay soupçonnait qu'il devait souffrir d'une sorte de complexe d'infériorité, vu les commentaires narquois qu'il balançait sur presque tout le monde.

— Qui nous surveille ? demanda Shay.

Nona haussa les épaules.

— Va savoir ! Peut-être Lynch ? Ou Burdette ? Un pervers quelconque ?

Elle coula vers Shaylee un regard entendu.

— Quelqu'un en particulier ?

Nona hésita un instant.

— Il y en a plus d'un.

— Qui ?

— Je… euh… je ne sais pas, répondit Nona brièvement, comme si elle venait de se rendre compte qu'elle aurait mieux fait de tenir sa langue.

Mais Shay n'entendait pas la laisser s'en tirer à si bon compte.

— Si, tu le sais.

Nona ne répondit pas. Dix paires de bottes crissaient dans

la neige ; un vol d'oies sauvages traversa le ciel gris, grand V irrégulier et vacillant en route vers le nord.

Shaylee revint à la charge.

— Alors, comme ça, on nous espionne tout le temps ?

— Non ! Pas toujours, murmura Nona d'une voix à peine audible dans le mugissement du vent. Il y a des endroits qui ne sont pas couverts.

— Et tu sais où ils se trouvent ?

— Oh, bien sûr ! répondit Nona en hochant la tête, visiblement fière d'elle. Mais il faut quand même faire attention, ajouta-t-elle à voix basse avant de pincer les lèvres. Ça rend les choses très difficiles si on veut avoir un petit ami.

— Tu en as un ? Ici ?

Shay était abasourdie. Jamais elle n'aurait imaginé Nona avec un type. Sa camarade de chambre n'y avait jamais fait la moindre allusion et ne gardait aucune photo sur son bureau. En fait, jusqu'à présent, Nona s'était contentée de mentionner l'existence d'un ex-petit ami agressif et violent. Même si c'était strictement interdit, Shaylee avait vu certains jeunes flirter les uns avec les autres. Mais Nona ?

— Qui est-ce ? voulut-elle savoir.

Nona se contenta de sourire de toutes ses dents, comme un chat qui vient de dévorer un canari. Shay passa en revue une liste de candidats potentiels. Ethan Slade ? Il était sacrément mignon. Ou bien Eric Rolfe, avec sa coupe en brosse et ses yeux bleus perçants ? Peut-être Tim Takasumi ou Roberto Ortega, les deux garçons qui avaient accès à l'infirmerie. Shay avait appris leurs noms, de même que ceux de tous les autres, au cours de l'ennuyeuse cérémonie de présentation.

— Alors, qui est-ce ? insista-t-elle.

— Devine.

— Je n'ai pas envie de deviner ! Je ne connais encore personne, ici.

Nona gloussa bêtement, puis leva le regard. Son sourire s'évanouit.

— Chut ! Pas maintenant.

Un des garçons du groupe, le grand blond nommé Zach, jeta un coup d'œil par-dessus son épaule, et Nona partit en courant, pareille à une biche effrayée, pour rattraper ses amies Maeve et Nell, deux filles qui n'avaient encore accordé à Shay que des regards glacials.

Shay resta seule pour fermer la marche. Comme de juste ! Elle ne s'en souciait pas, au demeurant. Elle regarda Nona s'éloigner en hâte, soulagée, tout compte fait, d'en être débarrassée. Nona mentait-elle en se vantant d'avoir un petit copain ? Peut-être faisait-elle comme ces mômes qui s'inventent des amis imaginaires. Ou bien était-ce Zach, son chéri ?

Shay décida qu'elle perdait son temps à avancer des hypothèses. Qu'est-ce qu'elle en avait à faire, après tout ?

Mais, soudain, elle sentit renaître son intérêt. Comme Nona courait vers les écuries, quelque chose faillit tomber de sa poche — quelque chose de mince et de foncé, ressemblant à un téléphone mobile, un i-Pod ou encore un appareil photo, tous strictement interdits dans l'enceinte de l'école. Nona manqua de trébucher et fourra de nouveau l'objet dans sa poche, non sans avoir jeté un œil vers Shaylee.

Leurs regards se croisèrent, celui de Nona suppliant silencieusement Shay de ne pas la dénoncer.

Shay ne cilla pas. Pas question de cafarder sa camarade de chambre ! N'empêche, elle voulait savoir ce qu'il y avait dans sa poche et comment Nona avait réussi à se le procurer.

Nona rejoignit ses amies, Maeve Mancuso et Nell Cousineau, et recommença à rire bêtement. Pour autant que Shay pût en juger, Maeve, la blonde du Rhode Island, était un peu tarée, le genre incurable romantique. Shay avait entendu dire qu'elle pratiquait l'automutilation, ainsi que les cicatrices sur ses poignets tendaient à le prouver. Quant à Nell, âgée de seize ans et originaire d'une petite ville dans le comté de Marin, quelque part au nord de San Francisco, elle semblait dotée d'un esprit vif et d'une langue extrêmement acérée que Shay trouvait plutôt intéressants.

Nona regarda par-dessus son épaule et, lançant à Shay un

coup d'œil rapide, presque coquin, sourit d'un air narquois. Toute cette histoire à propos d'un petit ami n'avait peut-être été qu'une plaisanterie, finalement. Il fallait raconter un gros bobard à la nouvelle, histoire de l'intégrer. Shay avait fait les frais de ce genre de blagues plus d'une fois.

Cependant, ce qui s'était passé aujourd'hui, avec Nona, était quelque peu différent. Et puis, il y avait ce téléphone — une sorte de portable, apparemment — ici, en plein milieu de nulle part. Fonctionnait-il seulement ?

Il y avait quelque chose de pas catholique chez sa camarade de chambre, mais Shay n'arrivait pas à mettre le doigt dessus.

Tout ce qu'elle savait, c'était qu'elle faisait figure de marginale.

Dans une école de marginaux.

Tu parles d'une surprise !

Il faisait rudement froid, et Shay mourait d'envie de fumer une cigarette. Elle n'en avait pas grillé une depuis son départ de Seattle et, même si elle ne s'estimait pas accro, elle reconnaissait qu'une cigarette aurait bien contribué à lui calmer les nerfs. Le jour de son admission dans cet enfer, la corpulente infirmière l'avait informée que le tabac sous toutes ses formes, ainsi que l'alcool et toutes les drogues euphorisantes, étaient prohibés.

Sans blague ?

N'avait-elle pas senti une odeur de tabac sur plusieurs professeurs ? Les noms de Burdette et DeMarco lui vinrent immédiatement à l'esprit, de même que ceux de plusieurs assistants d'éducation. Shay était prête à parier sa chemise que, pas plus tard que la veille, Roberto Ortega et Missy Albright, la grande blonde platine, empestaient la fumée lorsqu'ils avaient regagné le laboratoire de chimie, après avoir passé un moment avec quelques-uns de leurs collègues.

Elle ne pouvait croire que personne sur le campus n'ait un paquet de clopes sur soi. Allons donc ! Sur les quatre-vingts adolescents et les vingt enseignants, il y en avait forcément qui fumaient.

En fin de compte, le moment était peut-être venu pour

elle d'arrêter. A dix-sept ans. Alors qu'elle venait à peine d'en prendre l'habitude.

Soufflant en rafales, le vent secouait les arbres et faisait moutonner la surface du lac de la Superstition. Aucun doute ! Shay avait vraiment débarqué au bout du monde.

En tête du groupe marchait son chef d'équipe, le type au charme un peu rude, dont le nom lui rappelait quelque chose. Il y avait chez ce M. Trent un petit quelque chose qui la chiffonnait. Il portait un blouson de cuir doublé de peau de mouton et un blue-jean délavé un peu râpé, des gants de cuir et des bottes de cow-boy usées…

Où donc avait-elle entendu son nom ?

— Bon, écoutez-moi ! dit-il en se retournant vers eux, son haleine formant une petite bouffée de buée qui s'éleva dans l'air glacé. Vous savez tous ce que vous avez à faire, excepté Shay. Il va donc falloir que quelqu'un fasse équipe avec elle. Toi, Ethan, montre-lui.

Il pointa le doigt vers un garçon aux cheveux bruns qui, sans un mot, s'avança vers Shay et lui posa la main sur l'épaule.

— Ethan Slade, dit-il, même si elle avait déjà entendu son nom lors de l'embarrassante cérémonie des présentations qui avait eu lieu le matin même.

Comment aurait-elle pu oublier Ethan Slade ? Il était sacrément sexy ! Avec ses cheveux presque noirs et son sourire prompt, il avait l'air plutôt sympathique, même s'il n'était probablement pas le genre à révéler les secrets de l'école. Sa peau paraissait bronzée en permanence, comme s'il avait eu du sang latino dans les veines. Shay éprouva aussitôt de l'attirance pour son petit côté ténébreux. Ajoutez à cela les tatouages entrelacés sur son bras gauche. Super-cool !

Quelques élèves se retournèrent pour la regarder. Si la plupart se montraient simplement curieux à son égard, deux des filles la mirent carrément en rogne. La minuscule Maeve avec son éternelle moue boudeuse et sa « meilleure amie pour la vie », l'athlétique Nell. Ces deux-là lui lancèrent des regards assassins, à croire qu'elle leur avait manqué de respect.

Faites pas suer ! leur dit-elle intérieurement, avant de détourner la tête et de ne plus tenir aucun compte de leur présence.

Ce qui allait sans doute les agacer encore davantage.

Tant mieux !

De toute façon, Shay ne cherchait pas à se faire de nouveaux amis. Si les filles de sa « meute » ne l'aimaient pas, tant pis ! Elles le lui avaient fait parfaitement comprendre dès la minute où le révérend Lynch avait présenté Shay aux pensionnaires de l'établissement.

Immédiatement après la première prière du petit matin dans la chapelle, Lynch avait annoncé :

— Nous accueillons une nouvelle élève parmi nous. Shaylee, viens par ici.

A sa grande honte, Williams l'avait conduite devant le podium, où elle avait dû se tenir face à l'assemblée des professeurs et des élèves.

— Voici Shaylee Stillman, qui nous vient de Seattle. Je compte sur vous tous pour vous présenter à elle pendant le petit déjeuner et faire tout votre possible pour qu'elle se sente comme chez elle.

Le révérend Lynch avait posé une main paternelle sur son épaule, puis avait entonné une dernière prière dans laquelle il remerciait Dieu d'avoir envoyé Shaylee à Blue Rock. Pendant que l'assemblée murmurait « Amen » à l'unisson, le pasteur lui avait pressé légèrement l'épaule. Mais lorsqu'elle l'avait foudroyé du regard, il lui avait souri avec bienveillance.

A présent, c'était la main d'Ethan qui était posée sur son épaule. Une sensation plutôt agréable, d'ailleurs.

— Je m'appelle Shaylee, lui dit-elle, un tantinet fascinée par l'éclat de ses dents blanches.

Ethan était trapu et musclé comme un catcheur.

— Je suppose que je devrais te souhaiter la bienvenue.

— Pas la peine. Je l'ai déjà assez entendue comme ça.

— Tu m'étonnes !

Il réprima un sourire, et une lueur s'alluma dans ses yeux sombres. Comme s'il avait compris. Ce ne serait peut-être pas si mal, ici, finalement.

Du coin de l'œil, elle vit Maeve, Nell et Nona échanger des messes basses et la fusiller du regard.

Elle avait l'habitude.

Elle avait été « la nouvelle » plusieurs fois déjà. Elle connaissait la chanson. Les autres finiraient par sortir de leur réserve à son égard. Ou pas. Mais si elle commençait à frayer avec Ethan, elle deviendrait l'ennemie publique numéro un, la nouvelle fille à abattre. Ce qui ne serait pas très malin.

— Prenez vos outils à l'intérieur et faites-moi briller cette écurie comme un sou neuf, ordonna M. Trent. La semaine dernière, l'équipe de Mme Burdette a reçu une mention spéciale pour l'avoir rendue luisante de propreté. Nous devons les battre à plate couture.

Shay s'approcha d'Ethan et lui murmura à l'oreille :

— C'est pas vrai ! Ne me dis pas qu'on récolte des médailles en ramassant du crottin de cheval…

Ethan ne prit pas la peine de dissimuler son sourire, un sourire étincelant de blancheur à vous faire tomber à la renverse.

— C'est encore mieux que ça. On gagne des points. Pour pouvoir utiliser internet ou le téléphone.

— Ils vous autorisent à communiquer avec le monde extérieur ? Waouh ! s'exclama-t-elle, écarquillant les yeux comme sous l'effet de la surprise. Enfin, une raison de vivre !

Etait-ce ainsi que Nona avait obtenu son téléphone mobile ? Mais dans ce cas, pourquoi le cachait-elle ?

— Comme tu dis, approuva Ethan en entrant dans le bâtiment d'où émanaient des odeurs de cheval, de fumier et de cuir huilé.

Il décrocha une fourche à foin du mur et la lui lança, les pointes tournées vers le bas. Elle rattrapa l'instrument au vol.

— Il suffit de respecter les règles, ajouta-t-il.

— J'ai un peu de mal avec ça.

— Tu y arriveras.

Elle perçut dans sa voix une tension qu'elle n'avait pas remarquée auparavant. De même, la lueur dans les yeux du garçon se durcit quelque peu.

« Ben, voyons ! Il te parle gentiment pendant une seconde, et tu t'imagines que tu lui as tapé dans l'œil ? »

Plantant sa fourche dans une botte de foin, Shay se demanda si son chef d'équipe avait eu une raison particulière de choisir Ethan pour lui montrer en quoi consistait le travail. Peut-être Ethan avait-il pour mission de la tenir à l'œil. Il ferait sans doute son rapport au chef de la meute, ou même au révérend Lynch, si ça se trouvait.

Ethan n'était probablement qu'un mouchard qui faisait semblant de la trouver sympathique.

Shaylee frissonna intérieurement, sans rien en laisser paraître. Mais elle se sentit soudain plus seule qu'elle ne l'avait jamais été.

Depuis la mezzanine de la salle de lecture, le Guide regardait le groupe de Trent se diriger vers les écuries.

Shaylee Stillman fermait la marche, et il ne put s'empêcher de remarquer la façon dont elle balançait doucement les hanches en se déplaçant. Son air bravache — même si, d'après lui, ce masque commençait déjà à s'effriter —, son insolence, tout cela finirait par céder.

Ça se passait toujours ainsi.

Sauf avec Lauren, pas vrai ? Elle avait réussi à conserver son ton sarcastique et cette lueur d'effronterie dans les yeux, malgré les épreuves qu'on lui avait fait subir.

Erreur classique.

Et stupide.

Il avait étudié l'Histoire : jamais il n'aurait dû faire confiance à une femme. Il n'y avait qu'à voir Cléopâtre, Mata Hari ou Wallis Simpson. Exemples parfaits de séductrices qui avaient changé le cours de l'Histoire. Et malgré tout, il avait baissé sa garde.

Non qu'elle eût été la première venue, Lauren Conway. Pour ça, non.

Il avait succombé à son charme.

Complètement.

Follement.

Bêtement.

Il l'avait admise dans son cercle d'initiés.

Pour les mauvais motifs.

Surtout à cause de son ego.

Et de sa bite. Sa maudite bite.

Exactement comme tous ces ratés de l'Histoire qui avaient perdu des guerres, abdiqué, changé le cours de la civilisation — tout ça pour une femme.

Elle avait été l'Eve de la pomme.

Dalila avec ses ciseaux.

Jézabel avec son idolâtrie !

Il avait été obligé de prendre des mesures à son sujet, et cela lui avait coûté, comme si Dieu lui avait rappelé que, malgré son intelligence et son corps d'athlète, il n'était, au bout du compte, qu'un homme.

Et il ne pouvait se permettre de commettre de nouveau la même erreur.

Pas avec Shaylee Stillman.

Ni avec aucune autre femme.

# 8

Tout semblait déformé.

Les couleurs effacées. Les lumières vacillantes. Un mal de tête atroce lui taraudait les yeux.

Julia cligna des paupières. Elle était bien chez elle, non ?

Dans la maison qu'elle partageait avec ses parents et sa sœur ?

N'est-ce pas ?

Les choses paraissaient un peu bizarres ; il faisait si noir, dans les pièces…

Dans le bureau, les portes-fenêtres étaient entrebâillées. Le vent s'engouffrait par l'ouverture, soulevant le rideau vaporeux. Le voilage voltigeait comme un danseur, glissait avec grâce sur le parquet, tachant son ourlet d'écarlate tandis qu'il balayait la mare de sang qui commençait à se coaguler.

De frayeur, le cœur de Julia battait à coups redoublés.

Elle sentit le couteau dans sa main, vit des gouttes de sang couler le long de la lame et tomber en éclaboussant le corps de son père…

Drrriiinnnggg !

La sonnerie de son téléphone mobile la réveilla en sursaut. Elle jeta un coup d'œil à l'écran noir de son ordinateur, qui s'était mis en veille. Elle avait dû s'assoupir en cherchant des informations sur Blue Rock Academy, Lauren Conway et Maris Howell. Elle saisit son téléphone avant qu'il ne se remette à sonner.

— Allô ? dit-elle d'une voix qu'elle s'efforça de rendre ferme.

— Salut, c'est moi !

Erin Crosby était la meilleure amie de Julia depuis l'université. Elles avaient étudié ensemble les sciences de l'éducation, mais Erin avait finalement jugé que l'enseignement n'était pas son truc. En ce moment, elle vendait des téléphones portables et des contrats de services. Erin avait également commis l'erreur fatale de présenter Julia à Cooper Trent. Mais, pour une raison ou pour une autre, cette faute-là, Julia la lui avait pardonnée.

— J'ai pensé que tu aimerais peut-être sortir prendre un verre, ce soir. Ou aller manger un sushi, proposa Erin. Tu ne travailles pas, n'est-ce pas ?

— Pas ce soir. Attends une seconde que je vérifie mon agenda, répondit Julia d'un ton pince-sans-rire.

Le désert qu'était devenue sa vie sociale depuis son divorce n'était un mystère pour personne, et Erin n'ignorait rien de la débâcle Peri-Sebastian. Il avait été un temps où ils formaient tous une bande d'amis.

— 18 h 30 chez Oki's, ça te va ?

Julia consulta l'horloge de son ordinateur. Il était 16 h 27. Elle avait juste le temps d'aller courir un peu, de prendre une douche et, si les dieux de la circulation automobile étaient avec elle, de se rendre dans le centre-ville en pleine heure de pointe.

— J'y serai.

— Parfait. Gerri a dit qu'elle viendrait aussi. Il faut que je te quitte. Mon patron me regarde de travers.

Et elle raccrocha.

Julia ne perdit pas de temps. Elle enleva son jean et son sweat-shirt, enfila sa tenue de sport et arriva sur la piste réservée aux joggeurs à l'instant précis où les réverbères s'allumaient. Le crépuscule tombait vite, à cette époque de l'année et, sous la lourde couverture nuageuse, l'obscurité envahissait déjà la ville. Un brouillard épais s'infiltrait dans ses vêtements. Malgré la température qui devait avoisiner les dix degrés, Julia commença à transpirer au bout de cinq minutes. Voitures et camions la dépassaient à toute allure, les pneus crissaient, les moteurs vrombissaient, les vitres s'embuaient. Se frayant un chemin entre les flaques, les piétons et les chiens, Julia aborda la colline qui marquait le milieu de son parcours habituel. Elle était à bout de souffle et ses chaussures de course prenaient l'eau. « Encore trois kilomètres », se dit-elle avant d'obliquer vers l'université, se faufilant entre les arbres squelettiques qui frémissaient sous la pluie de plus en plus forte.

Elle pensa à son père et à la nuit où elle l'avait trouvé dans le bureau, le couteau mortel abandonné près de lui, dans une épaisse flaque rouge. Ou bien était-il encore planté dans son corps ? Ses rêves étaient confus, et parfois sa mémoire s'embrouillait. Certaines personnes avaient avancé l'hypothèse qu'Edie l'avait tué, cet homme qu'elle avait épousé deux fois. D'autres avaient soupçonné Julia, alors âgée de dix-neuf ans, qui avait ramassé le couteau, de l'avoir utilisé pour poignarder brutalement son propre père. Même Shay avait été considérée comme suspecte. Heureusement, les empreintes de pas trouvées à l'extérieur de la maison et la porte d'entrée visiblement forcée avaient convaincu la police que le cambrioleur qui avait volé le portefeuille de Rip Delaney lui avait également ôté la vie.

Le voleur n'avait jamais été retrouvé et, même si le nuage de suspicion planant sur la famille s'était lentement dissipé, la vie n'avait plus jamais été la même.

Les séances de psychothérapie et les pilules anxiolytiques s'étaient révélées impuissantes à faire cesser l'horreur du cauchemar qui privait Julia de sommeil, lui causant des migraines qui l'obligeaient souvent à garder le lit pendant plusieurs jours.

Même au bout de cinq ans.

Alors, elle courait.

Chaque jour.

Qu'il pleuve ou qu'il vente.

Elle ne s'accordait de répit que lorsque la couche de neige lui arrivait à la cheville ou qu'il gelait si fort que les rues étaient verglacées.

Courir exorcisait les démons et l'aidait à dormir.

Elle prit un dernier virage et descendit la rue à toutes jambes. D'ordinaire, de cet endroit, elle apercevait le lac, mais pas aujourd'hui. Il y avait trop de brouillard, il faisait trop sombre.

Lorsqu'elle arriva devant sa porte, elle était hors d'haleine et en nage. Elle se pencha pour caresser Diablo, puis se précipita sous la douche, se lava les cheveux, les tordit en un chignon sur le sommet de son crâne. Après s'être appliqué une touche de rouge à lèvres en un tour de main, elle estima que cela suffisait ainsi.

En sortant, elle attrapa son portable et le fourra dans sa poche. Grâce à ses recherches sur internet, elle avait réussi à dénicher le numéro des parents de Lauren Conway à Phoenix. Elle avait essayé à deux reprises de les appeler, laissé chaque fois un court message sur le répondeur, mais jusqu'à présent, personne n'avait donné suite à ses coups de fil. Si quelqu'un était au courant de secrets inavouables entourant Blue Rock, ce seraient les Conway. Soit ils voudraient parler de leur fille disparue, soit ils refuseraient de l'écouter, mais de toute façon, elle se devait de tenter le coup. Hélas, elle n'avait pas eu autant de chance en essayant de localiser Maris Howell.

Du moins, pas encore.

Elle ferma la porte à clé derrière elle et se dirigea vers sa Volvo. Les vitres de la voiture commencèrent à s'embuer dès qu'elle se mit en route pour gagner le restaurant situé près de Pike Place Market. Alors qu'elle tournait dans Pine Street, coup de chance, elle vit une vieille Cadillac libérer une place le long du trottoir. Elle se gara, bien contente de n'avoir à payer que quelques heures de stationnement dans la rue. Cela lui ferait faire des économies. Elle rabattit la capuche de son blouson sur sa tête et remonta au petit trot les quatre pâtés de maisons qui la séparaient du restaurant.

Dans le bar à sushi, ce n'était que métal et verre, lumières tamisées et aquariums remplis de poissons bizarres dont Julia espéra qu'ils ne figuraient pas au menu. La plupart des petites tables étaient occupées ; il s'en élevait un bourdonnement assourdi de conversations. Julia aperçut Erin, installée dans un box au fond de la salle, qui agitait frénétiquement la main. Gerri était assise en face d'elle.

— Nous avons déjà commandé, annonça Erin tandis que

Julia se glissait sur le siège à côté d'elle. Edamame en entrée, California rolls et tempura de crevettes.

— Et des dragons rolls, ajouta Gerri.

— Ça me va !

— Par contre, nous ne savions pas ce que tu voudrais boire.

— Du saké, évidemment ! répondit Julia en jetant un regard de dédain sur le verre de vin blanc d'Erin et le Martini de Gerri.

Les trois jeunes femmes se connaissaient depuis leur première année d'études en sciences de l'éducation à l'université. Aucune d'elles ne désirant adhérer à une confrérie d'étudiantes, elles s'étaient retrouvées dans la même résidence universitaire. Gerri venait de Washington, D.C., tandis qu'Erin avait grandi à Spokane. C'était Erin qui avait la première fait la connaissance de Cooper Trent, par l'intermédiaire de son frère aîné, entraîneur de chevaux.

Elles mangèrent, burent et rirent tout leur soûl. L'humour sarcastique d'Erin chassa quelque peu les mauvais pressentiments qui assaillaient Julia depuis qu'elle avait appris le départ de Shay. Finalement, la conversation bifurqua sur Blue Rock.

— Qu'est-ce qui t'arrive ? demanda Erin en trempant un morceau de rainbow roll dans la sauce moutarde. Tu as l'air déprimée. Ne me dis pas que c'est à cause de Sebastian.

En entendant prononcer le nom de son ex-mari, Julia fronça les sourcils.

— Non, pas du tout.

— Non, bien sûr, répéta Gerri, sceptique.

— Moi, je te crois, dit Erin en mordant dans une tranche de thon et saumon. Tu sais bien que Sebastian n'a jamais été qu'une bouée de secours, ajouta-t-elle à l'adresse de Gerri.

Cette dernière haussa une épaule.

— Une bouée de secours qui s'est terminée par un mariage.

Julia ne voyait aucune raison de cacher ce qui se passait dans sa famille ; de plus, elle avait bu suffisamment de saké pour s'épancher sans retenue.

— C'est à cause de ma sœur…, soupira-t-elle.

Et, tout en terminant son repas, elle entreprit de leur raconter l'histoire.

Gerri et Erin ne l'interrompirent qu'une ou deux fois pour lui poser des questions. La plupart du temps, elles l'écoutèrent avec attention, captivées par les problèmes de Shay, pas tout à fait sûres, cependant, que Julia ait toute l'objectivité requise pour juger la situation.

— Du coup… je n'arrive pas me débarrasser de l'impression que cette histoire va mal tourner, reconnut Julia. Je crois qu'on commet là une erreur monumentale. L'absence de toute possibilité de communication entre les élèves et leurs familles ne me plaît pas du tout.

— Tous les centres de rééducation sont comme ça, fit remarquer Erin. Ils sont obligés de soustraire les jeunes aux influences négatives.

— Mais ce n'est pas mon cas ! se défendit Julia. Je suis prête à tout pour soutenir ma sœur.

— Je sais, mais ça fait partie du traitement.

— Peut-être que les médecins, les profs et les psychologues de Black Rock…, remarqua Gerri.

— Blue Rock.

— D'accord, si tu veux. Ces gens sont des professionnels. Il ne t'est pas venu à l'idée qu'ils savaient ce qu'ils faisaient ? Shay n'arrêtait pas de s'attirer des ennuis. A t'entendre, j'ai l'impression que le juge s'est montré plutôt clément, en lui accordant encore une chance. Voyons, Julia, tu sais qu'elle a des problèmes.

— Nous avons tous fait des bêtises, répliqua Julia. Nous avons tous goûté à la drogue, à l'alcool, au sexe…

— Uniquement de l'herbe, précisa Gerri. Et rien depuis la fac.

— Shaylee a déjà été arrêtée deux fois, n'est-ce pas ? demanda Erin en touchant la manche de Julia. Je sais que tu te fais du souci pour elle, et ça m'embête de devoir reconnaître que Gerri a raison, mais cet établissement est peut-être la meilleure solution pour ta sœur. Il faut que tu arrêtes de la couver comme une mère poule. Elle a presque dix-huit ans, tout de même ! Crois-moi, je suis certaine qu'elle est capable de supporter tout ce que l'école lui infligera.

Elle but une gorgée de son vin et changea brusquement de sujet.

— Parlons plutôt de toi. Tes recherches d'emploi, ça avance ?

— Lamentable.

— Désolée de ne pouvoir t'aider, répliqua Gerri. On licencie des profs, dans mon école. Je crois que je n'ai rien à craindre, mais les enseignants de première année se font du mauvais sang.

— La situation économique est moche, approuva Erin. Dans ma société, on réduit les horaires de travail.

— Il y a un poste vacant à Blue Rock.

Julia avala une petite gorgée de sa boisson, la sentit lui réchauffer les entrailles.

— Oh ! Ne me dis pas que tu songes à poser ta candidature ? s'inquiéta Erin, craignant manifestement le pire.

— Non, je ne crois pas, répondit Julia, même si, en réalité, l'idée la tentait de plus en plus. Une des enseignantes de l'école a été remerciée.

— Maris Howell, c'est ça ? demanda Gerri d'un air songeur, en essuyant quelques gouttes d'un liquide imaginaire sur le plateau de la table en laque noire.

— Comment le sais-tu ? s'étonna Julia.

— Je la connais… enfin, d'une certaine manière. Nous nous sommes rencontrées à un séminaire, au cours de ma première année d'enseignement. Nous sommes restées en relation pendant un moment, puis nous avons perdu le contact. J'ai vu son nom dans le journal, il y a quelque temps, et j'ai essayé de la joindre, mais je n'ai pas réussi. Le numéro de téléphone que j'avais ne lui était plus attribué. Pareil pour son adresse de courriel.

— Sais-tu ce qu'il lui est arrivé ?

Gerri considéra son verre vide d'un regard sombre.

— Non, pas vraiment. Mais j'ai été très étonnée par le scandale auquel elle a été mêlée. Ça n'a aucun sens. Maris semblait être quelqu'un de vraiment réglo. Elle s'investissait dans les activités de son église. Elle adorait sa famille. Mais elle avait perdu son fiancé en Afghanistan, et il est possible que ça ait changé pas mal de choses. Elle a peut-être pété un plomb.

— On est innocent jusqu'à preuve du contraire, leur rappela Erin en faisant tourner son verre entre ses doigts.

— Alors, c'est à cause de Shay que tu n'as pas le moral ? demanda Gerri, dubitative. Ce n'est pas une histoire de mec ?

— Bien sûr que non ! riposta Julia en secouant la tête. J'aimerais mieux qu'on n'aborde pas le sujet.

Gerri tapota la surface laquée de la table du bout d'un ongle.

— Si tu veux mon avis, elle n'a jamais réussi à oublier Cooper.

— Quoi ? s'indigna Julia, qui faillit s'étrangler avec une gorgée de saké.

— Le cow-boy, précisa Gerri en fronçant le nez. Il était sexy, mais, bon sang, il montait des taureaux brahman ! Ce n'est pas un peu macho, ça ?

— Moi, je trouve ça cool, répondit Erin. Et sexy. En plus, on peut se faire beaucoup d'argent dans le rodéo, si on est doué.

— Mouais, enfin, il existe d'autres moyens de gagner sa vie…, répliqua Gerri.

Elle retira le petit cure-dents en plastique d'une olive qu'elle enfourna dans sa bouche.

— Tu as l'esprit trop urbain pour comprendre, objecta Erin. Toute cette imagerie légendaire autour du cow-boy solitaire appartient aux fantasmes de la plupart des femmes.

— Pas pour moi, déclara Gerri.

Erin haussa les épaules.

— Mais pour moi, si, et peut-être pour Julia…

— Hé ho ! Vous avez fini de parler de moi comme si je n'étais pas là ? coupa Julia. Et sachez que j'en ai fini avec les cow-boys. Et avec quiconque est associé de près ou de loin au rodéo.

— Comme si j'allais te croire ! Fan de cow-boy un jour, fan de…

— Absolument pas ! interrompit Julia en secouant la tête.

— Si ça peut te consoler, je crois que Trent a laissé tomber le rodéo, annonça Erin.

Julia détourna la tête, faisant des efforts considérables pour affecter la plus totale indifférence, alors qu'en vérité, elle ne pouvait se retenir de trouver Cooper Trent un peu attirant, encore qu'un brin dangereux. Il y avait quelque chose, en lui, une intrépidité, qui l'avait fascinée, mais elle avait essayé de toutes ses forces de l'oublier. Au point d'épouser un autre homme.

Ce qui s'était avéré une erreur, d'ailleurs.

— Ah, la vache ! Il n'est plus cow-boy ? s'exclama Gerri, tandis qu'à une table voisine, deux couples s'escrimaient en riant à se couper la parole l'un l'autre. Dans quoi s'est-il recyclé ? La capture des veaux au lasso ? La lutte au corps à corps avec des cochons ?

— Très drôle ! laissa tomber Erin, le nez plissé. Aux dernières nouvelles, il venait de terminer une formation et s'était fait engager comme shérif adjoint quelque part dans le Colorado. Non, je me trompe. C'était dans le Montana, je crois. Une petite ville dont je n'ai jamais entendu parler… pas Great Falls, mais quelque chose comme ça.

Elle haussa les épaules et enchaîna :

— Grizzly Falls, peut-être ? Enfin, peu importe !

— Flic ? Trent est flic ? s'étonna Julia, incrédule.

— Ou il l'était… je n'en suis pas sûre. Je l'ai perdu de vue. Je peux demander à mon frère, si ça t'intéresse.

— Non, pas du tout, s'empressa de répondre Julia.

— Je suppose que tu ne lui as pas parlé depuis que vous avez rompu ?

— Pas une seule fois.

— En cinq ans ? demanda Gerri, sidérée. Pourquoi ?

— Sans raison particulière, lâcha Julia.

Ce que Trent et elle avaient vécu ensemble était désormais de l'histoire ancienne. Alors comment se faisait-il qu'elle continue à rêver de lui ? Des rêves érotiques qui la laissaient haletante et couverte de sueur — c'est-à-dire, bien sûr, quand elle ne faisait pas cet horrible cauchemar où elle revivait le meurtre de son père.

— Elle est passée à autre chose, suggéra Gerri, sans pour autant convaincre Erin.

Julia n'avait aucune envie de discuter de sa vie amoureuse, aussi se hâta-t-elle de détourner la conversation.

— Et vous deux, quoi de neuf?

Les yeux d'Erin étincelèrent, comme si elle n'avait attendu que ça — qu'on l'interroge.

— Vous n'allez pas le croire, mais j'ai vraiment trouvé quelqu'un sur internet.

— Sur Craigslist[1], précisa Gerri.

Erin leva les yeux au ciel.

— Pas tout à fait.

— Je ne suis pas tombée loin, rétorqua Gerri. En tout cas, il s'appelle Franklin, et elle ne parle plus que de lui. Ça m'étonne qu'il lui ait fallu si longtemps pour mettre le sujet sur le tapis.

Erin exhala un soupir.

— Franklin est formidable.

— Malgré son nom, la taquina Gerri.

— C'est un très beau nom! s'indigna Erin, visiblement peu disposée à entendre un seul mot négatif sur le nouvel homme de sa vie.

— Et toi, Gerri? s'obstina Julia.

— Rien. Je viens de me séparer d'un type avec lequel je suis sortie six bonnes semaines, répondit celle-ci, levant les yeux au ciel. Ce n'était décidément pas le bon.

— Je ne sais pas si une telle chose existe, soupira Julia, soulagée que la conversation se soit écartée du sujet gênant que constituait Cooper Trent. Allez, Erin, parle-moi de Franklin…

La serveuse s'arrêta à leur table.

— Je vous remets la même chose? proposa-t-elle.

Les trois jeunes femmes commandèrent une autre tournée.

— Pour en revenir à Franklin…

1. Craigslist : site Web offrant des petites annonces. (NdT)

Erin, devenue d'humeur poétique, se mit à parler sans fin du nouvel amour de sa vie, un vendeur de voitures qui prenait des cours du soir pour devenir comptable.

Gerri roulait les yeux, une expression muette d'ennui dans le regard. En revanche, Julia savourait cet échange agréable avec ses amies. Elle eut ainsi tout loisir de se mettre au courant des derniers potins, pendant les deux heures qu'elles passèrent à bavarder et à rire.

Lorsqu'elle regagna sa voiture, Julia se sentait mieux dans sa peau. Par chance, elle n'avait pas récolté de contravention, même si son ticket de parking avait expiré. Elle rentra chez elle sans encombre.

— On dirait que la situation s'améliore, se dit-elle en verrouillant sa portière, avant d'enfoncer les pieds dans une flaque.

Une fois chez elle, elle ôta son blouson humide et passa quelques minutes à jouer avec Diablo, avant de découvrir sous le canapé sa souris borgne fourrée d'herbe à chat.

— Exactement où tu l'avais laissée ! le réprimanda-t-elle tandis que l'animal s'éclipsait, le jouet en lambeaux entre ses dents. Bon, comme tu veux…

Elle se dirigea vers la cuisine pour y vérifier ses messages.

Il n'y en avait qu'un. Sans identification du correspondant.

— Julia, murmura la voix tremblante de Shay dans l'enregistrement.

Julia se figea, les yeux rivés sur le répondeur.

— Tu es là ? demanda Shay. Julia ? Oh, mon Dieu, décroche ! C'est Shay…

Le cœur battant à tout rompre, Julia écouta la voix faible et effrayée de sa sœur.

— Il faut que tu me sortes d'ici, Julia, chuchota Shay désespérée. Cet endroit est horrible. Mais tu ne peux pas m'appeler. Je ne suis pas censée me servir du téléphone. Mais s'il te plaît, par pitié, trouve un moyen de me sortir d'ici ! Oh…

La ligne fut coupée.

# 9

Pétrifiée d'angoisse, Shay raccrocha en s'efforçant de ne faire aucun bruit. Etait-ce son imagination ou y avait-il quelqu'un derrière la porte de ce bureau plongé dans l'obscurité ? La pièce devait être vide à cette heure-ci, mais Shay était entrée furtivement par une porte de derrière qui ne fermait pas complètement, celle qu'utilisaient les femmes de ménage.

JoAnne Harris, la fille qui ne se déplaçait jamais sans son banjo, sa mandoline ou sa guitare, lui avait donné le tuyau. Un peu plus tôt dans la journée, alors qu'elles s'affairaient côte à côte à astiquer des selles, JoAnne — qui se faisait appeler Banjo, un surnom que Shay trouvait absolument ridicule — avait, sans le faire exprès, révélé qu'il existait un moyen secret de communiquer avec le monde extérieur. Si on arrivait à se glisser dans le bâtiment de l'intendance, on pouvait téléphoner à l'aide d'un code spécial que l'un des élèves avait découvert en nettoyant le bureau de Charla King. C'était ainsi que Shay avait été capable d'appeler Julia, qui, avec un peu de chance, l'aiderait à se faire la belle.

Le code changeait chaque mois, avait confié Banjo, mais Charla King gardait la liste scotchée à l'intérieur d'un tiroir de son bureau qu'elle oubliait parfois de verrouiller.

Aussi, malgré son surnom idiot, Banjo était-elle au moins disposée à lui confier quelques-uns des secrets de l'école.

De nouveau, Shay crut entendre des voix dans le couloir.

C'était bien sa chance !

Personne n'était censé patrouiller dans les couloirs de l'intendance à cette heure de la soirée. Et s'ils la trouvaient ici, quelle punition ces abrutis d'AE n'iraient-ils pas inventer ? Ce qu'ils étaient assommants, ces super-étudiants à qui on avait mis dans la tête qu'ils étaient des super-héros, ou un truc dans ce goût-là ! A tous les coups, les assistants d'éducation feraient comme si elle avait commis un crime capital, tout ça parce qu'elle était sortie du foyer.

Les voix retentissaient maintenant avec plus de force — l'une masculine, l'autre féminine.

Shaylee se recroquevilla dans un coin obscur. Les bribes d'une discussion animée filtraient par la porte vitrée aux stores fermés.

— N'en parlons plus, d'accord ? lança une voix aiguë de fille. J'ai compris. J'aurais dû me douter qu'elle allait filer. C'est ma faute !

Pas de doute, cette voix, Shay l'avait déjà entendue. Elle appartenait à Missy Albright, l'une des assistantes d'éducation. Parlait-elle de Shay et du fait qu'elle avait faussé compagnie à son groupe rassemblé dans le foyer des étudiants ?

Merde !

Elle devait trouver une cachette, et vite !

Sans un bruit, elle s'agenouilla puis, à quatre pattes, contourna le bureau et se cacha derrière, au cas où quelqu'un entrerait par la porte principale. Elle se sentait comme un rat pris au piège.

Une voix d'homme répondit à Missy. Il avait l'air en colère, mais Shay ne réussit pas à l'identifier ni même à comprendre ce qu'il disait.

Avec un déclic, la porte s'ouvrit, et des tubes au néon du plafond jaillit une lumière tremblotante.

Shay retint son souffle.

Il ne fallait surtout pas qu'ils la surprennent ici !

— Tu vois ? C'est vide ! dit la voix masculine. Il n'y a personne.

— Je suis sûre que…

— Calme-toi.

— Comme j'aurais dû me calmer avec Lauren ? riposta Missy sur un ton de défi.

Shay perçut le bourdonnement de son propre sang à ses oreilles. Ces deux-là parlaient de Lauren Conway, la fille qui avait disparu une nuit. Elle était au courant des rumeurs qui circulaient à son sujet. Personne ne savait si Lauren était toujours en vie. S'était-elle échappée ? Avait-elle été victime d'un accident ? Etait-elle morte ? La thèse la plus dingue affirmait qu'elle avait été assassinée et revenait pour hanter l'école. Maeve Mancuso — une idiote de première — prétendait avoir vu le fantôme de Lauren rôder dans le kiosque, par une nuit de pleine lune.

— Ne prends pas cet air supérieur avec moi, d'accord ? reprit Missy, exaspérée. Ça m'énerve !

Shay ferma les yeux et pria le ciel pour que la blonde assistante d'éducation ne fasse pas un pas de plus dans la pièce.

— Nous devrions y retourner, suggéra l'homme.

Les lumières s'éteignirent.

Shay ne fut pas dupe. Ils n'étaient sûrement pas partis.

Elle attendit.

Quelques secondes plus tard, la porte se referma avec un bruit sourd.

Cependant, il se pouvait encore que Missy, après avoir lancé un clin d'œil à son compagnon, soit restée à l'intérieur pour la forcer à sortir de sa cachette. Shay ne bougea pas. Lentement et en silence, elle compta les secondes… mille une, mille deux, jusqu'à ce que cinq bonnes minutes se soient écoulées. Il n'y avait aucun bruit dans la pièce, excepté le souffle léger de l'air qui circulait dans les conduits de chauffage et le martèlement désordonné de son cœur.

Lorsqu'elle fut incapable de supporter la tension plus longtemps, elle risqua un coup d'œil de l'autre côté du bureau, puis, jugeant que Missy n'était pas restée en arrière pour lui tendre un piège, elle se remit enfin debout.

Son pouls faisait des bonds, ses nerfs étaient tendus comme des cordes de piano.

Tout en se demandant si ses gestes n'étaient pas filmés par des caméras cachées, elle se précipita pour sortir de la pièce.

Dans sa hâte, elle se cogna la cuisse contre le coin du bureau et dut serrer les dents pour s'empêcher de pousser un cri de douleur.

Ethan et son chef de groupe la croyaient aux toilettes, aussi devait-elle regagner au plus vite le foyer, où tout le monde se réunissait après le dîner. Elle se mordit la lèvre et saisit la poignée de la porte. Pourvu que personne ne la voie se faufiler dans le couloir !

C'était maintenant ou jamais. Elle ouvrit la porte. Le couloir était désert. Avec un clic affreusement bruyant, la porte se referma dans son dos. Osant à peine respirer, elle se rua vers le corridor principal qui, par un passage couvert reliant les deux bâtiments, conduisait au foyer.

Elle avait presque atteint la porte lorsque des pas retentirent derrière elle. Comment ? Elle qui se croyait seule !

Jetant un coup d'œil par-dessus son épaule, elle vit Wade Taggert, l'un des conseillers et professeurs de psychologie, arriver derrière elle. Elle sentit son cœur défaillir dans sa poitrine. Taggert, avec sa fine barbiche, devait avoir la quarantaine et semblait toujours un brin énervé, pour ne pas dire à cran. A côté de lui, il y avait cette imbécile de Missy Albright, l'assistante d'éducation aux cheveux blond platine et à la voix haut perchée, qui avait failli la surprendre dans le bâtiment de l'intendance.

Super !

La voix de Taggert se répercuta dans le couloir.

— Que faites-vous ici ? gronda-t-il.

S'agissait-il de la même voix que celle qu'elle avait entendue depuis sa cachette dans le bureau ? Celle du type qui parlait avec Missy ? Shay n'en était pas certaine, mais, de toute façon, elle n'avait pas le choix. Elle devait s'arrêter et se retourner.

— Ce n'est pas par là, les toilettes ? demanda-t-elle innocemment.

Les yeux de Missy s'étrécirent.

— Je veux dire, pourquoi êtes-vous dans ce bâtiment ?

précisa Taggert. Il y a des toilettes dans le foyer, et c'est là-bas que tout le monde devrait se trouver à cette heure-ci.

« Excepté vous deux », songea Shay, qui, toutefois, tint sa langue. Elle décida de feindre l'embarras plutôt que de prononcer des paroles susceptibles de lui attirer des ennuis.

— C'est bien ce que je pensais, mais je ne les ai pas trouvées, et je savais qu'il y en avait ici, parce que j'y étais déjà allée le premier jour, au moment de mon inscription. Et comme je ne pouvais plus attendre...

Elle laissa à leur imagination le soin d'achever sa phrase, et prit un air penaud et confus.

Mais, à l'évidence, Missy ne gobait pas son histoire.

— Vraiment ? ironisa-t-elle. Les toilettes se trouvent juste après le coin conversation. Tu as dû passer devant en sortant.

Seigneur, ce qu'elle pouvait avoir une voix horripilante !

Shay haussa les épaules, comme pour reconnaître sa sottise.

— Je ne les ai pas vues.

— Eh bien, maintenant, vous le savez. Alors, suivez-nous !

Taggert la regardait de travers, visiblement incertain de ce qu'il devait croire. Sous sa barbiche, ses lèvres se crispaient d'irritation.

— Votre chef de groupe n'a-t-il pas désigné quelqu'un pour vous accompagner ?

— Si, répondit-elle en pensant à Ethan Slade, mais c'est un garçon...

Si seulement elle avait pu rougir ! Ça l'aurait aidée. Faute de piquer un fard, elle s'efforça de paraître mal à l'aise, les yeux rivés au sol. Restait à espérer que toute cette comédie valait le coup et que Julia ne tarderait pas à venir la sauver.

Au moment où Taggert tendit la main vers la poignée de la porte, Shay perçut un mouvement à la périphérie de son champ de vision. Elle tourna la tête. Le « père Jake » venait de surgir de l'ombre, avançant à longues enjambées dans le passage couvert en direction du bâtiment de l'intendance.

— Quelque chose ne va pas ? demanda-t-il, mesurant d'un

clin d'œil la situation tandis que le professeur de psychologie ouvrait la porte.

— Mlle Stillman s'est apparemment perdue.

— Ça ne m'étonne pas, répondit l'aumônier, sans paraître inquiet le moins du monde.

— Elle ne trouvait pas les toilettes, ajouta Missy de sa voix perçante, tout en coulant vers le séduisant ecclésiastique un de ses regards qui disait : « Vous ne trouvez pas que je suis vachement mignonne ? »

— Mais elle a fini par trouver, remarqua le père Jake avec un sourire tranquille. Donc tout va bien, n'est-ce pas ?

— Oui, répondit Shay.

C'était plus fort qu'elle, cet homme lui plaisait.

Le sourire du père Jake s'élargit.

— Très bien. Vous devriez retourner avec les autres, à présent.

— Allons-y, dit Taggert, les yeux plissés.

Il tint la porte ouverte pour laisser passer les deux jeunes filles.

— Je vous rejoins dans une minute, promit l'aumônier en se remettant en route vers la chapelle.

Shay aurait bien aimé le suivre, ce pasteur en blue-jean et grosse doudoune. Lui, au moins, il avait l'air réel.

Missy décocha à Shay un regard chargé de mépris, dans lequel se lisait un avertissement : « Fais gaffe, je t'ai repérée. » Faisant mine de ne pas la voir, Shay entra dans la vaste salle, passa rapidement devant les toilettes — clairement indiquées — avant d'atteindre le centre de la pièce.

Là, au cœur de cet espace de vie commune, des jeunes étudiaient et bavardaient, tandis que Banjo jouait de la guitare devant quelques membres de son groupe, qui l'écoutaient avec recueillement.

Ethan était affalé dans un fauteuil usé et Lucy Yang, assise à côté de Banjo, sur un siège de la même couleur rouille. Lucy était l'une des rares personnes que Shay aimait bien dans cette école. Manifestement dotée d'une grande intelligence, elle semblait aussi inflexible que l'acier. Avec ses cheveux hérissés, ses yeux méfiants et l'attitude irrévérencieuse qui lui avait valu de se retrouver dans cet internat, Lucy affichait toujours des airs de dur-à-cuire.

Dieu merci, tout le monde n'avait pas été transformé en robot ! Shay jeta un regard indifférent à Nona qui, penchée par-dessus son livre ouvert, jacassait avec Maeve et Nell. Malgré leurs différences physiques, ces trois-là s'évertuaient à se ressembler comme deux gouttes d'eau, adoptant les mêmes vêtements, les mêmes coiffures et les mêmes attitudes. Les trois filles levèrent ensemble les yeux vers Shay, qui ne cilla pas. Nona et Nell s'empressèrent aussitôt de détourner la tête, mais Maeve darda sur elle le même regard glacial qu'elle lui réservait depuis son arrivée.

En voyant revenir Shay sous bonne escorte, Ethan se redressa et bondit de son siège.

— Hé ! Je commençais à me demander où tu étais passée !

Maeve se renfrogna.

— Elle était dans le bâtiment de l'intendance, déclara Taggert.

— Quoi ? s'exclama Ethan, le regard assombri. Mais pour quoi faire ? ajouta-t-il à l'adresse de Shay.

— Elle n'avait pas trouvé les toilettes des filles ici, expliqua Missy, arquant ses sourcils pâles pour bien montrer qu'elle avait flairé le mensonge.

Ethan comprit le message.

— Mais…

— Oui, je sais, coupa Shay. Je les ai ratées, d'accord ? Putain, on dirait que j'ai commis un crime ou quelque chose dans le genre… J'avais juste envie de pisser !

Le visage de Taggert se rembrunit encore davantage.

— Tenez-la à l'œil, ordonna-t-il à Ethan, avant de traverser la salle en direction des Thermos de thé et de chocolat chaud.

Si Shay n'était pas certaine de saisir la dynamique du groupe, une chose au moins paraissait évidente : Maeve était furieuse. Avait-elle un faible pour Ethan ?

Missy s'approcha d'Ethan.

— Si tu n'es pas capable de la surveiller, je le ferai.

— Je n'ai pas besoin d'un gardien !

Shay en avait assez entendu. Elle n'avait aucune envie d'attirer davantage l'attention sur elle.

— Je me suis trompée. Je m'excuse. Pas la peine d'en faire une montagne !

— Je m'en occupe ! déclara Ethan à Missy.

Celle-ci esquissa un petit sourire narquois, comme si elle n'avait attendu qu'une occasion de remettre Ethan à sa place. Dans un éclair de lucidité, Shay comprit que ces deux-là étaient sortis ensemble à un moment donné, mais que quelque chose avait mal tourné. Missy semblait déterminée à ne jamais laisser Ethan oublier ses erreurs.

Quelques têtes se tournèrent. Soudain le groupe de Nona était tout ouïe. Même Keesha Bell, la seule Afro-Américaine de la « meute » de Shay, cessa de prêter attention à Benedict Davenne. Keesha avait de grands yeux auxquels rien n'échappait, et des tresses plaquées si parfaites qu'elles rappelaient à Shay une vue aérienne d'un quartier de banlieue aux rues rigoureusement symétriques. Keesha et Benedict étaient inséparables et, même si le règlement interdisait toute liaison sentimentale au sein de l'établissement, cet article-là était sans cesse contourné. Or, en cet instant et pour la première fois, Keesha et Benedict s'étaient mis à l'écoute d'autre chose qu'eux-mêmes.

— Il y a un problème ? demanda Cooper Trent.

Le chef de la « meute » de Shay s'écarta d'un groupe de garçons avec lesquels il discutait et traversa la salle à grands pas.

— Ouais, admit Shay en levant les bras en signe de reddition. Je crois que j'ai violé le règlement.

— Nous l'avons surprise dans le bâtiment de l'intendance, précisa Missy d'un ton suffisant.

— Je cherchais les toilettes, je n'avais pas vu celles qui sont ici. Alors je suis allée à côté et je suis tombée dans une put… dans une saleté d'embuscade.

Missy en eut le souffle coupé.

Deux ou trois élèves gloussèrent.

A la grande surprise de Shay, Nell ébaucha un sourire.

Mme Burdette, qui passait par là, secoua la tête, agitant sa queue-de-cheval d'où s'échappaient des cheveux roux crépus. Toutefois, elle ne s'arrêta pas pour distribuer des punitions.

— Tout est de ma faute, poursuivit Shay. Je ne sais pas quel châtiment on mérite quand on se trompe de toilettes, mais je plaide coupable.

Keesha pouffa, avant de se plaquer une main sur la bouche pour s'empêcher de rire aux éclats.

— Ça commence à devenir un peu trop bruyant, ici, déclara Taggert en revenant, une tasse fumante à la main. Mettez-la un peu en sourdine.

— Oui, passons à autre chose, approuva Trent avant de se tourner vers Shay. Je vous suggère de retourner à vos livres. Vous savez où se trouvent les toilettes, maintenant, n'est-ce pas ?

Shay hocha la tête. Ainsi donc, ce type prenait son parti. Ou bien se trompait-elle ? Peut-être craignait-il tout bonnement pour ses fesses parce qu'il était son chef de groupe. En tout cas, si lui n'était pas de son côté, elle pouvait presque à coup sûr compter sur le père Jake. Sauf si, là aussi, elle se faisait des illusions. Il y avait de quoi devenir cinglée, dans cette école !

— Bien, poursuivit Trent avec une mimique de réprimande muette à l'intention d'Ethan. Shay, si vous avez des questions, venez me voir, ou demandez à Ethan… à moins que vous ne préfériez vous adresser à une assistante d'éducation.

Comme Missy Albright ? Pitié !

— Non, ça va très bien avec Ethan.

Keesha réprima un sourire et Lucy Yang eut l'audace de lever le pouce en signe de félicitations.

— Parfait ! conclut Trent avant de croiser le regard mécontent de Taggert. Il n'y a pas eu mort d'homme, n'est-ce pas ?

Taggert sembla sur le point d'objecter, mais à cet instant précis les portes s'ouvrirent en grand et le révérend Lynch entra, en même temps qu'un courant d'air froid. Vêtu d'un long manteau noir, il s'avança à grandes enjambées vers sa place favorite, devant la cheminée monumentale. Il ouvrit largement les bras, comme un aigle déployant ses ailes — geste qui invitait ses ouailles à se rapprocher.

— Désolé d'arriver en retard, dit-il, avec un regard vers la pendule. Il est presque l'heure du couvre-feu. Nous allons donc sans plus tarder unir nos voix pour chanter les louanges du Seigneur. Puis nous terminerons par une courte prière.

Tout en cherchant le professeur d'anglais du regard, il désigna le piano dans un coin de la salle.

— Madame Hammersley, dit-il à la femme bâtie comme un coureur de marathon, si vous voulez bien nous accompagner.

Shaylee se glissa dans l'espace resté libre entre Banjo et Lucy. Derrière elle, Ethan, qui s'était vu proprement réprimander, se tenait à côté de Zach Bernsen, l'assistant d'éducation que Shay avait secrètement surnommé le « dieu viking » à cause de son physique scandinave.

Quelques pas plus loin, Drew Prescott souriait d'un air goguenard, comme si la déconfiture de Shay lui avait procuré une certaine satisfaction. Grand bien lui fasse ! Pour sa part, elle l'avait déjà catalogué comme loser. Il était assez beau, malgré son acné. Avec ses cheveux et ses yeux bruns, et son physique de footballeur, il paraissait toujours pétri de suffisance, comme s'il avait connu ses plus intimes secrets.

Encore un qu'il valait mieux éviter.

Près du révérend Lynch se dressait, pareil à une sentinelle, son nouveau professeur de chimie, M. DeMarco. Cheveux noirs, teint basané, visage figé, il observait fixement le groupe dans son ensemble, mais Shay était prête à parier qu'il la tenait dans sa ligne de mire. Son regard évoquait celui d'un lézard, un de ces regards impossibles à suivre.

Elle essaya de ne pas le dévisager et baissa les yeux. Sans succès.

Du coin de l'œil, elle vit Missy la fusiller du regard, mais fit semblant de ne pas la remarquer. Lorsque le père Jake revint prendre place à quelques mètres derrière elle, Shay, pour une raison ou pour une autre, se sentit un peu plus en sécurité.

Tandis que les premières notes du cantique se répercutaient

dans toute la salle, elle espéra du fond du cœur que Julia l'avait prise au sérieux et cherchait un moyen de lui faire quitter cette maison de dingues.

Quelques instants plus tard, après la prière finale, le Guide sortait furtivement du foyer pour aller se poster dans l'ombre. A quelques pas du cercle lumineux projeté par un réverbère, il se dissimula dans un bosquet de jeunes arbres, tandis que la brise hivernale lui ébouriffait les cheveux et lui refroidissait les sangs.

Subrepticement, il regarda Shaylee quitter la salle, tout comme il l'avait observée quand elle était restée à la traîne, derrière son groupe qui allait nettoyer les écuries. Il y avait décidément quelque chose en elle qui le captivait.

Shaylee suivait à présent l'allée déblayée, en compagnie d'un groupe d'élèves se dirigeant vers la résidence des filles. Au contraire de ses camarades qui bavardaient et riaient sous la lumière des réverbères, Shaylee marchait à l'écart, solitaire et sans amie. Elle avait l'air préoccupée, vulnérable. Pourtant, il savait très bien à quoi s'en tenir. Shaylee était une battante, il ne l'ignorait pas.

Même le guerrier le plus redoutable a besoin d'un allié.

Souriant intérieurement, il eut l'intuition que le moment était presque venu de frapper. De profiter de son état actuel de fragilité émotionnelle. Il lui offrirait réconfort et consolation. Une oreille compatissante et une épaule solide sur laquelle s'appuyer.

Shaylee Stillman…

Il fit tourner son nom dans son esprit, tandis qu'elle cheminait, les rayons de lumière jouant sur son visage.

Maussade.

Sexy.

Sensuelle.

Insolente.

Au cours des jours derniers, il lui avait parlé, bien sûr, il lui avait souhaité la bienvenue. Rien de plus normal, après tout. Mais il n'avait pas encore dévoilé son jeu ; il n'avait pas osé. Pas avant d'être convaincu qu'elle serait une candidate enthousiaste.

Il avait besoin d'en apprendre davantage sur Shaylee, de la mettre à l'épreuve, de se rendre compte si elle était prête.

Il ne pouvait se permettre de se tromper une nouvelle fois.

# 10

Avec tous ces téléphones cellulaires connectés à l'internet et reliés par satellite à travers le monde entier, Julia était convaincue qu'il existait un moyen de joindre sa sœur. Elle s'adressa à Erin, qui, travaillant dans le domaine de la téléphonie mobile, connaissait quelques trucs pour retrouver des numéros. Elles essayèrent plusieurs tactiques, en pure perte. Julia téléphona alors à l'école, mais personne ne répondit. Un message enregistré se contenta de lui indiquer que quelqu'un serait au bureau le lendemain matin pour répondre à son appel.

Il était presque 22 heures lorsque Julia passa un coup de fil à sa mère. Pour toute réponse à son inquiétude, Edie éclata de rire.

— Enfin, Julia, qu'espérais-tu ? Naturellement, elle t'a appelée, parce qu'elle pensait pouvoir t'attendrir. Le révérend Lynch m'avait prévenue de ce genre de réaction de sa part ; c'est tout à fait normal.

— Non, maman, ce n'est pas normal.

— Il faut que tu oublies ça.

— Je ne peux pas. Elle a appelé à l'aide.

— Elle ne doit s'en prendre qu'à elle-même, si elle se retrouve dans cette situation.

— Alors, parlons du révérend Lynch, tu veux ? Cette grande maison sur le lac, tu trouves ça normal aussi ? En général, les pasteurs — du moins, les pasteurs intègres — n'habitent pas dans des maisons qui valent plusieurs millions de dollars !

Edie poussa un soupir théâtral.

— Bien sûr que non. Je t'ai déjà expliqué que c'était l'école qui en était propriétaire, et je crois qu'elle lui a été léguée par quelqu'un en rapport avec l'internat, ou peut-être un quelconque grand-père reconnaissant ; je ne suis pas trop sûre.

— Un grand-père reconnaissant plein aux as.

— Ce n'est pas un crime d'avoir de l'argent, répliqua Edie. Pourquoi faut-il que tu sois toujours si négative, Julia ?

A partir de là, le ton de la conversation ne fit que s'envenimer.

Pour finir, Julia raccrocha, encore plus découragée. Etait-ce elle qui s'obstinait à présenter les choses sous un angle pessimiste ? Malgré toute l'aide qu'elle lui avait apportée, Erin aussi avait affirmé à Julia que la manière dont on traitait Shay dans cette école n'avait rien que de normal.

— Tous les centres de rééducation interdisent les communications avec l'extérieur, lui avait-elle dit. Ils sont bien obligés, s'ils veulent rompre les mauvaises habitudes.

Finalement, peut-être Julia prenait-elle les événements trop à cœur. Shay était, et avait toujours été, une princesse de tragédie, attendant son tour de monter sur le trône. Or, Edie n'était absolument pas disposée à lui abandonner sa couronne.

Julia jeta son stylo sur le bureau et décida de laisser tomber, de réfléchir au fait que tout le monde semblait penser qu'il n'y avait pas meilleur endroit pour Shay.

Diablo sauta d'un bond sur le bureau et, balançant sa longue queue, observa de ses yeux dorés les doigts de Julia qui se remettaient à pianoter sur le clavier de son ordinateur.

— Ne le dis à personne, chuchota-t-elle.

Et elle tapa le nom de Cooper Trent dans la fenêtre de recherche de Google.

Depuis qu'elle avait bu un verre avec Erin et Gerri, elle avait beaucoup pensé à lui. C'était idiot, elle le savait, mais elle ne pouvait s'en empêcher.

— Oh, génial ! marmonna-t-elle en constatant qu'il existait des douzaines d'articles sur lui.

Des photos, également. A la recherche des informations les plus récentes, elle effectua un tri parmi toutes les rubriques et découvrit que, quelques années plus tôt, il s'était fait embaucher par la police locale de Pinewood à Grizzly Falls, dans le Montana. Dans plusieurs affaires, il apparaissait comme l'officier de police ayant procédé aux arrestations, mais les faits dataient maintenant de quelques années. Sur le site Web du comté, le nom du shérif adjoint Cooper Trent n'était plus répertorié et sa photo manquait.

Ce qui signifiait qu'il avait été renvoyé, ou bien qu'il avait démissionné et disparu de la circulation.

Julia, cela dit, ne s'y intéressait pas le moins du monde. Le chat bondit sur ses genoux, leva les yeux vers elle et poussa un miaulement.

— Je sais, avoua-t-elle en caressant la tête au poil lustré de l'animal. Je suis une idiote. Ce n'est pas un scoop !

Trent verrouilla la porte du hangar où était entreposé le matériel et tira dessus d'un coup sec. Il entendit un cliquetis de ferraille — le verrou tenait bon. Utilisé pour remiser les canoës, les raquettes, les kayaks et tous les équipements de randonnée et de pêche, ce local situé près du hangar à bateaux relevait de sa responsabilité. Satisfait de savoir son matériel en sécurité, il releva son col pour se protéger du vent et traversa le campus pour regagner son bungalow, l'un de ceux dans lesquels logeaient plusieurs membres du personnel de l'école. Il y avait une trotte jusqu'au sien — plus de quatre cents mètres —, situé à l'opposé des résidences des élèves et du foyer, non loin du chenil et des écuries.

Mais il ne s'en plaignait pas. Il trouvait même qu'il avait eu de la chance. Au moins n'était-il pas obligé de partager son logement, même si la raison principale en était la vétusté de son bungalow. Le sien n'était pas seulement le plus petit, mais aussi le plus décrépit du campus, l'une des rares constructions datant de l'époque où ce coin perdu était un paradis pour les chasseurs et les pêcheurs. Construit au début des années 1900, le pavillon original avait été démoli et la route de gravier qui y donnait accès, emportée par les fontes des neiges et les inondations. Seuls quelques petits bungalows tenaient encore debout. A peine.

Trent pouvait s'accommoder d'une fuite dans la salle de bains et d'une tuyauterie qui sifflait chaque fois qu'il ouvrait un robinet ou tirait la chasse d'eau. Il acceptait de vivre dans une vieille bicoque délabrée, si ces inconvénients signifiaient la préservation de sa vie privée. Les résidences plus récentes affectées au personnel ressemblaient à des maisons mitoyennes, chacune pouvant loger deux personnes, collées les unes contre les autres et toutes identiques.

Non, merci !

De plus, Trent considérait la proximité des écuries comme un avantage. Il s'était toujours senti plus à l'aise en présence des animaux que de la plupart des gens, au point que certains le prenaient pour un solitaire, d'autres pour un cow-boy ombrageux. Pour ce qu'il en avait à faire !

Quand il n'entraînait pas ses élèves à faire du sport — basket-ball ou volley-ball — dans le gymnase, Trent était le type sur lequel on pouvait toujours compter pour superviser des exercices de survie en milieu sauvage ou donner un coup de main à Bert Flannagan pour soigner les chevaux et les chiens. Toutes ses années passées sur les circuits de rodéo figuraient sur son CV lorsqu'il avait postulé pour le poste à Blue Rock, et son expérience avait convaincu le révérend Lynch qu'il fallait lui permettre de passer du temps avec les animaux, ce qui, pensait Trent en enfonçant les mains dans les poches de son blouson en toile de jean, valait bien mieux que de travailler avec ses collègues.

Les jeunes, il les aimait bien.

Bien sûr, bon nombre d'entre eux avaient des problèmes de comportement, et certains étaient sérieusement en passe de devenir des criminels, mais, pour la plupart, il était encore possible de les stimuler et de les faire changer. Il ne pouvait pas en dire autant de certains des enseignants et des conseillers de cette école.

Le révérend Tobias Lynch, théologien et administrateur en chef de l'établissement, était-il aussi pieux qu'il se décrivait lui-même ? Sa femme, Cora Sue, venait très rarement à l'école, préférant rester dans sa grande demeure sur les bords du lac Washington, à quelques kilomètres seulement de Seattle et de la civilisation. Trent ne lui jetait pas la pierre ; ce n'était pas moins un arrangement curieux, pour un personnage très en vue tel que Lynch.

Et que dire de Salvatore DeMarco, le professeur de maths et de sciences, aussi prompt à manier le couteau qu'à décocher un sourire ? Trent avait vu DeMarco vider un poisson en quelques secondes, briser la nuque d'un lapin et abattre un cerf avec un arc et une flèche. DeMarco était un ancien marine qui avait servi en Afghanistan. Titulaire d'une maîtrise de chimie, il enseignait les sciences et les maths, mais également les techniques d'autodéfense et de survie.

Adele Burdette, directrice responsable des filles, constituait une énigme. Trent n'avait pas appris grand-chose à son sujet, mais elle avait le don de le prendre à rebrousse-poil.

Bert Flannagan était un autre cas curieux. Il savait s'y prendre avec les animaux — cela, il fallait le reconnaître —, mais Trent le soupçonnait d'avoir un certain penchant pour la cruauté. La cinquantaine bien sonnée, la coupe de cheveux militaire et les yeux souvent plissés de suspicion, l'homme était aussi coriace que cultivé, et certainement en meilleure forme que la plupart des trentenaires.

Lors d'une une conversation qu'il avait surprise un jour entre Spurrier et Flannagan, Trent avait entendu mentionner le fait que Flannagan, autrefois, avait été mercenaire. Etait-ce la vérité ? Ou une blague ? Un mensonge destiné à impressionner ? Trent était prêt à parier qu'il y avait au moins une once de vérité dans cette histoire. Ce type avait trop le look d'un mercenaire pour n'en avoir jamais été un. Cependant, si Flannagan ne se privait pas de réprimander les élèves, Trent ne l'avait jamais vu maltraiter un animal. Encore récemment, il l'avait entendu incendier Drew Prescott et Zach Bernsen, deux assistants d'éducation, qui avaient tenté de refiler à des sous-fifres la tâche de bouchonner leurs montures. Les deux garçons avaient bien mérité le savon qu'il leur avait passé.

En tant que dernier professeur embauché — le petit nouveau, pour ainsi dire —, Trent n'était pas encore dans le secret des rouages internes de l'école, mais il avait fait des recherches minutieuses avant de poser sa candidature pour le poste, et il ne lui avait pas fallu longtemps pour prendre conscience que certains des conseillers et des professeurs de l'établissement n'étaient pas irréprochables.

« Comme toi ? »

Il sentit sa bouche se tordre dans une moue. En fin de compte, lui aussi était un faux-jeton. N'avait-il pas décroché ce job grâce à un CV falsifié ? Pourtant, il n'éprouvait aucun remords au sujet des mensonges dont il avait truffé son dossier de candidature. La supercherie dont il avait usé était indispensable s'il voulait découvrir ce qui avait bien pu arriver à Lauren Conway. La police locale du comté manquait d'effectifs. Une poignée de shérifs adjoints se démenaient pour couvrir des centaines de kilomètres de forêts profondes, de terrains montagneux et de routes dangereuses. Des coupures de courant survenaient régulièrement, des randonneurs et des campeurs se perdaient sans arrêt, et les routes sinueuses qui serpentaient à travers les reliefs déchiquetés des monts Siskiyou présentaient autant d'occasions d'accident.

Pour tout arranger, Blaine O'Donnell, nouvellement élu au poste de shérif de Rogue County, n'avait pas inventé le fil à couper le beurre. Pour autant que Trent pût en juger, le type n'était pas vraiment malhonnête, juste paresseux et incompétent.

Qu'était-il arrivé à Lauren Conway ?

Trent ne savait pas au juste.

Pas encore.

Mais son intuition lui soufflait que sa disparition n'avait rien à voir avec une fugue, comme le prétendait la direction de l'école. Or, la police semblait avoir fait une croix sur l'affaire, avant même de lancer ses investigations. Trent ne pouvait s'empêcher de se demander qui, dans l'école, avait rempli les poches d'O'Donnell et alimenté le trésor de guerre de sa dernière campagne électorale.

C'était pour résoudre ce mystère que Trent avait pris ce poste à Blue Rock. Naturellement, la direction de l'école ne se doutait nullement de ses intentions cachées. Il avait le sentiment que quelqu'un, au sein de l'institution, en savait plus qu'il ne voulait bien l'admettre, et il entendait bien découvrir la vérité.

Et, à mesure que le personnel et les élèves lui faisaient de plus en plus confiance, il gagnait du terrain.

Pourvu que ça dure !

Jusqu'à présent, il n'avait pas éveillé les soupçons, mais cette situation pouvait changer en un rien de temps. Surtout si Shaylee Stillman décidait d'ouvrir la bouche et de faire du tapage.

Comme il passait devant les enclos emboîtés les uns dans les autres, il ralentit, scrutant l'obscurité à la recherche de la moindre anomalie. Grossières clôtures de bois aux lattes grises sous le clair de lune, prés couverts de neige scintillante. Paysage paisible. Serein. Quelques nuages poussés par le vent.

Et puis, des voix.

Une dispute.

Près du hangar qui abritait les tracteurs et autres matériels lourds.

Au lieu de crier pour prévenir de son arrivée, il longea lentement l'écurie et se glissa sous le surplomb où était garé le fourgon à chevaux. De là, il observa la remise de l'autre côté du parking.

— Je t'ai dit de ne pas paniquer, murmurait une voix masculine d'un ton sévère. Garde ton calme.

Qui était-ce ? Il devait le savoir.

— Mais on doit faire quelque chose ! Qui sait à qui ce sera le tour, la prochaine fois ?

Une voix de femme. Mais encore une fois, tellement étouffée qu'elle était impossible à identifier. Devait-il se montrer et exiger qu'on lui réponde ? Ou attendre ?

— Sois patiente, d'accord ? Il ne t'arrivera rien, je te le promets.

— Comment est-ce que tu peux me le promettre ? La situation nous échappe. Je veux dire, quand j'ai accepté d'en faire partie, je pensais que ce serait amusant, excitant. Et je croyais en lui. Mais maintenant... Mon Dieu, je ne sais pas. Je ne sais plus !

— Chut ! Il faut que tu gardes confiance, insista la voix masculine.

Trent s'apprêtait à s'approcher discrètement lorsqu'il entendit un hennissement aigu venant de l'écurie.

— Oh, non ! Il y a quelqu'un qui arrive !

Le cheval poussa un autre hennissement, mais Trent traversait déjà le parking en direction du hangar. Il entendit des pas s'éloigner à toute vitesse de l'autre côté du bâtiment. Il se lança à leur poursuite, tourna l'angle.

Personne.

Derrière le hangar, rien n'avait bougé, la couche de neige accumulée sur l'asphalte était vierge, les énormes portes roulantes, solidement fermées.

Trent se précipita à l'autre extrémité du bâtiment et se retrouva de nouveau devant un parking désert, sauf que, cette fois, des empreintes de pneu et de pas étaient visibles dans la neige. Ceux qui s'étaient rencontrés là s'étaient éclipsés, et leurs traces — deux paires de bottes de tailles différentes — conduisaient vers le centre du campus. Trent les suivit jusqu'au trottoir déblayé, où elles disparaissaient.

Des élèves ?

Des conseillers ?

Il jeta un regard vers les résidences et vit une silhouette passer sous les réverbères, un fugitif éclat doré, comme le reflet d'une chevelure blonde ou d'un bonnet jaune. A cette distance, il ne pouvait en être certain. Pas plus qu'il n'était en mesure de prouver que la personne en question était l'une de celles qu'il avait entendues chuchoter derrière le hangar. Et même s'il l'avait pu ? Ils n'avaient fait que bavarder. Enfreindre le couvre-feu s'ils étaient élèves, mais pas s'ils étaient assistants d'éducation ou membres du personnel.

Le cheval hennit encore une fois, haut et clair, dans l'air nocturne. Plusieurs animaux lui répondirent. Un chien se mit à aboyer, bientôt imité par d'autres, mais le bruit resta assourdi par les murs du chenil. Tout comme les hennissements des chevaux.

Conscient qu'il avait perdu la trace de ceux qu'il pourchassait, Trent revint sur ses pas, contourna le hangar et se dirigea vers l'écurie. En chemin, il aperçut la pouliche baptisée Nova en raison de l'étoile blanche qu'elle portait au front. Le jeune animal hennissait, tout frissonnant de froid, à la porte de son écurie.

— Bande de petits salopards ! grommela Trent entre ses dents.

Il ouvrit la porte et s'empara d'une longe qu'il fixa au licou de la pouliche.

— Viens, ma belle, lui dit-il doucement en faisant claquer sa langue.

Il la conduisit à l'intérieur de l'écurie. Une bouffée d'air chaud sentant le cheval, le savon pour selle et l'urine lui assaillit les narines. Les chevaux s'agitèrent dans leurs box, leurs sabots firent bruisser la paille, quelques hennissements retentirent.

— Tu en provoques un remue-ménage, Nova ! dit-il à la pouliche alezane qui secouait la tête et se trémoussait nerveusement. Allons, calme-toi. Tout va bien. Voilà !

Plusieurs chevaux tendirent le cou par-dessus les barrières de leurs stalles, et il caressa le chanfrein d'un cheval gris avant de faire entrer l'alezane dans son box. Après avoir rempli son auge d'une ration de grain et de foin, il brossa sa robe frémissante jusqu'à ce qu'elle luise d'un éclat rougeâtre sous les lumières de l'écurie. Ce qui sembla la calmer.

— Ça va mieux ? demanda-t-il gentiment.

A l'intérieur, il bouillait de rage, furieux que quelqu'un ait laissé la pouliche dehors par ce temps glacial.

Quel crétin !

Les chiens donnaient maintenant furieusement de la voix,

leurs gémissements plaintifs s'étaient intensifiés en hurlements stridents.

— Stop ! ordonna un homme avec fermeté.

Les aboiements cessèrent instantanément.

Flannagan.

Les chevaux levèrent la tête et tournèrent vers la porte un regard plein d'attente.

Une seconde plus tard, la porte s'ouvrit, et Bert Flannagan, le visage renfrogné, une carabine serrée dans la main droite, entra à grandes enjambées.

— Mais qu'est-ce qui se passe, ici, bordel ?

— Rien qui nécessite un fusil, Bert.

— On ne sait jamais.

— Qu'aviez-vous l'intention de faire ? Tirer sur quelqu'un, probablement un élève, et peut-être tuer un cheval ou deux par la même occasion ? Affoler tous les autres pour qu'ils se mettent à ruer dans leurs box et se blessent ? Vous feriez mieux de ranger ce maudit machin !

Flannagan hésita, jetant des regards furieux à Trent comme s'il avait voulu l'abattre sur place. Mais il finit par reposer son arme, la crosse par terre, à côté de la porte.

— Bon, je répète ma question : qu'est-ce qui se passe ?

— A vous de me le dire. J'ai trouvé Nova dehors.

— Dehors ?

Trent expliqua comment il avait aperçu la pouliche dans le pré, alors qu'il regagnait son bungalow. Il ne mentionna pas les voix qu'il avait entendues. Mieux valait ne pas trop en dire avant de s'être fait une idée plus claire de la personnalité de l'ancien mercenaire. Or, au fur et à mesure de son récit, il vit le visage de Flannagan se durcir, ses narines frémir et sa bouche se crisper.

— C'est le problème quand on confie quelque chose à des mômes, maugréa-t-il, sans presque remuer les lèvres. Ils n'ont aucun sens des responsabilités, aucun sens du devoir.

— N'est-ce pas ce que nous sommes censés leur apprendre ?

— Impossible avec les chiffes molles qu'on a ici — des

gosses de riches que les parents se contentent d'expédier au loin, en payant un paquet de fric, et en chargeant quelqu'un d'autre de leur apprendre à vivre !

Il regarda la pouliche et secoua la tête. Ses courts cheveux argentés faisaient ressortir son teint hâlé.

— Je vais vous dire ! continua-t-il. Si les parents mettaient ces maudits gamins face à leurs responsabilités, s'ils les envoyaient se calmer en prison pendant quelque temps, ça leur économiserait pas mal d'argent, et ça nous ferait gagner beaucoup de temps, à vous et à moi

— Mais vous n'auriez plus de travail.

Flannagan lui lança un regard noir.

— Il y a des boulots plus intéressants, croyez-moi. Je n'ai pas passé vingt ans dans les marines pour finir ici, à moucher le nez de ces gosses. Nom d'un chien, comment peut-on laisser un cheval dehors en plein hiver ?

Il entra dans la stalle de la pouliche et palpa ses muscles d'un geste expert. Celle-ci pencha les oreilles en arrière mais ne protesta pas.

— Qui était responsable, ce soir ? demanda Trent.

— C'est bien ça, le hic ! grogna Flannagan en caressant le front de l'animal qui renifla bruyamment. Bernsen et Rolfe étaient chargés de superviser des élèves de votre groupe, en particulier cette fille qui ne lâche jamais sa foutue guitare, ajouta-t-il en claquant des doigts, ce qui fit s'ébrouer la jument.

— JoAnne Harris.

— Oui, c'est ça. Et aussi l'Asiatique qui a les cheveux en bataille — Yang — et Bell. Je me fiche de savoir si c'est politiquement correct ou pas, mais Bell ne connaît absolument rien aux chevaux.

— Je ne crois pas qu'il y ait un rapport avec la couleur de sa peau.

— Bien sûr que non. C'est parce qu'elle a grandi dans ce trou perdu de Detroit. Combien de chevaux croyez-vous qu'ils aient, dans la « ville de l'automobile » ?

— Est-ce que Missy Albright n'était pas censée faire partie de ce groupe ?

Flannagan opina du chef.

— J'ai toujours pensé que c'était une fille bien, excepté cette voix qu'elle a. Elle est maligne, celle-là, elle sait y faire avec les bêtes.

Et elle était blonde. Comme la personne que Trent croyait avoir vue se faufiler entre les résidences. Qu'avait-elle dit, déjà ? Ça pourrait être notre tour, la prochaine fois. Elle semblait terrifiée, et son compagnon lui avait conseillé de ne pas « paniquer ». Mais qu'avait-elle voulu dire par « la prochaine fois » ? Trent l'ignorait. Cela pouvait se rapporter à n'importe quel événement, de la disparition de Lauren au recalage à un examen. Il n'en avait pas entendu suffisamment pour pouvoir tirer la conclusion qui s'imposait.

En outre, Missy n'était pas la seule blonde à Blue Rock. De mémoire, il pouvait en nommer au moins une demi-douzaine, et encore, seulement parmi les élèves. Il fallait encore y ajouter l'infirmière et la cuisinière.

Et même s'il était capable d'identifier les deux personnes qu'il avait entendues devant le hangar ?

— Je vais m'occuper de Bernsen demain matin, reprit Flannagan. C'était lui, le responsable, normalement.

Encore un blond.

— Laissez-moi lui parler, suggéra Trent. La plupart des élèves qu'il devait surveiller appartiennent à mon groupe.

Flannagan se dirigeait déjà vers la porte de l'écurie.

— Comme vous voulez. Mais faites en sorte qu'il comprenne bien à quel point il est grave de laisser un cheval dehors.

Il saisit son fusil à la porte et, jetant un coup d'œil par-dessus son épaule, lança un dernier conseil empreint de sagesse :

— Et qu'il n'essaie pas de vous inventer une excuse minable du genre « J'avais confié le boulot à quelqu'un d'autre. » Tout ça, c'est des conneries. Il était responsable ; c'est lui qui se trouve en première ligne.

# 11

— Ecoutez, je ne peux rien vous dire de plus, affirma Cheryl Conway à l'autre bout du fil.

Julia avait tenté, une dernière fois, de joindre les parents de la jeune fille disparue avant de partir pour son travail. Finalement, la mère de Lauren, qui vivait à Phoenix, avait pris son appel.

— Lauren n'a toujours pas été retrouvée, mais nous gardons l'espoir de la revoir bientôt et en bonne santé. Oh, mon Dieu…

La voix de Cheryl Conway se brisa à la pensée de perdre son enfant, et Julia se sentit odieuse d'avoir forcé la pauvre femme à en parler.

— Je suis désolée, dit-elle en faisant un geste de sa main libre, comme si son interlocutrice avait pu la voir. J'espère qu'elle rentrera vite.

— Nous l'espérons tous.

— Je vous appelle parce que ma sœur est interne à Blue Rock, et je m'inquiète à son sujet.

— Je… Je ne sais pas quoi vous dire…

Julia entendit une autre voix — plus grave, incontestablement une voix d'homme — en bruit de fond, mais elle ne put distinguer les paroles prononcées. Juste le ton de réprimande. Etait-ce le père de Lauren ? Ou un frère aîné ? En tout cas, quelqu'un en position d'autorité.

— Madame Conway ?

— Euh… s'il vous plaît… Ecoutez, je regrette…

La voix de Cheryl se faisait plus aiguë à mesure qu'elle perdait le contrôle de soi.

— Je… je ne peux vraiment pas vous en parler. Je ne dois pas. Si vous avez d'autres questions, adressez-vous au shérif.

Cheryl Conway raccrocha et Julia resta plantée près de la porte, son téléphone mobile coincé contre son oreille, avec le sentiment d'avoir manqué quelque chose. Cheryl Conway avait été sur le point de lui en dire davantage, mais son mari lui avait intimé l'ordre de se taire.

Pourquoi ?

Elle glissa le téléphone dans son sac.

Qu'avait-elle donc espéré apprendre, en essayant de retrouver de pauvres parents désespérés et terrifiés qui, bien que « gardant l'espoir », étaient fous d'inquiétude ? Non seulement son coup de fil ne lui avait permis de recueillir que bien peu d'informations, mais il n'avait fait que conforter ses craintes à l'égard de Blue Rock.

— Je suis une piètre Nancy Drew[2], dit-elle à Diablo.

A l'exception d'un petit boulot d'employée de bureau dans une agence de recouvrement, au temps où elle suivait ses études à la fac, Julia n'avait aucune espèce d'expérience en tant que détective.

Or, elle sentait qu'il y avait urgence à aider Shay à déguerpir de Blue Rock, et une partie de son anxiété provenait de Shay elle-même. Dieu savait à quel point sa sœur pouvait se montrer manipulatrice ! Julia attrapa ses clés et vérifia son reflet dans le miroir étroit près de la porte d'entrée. Elle avait ramassé ses cheveux sur le sommet de son crâne, son chemisier blanc était soigneusement repassé, sa jupe noire impeccable. Son maquillage n'avait pas coulé, elle était fin prête pour se rendre à un travail qu'elle ne détestait pas vraiment, mais dont elle ne raffolait pas non plus. Force était de reconnaître qu'elle avait un peu de mal à supporter Tony, le gérant, et ses constantes allusions grivoises, et Dora, la serveuse pleurnicharde qui adorait se plaindre.

2. Nancy Drew (connue en France sous le nom d'Alice Roy) est une jeune détective américaine, héroïne de nombreux romans pour la jeunesse publiés en français dans la collection *Bibliothèque verte.* (NdT)

— Mais au moins, ça nous permet d'acheter des croquettes, dit-elle au chat avant d'enfiler son manteau.

Pendant le service du soir au 101, les heures de travail semblaient interminables, les clients terriblement bruyants, les additions salées et les pourboires généreux. Mais l'avantage, avec un job de nuit, c'était que si une migraine interrompait son sommeil ou si ses cauchemars revenaient la hanter, elle pouvait toujours faire semblant de ne pas entendre le réveil le lendemain matin.

Tout compte fait, elle s'estimait heureuse d'avoir ce travail.

— A tout à l'heure ! promit-elle à son chat.

Dehors, elle salua sa voisine, Mme Dixon, d'un petit geste de la main, avant de s'élancer sous la bruine vers sa voiture. Le véhicule, qui parfois se montrait rétif, démarra au quart de tour. Elle avait déjà parcouru la moitié du chemin lorsque son mobile sonna. Normalement, elle n'aurait pas décroché et risqué une amende pour conduite avec téléphone mobile, mais elle reconnut sur l'écran le numéro longue distance : c'était celui qu'elle avait composé un instant auparavant — celui des parents de Lauren Conway à Phoenix.

— Allô ?

— Cheryl Conway de nouveau, chuchota la femme. Je n'ai pas pu vous parler tout à l'heure, pas vraiment… Mon mari n'est pas d'accord. Il veut appliquer strictement les consignes, mais moi, je ne supporte pas l'idée qu'une autre jeune fille puisse disparaître si je ne fais rien pour l'en empêcher. La police locale… ça ne suffit pas. Ils n'ont pas les effectifs nécessaires. Parfois, il faut prendre soi-même les choses en main.

— Comment ? demanda Julia.

Mais, sans tenir compte de la question, Cheryl continua de parler.

— Je ne vous connais pas, ni votre sœur, mais croyez-moi, il y a quelque chose qui ne va pas du tout dans cette école. Ils ont un programme censé briser la résistance des jeunes ou les aider à se développer, ou quelque chose du même acabit. En tout cas, on abandonne les élèves en pleine nature pour qu'ils se prennent en main et s'habituent à ne dépendre que d'eux-mêmes. Parfois, ça dure plusieurs jours. Vous savez, certaines écoles font la même chose, ils laissent les jeunes se débrouiller tout seuls pendant vingt-quatre ou quarante-huit heures dans la forêt pour leur apprendre à survivre. Je… je ne peux pas m'empêcher de me demander si ce n'est pas ce qui est arrivé à Lauren. Si ça se trouve, on l'a lâchée en pleine forêt, et elle a eu un accident, et l'école a décidé d'étouffer l'affaire.

— Ils ne feraient pas ça, répondit instinctivement Julia, qui se refusait à croire que l'institution dissimule quelque chose d'aussi horrible.

Pas l'école, mais quelqu'un dans l'école. Il suffit d'une personne animée d'intentions cachées ou d'un propriétaire risquant de perdre des millions de dollars dans un scandale ou un procès…

Julia songea à l'immense demeure au bord du lac Washington. Elle valait bien plusieurs millions de dollars. Quelqu'un menait la grande vie et ne voulait pas la mettre en péril.

Soudain, Julia se sentit glacée jusqu'aux os.

— Qui sait ce qu'« ils » sont capables de faire ? rétorqua Cheryl. Tout ce dont je suis certaine, c'est que ma fille a disparu, et que la dernière fois que je lui ai parlé, elle m'a confié que l'école n'était pas ce qu'on croyait, et qu'elle allait le prouver. Ce n'est pas une adolescente, vous savez. Elle a été admise, mais pas comme élève ; elle devait participer à une sorte de programme d'aide psychopédagogique, en tant qu'assistante d'éducation. On devait lui payer ses frais universitaires et, en échange, elle aidait les jeunes en difficulté. Alors, elle a sauté sur l'occasion. J'ai essayé de la dissuader, de la convaincre de rester à l'université, ici, mais Lauren était toujours prête à tenter de nouvelles aventures, à relever des défis, à repousser ses limites. C'est d'ailleurs pour ça qu'elle a été recrutée, et je crois… je veux dire, il se peut que les raisons pour lesquelles elle a été sélectionnée soient les mêmes que celles de sa disparition.

Il y avait du désespoir dans la voix de la malheureuse femme, qui poursuivit :

— Evidemment, le révérend Lynch affirme qu'elle est partie de son propre gré, mais je connais ma fille. Elle ne nous laisserait jamais nous faire du mauvais sang comme ça.

— Je suis vraiment désolée.

— Nous la retrouverons, reprit Cheryl, cette fois avec une conviction renouvelée dans la voix. Peu importe ce que ça coûtera, nous la retrouverons. Je ne compte pas sur le shérif ni sur ce pasteur pour faire le nécessaire. Que Lynch soit censé être un homme de Dieu ne veut rien dire, de nos jours.

Edie n'avait-elle pas affirmé que la maison sur le lac appartenait à un ecclésiastique ? Non, ce n'était pas ça. L'école possédait la propriété dans laquelle Lynch habitait une partie du temps.

— Je parle sérieusement, enchaîna Cheryl. Si vous tenez à la vie de votre sœur, faites-la sortir de Blue Rock. Mais n'appelez plus chez moi. Mon mari est très mécontent.

Pour la première fois depuis qu'elle avait entendu parler de cette école, quelqu'un confirmait les pires craintes de Julia.

— Je dois y aller, maintenant, annonça Cheryl.

— Attendez ! Si jamais j'avais besoin de vous joindre…

— J'ai un téléphone portable, répondit Cheryl avant de débiter son numéro à toute allure.

Puis elle raccrocha. Se répétant plusieurs fois le numéro pour le mémoriser, Julia dégota un stylo et inscrivit les dix chiffres sur un reçu de station-service qu'elle avait jeté dans le porte-gobelet vide. Dès qu'elle aurait garé sa voiture dans la rue, à trois pâtés de maisons du restaurant, elle enregistrerait le numéro dans le répertoire de son portable.

Elle réfléchit à tout ce que Cheryl Conway venait de lui dire, et son sang se glaça dans ses veines. Shay était seule là-bas. Se rappelant le dernier appel de sa sœur, sa supplication désespérée, Julia sut qu'elle devait faire quelque chose ; elle ne pouvait laisser Shay subir le même sort que Lauren Conway.

Elle jeta un coup d'œil à sa montre. Encore en retard ! Elle introduisit plusieurs pièces dans le parcmètre, de quoi durer quelques heures, et se précipita vers le restaurant. La mise en garde de Cheryl Conway résonnait toujours dans son esprit :

« Si vous tenez à la vie de votre sœur, faites-la sortir de Blue Rock. »

Julia y était bien décidée.

Et elle savait exactement comment elle allait s'y prendre.

— Et vous avez dû quitter votre dernier emploi en tant qu'enseignante parce que l'école supprimait des postes ? demanda Rhonda Hammersley.

Un air de musique classique flottait doucement dans la pièce.

— En effet. A cause des restrictions budgétaires, le district a décidé de se débarrasser d'abord des cours de musique et de dessin, répondit Julia.

Elle sentit ses paumes commencer à transpirer. Assise en face de la directrice des études, elle cachait ses mains tremblantes sous la table de bois ciré pour masquer sa nervosité.

Julia, qui avait pris le conseil de Cheryl Conway au sérieux, avait postulé en ligne pour le poste d'enseignant à Blue Rock. Deux jours plus tard, on l'avait appelée pour lui proposer un entretien, non pas à l'école, mais ici, dans la maison sur le lac où les deux caniches se prélassaient devant un feu de cheminée, la tête posée sur leurs pattes, leurs yeux noirs rivés sur elle, comme pour l'accuser de mentir. Tout s'était passé très vite : des membres du corps enseignant de l'institution étaient arrivés par avion depuis le sud de l'Oregon pour la rencontrer.

— Et comme, en plus, j'étais parmi les derniers professeurs embauchés, j'ai été la première à devoir partir.

— C'est vrai, il y a tellement de gens qui ont perdu leur emploi à cause de la crise économique ! Mais je vois sur votre CV que vous avez les qualifications requises pour enseigner l'histoire.

Avec ses cheveux bruns coupés court et sa carrure d'athlète, Mme Hammersley donnait à Julia l'impression d'être une femme sévère, tout en laissant également transparaître une pointe de compassion.

— C'est exact.

Hammersley scruta attentivement le visage de Julia par-dessus ses lunettes de lecture, puis baissa les yeux sur sa lettre de candidature et les références étalées sur la table.

— Je dois dire que cela me semble tout à fait convenir, mais, bien sûr, je ne suis qu'un membre du comité parmi d'autres.

Le comité en question faisait passer à Julia un entretien d'embauche depuis plus d'une heure. Hammersley était la troisième personne à venir s'asseoir derrière la table cirée. Julia avait d'abord été mise sur la sellette par Mme Burdette, la directrice chargée des filles à Blue Rock. Dans son élégant tailleur noir, Burdette s'était montrée peu encline à plaisanter, plutôt laconique et distraite. Elle avait consulté trois fois sa montre pendant l'entretien et entortillé un doigt dans ses mèches rousses, avant de se rendre compte de ce qu'elle faisait et de s'interrompre brusquement. Des rides d'inquiétude avaient commencé à se former aux coins de sa bouche et entre ses sourcils. Julia s'était fait la réflexion qu'Adele Burdette, titulaire d'un doctorat, n'était pas une femme heureuse.

Puis il y avait eu Mme Williams, une Noire grande et mince, aussi sympathique et chaleureuse que Burdette était coincée et glaciale.

Mutt et Jeff[3], avait pensé Julia.

— Je vous en prie, appelez-moi Tyeesha, avait insisté Williams, en serrant la main de Julia, un sourire étiré jusqu'aux oreilles.

Avec son mètre quatre-vingts, sa robe sans manches de couleur rouille et ses bracelets multicolores, elle paraissait aussi à l'aise dans sa peau que Burdette avait semblé mal dans la sienne.

Pour finir, Julia avait rencontré Rhonda Hammersley, la femme qui se tenait à présent assise en face d'elle. Solide comme un roc, mais non dénuée de gentillesse, Hammersley avait l'air déterminée à conclure l'entretien.

— Il va de soi que c'est le révérend Lynch qui prendra la décision finale. Il a examiné votre dossier de candidature.

3. Mutt et Jeff sont les deux héros d'une célèbre bande dessinée américaine du début du XX^e^ siècle. (NdT)

Elle se pencha, planta ses coudes sur la table et poursuivit :

— Vous savez que nous avons une excellente réputation en tant qu'institution capable d'accomplir des miracles pour les jeunes en difficulté. Nous offrons à des adolescents perdus une chance de retrouver un second souffle, pour ainsi dire.

Comme sur un signal, la porte derrière Julia s'ouvrit. Les caniches se mirent debout et commencèrent à frétiller.

— Jacob ! Esaü ! Couchés ! ordonna une voix d'homme.

Les chiens se figèrent instantanément et reposèrent leur arrière-train sur le sol près de l'âtre.

— Oh, révérend Lynch ! dit Hammersley en se levant, pratiquement rayonnante.

Julia se leva à son tour et se retourna pour faire face au pasteur, lequel dominait de toute sa hauteur la petite femme guindée qu'elle avait rencontrée sur le seuil de la maison, environ une semaine plus tôt.

— Vous devez être Julia, dit-il avec chaleur en lui tendant sa grande main. Je suis le Dr Lynch et voici mon épouse, Cora Sue.

Mme Lynch avança sa main droite ornée d'un diamant étincelant.

— Enchantée de faire votre connaissance, dit-elle.

Dans ses yeux brillait un éclat aussi froid que celui des pierres précieuses à ses doigts. Elle scruta le visage de Julia.

— J'ai l'impression de vous avoir vue quelque part. Nous sommes-nous déjà rencontrées ?

— Je ne pense pas, mentit Julia, espérant avoir suffisamment modifié son apparence pour tromper la perspicacité de l'épouse du pasteur.

Elle avait pris la peine d'éclaircir quelques mèches de ses cheveux bouclés. Elle s'était également acheté une paire de talons hauts — une dépense qu'elle ne pouvait pas vraiment se permettre — et avait ressorti la petite jupe droite et la veste bleue assortie qu'elle ne portait plus depuis la fac. Elle avait fait de son mieux pour changer d'aspect — chemisier classique, collier de perles hérité de sa grand-mère, maquillage — et, malgré tout, la femme du révérend ne semblait pas convaincue.

— Je suis sûre que je me souviendrais de vous si nous avions déjà été présentées, madame Lynch, affirma Julia de son ton le plus sincère.

Les sourcils de Cora Sue se défroncèrent ; elle parut satisfaite de cette réponse.

— Je sais que cet entretien n'est pas très conventionnel, dit Lynch, mais à Blue Rock, nous aimons nous considérer comme une famille. C'est pourquoi je demande aux gens de venir nous rencontrer ici plutôt qu'à l'école. Suivez-moi dans mon bureau, je vais vous parler de Blue Rock. Cora Sue, ma chère, pourrais-tu nous apporter du café ? Ou peut-être préférez-vous du thé ? demanda-t-il en s'adressant à Julia.

— Du café, répondit-elle d'un air résolu.

S'il y avait une chose qu'elle voulait éviter, c'était bien de paraître mollassonne. Elle avait compris d'instinct qu'une attitude je-m'en-foutiste ne passerait pas. Or, elle était prête à tout pour revoir sa sœur, et elle tenait là sa meilleure chance de réussir. Son unique chance, peut-être.

— Alors, du café, s'il te plaît, Cora. Et pour moi, du thé.

Cora Sue hocha la tête avec raideur.

Le révérend s'arrêta un instant pour caresser la tête des chiens qui le fixaient d'un regard plein d'attente, puis, sur un bref « Allez voir maman ! », il les renvoya d'un claquement de doigts dans le couloir, à la suite de sa femme et de Williams.

Julia sentait ses intestins se nouer ; elle surmontait à grand-peine sa nervosité. Ses talons hauts de six centimètres, qui faisaient un bruit épouvantable en claquant sur le sol de marbre, lui sciaient le dessus des pieds. Sur les pas du révérend Lynch, elle passa sous un lustre de cristal flamboyant suspendu trois étages plus haut, au-dessus du vestibule. Pendant que les deux femmes et les chiens se dirigeaient vers un passage voûté derrière l'escalier majestueux, Julia franchit avec le pasteur une porte à double battant, et entra dans un bureau situé à l'arrière de la maison. A l'intérieur, des rayonnages chargés de livres flanquaient une énorme cheminée à gaz où crépitaient des bûches en céramique « calcinées ». La pièce donnait sur le lac où était amarré l'hydravion qui avait emmené Shay.

Tout en contournant un monumental bureau sculpté sur lequel six personnes auraient pu déjeuner à l'aise, Lynch suivit le regard de Julia.

— Cet avion, dit-il avec un petit rire, je reconnais que c'est un peu un luxe, mais il facilite vraiment les choses. Notre école est très isolée, comme vous le savez, même si la route qui la dessert reste ouverte presque toute l'année. Parfois, en hiver, cette voie d'accès est impraticable à cause des chutes de neige. Et quand le temps se radoucit trop vite, au printemps, les eaux qui ruissellent de la montagne ont tendance à l'inonder.

Il émit un petit gloussement amusé.

— Mais il n'y a pas de quoi s'inquiéter, nous disposons de l'hydravion et d'un héliport. Il n'y a que par très mauvais temps que nous nous retrouvons complètement coupés du monde, et même alors, ça ne pose pas de problèmes. Grâce à nos propres groupes électrogènes, au personnel qui habite sur place et à nos réserves de provisions, nous sommes à même d'affronter n'importe quelle catastrophe que le Seigneur pourrait juger bon de nous envoyer.

Il fit signe à Julia de prendre place sur un siège réservé aux visiteurs et s'installa dans un fauteuil en cuir, de l'autre côté du bureau.

— Enfin, j'imagine que nous aurions tout de même du mal à survivre aux dix plaies d'Egypte telles qu'elles sont décrites dans l'Exode.

— Je vois, répondit Julia qui ne connaissait pas les plaies en question, mais se garda bien de le montrer.

Un de ces jours, il lui faudrait potasser l'Exode…

S'efforçant de paraître à l'aise sur son fauteuil bergère à oreilles, elle écouta Lynch, visiblement dans son élément, se lancer dans un long discours sur l'école, son histoire, les services qu'elle rendait à la population locale et aux jeunes du pays tout entier. Il n'y avait rien de négatif à Blue Rock, pas de mauvaise ambiance. Orateur dans l'âme, Lynch expliqua comment l'établissement — « un petit coin de paradis sur terre » — atteignait ses buts. En plus de l'enseignement scolaire traditionnel, le cursus, qui durait dix-huit mois, comportait huit séminaires sur les valeurs morales, quatre ateliers de discussion traitant de l'alcool et de la drogue, ainsi que des cours spécifiques pour chacun des deux sexes abordant les questions sexuelles. Répartis en petits groupes selon leur âge, les élèves étaient vivement encouragés à œuvrer ensemble à la résolution des problèmes interpersonnels. Lynch ne tarissait pas d'éloges sur la mission de l'école, sur le bien qu'elle accomplissait en remettant ces jeunes vies sur les rails.

Julia aurait aimé y croire — quelle vision idyllique ! Cependant, elle savait que c'était trop beau pour être vrai. Lynch, en revanche, avait l'air d'ajouter foi à ses propres paroles, la sincérité de son dévouement ne faisant apparemment aucun doute.

Après que Cora Sue, les lèvres pincées, eut apporté le service à thé, Lynch alla même jusqu'à montrer à Julia un CD vantant les mérites de Blue Rock.

La première personne à apporter son témoignage était un ancien élève de l'école. Ex-vedette de feuilletons télévisés à l'eau de rose, il avouait sans détour avoir été « accro à l'héroïne et au bord du suicide » avant l'âge de vingt ans. Sans la foi et le respect de soi-même qu'il avait découverts à Blue Rock, son comportement « totalement autodestructeur » aurait fini par le tuer.

La personne suivante était également un personnage connu, un de ces évangélisateurs qu'on voit à la télé, populaire et séduisant. Il rendait hommage à Blue Rock pour l'œuvre remarquable que l'institution réalisait en montrant à la jeunesse du pays la voie « véritable et glorieuse » du Christ et en sauvant de jeunes vies.

« Et Lauren Conway dans tout ça ? » se demandait Julia, qui, malgré tout, tenait sa langue. Elle ne pouvait se permettre de lever le masque avant d'avoir été embauchée. Si, naturellement, elle était embauchée.

Le troisième témoignage venait d'un couple qui écrivait des guides pratiques de développement personnel. Les couvertures de *Vous êtes ce que vous croyez* et de *La Réponse* apparurent à l'écran.

Lynch éteignit le téléviseur à la fin du publireportage et versa un peu de lait et de miel dans son thé. Il touilla le mélange et reconnut :

— Nous avons des détracteurs, bien sûr, et bien que la plupart des accusations portées contre nous soient totalement infondées, elles ont laissé quelques taches — des souillures, si vous voulez — sur notre réputation.

« Nous y voilà ! » songea Julia, qui sirota son café noir en attendant de voir quelle version on lui donnerait des fameuses « souillures ».

— Une de nos élèves a disparu l'automne dernier, soupira-t-il bruyamment, le regard rivé dans le fond de sa tasse, comme s'il avait pu lire l'avenir dans les feuilles de thé ou y trouver une réponse quelconque. Nous ne savons pas pourquoi, et on ne l'a pas retrouvée. Pas encore. J'ai bien une petite idée de ce qui est arrivé, mais je ne m'avancerais pas à formuler des hypothèses. Ce ne serait pas correct vis-à-vis de sa famille.

Traduction : les avocats de Blue Rock ont conseillé à toute personne associée de près ou de loin à l'institution de la boucler.

— En effet, j'en ai entendu parler, dit Julia, consciente que n'importe quel candidat briguant un poste à Blue Rock aurait effectué des recherches sur l'établissement.

— Dans ce cas, vous devez savoir aussi que la raison pour laquelle nous recherchons un nouveau professeur est que l'une de nos enseignantes a été accusée par un élève d'avoir pris… des libertés. Encore une fois, je ne voudrais pas émettre de remarques à ce sujet, excepté pour dire qu'on ne peut jamais éviter ce genre de situations, les gens étant ce qu'ils sont. Toutefois…

Il leva un doigt sentencieux.

— … je dois vous rappeler que les élèves avec lesquels nous

travaillons ne sont pas des anges. Ils ont des problèmes. Mais la réputation de Blue Rock se passe de commentaires.

Il s'interrompit, inclina la tête, semblant pour la première fois remarquer la musique.

— C'est Bach ?

Il ferma les yeux et remua la main, comme agitant une invisible baguette de chef d'orchestre pour donner la mesure aux instruments à cordes.

— Excusez-moi, dit-il en rouvrant les paupières à la fin de l'interlude. Parfois... eh bien, la musique m'émeut.

Puis il se redressa et demanda :

— Quand pourriez-vous commencer ?

Le cœur de Julia se mit à battre pus fort.

— D'après ce qui est indiqué sur votre site Web, le poste est à pourvoir immédiatement.

— Et il vous serait possible de prendre vos fonctions tout de suite ?

— Oui, répondit-elle sans hésiter. Je pourrais être prête dès demain.

— Vraiment ?

Julia se maudit aussitôt intérieurement. Elle ne devait pas paraître trop empressée, sous peine d'éveiller les soupçons.

— Je pourrais m'arranger, même si, bien sûr, je préférerais disposer de quelques jours supplémentaires, reconnut-elle.

Lynch plissa les paupières d'un air songeur ; puis il jeta un coup d'œil à la pendule murale accrochée au-dessus de la cheminée.

— Je vous rappellerai, mademoiselle Farantino, promit-il. Bientôt. De toute façon.

— Je vous remercie.

Elle se leva et tendit la main, le regardant droit dans les yeux.

— Votre établissement a l'air très intéressant. Une école d'avant-garde. Une réelle nécessité pour tous ces jeunes à la dérive.

Les mots faillirent se coincer dans sa gorge, mais elle réussit néanmoins à esquisser un sourire.

Lorsqu'il tint sa main dans la sienne une fraction de seconde de trop, elle arqua un sourcil. Le regard du pasteur n'avait-il pas glissé légèrement vers son décolleté ?

Quelques instants plus tard, alors qu'ils se tenaient tous deux devant la porte, Julia se demanda si elle n'avait pas été le jouet d'une illusion.

Elle avait dû se tromper.

L'entretien terminé, Lynch la raccompagna jusqu'au vestibule. Williams et Burdette attendaient, en compagnie d'un autre homme, que Lynch présenta rapidement comme étant le pilote attitré de l'établissement.

Kirk Spurrier lui serra la main. Grand, les cheveux aussi noirs que les yeux, sérieux comme un pape.

— Ravi de faire votre connaissance.

— Moi de même, répondit-elle.

Il lui lança un sourire bref, puis se tourna vers Lynch.

— J'aimerais rentrer pendant qu'il fait encore jour, si possible.

Lynch hocha sèchement la tête.

— Je crois que nous avons terminé.

— Merci de postuler à Blue Rock, déclara Tyeesha Williams en serrant la main de Julia dans les siennes.

Son large sourire resplendissait autant que les bracelets d'argent qu'elle portait aux poignets.

Adele Burdette salua Julia d'un bref hochement de tête. Quant à Cora Sue, elle ne lui accorda pas un regard.

« Quelle bande de faux-jetons ! » se dit Julia en repartant au volant de sa voiture de location — petit stratagème auquel elle avait eu recours, de crainte que Cora Sue, maîtresse de caniches aux noms bibliques et épouse visiblement malheureuse du pasteur, ne reconnaisse sa vieille Volvo déglinguée.

Certes, il ne leur serait pas difficile de se renseigner sur elle, même si tout le courrier en provenance de son ancienne adresse à Portland lui était actuellement réexpédié à Seattle. Si on lui posait la question, elle n'aurait qu'à reconnaître qu'elle venait de déménager et n'avait pas encore eu le temps de s'occuper de la paperasserie. Elle pourrait prétendre aussi que sa voiture était en réparation. Elle espérait seulement ne pas en arriver à des subterfuges plus condamnables. Elle n'éprouvait pas de réels scrupules — pas quand il s'agissait de sauver sa sœur —, mais franchement, elle n'était pas très douée. Elle faisait une piètre menteuse, une novice en matière de combines et de duperie.

Cela dit, elle apprenait vite.

# 12

Rhonda Hammersley voulait simplement engager la jeune femme et en terminer au plus vite. Mais, à l'évidence, ce n'était pas la façon de faire du révérend Lynch. Pas du tout. Le pasteur se flattait d'examiner « la question sous tous ses angles ». Les décisions hâtives n'étaient pas son fort.

Ils étaient assis autour de la table de la bibliothèque où ils avaient questionné Julia Farentino moins d'une heure plus tôt. Installée sur une causeuse, dans un coin près du feu, les caniches couchés à ses pieds, Cora Sue faisait doucement cliqueter ses aiguilles à tricoter. La frêle épouse du révérend ne prenait jamais la parole lors de ces réunions, mais elle écoutait. Oh, oui, pour ça, elle écoutait ! Cette femme donnait la chair de poule à Rhonda, qui, naturellement, ne l'aurait admis pour rien au monde. Dans la mesure où l'argent de Cora Sue avait permis la fondation de l'institution, Rhonda ne pouvait que se taire. A ses yeux, Blue Rock en valait la peine.

Se balançant d'un pied sur l'autre, Kirk Spurrier attendait impatiemment sur le seuil du vestibule. Toujours pressé, le pilote surveillait constamment le ciel d'un œil anxieux, inquiet des changements météorologiques.

Hammersley se rendait compte qu'Adele Burdette était satisfaite de l'entretien.

— Engageons-la, proposa cette dernière en feuilletant une dernière fois le CV de Farentino. Au moins jusqu'à la fin de l'année scolaire. Si elle ne convient pas, nous n'aurons qu'à résilier son contrat.

Du regard, elle quêta l'approbation de Williams et d'Hammersley.

— Bonne idée, déclara celle-ci. Elle a certainement toutes les qualifications requises.

Lynch les arrêta d'un geste de la main.

— Nous ne devons pas nous précipiter.

— Mais nous n'avons pas d'autre recrue potentielle, objecta Burdette. Et nous ne pouvons pas nous montrer trop exigeants. Tous ceux à qui nous avons déjà proposé le poste en ont été dissuadés soit par notre situation géographique, soit par cette histoire à propos de Lauren Conway.

Lynch tressaillit, mais Burdette n'en avait pas terminé.

— Le fait qu'elle n'ait jamais été retrouvée nuit à notre crédibilité.

— Elle a fait une fugue. A mon avis, elle se cache quelque part, à moins qu'il ne lui soit arrivé un accident.

— Possible, mais en vérité, nous n'en savons rien, objecta Burdette. Et ça ne présage rien de bon.

— Naturellement, reconnut le révérend, dont les traits s'affaissèrent en une expression inquiète, comme tant de fois auparavant. C'est un grand malheur, ajouta-t-il en détournant le regard. Une tragédie.

Hammersley approuvait en opinant du chef ; elle avait beaucoup apprécié Lauren. Une jeune fille si intelligente, si curieuse… Athlète à l'esprit vif, Lauren Conway avait tout naturellement intégré le programme universitaire dans lequel les étudiants faisaient office d'assistants d'éducation pour les élèves du lycée. Lauren n'était pas du genre blasée ni émotionnellement traumatisée, ce qui changeait agréablement de certains des AE de Blue Rock. La disparition de la jeune fille préoccupait profondément Hammersley, qui préférait, toutefois, ne pas trop penser à ce qui avait pu lui arriver. Si Lauren avait réellement essayé de prendre la clé des champs, jusqu'où avait-elle pu aller dans cette étendue sauvage qui entourait l'école ? Et d'abord, pour quelle raison s'était-elle enfuie ? Cela ne lui ressemblait pas du tout.

Si elle était partie randonner, avait-elle fait une chute ? Etait-elle tombée nez à nez avec un ours ou un couguar ? Ou avait-elle connu un autre sort, tout aussi fatal ? Hammersley ne voulait plus laisser son esprit s'égarer dans cette voie dangereuse ; elle s'y était aventurée plusieurs fois déjà et n'avait jamais trouvé de réponse.

Burdette continuait d'insister.

— Maris Howell n'était pas un accident, et aucun professeur ne tient à être associé à ce scandale-là.

Lynch se renfrogna, comme s'il avait mordu dans un citron. Spurrier tapota sa montre.

— Il faut partir.

— Vous ne pouvez pas piloter de nuit ? demanda Burdette, visiblement exaspérée.

— Je préfère voler de jour, rétorqua Spurrier, avec calme et fermeté. C'est moins risqué.

— Mais ça ne nous arrange pas du tout, protesta Burdette en plissant les yeux.

Qu'y avait-il donc chez le pilote qui dérangeait la directrice à ce point ? se demanda Hammersley. Spurrier était d'une nature solitaire, mais assez affable. Non seulement on pouvait se fier à lui en tant que pilote, mais c'était également un éducateur tout à fait digne de confiance.

— Au cas où vous ne l'auriez pas remarqué, nous essayons de travailler, ici, ajouta Burdette.

Hammersley avait déjà eu l'occasion d'assister à ce genre de lutte d'influence mesquine, source de tension sous-jacente. A son avis, les deux protagonistes avaient tout simplement un esprit de compétition trop développé.

Les yeux étincelants, Spurrier s'efforça de tempérer sa mauvaise humeur.

— Je dis simplement qu'il vaudrait mieux pour nous tous partir le plus tôt possible.

— D'accord, nous avons compris, maugréa Burdette.

— Si nous revenions à nos moutons ? suggéra Williams, en haussant les sourcils de cet air réprobateur qui va si bien aux enseignants. Je suis d'accord avec Adele. Ce n'est qu'une question de quelques mois. En attendant, nous manquons de personnel. La situation était déjà assez difficile avant le départ de Maris.

— Elle a été renvoyée, interrompit Burdette.

— Si vous voulez, poursuivit Williams avec un soupir, visiblement lassée de la discussion. Julia Farentino possède les compétences et les diplômes requis. Elle est exactement la personne qu'il nous faut. Son casier judiciaire est vierge, sa solvabilité est garantie, encore que, à l'évidence, un emploi stable ne lui ferait pas de mal. Nous savons pourquoi elle n'enseigne pas en ce moment, et elle est célibataire. Il n'y a pas de mari ni d'enfant pour l'empêcher de prendre ce poste. Elle est, en outre, disposée à venir s'installer provisoirement dans l'école. Ce qui est toujours le plus difficile à trouver. Si, en juin, nous… vous changez d'avis à son sujet, il vous suffira de ne pas renouveler son contrat. Mais, naturellement, c'est à vous de décider, mon révérend, conclut-elle en s'inclinant devant le directeur.

— Je sais, répondit-il avec un sourire bienveillant, avant de hocher brusquement la tête. Très bien. Faisons comme ça. Rhonda, rappelez-la, prévenez-la que le poste est temporaire, occupez-vous de tous les papiers et voyez quand elle peut venir à Blue Rock. Le plus tôt sera le mieux. Il est possible de tout régler par courriel, n'est-ce pas ?

— Oui, en effet.

— Parfait ! déclara-t-il en frappant les accoudoirs de son fauteuil du plat de la main. Voilà qui est fait ! Nous pouvons repartir.

Tandis qu'ils rassemblaient leurs documents et les fourraient dans leurs serviettes, Spurrier se précipita dehors et courut vers l'embarcadère où l'hydravion était amarré.

La femme de Lynch se redressa sur son siège et tendit la joue à son époux.

— Je te reverrai ce week-end, ma chérie, dit-il. Viendras-tu à l'école ?

— Evidemment.

Hammersley essaya de ne pas regarder Lynch et son épouse qui se dirigeaient vers les portes-fenêtres. Scène de bonheur conjugal ? Le couple donnait toujours l'image d'une félicité parfaite, mais Hammersley n'avait jamais remarqué le moindre signe indiquant qu'un amour véritable brûlait dans leurs cœurs. Il semblait exister une sorte de barrière invisible entre eux, comme si leur affection avait été feinte. Non pas qu'il lui revînt de les juger. La première Epître aux Corinthiens lui conseillait de « ne juger de rien », et elle savait reconnaître un conseil judicieux quand elle en voyait un.

Les chiens s'étirèrent et frottèrent leur truffe contre la vitre pour sortir. Hammersley songea que les caniches allaient peut-être les escorter jusqu'au quai, mais Lynch en avait décidé autrement. Un ferme « Restez ici ! » du révérend suffit à convaincre les animaux et leur maîtresse compassée de ne pas le suivre.

Julia jeta son long tablier dans le panier à linge à côté de la porte de service de l'immense cuisine du 101 et sortit son sac de son casier. La nuit avait été longue et ses pieds la faisaient horriblement souffrir, mais les pourboires avaient été généreux. Il se pouvait même qu'elle ait de quoi payer son loyer ce mois-ci, en plus d'une caisse de soupes de nouilles instantanées.

Elle se disait parfois que, sans les repas qu'elle rapportait du restaurant — des steaks qui n'avaient pas été cuits à la perfection, de la salade assaisonnée qui aurait dû être servie avec la sauce à part, un morceau de saumon « trop sec » —, elle serait morte de faim. Elle alluma son téléphone mobile et sortit, saluant au passage plusieurs serveuses, le sous-chef de cuisine et l'un des commis, en train de fumer une dernière cigarette dans l'air humide de la nuit.

Tout en marchant vers sa voiture, elle écouta ses messages et constata que Rhonda Hammersley l'avait appelée un peu avant 17 heures.

— Mademoiselle Farentino, disait-elle, nous vous proposons le poste à Blue Rock Academy aux conditions qui ont été discutées avec le révérend Lynch cet après-midi. Merci de me rappeler pour me faire savoir si vous acceptez. Vous pouvez me joindre sur mon portable jusqu'à 23 h 30 ce soir. Sinon, laissez un message. Merci.

Julia n'en revenait pas.

Elle avait réussi, elle s'était fait embaucher ! Soudain, ses paumes de main se couvrirent de sueur, et elle se demanda avec inquiétude si elle serait capable de mener son plan à bonne fin.

Elle réécouta le message, consulta sa montre et s'aperçut qu'il était presque 23 h 30. Elle appela.

Rhonda Hammersley décrocha à la seconde sonnerie.

— C'est Julia Farentino. J'ai eu votre message, et, oui, j'accepte. Merci !

— Très bien, répondit Hammersley, à qui la nouvelle semblait faire plaisir.

En quelques minutes, le marché fut conclu, du moins dans sa phase préliminaire.

Julia devait descendre à l'école en voiture avant la fin de la semaine, rencontrer Lynch et signer tous les documents appropriés. Elle disposerait de quelques jours pour s'installer dans son nouveau logement et faire la connaissance des autres membres du personnel et des élèves, avant de commencer à travailler dès le lundi suivant.

Elle fit demi-tour et regagna le restaurant, où elle trouva Tony, le patron, dans son petit bureau. Elle l'informa qu'elle avait besoin de prendre des congés pour « raisons familiales », sans toutefois entrer dans les détails. Tony lui ressortit la rengaine habituelle : « Qu'est-ce qu'on va devenir sans vous ? », mais elle s'arrangea avec Dora, une autre serveuse, qui n'attendait qu'une occasion de faire des heures supplémentaires. Dora accepta d'assurer son service pendant quelques semaines.

Julia rentra chez elle, rongée d'impatience et d'excitation. Avant la fin de la semaine, elle reverrait Shay. Restait seulement à espérer que sa sœur ne vendrait pas la mèche et ne ferait pas capoter sa ruse.

Nona vérifia sa montre. 0 h 53. Elle avait fait mine de s'endormir, attendant que sa nouvelle — et stupide — camarade de chambre se décide enfin à éteindre les lumières. Shaylee Stillman ne respectait pas les règlements et refusait de se plier au couvre-feu de 23 heures. En toute impunité. Sans doute parce qu'elle n'était pas la seule, plusieurs élèves étant obligés de rester debout plus longtemps pour terminer leurs devoirs. Le couvre-feu était la seule règle qu'on pouvait se permettre d'enfreindre un tantinet, surtout si l'on veillait tard au nom du travail à rendre.

A présent, le silence régnait dans les chambres, à l'exception du doux ronronnement de la chaudière qui soufflait de l'air chaud à travers tout le bâtiment. Personne ne bavardait dans les couloirs, personne ne passait devant leur porte en se rendant aux toilettes.

Nona jeta un coup d'œil furtif vers la tête d'extincteur. Malgré tous les bruits qui couraient à ce sujet, elle n'était même pas certaine que ses faits et gestes soient surveillés. Mais comment savoir ? Tim Takasumi, l'assistant d'éducation qui travaillait sur une grande partie de l'équipement électronique de l'école, avait insinué que, dans chaque chambre, l'extincteur dissimulait une caméra, mais elle n'en avait jamais remarqué aucune. D'ailleurs, elle n'était pas sûre non plus de pouvoir se fier à Tim. Ce type était irrémédiablement mordu d'informatique et adhérait sans réserve aux grands principes délirants de Blue Rock.

Ça ressemblait bien à Tim, de lancer une rumeur à propos de caméras cachées à seule fin d'entretenir les mythes qui entouraient l'école. Au lieu de quitter l'établissement après l'obtention de son « diplôme », Tim était resté pour suivre une sorte de programme universitaire accéléré sur internet avec l'aide des professeurs de l'école. C'était exactement ce que faisaient les assistants d'éducation : ils s'incrustaient. Nona pensait qu'ils appartenaient à une sorte de société secrète. Elle avait entendu Missy Albright chuchoter à Eric Rolfe quelque chose à propos d'une réunion qui devait avoir lieu, tard le soir, quelque part dans un lieu caché. Allez savoir de quoi elle parlait !

Si un culte — quel qu'il soit — était pratiqué à Blue Rock, Nona s'en fichait éperdument. Ça lui était égal que des jeunes prennent du LSD ou boivent du sang. Des pensées autrement plus importantes lui occupaient l'esprit.

Son petit ami, notamment. Ou plutôt son premier petit ami digne de ce nom. Elle ne comptait pas le sale type, là-bas, chez elle, qui l'avait tabassée au point de lui casser une dent. Ça, ce n'était pas de l'amour. Elle s'en rendait compte à présent. Mais les choses commençaient à bouger dans sa vie... Elle aurait seize ans dans quelques mois seulement et elle était amoureuse !

Son petit ami avait juré qu'il l'aimait, qu'il avait besoin d'elle, et il savait exactement où promener le bout de ses doigts pour la faire frémir. Quand elle songeait de quoi ses lèvres, sa langue et ses mains étaient capables, rien qu'en la touchant à des endroits dont elle n'avait jamais rêvé, elle se mettait à fondre à l'intérieur. Mais, pour le moment, elle devait fermer son esprit à ces fantasmes. Elle ne pouvait se permettre de commencer à respirer trop vite ni à penser à lui et à ce qu'ils feraient ensemble. Pas avant d'avoir quitté la résidence des filles.

Pour l'instant, elle devait se concentrer.

Elle avait toujours été convaincue qu'elle resterait vierge, au moins jusqu'à son entrée à l'université — à condition, bien sûr, qu'elle continue ses études —, mais tout cela avait changé quelques mois plus tôt, juste après la disparition de Lauren Conway. Nona avait commencé à attirer l'attention sur elle, et cela lui plaisait. Certes, au début, ces sensations nouvelles l'avaient effrayée — elle se rappelait la première fois qu'il l'avait embrassée dans le creux du cou, mordillée et même carrément mordue. Oui, elle avait eu un peu peur au commencement. Mais bientôt, une chaleur subite avait fait fondre ses craintes, et elle s'était aperçue qu'elle y prenait du plaisir ; plus c'était brutal, plus ça l'excitait.

Ça ne faisait pas d'elle une pute, n'est-ce pas ? Ni une espèce de nympho ?

Non, bien sûr, cela ne signifiait pas qu'elle devait baisser dans sa propre estime, ni aucune de ces foutaises psychologiques que Williams et Lynch débitaient sans arrêt. Cela voulait seulement dire qu'elle aspirait à mener une vie exaltante. Pleine de risques. Comme quand il se tenait derrière elle et frottait son sexe de haut en bas le long de sa colonne vertébrale et contre ses cuisses, pendant que ses mains lui pétrissaient les seins et qu'il lui mordillait la nuque…

Oh, Seigneur, elle allait le faire ! Jusqu'au bout !

Jusqu'à présent, elle ne lui avait pas permis de la pénétrer avec son sexe, probablement à cause d'un vieux reste de l'époque où elle était une « fille sage » et n'avait d'autre désir que de plaire à son père. Elle ne voulait surtout pas devenir une « roulure » comme sa mère. Du moins était-ce ainsi que son père l'appelait. Tout ce que savait Nona, c'était que sa mère était partie quand elle était petite, laissant son père se débrouiller seul pour l'élever. Celui-ci n'avait que des choses affreuses à dire au sujet de sa femme.

Mais il fallait bien reconnaître aussi que Peggy Vickers n'avait jamais téléphoné, ni écrit, ni envoyé de carte d'anniversaire ou de Noël à sa fille unique. Nona se rendait compte qu'elle avait été stupide d'espérer chaque année que les choses changeraient, qu'elle recevrait enfin des nouvelles de sa mère.

Elle avait fini par penser que son père avait sans doute raison.

Cependant, elle ne croyait pas que la conduite de sa mère était inscrite dans ses gènes ni qu'elle risquait, si elle n'y prenait garde, de devenir une « traînée comme sa salope de mère ».

Cette nuit, elle avait la ferme intention d'envoyer au diable les avertissements de son père. C'était lui qui l'avait envoyée ici, non ? Lorsque les institutions catholiques s'étaient révélées impuissantes à l'empêcher de faire le mur, de fumer, boire et tâter de la méthamphétamine, de l'ecstasy et autres drogues.

Le vol à l'étalage avait été la goutte qui avait fait déborder le vase, et son père avait trouvé les moyens — probablement grâce à un emprunt auprès de sa grand-mère — pour expédier sa fille indisciplinée dans ce trou paumé.

C'était Blue Rock, le placement en foyer d'accueil ou le centre de détention juvénile, lui avait-il promis, et elle avait choisi cette quasi-maison de redressement perdue dans la cambrousse. Sûr que son papa chéri serait maintenant étonné de savoir que son plan avait eu l'effet inverse de celui escompté. En dépit de tous ses efforts pour préserver l'innocence virginale de sa fille, il avait eu la fâcheuse idée de l'expédier à Blue Rock, où elle s'était trouvée dans son élément parmi de jeunes délinquants en tout point semblables à elle.

Et où elle avait déniché le petit ami idéal.

Cette nuit, songeait-elle, il se pourrait bien qu'elle renonce à cette virginité qui commençait à lui peser. A quoi se cramponnait-elle, au fond ? Aux vieux discours catholiques qui prônaient la chasteté ?

Quelle connerie !

Dans le noir, elle tendit le bras sous son lit, attrapa son jean et un pull à manches longues. Elle n'avait pas envie de s'encombrer de son soutien-gorge — aussi peu sexy que possible —, mais elle l'enfila tout de même car elle ne tenait pas non plus à ce que ses seins ballottent pendant qu'elle courrait vers l'écurie où elle devait le rejoindre. Elle pourrait toujours s'en débarrasser avant qu'ils ne commencent à passer aux choses sérieuses…

Elle sourit dans l'obscurité en attrapant sa doudoune, qui arborait le logo de Blue Rock, et glissa silencieusement ses bras dans les manches. Elle serait bien surprise, Shaylee la Dure, si elle savait. Nona avait perçu de l'incrédulité dans ses yeux lorsqu'elle lui avait laissé entendre qu'elle avait un petit ami. Shaylee avait sans doute pensé qu'elle mentait.

Comme si elle avait cru impossible qu'un garçon, disons même un homme, puisse manifester un intérêt quelconque pour elle.

Ce qui montrait bien à quel point elle était idiote, cette

nouvelle camarade de chambre. Avant d'ouvrir la porte, Nona jeta un dernier coup d'œil sur le lit de Shaylee. Celle-ci, en proie à un sommeil visiblement agité, se tournait et se retournait sans cesse. Mais, heureusement, elle ne se réveilla pas.

Juste avant de sortir, Nona décrocha de la patère la casquette de base-ball de Shaylee — celle de l'équipe des Canards de l'Oregon — et y dissimula ses cheveux. Ce n'était pas la première fois qu'elle s'en servait comme déguisement, pour le cas où elle se serait fait surprendre par une caméra ou un prof à l'affût. Tant pis pour Shay !

Personne n'imaginerait Nona capable de transgresser le règlement, surtout pas les membres du personnel. Elle les avait tous embobinés, leur faisant croire qu'ils avaient réussi à l'embrigader dans leur idéologie à la manque, et à la métamorphoser en élève consciencieuse. En vertu de quoi, elle se retrouvait à bénéficier du privilège très discutable de jouer les nounous pour Shaylee Stillman, une cinglée de première. C'était déjà bien assez moche que la mère de Nona soit partie acheter des cigarettes pour ne jamais revenir — le beau-père de Shaylee, lui, avait été assassiné ou quelque autre saloperie du même tonneau. Pas étonnant que cette fille soit une solitaire !

Seigneur, ce qu'elle pouvait la détester ! Bon, d'accord, elle la plaignait un peu d'être la nouvelle dans cette école où tout le monde faisait semblant de bien l'aimer, mais ça n'allait pas plus loin. Shaylee Stillman n'inspirait pas la sympathie.

Toujours à jouer les dures, avec ses tatouages et son air renfrogné. Le bruit courait qu'elle était plus intelligente que la plupart des gens, mais Nona attendait encore qu'elle lui en donne la preuve.

Dans la pénombre, elle distingua la bosse que formait sa voisine de chambre, la tête sous la couverture, la respiration régulière, enfin endormie.

O.K., c'était maintenant ou jamais !

Sans un bruit, Nona se glissa hors de la chambre et longea à pas de loup le couloir faiblement éclairé. Les nerfs tendus à se rompre, le cœur battant furieusement la chamade, craignant qu'à tout moment quelqu'un de l'étage n'ouvre sa porte et ne la surprenne, elle se dirigea tout doucement vers l'escalier.

A en croire les ragots qui circulaient dans la résidence, c'était sans doute le même chemin qu'avait pris Lauren Conway la nuit où elle s'était enfuie de l'école. Nona était convaincue que les choses s'étaient passées ainsi. Lauren était partie, elle avait disparu, point barre. Tous les potins à propos de son assassinat ou d'un accident fatal, ou encore de son fantôme qu'on aurait vu rôder, n'étaient que du matraquage, un moyen de tenir la bride haute à tous les autres pensionnaires. Si elle était vraiment morte, où diable était passé son cadavre ?

Pas besoin d'être un génie pour comprendre que Lauren n'avait tout bonnement pas eu envie de rentrer chez elle, qu'elle avait cherché un moyen de fuir les problèmes qui l'attendaient à la maison. Tous ces racontars sur son « désir » de venir ici pour devenir assistante d'éducation n'étaient que des bobards. Personne ne venait jamais ici de son plein gré. Elle s'était fait la malle et, à présent, elle se trouvait probablement quelque part sous le soleil du Mexique. Elle s'était teint les cheveux, avait un boulot minable, mais au moins, elle s'éclatait. Plus besoin d'étudier, plus de parents qui vous imposent leurs règles, plus de cours assommants à Blue Rock Academy.

Armée de sa torche électrique, Nona traversa furtivement les sous-sols — qui lui donnèrent la chair de poule —, tâchant de ne pas penser aux araignées et aux rats sans doute nichés dans les lézardes des murs. L'endroit sentait la poussière et le moisi, et le bruit d'un robinet qui gouttait dans un évier tout près de l'escalier lui tapait sur les nerfs.

Avec précaution, elle chercha la fenêtre qui, selon ce qu'elle avait entendu dire, ne fermait pas. On l'avait soi-disant réparée quelques mois plus tôt, mais le rafistolage avait été fait à la va-comme-je-te-pousse, et il n'avait pas fallu longtemps pour qu'un élève dévisse le nouveau verrou. Sûrement cette horrible Crystal Ricci, avec sa queue de dragon tatouée autour du cou. Pensez donc ! Comme si c'était sexy ! Quelle tache, celle-là !

La malle qui servait de marchepied avait été enlevée, mais

dans un coin, juste à côté, Nona trouva un vieux pupitre mis au rebut. Elle le déplaça sans difficulté et grimpa dessus. A l'aide du minuscule tournevis caché dans une niche au-dessus de l'encadrement de la fenêtre, elle fit sauter le loquet en deux temps trois mouvements, et la fenêtre s'ouvrit avec un grincement.

L'air froid s'engouffra aussitôt à l'intérieur, et une vague glaciale envahit le sous-sol, qui sentait le renfermé. Nona fourra sa lampe dans la poche de son anorak. Serrant les dents, elle s'agrippa à l'appui de la fenêtre, glissa ses jambes par l'ouverture et se propulsa à l'extérieur. Enfin libre !

Enfin… relativement libre.

Une fois dehors, elle rampa à quatre pattes sur l'épais tapis de neige recouvert d'une croûte de glace jusqu'à l'allée. De là, elle fila à toute allure, prenant garde de rester dissimulée dans l'ombre, même si une couche de nuages masquait déjà la lune et les étoiles. On avait annoncé d'autres chutes de neige, et Nona en avait plus que soupé.

Elle glissa la main dans la poche intérieure de sa doudoune pour prendre son téléphone mobile, celui qu'elle s'était procuré au marché noir de Blue Rock. Chaque semaine, quand la camionnette allait au ravitaillement en ville, quelques assistants d'éducation étaient autorisés à faire des courses, et l'un d'eux réalisait des affaires en or en se livrant à un juteux trafic de contrebande. Nona avait commandé et reçu l'un de ces téléphones à carte prépayée, qui constituaient une véritable bouée de sauvetage dans ce coin désolé du monde.

Sauf qu'il ne se trouvait plus dans sa poche.

Pourtant, il aurait dû y être. Elle y faisait toujours très attention. Si jamais on le trouvait, cela lui vaudrait de gros, gros ennuis. Elle palpa chacune de ses poches, les retourna. Putain ! Il avait dû tomber par terre, comme la fois où elle avait couru pour rattraper ses amies sur le chemin des écuries.

Elle sentit la panique lui nouer les entrailles. Elle ne pouvait pas le perdre, c'était impossible ! Elle se retourna, fouilla du regard le chemin qu'elle venait d'emprunter, espérant y apercevoir son téléphone. Mais elle ne distingua aucun petit rectangle noir sur la neige. Rien non plus dans les buissons qu'elle balaya du faisceau lumineux de sa torche.

Bon… disons qu'il était tombé de sa poche à l'intérieur du bâtiment, probablement au moment où elle était passée par la fenêtre. Dans ce cas, elle pourrait le récupérer au retour. N'est-ce pas ?

Elle tenta de se calmer.

Tout irait bien.

Et si quelqu'un d'autre le dénichait avant elle, rien ne permettrait d'établir qu'il lui appartenait, à moins que l'école ne s'amuse à relever les empreintes digitales.

Ce n'était pas un problème.

Seulement un désagrément.

Et cela valait le coup.

Tout en valait la peine.

Du moment qu'elle pouvait être avec lui.

# 13

Le souffle qui s'exhalait de sa bouche frémissait dans l'air glacé de la nuit, dérangeant au passage la chute ininterrompue des flocons de neige. Le Guide n'avait pu trouver le sommeil, il se sentait trop fébrile. Il y avait un je-ne-sais-quoi dans l'air, une tension qui lui enflammait les nerfs.

Extérieurement, tout semblait comme d'habitude.

Serein. Paisible.

Mais un changement ne tarderait pas à se produire.

Il y veillerait.

Sa passion le guiderait.

A condition qu'il ne se laisse pas dominer par elle. C'était ça, le hic. La passion était une lame à double tranchant. Surtout quand il s'agissait des femmes.

Le visage de Shaylee Stillman surgit dans son esprit lorsqu'il tourna son regard vers la fenêtre de sa chambre dans la résidence des filles. Elle représentait un défi ; il la voulait. Il adorerait dompter la rébellion qu'il percevait dans ses grands yeux noisette, effleurer de ses doigts sa peau si blanche. Il lui entourerait la taille de ses mains, maintiendrait ses pouces juste au-dessus de son pubis, ses doigts enfoncés de chaque côté de sa colonne vertébrale. Elle deviendrait toute chaude à l'intérieur. Il la ferait mouiller.

Il s'humecta les lèvres de sa langue et s'intima l'ordre de faire preuve de patience. De prudence.

Le sexe était sa faiblesse.

Il l'avait toujours été.

Cela avait commencé — il le savait à présent — quand sa mère l'avait surpris avec la lycéenne qui lui donnait des cours particuliers, une fille dotée de seins comme il n'en avait jamais vus. De sa fenêtre à l'étage, il l'observait discrètement quand elle se faisait bronzer dans le jardin derrière sa maison.

Lissa Harvey.

Souvent, dans les moments où le soleil tapait le plus dur, elle retirait le haut de son Bikini et laissait les rayons la caresser, faisant perler la sueur sur sa peau. Ses mamelons sombres pointaient vers le ciel. Entourés d'aréoles d'une rondeur parfaite. Des disques couleur chocolat plus larges qu'il n'aurait osé l'imaginer. Il en avait chaque fois une érection. Bon sang ! Comme il avait eu envie de les sucer, de les lécher, de les mordiller !

Mieux encore ! Parfois, quand elle était seule et que le minibus familial n'était pas garé dans l'allée, elle glissait une main dans sa culotte à pois et, les yeux fermés, se donnait du plaisir tout en se dorant au chaud soleil estival.

Il se masturbait en même temps, réglant son orgasme sur le sien. Et il fantasmait sur elle pendant ces étouffantes nuits d'été, quand il n'y avait pas le moindre souffle de vent pour agiter les rideaux et que les guêpes, prises au piège dans les plis des voilages, venaient mourir en se cognant contre les vitres.

Tout l'été, elle bronzait, ses mamelons semblant pâlir à mesure que ses seins brunissaient. Elle avait de longs cheveux noirs, pas de petit ami, se destinait à des études universitaires et était douée en maths.

A l'époque, il ne s'intéressait pas à l'école. Aussi sa mère, que cela inquiétait, avait-elle engagé Lissa à la fin du mois de juillet, avant qu'elle ne parte pour l'université.

C'est à ce moment-là que leur liaison avait commencé.

Dans le sous-sol qui sentait le renfermé, avec son plafond bas et ses minuscules soupiraux. Sur un futon réservé aux invités, entre l'âtre froid d'une cheminée inutilisée et une table basse couverte de livres et de cahiers de notes, ils s'étaient embrassés pour la première fois. S'étaient caressés. Avaient fait l'amour.

Rapidement.

Si vite que c'en avait été embarrassant.

Mais Lissa s'était montrée patiente.

Résolue à enseigner autant qu'à apprendre.

Quant à lui, il y avait fort à parier que ça l'avait avantagé d'être beau gosse, physiquement bien développé pour son âge, doté d'une musculature et d'une pilosité d'homme adulte, en avance sur la plupart des garçons de sa classe. Ils avaient exploré chaque orifice, expérimenté de nouvelles positions, s'étaient ingéniés à se titiller, à s'exciter l'un l'autre. Là, dans le vieux sous-sol poussiéreux, sur le futon où dormaient ses grands-parents quand ils venaient en visite.

Et puis, elle était partie.

Pour l'université.

Elle n'avait jamais écrit ni appelé.

N'avait jamais répondu à un seul de ses messages téléphoniques.

Comme si elle l'avait effacé de sa vie.

La garce.

Son sang bouillait quand il pensait à elle, mais bon, elle avait fini par avoir ce qu'elle méritait, non ? On l'avait surprise une première fois en train de coucher avec l'un de ses professeurs, un homme marié, père de deux jeunes enfants. Ensuite, alors qu'il ouvrait son courrier électronique, son amant suivant, un étudiant en ingénierie, était un jour tombé sur des photos de Lissa dans une position compromettante avec un jeune garçon. S'était-il rendu compte qu'elle aurait pu finir en prison pour ce qu'elle avait fait avec un mineur ?

L'étudiant en ingénierie l'avait quittée et avait épousé une autre femme. Le professeur avait été remplacé, et Lissa, cette pauvre Lissa, avait été dénoncée publiquement comme la Jézabel qu'elle était en réalité. On lui avait supprimé sa bourse d'études, et elle avait dû retourner chez elle pour s'inscrire dans un institut universitaire de premier cycle de sa région.

Il ne lui avait plus jamais adressé la parole.

Il avait refusé tout contact visuel.

Après tout, c'était lui, la victime, non ?

Ah, lascive et voluptueuse Lissa ! Elle aurait dû savoir que celui qui sème le vent récolte la tempête.

Lissa avait été sa première expérience sexuelle, et elle lui avait ouvert de nombreuses portes. Certaines donnant sur l'extase, d'autres conduisant à l'enfer.

Il avait commis plusieurs erreurs.

Il ne pouvait plus se permettre d'en faire d'autres, quelle que soit la tentation.

Il lui suffisait de songer à Lauren Conway pour sentir la brûlure de sa propre stupidité lui mordre la nuque.

Soudain, au milieu des flocons de neige, il perçut un mouvement, une ombre qui rasait le mur du bâtiment abritant le foyer des étudiants.

Allons bon !

Qui pouvait se trouver dehors à cette heure de la nuit ? Et plus important encore, pour quelle raison ? Un frisson d'impatience courut dans ses veines.

A pas feutrés, il se lança à la poursuite de l'inconnu.

Nona se faufila sous un massif de rhododendrons, puis s'engagea sur le sentier bien tracé qui menait aux écuries. Là, ça devenait plus compliqué. Il lui fallait observer le silence le plus absolu. Le moindre bruit réveillerait les chiens, qui se mettraient à aboyer, à hurler et à faire un boucan d'enfer. Ce qui, à son tour, risquerait de tirer du sommeil tous les animaux dans leurs abris — ces imbéciles de poulets, par exemple. Quelles plaies, ces bestioles ! Sales, bruyantes, toujours en train de glousser. Hélas ! Elle eut beau contourner les chenils aussi largement que possible, un chien commença brusquement à donner de la voix, aussitôt relayé par l'un de ses congénères.

Non, non, non !

Les poings serrés, elle se réfugia à l'ombre d'une remise et attendit, comptant mentalement les secondes, tandis que les chiens poussaient encore quelques grognements et finissaient par se rendormir. Frissonnant dans l'obscurité, elle leur donna dix bonnes minutes. Malgré toutes ses précautions, ils avaient dû percevoir sa présence…

« Ce n'est pas toi, Nona, c'est lui qu'ils ont entendu ! Il ne fait jamais autant attention que toi, tu le sais bien. Ne sois pas si gourde ! »

Elle patienta encore une minute avant de repartir furtivement vers l'écurie. Avec l'étrange impression que quelqu'un la suivait.

Ses cheveux se hérissèrent sur son crâne, et elle jeta un coup d'œil par-dessus son épaule.

Tout semblait normal.

Aucune silhouette sombre n'était tapie le long des murs de bois de cèdre du foyer ni cachée sous le surplomb du garage. Ce n'était que sa propre nervosité, qu'elle n'arrivait pas à surmonter.

Elle se répéta une fois de plus qu'il était là, lui aussi, quelque part.

Il n'y avait pas lieu de s'inquiéter.

Et pourtant…

Etait-ce un bruit de pas qu'elle entendait ?

Une respiration ?

Son ventre se serra. Elle se figea, l'oreille aux aguets, les yeux scrutant les ténèbres. Une lumière minuscule brillait derrière les hautes fenêtres de la chapelle. Mais cette lueur-là ne s'éteignait jamais, elle était censée représenter le Christ, « la lumière du monde » selon une citation de l'Evangile de Jean.

Elle se remit en marche, la peau transie, l'esprit bouillonnant de plaisir anticipé et de crainte. Personne ne la suivait, bien entendu… Elle était simplement anxieuse parce qu'elle savait qu'elle enfreignait le règlement.

Les chenils demeurèrent silencieux lorsqu'elle atteignit l'écurie. Sans une seconde d'hésitation, elle ouvrit la porte grinçante et pénétra à l'intérieur.

Une bouffée d'air tiède, chargée d'odeurs de cheval, de crottin, de poussière et de cuir, l'enveloppa aussitôt. Elle ralluma sa torche, prenant soin de ne pas la braquer sur les fenêtres.

Plusieurs bêtes — hongres et juments — s'agitèrent dans

leurs box, des sabots froissèrent la paille. Un cheval exprima son inquiétude en soufflant par les naseaux au moment où Nona passa devant sa stalle, et un sourd hennissement de réprobation lui rappela qu'elle n'avait rien à faire là.

Elle parvint au pied de l'échelle qui menait au fenil et entreprit de grimper.

— Hé ! appela-t-elle à voix basse en s'arrêtant sur le cinquième barreau. Tu es là ?

Elle tendit l'oreille.

Rien. Elle plissa les yeux pour tenter de percer l'obscurité, se risqua à promener le pinceau lumineux de sa lampe sur le plancher, les tonneaux de grains et les barrières des stalles.

De nouveau, un ébrouement de mauvaise humeur.

— C'est moi, Nona, souffla-t-elle.

Putain, il fallait toujours qu'il joue avec ses nerfs ! Ça l'amusait de mettre sa patience à rude épreuve en la laissant poireauter, en surgissant devant elle à l'improviste pour la faire sursauter et la forcer à réagir. Mais cette nuit, elle n'était pas d'humeur à ça. Tout ce qu'elle voulait, c'était qu'il s'empare d'elle, l'embrasse avec fougue, lui arrache ses vêtements et lui mordille les seins. Oh, Seigneur, elle s'excitait toute seule rien qu'à l'idée de ce qu'il allait lui faire !

Elle gravit les derniers échelons et se hissa sur le plancher du fenil. Des balles de foin s'entassaient presque jusqu'aux chevrons. Au-dessus des plus hautes meules, une unique fenêtre ronde entrouverte laissait entrer un souffle d'air glacial et le peu de lumière que le ciel nocturne avait à offrir. Tout à coup, elle entendit un furieux battement d'ailes. Un chat-huant ? Ou… quoi ? Elle tenta désespérément de conserver son sang-froid, de s'empêcher de céder à la panique.

« Espèce d'andouille, ce n'était qu'un oiseau ! »

Mais qu'est-ce qui l'avait affolé ainsi ? Pourquoi s'était-il mis à voleter aussi éperdument ?

« Qui sait ? Toi, si ça se trouve ! C'est juste un hibou, Nona. C'est ce que font les hiboux, d'habitude. Pour l'amour du ciel, ressaisis-toi ! Il n'a rien à faire d'une pauvre nouille. Déshabille-toi. Surprends-le. Montre-lui que tu es une vraie femme. »

Elle grimpa tout en haut, jusqu'aux bottes de foin derrière lesquelles il avait creusé leur petit nid d'amour. Là, au milieu des meules entassées, un vieux sac de couchage était étalé sur le sol. Une fois à l'intérieur de la cachette, elle éteignit sa torche électrique et attendit. Où diable était-il passé ?

A genoux par terre, elle enleva sa casquette et son pull. Puis elle dégrafa et, en un tournemain, ôta le soutien-gorge tant détesté. Seigneur, il fallait vraiment qu'elle s'achète quelque chose de plus sexy, peut-être un de ces push-up de chez Victoria's Secret[4]. A condition, bien sûr, qu'elle arrive un jour à sortir d'ici. Alors, ils quitteraient Blue Rock tous les deux et vivraient ensemble pour toujours...

Lorsque le bruit assourdi de ses pas lui parvint d'en bas, elle se mordit la lèvre et se débarrassa promptement de son jean, qu'elle jeta en même temps que son slip en coton sur le reste de ses vêtements en tas.

— Salut !

C'était sa voix. Toute proche.

Mais... comment avait-il fait pour monter jusqu'ici si rapidement ?

— Waouh ! s'exclama-t-il.

Et soudain, il fut devant elle, tout habillé, le visage à peine visible dans les ténèbres. Il fit descendre sa main le long de sa hanche. Elle se mit à trembler.

— Attends, chuchota-t-elle.

— Pas question, j'ai déjà assez attendu comme ça.

Il l'attira contre lui, plaqua sa grande main contre son dos. Ses doigts s'enfoncèrent dans sa chair autour de la colonne vertébrale tandis que ses lèvres trouvaient les siennes et qu'il l'embrassait avec fougue.

Sa langue s'introduisit profondément dans sa bouche, sa main libre lui agrippa un sein, le pétrit, le malaxa. Il la

4. Victoria's Secret : célèbre marque de lingerie féminine. (NdT)

repoussa en arrière, sur le foin, et elle en eut le souffle coupé. Ils tombèrent ensemble sur le sac de couchage. Elle ferma les yeux, se délectant de chacune de ses caresses. Elle adorait cette façon qu'il avait d'explorer son corps.

— J'aime le goût de ta peau, murmura-t-il en lui mordillant les lèvres, avant de glisser plus bas pour embrasser ses seins, en suçoter les mamelons, lui effleurant la peau de ses dents.

Dieu tout puissant ! Elle était prête à se donner à lui.

Elle avait beau être vierge, elle savait que ce qu'elle éprouvait en cet instant, c'était du désir ; elle le sentait au plus profond de son intimité. Elle entreprit de lui arracher ses vêtements, lui retira sa chemise, fit glisser son pantalon sur ses hanches. Ses ongles lui labourèrent les fesses si profondément qu'il retint son souffle.

— Tu me veux, dit-il.

Ce n'était pas une question, mais une simple constatation.

— Oui.

— Tu en as envie !

— Ouiii, admit-elle.

Il promena sa main sur son ventre puis, plus bas ; ses doigts se glissèrent entre ses cuisses, sans cesser de la caresser.

— Ça t'excite, hein ? murmura-t-il.

Et comment ! Elle avait l'impression qu'une vague brûlante déferlait en elle. Un incendie s'était allumé dans ses veines, elle pouvait à peine respirer. Là, dans ce fenil, elle brûlait d'envie qu'il lui fasse l'amour, qu'il change sa vie à jamais…

Et c'est ce qu'il fit. Respirant bruyamment, se frottant contre elle, il chuchota :

— Je ne peux plus attendre.

— Je sais.

Il lui écarta les genoux.

— Oh, baby ! murmura-t-il, d'une voix vibrante de désir.

La première fois qu'il s'enfonça en elle, elle ressentit une douleur si aiguë qu'elle poussa un cri. Mais il ne s'arrêta pas. Il continua à donner des coups de reins, provoquant une chaleur intense en elle à force de frottements répétés. Elle s'entendit gémir par-dessus ses grognements et sa respiration haletante. Elle se cramponna à lui tandis que le monde tournoyait autour d'elle à toute vitesse.

— Tu aimes ça, pas vrai ? demanda-t-il d'une voix gutturale, tout en intensifiant les à-coups de ses reins. Avoue-le.

— Oui, murmura-t-elle. Oh oui !

La douleur était toujours là, comme une brûlure au fond de son bas-ventre, mais il y avait aussi du plaisir pour apaiser le mal.

Elle était incapable de penser, à peine pouvait-elle reprendre sa respiration.

Le monde entier semblait se concentrer autour de ses poussées violentes, presque brutales.

Les yeux fermés, Nona se mouvait en même temps que lui, ignorant la douleur, s'abandonnant à l'instant présent.

Elle le sentit se raidir et crier. D'extase ?

En bas, un cheval hennit nerveusement, puis frappa le sol de ses sabots.

— Qu'est-ce que c'était que ça ? demanda-t-il, à bout de souffle.

Il tourna la tête, se figea.

Clonk !

Quoi ?

Quelque chose craqua. Toujours allongée sous lui, Nona cligna des yeux pour essayer de voir.

— Hompf ! fit-il dans un gémissement.

Comme elle prononçait son nom, il s'effondra en avant, la clouant au sol. Un poids mort.

— Hé ! s'écria-t-elle, le visage enfoui dans son cou. Ça va ?

Elle prit sa tête entre ses mains, enfonça ses doigts dans ses cheveux, ses doigts qui ressortirent humides, chauds et tout poisseux.

Du sang ?

La peur lui noua le ventre. Elle tenta de le repousser, voulut hurler, mais soudain des mains lui enserrèrent la gorge, la comprimèrent, l'empêchant de respirer.

Que se passait-il ?

Une vague de panique la submergea. Cette horreur ne pouvait pas être en train de lui arriver. C'était impossible. Mais, tout en refusant d'admettre la réalité de la situation, elle se débattit. Donna des coups de pied. Des coups de griffe. Oh, putain !… Elle ne pouvait plus respirer. Elle n'arrivait plus à inspirer la moindre goulée d'air.

Comment ? Pourquoi ? Les questions tourbillonnaient dans sa tête, une terreur noire l'étreignait.

Elle était prise au piège, coincée sous son petit ami qui ne bougeait plus. Elle essaya de se dégager et, l'espace d'une fraction de seconde, entrevit l'individu dont les mains lui enserraient le cou, lui coupant la respiration.

De plus en plus fort !

Non !

Des pouces s'enfoncèrent profondément dans le creux de sa gorge. Appuyèrent. La tête lui tourna, les odeurs de chevaux, de poussière et de crottin s'infiltrèrent dans ses narines, la peur de la mort lui tenailla le cerveau.

Rassemblant toutes ses forces, Nona cambra le dos et tenta de se dérober.

Son petit ami s'affaissa sur le côté, ou plutôt fut renversé d'un coup de pied ; elle n'aurait su le dire, incapable qu'elle était d'aligner deux idées. Sa tête allait exploser, un rideau noir lui tombait devant les yeux.

« Bats-toi, Nona ! Défends ta peau ! Pour l'amour du ciel ! »

A tâtons, elle essaya de saisir les poignets de son agresseur, de les forcer à la lâcher, de desserrer ses doigts ne serait-ce que de quelques millimètres, de quoi reprendre une inspiration. Juste une.

Mais peine perdue ! Les horribles mains l'étranglaient de plus en plus.

« Au secours ! Aidez-moi, quelqu'un ! »

Ses poumons en feu hurlaient en silence pour réclamer un peu d'air.

« Non ! non ! non ! »

Nona essaya de crier, mais aucun son ne sortit de sa bouche. L'air prisonnier dans ses voies respiratoires la brûlait atrocement. Il fallait à tout prix qu'elle respire ! Qu'elle souffle. Qu'elle tousse ! N'importe quoi !

Si seulement quelqu'un pouvait l'entendre ! Mais les seuls bruits provenant de sa gorge n'étaient que des gargouillis, aussi répugnants que terrifiants.

Elle se contorsionna dans tous les sens, dans un effort surhumain pour se libérer de l'emprise de son agresseur. Le sac de couchage s'était entortillé sous elle, des brins de paille s'étaient accrochés dans ses cheveux. Mais plus elle luttait, plus les doigts de son adversaire lui appuyaient sur la gorge avec force et détermination.

— Crève, salope !

Les mots, prononcés dans un grognement sourd, résonnèrent dans le fenil.

« Oh, mon Dieu ! »

« Non, pas ça ! »

L'obscurité tourbillonna devant ses yeux. Une douleur impitoyable lui déchira le corps.

« Non ! non ! Oh, Seigneur, non ! »

Elle griffa l'air. Désespérément. Follement.

« Au secours ! cria-t-elle silencieusement tout en se trémoussant et en envoyant des coups de pied dans tous les sens. Au nom du ciel, que quelqu'un me vienne en aide ! »

La douleur enfla en elle. La lumière explosa derrière ses paupières. En éclats de couleur aveuglants. Ses poumons étaient affreusement comprimés, aucune pensée ne pouvait plus se former dans son cerveau. Elle arrivait à peine à battre l'air de ses bras.

« S'il vous plaît… »

Mais il était trop tard.

Elle sentit sa vie l'abandonner, les ténèbres l'envahir.

Ses mains retombèrent mollement à ses côtés.

Les doigts autour de sa gorge serrèrent encore plus fort, lui écrasant les voies respiratoires.

Quelque part au-dessus de sa tête, le hibou hulula et battit des ailes. Mais elle ne le vit pas, ne l'entendit pas. Le seul bruit qu'elle percevait, c'était la course furieuse du sang dans ses oreilles. La seule vision, le visage flou de son agresseur.

Dans ses derniers instants de conscience, Nona Vickers se rendit compte qu'elle avait perdu bien plus que sa virginité cette nuit-là ; elle avait aussi perdu la vie.

# 14

Cooper Trent se sentait de mauvaise humeur.

Après une nuit agitée, il renonça à trouver le sommeil, sortit de son lit et ferma violemment la fenêtre qu'il avait laissée entrouverte, dans l'espoir que l'air frais des montagnes l'aiderait à s'endormir. Même si c'était parfaitement inutile, vu que l'isolation thermique de ce vieux bungalow laissait tellement à désirer que le vent et la pluie réussissaient à s'infiltrer à travers les murs.

L'aube ne poindrait pas dans le ciel nocturne avant plusieurs heures encore, mais tant pis. Il ne voulait pas passer une seconde de plus à se tourner et se retourner dans son lit, en se demandant ce qu'il fichait là. Il réfléchit à ce qu'il avait découvert au cours des derniers mois. Autrement dit, trois fois rien. Il se tramait quelque chose dans cet établissement, mais il n'avait toujours pas réussi à mettre le doigt dessus.

Certains élèves s'étaient confiés à lui à propos de Lauren Conway. Il avait profité de ses cours d'éducation physique pour leur montrer des méthodes de relaxation susceptibles de les aider à gérer leur stress, les invitant à parler de ce qui les préoccupait. A deux reprises, le sujet de la disparition de Lauren avait été abordé. Les avis semblaient partagés : il y avait ceux qui croyaient qu'elle avait été tuée alors qu'elle tentait de s'enfuir, et ceux qui pensaient qu'elle avait réussi à se faire la belle.

— Je préfère me dire qu'elle a pu échapper à cette école et à ses parents, avait déclaré Maeve Mancuso, aussitôt approuvée par ses amies Lucy et Nell. J'imagine très bien Lauren habitant quelque part, dans une ville où elle a un boulot et son propre appartement. Elle vit sa vie et elle se fiche pas mal de Blue Rock.

— Pourtant, elle était assistante d'éducation et était venue ici de son plein gré, avait objecté Trent, qui n'avait pas suivi le raisonnement de Maeve.

— Ce n'était sûrement qu'une étape avant de couper définitivement les ponts avec sa famille.

— Elle avait vingt ans. Elle était majeure.

Le froncement de sourcils de Maeve lui avait clairement signifié qu'il n'avait rien compris.

— Il y a des parents qui s'obstinent à diriger votre vie jusqu'au bout. Vous n'avez qu'à demander à ma sœur aînée, elle en sait quelque chose !

La théorie défendue par Maeve était irréaliste, totalement dépourvue de fondement. Si Lauren était parvenue à sortir de cette région montagneuse en novembre dernier, quelqu'un n'aurait pas manqué de la localiser dans une ville voisine ou l'aurait vue faire du stop sur l'autoroute.

Trent n'avait pas approfondi la question avec Maeve et ses amies. En discutant avec trop de véhémence ou en leur rappelant d'une façon ou d'une autre qu'il représentait l'autorité, il n'aurait fait qu'ébranler leur confiance. Or, il avait besoin que ces jeunes lui parlent sans détour, s'il voulait avoir la moindre chance de découvrir ce qu'il était réellement advenu de Lauren. Il n'avait accepté ce poste à Blue Rock que dans ce seul but.

Trent avait également surpris quelques conversations donnant à penser qu'un groupe d'élèves avait formé une sorte de société secrète. « Ils se rencontrent à la nuit tombée, et seuls les élus peuvent en faire partie. » Cette information, il l'avait recueillie au milieu du brouhaha dans le vestiaire des garçons. Il s'agissait, semblait-il, d'une sorte de confrérie, mais il n'avait trouvé aucune preuve démontrant que l'école y était impliquée. Bien sûr, il n'approuvait pas toutes les règles en vigueur à Blue Rock, mais jusqu'à présent, il devait reconnaître que les enseignants et autres membres du personnel semblaient accomplir fidèlement leur mission. Blue Rock avait pour vocation d'aider les jeunes en difficulté à retrouver le chemin qui les ramènerait à Dieu et à leurs familles. Evidemment, certaines pratiques paraissaient un peu extrêmes, mais aucune activité de l'école ne pouvait être mise en cause dans la disparition de Lauren Conway. Le kidnapping et le meurtre ne faisaient pas partie du programme.

Et le corps enseignant restait muet comme une tombe. Paralysé. Ce qui ne lui facilitait pas la tâche.

Trent aurait voulu quelque chose de plus concluant à rapporter aux Conway, attendu qu'ils l'avaient engagé pour retrouver leur fille. Or, pour l'instant, il restait complètement bredouille.

Frottant sa mâchoire hérissée de poils de barbe, il ouvrit d'un coup sec le store de la fenêtre. Que s'était-il donc passé au beau milieu de la nuit, pour que les chiens se mettent à aboyer ainsi ? Ils avaient fini par se taire au bout d'un moment, mais ils avaient compromis toutes ses chances de pouvoir s'endormir.

Il enfila le jean de la veille et sa chemise en flanelle délavée, puis, avant même de se faire du café, chaussa ses vieilles bottes éculées, celles qui dataient de l'époque où il s'adonnait au rodéo, il y avait des années de cela.

Parfois, quand il se sentait nerveux, il allait rendre visite aux bêtes. Il passait d'abord à l'écurie puis déambulait parmi les enclos où étaient enfermés les poules, les chèvres et les cochons, avant de s'arrêter au chenil. Cela lui manquait, de ne pas avoir son propre troupeau de chevaux ou, à tout le moins, un chien. Il n'avait toujours pas remplacé le sien, son fidèle Buster, le chien le plus froussard de la terre, issu du croisement d'un berger allemand, d'un boxer et de Dieu savait quoi encore.

Trent s'étira, et ses vertèbres craquèrent, lui rappelant toutes les fois où il avait mordu la poussière dans les arènes de rodéo. Cette vie aussi, il la regrettait. Autrefois, vivre parmi les chevaux, les cow-boys, la poussière et le cuir avait fait partie de son avenir, mais les choses avaient changé brusquement lorsqu'une double fracture du fémur avait mis fin à sa carrière.

Et voilà où il se retrouvait à présent, menant une vie qu'il n'avait pas prévue, mentant comme un arracheur de dents. Sa jambe avait totalement guéri, mais son orgueil blessé beaucoup moins et, même s'il avait retrouvé sa forme physique et son corps d'athlète, il avait raccroché les éperons.

Quelle importance ?

Tout ça, c'était de l'histoire ancienne.

De même que Julia Delaney. Il avait beaucoup pensé à elle ces derniers temps, surtout à cause de sa demi-sœur dont il avait désormais la charge. Non mais, franchement ! Combien y avait-il de chances pour que ce genre de coïncidence se produise ?

Il décrocha son blouson de la patère près de la porte et tapota machinalement ses poches, oubliant, l'espace d'une seconde, qu'il avait cessé de fumer depuis des années.

A la demande pressante de Julia, d'ailleurs.

Il esquissa un sourire de dérision en songeant qu'il avait failli recommencer au moment où ils avaient rompu. Heureusement, le bon sens l'avait emporté. Car le sevrage de nicotine était une vraie galère ! Il espérait bien ne plus jamais subir ça.

Il n'y avait pas d'étoile, ce matin.

Pas de coyote hurlant.

Pas même une chauve-souris pour voleter au-dessus de sa tête pendant qu'il enfilait ses gants de travail et se dirigeait vers l'écurie encore plongée dans le noir.

Tout était calme et paisible ; une neige légère tombait en gros flocons qui allaient s'entasser contre les bâtiments, et se déposer sur les avant-toits d'où pendaient déjà des langues de glace. Le paysage ressemblait à une carte de Noël.

Mais cette impression de sérénité fut de courte durée.

A la seconde même où il ouvrit la porte de l'écurie, il sut que quelque chose n'allait pas. Il alluma la lumière. La jument grise, Arizona, s'ébrouait et s'agitait dans son box, et Platon, un hongre d'ordinaire paisible, avait sorti la tête au-dessus de la barrière de sa stalle. Ses yeux grands ouverts étaient cerclés de blanc et sa robe baie frissonnait.

Criiic. Le bruit était léger, sourd, anormal.

Et puis, il se dégageait une odeur insolite.

Par-dessus les effluves tièdes et puissants qui émanaient des chevaux et les relents acides d'urine flottait une autre odeur, plus écœurante. Du sang?

Trent fouilla l'écurie, son regard survola les sacs de grain, erra sur les murs où étaient accrochés les brides, les licous et les fourches. Tout semblait à sa place. Et pourtant… Il se dirigeait déjà vers l'échelle, lorsqu'il se mit à courir.

— Merde!

Juste sous la trappe qui donnait accès au fenil gisait le corps disloqué d'un homme nu. Trent le contourna pour examiner le visage. Andrew Prescott, l'un des assistants d'éducation! Une flaque de sang s'était formée autour de sa tête et il ne bougeait plus.

— Doux Jésus!

Trent mit un genou à terre et palpa le cou du jeune homme. Le pouls était extrêmement faible. Prescott respirait encore, son cœur battait, mais il était en très mauvais état. Il avait une plaie béante à l'arrière du crâne et, dans sa chute, l'un de ses bras s'était complètement tordu pour former un angle invraisemblable.

— Tiens bon, petit! murmura Trent en arrachant le téléphone sans fil de son support.

Il composa le 911 avec l'espoir que les secours arriveraient à temps pour sauver la vie du garçon.

— Allez, vite! murmura-t-il, priant le ciel pour obtenir la communication.

— Ici, le service des secours. Quelle est la nature de l'urgence?

— Envoyez une ambulance! ordonna-t-il. Ou plutôt un hélicoptère. Il y a un élève grièvement blessé à Blue Rock Academy. Il est dans un état critique. Il faut le faire évacuer vers un hôpital. Il est inconscient et saigne abondamment. Il souffre peut-être aussi d'une hémorragie interne.

Il débita à toute vitesse l'adresse de l'école, donna à l'opératrice son nom et sa fonction, puis aboya :

— Dites-leur de se dépêcher!

— Restez en ligne et…

— Je ne peux pas. Faites envoyer une équipe médicale à l'école, et vite !

Il raccrocha et tapa le numéro de l'infirmerie. L'appel fut aussitôt transféré chez l'infirmière.

— Trent à l'appareil. Venez immédiatement à l'écurie. Drew Prescott est blessé, c'est grave.

— Vous avez appelé le révérend Lynch ? demanda Ayres d'une voix ensommeillée.

— Bien sûr que non ! J'ai d'abord prévenu les secours, et maintenant vous. Alors bougez-vous les fesses et rappliquez ici avec votre trousse médicale. Et ne tardez pas ! Il est en train de mourir.

Trent raccrocha avant qu'elle ait eu le temps de protester. Puis il se pencha au-dessus du garçon. Il connaissait les gestes de premier secours et de réanimation cardio-pulmonaire à prodiguer en cas d'urgence, mais il savait aussi reconnaître la mort quand il la voyait arriver, et Prescott en était à deux doigts.

— Accroche-toi, dit-il au jeune blessé en le recouvrant d'une couverture de selle. Tiens bon, Drew ! Tu peux y arriver. J'en suis sûr.

Mais il mentait.

La vie du jeune homme le quittait rapidement.

Au bout de quelques minutes, Ayres arriva avec sa grosse trousse de premiers secours. Elle s'agenouilla au côté de Drew.

— Vous avez trouvé son pouls ? demanda-t-elle à Trent.

— Il est très faible, mais il bat encore.

Trent la regarda enfila ses gants et se mettre au travail. Elle examina le garçon.

Un instant plus tard, Lynch entrait à grands pas dans l'écurie. Ses vêtements étaient bien repassés, ses cheveux soigneusement peignés, mais une ombre de barbe donnait à la touffe de poils ordinairement impeccable qui poussait sous sa lèvre inférieure une apparence négligée.

— Que se passe-t-il ? demanda-t-il, visiblement outré par le spectacle de l'étudiant blessé.

Trent secoua la tête.

— Si seulement je le savais !

— Que diable fait ce garçon ici ? Et où sont ses vêtements ?

Lynch détourna le visage et balaya l'écurie d'un regard scrutateur.

— Qu'est-ce que c'est que ça ?

— Quoi ?

Trent leva les yeux du visage exsangue de Drew Prescott pour voir ce que Lynch examinait — une traînée de sang mêlé de paille. L'état du blessé l'avait tellement alarmé qu'il n'avait pas remarqué la tache sur le sol, distincte de la large flaque de sang étalée sous la tête de Drew.

— N'y touchez pas, conseilla-t-il au directeur qui se penchait pour mieux voir. Il vaut mieux laisser la police s'en charger.

— Est-ce que quelqu'un pourrait m'aider ? appela Ayres.

Agenouillée auprès du garçon, elle lui avait saisi le bras pour prendre sa tension. Trent souleva le coin de la couverture tandis que Lynch, les sourcils froncés d'inquiétude, fermait les yeux et remuait silencieusement les lèvres, comme pour prier.

— Que lui est-il arrivé ? demanda l'infirmière.

— Je l'ai trouvé en venant jeter un coup d'œil aux chevaux.

Trent lui raconta brièvement ce qu'il avait découvert.

— Que faisiez-vous ici de si bonne heure ? demanda le directeur en rouvrant les yeux, sa prière terminée.

Un reproche silencieux perçait dans sa voix.

Nom d'un chien ! Trent n'avait pas de temps à perdre avec ces foutaises. Pas maintenant.

— Ecoutez, la première chose à faire est de nous occuper de ce gamin, de lui faire administrer les soins dont il a besoin.

Trent ne craignait pas d'être pris pour le bouc émissaire. Que le révérend, si prompt à blâmer, pense ce qu'il voulait !

— Au moins, il respire, constata l'infirmière, avant d'énumérer tout haut les étapes de la procédure d'évaluation primaire. ABC : voies respiratoires dégagées, respiration, circulation sanguine. Le sang de la plaie semble se coaguler. Mais il a besoin d'oxygène. D'autres couvertures. D'être réhydraté. Il me faut une minerve au cas où la colonne vertébrale aurait été touchée. Et aussi un plan dur. Nous ne pouvons pas le déplacer avant d'avoir immobilisé le rachis cervical.

La porte de l'écurie s'ouvrit à la volée.

Bert Flannagan, et son mètre quatre-vingts de fureur rentrée, s'engouffra à l'intérieur, faisant entrer avec lui une bourrasque glaciale. Le fusil à la main, il descendit d'un pas énergique l'allée entre les stalles.

— Qu'est-ce que c'est que ce bordel ? J'ai vu les lumières…

Apercevant tout à coup le corps inerte de Drew Prescott, il siffla entre ses dents :

— Par saint Jude ! Que s'est-il passé ?

— Nous ne savons pas, répondit Trent.

L'expression de dureté de Flannagan demeura inchangée.

— Il vit encore ?

— A peine.

Totalement concentrée sur son travail, Ayres exerçait avec précaution une pression sur la plaie ouverte.

Les mâchoires de Trent se contractèrent. Chaque minute comptait.

— L'hélicoptère est en route.

Lynch releva brusquement la tête.

— Vous avez appelé les secours ?

— Exact. Mais je n'ai pas pu rester en ligne.

— Rappelez-les ! ordonna Ayres d'une voix pressante.

Le masque impassible du pasteur se craquela.

— Vous auriez dû m'en parler d'abord. Ce n'était pas à vous de téléphoner…

— Taisez-vous, Tobias ! tonna l'infirmière, les yeux étincelants de colère. Trent a fait ce qu'il fallait. Ce garçon doit être emmené à l'hôpital sans délai.

— Mais il y a un protocole…, tenta de protester Lynch.

— On s'en fout, du protocole ! riposta Ayres, le visage rouge de fureur. Ce gosse a une fracture du radius et du cubitus, une horrible blessure à la tête et Dieu sait quoi encore à l'intérieur !

Elle secoua la tête d'un air dégoûté.

— Tâchons si possible de ne pas laisser un élève nous

claquer entre les doigts. Surtout pendant que nous discutons de questions de protocole.

Lynch posa son menton dans le creux de sa main et ferma les yeux en signe de capitulation.

— Bon, très bien.

Ecœurée, Ayres se tourna vers Trent.

— Il faut le réchauffer et l'immobiliser jusqu'à l'arrivée de l'hélicoptère sanitaire. Nous avons besoin de la planche dorsale et de l'oxygène qui sont à l'infirmerie. Oui, il vaudrait mieux pour lui les apporter ici. Oh, et je pourrais aussi poser une perfusion.

— Et si nous l'emmenions en voiture à l'hôpital le plus proche ? suggéra Lynch, qui commençait à saisir la gravité de la situation.

— A deux heures de route ? Avec une plaie à la tête ?

De nouveau, elle riva son regard sur Trent.

— Vous êtes sûr qu'ils envoient un hélicoptère ?

— Je leur ai dit que c'était indispensable. Qu'il n'y avait pas d'autre moyen d'arriver ici rapidement.

Flannagan s'approcha à grandes enjambées des fenêtres, d'où l'on voyait les premiers rais de lumière grise percer le ciel nocturne.

— Ces appareils n'ont pas le droit de voler par mauvais temps. Il neige déjà et une tempête est annoncée.

Ayres prit les choses en main.

— Dans ce cas, rappelez-les ! lança-t-elle.

Puis, se tournant vers Lynch, elle le fusilla du regard et ajouta :

— Et puis, non, j'ai une meilleure idée. Puisque vous êtes le directeur, c'est à vous de vous débrouiller. Vous appelez le 911 !

Elle fouilla dans sa trousse de premiers secours tandis que Lynch, renonçant à objecter, prenait le téléphone.

— S'ils sont déjà en route, nous l'étendrons sur un plan dur avant de le poser sur un brancard. Ensuite nous le pousserons jusqu'à l'héliport.

Elle pointa le doigt vers Flannagan.

— Nom d'un chien, qu'est-ce que vous attendez ? J'ai

besoin de cette planche dorsale, de couvertures et d'oxygène. Tout de suite !

— C'est comme si c'était fait !

Flannagan sortit aussi vite qu'il était entré.

Lynch composait le numéro des secours. Une poignée de secondes plus tard, il obtint la communication.

— Le révérend Tobias Lynch à l'appareil, dit-il d'un ton solennel. Je vous appelle pour savoir où en est le vol sanitaire qui a été demandé pour Blue Rock Academy.

La voix du pasteur était plus calme que l'expression de son visage, songea Trent, sans quitter des yeux Ayres qui posait un garrot autour du bras de Drew, le nettoyait avec une compresse et cherchait une veine pour commencer une perfusion. Elle, au moins, semblait connaître son boulot.

— Très bien, j'attends, dit Lynch, toujours au téléphone.

La porte s'ouvrit de nouveau. Cette fois, ce fut Jacob McAllister qui entra. Son visage était crispé, ses traits durcis. Tout le charme juvénile qui émanait de lui d'habitude s'était envolé.

— Que s'est-il passé ? lança-t-il en s'agenouillant près du blessé.

— Alors, ils arrivent ? demanda Ayres, sans lui répondre.

— L'opératrice dit que c'est en bonne voie.

Lynch eut un mouvement de recul lorsqu'il se risqua enfin à baisser le regard sur le garçon qui, le visage livide, s'accrochait encore à la vie.

— Comment est-ce arrivé ? voulut savoir McAllister.

— On n'en sait rien, répondit Trent.

Lynch secouait la tête.

— Que faisait-il ici, tout seul ? Et nu, par-dessus le marché !

Trent se rembrunit.

— Est-ce qu'il était vraiment seul ? Je n'en mettrais pas ma main au feu.

Il lut une interrogation dans le regard de McAllister.

— Oh, mon Dieu ! Il y en a peut-être d'autres…, murmura Lynch.

Il passa une main tremblante sur ses cheveux soigneusement

peignés, les ébouriffant au passage. Il n'y prêta pas attention. Il ne pensait qu'à la réputation de son école.

Criiic !

Encore ce bruit surnaturel. Pareil au gémissement d'un fantôme.

Trent sentit un souffle de peur lui parcourir l'échine.

— Qu'est-ce que c'est ?

Lynch recula et, les paupières plissées, leva les yeux vers la trappe ouverte au-dessus d'eux.

Le ventre noué, Trent avait déjà commencé à gravir l'échelle.

Y avait-il quelqu'un d'autre dans le fenil ?

Blessé ?

Oh, merde !

Il grimpa. Le bruit de ses bottes résonna à travers toute l'écurie. Un cheval laissa échapper un hennissement inquiet. A la seconde où Trent se hissa sur le plancher du fenil, il sut que quelque chose clochait. Il regarda par terre. Oui, manifestement, Drew était tombé par l'ouverture de la trappe. On voyait du sang sur les bords rugueux des lattes du plancher, à l'endroit où le gamin s'était cogné la tête en culbutant. Mais il y avait autre chose — des traces indiquant que quelqu'un avait été traîné sur la paille répandue par terre.

Que diable s'était-il passé ici ?

Qui Drew avait-il rencontré ? Avait-il surpris quelque chose qu'il n'aurait pas dû voir ?

Trent s'approcha des meules entassées et remarqua une tache sombre dans la mince couche de foin qui jonchait le sol à ses pieds. Il entendit quelqu'un monter l'échelle derrière lui.

Une traînée de sang.

Celui de Drew ?

Criiic !

Le bruit, en devenant plus fort, lui flanqua la trouille. Il leva la tête, regarda les chevrons noyés dans l'ombre. Et fit un bond en arrière, manquant de peu de basculer à son tour dans le trou du plancher.

— Doux Jésus ! murmura-t-il, tandis que ses yeux s'accoutumaient à l'obscurité.

Il crut qu'il allait vomir.

Le corps nu d'une jeune fille se balançait doucement au bout d'une corde attachée à une poutre transversale. Le teint cendreux, les yeux exorbités, elle pivotait légèrement, ballottée par la brise qui soufflait par la lucarne ouverte.

— Nom de Dieu !

Il eut beau scruter le visage pâle et bouffi, il n'en croyait pas ses yeux.

Nona Vickers était pendue à une poutre, sa peau nue bleuie dans la pénombre.

— Fils de pute ! grommela-t-il entre ses dents.

— Pour l'amour de Dieu ! s'exclama McAllister à côté de lui, le regard rivé sur le cadavre suspendu, une main plaquée sur la bouche comme s'il allait vomir. Que les saints nous protègent.

Qui avait fait ça ? se demanda Trent.

Pour quelle raison ?

Drew ?

Après avoir pendu Nona, était-il tombé dans l'ouverture du plancher par accident ?

Non, non. Ça n'avait aucun sens.

Deux points lumineux dans l'ombre le firent sursauter... les yeux d'un hibou perché au-dessus du corps de la jeune fille.

— Qu'est-ce que c'est ? fit la voix de Lynch qui montait de l'étage inférieur. Vous avez trouvé quelque chose ?

« Oh, pour ça, oui ! » pensa Trent, les yeux toujours fixés sur la fille. Il avait trouvé quelque chose, c'était sûr. Et ça avait tout l'air d'être l'œuvre du diable.

# 15

— Je ne sais rien ! répétait Shay, les yeux écarquillés de peur.

A la voir ainsi, Trent se sentait mal à l'aise. La jeune fille avait été arrachée de son lit et traînée jusqu'au bureau du révérend Lynch en pleine nuit.

Debout près des fenêtres, Trent surveillait la route, l'oreille aux aguets. Ce qui se déroulait à présent ne lui plaisait pas : ça ressemblait plus à une inquisition qu'à un simple interrogatoire, mais l'enjeu était de taille. Quelqu'un avait assassiné Nona Vickers, et jusqu'à ce qu'on ait mis la main sur le coupable, la terreur régnerait sur le campus.

Adele Burdette s'appuya contre la porte comme pour la bloquer, au cas où Shaylee aurait décidé de se sauver.

« Pour aller où ? » se demanda Trent.

— Qu'est-ce qu'il y a ? demanda Shay. Où est Nona ?

Lynch était calme, sa voix égale. Au moins s'efforçait-il de maîtriser la situation.

— Vous et Nona dormez dans la même chambre. A quel moment l'a-t-elle quittée ?

— Je ne savais pas qu'elle était partie !

Sous ses cheveux noirs, le visage de Shay paraissait d'une pâleur maladive.

— Elle était encore debout quand je me suis endormie, et… et tout d'un coup…

Elle désigna Burdette du pouce et enchaîna :

— Elle déboule dans ma chambre, comme pour une descente de police, et m'ordonne de m'habiller.

Indignée, Shay jeta un regard furieux sur la directrice des filles.

— Ensuite, elle a attendu dans la chambre pendant que je mettais mes vêtements. Vous êtes quoi ? Une sale gouine ?

Les mâchoires de Burdette se contractèrent lorsqu'elle croisa les bras sur sa poitrine, mais elle ne mordit pas à l'hameçon.

— Inutile d'en venir aux injures, dit Lynch dont la sérénité habituelle était visiblement ébranlée.

— Qu'est-ce qui se passe ? demanda Shay, les yeux ronds de frayeur. J'ai vu l'hélicoptère. On a évacué quelqu'un ? C'est ça ? Est-ce que Nona est blessée ? Ecoutez, c'est ma camarade de chambre, j'ai le droit de savoir...

Trent acquiesça d'un signe de tête.

— Je vais bientôt faire une déclaration, annonça le révérend Lynch.

— A propos de quoi ? voulut savoir Shaylee.

Trent en avait assez entendu. Il était temps de cesser de tourner autour du pot.

— Nona est morte, laissa-t-il tomber.

— Quoi ? s'écria Shaylee en bondissant presque de son siège. Morte ? Non ! Morte ? Oh, mon Dieu... non ! Vous vous trompez. Elle était dans notre chambre hier soir et... et...

Elle tourna un regard horrifié vers Trent.

— Ils ne l'emporteraient pas en hélicoptère si elle était morte. Elle doit être vivante. C'est forcé !

Trent se rapprocha d'elle, appuya sa hanche sur le bureau, se pencha.

— Il s'agit de Drew Prescott.

Shay cligna des yeux.

— Quoi ? Drew ? Je ne comprends pas...

— Nous l'avons trouvé dans l'écurie, avec Nona. Elle est morte et lui se trouve dans un état critique.

Shaylee se ratatina sur sa chaise.

— Seigneur ! Comment ? Je veux dire, où... Oh, mon Dieu, elle a dit qu'elle avait un petit ami, mais je ne l'ai pas crue...

Elle remonta ses jambes pliées sur le siège et entoura ses genoux de ses bras.

— Ils se sont tirés en douce et il y a eu un accident ? reprit-elle en secouant la tête, incrédule.

— Vous a-t-il dit qu'elle sortait en cachette ?

— Non.

— Mais elle vous a parlé de Drew ?

— Seulement qu'elle avait un petit copain… c'est tout. Elle n'a pas voulu me dire son nom. Comme si c'était un secret.

— Donc, la dernière fois que vous l'avez vue, c'était…

— Dans notre chambre. Elle était là quand je me suis couchée et, tout d'un coup, on a cogné à ma porte et me voilà.

— On a trouvé votre casquette de base-ball à côté du corps.

— Quoi ?

Shaylee releva brusquement la tête et porta ses deux mains sur le sommet de son crâne, histoire de vérifier la présence de la coiffe en question.

— Non, ce n'est pas possible.

Elle secoua de nouveau la tête, comme si elle avait pu, ce faisant, modifier le cours des événements.

Trent opina du chef.

— Avec ses vêtements en tas.

— Elle… elle n'était pas habillée ? murmura Shay avant de se mordre la lèvre. Comment ça se fait ?

— Pourquoi votre casquette se trouvait-elle là ?

— Je ne sais pas ! La dernière fois que je l'ai vue, elle était accrochée près de la porte de notre chambre. C'est là que je la range. Comment est-elle arrivée… là où vous l'avez trouvée… ? Où était Nona ? Dans la chambre de Drew ?

— Dans l'écurie.

— Bon, ça suffit, décida Lynch. Nous ferions mieux d'attendre le shérif O'Donnell avant de l'interroger plus longuement. Il a promis de venir en personne avec les inspecteurs de police.

— Le shérif? Des inspecteurs ? Il s'agissait bien d'un accident, non ? Ils se sont fait piétiner par les chevaux ou alors ils sont tombés ou bien…

La frayeur assombrissait les yeux de Shaylee.

Trent eut pitié d'elle. Il ne voulait pas l'affoler, mais il semblait que ce soit déjà trop tard.

— On fait toujours appel à la police quand il y a un accident, dit-il.

Shaylee s'affaissa sur son siège.

— Des officiers de police, oui. Les experts qui s'occupent de la reconstitution des accidents… mais ce n'est pas de ça qu'il parle.

— On fait venir des inspecteurs de police chaque fois qu'il y a un décès, expliqua Trent.

Ce qui ne rassura pas Shaylee le moins du monde.

— Vous ne croyez tout de même pas que quelqu'un…, commença-t-elle avant de déglutir et de cligner des paupières pour ravaler ses larmes. Attendez une minute ! Vous pensez que je…

Son regard alla de Lynch à Trent et son visage reprit quelque couleur.

— Toute cette histoire à propos de ma casquette… vous me croyez responsable de ce qui est arrivé à Nona et à Drew ? Est-ce que j'ai besoin de prendre un avocat ou quoi ?

A présent, c'était plus que de la crainte qui s'affichait sur son visage. Elle avait l'air terrifiée.

— Mais que s'est-il vraiment passé avec Nona ?

— Un avocat ? répéta Burdette, les sourcils levés dans une mimique de sincère étonnement. Shaylee, vous regardez trop la télé.

— Bon, on arrête là, décida Trent. Quand le shérif arrivera, il voudra parler à chacun d'entre nous, alors pour l'instant, il ne nous reste qu'à l'attendre.

Shaylee baissa la tête en signe de capitulation.

— Est-ce qu'il n'y a pas des caméras partout sur le campus ? Dans les chambres ? Dans les couloirs ? Même dans l'écurie ?

Elle posa un regard accusateur sur le révérend Lynch, qui blêmit visiblement.

— Dans ce cas, tout a été filmé, non ? Qu'est-ce que je fiche ici, à me laisser traiter comme une criminelle ? Vous n'avez qu'à regarder vos enregistrements de tarés — qui sont d'ailleurs sûrement illégaux — et me laisser partir.

Jugeant que Trent était son unique allié dans la pièce, elle tourna vers lui de grands yeux suppliants.

— Et pas pour retourner dans ma chambre ! Je veux foutre le camp d'ici. Qu'on appelle ma mère. Dites-lui ce qui est arrivé, qu'il y a des jeunes qui meurent ici, O.K. ? Je veux rentrer chez moi. Tout de suite !

Julia avait faim et elle était fatiguée. Et elle commençait à avoir sacrément mal aux fesses à force de rester assise au volant de sa voiture.

Malgré tout, elle continuait de rouler, les yeux rivés sur la route devant elle. Ce tronçon de l'autoroute I-5 ressemblait à un serpent gris zigzaguant dangereusement parmi les montagnes escarpées et couvertes de forêts de cette région du sud de l'Oregon. Cela faisait plus de sept heures qu'elle conduisait. Elle avait traversé une grande partie de l'Etat de Washington et de l'Oregon, appuyant sur l'accélérateur et faisant crisser les pneus de sa Volvo, doublant les semi-remorques qui gravissaient péniblement les côtes et dévalant les pentes abruptes.

Son estomac gargouillait, son humeur tournait résolument à l'aigre. Elle n'avait pas réussi à trouver le sommeil de toute la semaine. Le cauchemar récurrent de la mort de son père continuait à s'infiltrer dans son subconscient, et des images de Cooper Trent se mêlaient à l'horreur du sang s'écoulant goutte à goutte sur le parquet.

Depuis les deux tasses de café noir qu'elle avait avalées, le matin, pour faire descendre les deux cachets d'antalgiques destinés à calmer sa migraine, elle ne s'était arrêtée que pour manger un hamburger et boire un Coca light dans un drive-in à la sortie de Portland. Pas étonnant que son ventre gronde !

Elle avait bu presque toute la bouteille d'eau qu'elle avait pensé à emporter et, pour tout arranger, son mal de tête était revenu et lui cognait douloureusement le crâne.

Au cours des derniers jours, elle avait vidé son réfrigérateur, payé plusieurs loyers d'avance et confié Diablo à sa voisine, Mme Dixon, laquelle s'était montrée ravie — elle avait même applaudi de joie — à l'idée de s'occuper de son chat préféré. Julia s'était également arrangée avec Tony et Dora au 101, avait laissé des messages à Gerri et Erin pour les prévenir qu'elle quittait la ville pendant quelque temps. Elle avait enfin donné à Edie une vague excuse pour justifier son absence, quelque chose à propos d'un éventuel poste d'enseignant dans le nord de la Californie.

A présent, malgré la douleur lancinante dans sa tête, Julia devait se concentrer sur son objectif. Si Blue Rock était aussi sensationnel qu'on le disait, Shay n'aurait qu'à purger sa peine. Mais si, comme elle le soupçonnait, l'école n'était pas la remarquable institution au service des jeunes qu'elle prétendait être, Julia avait bien l'intention d'aider sa sœur à s'évader et de démasquer publiquement l'imposture.

Edie serait obligée de se charger de sa fille et de lui trouver une structure d'accueil de jour. Et si cela ne marchait pas, il ne resterait plus à Shay qu'à ravaler son orgueil démesuré, changer d'attitude et venir habiter chez sa sœur.

A mesure que les kilomètres défilaient à toute vitesse, des doutes affreux assaillaient Julia.

« Et si tu te trompais ? Si Blue Rock était réglo ? Si tu n'étais, comme ton ex le disait si souvent, qu'une incorrigible alarmiste, à l'affût d'un bon vieux complot ? »

— Non, ce n'est pas vrai ! protesta-t-elle à haute voix, tandis que les ondes de la station de radio qu'elle avait captées aux environs d'Eugene commençaient à faiblir.

La chanson de Rick Springfield, *Jessie's Girl*, qui faisait partie de la liste d'écoute des « plus grands succès des années 1980 », cédait rapidement la place aux crachotements des parasites.

Julia appuya sur le bouton de sélection et entendit les derniers couplets d'un vieux morceau de Waylon Jennings et Willie

Nelson qui parlait de mamans refusant de laisser leurs bébés devenir cow-boys.

En imagination, elle revit le visage rude de Cooper Trent : les pattes d'oie au coin de ses yeux enfoncés dont la couleur virait du vert au doré selon la lumière ; les cheveux raides, éternellement ébouriffés, striés de mèches décolorées par le soleil ; un nez qui avait été cassé plus d'une fois et une mâchoire capable de se serrer avec une force à rendre un pit-bull jaloux. Pas du tout le genre de beauté qu'on voit à Hollywood, mais il était fort et sexy… et un casse-pieds de la pire espèce !

Julia éteignit la radio.

— Bon sang, fiche le camp ! grommela-t-elle, refusant de laisser ses pensées s'attarder sur ce salaud.

Que lui avait-il donc pris de tomber amoureuse d'un cow-boy de rodéo et, en fin de compte, grand baratineur devant l'Eternel ? Que disait le proverbe, déjà ? Quand les choses deviennent dures, les durs s'en vont. Oui, eh bien, ça s'était exactement passé ainsi avec Trent, et elle s'en voulait furieusement d'avoir songé à lui ne fût-ce qu'une fraction de seconde.

— Il y a des siècles de ça, se rappela-t-elle en actionnant ses essuie-glaces.

Une pluie mêlée de neige avait commencé à tomber.

Ne possédant pas de GPS, elle devait se servir d'une carte qu'elle avait trouvée sur internet et imprimée. Jusqu'à présent, le trajet s'était révélé plutôt facile. Elle avait emprunté l'I-5 avant de prendre la direction du sud sur plus de six cents kilomètres. Mais, à présent, les choses devenaient un peu plus risquées, avec la neige qui commençait à tomber, ricochait sur son pare-brise et s'amoncelait sur les accotements de la route.

Super, vraiment super !

Elle ralentit — à 75 kilomètres/heure, elle avait l'impression de se traîner à une allure d'escargot — et, à son grand soulagement, aperçut enfin le panneau signalant la sortie de l'autoroute. Elle quitta la voie de circulation rapide et s'engagea sur une route étroite et sinueuse qui serpentait à travers des gorges aux flancs escarpés. Les villages accrochés à flanc de coteau n'étaient guère plus que des carrefours ponctuant la route — une route complètement déserte et maintenant recouverte de neige.

Son téléphone mobile sonna dans le porte-gobelet. Sans quitter la route des yeux, elle répondit.

— Allô ?

— Mademoiselle Farentino ? demanda une voix vaguement familière. Rhonda Hammersley, de Blue Rock Academy, à l'appareil.

Le cœur de Julia fit un bond dans sa poitrine. Catastrophe ! L'école avait découvert sa supercherie, et la directrice des études l'appelait pour lui dire qu'ils ne l'embauchaient plus.

— Je crains d'avoir de mauvaises nouvelles à vous annoncer, continua Hammersley.

Dieux du ciel ! Tandis que les essuie-glaces chassaient la neige de son pare-brise, Julia chercha des yeux un endroit où se garer. Mais la route était trop étroite, il n'y avait aucun emplacement prévu pour stationner.

— De quoi s'agit-il ?

— Il est arrivé quelque chose de grave.

Shay ! Son cœur s'arrêta de battre. Elle arrivait trop tard ! Quelque chose de terrible était arrivé à sa sœur !

— Je ne voulais pas vous inquiéter, poursuivit la directrice.

Raté !

— Mais j'avais peur que vous ne l'appreniez par les bulletins d'informations. Alors, j'ai préféré vous le dire moi-même : deux de nos élèves ont eu un accident et l'un d'eux se trouve dans un état critique à l'hôpital.

Julia laissa échapper un petit cri.

— Les médecins ne sont pas certains qu'il s'en sortira.

« Pas certains qu'il s'en sortira », avait dit Hammersley. Elle parlait donc d'un garçon. Pas de Shaylee.

La directrice des études se racla la gorge. Dans l'esprit de Julia se bousculèrent d'horribles scénarios d'accidents impliquant sa sœur et un de ses amis. Canotage, équitation, randonnée en milieu sauvage, escalade — toutes activités infiniment dangereuses. Toutes potentiellement mortelles.

— De qui s'agit-il ? se força-t-elle à articuler.

Comme elle arrivait à un embranchement d'où partait une allée forestière, elle décida de se ranger sur le bas-côté de la route. Ses pneus dérapèrent sur la glace avant que la voiture ne s'immobilise complètement. Elle tira sur le frein à main.

— Je regrette, mais je ne peux pas révéler son nom avant que la famille ait été informée, répondit Hammersley. Règlement de l'école oblige.

— Mais je fais partie du personnel, objecta Julia, sentant la panique enfler dans sa poitrine, les battements de son cœur s'affoler.

« Oh, mon Dieu, je vous en prie, faites que Shay n'ait rien à voir là-dedans ! Pas elle ! »

— Ne vous inquiétez pas, on vous mettra au courant dès votre arrivée. Vous êtes en route, n'est-ce pas ?

— Oui, je ne suis plus très loin… peut-être encore trente ou quarante kilomètres. Mais il commence à neiger.

— Une tempête est annoncée sur les montagnes. Roulez doucement. Avez-vous apporté des chaînes ?

— Elles sont dans mon coffre, répondit Julia.

Sauf qu'elle ne les avait jamais encore utilisées. Elle n'était même pas certaine de savoir les poser.

— Vous vous garerez sur le parking près de la maison du gardien, précisa Hammersley. Il y a un endroit réservé pour les véhicules du personnel. J'enverrai quelqu'un vous rencontrer au portail, inscrire votre nom sur la liste des personnes autorisées, et veiller à ce que vous puissiez entrer sans encombre.

— Merci, murmura Julia d'une voix faible.

Elle raccrocha, laissa ses épaules s'affaisser et prit plusieurs profondes inspirations afin de se calmer. Pendant sa brève conversation téléphonique, les vitres de la Volvo s'étaient embuées. Plus d'un centimètre de neige recouvrait déjà le capot de la voiture. Un sentiment d'appréhension et de désolation l'envahit, et elle sentit le goût amer de la peur dans sa gorge. Même si Shay était saine et sauve, deux élèves avaient été blessés ; deux familles allaient éprouver la même frayeur qu'elle-même en cet instant.

La même angoisse que celle de Shay quand on l'avait expédiée à Blue Rock ?

Les mains tremblantes, Julia enclencha la première et se remit en route. Dans quelle galère s'était-elle embarquée ?

Rhonda Hammersley entra dans le foyer où l'on avait demandé aux élèves de se rassembler. Les inspecteurs des services de police voulaient s'entretenir avec chacun d'eux, et pendant que les shérifs adjoints menaient une première série d'interrogatoires, les autres attendaient leur tour.

La salle était lugubre et affreusement silencieuse. Personne ne racontait de blagues, personne ne grattait sa guitare. Tous les élèves étaient assis, un livre ouvert à la main, même si la directrice se doutait qu'aucun d'eux n'étudiait réellement.

Qui aurait pu le leur reprocher ?

Derrière les fenêtres, la neige virevoltait, comme elle l'avait fait toute la journée. De gros flocons duveteux tourbillonnaient mollement, ajoutant une couche de blancheur sur le sol, couronnant les arbres, tapissant les allées.

Sous son apparence idyllique et paisible, le campus était loin d'être calme. Les pensionnaires étaient bouleversés et, déjà, Charla King, la secrétaire de l'école, rapportait que plusieurs parents affolés avaient téléphoné. Quelqu'un avait divulgué la nouvelle. Peut-être un employé de l'école, du bureau du shérif ou de l'hôpital où Drew Prescott luttait à présent contre la mort.

Quelle que soit la source de la fuite, les rumeurs allaient bon train. Hammersley avait aidé le révérend Lynch à répondre aux appels des médias. Une fourgonnette de la télévision était garée devant le portail de l'entrée principale et, si le ciel s'éclaircissait, des hélicoptères ne tarderaient pas à bourdonner dans le ciel pour essayer de filmer le campus. Tout compte fait, le mauvais temps était seul capable de tenir à distance les journalistes trop curieux, les parents terrifiés et les agents chargés du maintien de l'ordre. On s'en donnerait bientôt à cœur joie de revisiter les anciennes tragédies, comme la disparition de la jeune Conway ou la liaison présumée de Maris Howell avec un élève.

Des jours sombres s'annonçaient pour Blue Rock.

Rongée d'inquiétude, Hammersley traversa la salle en direction du coin conversation et de la grande cheminée de pierre, dans laquelle un feu brûlait doucement en émettant de petits sifflements. En dépit de tous les défauts de Blue Rock, la directrice des études se plaisait dans cet endroit ; elle croyait à sa mission. Au fil des années, elle avait vu quantité de résultats positifs découler de l'assistance psychologique et de l'encadrement attentif dont bénéficiaient les jeunes dans cette école. Lorsqu'ils arrivaient, ils étaient désabusés et au bout du rouleau, certains tellement perdus qu'on avait du mal à distinguer la moindre lueur d'espoir dans leurs yeux. Remettre ces gosses sur pied n'était pas une tâche aisée, mais elle avait toujours pensé que rien de valable ne s'obtenait facilement. Ces jeunes avaient besoin d'aide et, par la grâce de Dieu, elle était là pour la leur apporter.

Les chefs de « meute » surveillaient les élèves tout en faisant semblant de travailler tranquillement, leurs livres et leurs cahiers éparpillés autour d'eux. Quel chef de groupe allait-elle envoyer pour accueillir la nouvelle enseignante au portail ? Elle survola du regard l'assemblée et choisit Cooper Trent, que les adjoints du shérif et les inspecteurs de police avaient déjà interrogé. En son absence, Wade Taggert, Adele Burdette et Tyeesha Williams pourraient garder un œil sur son groupe. D'ailleurs, ces trois-là avaient aussi fait leurs dépositions.

Le révérend Lynch s'était retiré dans son bureau, où il jonglait avec les plaintes et les questions émanant du bureau du shérif, des élèves, du personnel et des parents. Rhonda était soulagée qu'il incombe au directeur de s'occuper du père éploré de Nona Vickers et des parents de Drew Prescott qui se rendaient à Medford au chevet de leur fils. Sans le blizzard qui s'annonçait, tous les parents auraient retiré leurs enfants de l'école séance tenante ou exigé qu'ils soient évacués par voie aérienne, ce qui était impossible par ce temps. L'hydravion resterait cloué au sol jusqu'à la fin de la tempête de neige, mais Lynch était tellement résolu à faire venir Cora Sue qu'il lui avait réservé une place sur un vol commercial, et envoyé Spurrier la chercher à l'aéroport de Medford avec une des jeeps de l'école.

Confronté à la menace du scandale et à la curiosité des médias, le pasteur avait désespérément besoin, à son côté, de son épouse charmante et dévouée pour le réconforter et, naturellement, sauver les apparences devant les journalistes.

Hammersley jeta de nouveau un coup d'œil au-dehors. La météo prévoyait une tempête sans précédent, avec des chutes de neige pouvant atteindre quatre-vingt-dix centimètres au cours des deux jours suivants. Ce qui voulait dire qu'ils se retrouveraient complètement coupés du monde. L'école disposait de groupes électrogènes et de chasse-neige, mais ça n'empêcherait pas les routes de devenir extrêmement dangereuses, sinon impraticables, pendant un long moment. Les difficultés d'accès ne manqueraient pas de contrecarrer l'enquête criminelle et d'exacerber l'isolement du campus.

C'était un miracle que Julia Farentino soit toujours disposée à accepter le poste, même si, bien sûr, aucune personne sensée n'aurait rebroussé chemin en pleine tempête de neige.

Cooper Trent était assis sur un banc près du feu, les mains jointes entre ses genoux. Il leva les yeux lorsqu'elle s'approcha de lui.

— On a des nouvelles de Drew ? demanda-t-il.

Hammersley secoua la tête et prit place à son côté.

— Je ne sais rien de plus que tout à l'heure. On va l'opérer, et s'il en réchappe, on le transférera en soins intensifs. Ses parents ont été prévenus ; sa mère et son beau-père sont en route pour Medford, ils viennent de Bakersfield, en Californie. Le révérend Lynch a laissé un message à son père à Las Vegas, mais c'est tout ce que je sais.

Trent opina du chef d'un air songeur.

— Vous voulez bien me rendre un service ? lui demanda-t-elle.

— Ça dépend de quoi il s'agit.

— Le nouveau professeur va bientôt arriver, et je n'ai pas encore été interrogée par la police. Pourriez-vous aller la chercher ? Ça vaudrait mieux que de lui faire attendre la camionnette de ravitaillement dans la maison du gardien.

— Vous vous êtes finalement décidés à embaucher ? demanda Trent, visiblement surpris. Vous allez faire entrer quelqu'un dans ce nid de guêpes ? ajouta-t-il à voix basse.

Hammersley haussa les épaules.

— Je l'ai avertie qu'il y avait eu un accident, mais elle était déjà en route.

— Un accident ? répéta Trent avec un froncement de sourcils en se frottant la nuque. Dites donc, c'est ce qui s'appelle travestir la vérité, vous ne trouvez pas ?

— Je ne pouvais pas vraiment lui révéler quoi que ce soit d'autre avant d'être certaine que la famille avait été prévenue.

— Le père de Nona ?

Hammersley hocha la tête. Whit Vickers était père célibataire, la mère de Nona ayant depuis longtemps disparu de la circulation. Fille unique, Nona n'avait pas été foncièrement mauvaise, mais seulement déboussolée. Pauvre gosse !

— Vous ne vouliez pas perdre votre nouvelle recrue, c'est tout, reprit Trent d'un ton accusateur. Si je vais la chercher, je lui dirai la vérité.

Pas un instant elle ne doutait qu'il le ferait. Il ne prenait jamais de gants, quelle que soit la situation. Sans pour autant se montrer dur, il avait pour habitude de ne pas mâcher ses mots. Malgré tout, Hammersley avait le sentiment que quelque chose en lui ne sonnait pas tout à fait juste ; elle n'aurait pas été étonnée d'apprendre que Trent dissimulait un cadavre ou deux dans son placard.

D'ailleurs, il n'était pas le seul.

— Je n'ai rien à cacher, dit-il comme s'il avait lu dans ses pensées.

— Très bien, parlez-lui.

Pourquoi pas, après tout ? Dès qu'elle parviendrait au parking près du portail principal et qu'elle verrait la fourgonnette de la télévision et les véhicules de police, Julia Farentino comprendrait qu'il ne s'agissait pas d'un simple « accident ». Hammersley tendit à Trent les clés de l'une des jeeps de l'école.

— En temps normal, le révérend Lynch tient à régler lui-même ce genre de détails, mais étant donné la situation…

Trent promena son regard sur la salle où les policiers étaient en train d'interroger les élèves — presque une centaine d'ados, et tous sous la responsabilité du pasteur.

— On dirait qu'il va être très occupé pendant un bon bout de temps.

— C'est donc vous qui expliquerez la situation à notre nouvelle recrue.

Trent se leva, redressant les épaules.

— Elle est déjà là ?

— Pas encore, mais elle devrait arriver d'ici une demi-heure.

— Elle a un nom ?

Vu les circonstances pour le moins moroses, Hammersley goûta le sens de l'humour de Trent.

— Elle s'appelle Julia Farentino et elle vient de Portland.

Etait-ce un effet de son imagination ou avait-elle réellement vu les commissures de ses lèvres se contracter légèrement ?

— Julia est encore jeune, ajouta-t-elle, pas tout à fait vingt-cinq ans, ce qui fait qu'elle ne devrait pas avoir de mal à communiquer avec les élèves. Je crois que si les choses finissent par se tasser ici, elle s'intégrera très bien et deviendra un véritable atout pour l'école.

— Je l'espère, répondit Trent.

Cependant, pour une raison ou pour une autre, Hammersley crut déceler dans ses paroles un soupçon de sarcasme. Il lui prit les clés des mains et ajouta :

— J'ai hâte de faire sa connaissance.

# 16

Il devait s'agir d'une plaisanterie ! Ou alors, Hammersley s'était trompée ? Forcément…

Pourtant, Trent ne discernait pas la moindre trace de désinvolture dans les yeux de la directrice. Elle affichait le plus grand sérieux. Et, évidemment, elle ne se doutait pas le moins du monde que Trent et Julia Delaney, alias Julia Farentino, avaient autrefois été amants.

Tous les muscles de son dos se contractèrent, mais il réussit tout de même à conserver un visage impassible. Il prit les clés et se dirigea vers le garage où la jeep était garée. Cependant, au lieu de se calmer, il sentait une fureur se déchaîner en lui. Il n'en revenait pas. Julia ? Ici ? Moins d'une semaine après l'arrivée de sa sœur à Blue Rock ?

Complètement dingue, voilà ce que c'était ! Du délire !

Arrivé au garage, il trouva la jeep stationnée à l'extérieur. Il retira la neige du pare-brise à l'aide de l'un de ses gants, gratta un peu la glace puis se glissa dans l'habitacle.

— Merde ! grogna-t-il en tournant la clé de contact avant d'aller rejoindre la route qui menait au portail. Putain de merde !

Qu'est-ce que Julia venait faire ici ? Et pourquoi justement maintenant ?

La dernière fois qu'il l'avait vue, elle était en train de s'effondrer. Lorsqu'il avait essayé — bêtement — de l'aider à se ressaisir, elle avait rompu. Comme ça. Simplement. En guise de paroles d'adieu, elle lui avait lancé : « Ne me touche pas. Ne m'appelle pas. Contente-toi de ficher le camp de ma vie !

Tu as compris, cow-boy ? Fous-moi la paix. » Ensuite, ses yeux s'étaient remplis de larmes. « Je ne veux plus jamais te revoir ! »

Il ne l'avait pas crue. Il était même allé jusqu'à faire un pas vers elle. Elle lui avait claqué la porte au nez avant de la fermer à double tour.

L'écho de ce déclic résolu avait longuement résonné dans son cerveau.

Il avait martelé le battant à coups de poing. Il avait crié. Lui avait dit qu'elle commettait une grosse erreur, qu'elle ne devait pas le bannir de sa vie. Qu'il l'aimait, bon sang ! Mais elle n'avait pas répondu.

Blessé, son orgueil réduit en purée, il s'était incliné. Il avait compris le message.

Cinq sur cinq.

Malgré toute l'envie qu'il avait eue parfois, il ne lui avait plus jamais téléphoné, n'était même plus passé devant chez elle en voiture. Si elle voulait jouer à ce petit jeu, qu'à cela ne tienne ! Il n'allait pas se mettre à plat ventre devant elle. Il n'était pas le genre d'homme à envoyer des fleurs après une dispute, et elle le savait. Plus tard, il avait appris qu'elle s'était fiancée, puis mariée. Un divorce avait finalement suivi, du moins d'après les dires de B.J. Crosby, lequel, après quelques bières, éprouvait toujours, bizarrement, le besoin de transmettre ce qu'il avait appris au sujet de Julia par sa sœur Erin.

Et maintenant, Trent allait de nouveau devoir se trouver face à elle ?

Parlez d'une catastrophe !

La neige tombait sans interruption, l'obligeant à faire fonctionner continuellement ses essuie-glaces.

Trent avait passé une grande partie de la journée à essayer de comprendre ce qui s'était passé dans le fenil, ce qui avait causé cette scène épouvantable. Ses mains se crispèrent sur le volant lorsqu'il pensa au corps nu de Nona Vickers se balançant au bout d'une corde.

Un suicide ?

Il n'en aurait pas mis sa main au feu. Si Nona avait voulu en finir avec la vie, il lui aurait été beaucoup plus facile d'avaler un flacon de comprimés. Certes, à Blue Rock, tous les médicaments prescrits sur ordonnance étaient étroitement surveillés, mais il existait un marché noir très actif sur le campus, tout comme dans la plupart des prisons, d'ailleurs. Il était possible de se procurer n'importe quoi, du moment qu'on le voulait vraiment et qu'on était prêt à payer ou à faire du troc pour l'obtenir. Malgré tout ce que prétendaient les élégantes brochures sur papier glacé, Blue Rock n'était pas à l'abri des problèmes de drogue. Il y avait quelques craquelures dans le vernis.

Le problème avait fait l'objet de discussions, mais aucune solution permanente n'avait été trouvée pour l'endiguer.

Quant aux personnes à l'origine du trafic, Trent était prêt à parier qu'il s'agissait des assistants d'éducation ou, du moins, de certains d'entre eux. Ils semblaient jouir de nombreux privilèges, en tout cas, bien plus que ce à quoi une ou deux années de bonne conduite auraient dû leur donner droit. Roberto Ortega et Tim Takasumi, par exemple, passaient énormément de temps à l'infirmerie et dans la salle d'informatique, dont l'accès était normalement interdit aux autres.

De plus, ils connaissaient beaucoup de choses concernant les élèves inscrits à l'école, et pas seulement parce qu'ils les côtoyaient et travaillaient avec eux en classe. Trent les soupçonnait de disposer d'autres sources d'informations. Des assistants comme Missy Albright, Kaci Donahue ou Ethan Slade travaillaient également dans les bureaux des conseillers, où des dossiers sensibles étaient à portée de main. Zach Bernsen et Eric Rolfe avaient accès aux écuries, aux bateaux et aux armes utilisées pour l'apprentissage des techniques de survie. Oui, le règlement était décidément moins sévère pour ces jeunes qui avaient choisi de rester à Blue Rock après l'obtention de leur diplôme. Ils bénéficiaient de larges prérogatives.

On avait songé à Andrew Prescott pour devenir assistant d'éducation, après l'obtention de son diplôme de fin d'études. Une nouvelle recrue. Le révérend Lynch en avait évoqué la possibilité lors de la dernière réunion du personnel, et avait indiqué que les parents d'Andrew se montraient intéressés par sa participation au programme. Ce qu'Andrew en pensait, Trent ne le savait pas, et il se demandait si quiconque le saurait jamais.

Mais que s'était-il donc passé dans ce fenil ? se demanda Trent pour la énième fois, tandis que les roues de la jeep faisaient crisser la neige fraîche et patinaient dans les ornières gelées. Selon toute apparence, Nona avait retrouvé Drew Prescott dans le but délibéré d'avoir des rapports sexuels avec lui. On avait trouvé leurs vêtements entassés ensemble dans le grenier. Le sac de couchage ouvert était tout froissé, et la doublure en flanelle probablement tachée de sang et de sperme.

A supposer que tout eût commencé par des ébats amoureux dans le foin, les choses avaient dû mal tourner, ensuite.

Il était arrivé quelque chose.

Trent avait envisagé et écarté plusieurs hypothèses, impliquant le viol, une tournante, ou même un pacte suicidaire. Mais il en revenait toujours au fait que ces deux gosses avaient été découverts dans leur nid d'amour et tous deux, nus comme des vers.

Etaient-ils en train de faire l'amour lorsqu'une tierce personne les avait surpris dans le fenil ?

Mais qui ?

Et pourquoi ?

Qui d'autre rôdait dans l'écurie au beau milieu de la nuit ?

Trent revit en pensée le corps de Nona. La jeune fille ne portait aucune trace de contusion autre que les meurtrissures autour de son cou, aucune entaille, ni égratignure, ni ongle cassé. Si elle n'était pas morte des suites de la pendaison, on l'avait tuée d'une façon qui ne laissait aucune lésion visible. Et on ne lui avait pas brisé la nuque d'un seul coup, comme tendaient à le prouver les signes d'hémorragie pétéchiale. Trent s'était arrangé pour que les inspecteurs présents sur les lieux, Baines et Jalinsky, remarquent bien la rupture des petits vaisseaux sanguins dans les yeux de Nona. Elle donnait à penser qu'il y avait eu asphyxie lente.

Quant à Drew Prescott, lui aussi était nu. Il semblait donc

peu probable qu'il ait voulu quitter le fenil. Même si quelque chose l'avait effrayé, il aurait instinctivement attrapé son pantalon avant de s'enfuir.

Quelle que soit la manière dont on considérait le problème, tout indiquait la présence d'une troisième personne dans le grenier à foin.

Trent pensa à la fameuse casquette jaune, le seul indice établissant un rapport entre Shaylee Stillman et les faits. Quelqu'un avait dû la laisser sur place pour incriminer sa propriétaire, pour faire peser les soupçons sur Shaylee. Si cette dernière s'était donné tout ce mal pour suspendre Nona aux chevrons et se débarrasser de Drew, elle aurait à coup sûr ramassé sa casquette au lieu de l'abandonner là, comme une flèche lumineuse pointée dans sa direction.

A moins qu'elle n'ait paniqué et commis une erreur.

Elle avait peut-être été négligente.

Bon sang ! Il accéléra la vitesse des essuie-glaces pour évacuer la neige qui tombait de plus en plus dru.

Et quel mobile Shaylee aurait-elle eu d'assassiner Nona ?

Préserver sa vie privée ? Profiter d'une chambre pour elle seule ? Sa camarade était-elle une cible facile ? Mais alors, que faisait Drew dans tout ça ? Et comment avait-elle réussi son coup ?

Non, cela n'avait aucun sens.

D'ailleurs, rien ne tenait debout, dans cette histoire.

Il y avait trop de fils qui dépassaient, et aucun moyen de les nouer ensemble.

Les sourcils froncés, le regard fixé sur le pare-brise, il se rappela cet éclair jaune — une chevelure blonde ou une casquette de couleur claire — qu'il avait aperçu la nuit où la pouliche était restée dehors. Etait-ce la casquette de Shaylee ? Les cheveux platine de Missy Albright ? Ou autre chose ? La jeune fille qu'il avait entendue semblait redouter quelque événement fâcheux.

« Qui sait à qui ce sera le tour, la prochaine fois ? » s'était-elle inquiétée à voix haute.

Parlait-elle de Lauren ? Trent penchait pour cette hypothèse.

Et la fille en question, était-ce Nona Vickers qui prédisait sa propre fin ?

« Je pensais que ce serait amusant, excitant. Et je croyais en lui », avait-elle dit aussi.

En qui croyait-elle ?

En Lynch ? En quelqu'un d'autre ?

Qu'est-ce qui aurait dû être amusant ?

Quelque chose de dangereux, en tout cas, une sorte de piège d'où les participants consentants ne pouvaient plus s'échapper, une fois tombés dedans.

Tout en réfléchissant, Trent rétrograda pour négocier un virage serré. L'embrayage de la jeep était mis à rude épreuve sur cette route tortueuse, les quatre roues motrices pleinement engagées. A presque mille six cents mètres d'altitude, le campus se trouvait à plus de trois cents mètres au-dessus de la maison du gardien, et la route qui y donnait accès était escarpée, même dans les meilleures conditions possibles.

Trent tenta de rassembler les pièces du puzzle. Quel rapport existait-il entre la scène macabre de l'écurie et la disparition de Lauren Conway ?

« Tu ne veux pas plutôt parler de sa mort ? »

« Regarde les choses en face, Trent, tu ne crois pas qu'elle soit encore en vie. »

Il avait beau se répéter qu'il n'avait aucune certitude quant à ce qu'il lui était arrivé, il savait, en son for intérieur, que les parents de la jeune femme ne reverraient jamais leur fille vivante. Il sentait instinctivement que Lauren était morte, tout comme Nona Vickers.

Et pour couronner le tout, il va maintenant falloir que tu te coltines Julia !

— Qu'ils aillent tous au diable ! maugréa-t-il, furieux contre le monde entier.

La dernière chose dont il avait besoin, c'était bien que cette maudite Julia vienne tout gâcher. Il n'avait aucune envie de se soucier d'elle, en plus de tout le reste.

En même temps, il était prêt à parier une année de son

salaire qu'elle ne serait pas plus enchantée de le voir que lui de la retrouver.

Il ne pouvait s'imaginer de nouveau en sa présence, et ne voulait pas songer à la dernière fois où ils avaient été ensemble.

Nom d'un chien ! Cela faisait cinq ans, déjà ?

L'espace d'un instant, il éprouva du regret, qu'il s'empressa de chasser, exaspéré comme jamais à l'idée que toutes ces années passées sans Julia Delaney — ou plutôt Julia Farentino — allaient bientôt prendre fin.

Tout en augmentant la vitesse du ventilateur de dégivrage, Julia s'évertuait à repérer la route sous l'épaisse couverture blanche qui masquait la terre. Comme elle aurait aimé faire disparaître les kilomètres restants d'un coup de baguette magique !

Les doigts crispés sur le volant, elle poussait sa voiture à l'assaut des pentes verglacées, ralentissant dans les tournants dangereux. Le thermomètre de la température extérieure indiquait un degré, et le dégivreur arrivait à grand-peine à conserver aux vitres leur transparence et à maintenir la température intérieure à un niveau supportable.

Le crépuscule enveloppait déjà le paysage enneigé lorsque la lumière de ses phares illumina un panneau sur lequel était inscrit en grosses lettres « Blue Rock Academy ». Une flèche indiquait qu'il fallait tourner dans une allée privée, protégée par une haute clôture et partiellement dissimulée derrière des bosquets de pins et de sapins ployant sous la neige.

— Nous y voilà ! murmura-t-elle entre ses dents.

Au même instant, son téléphone cliqueta dans le porte-gobelet. S'attendant à entendre de nouveau la voix de Rhonda Hammersley, Julia décrocha sans vérifier le numéro qui s'affichait à l'écran.

— Allô ?

— Julia ! chuchota Shay d'une voix affolée. Il faut que tu me sortes d'ici ! Cet endroit ressemble à un vrai film d'épouvante !

Malgré la mauvaise réception, Julia ressentit aussitôt un immense soulagement. Sa sœur était indemne, elle ne luttait pas contre la mort sur un lit d'hôpital.

— Dieu merci, tu vas bien ! s'exclama-t-elle, les yeux brûlants de larmes. Je me faisais tellement de mauvais sang ! Je croyais... je veux dire, Mme Hammersley m'a appelée. Je sais qu'il y a eu un accident.

— Un accident ? Tu es folle ! Ce n'était pas un accident. Pas du tout !

Shay parlait vite, d'une voix chargée d'angoisse.

— Si elle t'a dit qu'il s'agissait d'un accident, elle t'a menti !

— Menti à propos de quoi ? De quoi parles-tu ?

— Ah, je comprends ! Ils essaient d'étouffer l'affaire. C'est ça ! Ils prétendent que c'était un accident pour ne pas faire flipper les parents... Putain ! Edie est sûrement tombée dans le panneau, elle aussi...

— Pas si vite ! coupa Julia, s'efforçant de se concentrer sur sa conduite en même temps que sur la conversation. Explique-moi ce qui se passe.

— Mon Dieu, Julia..., répondit Shay d'une petite voix, les flics sont restés ici toute la journée. C'était ma camarade de chambre, Nona... Elle a été assassinée dans l'écurie.

— Assassinée ?

Julia manqua de peu de faire une embardée et de verser dans le fossé. Son cœur se mit à battre follement, et un million de questions se pressèrent dans sa tête.

— Attends une minute ! Personne ne m'a dit que quelqu'un était mort... On m'a parlé d'un garçon. Je croyais qu'il allait s'en sortir...

— C'est le petit ami de Nona. Drew. Il est à l'hôpital, mais Nona est morte ! Et je te dis qu'elle a été tuée ! Pendue, putain ! Soit elle s'est suicidée, soit c'est Drew qui l'a assassinée, et il est maintenant à l'hôpital, sous assistance respiratoire ou quelque chose comme ça, et... ça me fout une trouille bleue !

D'une voix devenue soudain aiguë, Shay débitait à toute allure les mots qui se bousculaient pour sortir de ses lèvres.

— Il faut que tu viennes me chercher, Julia. Cet endroit… c'est pire qu'une prison. Je te jure ! Ils sont tous dingues, ici !

— Calme-toi ! répliqua Julia, gagnée par l'anxiété de sa sœur.

Même si elle se sentait dans tous ses états, elle se devait de prendre les choses en main et tâcher de contenir la panique incontrôlable de Shay.

— Je ne peux pas ! s'écria Shay. Il y a des gens qui meurent ici !

— O.K., O.K., écoute-moi ! Essaie de te reprendre, d'accord ?

Pas question de se laisser entraîner dans la paranoïa de sa sœur, de sombrer avec elle dans le mélodrame.

— Tu n'as pas entendu ce que je viens de te dire ? Nona est morte !

Il y eut de nouveau des grésillements sur la ligne ; les flocons de neige, jusqu'à présent simple poudre blanche, s'étaient transformés en cristaux de glace.

— Je suis en train de chercher un moyen de te faire sortir. Fais-moi confiance.

— Alors, dépêche-toi !

— Ecoute, tu vas prendre une profonde inspiration et te calmer. Je suis déjà heureuse que tu ailles bien.

— Je ne vais pas bien du tout ! protesta Shay. Appelle Edie, dis-lui qu'elle a commis une énorme bourde… Et si elle ne veut rien faire, téléphone à mon père. Dis à Max que j'ai besoin d'un avocat pour négocier avec le juge…

— Il est sûrement trop tard pour ça, coupa Julia.

Le pneu avant droit de la voiture heurta une grosse pierre sur la route défoncée, et la secousse se répercuta jusque dans le crâne déjà horriblement douloureux de Julia. Elle serra le volant encore plus fort.

— Même si un détraqué est en train d'assassiner des élèves ? rétorqua Shay.

— Je ne sais pas, mais nous allons régler ça bientôt. Je suis presque arrivée.

— Quoi ? s'écria Shay. Arrivée où ? Tu veux dire, ici ? C'est ça que…

Le reste de sa phrase se perdit dans un crépitement.

— Je suis en route pour l'école.

— Pas possible ! Mais je ne...

La liaison téléphonique était épouvantable. La neige tombait à gros flocons, dansant dans les faisceaux lumineux des phares. Julia ne voyait plus le ciel, n'arrivait même plus à distinguer la corniche surplombant le canyon qui allait en se rétrécissant.

— Ecoute-moi, Shay. Tu m'entends ?

— Quoi ? De quoi tu parles ?

— Je serai bientôt à Blue Rock, alors ne vends pas la mèche, tu as compris ?

— Mais bordel, qu'est-ce que tu racontes ? Quelle mèche ?

Les pneus dérapèrent légèrement, s'enfonçant dans une couche de neige fraîche avant de glisser sur une croûte de glace. Julia se cramponna au volant d'une main et, malgré son agitation, s'ordonna de ne pas le redresser trop brusquement.

— Blue Rock m'a engagée comme professeur, expliqua-t-elle. Je serai à l'école dans une heure environ, je crois, peut-être moins.

— Ici ?

Une fois encore, seul un faible crachotement lui parvint de l'autre bout de la ligne.

— Merde !

Julia eut envie de jeter son téléphone par la fenêtre. Pour ce qu'il lui servait !

— Tu plaisantes, n'est-ce pas ? Tu ne viens pas travailler ici ! Julia, dis-moi que c'est une blague ! Une très très mauvaise blague !

— Je suis tout à fait sérieuse.

Mais Shaylee ne paraissait pas décidée à entrer dans les combines de sa sœur.

— Non, pas question ! Ecoute, tout ce que je veux, c'est que tu me fasses sortir d'ici, et vite ! Les flics m'ont interrogée, parce que je suis la dernière à avoir vu Nona vivante, ou quelque chose dans le genre... Je ne sais pas ce que ça veut dire. Est-ce que je suis suspecte ?

— Pourquoi le serais-tu ?

— Je n'en sais rien. Sans doute parce qu'on partageait la même chambre. Je te dis qu'il y a des put… des trucs vachement bizarres, ici.

— Comment as-tu fait pour te procurer un téléphone ? Je croyais qu'ils étaient interdits.

Julia tripota le bouton pour régler le chauffage et se rendit compte, tout à coup, qu'elle n'avait pas vu un seul autre véhicule sur la route depuis plusieurs kilomètres. A croire que cet endroit était vraiment perdu au bout du monde !

— C'est le portable de Nona. Je ne sais pas comment elle a mis la main dessus, peut-être grâce au trafic d'ici. Il n'est pas de très bonne qualité… c'est un de ces trucs prépayés et… Je l'ai piqué hier soir.

— Tu as fait quoi ?

L'esprit de Julia tournait à cent à l'heure. La situation empirait de seconde en seconde. La communication téléphonique se dégradait à mesure que les parois du canyon s'élevaient de plus en plus haut, de part et d'autre de cette route qui longeait le cours d'une rivière gelée.

— Je l'avais vue le cacher dans sa poche. Dès qu'elle a eu le dos tourné, je l'ai pris pour pouvoir t'appeler.

— Dieux du ciel, Shay ! Il faut que tu le rendes. Donne-le à la police. Ils pourront vérifier l'historique des appels et trouver à qui elle a parlé.

— Je croyais que tu ne voulais pas que je te trahisse ? Ton numéro apparaîtra sur l'écran, tu sais, puisque je t'ai téléphoné. Et à ce moment-là, qu'est-ce que tu deviendras ? Ça m'étonnerait qu'on te décerne la médaille du meilleur professeur de l'année !

— Epargne-moi tes sarcasmes.

— Je n'ai pas le temps de m'inquiéter à propos de ce foutu téléphone, conclut Shay. Bon, je dois y aller ! De toute façon, je ne t'entends plus. Les flics sont en train de parler avec les autres élèves et les profs, mais ils reviendront. Tu dois à tout prix trouver un moyen de me tirer de là.

Les accents de sa voix dénotaient une profonde terreur.

— Tu vas m'écouter jusqu'au bout, déclara Julia. Tu sais

que je n'ai qu'une envie, c'est de te ramener à la maison, mais j'ai besoin d'un peu de temps. Et en attendant, tu vas devoir te conduire en élève modèle. Compris ?

— Comme si c'était mon genre !

— Si j'arrive à prouver que cette école s'est rendue coupable de négligence ou d'un quelconque acte criminel, tu auras plus de chances de quitter cet endroit pour de bon et de ne pas aller en prison. Alors, arrange-toi pour ne pas t'attirer d'ennuis pendant que j'essaie de découvrir ce qui se passe.

— Des ennuis ? J'en ai déjà des tonnes. Et, par-dessus le marché, je suis maintenant bloquée ici, avec un tueur fou qui se balade en liberté.

— Shay, je fais tout ce que je peux. Tiens bon, d'accord ?

— Tu en as de bonnes, toi ! Ma camarade de chambre est morte, et je suis censée rester ici et attendre que tu fasses quelque chose ? Non, merci ! Je ne vais pas attendre cent sept ans…

— Je ne crois pas que nous ayons le choix, pour l'instant. Alors, quand tu me verras arriver, garde ton calme. Fais semblant de ne pas me connaître.

— Comme si ça allait servir à quelque chose ! Oh, merde ! Je crois… j'entends quelqu'un qui arrive.

La communication fut brusquement interrompue.

Avec un grognement de frustration, Julia jeta le téléphone dans son sac et poursuivit sa route au milieu des rafales de neige.

Dieu seul savait ce qu'elle allait trouver lorsqu'elle arriverait enfin à Blue Rock.

# 17

Julia venait ici ? A Blue Rock ? En tant que prof ? A quoi cela servirait-il ? Shaylee fourra le téléphone de Nona dans son sac et entra dans le foyer d'un pas nonchalant. Les adjoints du shérif avaient déjà enregistré la plupart des dépositions, et les élèves se rassemblaient à présent en petits groupes dans la vaste salle. Ils discutaient avec animation, chacun y allant de son hypothèse quant à ce qui était arrivé à Nona.

— Moi, je crois qu'elle s'est suicidée, déclara Maeve Mancuso d'un air suffisant.

Les yeux écarquillés, pareilles à de pitoyables poupées, Lucy et Nell buvaient ses paroles, comme si Maeve avait réellement su ce qui s'était passé. Les trois filles se tenaient à l'écart du coin conversation, dans un endroit plus tranquille, meublé de fauteuils rembourrés et de tables basses équipées de lampes à abat-jour. Des fenêtres occupaient l'un des murs, l'autre disparaissait derrière des rayonnages remplis de livres.

— Et je pense que Drew a également essayé de mettre fin à ses jours, continua Maeve, le regard songeur, tout en faisant claquer le bracelet de caoutchouc à son poignet.

Toujours en train de tirer sur l'élastique, celle-là. Quelle tarée !

— On a affaire à un double suicide, poursuivit Maeve. Un peu comme Roméo et Juliette.

— Vraiment ?

Si Maeve lui avait raconté un grand drame romantique, Nell ne l'aurait pas écoutée avec plus d'avidité. Elle repoussa ses cheveux noirs derrière ses épaules et se pencha vers son amie.

— C'est trop…

— Horrible ! coupa Shay.

Elle n'avait pas pu s'en empêcher. Ces idiotes étaient complètement à côté de la plaque.

— Ça n'a rien de romantique, ni de cool. C'est simplement dégoûtant.

Le petit visage de Maeve se chiffonna ; elle lança un regard furieux à Shay, comme si elle avait eu affaire au diable en personne.

— Bien sûr, c'est vraiment très très triste pour Nona. On était amies. Mais je sais que Drew et elle étaient amoureux l'un de l'autre.

— Tu veux dire vraiment très très amoureux ? ironisa Shay.

Quelle imbécile, cette Maeve !

— Qui sait comment ça s'est terminé ? intervint Eric Rolfe — un sinistre crétin, de l'avis de Shay — en s'approchant tranquillement, suivi de Zach et Eric. Ou qui a sauté qui ? ajouta-t-il avec un sourire mauvais qu'il croyait malin. Si ça se trouve, Nona l'a baisé, puis elle a essayé de se débarrasser de lui. Ensuite, quand elle s'est rendu compte de ce qu'elle avait provoqué, elle a fait le grand saut.

Eric inclina le cou selon un angle inhabituel, sortit la langue avec une horrible mimique et leva le poing au-dessus de sa tête pour figurer un nœud coulant, comme s'il avait été suspendu à une corde imaginaire.

— Répugnant ! s'indigna Maeve avec un mouvement de recul en agitant les mains. Bon sang, Eric, elle est morte !

— Tu pourrais montrer un peu de respect, ajouta Nell, écœurée.

Shay sentit la colère bouillonner en elle. Quelle ordure, ce Rolfe !

Eric laissa retomber sa main et esquissa une grimace ridicule.

— Je voulais juste détendre l'atmosphère, riposta-t-il. Tout le monde a l'air tellement catastrophé… Tu parles ! Elle était complètement fêlée, de toute façon, une vraie cinglée, toujours à se barrer en douce. Et maintenant, vous faites comme si c'était la fin du monde.

— Parce qu'une de nos amies est morte, espèce de connard! fulmina Lucy Yang en se plantant devant Eric. Alors, lâche-nous!

— Je parie que c'est exactement ce que Nona doit être en train de se dire!

Eric laissa échapper un rire grinçant, une sorte de gloussement aigu qui contrastait curieusement avec son physique de footballeur.

Alors, Lucy lui asséna un coup de poing. Très fort. En plein dans le ventre.

— Hompf!

Il se plia en deux, et elle se tourna de profil, comme si elle s'apprêtait à lui balancer un coup de genou entre les jambes.

— Salope! lança-t-il, les poings serrés.

Shay saisit le bras de Lucy pour l'empêcher de frapper une seconde fois.

— Il n'en vaut pas la peine, lui dit-elle.

Lucy se retourna pour lui faire face, le visage tordu par la colère, ses courts cheveux noirs en bataille.

— Tu as entendu ce qu'il a dit à propos de Nona?

— Ça montre bien à quel point il est bête, répondit Shay, avec un regard délibérément provocateur en direction d'Eric.

Instinctivement, elle prit appui sur la partie antérieure de ses plantes de pied, comme M. Kim, son professeur d'arts martiaux, le lui avait enseigné, il y avait des années de cela.

Eric émit un grognement de fureur.

— Pauvre conne!

Ses narines se dilatèrent, ses lèvres se retroussèrent.

— Tu vas le regretter.

— Ça m'étonnerait!

Les yeux rivés sur lui, Shay le jaugeait, calculait. Tous les regards s'étaient tournés vers eux. Des élèves poussaient des acclamations, des huées fusaient. L'ambiance était devenue électrique.

Du coin de l'œil, Shay vit deux silhouettes traverser la salle précipitamment.

— Hé ! cria l'une d'elle — une femme.

Mais Shay ne pouvait quitter Eric du regard. Pas question de relâcher sa concentration.

— Eric ! rugit une voix masculine.

Comme sur un signal, Eric plongea brusquement en avant, les poings serrés, prêt à envoyer Shay au tapis. A la dernière seconde, elle esquiva l'attaque et lui empoigna le bras.

— Qu'est-ce que… ?

Le souffle coupé, il n'acheva pas sa phrase. D'un mouvement rapide, elle le retourna comme une crêpe et le fit tomber par terre.

Plonk ! Les murs tremblèrent sous le choc lorsque son dos heurta le sol.

Le coup initial fut suivi d'une autre secousse au moment où la tête d'Eric cogna contre le plancher. Il poussa un hurlement de douleur.

Maeve se mit à brailler.

— Espèce de détraqué ! cria Lucy tandis qu'Eric tentait de se remettre debout.

— Du sang ! beugla l'un des garçons, surexcité, probablement cette lavette d'Ollie Gage.

Le cercle des spectateurs s'élargit tandis qu'Eric se relevait en chancelant, le dos courbé, les épaules ramassées comme un boxeur, les poings crispés.

Shaylee demeurait sur le qui-vive, prête à se défendre contre une riposte de son adversaire. « Essaie un peu, enfoiré », songea-t-elle.

— Arrêtez ! vociféra Hammersley, couvrant les braillements ininterrompus de cette idiote de Maeve.

Le visage d'Eric devint presque écarlate.

— Bordel de merde ! cria-t-il en bondissant sur ses pieds avec une étonnante agilité. Sale petite garce ! Tu ne t'en tireras pas comme ça !

Et il se jeta sur Shay en agitant les bras comme un forcené.

Shay feinta, pivotant sur une jambe.

Le premier coup de poing l'atteignit en haut du bras.

Une douleur fulgurante la transperça.

Eric pivota sur lui-même, recula, les poings toujours serrés, les lèvres retroussées sur ses dents étincelantes. Elle remarqua que de la salive s'était accumulée aux commissures de ses lèvres. Le fumier !

— J'ai dit : arrêtez ! Tout de suite !

En entendant le martèlement des pas qui fonçaient sur elle, Shay faillit détourner les yeux de Rolfe.

— Vous m'avez entendue ? hurla une voix de femme. Arrêtez !

Toujours sur ses gardes, Shaylee tournait autour d'Eric.

— Vas-y, essaie un peu ! lui lançait-elle d'un ton de défi, prête à défendre chèrement sa peau.

Il lui faisait face, une expression hargneuse sur le visage, les yeux aussi noirs et durs que de l'onyx. S'il espérait avoir le dessus, il pouvait toujours courir.

— J'ai dit : arrêtez immédiatement ! répéta la femme.

Soudain, Hammersley et Taggert s'interposèrent entre Shay et Eric. Quelques élèves reculèrent, mais restèrent suffisamment à proximité pour ne rien perdre de la scène.

— Où vous croyez-vous ? lança la directrice d'une voix criarde, le regard braqué sur Shaylee.

Son visage était empourpré, la colère irradiait de son corps mince.

— Avec un minable, lâcha Shay, peu disposée à s'avouer vaincue.

— En venir aux mains n'est pas une solution, Shaylee, vous le savez très bien. Ni recourir aux insultes.

Shaylee leva les yeux au ciel.

— Hé !

Le père Jake arrivait en courant et Shay remarqua que son visage, d'habitude jovial, était devenu terriblement grave.

— Que se passe-t-il, ici ? demanda-t-il. Quelqu'un veut bien m'expliquer ?

Lucy Yang fit un pas en avant, s'écartant de Nell et Maeve qui en restèrent bouche bée.

— Ce n'est pas la faute de Shaylee, déclara-t-elle avec une franchise qui laissa Shay pantoise. Elle a eu raison : Eric n'arrêtait pas de faire des plaisanteries dégoûtantes sur Nona. Alors, je lui ai flanqué un coup de poing. En plein dans le bide.

Bien joué, Lucy! pensa Shay.

— Est-ce vrai? demanda le père Jake, les bras croisés sur la poitrine, en posant cette fois son regard sur Eric.

— Vous voyez, je n'y suis pour rien, répondit Rolfe avec un sourire sarcastique, tout en s'essuyant la bouche du revers de la main. C'est Yang qui a commencé.

Lucy le considéra d'un œil méprisant, puis se tourna vers Hammersley.

— Avant qu'il puisse me frapper, Shay est intervenue et a pris la défense de Nona.

— Tu allais me massacrer! lança Eric, le visage tordu de haine.

Le père Jake leva la main dans un geste apaisant.

— Doucement!

— Tu l'avais bien cherché, répliqua Lucy, qui ne cédait pas d'un pouce.

— Nous ne sommes pas ici pour juger, déclara Taggert, les mâchoires crispées, fusillant Eric du regard.

— Cette salope m'a cogné, rétorqua ce dernier, le doigt tendu vers Lucy.

— Elle l'a reconnu, convint Taggert.

— Je ne faisais que me défendre quand elle est venue mettre son grain de sel et s'est jetée sur moi, protesta Eric, avec un geste du pouce en direction de Shaylee.

Hammersley dévisagea Lucy Yang.

— Vous avez porté la main sur lui la première, c'est bien cela?

— Exactement! cria Eric.

Fou de rage, il tentait désespérément d'afficher un air bravache. Il renifla, tâta les coins de sa bouche et laissa tomber :

— Putain de connasse!

— Hé, pas de ça ici ! répliqua le père Jake, qui refusait d'entendre ce genre de jurons.

— Bon, ça suffit !

Taggert saisit Eric par le bras et le conduisit jusqu'à la sortie.

Les yeux de Hammersley s'étrécirent.

— Quelqu'un d'autre a-t-il assisté à la scène ?

Aussitôt, tous les élèves détournèrent la tête. Ils n'avaient aucune envie de descendre dans l'arène, et Shay ne pouvait pas vraiment leur en vouloir. Après tout, ils n'avaient rien à voir dans cette bagarre.

— Lucy a raison, finit par dire Ethan. Eric se moquait de la mort de Nona. Lucy lui a dit d'arrêter, mais il a continué et ça s'est terminé comme elle vous l'a raconté. Elle... euh... je veux dire Shaylee... elle voulait juste prêter main-forte à Lucy.

— Pourtant, elle ne semblait pas avoir besoin d'aide, remarqua Hammersley.

C'est alors qu'une porte s'ouvrit et que l'un des shérifs adjoints en uniforme, l'étui de son pistolet débouclé, son arme à portée de main, s'engouffra dans le bâtiment.

— Il y a un problème ? demanda-t-il.

— Non, tout va bien, répondit le père Jake avant de se tourner vers Hammersley pour ajouter : Nous pouvons gérer ça nous-mêmes.

La directrice hocha la tête en direction du représentant de la loi et confirma :

— Nous avons la situation bien en main. N'est-ce pas ? demanda-t-elle à Shay.

— Oui, s'empressa de répondre celle-ci, impatiente de se sortir de ce mauvais pas.

Ce qui, bien sûr, était impossible. Elle sentit le regard du jeune ecclésiastique la suivre tandis qu'elle quittait la salle. Elle ne se faisait pas d'illusions, les choses n'allaient pas bien du tout, ici.

Au fond de son cœur, elle savait qu'elle venait de faire d'Eric Rolfe son ennemi juré.

***

— J'ai besoin que tu me rendes un service, dit Trent dans son téléphone mobile, priant le ciel pour que la communication ne soit pas interrompue pendant qu'il descendait la route sinueuse en direction de la maison du gardien.

— Lequel?

Bien qu'entrecoupée de parasites, la voix de Larry Sparks n'en demeurait pas moins audible. Sparks, un vieil ami de Trent, était inspecteur de la police d'Etat de l'Oregon. Lorsque ses collègues et lui avaient eu besoin de renforts pour retrouver un fugitif qui, après avoir traversé l'Idaho, était arrivé dans le Montana, Trent avait aidé à capturer le prisonnier évadé et le réexpédier, menottes aux poignets, dans l'Oregon. Sparks se devait au moins une fois de lui renvoyer l'ascenseur.

— Je suis à Blue Rock Academy, et il y a eu un problème, expliqua Trent en rétrogradant pour prendre un virage serré.

— Je suis au courant. C'est moche. Un mort et un blessé dans un état critique.

— Exact. Je ne sais pas ce qui se passe, mais j'espère que tu pourras me donner un coup de main. M'obtenir des infos officielles au cas où j'en aurais besoin, parce qu'ici, tout ce que j'entends est très ambigu. On ferait ça dans les règles. Je vais essayer de me faire nommer adjoint du shérif local, un rustaud nommé O'Donnell. Je lui donnerai ton nom en guise de référence.

— Compris, acquiesça Sparks. Dès que tu feras officiellement partie des forces de l'ordre, nous en reparlerons.

Où donc se nichait cette maudite école? Cela faisait plus d'une demi-heure que Julia avait quitté la grand-route, et cinq minutes depuis que la communication avec Shaylee avait été coupée.

Ses muscles commençaient à lui faire mal, ses yeux brûlaient à force de fixer les étroits faisceaux lumineux de ses phares trouant l'obscurité neigeuse.

A mesure que la nuit tombait, les inquiétudes de Julia l'assaillaient de toutes parts.

Elle passa devant un autre panneau et, bientôt, le fameux parking apparut enfin. Roulant au pas, elle le traversa en direction de la maison du gardien, impressionnée par le spectacle.

De puissants projecteurs éclairaient un mur de pierre massif et une maison de gardien érigée à l'endroit le plus étroit du ravin. Un portail métallique à double battant s'ouvrait sur ce qui ressemblait à une forteresse.

Quelques véhicules, recouverts d'une bonne dizaine de centimètres de neige, étaient dispersés sur le parking et une fourgonnette crasseuse arborant le logo d'une station de télévision de Medford était stationnée près du portail. A l'intérieur du véhicule, deux hommes sirotaient le contenu de leurs Thermos. Une voiture de patrouille de la police du comté de Rogue était arrêtée près de la maison.

L'estomac noué, Julia rangea sa Volvo sur une place réservée au personnel et essaya de ce convaincre que tout irait bien.

Une des portières de la voiture de police s'ouvrit. Un adjoint du shérif en sortit et marcha droit vers Julia.

« C'est parti », songea-t-elle, espérant ne pas être obligée de trop déformer la vérité devant les forces de l'ordre.

Elle coupa le contact et descendit la vitre. La température à l'intérieur du véhicule se refroidit d'un seul coup.

Le policier, petit et trapu, portait un épais blouson qui le faisait paraître encore plus rondouillard et un chapeau à larges bords recouvert de plastique. Son badge disait qu'il s'appelait Frank Meeker.

— Désolée, m'dame, dit-il par la fenêtre. L'école est fermée ce soir.

Julia le gratifia de son sourire le plus innocent.

— Je comprends, dit-elle. J'appartiens au personnel enseignant.

Seigneur, ce qu'il faisait froid ! L'air glacial la transperçait jusqu'aux os ; elle serra les mâchoires pour empêcher ses dents de claquer.

Meeker fronça les sourcils.

— Dans ce cas, vous devez figurer sur la liste.

Ce n'était pas une question.

— Je suppose, en effet. Je m'appelle Julia Farentino. Je viens tout juste d'être engagée. Mme Hammersley m'a appelée pour me dire que quelqu'un viendrait me chercher ici.

— Vous a-t-elle prévenue que l'école faisait partie d'une scène de crime ?

— Elle m'a parlé d'un accident.

Les sourcils de l'homme se haussèrent au-dessus de ses lunettes ; il se pencha plus près de la vitre baissée. Son regard balaya l'intérieur sombre de l'habitacle.

— Puis-je voir vos papiers d'identité ?

— Oui, bien sûr.

Julia fouilla dans son sac, trouva son portefeuille et réussit à extraire son permis de conduire de l'Oregon de sa pochette en plastique.

— Veuillez attendre une minute.

Meeker prit le document et regagna sa voiture de patrouille. Grelottante, Julia attrapa son blouson sur la banquette arrière, glissa ses bras dans les manches et remonta en hâte la fermeture à glissière. Trop tard. Elle se sentait frigorifiée de l'intérieur. Elle remit le moteur en marche et monta le chauffage. Au moment où elle enfilait une vieille paire de gants tricotés trouvée dans ses poches, elle entendit le grondement d'un moteur dans le lointain. Elle regarda dans la direction d'où venait le bruit et vit des phares percer l'obscurité de l'autre côté du portail.

C'était la voiture qui devait l'emmener jusqu'à l'école.

Une jeep surgit à travers le rideau de neige et ralentit devant la fenêtre de la maison. Le conducteur descendit la vitre pour parler au policier en faction à l'intérieur. Quelques instants plus tard, le portail s'ouvrit et la jeep se dirigea vers la Volvo, la lumière de ses phares l'illuminant en plein. Le véhicule s'arrêta à côté de la voiture de Julia, la portière s'ouvrit à la volée. Julia tourna nonchalamment la tête pour regarder le conducteur.

Son cœur bondit dans sa poitrine. Il y avait un je-ne-sais-quoi dans ce profil qui lui paraissait familier.

Elle plissa les yeux pour mieux voir à travers les tourbillons de neige.

Elle songea alors qu'elle avait des visions…

Cooper Trent ne pouvait pas être en train de marcher droit vers elle !

Jamais de la vie !

Son esprit fatigué lui jouait sûrement des tours.

N'empêche… Son cœur battait de façon désordonnée, son pouls s'accélérait, ses nerfs étaient tendus à se rompre.

Ce devait être son subconscient qui le faisait resurgir, comme dans ses cauchemars, ou alors son mal de tête qui lui fatiguait les yeux.

Cooper Trent était sorti de sa vie.

Et pour toujours, non ?

Pourtant, elle eut beau nier l'évidence, rien n'y fit. Cooper Trent se tenait bel et bien près de sa voiture, plus beau qu'il n'aurait dû être permis à aucun homme, et faisant comme si ces cinq dernières années n'avaient guère duré plus que le temps d'un battement de cœur.

Envolés, les jambières de cuir poussiéreuses, le vieux Stetson miteux et le sourire de cow-boy effronté. Il portait maintenant un blue-jean délavé, des bottes usées et un blouson doublé de peau de mouton. Tête nue, les cheveux saupoudrés de neige, il baissa les yeux vers elle.

Son imbécile de cœur cognait à grands coups.

— Qu'est-ce que tu fiches ici ? demanda-t-elle par la fenêtre.

Il hésita une seconde, jeta un coup d'œil par-dessus son épaule pour s'assurer que l'adjoint du shérif ne pouvait pas l'entendre, puis croisa de nouveau son regard.

— Tu vois, Julia, chuchota-t-il de cette voix traînante qu'elle trouvait autrefois si sexy qu'elle en était chaque fois toute retournée, c'est exactement ce que j'allais te demander.

# 18

Julia se dit que le cauchemar ne faisait qu'empirer. Quelles étaient les probabilités d'une telle coïncidence ? Il y avait des milliards de gens sur la terre, alors pourquoi fallait-il qu'elle se retrouve face à face avec le seul homme qu'elle ne voulait plus jamais revoir ?

A croire que Dieu avait un certain sens de l'humour, finalement.

Un humour plutôt vache, tout de même.

— Tu sais très bien pourquoi je suis ici, répliqua Julia. Quelqu'un — sûrement Mme Hammersley — t'a envoyé me chercher.

— Exact. Et c'est d'ailleurs elle qui m'a annoncé que tu étais le nouveau prof d'histoire. Je dois dire que la nouvelle m'a fait l'effet d'une bombe.

— Tant mieux, dit-elle d'un ton aussi glacial que le vent qui balayait les flancs de la montagne.

— Le plus drôle, remarqua Trent, c'est que je travaille ici également.

— Oui, très drôle, en effet. Mais ton nom ne figure pas sur le site Web.

— Ils sont en train de le remettre à jour. Je suis la dernière recrue. Enfin, je l'étais jusqu'à ce que tu arrives.

Génial !

Il ne manquait plus que ça !

Toutes ses manigances, ses ruses, ses mensonges pour rien ! Elle avait craint que sa sœur ne la trahisse ou que la femme de Lynch ne finisse par comprendre qu'elle était apparentée à Shaylee, mais pas une seconde elle n'avait imaginé que Cooper Trent puisse se trouver à Blue Rock. Elle remonta sa vitre, ouvrit la portière et sortit sur le parking verglacé, où le vent, pareil à une lame glaciale, transperça son blouson.

— Le site ne dit pas qu'on apprend aux jeunes à monter des chevaux sauvages ou des taureaux, dans cet établissement. Alors, en quoi consiste ton travail ?

— Je suis le prof d'éducation physique.

— Comment cela se fait-il ? insista-t-elle, tout en se demandant pourquoi la seule vue de cet homme accélérait les battements de son pouls. Ils n'ont plus de taureaux, dans les arènes de rodéo ?

— J'ai changé de métier.

— Ben voyons ! Tu as échangé tes éperons contre des baskets. Je n'y crois pas.

Meeker lança un regard dans leur direction, fronça les sourcils et commença à traverser le parking pour les rejoindre.

— Ne me dénonce pas, chuchota-t-elle. J'ai besoin de ce job.

— D'accord, à condition que tu fasses la même chose pour moi.

Comme elle ne répondait pas, il ajouta :

— Lynch sait-il que ta sœur fait partie des élèves ? Il me semble qu'un article du règlement stipule que les membres d'une même famille…

— Chut !

Elle sentit une chaleur lui empourprer les joues. Il fallait qu'elle se ressaisisse, qu'elle reprenne son calme. Elle ne devait pas tout gâcher devant le policier.

— Y a-t-il un problème ? demanda Trent d'un air innocent.

Julia se retint de lui allonger un coup de pied dans les tibias. Au lieu de cela, elle plaqua sur ses lèvres un sourire de commande.

— J'ai vérifié, répondit l'adjoint du shérif en lui rendant ses papiers. Votre permis de conduire a expiré il y a deux jours.

— Oui, je sais. Je n'ai pas eu le temps de m'en occuper. Je

me suis dit que je le ferais renouveler une fois que je me serais installée ici et que j'aurais une adresse permanente.

Pourvu que le policier gobe ses mensonges !

L'homme scruta son visage d'un regard habitué à démêler le vrai du faux, mais finalement hocha la tête.

— Très bien. N'oubliez pas de le faire. Il y a un bureau d'enregistrement des véhicules et des permis de conduire, à Cave Junction. C'est beaucoup plus près que Medford.

Le portable du policier sonna, et il leur tourna le dos pour répondre.

— Merci, dit-elle, soulagée.

— Bon, on peut y aller ? demanda Trent.

Mais Meeker, absorbée dans sa conversation, ne répondit pas.

— On dirait que oui, hasarda Julia.

— Mettons tes affaires dans la jeep.

Elle ouvrit le coffre de sa voiture et en sortit un petit sac, son oreiller et la sacoche contenant son ordinateur portable. Trent n'aurait qu'à porter la grosse valise.

Ils chargèrent rapidement la jeep et s'arrêtèrent au portail, le temps pour Trent de faire un signe de la main à l'homme qui montait la garde. Le tout se fit dans un silence relatif, attendu que mille questions tambourinaient dans le crâne de Julia.

Bêtement, son esprit se projeta en un autre temps et un autre lieu, quand elle n'avait pas tout à fait vingt ans, qu'elle était encore vierge et que le frère d'Erin lui avait présenté Cooper Trent. Elle s'était attendue à un macho bravache et braillard, et elle avait découvert un homme taciturne, pensif, et néanmoins doté d'un sens de l'humour incisif égal au sien.

Et voilà que cinq années de fureur réprimée et d'amère déception lui rongeaient à présent le cœur. Elle avait cru ne jamais le revoir, encore moins se retrouver un jour dans la même voiture que lui, en route pour une école où, à en croire Shay, un meurtre venait d'être commis.

Quelle cruelle ironie du sort !

— O.K., dit-elle, une fois qu'ils furent complètement seuls sur le chemin abrupt qui escaladait la montagne. Et si tu me racontais comment tu es passé d'un seul coup du rodéo à l'enseignement ?

Elle n'en revenait toujours pas.

— J'ai une meilleure idée, répliqua-t-il. On commence par toi.

Son sourire désinvolte s'évanouit et ses mains gantées se resserrèrent sur le volant. La température à l'intérieur du véhicule sembla chuter de plusieurs degrés.

— Ta sœur est déjà là et dans le pétrin jusqu'au cou, ajouta-t-il, le visage sombre. Sa camarade de chambre a été assassinée ou s'est suicidée — ça n'a pas encore été établi avec certitude — et un garçon va probablement succomber à ses blessures. La police locale essaie encore de tirer tout ça au clair, mais, quoi qu'il se soit passé, ç'a été très brutal.

— Shaylee m'a appelée. Elle m'a prévenue.

— Appelée ? Comment a-t-elle fait ? Je croyais que…

— Ne me demande pas, coupa-t-elle d'un geste de la main. En tout cas, elle est complètement paniquée.

— Comme nous tous.

— Tu dis qu'elle a des ennuis ?

Il hocha la tête, jetant un coup d'œil sur le tableau de bord.

— Shaylee affirme qu'elle ne sait rien de ce qui s'est passé, mais sa casquette de base-ball a été retrouvée sur place.

— Sa casquette ? répéta Julia, abasourdie. Attends… reprenons depuis le début. Shaylee est suspecte ?

— Tout le monde l'est.

— Même toi ?

— Oui, sans doute. Sauf qu'on n'a pas ramassé ma casquette de base-ball sur les lieux du crime.

— Tu veux dire que Shaylee est la suspecte numéro un ?

— Je ne sais pas, mais en tout cas, elle figure tout en haut de la liste. Il semble qu'elle soit la dernière personne à avoir vu Nona Vickers vivante.

— Et alors ? Shaylee serait incapable de tuer qui que ce soit ! Et elle aurait attaqué quelqu'un d'autre, par-dessus le marché ?

Soyons sérieux ! D'ailleurs, une autre étudiante est déjà morte, non ? Celle qu'on n'a pas retrouvée.

— Lauren Conway ? Je suis au courant.

— Tu le sais ?

— Je ne peux pas affirmer qu'elle est morte, mais elle a bel et bien disparu.

La jeep dérapa dans un virage et Trent dut rétrograder. Julia se cramponna à la poignée de la portière pour ne pas glisser sur son siège.

— Alors, dis-moi ce que tu viens faire ici, reprit-il.

Elle aurait voulu mentir. Lui dire que tout cela n'était qu'une coïncidence, mais il ne l'aurait pas crue. Or, si elle ne le ralliait pas à sa cause, Cooper Trent pouvait tout gâcher.

— C'est encore loin ? demanda-t-elle.

— Six ou sept kilomètres.

— Roule plus doucement... C'est toi qui commences.

Il lui décocha un regard dur puis fixa de nouveau le pare-brise.

— J'avais besoin d'un travail, lâcha-t-il enfin.

— Foutaises ! Tu n'as ni la patience ni le tempérament nécessaires pour apprendre à des jeunes ne serait-ce qu'à jouer au badminton.

— J'ai peut-être changé.

Elle laissa échapper un soupir d'incrédulité.

— A d'autres !

Pourquoi fallait-il que les choses se compliquent encore ? gémit-elle intérieurement. Elle pivota sur son siège pour le regarder en face.

— Cessons de tourner autour du pot ! Visiblement, nous avons tous les deux des raisons cachées de vouloir être à Blue Rock.

La mâchoire de Trent se crispa.

— Bon, d'accord. Quelle est la tienne ?

— Je veux faire sortir Shaylee de cette école.

— Tu n'as qu'à l'emmener.

— Je ne peux pas. Ma mère non plus. Il y a une ordonnance du juge.

Trent poussa un juron entre ses dents. Malgré tout, elle avait l'impression de ne rien lui apprendre qu'il ne sût déjà.

— Son père a de l'argent, non ? Il ne pourrait pas engager un ténor du barreau pour la tirer de là ?

— Max a l'air de penser qu'un séjour dans cette école lui fera le plus grand bien, admit Julia, sentant toute la tension accumulée au cours de la journée s'infiltrer jusque dans ses os. Et pour une fois, Edie est d'accord avec lui.

— Mais pas toi.

— J'ai effectué quelques recherches. Les choses, ici, ne sont pas aussi sensationnelles qu'on le prétend, et tous ces discours pseudo-chrétiens sonnent faux. J'ai vu la grande maison au bord du lac Washington. Il y a quelqu'un qui se fait un paquet de fric sur le dos de ces jeunes paumés. Tout ça m'a l'air aussi réel que Disneyland.

— Et puis il y a Lauren.

— Exactement, approuva-t-elle. On dirait que personne n'a envie de la retrouver.

Julia se remémora sa conversation téléphonique avec Cheryl Conway et ajouta :

— Excepté sa mère.

Il esquissa une grimace.

— Tu as parlé à Cheryl ?

— Oui. Toi aussi ? Hé, attends une minute…

Alors seulement, elle commença à rassembler quelques pièces du puzzle. D'après ce qu'elle avait lu sur internet, Trent avait travaillé pour la police dans le Montana.

— C'est pour ça que tu es ici ? Tu essaies de retrouver sa trace, pas vrai ? Allez, à ton tour, monsieur le professeur ! Qu'est-ce qui t'a amené dans les vestiaires de Blue Rock ?

— Je ne peux pas vraiment en parler.

— Pourquoi ? J'ai été franche avec toi. J'attends la même chose de ta part.

A dire vrai, non, elle n'avait guère d'espoir de ce côté-là. N'avait-il pas déjà montré, par le passé, quel fieffé menteur il pouvait être ? Pourquoi aurait-elle dû le croire aujourd'hui ?

Parce que tu n'as guère le choix. Tu t'es trop engagée, maintenant, tu es coincée. Et pour couronner le tout, Cooper Trent sait que tu mens. Tu es obligée de lui faire confiance, Julia. Et tu ferais bien de le convaincre de garder le silence à ton sujet !

Dire qu'elle avait trouvé que les choses allaient mal ! Elle se rendait compte à présent qu'elle n'avait encore rien vu.

— Je suis aussi franc avec toi qu'il m'est possible de l'être, répondit-il, le regard fixé droit devant lui.

— Oui, bien sûr.

Elle regarda par la fenêtre, songea aux montagnes qu'elle avait admirées sur la brochure mais qui, pour l'heure, demeuraient invisibles. La neige continuait de tomber, épaisse et lourde, s'accumulant sur le pare-brise avant d'être chassée par les essuie-glaces.

— Je ne peux rien te dire d'autre, insista-t-il. Je t'assure.

— Dans ce cas, je vais t'aider à combler les lacunes. J'ai lu que tu avais travaillé pour un shérif du Montana.

Julia se souvint de Cheryl Conway lui laissant entendre que, parfois, il ne fallait pas trop compter sur la police pour faire son travail ; il pouvait s'avérer nécessaire de « prendre soi-même les choses en main ». A quoi pensait-elle ?

— Alors, comme ça, tu es en mission secrète ?

— En ce qui te concerne, je suis prof ici, articula-t-il lentement.

Il donna un coup de volant et la jeep vira brusquement, les pneus patinèrent dans les ornières creusées par les tempêtes de l'hiver précédent.

— Et ça me faciliterait énormément la tâche si tu renonçais à prendre ce poste, conclut-il.

— Quoi ?

— Dis à Hammersley et à Lynch que tu as changé d'avis. Personne ne t'en voudra.

— Il n'est pas question que je recule maintenant, protesta-t-elle.

— C'est trop dangereux, ici.

Alors qu'il s'efforçait de museler sa mauvaise humeur, un

tic nerveux commença à lui tirer le coin de la paupière. Julia reconnut aussitôt ce symptôme caractéristique, annonciateur d'une explosion de colère.

— Tu voudrais que j'abandonne ma sœur ?

— Tu ne l'abandonnerais pas.

— Si, justement ! Alors, ne gaspille pas ta salive à tenter de me dissuader, s'insurgea Julia, furibonde. Tant que Shaylee ne sera pas sortie de cette école, je travaillerai ici !

Les lèvres de Trent se serrèrent jusqu'à ne plus former qu'un trait mince.

— Tu as toujours été têtue comme une mule, gronda-t-il.

— Dans ce cas, n'essaie même pas de me convaincre de renoncer. Tu n'y arriveras pas.

— Je ne veux pas que tu te mettes en travers de mon chemin.

— Très bien ! s'indigna-t-elle, sentant des années de colère refoulée s'allumer au tréfonds de son être. Et toi, tu ne t'approches pas non plus du mien !

— Julia…

En l'entendant prononcer son nom, Julia sentit son cœur s'attendrir un bref instant. Mais elle se reprit aussitôt. Elle n'allait tout de même pas laisser un vieux fantasme romantique, ridicule et ô combien adolescent, la détourner de l'objectif qu'elle s'était fixé !

— Je ne voudrais pas que tu prennes un mauvais coup, ajouta-t-il.

— Est-ce que je ne viens pas de dire que je garderais mes distances ? rétorqua-t-elle.

La dureté de ses paroles le fit tressaillir légèrement. Tant pis ! Elle devait lui montrer qu'elle parlait sérieusement et qu'elle n'était plus la fille fragile qu'il avait connue cinq ans plus tôt.

— Je ne te ferai pas de mal.

— Tu ne crois pas si bien dire, cow-boy !

Personne ne l'avait fait autant souffrir que Cooper Trent, et elle était bien décidée à ce que ça ne se reproduise jamais.

— Ecoute, je veux seulement ne pas avoir à m'inquiéter pour toi.

— Facile ! Abstiens-toi !

— Nom d'un chien, Jul... !

— Julia, je m'appelle Julia, corrigea-t-elle, haussant un sourcil. Tâche de t'en souvenir, il pourrait bien y avoir un contrôle demain.

Malgré son exaspération, la bouche de Trent se tordit en une mimique amusée.

— Tu es impossible, grommela-t-il, non sans un soupçon d'admiration dans la voix.

— C'est l'un de mes traits de caractère les plus remarquables.

— Que sont devenues la gentillesse, la sincérité, la tendresse ?

Elle balaya ses paroles d'un geste dédaigneux de la main.

— Très surfait, tout ça. Inutile d'en parler.

— Bon, d'accord.

Etait-ce une lueur ironique qui brillait dans le regard de Trent ? Julia se sentit à deux doigts d'éprouver de nouveau de la sympathie pour lui ; elle se flanqua mentalement un coup de pied pour se remettre les idées en place.

— Fais-moi un topo sur l'école. Et pas la peine de mettre des gants.

— Oui, m'dame ! s'esclaffa-t-il.

Pour ça, elle pouvait être tranquille. Tout le temps qu'ils avaient passé ensemble avait suffi à la convaincre que Cooper Trent ne mâchait jamais ses mots. Il appelait un chat un chat, et au diable les conséquences.

— Eh bien, puisque je ne peux pas te persuader de renoncer...

— En effet, inutile de compter là-dessus.

Il fronça les sourcils. Visiblement, il luttait avec lui-même, mais il sembla finalement accepter l'obligation de composer avec elle.

— Pour commencer, puisque tu viens d'évoquer l'éventualité d'un contrôle à ton sujet... S'il y a bien une chose dont nous ne manquons pas, à Blue Rock, c'est bien de règles, de principes et de contrôles.

Il secoua la tête et poussa un juron. Son irritation s'était toutefois quelque peu dissipée.

— Et c'est une mauvaise chose ? demanda-t-elle.

— Probablement pas. Les gosses qui viennent ici ont besoin d'encadrement. Ça ne fait aucun doute. Ils doivent apprendre à comprendre et à accepter l'autorité. Et pour la plupart, il faut constamment les tenir occupés.

— Parce que l'oisiveté est mère de tous les vices ?

— Sûrement, convint-il. Un grand nombre de ces gamins sont intelligents. En fait, beaucoup possèdent un bon fond, seulement on ne peut pas les contrôler.

— Et les autres ?

Il réfléchit un instant.

— Je ne pense pas que ça vienne forcément des élèves, mais j'ai l'impression qu'il se passe quelque chose de glauque, quelque chose…

— De maléfique ?

Il secoua la tête.

— Je ne sais pas. Ce qui est arrivé cette nuit n'était pas très joli. C'est moi qui les ai découverts. Le garçon était affaissé par terre, comme un pantin désarticulé, à moitié mort. Il perdait beaucoup de sang, respirait à peine. Quant à la fille… Elle était pendue à une poutre transversale de l'écurie, entièrement nue, couverte de sang. Elle se balançait là, dans le froid…

Julia frissonna intérieurement. Elle savait que Cooper Trent était un pragmatique, un homme pour qui la mort faisait naturellement partie de la vie. Et malgré tout, ce qu'il avait vu la nuit précédente l'avait perturbé. Sérieusement ébranlé.

— On parle de suicide, on dit qu'elle a pété un plomb, qu'elle a attaché cette corde à la poutre et qu'elle s'est jetée du haut d'un tas de foin ou d'un rebord de fenêtre, mais je n'y crois pas.

— Tu penses qu'elle a été assassinée ?

— Je suis prêt à le parier, répondit-il en opinant du chef. Comme le garçon est incapable de parler, il n'y a pas de témoin. Nous ne pouvons donc être sûrs de rien. Du moins, pas encore. Mais quand le médecin légiste aura examiné le corps et effectué l'autopsie, nous en saurons davantage.

Il lui lança un autre regard qui, cette fois, la toucha au plus profond de l'âme.

— En tout cas, ma main à couper qu'il s'agit d'un meurtre ! conclut-il.

# 19

Maeve Mancuso glissa la main dans la manche évasée de sa chemise noire et fit claquer le bracelet contre son poignet, une fois, deux fois, trois fois. Encore et encore, jusqu'à ce qu'elle sente une brûlure sur sa peau, une douleur réelle. Une vraie douleur, comme dans la vraie vie.

On s'ennuyait à mourir dans le foyer, à attendre que les flics aient terminé ce qu'ils avaient à faire. Maeve bâilla.

« Ils ne peuvent tout de même pas nous faire lire tout le temps ! » songea-t-elle. Pourtant, il semblait bien que la journée se soit passée à ça, justement. A lire et à attendre. Il y avait si longtemps qu'ils étaient enfermés dans le foyer que certains élèves avaient fini par s'assoupir, et pour une fois, les profs ne semblaient pas s'en soucier. Mais Maeve n'avait pas envie de dormir, pas avec Ethan à proximité. Avec la chance qu'elle avait, elle serait capable de se mettre à ronfler ou à baver sur ses livres. Il fallait qu'elle se montre à Ethan sous son meilleur jour, si elle voulait le reconquérir. Elle tira une fois de plus sur le bracelet — un gros élastique, en réalité — puis, du bout des doigts, remonta jusqu'à son coude, effleurant au passage les cicatrices qui sillonnaient son bras. Avant, dans ses mauvais jours, elle les grattait et les écorchait jusqu'au sang, mais plus maintenant. Plus depuis le jour où elle avait embrassé Ethan, après qu'il l'eut aidée à porter son kayak au bord de l'eau. En ce jour d'automne, où le lac étincelait comme un diamant, où le soleil avait encore le pouvoir de la réchauffer au travers de ses vêtements, elle avait juré de ne plus s'entailler la peau.

Un garçon comme Ethan n'avait que faire d'une fille aux bras couverts de boursouflures ensanglantées. Elle s'était promis de ne plus se lacérer les bras et avait même commencé à appliquer de la pommade à la vitamine E sur ses plaies — le médecin lui avait dit que ça les aiderait à cicatriser.

Elle rêvait du jour où Ethan et elle quitteraient cet endroit, où ils seraient libres d'aller à l'université ensemble, peut-être même d'avoir une maison à eux. Bien sûr, elle devrait d'abord faire en sorte qu'il l'aime de nouveau, mais cela arriverait. Elle en était certaine. Elle baissa les yeux sur la pile de livres devant elle, choisit le gros recueil des œuvres de Shakespeare qu'elle avait emprunté à la bibliothèque et l'ouvrit à la première page de Roméo et Juliette. Alors ça, c'était de l'amour ! Un jour, Ethan la désirerait avec la même passion et la même intensité. Un jour, ils seraient débarrassés des salopes comme Shaylee Stillman. De ces saletés qui prenaient leur pied en piquant les petits amis des autres filles.

Maintenant que la bagarre était terminée et que les trois protagonistes étaient repartis, plus rien n'empêchait Maeve de voir Ethan, assis à quelques mètres d'elle. La tête penchée, il écrivait dans un cahier ; la lumière faisait danser des reflets sur ses cheveux noirs. Il portait une chemise en flanelle écossaise qui mettait en valeur ses larges épaules et son torse puissant, et elle se prit à songer à la sensation qu'elle avait éprouvée lorsqu'il l'avait entourée de ses bras musclés pour l'embrasser. C'était un garçon solide, fort et affectueux, et elle se savait capable de se perdre dans ses yeux sombres.

Au même instant, comme s'il avait senti sa présence, Ethan releva la tête. Son regard survola la pièce avant de s'arrêter sur elle.

Oh, Seigneur !

Elle esquissa un sourire timide. Comme elle aurait aimé se trouver suffisamment près pour lui dire à quel point elle se sentait triste pour Nona, pour se pencher sur son épaule et se blottir dans ses bras, ne serait-ce que le temps d'une brève étreinte.

Il lui fit un petit signe de tête, mais son expression demeura énigmatique. Etait-ce de l'amour et du réconfort qu'elle détectait dans ces yeux bruns, ou bien se l'imaginait-elle, à force de le souhaiter avec une telle ferveur ?

Elle détourna le regard et baissa les yeux sur le gros volume de Shakespeare ouvert à la page du monologue qu'elle avait appris par cœur pour le cours de Mme Hammersley : « Mais doucement ! Quelle lumière jaillit par cette fenêtre ? » disait Roméo. « Voilà l'Orient, et Juliette est le soleil ! Lève-toi, belle aurore, et tue la lune jalouse… »[5] Elle serra le livre dans ses mains, tellement fort que les coins de la reliure s'enfoncèrent douloureusement dans le bout de ses doigts.

Un jour, Ethan l'aimerait de la même façon. Elle serait son aurore et, pour elle, il tuerait les lunes jalouses. Leur amour serait semblable à celui de Nona et Drew — il transcenderait la mort. Un jour…

Julia en était encore à ruminer l'idée que Trent et elle allaient travailler ensemble à Blue Rock. La neige tombait de plus en plus dru, recouvrant entièrement la route et formant un écran que la lumière des phares avait du mal à pénétrer.

— Très bien, dit-elle, rompant le silence qui durait depuis trois bons kilomètres. Puisque nous sommes tous les deux embarqués dans cette histoire, comment allons-nous nous y prendre ?

— Voici ce que nous allons faire : tu ne me connais pas ; c'est la première fois que nous nous rencontrons, suggéra Trent, les sourcils froncés par l'effort de concentration. Jusqu'ici, Shaylee n'a pas effectué le rapprochement. Elle m'a bien fait remarquer qu'elle croyait me connaître, mais il y a plusieurs jours de ça. Depuis, elle ne m'en a pas reparlé.

— J'espère seulement que, dans son affolement, il ne lui viendra pas à l'idée d'appeler Edie.

5. Shakespeare, *Roméo et Juliette*, acte II, scène 2, traduction de François-Victor Hugo. (NdT)

— Tu l'en crois capable ?

— En temps normal, non, répondit Julia sans entrer dans les détails. Mais, dans les circonstances présentes, comment savoir ?

Si Trent avait déjà inscrit Shay sur sa liste de suspects, Julia n'allait pas, en plus, apporter de l'eau à son moulin en avouant que sa sœur utilisait le téléphone mobile de Nona Vickers. Dieu seul savait quelles conclusions il serait capable d'en tirer.

— Je pense vraiment que tu devrais démissionner, dit-il en jetant un coup d'œil dans son rétroviseur.

— Démissionner ? Mais je n'ai même pas commencé !

— Parfait. Comme ça, tu n'es pas concernée.

— Mais je veux l'être.

— C'est dangereux.

— Ah bon ? ironisa-t-elle. Merci pour le renseignement !

— Je parle sérieusement, Jul.

— Moi aussi ! Et tu ferais bien de commencer à m'appeler Julia, sinon les gens vont se poser des questions !

Trent rangea soudain la jeep sur le bas-côté de la route et la mit à l'arrêt.

— Oh, pour l'amour du ciel ! Ecoute, Jul, je n'ai pas le temps de jouer, et je n'ai pas envie non plus de me faire du souci à ton sujet, en plus de tout le reste.

— Eh bien, retiens-toi.

— As-tu écouté un seul mot de ce que je viens de te dire ?

— Oui, et j'ai très bien compris. Mais je ne partirai pas. Si j'arrive à prouver que Blue Rock n'est pas ce qu'elle prétend être, que la direction essaie d'occulter ce qui est arrivé à Lauren et que certaines de ses pratiques frisent la barbarie, j'aurai une bonne chance de convaincre un juge de retirer Shay de cette école.

— Pour la mettre où ? Dans un centre de détention juvénile ? J'ai lu son dossier. Shaylee a de la chance d'être à Blue Rock.

— Tu crois ça ? A mon avis, aucun jeune n'a de la chance de se trouver ici.

— Ta sœur n'est pas exactement blanche comme neige.

— Oh, je t'en prie ! Y a-t-il un seul gamin totalement innocent, parmi tous ceux qui sont inscrits dans cette institution ?

L'attitude de Trent, l'exiguïté de la jeep et la chaleur qui y régnait commençaient à l'agacer sérieusement.

— Bien sûr que non !

— Ces élèves sont loin d'être des anges. Mais je sais que Shaylee est innocente. Elle m'a parlé de sa casquette. Elle m'a dit qu'on finirait par la mettre hors de cause parce que l'école avait installé des caméras partout, y compris dans les chambres, ce qui, je suppose, est totalement illégal.

Trent se frotta la nuque.

— Je ne suis pas certain qu'il y ait des caméras. En tout cas, une chose est sûre, je n'ai jamais vu aucune bande d'enregistrement.

— On te la montrerait ?

— Sans doute pas. Je ne fais pas partie de ce que j'appellerais « le cercle des initiés ».

— Qui en fait partie ?

— Le révérend Lynch et ses acolytes, Hammersley, Williams et Burdette. Rien que des femmes ! Tous très soudés. Ensuite, il y a un second cercle : Flannagan, Taggert et DeMarco, tous des hommes, d'ailleurs. Mais eux n'ont pas l'air aussi proches de la direction.

— Et toi, où se trouve ta place, dans tout ça ?

— Nulle part, c'est bien là le problème.

— Je n'arrive toujours pas à t'imaginer en train d'apprendre à des filles à marquer des paniers.

— En effet, ça constitue un réel défi, admit-il. Mais le poste de prof d'éducation physique était le seul pour lequel j'avais les qualifications requises. J'aurais préféré travailler avec les chevaux, seulement Bert Flannagan m'avait déjà devancé. C'est vraiment un cas, celui-là, un militaire à la retraite. Je n'ai pas encore réussi à le percer à jour. DeMarco et Taggert semblent l'apprécier. Je crois que ce qui leur plaît, ici, c'est le côté « poigne et discipline de fer » de Lynch.

— Et les femmes ?

— Burdette et Williams sont entièrement acquises aux théories du pasteur. Quant à Rhonda Hammersley, je n'arrive pas à la cerner ; elle ne lèche pas les bottes de Lynch comme les autres, mais elle a l'air sérieuse.

— Tu es certain, à propos des caméras ? Shaylee semble persuadée que tout ce qui se passe au sein de l'école est filmé.

— Bien sûr, il y a des caméras de sécurité. Elles sont installées à l'entrée des bâtiments et le long de certaines allées, toutes très visibles. Quant à celles qui seraient cachées dans les chambres, je crois que ça fait partie de la légende.

— Vraiment ? Tu veux dire une rumeur qu'on aurait lancée pour que les gosses se tiennent à carreau ?

— Ou alors un élève qui s'amuse à faire peur aux autres.

Trent regarda de nouveau dans le rétroviseur et fronça les sourcils.

— Voilà quelqu'un.

— Qui est-ce ?

— Je ne sais pas, mais les flics n'ont pas cessé d'aller et venir sur cette route toute la journée.

Trent n'eut pas besoin de préciser qu'il valait mieux ne pas avoir à expliquer pourquoi ils n'étaient pas encore arrivés à l'école. Il redémarra, les pneus patinant un peu sur les croûtes de glace que le chasse-neige avait repoussées sur les bas-côtés de la route.

Ils avaient à peine roulé un kilomètre lorsque les phares qui fonçaient vers eux inondèrent l'intérieur de la jeep d'une lumière aveuglante.

— La police ? demanda Julia en regardant par-dessus son épaule.

Trent plissa les yeux.

— Je ne suis pas sûr, mais c'est sans doute ça. Pourtant, s'ils voulaient nous doubler, ils nous feraient des appels de phare.

— C'est encore loin ?

— Nous sommes presque arrivés.

Le ventre de Julia se serra. Elle venait de franchir un premier obstacle — plutôt inattendu — en la personne de Cooper

Trent. Tous deux avaient, non sans peine, conclu une trêve, mais le démon du passé les hantait toujours, même si, pour l'heure, il restait tapi dans l'ombre.

Julia ne se faisait pas d'illusions. Des questions demeuraient en suspens entre eux. Cet homme, assis à côté d'elle, l'avait abandonnée au moment le plus douloureux de sa vie.

« Mais tu l'as jeté dehors, tu te rappelles ? Tu lui as dit que tu ne voulais plus jamais le revoir. Il n'a fait que respecter ta décision. »

Elle serra un poing, se frotta la cuisse de sa main gantée. C'était ça, son problème : elle attendait toujours trop de ceux qu'elle aimait. N'avait-elle pas souhaité que son père l'adore, qu'il épouse sa mère une seconde fois pour créer une famille parfaite, une vie idyllique ? Un désastre sur toute la ligne !

Non, les dénouements heureux, ça n'existait pas. Les couples ne se remariaient pas ; pas plus qu'ils ne se mettaient soudainement à se comporter en parents dignes de ce nom. Un homme comme Cooper Trent ne revenait pas à la charge, sur son blanc destrier, pour jurer à sa dame un amour éternel et la défendre contre tous.

Non, Trent s'était simplement plié à son injonction et l'avait quittée.

Pour de bon.

La laissant blessée, traumatisée par l'assassinat de son père, accablée de chagrin et de douleur.

Elle avait dix-neuf ans, à l'époque ; elle aurait dû posséder un peu plus de jugeote. Elle coula un regard oblique vers Trent et sentit une pointe de regret lui transpercer le cœur. Elle l'avait aimé. Avec tout l'enthousiasme naïf et téméraire d'une adolescente. Elle l'avait cru capable de transformer sa vie, alors qu'il n'avait eu que le pouvoir de s'en retirer.

C'était toujours la même chose, avec elle.

Elle lui jeta de nouveau un coup d'œil furtif et se demanda si ses pensées à lui avaient suivi le même chemin que les siennes, si lui aussi s'était rejoué le film de leur désastreuse liaison et de leur navrante rupture. Auquel cas, il en était certainement arrivé à la même conclusion : ils n'auraient jamais dû se lier, pour commencer, et demeureraient à jamais incapables de ranimer une flamme aussi éphémère.

La jeep franchit la crête d'une colline et, soudain, à travers le voile neigeux, Julia entrevit des lumières qui illuminaient la nuit.

— O.K., prépare-toi, annonça Trent. Le spectacle va commencer.

# 20

Si le chaos régnait dans l'enceinte de l'établissement, il était bien étouffé sous la neige qui tombait sans discontinuer. Le seul signe indiquant que quelque chose ne tournait pas rond sur ce magnifique campus, c'étaient les véhicules de police garés n'importe comment devant les bâtiments, tous phares allumés.

— Où sont les pensionnaires ? demanda Julia à Trent, qui arrêtait la jeep près d'un garage.

— On les a rassemblés dans le foyer des étudiants. Les adjoints du shérif sont probablement encore en train de les interroger.

Il coupa le contact, et tous deux regardèrent le véhicule qui les avait suivis — une Range Rover — en train de s'immobiliser devant une grande villa à la lisière du campus.

Avec son large perron, ses fenêtres brillamment éclairées et ses lucarnes percées sur le toit pentu couvert de neige, la maison semblait tout droit sortie d'une lithographie de Currier & Ives.[6] Un homme émergea de la voiture du côté conducteur et se précipita vers la portière du passager pour aider une Cora Sue tout emmitouflée à s'extraire du véhicule.

— Laisse-moi deviner, dit Julia, les yeux fixés sur l'accueillante demeure. C'est là qu'habite le pasteur.

Trent hocha la tête.

— Quand il est là, précisa-t-il.

— Ça lui arrive souvent ?

6. Currier & Ives : atelier de gravure américain dont les images représentaient des scènes de la vie aux Etats-Unis au XIXe siècle. (NdT)

— Presque tout le temps. Mais sans madame, d'habitude.

— Ça ne m'étonne pas. J'ai vu sa maison sur le lac Washington, répondit Julia.

Elle se remémora l'immense propriété, avec ses dépendances, son escalier monumental, ses sols de marbre et ses pelouses impécables Le hangar à bateaux de Seattle était plus luxueux que la maison de Lynch au bord du lac de la Superstition.

D'autres lumières s'allumèrent dans la maison, et l'homme en qui Julia reconnut le pilote, Spurrier, revint en courant vers la Range Rover. Il ouvrit la portière arrière, et Julia s'attendit presque à voir les caniches noirs bondir hors du véhicule pour aller lever la patte sur le tronc des pins qui entouraient la résidence. Au lieu de quoi, le pilote extirpa deux grosses valises à roulettes — des Louis Vuitton — du SUV et, sans les poser sur le sol enneigé, les emporta à l'intérieur de la maison.

— Que penses-tu de Lynch ? demanda Julia.

— Les premiers mots qui me viennent pour le décrire sont « pontifiant » et « intéressé ».

— Alors, nous sommes d'accord.

— Ce doit être une première, remarqua-t-il avec un sourire. Viens, nous ne devons pas éveiller les soupçons. Il y en a déjà assez comme ça.

Il aida Julia à transporter ses affaires dans un bureau de l'intendance, où Hammersley fouilla ses bagages avec l'aide d'un shérif adjoint.

Sans effort apparent, Rhonda Hammersley hissa le plus lourd des sacs sur la table, ne laissant planer aucun doute quant à sa force physique. Son pantalon marron en velours côtelé et son chandail tricoté main n'adoucissaient en rien la silhouette de son corps musclé. Ses courts cheveux méchés étaient soigneusement coiffés, chacun de ses ongles manucuré à la perfection, mais il y avait des traces sous ses yeux, de sombres cernes d'inquiétude qu'aucun maquillage ne pouvait dissimuler. Elle ne prit même pas la peine d'ébaucher un sourire lorsqu'elle s'excusa :

— Vous comprenez, nous devons être très prudents. Surtout en ce moment.

Julia n'en crut pas un mot. Elle avait l'impression très nette que Rhonda Hammersley prenait plaisir à fouiner dans les affaires des autres. Peut-être savourait-elle simplement le fait d'en avoir le droit, de se sentir supérieure, d'une certaine façon.

La directrice des études informa Julia qu'elle devrait garder son téléphone mobile et son ordinateur sous clé dans son appartement. Puis, satisfaite de son inspection, elle ordonna à Trent de faire visiter à la nouvelle recrue le studio qui lui servirait de domicile. Situé au dernier étage de Stanton House, le logement était spacieux mais rustique, avec ses murs lambrissés, ses appliques murales et sa rangée de fenêtres donnant sur le campus.

Trent déposa les bagages à côté d'un petit dressing.

— Pas mal, hein ? dit-il.

Julia examina l'espace cuisine qui consistait en un four à micro-ondes, un évier, quelques placards et un petit réfrigérateur.

— Il y a tout le confort domestique, approuva-t-elle. Sauf mon chat.

Elle pensa à Diablo et se demanda comment il s'en sortait, sous l'œil vigilant de Mme Dixon.

— Enfin, je ne crois pas qu'il voudrait déménager. C'est Agnes Dixon, ma voisine, qui le garde. Elle le gâte horriblement. Et lui, il se laisse chouchouter comme un pacha.

Debout près de la porte, comme s'il se tenait prêt à battre en retraite, Trent consulta encore une fois sa montre et fronça les sourcils. Mais avant qu'il ait eu le temps de dire quoi que ce soit, des pas résonnèrent dans l'escalier.

Trent jeta un coup d'œil vers Julia ; leurs regards se croisèrent.

— Ravi de vous accueillir, mademoiselle Farentino, lança-t-il d'une voix forte, pour que celui ou celle qui arrivait ne manque pas de l'entendre.

— Appelez-moi Julia.

— Tout le monde ici m'appelle Trent, ajouta-t-il au moment où Rhonda Hammersley s'engouffrait par la porte ouverte, revêtue d'un blouson aux couleurs de l'école.

— Madame la directrice..., marmonna-t-il en inclinant la tête avant de dévaler bruyamment les marches de bois.

— Etes-vous bien installée ? s'enquit Hammersley.

— J'ai presque terminé, répondit Julia.

Que lui voulait donc la directrice ?

— Je déferai mes valises plus tard.

La directrice croisa les bras sur sa poitrine.

— Je dois encore vous faire des excuses.

Deux fois en une heure ? Il devait s'agir d'un record.

— Comme vous pouvez le constater, reprit-elle, les choses ne se déroulent pas tout à fait normalement. Mais je n'ai pas le droit de vous parler des événements de cette nuit avant que les hommes du shérif n'aient terminé leur enquête.

Elle donna à Julia la version officielle et expurgée de la « situation dramatique » du moment, allant tout de même jusqu'à mentionner qu'une élève, Nona Vickers, avait trouvé la mort. Toutefois, elle n'entra pas dans les détails. Elle se contenta d'affirmer que personne ne savait réellement ce qui s'était passé dans l'écurie, la nuit précédente, et que l'école mettait tout en œuvre pour faire toute la lumière sur cette tragédie, et assurer la sécurité des pensionnaires et du personnel.

— Certains jeunes sont vraiment bouleversés, comme vous pouvez l'imaginer, reconnut-elle. Il y a déjà eu une altercation entre un assistant d'éducation et une nouvelle élève.

A ces mots, Julia sentit ses pires craintes se cristalliser. Il y avait de fortes chances pour que Shay soit l'élève en question.

— Une altercation ?

— Tout est arrangé, maintenant. Personne n'a été sérieusement blessé, Dieu merci ! L'un des assistants d'éducation a dépassé les bornes et la nouvelle, Shaylee Stillman, l'a remis à sa place grâce à quelques prises d'arts martiaux.

— Mais personne n'a été blessé ? insista Julia.

— Seulement l'orgueil masculin d'Eric Rolfe, répondit Hammersley d'un air amusé. Shaylee l'a rudement malmené. Elle a reçu un coup, mais l'infirmière dit qu'ils survivront tous les deux. Une autre élève a pris part à l'empoignade. Deux filles qui se battent en une seule journée ! Je n'avais jamais vu ça depuis que j'enseigne ici. Nous allons être obligés de consigner cela par écrit, naturellement, mais nous nous montrerons indulgents, eu égard à l'anxiété ambiante provoquée par la mort de Nona.

Julia poussa un soupir de soulagement. Au moins, Shaylee s'en était-elle sortie sans dommage. Et, semblait-il, elle ne s'était pas attiré de sérieux ennuis.

Hammersley enchaîna :

— Le révérend Lynch a organisé une veillée de prière, ce soir dans le kiosque. Il vous adresse ses excuses ; en temps normal, c'est lui qui accueille en personne les nouveaux enseignants, mais vu les circonstances…

Elle haussa les épaules et poursuivit :

— Enfin, bref, le révérend aimerait que vous passiez à sa villa avant le dîner. Il tient à vous accompagner lui-même au réfectoire. Vous aurez quelques minutes pour discuter avec les élèves, après le repas.

Elle indiqua du doigt l'emplacement du kiosque sur une carte accrochée au mur, puis expliqua le déroulement habituel des repas, les règles de base et les espaces communs du campus.

— Demain matin, Charla King vous fera visiter l'école et vous donnera les directives nécessaires concernant le programme scolaire, ainsi que la liste de vos élèves. Vous disposerez du week-end pour préparer quelques cours.

— J'ai hâte de commencer, affirma Julia.

Il lui faudrait s'armer de courage pour affronter les semaines à venir. Dès lundi, elle devrait se mettre au travail.

— Quoi d'autre ? Ah, oui !

Hammersley se dirigea vers une chaise sur laquelle on avait déposé un cartable, un sac à dos et un blouson, le tout marqué du logo de l'école.

— Si le blouson ne vous va pas, demandez à Charla King de vous donner une autre taille. Ça semble un peu exagéré, je sais. Ici, l'emblème de Blue Rock s'affiche partout, des tasses aux brosses à dents en passant par les torches électriques. Mais ce n'est qu'une façon de plus de renforcer notre sentiment d'appartenance à une communauté. Nous tenons à manifester notre soutien à l'école par tous les moyens.

La directrice consulta sa montre et informa Julia que le dîner serait servi dans la cafétéria dans quarante-cinq minutes — soit avec un peu de retard par rapport à l'horaire habituel, à cause des récentes perturbations — et qu'elle ne devait pas faire attendre le révérend.

Hammersley se hâta de repartir en faisant claquer les talons de ses bottes de cuir sur le parquet. Julia referma la porte derrière elle. « Perturbations… », songea-t-elle. Etait-ce le mot de code de l'école pour désigner la mort d'une élève et l'accident presque mortel d'un autre ? Perturbations ? Elle s'approcha de la fenêtre et scruta l'obscurité au-dehors. Elle était prête à parier que les événements de la nuit précédente constituaient bien davantage que des « perturbations », pour les familles des victimes.

Elle fit un brin de toilette, s'appliqua une couche supplémentaire de rouge à lèvres et une retouche de mascara. Ça suffirait comme ça ! Elle enfila un manteau, se donna mentalement quelques encouragements ; puis elle attrapa sa lampe électrique gravée du monogramme de Blue Rock, quitta son nouveau domicile et descendit en courant l'escalier.

Elle faillit glisser sur l'allée verglacée qui conduisait à la villa du pasteur, d'où s'élevaient des volutes de fumée. Vue de loin, la maison avait l'air pittoresque, mais de près, elle accusait son âge. Les gouttières étaient noircies de moisissure et, en grimpant les marches du perron, Julia remarqua une lézarde autour d'une des lucarnes.

Elle entendit une voix s'échapper d'une fenêtre mal fermée.

— Je ne veux pas le savoir, Tobias, disait Cora Sue. C'était humiliant. Même pas en première classe ! Moi, l'épouse d'un pasteur !

Julia, la main levée pour frapper à la porte, suspendit son geste.

— C'était le seul siège libre et, de toute façon, il n'y a pas de première classe pour aller à Medford. Ça ne marche pas comme ça. J'aurais bien demandé à Kirk d'aller te chercher avec l'avion privé, mais ce n'était pas prudent dans ce...

— L'avion privé ? L'hydravion n'est pas précisément un Learjet, que je sache ! Je ne sais pas pourquoi tu as insisté pour que je vienne ici ; le temps se gâte de plus en plus.

— Cora Sue, je t'en prie...

Julia hésita un instant, puis recula de quelques pas, de façon à ne pas se faire surprendre en train d'écouter aux portes.

— Je t'en prie, quoi ? répéta Cora Sue. Je devrais peut-être faire comme si tout allait pour le mieux ?

— Je ne veux pas discuter de cela maintenant. J'ai assez de soucis comme ça. Le personnel est à cran et les élèves sont complètement déboussolés. Nous avons dû en séparer deux qui se battaient à coups de poing, aujourd'hui.

— Et il y en aura probablement d'autres. Tu le sais très bien, Tobias ! C'est toi qui sélectionnes les élèves. C'est toi qui décides ou non de les accepter. De même que pour tout le personnel, d'ailleurs !

Julia se pencha et feignit de renouer les lacets de ses chaussures, au cas où quelqu'un serait arrivé à l'improviste.

— Il est de mon devoir de chrétien de venir en aide à ceux qui en ont le plus besoin. Essaie de me comprendre.

— J'essaie, Tobias, mais tu continues à me punir, n'est-ce pas ?

La punir ? De quoi ?

— Jamais je ne ferais ça !

— Je le vois dans tes yeux. Tu t'efforces de le dissimuler, mais je te connais, Tobias Lynch, et je vois bien comment tu me surveilles. Sais-tu quel effet ça fait, d'être traitée comme un chien en laisse ? Tu fais plus confiance à Esaü et à Jacob qu'à ta propre femme !

— Les chiens ? Oh, Cora, je refuse de parler de ça maintenant ! rétorqua-t-il d'une voix plus ferme.

— On dirait que tu prends un malin plaisir à me persécuter et à me tourmenter, insista-t-elle doucement. Et tu le fais sous prétexte d'accomplir la volonté de Dieu. C'est malsain, Tobias. Et toi, avec ton fichu diplôme en psychologie, tu devrais le savoir !

— Cora, tu ne comprends pas.

— Ah bon ? Vraiment ? s'écria Cora Sue d'une voix aiguë.

Julia se l'imagina, clignant des yeux pour refouler des larmes de frustration.

— J'ai essayé, Tobias. Dieu sait que j'ai fait des efforts. Mais rappelle-toi que Jésus pardonne à ceux qui ont péché. Tu devrais en prendre de la graine !

— Ça suffit ! Le moment est mal choisi pour poursuivre cette discussion. Pas ici. Pas maintenant !

La voix du pasteur s'était emplie de fureur.

— L'école est déjà très ébranlée, poursuivit-il. J'ai des parents qui menacent de retirer leurs enfants et des journalistes qui s'acharnent sur moi, comme des vautours sur un mouton. Et pour tout arranger, la météo annonce un blizzard. Bon, il est vrai que ça aura au moins l'avantage de décourager les visiteurs pendant quelque temps… En revanche, nous allons nous retrouver complètement isolés à cause de la tempête. J'attends Julia Farentino d'une minute à l'autre, alors, s'il te plaît, tâchons de faire bonne figure devant elle. Tu sais, parfois, Dieu nous envoie des épreuves pour nous mettre à l'épreuve.

— Et comment ! renchérit-elle.

Julia aurait voulu en entendre davantage, mais une soudaine agitation à quelques mètres de là détourna son attention. Se croyant découverte, elle crut que son cœur allait cesser de battre. Elle dégringola les marches du perron et vit deux garçons passer en courant, en direction de la chapelle.

Ils ne lui accordèrent pas le moindre regard.

Elle retint son souffle, tentant de recouvrer son calme.

Quel piètre détective elle faisait !

Elle remonta les marches d'un pas lourd et frappa à la porte, sans cesser de regarder derrière elle. Du coin de l'œil, elle entrevit une silhouette s'éclipser dans la pénombre et disparaître sous les branches tombantes d'un épicéa. Qui était-ce ?

Son cœur s'affola de nouveau.

Quelqu'un l'avait-il guettée pendant qu'elle écoutait à la porte ?

Un homme ?

Une femme ?

Elle repensa aux craintes de Shay, persuadée qu'un tueur rôdait sur le campus, et aux certitudes de Trent, convaincu que Nona avait été assassinée. Un frisson de peur lui parcourut l'échine lorsqu'elle scruta du regard les bosquets de sapins et d'épicéas qui isolaient la villa du reste du campus.

Etait-ce un bruit de pas qu'elle entendait ?

Un léger crissement de la neige sous des bottes ?

« Calme-toi ! Ce n'est rien. Tu ne vas pas te mettre à sursauter parce que tu vois des ombres ! Tout ça à cause de Shay. Reprends... »

La porte de la villa s'ouvrit brusquement et la voix du révérend Lynch retentit dans la nuit.

— Mademoiselle Farentino !

Au bout de sa laisse invisible, Cora Sue se tenait derrière lui.

— Appelez-moi Julia.

— Entrez, je vous en prie, dit le pasteur. Veuillez excuser le chaos qui règne ici... c'est une terrible tragédie.

— J'en ai entendu parler, en effet.

— Vous avez déjà rencontré mon épouse, Cora Sue.

« Et pas qu'une fois », songea Julia.

— Oui, à Seattle. Bonjour, madame !

Les yeux de la femme du pasteur étaient glacials, ses lèvres pincées. Les dernières bribes de sa querelle avec son mari flottaient encore dans l'air.

— Soyez la bienvenue, dit-elle d'une voix monocorde, tout en s'effaçant pour la laisser entrer. Je regrette que vous ayez dû venir dans des circonstances aussi épouvantables.

— J'espère au moins pouvoir me montrer utile, répondit Julia.

L'espace d'un instant, Cora Sue la considéra comme si elle avait affaire à une folle. Mais le pasteur, lui, ajouta foi à sa déclaration de bonne volonté.

— C'est exactement ce genre d'attitude dynamique qui fait de Blue Rock une institution d'élite, affirma-t-il.

Malgré son scepticisme, Julia dut reconnaître qu'il semblait vraiment y croire.

Et ce, malgré la disparition de Lauren Conway, la mort de Nona et la vie de Drew Prescott qui ne tenait plus qu'à un fil.

# 21

— Donc, tu n'as pas laissé la pouliche dehors dans le froid, l'autre nuit ?

Trent repoussa sa chaise du bureau, et fixa Bernsen d'un regard qui disait clairement que celui-ci ne s'en tirerait pas à si bon compte.

Zach Bernsen secoua la tête, comme s'il trouvait l'idée proprement ridicule.

— Non, répondit-il.

Il se tenait debout devant le bureau de Trent, ses cheveux blonds en bataille, sa mâchoire crispée dans une expression de défi.

— Tu en étais responsable.

— Tous les chevaux étaient parqués quand j'ai fermé l'écurie. Je les ai comptés deux fois. Rolfe était avec moi. Il peut en témoigner.

— Je l'interrogerai tout à l'heure.

Pour l'heure, Eric Rolfe était occupé à reprendre ses esprits, assis sur une chaise pliante, dans le petit couloir qui reliait le bureau de Trent au gymnase d'un côté et aux vestiaires de l'autre.

— En attendant, c'est toi le plus ancien des assistants d'éducation, reprit Trent.

— On n'a oublié aucune bête, répéta Zach, inébranlable.

— Pour une raison ou pour une autre, la pouliche s'est tout de même retrouvée dehors.

— C'est exactement ça… elle a réussi à s'échapper, ou alors quelqu'un l'a fait sortir.

— Qui ?

— Comment voulez-vous que je le sache ?

Le visage de Bernsen, d'ordinaire si calme, devint écarlate.

— Qu'est-ce que ça peut faire, de toute façon ? Est-ce que l'école n'a pas des problèmes plus graves ? C'est vrai quoi, Nona est morte et Drew… Putain, on ne sait même pas…

Sa bouche se crispa dans une moue de colère et son regard bleu jeta des éclairs de rage silencieuse.

— O.K., donc, ce n'est pas toi. Et tu ne connais pas ou tu ne veux pas me dire le nom du coupable.

Trent joignit les extrémités de ses doigts et réfléchit un instant. Même s'il ne l'admettait pas, il était d'accord avec Bernsen. La pouliche avait eu beau passer la moitié de la nuit dehors, elle avait survécu. Ce qui n'était pas le cas de Nona Vickers. Se pouvait-il que les deux incidents soient liés ?

— Disons que je te crois. La pouliche a été parquée dans l'écurie avant le couvre-feu. Ce qui veut dire que, plus tard, quelqu'un est allé dans l'écurie et l'a fait sortir, ou qu'elle en a profité pour se sauver. A mon avis, on a utilisé le grenier à foin avant que Drew et Nona y montent. J'imagine mal Drew Prescott avoir le temps, l'énergie ou la prévoyance de tout arranger lui-même.

Trent crut voir une lueur étinceler dans les yeux de Zach.

— Il n'y a pas longtemps, j'ai vu deux individus près du hangar, après le couvre-feu. Ils se sont enfuis avant que je puisse les rattraper. Ça te dit quelque chose ?

— Non ! s'empressa de nier Zach.

— Tu savais que Drew Prescott et Nona Vickers étaient ensemble ?

— Sûrement pas ! Drew draguait toutes les filles et essayait de les sauter. N'importe lesquelles, il s'en fichait… Je ne crois pas que Nona comptait plus que les autres, pour lui.

— Charmant.

— C'est vous qui avez demandé.

— Peux-tu me dire autre chose ?

Le visage de Zach se ferma.

— J'ai répondu aux flics et je vous le répète : je ne sais rien de ce qui est arrivé à Nona et Drew. Ni à ce maudit cheval ! Je n'ai aucune idée de la façon dont Nova s'est retrouvée dehors.

Mais Trent n'ajoutait pas foi à ces protestations d'innocence. Zach jouait la comédie, il le sentait.

— Bon, d'accord, mais si jamais il te revenait quelque chose à la mémoire, il serait judicieux que tu m'en parles, parce que M. Flannagan est assez furieux à cause de cette histoire, vu que l'écurie est placée sous sa responsabilité. Il est prêt à faire de la charpie de vous deux, Rolfe et toi, alors tu ferais bien de te creuser les méninges et de déballer tout ce que tu sais.

Zach baissa la tête ; son masque d'impassibilité commençait à se fendiller.

— A propos de… du cheval, vous voulez dire ?

— A propos de tout ! répondit Trent en le fixant d'un regard dur. Tu as quelque chose à me dire, Zach ?

Le garçon détourna les yeux, prit une brusque inspiration et secoua la tête.

— Non, je ne sais rien du tout.

— Réfléchis, Zach. Tu as travaillé dur dans cette école. Tu ne voudrais tout de même pas tout gâcher.

— Je n'ai rien à voir là-dedans.

Trent n'était toujours pas convaincu

— Tu peux t'en aller, maintenant. Dis à Rolfe de venir.

Zach s'empressa de s'éclipser. Quelques secondes plus tard, Eric Rolfe entra, les mains dans les poches. L'expression de son visage proclamait sans détour : « Vas-y, mec, quand tu veux ! »

— Qu'est-ce qu'il y a ? demanda-t-il, planté devant le bureau, se balançant sur ses pieds, comme démangé par l'envie d'en découdre. C'est l'heure du dîner.

— Pas encore, répliqua Trent. Assieds-toi.

Il avait déjà catalogué Eric comme une tête brûlée. A la moindre provocation de sa part, le garçon n'hésiterait pas à lui asséner un coup de poing. Il suffisait de voir la bagarre qu'il avait déclenchée avec Shaylee Stillman. Ce type était totalement incontrôlable.

— Je ne comprends pas, dit Rolfe. J'ai déjà parlé à Lynch et aux flics. Et vous avez encore des questions ?

— Je veux simplement savoir pourquoi la pouliche a été laissée dehors l'autre nuit.

— Mais qu'est-ce que ça peut faire ?

Se renversant contre le dossier de sa chaise, Trent observa cette masse de fureur pure qu'était Eric Rolfe.

— Moi, ça ne m'est pas du tout égal. Je prends ça très au sérieux, quand on ne s'occupe pas correctement des bêtes. Et l'état de l'écurie me donne à penser qu'il y a des gens qui font n'importe quoi. Quelqu'un se sert du grenier à foin comme d'une chambre à coucher. Il est probable que cette nuit n'était pas la première fois, et je n'hésiterais pas à parier que si un couple utilisait le fenil pour ses rendez-vous amoureux, d'autres étaient au courant. Une sorte de motel discret et gratuit, en quelque sorte. L'un d'entre eux aurait pu, par inadvertance, laisser sortir la pouliche, trop occupé pour se rendre compte qu'il n'avait pas refermé la porte et que le box aussi était resté ouvert.

— J'ignore de quoi vous parlez.

Trent se pencha en avant.

— Ah bon ? Je croyais que ça faisait partie de ton boulot en tant qu'assistant d'éducation, que tu étais censé aider les professeurs et l'administration de l'école à avoir l'œil sur les plus jeunes. Après tout, tu es très apprécié comme assistant, tu fais partie de la fine fleur des forces de sécurité du campus.

— Vous savez que dalle…, grogna Rolfe.

— Vraiment ?

Les yeux du garçon s'étrécirent.

— Je vous préviens, mon vieux est avocat, lança-t-il. Dans un grand cabinet de San Francisco. Il n'aimerait pas que vous me harceliez.

— Ne te fais pas d'illusions, Rolfe. Si ton père t'a envoyé ici, c'est qu'il avait une bonne raison : tu t'étais fourré dans un sale pétrin. Quel genre ? Vol avec effraction ? Méthamphétamine ?

— Je ne prends pas de drogue illicite.

— Ah, oui, c'est vrai. Uniquement des cachets. Vicodin. Percocet. OxyContin. Peu importe. Tu as même volé de l'argent à ta grand-mère pour t'en procurer.

— Je suis clean, maintenant.

— Peut-être, mais tu cherches la bagarre avec les nouveaux élèves. Tu tabasses les filles. Ce n'est pas malin, Rolfe. Tu dépasses les bornes. Si Lynch n'a pas encore décidé de ta punition, je vais me faire un plaisir de le conseiller. Tu mérites qu'on t'exclue du programme ou qu'on t'oblige à nettoyer les écuries pendant au moins trois mois.

— Je voulais juste m'amuser un peu, et cette fille m'est tombée dessus comme une cinglée ! argua Rolfe.

— D'après ce que j'ai entendu, tu t'es montré plutôt odieux au sujet de la mort de Nona.

— J'essayais seulement de détendre l'atmosphère.

— Bien sûr. La prochaine fois que tu as envie de te battre, viens me voir. Ne te rends pas ridicule en t'en prenant à une fille qui fait la moitié de ta taille.

— C'est elle qui est passée pour une idiote.

— Je te conseille simplement de ne pas semer la pagaille. Ne te moque pas des morts. N'essaie pas d'en venir aux mains. Et si tu sais quelque chose, mets-toi à table. Parle-m'en, va voir les flics, n'importe qui. Tu étais reparti sur de bonnes bases jusqu'à aujourd'hui, alors vas-y mollo.

La colère assombrit les yeux de Rolfe ; il serra les poings et se pencha vers le bureau.

— Je ne sais rien, monsieur Trent. Arrêtez de me prendre la tête.

Il se redressa, colla ses bras le long de son corps.

— Je peux aller manger, maintenant ?

D'un geste de la main, Trent lui fit signe de partir.

— Oui, va-t'en.

Rolfe déguerpit sans demander son reste et, quelques

secondes plus tard, Trent entendit la porte d'entrée claquer en se refermant derrière le garçon.

— Misérable petit salopard, marmonna-t-il, mécontent, en tapotant son stylo sur le bureau.

Il avait décidé de brusquer un peu les deux jeunes gens en les questionnant au sujet de la pouliche, espérant qu'ils s'empêtreraient dans leurs justifications et finiraient par admettre que d'autres personnes connaissaient l'existence du lit improvisé, dissimulé derrière les bottes de foin du fenil.

Mais Bernsen et Rolfe n'avaient rien avoué.

Trent téléphona à O'Donnell — l'appel fut transféré sur le portable du shérif — et fit quelque chose qui n'entrait pas du tout dans ses habitudes : il se répandit en courbettes devant le policier.

— Je sais que votre bureau manque d'effectifs, expliqua-t-il lorsque O'Donnell lui demanda d'un ton bourru ce qu'il voulait.

— Et alors ?

La voix de baryton du représentant de la loi était aussi imposante que son physique.

— J'ai travaillé pour le shérif du comté de Pinewood dans le Montana, je connais les ficelles du métier. Vous pouvez vérifier auprès du shérif Dan Grayson ou de l'inspecteur Larry Sparks de la police d'Etat de l'Oregon. Avec tout ce qui se passe ici, je crois que ce serait une bonne idée de me nommer shérif adjoint.

— Quoi ?

— Je fais déjà partie du personnel de l'école. Personne n'en saurait rien.

— Oh, je vois, une sorte de flic en civil, en somme. Bon sang, je devrais peut-être aussi vous promouvoir inspecteur pendant que j'y suis ! Voilà une sacrée bonne idée, Trent. Vous voulez aussi une pension de retraite, tant qu'à faire ?

— Inutile de me rémunérer.

— Alors, comme ça, vous êtres un simple citoyen qui veut aider son prochain ? Bien sûr. Et vous allez sans doute essayer de me vendre un terrain en Floride, par-dessus le marché. Vous ne parlez pas sérieusement ? J'ai assez de problèmes comme ça sans qu'un allumé vienne me réclamer un foutu badge !

Il marqua un temps d'arrêt, puis murmura entre ses dents.

— Et merde !

— Je dis seulement que je peux vous être utile, insista Trent, s'efforçant, non sans mal, de conserver son sang-froid.

Travailler sous les ordres de cet abruti ne serait pas une partie de plaisir, mais il fallait à tout prix qu'il se rapproche des enquêteurs afin d'avoir accès aux informations qu'ils détenaient. Et, pour dire la vérité, il constituerait réellement un atout pour les policiers surchargés de travail.

— La météo prévoit un blizzard. Jusqu'à quatre-vingt-dix centimètres de neige. Réfléchissez à ma proposition, shérif. Appelez Grayson.

O'Donnell émit un grognement de mépris et conseilla :

— N'y comptez pas trop, Trent. J'ai une affaire à résoudre et j'entends ne travailler qu'avec mes hommes, qui sont des professionnels expérimentés. Je n'ai pas envie de me retrouver avec un autre cadavre sur les bras. Maintenant, si vous voulez bien m'excuser, je dois aller rassurer les élèves de cette école et faire en sorte qu'ils se sentent en sécurité ici.

— Et vous y croyez, shérif ? demanda Trent.

Il y eut un souffle rauque au bout de la ligne, et O'Donnell grommela :

— A votre avis ?

Sur ce, il mit fin à la conversation.

# 22

— Votre attention, s'il vous plaît !

Le révérend Lynch se leva de son siège et écarta largement les bras.

De sa place à la table d'honneur, Williams fit tinter sa cuillère contre son verre pour réclamer l'attention de tous les pensionnaires.

Installée sur une estrade et disposée perpendiculairement aux autres tables du réfectoire, la table d'honneur n'était pas sans rappeler à Julia l'un de ces festins médiévaux où les seigneurs et leurs invités de marque étaient assis de façon à dominer les serfs et les hommes libres — une façon pas très subtile de rappeler qui était le patron.

Julia était coincée entre le pasteur et Williams. De l'autre côté de son mari, le visage grave et l'air pincé, Cora Sue semblait n'avoir pris place auprès du directeur de Blue Rock que par obligation — obligation qui visiblement lui faisait horreur. Julia n'avait aucun mal à imaginer les énormes caniches du révérend Lynch, postés devant la table, fiers comme des lions au service de leur maître.

Mais les chiens n'étaient pas là.

Et manifestement, l'épouse du révérend Lynch aurait bien aimé ne pas être là non plus.

— Je sais que nous traversons tous un moment difficile, commença Lynch, bien droit dans son costume noir et son col d'ecclésiastique. Ce qui s'est passé ici est très perturbant. Après le repas de ce soir, nous nous réunirons pour une veillée de prière dans le kiosque. Aussi, je vous demande d'apporter vos livres de prières, des bougies et tout votre courage.

Il sourit béatement, comme s'il avait fait campagne pour être le premier canonisé du XXIe siècle.

— Nous devons nous montrer forts et surmonter ensemble le malheur qui nous frappe. Et sachez que nous prenons toutes les précautions nécessaires pour garantir votre sécurité. Nous avons parmi nous des shérifs adjoints, des inspecteurs de police, et même le shérif O'Donnell en personne.

Il désigna un homme à la forte carrure, debout près de la porte. Avec son mètre quatre-vingt-quinze et ses cent kilos, le shérif faisait penser à un mastiff. Il tenait son chapeau à la main, et son crâne rasé luisait sous les lumières. Il n'ébaucha pas un semblant de sourire.

— Le shérif O'Donnell m'a assuré que ses hommes rempliraient leur devoir de service et de protection envers nous tous.

La salle demeura silencieuse, et Julia eut l'impression que, malgré la présence des forces de l'ordre, les pensionnaires de cette école ne se sentaient pas vraiment à l'abri du danger.

Les coins de la bouche de Lynch se relevèrent en un étrange sourire plein de componction.

— Maintenant, mes chers élèves, sachez que vos conseillers psychologiques se tiennent à votre disposition vingt-quatre heures sur vingt-quatre pour vous écouter. S'il y a quoi que ce soit dont vous aimeriez parler, n'hésitez pas à venir me voir ou à vous adresser à Mme Williams ou à Mme Burdette. Nous ferons en sorte que vous puissiez contacter vos familles, si besoin est. Ceci est une épreuve que nous devons partager, mais n'oublions pas, mes chers frères et mes chères sœurs, que dans les moments les plus sombres, Dieu est à nos côtés.

Le silence fut alors brusquement rompu par des sanglots et autres reniflements, tandis qu'un peu partout dans la salle, on essayait de retenir ses larmes.

— Mais d'autres affaires requièrent notre attention immédiate, reprit Lynch avant de se tourner vers Julia et de la fixer de ses petits yeux noirs. J'aimerais maintenant vous présenter la dernière recrue de notre corps enseignant, Mlle Farentino, qui nous vient du lycée Bateman à Portland où elle a enseigné diverses matières, dont les arts plastiques, l'histoire et la sociologie. Mlle Farentino se chargera des cours sur les études sociales et environnementales. Je compte sur vous pour lui montrer votre esprit communautaire si caractéristique de Blue Rock Academy. Mademoiselle Farentino ? conclut-il en tendant le bras vers elle.

Julia se leva, une main en l'air. C'est alors qu'elle aperçut sa sœur, attablée avec une demi-douzaine d'autres élèves, sans doute sa « meute ». Shaylee était assise à l'écart, nettement séparée de sa plus proche voisine, une jeune Black coiffée de tresses plaquées. Une communication non verbale qui indiquait sans ambiguïté que Shay n'était pas la bienvenue dans le groupe. Sa moue de mécontentement s'accentua lorsqu'elle croisa le regard de Julia.

Le cœur de Julia se serra. Toutefois, il lui était impossible de montrer à sa sœur qu'elle l'avait vue. Elle resta debout tandis que le pasteur invitait tous les élèves et les enseignants à la rencontrer, avant de leur demander de se lever pour la prière.

Le repas — dans le style cuisine familiale — consistait en un substantiel ragoût de bœuf, du pain fait maison, de la salade de chou cru et de la tarte aux pommes. Lorsqu'elle put enfin se rasseoir, Julia mourait tellement de faim que chaque bouchée lui parut succulente. Tout en tartinant de beurre un dernier morceau de pain, elle se dit que les griefs de sa sœur à l'égard de la cuisine de Mme Pruitt étaient tout aussi injustifiés que son sentiment de persécution.

Le révérend Lynch et Williams entraînèrent Julia dans une discussion à propos de l'école, tandis que, de son côté, Cora Sue mangeait du bout des lèvres. Lorsque la tarte fit le tour de la table, la femme du pasteur afficha un air mécontent, comme si le serveur — l'un des élèves du groupe d'Adele Burdette — aurait dû savoir d'instinct qu'une part de tarte aux pommes contenait beaucoup trop de calories.

On n'entendait que le cliquetis des couverts et le sourd et

morne bourdonnement des conversations. Julia sentait les regards des pensionnaires rivés sur elle. Curieux. Méfiants. Inquiets. Ils la jaugeaient, se demandant ce qu'ils pourraient se permettre de faire s'ils devaient se retrouver dans sa classe.

Une fois le repas terminé, les pensionnaires débarrassèrent leurs assiettes et commencèrent à se diriger vers l'endroit où se tiendrait la veillée de prière. Julia capta le regard de Shay et comprit que sa sœur voulait lui parler. Or, ce n'était pas le moment. Tous les yeux étaient braqués sur Mlle Farentino, la nouvelle arrivante qui, pour l'heure, était censée faire connaissance avec les élèves. Quelques-uns s'approchèrent d'elle pour se présenter, marmonnant de brèves paroles de salutation. Julia hochait la tête, souriait.

Wade Taggert, l'un des conseillers qui enseignait également la psychologie, fut parmi les premiers à venir lui souhaiter la bienvenue. Sa poignée de main était ferme, presque trop vigoureuse, sa fine barbiche parsemée de touches grises assorties à la couleur glaciale de ses yeux. Aucune chaleur ne brillait dans son regard lorsqu'il dit :

— Heureux de vous accueillir dans notre équipe. Nous avons bien besoin de vous. J'assure une partie des cours d'histoire depuis un moment, et je ne serai pas fâché de retrouver un emploi du temps normal.

Si ses paroles étaient encore assez aimables, son ton sonnait creux. Il y avait quelque chose d'impénétrable en lui.

Salvatore DeMarco fut le suivant. Prompt à décocher un sourire — même si celui-ci était légèrement forcé —, il paraissait tout de même un rien plus sincère. Le teint mat, le physique avantageux, il respirait la force et la santé et enseignait les mathématiques, les sciences et les techniques de survie.

— Vous vous plairez ici, lui prédit-il, les yeux brillant d'un éclat presque noir.

Les autres enseignants vinrent se présenter à tour de rôle, chacun affirmant à Julia qu'elle n'aurait aucun mal à s'intégrer.

Elle était quasiment certaine du contraire.

Le révérend McAllister lui saisit vivement la main et, avec

un grand sourire, lui reprocha en plaisantant d'avoir apporté le mauvais temps avec elle. Il devait avoir dans les trente-cinq ans, mais paraissait plus jeune, avec son visage sur lequel on pouvait encore distinguer les traits du petit garçon qu'il avait été.

— Vous verrez, c'est formidable, ici, affirma-t-il. Je regrette seulement que vous soyez arrivée à un si mauvais moment.

La poignée de main de Bert Flannagan était un véritable étau d'acier, son regard d'une rare intensité. Jordan Ayres — le genre de femme habituée à prendre les choses en main — se montra assez aimable, tout en jaugeant la nouvelle venue pendant le bref instant que dura leur conversation. Julia échangea ensuite quelques propos banals avec Adele Burdette et Tyeesha Williams qui, toutes deux, le visage sombre, déplorèrent la perte d'une élève dans des circonstances aussi brutales.

Julia était sur le point de fausser compagnie au groupe qui l'entourait lorsque Cooper Trent s'approcha d'elle.

— J'espère que vous commencez à vous adapter, déclara-t-il, alors qu'ils se trouvaient à portée de voix des autres enseignants.

— Pas encore, mais ça ne saurait tarder.

— Ça peut prendre pas mal de temps, vous savez. Nous sommes tellement isolés, ici, mais je crois que vous trouverez Blue Rock très intéressante.

— Je n'en doute pas, répondit-elle.

En croisant ses yeux tachetés d'or, elle se souvint de la façon dont ils s'assombrissaient la nuit, dont ses pupilles se dilataient quand il plongeait son regard dans le sien.

Elle déglutit et croisa les bras pour s'empêcher de lui prendre la main. Ce n'était certes pas une bonne idée de se trouver aussi près de lui. Il lui était trop pénible de se rappeler combien elle l'avait aimé. Elle devait étouffer ces fugitifs souvenirs de leur passion, qui remontaient à la surface de sa mémoire chaque fois qu'il se tenait à proximité.

— Si vous avez besoin de quoi que ce soit, n'hésitez pas à me le demander, suggéra-t-il.

— Merci, répliqua-t-elle sans presque bouger les lèvres.

Par quelle ironie du sort Cooper Trent avait-il décroché ce

poste de professeur d'éducation physique à Blue Rock, alors que tant d'hommes, de par le monde, avaient les qualifications requises ? Parlez d'un manque de chance !

Comme s'il avait lu dans ses pensées, il la dévisagea plus longuement que nécessaire, puis fit demi-tour et la laissa se faufiler à travers la foule en direction de la sortie.

Une fois dehors, elle prit une profonde inspiration. A force de se surveiller pour jouer son rôle sans éveiller les soupçons, ses nerfs étaient tendus comme des cordes de piano. Et dire qu'elle venait à peine d'arriver ! Peut-être l'épreuve deviendrait-elle moins difficile avec le temps… Elle qui n'avait jamais été très douée pour le mensonge, elle devait à présent rester vigilante pour ne rien laisser échapper.

Plongée dans ses pensées, elle suivait l'allée obscure qui conduisait à Stanton House lorsqu'une sombre silhouette surgit de derrière un massif de buis couronné de neige et la fit sursauter. Elle fit un bond en arrière.

— Qu'est-ce que c'est ? s'exclama-t-elle.

Elle faillit s'affaler dans le monceau de neige accumulée sur le bord du chemin, mais reprit aussitôt son équilibre. Elle reconnut alors sa sœur.

— A quoi joues-tu ?

— Il faut qu'on parle, murmura Shay en lui emboîtant le pas. Continue de marcher et explique-moi comment le fait de te faire embaucher ici va m'aider à sortir de ce trou perdu.

Ses yeux noisette lançaient des éclairs de rage sous les bords de sa casquette aux couleurs de Blue Rock.

— Je te l'ai déjà dit.

— Ma camarade de chambre est morte la nuit dernière, dit Shay, la lèvre inférieure tremblante. Ils pensent que quelqu'un d'ici l'a assassinée !

— Je le sais, Shay. Je suis vraiment navrée.

— Alors, fichons le camp.

— Nous ne pouvons pas partir comme ça. N'oublie pas qu'un juge t'a placée ici.

— Oui, mais il y a des gens qui se font trucider ! rétorqua Shay, au bord de l'hyperventilation.

Julia posa une main rassurante sur le dos de sa sœur.

— Hé, calme-toi... Tiens bon.

— Je croyais que tu allais m'aider.

— C'est ce que je vais faire.

Soudain, la voix de Trent retentit derrière elles.

— Quelque chose ne va pas ?

En le voyant approcher, Shay s'écarta vivement de Julia.

— Je m'en occupe, s'empressa de répondre celle-ci.

Dieux du ciel, elle n'avait pas du tout envie que Shay la voie avec Trent et, d'une façon ou d'une autre, fasse le rapprochement. Car il était fort possible que sa sœur se souvienne de lui.

— Merci, monsieur Trent.

— Je vous en prie. Shaylee fait partie de mon groupe.

— Pas de problème, affirma Shay sans la moindre conviction.

— Vous êtes sûre ? Je sais que ça a dû être traumatisant pour vous, vu que Nona et vous partagiez la même chambre...

— Bon, ça suffit ! J'ai déjà été interrogée par les flics et « conseillée » par Mme Williams, alors pas la peine de vous y mettre aussi, d'accord ?

Les yeux plissés, elle toisa Julia et Trent debout côte à côte :

— Vous n'avez tout de même pas l'intention de vous liguer contre moi ? lança-t-elle, avant de pivoter sur ses talons et de repartir en courant vers la résidence des filles.

Julia se retourna brusquement vers Trent.

— Bon sang, mais qu'est-ce que tu fais ? gronda-t-elle entre ses dents, laissant exploser toute la colère et la frustration qu'elle avait jusqu'alors réprimées. Tu te crois vraiment indispensable ? Je gérais très bien la situation sans toi !

— On n'aurait pas dit.

— C'est ma sœur ! répliqua Julia.

— Non, pas ici, rétorqua Trent. Et je te conseille de ne pas l'oublier. Si tu tiens absolument à jouer cette comédie, fais-le au moins correctement. Tu ne me connais pas et tu ne connais pas ta maudite sœur ! Vu qu'elle est dans mon groupe, il n'y a rien d'étonnant à ce que je m'en mêle. Mets-toi bien ça dans la tête!

— Ecoute, Shay est morte de peur et je ne peux pas lui en vouloir. Tu ne sembles pas en mesure de faire grand-chose pour elle. Je me trompe? Est-ce que la fille qui est morte, Nona, n'était pas aussi une élève de ton groupe, ou de ta « meute », ou quel que soit le mot que vous utilisez?

Il se contenta de la regarder sans répondre.

— C'est bien ce que je pensais, reprit-elle, tremblante de colère. Nous avons le choix : soit nous essayons de résoudre ça ensemble, soit nous nous mettons mutuellement des bâtons dans les roues. Mais n'essaie pas de me dire comment je dois m'y prendre avec ma sœur. J'ai beaucoup plus d'expérience que toi dans ce domaine!

Voyant deux élèves, livres de prières et bougies à la main, s'avancer vers eux, elle décida de mettre fin à la conversation.

— Je te verrai à la veillée, conclut-elle en s'efforçant d'insuffler une certaine légèreté dans sa voix.

Trent ne répondit pas, et elle se remit en route en direction de Stanton House. Arrivée dans le petit bâtiment, elle gravit l'escalier d'un pas lourd, s'enferma dans son studio et s'appuya de tout son poids contre la porte.

Dieu, quelle journée!

La tête lui élançait furieusement.

Pourquoi fallait-il qu'elle ait de nouveau affaire à Cooper Trent? Sacré nom d'un chien, quelle calamité!

Elle se frotta les yeux, réfléchit à la meilleure conduite à adopter. Quel que soit le cap qu'elle décide de tenir, elle devait reconnaître que le plus sage serait d'y associer Cooper Trent.

Il avait été flic.

Il était intelligent.

Et Dieu savait qu'il ne manquait pas de courage.

Mieux valait agir avec lui que contre lui.

— Oui, c'est ça…

Elle se rendit dans la salle de bains, s'aspergea le visage d'eau froide puis, tout en se tamponnant avec une serviette, examina son reflet dans le miroir. Ses yeux lançaient toujours des éclairs et la neige fondue faisait friser sa tignasse brune.

Elle jeta sa serviette dans le lavabo, se démêla rapidement les cheveux avec les doigts avant de les attacher en queue de cheval.

Peut-être Shay avait-elle raison, finalement. Peut-être avait-elle commis une erreur, en venant travailler ici.

Mais il était trop tard pour faire marche arrière. Et elle ne pouvait pas non plus se permettre d'arriver en retard à la veillée de prière, sous peine d'attirer l'attention sur elle. Plus elle se rendrait invisible et paraîtrait inoffensive, mieux ce serait.

Elle avait passé avec succès l'épreuve de la rencontre avec le révérend et son épouse, même si Cora Sue avait visiblement bouilli d'exaspération pendant que le pasteur répétait avec conviction qu'ils formaient tous une grande famille — ce qui semblait totalement ridicule, au vu des événements.

Et Lynch l'avait agacée. Julia ne se considérait pas comme particulièrement croyante, mais elle s'était forgé une opinion personnelle sur Dieu. Elle avait eu l'occasion de rencontrer plusieurs ecclésiastiques qu'elle appréciait réellement, des personnes dont la foi tranquille et solide n'avait rien de théâtral ni d'ampoulé. Ces ministres du culte faisaient preuve d'humour, débordaient de compassion et manifestaient une confiance totale en Dieu.

Ces hommes et ces femmes connaissaient les faiblesses des êtres humains et, avec amour et sollicitude, gaieté et espoir, ils venaient en aide aux malheureux et aux laissés-pour-compte. Ils priaient et prononçaient des sermons, jouaient dans des équipes de base-ball et se rendaient utiles dans les hôpitaux. Ils participaient à des ventes de charité et à des tournois de golf, et se donnaient sans compter pour les habitants de leurs quartiers et les populations du monde entier. Il y avait en chacun d'eux une foi joyeuse, une détermination inflexible à accomplir la volonté de Dieu en tendant une main secourable et en offrant un sourire paisible.

Ces hommes et ces femmes défendaient leurs convictions avec sincérité, et Julia les respectait pour cela. A son avis, et même si elle n'avait encore passé que peu de temps avec lui, le révérend McAllister était un homme capable d'entretenir des liens de confiance avec les jeunes, un pasteur dont la conception des rapports humains ne semblait pas sortir tout droit de l'âge des ténèbres.

Contrairement à Tobias Lynch. Du moins, si elle en croyait ce qu'elle avait pu observer jusqu'à présent. Certes, il fallait admettre que la situation était difficile, et peut-être sa première impression était-elle faussée par les remarques virulentes de Shay à l'égard de l'école.

Ce qui n'empêchait pas le révérend Lynch de paraître en représentation permanente et, malgré tous ses grands discours, incapable de communiquer avec ses élèves. A croire qu'il venait d'un autre âge.

Et pourtant, c'était lui qui dirigeait cette école. Incroyable !

Elle s'emmitoufla pour affronter le froid et prit le livre de prières et la bougie à pile qu'on avait déposés pour elle dans le studio. Au point où elle en était, autant faire les choses jusqu'au bout.

Elle dévala l'escalier et rejoignit la foule qui remontait l'allée fraîchement déblayée en direction du kiosque. La neige tombait toujours à gros flocons, s'amassant sur les barrières et les réverbères, faisant ployer les branches des sapins et conférant au campus un éclat magique. Tous les chemins semblaient aboutir à une nuée de lueurs blanches vacillantes — halos des fausses bougies tenues par les élèves et leurs professeurs qui se pressaient autour du kiosque. Seule une poignée d'enseignants avait pu se glisser dans le petit pavillon. A l'intérieur, le révérend Lynch se tenait sur une plate-forme, flanqué de sa femme et de Burdette. « Le yin et le yang », pensa Julia. Avec son bonnet de laine, sa doudoune, son pantalon thermique et ses chaussures de randonnée, Burdette paraissait aux antipodes de Cora Sue et de sa tenue de ski griffée bordée de fourrure.

Julia avait espéré que Trent serait dans les parages, mais elle l'aperçut au dernier rang, à proximité d'un sentier qui reliait le centre du campus aux écuries et autres dépendances. Il ne regarda pas dans sa direction, et elle se reprocha intérieurement d'en éprouver du dépit.

Elle repéra Shaylee dans la foule, mais, au lieu d'essayer d'attirer son attention, elle survola du regard les lumières scintillantes et les visages rougis. Elle reconnut chacun des membres du personnel éparpillés parmi les élèves, de Bert Flannagan au père Jake.

— Merci à tous d'être venus, dit le révérend Lynch. Nous célébrons ce service religieux pour le repos de l'âme de Nona Vickers et pour demander à notre Père céleste de hâter le rétablissement d'Andrew Prescott…

Il commença par une prière et enchaîna avec un sermon sur l'adversité et la victoire. Puis il y eut encore une prière et enfin un dernier chant, accompagné à la guitare par une élève. Toutes les voix — jeunes et moins jeunes — entonnèrent *Amazing Grace*; la mélodie s'éleva vers les nuages de neige qui encombraient le ciel.

Pour un spectacle, c'était réussi.

Même Julia fut impressionnée, et, pourtant, elle avait assisté à l'échange de paroles pour le moins aigre entre Lynch et sa femme, des paroles totalement en désaccord avec l'image du couple uni qu'ils s'efforçaient de projeter en public.

Pendant que résonnait le chant chrétien, quelqu'un grimpa les marches du kiosque et s'approcha du pasteur. Julia plissa les yeux pour distinguer le shérif O'Donnell parmi les éclats de lumière blanche. Qu'avait-il donc à dire à Lynch?

Lorsque la mélodie prit fin, le révérend leva les bras.

— Chers frères et sœurs en Christ, je viens d'apprendre des nouvelles encourageantes de l'hôpital. Notre ami Andrew a repris connaissance après son opération et a pu parler à sa famille et à la police.

Un murmure parcourut l'assistance, un soupir de soulagement général au milieu des reniflements et des sanglots.

— C'est une excellente nouvelle, en vérité, continua Lynch en pinçant sa barbiche. Cependant, d'après les déclarations d'Andrew, il apparaît clairement que Nona Vickers et lui ont été agressés par une tierce personne.

La foule retomba dans le silence, le temps de mesurer la portée de ces paroles. Il y avait donc eu meurtre. Cela ne faisait plus aucun doute. Nona Vickers avait bel et bien été assassinée.

En voyant ces jeunes visages crispés par la peur, ces yeux pareils à des trous noirs dans la lumière des bougies, Julia comprit que tous étaient arrivés à la même conclusion.

— Ce qui me conduit à vous exhorter à la plus grande prudence, poursuivit le pasteur d'un ton grave. Respectez le couvre-feu et, s'il vous plaît, ne vous déplacez qu'en groupe, une fois la nuit tombée.

Il écarta largement les bras, comme pour y accueillir ses ouailles.

— Prions…

Au moment où Julia baissa la tête, son regard tomba sur le shérif adjoint Meeker, posté à la lisière de la foule, son arme à la hanche dépassant de son blouson.

Comme un rappel silencieux qu'un tueur rôdait parmi eux.

# 23

Epuisée, en proie à un mal de tête lancinant, Julia passait en revue les événements de la journée. Le long trajet en voiture, les coups de fil hystériques de Shaylee, l'angoisse provoquée par l'agression de deux élèves, dont un qui luttait toujours contre la mort. Et maintenant, cette terrible conclusion : un assassin en liberté sur le campus.

Elle chercha ses antalgiques et avala trois comprimés — au lieu de deux — qu'elle fit descendre avec une gorgée d'eau du robinet. En fouillant dans les placards, elle découvrit quelques dosettes de café, des sachets de thé, du chocolat en poudre et une petite cafetière électrique, semblable à celles qu'on trouve dans les hôtels aux abords des aéroports. Elle fit chauffer de l'eau et se prépara une infusion, dans l'intention de la savourer après sa douche.

Dans la salle de bains, elle se déshabilla et resta plantée sous le jet d'eau chaude jusqu'à ce qu'elle se sente quelque peu soulagée du poids qui l'accablait. Elle pensa à Shay, le dos voûté, s'éloignant sur le sentier qui conduisait à la résidence des filles. Pour l'heure, et tant que Shay et elle seraient bloquées dans l'école, Julia devait avant tout protéger sa sœur.

Qu'était-il donc advenu de la fillette de quatre ans qui courait à sa rencontre, quand le car scolaire de Julia s'arrêtait au coin de la rue près de chez elles ? De l'écolière enthousiaste qui avait d'abord idolâtré sa sœur aînée, avant de se servir d'elle pour faire ses devoirs à sa place ? Shay avait toujours été maligne, et Julia s'était souvent demandé si sa jeune sœur la manipulait pour éviter de s'acquitter elle-même de son travail scolaire ou simplement pour passer plus de temps avec elle. Elles avaient surmonté ensemble le divorce d'Edie et Max, son remariage avec Rip, elles avaient assisté aux vicissitudes émotionnelles de leur mère, senti la brûlure de ses colères et la chaleur de son amour. Elles s'étaient serré les coudes. Même lorsque Julia avait quitté la maison pour l'université, elle s'était appliquée à rester proche de Shaylee. Cependant, en cours de route, sa petite sœur s'était écartée du droit chemin, causant autant d'inquiétude à sa sœur aînée qu'à sa mère.

Mais, aujourd'hui, Julia était là.

Et elle allait mettre tout en œuvre pour aider Shaylee.

Elle sortit son pyjama, s'arrêta devant le miroir et se demanda ce que Trent avait vu lorsqu'il était tombé nez à nez avec elle sur le parking. Seigneur ! Elle venait alors de parcourir des centaines de kilomètres et ne portait pas le moindre soupçon de maquillage. Elle n'avait pas tout à fait vingt-cinq ans, mais tout ce qu'elle avait déjà vécu l'avait vieillie. Comment sa mère l'avait-elle appelée ? Une « mémère ». Ce qui était tout à fait grotesque, évidemment.

— Tu es encore une petite fille, tenta-t-elle de se persuader.

A cet instant précis, la sonnerie de son téléphone mobile retentit dans la pièce d'à côté. Persuadée qu'il s'agissait encore de Shay, elle se précipita pieds nus pour attraper son portable posé sur la commode.

— Allô ?

— Ah, Dieu merci, je t'ai trouvée ! s'exclama la voix tremblante d'Edie. As-tu appris l'horrible nouvelle ? Seigneur ! C'est affreux ! Je crois que j'ai commis une terrible erreur.

Julia s'était attendue à cet appel. Pour autant, elle ne se sentait jamais totalement préparée à affronter sa mère.

— Maman, calme-toi ! Respire profondément.

— Comment veux-tu que je me calme ! fulmina Edie. Tu n'as pas vu le journal télévisé ?

— Je suis au courant, maman, répondit Julia d'une voix posée. J'ai parlé avec Shaylee.

— Juste ciel ! Elle connaissait les victimes ?

— Oui. En ce qui concerne le garçon, je n'en suis pas certaine, mais la fille était sa camarade de chambre.

Il y eut un glapissement à l'autre bout de la ligne.

— Mais Shay n'a rien, reprit Julia. Elle est un peu secouée, bien sûr, et elle veut partir. Mais d'après ce que j'ai compris, c'est impossible, non seulement à cause de l'ordonnancc du juge, mais aussi parce que la police locale est en train de mener une enquête. Ils interrogent tous les pensionnaires et les membres du personnel.

— Oh, mon Dieu ! s'écria Edie, à présent au bord de l'hystérie. Et moi qui pensais agir pour le mieux ! Je croyais qu'elle avait besoin d'être encadrée. Je croyais... Dieux du ciel, Julia ! Je sais que tu as essayé de m'en dissuader, mais je me suis fiée au révérend Lynch et à Analise et...

— Ne t'inquiète pas, maman, tout ira bien, rétorqua Julia, qui se voulait rassurante malgré les terreurs qu'elle-même éprouvait.

La seule bonne nouvelle, dans tout ça, c'était qu'Edie possédait malgré tout un semblant d'amour maternel.

— Shay va bien pour l'instant, mais tu devrais peut-être t'arranger pour la faire retirer de l'école.

— Je ne peux rien faire. C'est une décision du juge.

Edie poussa un long soupir angoissé, et Julia l'imagina en train de se ronger un ongle impeccablement manucuré.

— Dans ce cas, parle au juge. Rappelle l'avocat.

— Il faut d'abord que je m'entretienne avec le révérend Lynch. J'ai essayé tout à l'heure de l'appeler, mais je n'ai pu avoir que sa secrétaire.

Charla King. Julia avait déjà eu l'occasion de la croiser.

— Essaie encore, et si tu arrives à le joindre, ne te laisse pas convaincre de renoncer, insista-t-elle. Demande à ton avocat de déposer une requête ou quelque chose dans ce genre.

Edie recouvrait quelque peu son calme.

— Et ensuite ? Où le juge va-t-il l'envoyer ? En détention juvénile ? En hôpital psychiatrique ?

— Elle pourrait peut-être aller dans un centre d'accueil de jour où les jeunes ne se font pas assassiner, laissa tomber Julia, pour bien souligner la gravité de la situation. Maman, il faut que tu retires Shaylee de Blue Rock le plus vite possible.

— Tu as raison, décida Edie. Je vais appeler Max.

— Il n'est pas exactement ce qu'on appelle un père dévoué.

— Oh, je sais, mais au moins, il a l'argent nécessaire pour… Quoi ?

Edie baissa tout à coup la voix, tout en tâchant de dissimuler le fait qu'elle parlait maintenant avec quelqu'un d'autre — sans aucun doute ce petit chéri de Grant, le dernier en date de ses soupirants.

— Excuse-moi, dit-elle enfin, en reportant son attention à la conversation téléphonique. Shaylee a-t-elle laissé un numéro où on puisse la joindre ?

— Non, tu sais bien que, normalement, l'école n'autorise pas les appels.

Julia alla à la fenêtre qui donnait sur le campus. Dehors, la nuit était calme. Un shérif adjoint montait la garde près du kiosque.

— Mais Shay m'a dit que Blue Rock avait renforcé la sécurité et que des policiers étaient présents sur le campus.

— Dieu soit loué ! Ça me rassure un peu. Si elle te rappelle, dis-lui de me téléphoner, tu veux ? De mon côté, je vais encore essayer de joindre le révérend Lynch.

« De même que tous les autres parents dignes de ce nom qui ont des enfants dans cette école », se dit Julia. Elle raccrocha et exhala un soupir. Il n'était jamais simple d'avoir affaire à Edie, mais, en temps de crise, c'était encore pire. Il lui vint alors à l'idée que si Edie réussissait enfin à joindre Tobias Lynch, elle pourrait bien en apprendre davantage que ce à quoi elle s'attendait. Surtout si Lynch s'avisait d'enfourcher son cheval de bataille favori, et commençait à lui expliquer comment l'école faisait face aux événements, mettant en place une cellule d'aide psychologique et prenant de nouvelles mesures de sécurité, comment, toujours soucieuse d'améliorer la qualité de son éducation, elle avait même engagé un nouveau professeur, Mlle Farentino…

Pour l'instant, Julia n'avait pas le choix, elle devrait courir ce risque. Jetant de nouveau un coup d'œil au-dehors, elle aperçut un policier dans sa voiture, en train de fumer. Le bout de sa cigarette rougeoyait dans l'obscurité. La neige continuait de tomber, comme pour ensevelir les secrets de Blue Rock.

Au fil des années, Shay avait perdu confiance en sa sœur aînée. A bien des égards, Julia était une ringarde. Elle avait raté son mariage et sa carrière professionnelle, et n'avait jamais semblé capable de se prendre en main. Elle souffrait sans arrêt de migraines et se plaignait d'insomnie. Shay voyait en elle un être faible, ou du moins une victime de ses propres névroses, le genre à scier la branche sur laquelle elle était assise.

Une incapable.

Trop gentille. Trop soucieuse de ce que pensaient les autres. Trop semblable à leur mère.

Cependant, Shay devait lui rendre cette justice : le moment venu, quand sa petite sœur se retrouvait dans de sales draps, Julia se montrait à la hauteur. Qui aurait cru qu'elle trouverait le cran de mentir pour se faire embaucher par l'école ?

Malgré tout, elle n'était pas convaincue que Julia serait à même de l'aider en travaillant à Blue Rock. D'accord, elle était venue — mais pour quoi faire ? Julia avait-elle l'intention de jouer les détectives afin de prouver que l'école mentait sur toute la ligne ? Pour commencer, elle n'était pas très douée pour le mensonge. Ensuite, l'école se trouvait déjà dans une situation très instable, en proie à de sérieux problèmes de sécurité. Une pensionnaire avait été assassinée. Que fallait-il de plus à Julia pour démontrer que Blue Rock n'avait rien d'un endroit sûr ?

D'ailleurs, Julia menait un combat perdu d'avance. Le révérend Lynch et ses sbires risquaient trop gros. Le pasteur avait un côté mégalo, il y avait beaucoup d'argent à gagner sur le dos des parents fortunés de ces jeunes délinquants, et Shay doutait fort que Lynch et les autres soient prêts à admettre quoi que ce soit, même si l'inspecteur Julia découvrait quelque chose de louche.

Tout en ouvrant la porte de sa nouvelle chambre, Shay décida de jouer le jeu. Pour l'instant. La chambre qu'elle avait partagée avec Nona étant désormais considérée comme une scène de crime, elle avait dû déménager, non sans que les flics aient d'abord passé toutes ses affaires au peigne fin.

Génial !

Elle se laissa tomber sur l'un des lits jumeaux et pensa à tous ces ados qu'elle avait vus pleurnicher à la veillée de prière. Certains ne connaissaient probablement même pas Nona. Bande d'hypocrites ! L'un d'eux allait-il seulement lui tendre une main secourable, à elle qui avait été la camarade de chambre de la morte ? Elle pouvait toujours courir !

Elle poussa un soupir et se prit à regretter de ne pas avoir son ordinateur portable. Si au moins elle avait disposé d'un téléviseur ou d'un vrai smartphone, au lieu de ce stupide téléphone réduit à sa plus simple expression !

Elle commençait à devenir cinglée. Et d'abord, où était Wolf ? Son petit ami.

« Oublie-le. Au fond, tu sais bien qu'il ne s'intéressait à toi qu'à cause de Max. »

Elle détestait devoir l'admettre, et pourtant c'était la vérité. Dès qu'il s'était rendu compte qu'elle était la fille de Max Stillman, Wolf s'était soudain découvert une passion pour elle. Comme si Max se souciait d'elle !

Ridicule !

Refusant de penser à Wolf et à tous les ennuis qu'il lui avait causés, elle considéra la pile de livres qu'elle était censée lire pour ses cours.

Non, pas question ! Elle n'était tout de même pas désespérée à ce point !

L'espace d'un instant, elle songea au père Jake et se demanda si ça vaudrait le coup d'engager une conversation sérieuse avec lui. Il avait plutôt l'air d'un type bien, mais, au fond, que savait-elle de lui ?

Rien.

Et de toute façon, il ne pourrait pas l'aider à résoudre ses problèmes. Personne n'en était capable.

Elle s'étirait sur le lit lorsqu'elle entendit des voix se rapprocher dans le couloir.

Toc toc toc.

— Shaylee ?

Des doigts frappèrent à la porte, une demi-seconde avant que le battant s'ouvre d'un seul coup.

Shaylee se redressa d'un bond sur son lit.

— Hé !

— Bonsoir, Shaylee, dit Burdette en entrant dans la pièce sans attendre d'y être invitée.

Elle portait deux grands sacs en plastique pleins à ras bord.

Sur ses talons, visiblement de mauvais poil, venait Crystal Ricci, la fille filiforme qui portait un dragon tatoué sur le cou. Les bras chargés d'un sac de couchage, elle tirait derrière elle un sac à roulettes.

— Comme vous êtes nouvelle et que vous avez vu tout ce qui s'est passé, je ne voulais pas que vous restiez seule, continua Burdette. Crystal va donc partager votre chambre pendant un mois ou deux. Vous vous connaissez déjà, n'est-ce pas ?

— Ça dépend ce que vous entendez par se connaître, grommela Crystal, la mine renfrognée.

Burdette balaya d'un geste l'impertinence de sa réponse.

— Ne jouons pas sur les mots, dit-elle. Il ne s'agit que d'un arrangement temporaire.

Dans son pyjama de flanelle, son sac de couchage traînant par terre, Crystal paraissait aussi exaspérée qu'il était possible de l'être.

— Je croyais avoir mérité une chambre individuelle.

— Eh bien, maintenant, vous avez l'occasion d'aider quelqu'un à mériter la sienne. Nous sommes confrontés à un sérieux problème, Crystal, et nous devons tous nous ressaisir.

Aux grands maux, les grands remèdes. Ce qui nous arrive est un grand mal pour notre école, et le fait pour vous d'accepter de partager de nouveau votre chambre fait partie des grands remèdes.

— Je n'ai pas besoin de nounou pour me surveiller, protesta Shay, pour couper court aux niaiseries de Burdette.

— Il n'est pas question de cela, insista la directrice en laissant tomber les sacs en plastique sur le lit.

Crystal lança à Shay un regard empli de respect.

— Bien sûr que si ! répliqua-t-elle. Personne ne va faire confiance à une nouvelle venue, surtout si sa camarade de chambre s'est fait assassiner.

Shay lutta pour garder son calme, même si chaque muscle de son corps s'était contracté.

— Tu crois que j'ai quelque chose à voir avec la mort de Nona ?

— A ton avis ?

— Ça suffit ! intervint Burdette. Tout bien considéré, vous devriez toutes les deux vous estimer heureuses d'avoir une camarade de chambre. Vous serez plus en sécurité.

— Pourquoi aurait-on besoin de ça, grogna Shay, quand il y a des caméras pour nous espionner dans tous les coins de cette fichue école ? D'ailleurs, vous devriez déjà savoir qui a tué Nona. Est-ce que tout n'a pas été filmé ? Est-ce que l'école n'a pas donné les enregistrements aux flics ? Ça faciliterait drôlement les choses, non ? Vous n'avez qu'à visionner les bandes et vous verrez qui a attaqué Nona et Drew dans l'écurie.

— Ce n'est pas aussi simple, objecta Burdette, le visage de marbre.

Shay secoua la tête.

— C'est élémentaire, madame Burdette. On voit ça dans n'importe quel épisode des *Experts*, de *New York, police judiciaire* ou de *FBI : portés disparus*.

— Les choses paraissent toujours très faciles à la télévision. Tout tient en quarante-cinq minutes.

Burdette leva les yeux vers la tête d'extincteur, comme pour vérifier que la caméra était bien en place, avant de conclure :

— Bonne nuit, mesdemoiselles.

La porte se referma derrière elle avec un léger bruissement, et Shay se retrouva seule avec Crystal.

— Il n'y a pas de caméras, n'est-ce pas ? demanda-t-elle.

La fille au dragon tatoué finit par arborer un grand sourire.

— Alors, comme ça, tous les bruits qui courent à ton sujet sont vrais ? Tu es une petite futée, n'est-ce pas ?

— Y a-t-il une réunion, cette nuit ? demanda la voix de son second par-dessus le grésillement du walkie-talkie.

Dissimulé dans l'ombre des arbres, protégé de la morsure du vent par ses vêtements de ski, le Guide promenait son regard sur le campus, prenant note des nouvelles mesures de sécurité qui avaient été instaurées plus vite qu'il ne s'y était attendu.

Malgré le chaos qui régnait autour de lui, malgré son besoin de se retrouver parmi ses disciples, malgré le rugissement du sang qui battait à ses oreilles chaque fois qu'il voyait Shaylee Stillman, il jugea que réunir ses adeptes ne ferait que mettre en danger ceux qui comptaient pour lui. Il devait se montrer patient. Fort. Lucide.

— Pas cette nuit, répondit-il.

C'était trop dangereux. Armés de fusils à lunette, de carabines, de pistolets et d'équipements de vision nocturne, les hommes du shérif étaient arrivés en force avec leurs chiens. A cheval ou en 4x4, ils ratissaient le campus et sillonnaient même le lac glacé à bord de leurs vedettes. Les choses finiraient bien par se tasser, naturellement. Cette modeste police rurale ne disposait pas des effectifs nécessaires pour soutenir une attaque de front pendant très longtemps.

— Même pour vos plus proches lieutenants ? insista son adjoint d'une voix impatiente.

Si fiable. Si empressé. Si ardent à servir la cause…

Ou bien se trompait-il ? Peut-être son subordonné nourrissait-il ses propres ambitions. Peut-être était-ce à cause de lui, la personne en qui il avait le plus confiance, que la machine s'était emballée et qu'il avait perdu le contrôle des événements.

— Bientôt. Nous devons attendre quelques jours. Il faut éviter d'éveiller les soupçons. Je te préviendrai quand le moment sera venu.

Il coupa la communication, et le crépitement cessa. Le gémissement du vent lui emplit les oreilles.

Heureusement, les conditions météo lui étaient favorables, en obligeant les équipes de secours à travailler vingt-quatre heures sur vingt-quatre. De partout arrivaient des appels au secours — chutes de câbles, explosions de transformateurs, accidents de voiture, véhicules abandonnés, automobilistes en rade et habitants frigorifiés dans leurs maisons. Même la police d'Etat de l'Oregon était débordée, avec cette météo polaire qui faisait chuter les températures et ensevelissait toute la région sous une couche de neige et de glace. Le shérif serait bientôt contraint de rappeler quelques-uns des hommes qu'il avait envoyés sur le campus.

Il n'en devait pas moins user encore de prudence.

Pour l'instant, il ne pouvait prendre le risque d'être suivi ou dénoncé.

La neige sur le sol rendait toute piste beaucoup trop facile à suivre. D'un autre côté, évidemment, plus il tomberait de poudreuse dans les prochains jours, plus il serait malaisé pour les chiens, les chevaux et les véhicules de circuler. Même les parents affolés ne pourraient parvenir jusqu'à leurs petits délinquants chéris.

Il regarda le ciel : de gros nuages opaques masquaient les étoiles. On annonçait encore de la neige, un système dépressionnaire que les présentateurs des journaux télévisés qualifiaient de « tempête du siècle ».

Ce qui n'était pas pour lui déplaire.

Si seulement le temps pouvait se gâter et l'agitation causée par la mort de Nona retomber ! Alors, il pourrait se remettre au travail. Bien sûr, ça dépendrait aussi d'Andrew Prescott. La question était de savoir s'il s'en sortirait vivant ou pas. Il plissa les yeux pour tenter de percer l'obscurité. Il ne comprenait pas pourquoi tous ses plans, si soigneusement élaborés, semblaient partir à vau-l'eau.

« Sois patient. Tu es capable d'affronter cette situation. »

Le vent se leva de nouveau, sifflant entre les arbres, lui fouettant le visage. Il sentit s'éteindre la fièvre qui le consumait, ses idées s'éclaircir. Les flocons de neige, qui s'étaient transformés en minuscules grains de glace, indiquaient l'arrivée d'un blizzard.

Parfait.

Plus le campus serait isolé du reste du monde, mieux cela vaudrait.

Cette nuit, il s'obligerait à rester tranquille. Cette nuit, il maîtriserait ses émotions. Bientôt, le temps viendrait de réaliser son objectif suprême.

D'un pas décidé, il se mit en route vers son logement.

Personne ne s'étonnerait de le voir dehors à cette heure de la nuit, du moment qu'il était seul. Ce qui lui convenait tout à fait. Jusqu'à ce qu'il ait tiré les choses au clair.

Ploc! ploc! ploc!

Julia se dirigea vers le bureau, dans lequel la lumière bleutée et dansante d'un téléviseur l'attirait comme un aimant. Quelque chose ne tournait pas rond dans cette pièce. Elle était vide et froide, comme si l'oiseau noir du malheur venait de la traverser.

S'engouffrant par les portes-fenêtres ouvertes, une brise agitait les rideaux vaporeux. La lumière du magnétoscope signalait que l'appareil était en marche. L'horloge s'était arrêtée à 2 h 47.

Frissonnant de peur, Julia regarda l'écran, sur lequel des images muettes formaient un ballet d'ombres et de lumières.

Et toujours ce bruit de liquide. Julia baissa les yeux sur le couteau qu'elle tenait à la main. Des gouttes de sang lui éclaboussaient les pieds, formant autour de ses orteils une flaque qui s'étirait jusqu'au corps de son père étendu sur le sol.

Un cri éclata à travers la pièce. Elle sursauta et vit Edie, debout dans le couloir, le visage livide.

— Qu'est-ce que tu as fait ? gémit sa mère.

Julia ouvrit brusquement les yeux.

L'espace d'un instant, elle se demanda où elle était.

L'école. Oui, c'était ça. Blue Rock Academy.

Elle jeta un coup d'œil au réveil, et son cœur s'arrêta de battre.

2 h 47.

— Oh, Seigneur ! murmura-t-elle.

Essayant de recouvrer son calme, elle roula sur le côté et se mit à respirer profondément, tandis que le rêve s'estompait peu à peu dans les recoins les plus obscurs de son esprit. Malgré le froid qui régnait dans la pièce, elle était inondée de sueur.

C'est alors qu'elle entendit un craquement derrière la porte. Pendant une seconde, elle crut que quelqu'un était venu dans sa chambre. Quelqu'un qui aurait furtivement fouiné dans ses affaires, l'aurait épiée pendant son sommeil.

Un frisson la parcourut ; elle remonta les couvertures jusqu'à son menton, se recroquevilla dans son lit. Son imagination devait lui jouer des tours. Des lambeaux de son rêve continuaient de la tourmenter.

Son peignoir gisait en tas au pied de son lit, exactement à l'endroit où elle l'avait jeté. Elle s'en enveloppa, alla jusqu'à la fenêtre et ouvrit les stores.

Il avait cessé de neiger au cours de la nuit. La voiture de police était partie, les traces sur le sol indiquaient qu'elle avait quitté le centre du campus. Il y avait des traînées de neige piétinée dans les allées conduisant aux différents bâtiments, des traces de pas solitaires qui avaient été laissées pendant que tout le monde dormait.

Des traces qui menaient à Stanton House.

En soi, cela ne voulait rien dire. Les policiers étaient encore en service, et le révérend Lynch avait promis que le personnel ferait preuve de plus de vigilance.

N'empêche ! En proie à l'impression persistante que quelqu'un était entré dans sa chambre, elle ne put réprimer le frisson de peur qui lui secoua l'échine.

— Idiote, se réprimanda-t-elle en marchant vers la porte d'entrée de son appartement.

Pour la dixième fois de la nuit, elle vérifia la serrure et le verrou. Solidement fermés.

Mais ce rêve…

Elle resserra le peignoir autour d'elle et se blottit sur le canapé. S'agissait-il d'une mise en garde ? Ou simplement d'un effet de son imagination ?

Le saurait-elle jamais ?

# 24

Au milieu des rafales furieuses qui tournoyaient autour de lui, le Guide traversa le campus en pensant au nouveau professeur que l'école venait d'embaucher.

Julia Farentino.

Elle était superbe.

D'une beauté envoûtante.

Avec des yeux de la couleur des mers houleuses du nord, et une langue aussi acérée qu'une lame de rasoir. Il l'avait entendue parler une ou deux fois, et elle l'avait intrigué. Séduit.

Il n'avait pas manqué de remarquer sa démarche résolue, ses longues enjambées. Quant à son cul… Oh, Seigneur, il l'avait vu se durcir sous son jean quand elle marchait et, en imagination, il se représentait ses petites fesses fermes, fendues à la perfection, l'invitant à pénétrer leur irrésistible vallée.

Malgré la température glaciale, son sexe se durcit lorsqu'il se vit en train de s'enfoncer dans sa chaleur douce et humide. De l'entourer de ses bras et de sentir ses seins remplir ses mains, ses mamelons se durcir. Elle arquerait le cou, un sourd gémissement de volupté s'échapperait de ses lèvres. Il lui pincerait le bout des seins, la ferait haleter, tortiller des hanches et crier de plaisir et de douleur. Et il la prendrait comme elle n'avait jamais été prise auparavant, presserait ses lèvres et ses dents dans sa nuque, et exercerait des poussées de plus en plus fortes, de plus en plus rapides !

Et ensuite ?

« Une fois que tout sera fini, que tu te seras effondré après t'être vidé en elle, que se passera-t-il ? Au bout du compte, tu sais bien qu'elle ne vaut guère plus qu'une putain, tout comme Lauren et les autres. Une séductrice envoyée ici pour éprouver ta foi. »

Les poings serrés, il s'efforça de chasser les images du corps nu de Julia — un corps qu'il ne lui avait pas encore été donné de contempler — de ses pensées. Mais les démons en lui, l'appétit sexuel insatiable qui le dévorait, ne pouvaient être apaisés.

Julia Farentino n'était pas la seule à occuper son esprit, ni la seule raison pour laquelle les draps de son lit se retrouvaient tout chiffonnés et trempés de sueur.

« Et la petite Stillman ? Shaylee ? se rappela-t-il, sans pitié pour sa propre faiblesse. N'était-ce pas elle que tu avais choisie pour rejoindre les autres ? Tu ne trouves pas son épaisse chevelure noire excitante ? Et ces yeux noisette, tu ne les vois pas s'arrondir de surprise, ses pupilles se dilater pendant que tu la maintiens allongée et pénètres en elle ? Imagine un peu sa langue en train de lécher chaque centimètre de ton corps. N'est-elle pas, elle aussi, terriblement tentante ? »

Il fronça légèrement les sourcils, et les deux jeunes femmes se mêlèrent dans son esprit, ne faisant plus qu'une, l'entourant de leurs jambes et de leurs bras. Il s'abandonna à des fantasmes, dans lesquels il les prenait toutes les deux en même temps. Il entendait presque leurs gémissements de jouissance et de douleur dans le murmure du vent glacial.

« Ne t'aventure pas là-dedans.

« Rappelle-toi ce qu'elles sont, ces deux-là qui se ressemblent tellement.

« Des distractions.

« Pour tester ta volonté.

« Rien de plus.

« Ne flanche pas.

« Car elles sont dangereuses, tout comme Lauren. »

Au souvenir de cette dernière, il ferma les yeux.

Lauren Conway…

Un démon déguisé en ange.

Mon Dieu, quel crétin il avait été ! Un fichu crétin.

Et tout ça pour une femme.

Erreur classique.

Et stupide.

N'avait-il pas, aussi, été pris pour un imbécile par la femme d'un autre homme ? Et malgré cela, il avait de nouveau baissé sa garde.

Non qu'elle eût été une femme ordinaire, Lauren Conway. Oh, non !

C'était une très belle fille, au seuil de la féminité. Ou du moins l'avait-il cru. Mais, bien sûr, il s'était trompé. Elle avait si bien masqué sa perfidie sous des airs d'innocence qu'il en était venu à lui faire confiance.

Complètement.

Follement.

Stupidement.

Il lui avait permis d'entrer dans le cercle de ses intimes.

Pour de mauvaises raisons.

Surtout pour satisfaire son ego.

Et parce qu'il avait voulu coucher avec elle.

Il avait commis cette erreur mais ne pouvait courir le risque de la répéter, pas avec Shaylee Stillman, ni Julia Farentino, ni aucune autre tentatrice qui pourrait croiser son chemin. Il ferma les yeux, se concentra sur la froide nuit hivernale et força le bouillonnement de son sang à s'apaiser.

« Reprends-toi.

« Tu as du travail qui t'attend. »

Un calme soudain l'envahit, et tous ses doutes s'évanouirent, comme s'ils n'avaient jamais existé.

Trent se tenait sous le jet de la douche, si brûlante qu'elle lui ébouillantait presque la peau. Mais les picotements de l'eau chaude lui faisaient du bien ; la vapeur qui emplissait la pièce lui éclaircissait les idées. Surtout après la nuit blanche qu'il venait de passer à envisager des scénarios pour expliquer ce qui avait bien pu se produire dans l'écurie. A essayer de se mettre dans la peau du tueur pour penser comme lui. A tenter de focaliser ses pensées sur ce qui était arrivé à Drew et Nona, le tout sans s'imaginer Julia en train de traverser seule le sinistre campus.

Fichue bonne femme !

La revoir l'avait brutalement ramené dans une autre vie, à une époque où il montait des taureaux et s'estimait encore capable d'attraper le monde par la queue. Où il était assez naïf pour croire à l'amour.

— Reviens sur terre, se dit-il, clignant des paupières pour chasser l'eau de ses yeux, et sentant la mousse dégouliner le long de son corps.

Ils avaient tenté le coup, et ça n'avait pas marché. Point à la ligne.

Sauf qu'elle est revenue, et plus belle que jamais.

Ses cheveux, d'un brun chaud et profond, étaient plus courts à présent — ils lui effleuraient les épaules —, mais c'étaient surtout ses yeux qui le fascinaient. Protégés par de longs cils épais, surmontés de sourcils arqués, leur couleur changeait selon la lumière, entre le gris acier et l'argent.

Ressemblait-elle à sa sœur ? Oh, pour ça, oui ! Mais en plus raffinée — ses lèvres étaient un peu plus pleines, ses pommettes plus saillantes, ses sourcils mieux dessinés que ceux de sa sœur cadette. Sa demi-sœur, corrigea-t-il.

Mais Julia…

Il leva le visage vers le pommeau de la douche, essayant de l'expulser à grandes eaux de son esprit.

Pourquoi maintenant ? Pourquoi fallait-il qu'elle refasse son apparition maintenant, juste au moment où tous les diables de l'enfer se déchaînaient ? La dernière chose dont il avait besoin, c'était bien de se faire du mauvais sang pour elle et sa maudite sœur !

Comme il tendait la main pour fermer le robinet, il entendit, par-dessus les chuintements de l'antique tuyauterie, la sonnerie de son téléphone mobile.

Qui pouvait bien l'appeler à 6 heures du matin ?

Pas un porteur de bonne nouvelle, en tout cas. De cela, il pouvait être certain.

Il attrapa une serviette et, pieds nus et ruisselant d'eau, se précipita dans la chambre. Il décrocha à la quatrième sonnerie puis, tout en se ceignant la taille de la serviette, coinça le téléphone entre son oreille et son épaule.

— Trent, annonça-t-il.

— Ici le shérif O'Donnell. J'espère que je ne vous ai pas réveillé.

Le représentant de l'ordre avait la voix rauque de celui qui fume trop ou ne dort pas assez. Sûrement les deux, supposa Trent.

— Ça fait déjà un moment que je suis debout.

— C'est bien ce que je pensais.

Nom d'un chien, ce qu'il faisait froid, ici !

— J'ai suivi votre conseil et appelé Dan Grayson à Grizzly Falls, continua O'Donnell.

Le shérif Dan Grayson.

— Et j'ai aussi téléphoné à Larry Sparks, de la police d'Etat à Portland, poursuivit O'Donnell. Grayson affirme que vous êtes un type réglo. Digne de confiance. Le sergent Sparks l'a confirmé et m'a dit qu'il n'hésiterait pas à compter sur vous pour couvrir ses arrières.

— C'est bon à savoir.

Trent repoussa ses cheveux mouillés de ses yeux et attendit la suite, sachant très bien où tout cela allait mener.

— D'après Grayson, vous êtes plutôt du genre têtu, mais pour moi, ce n'est pas un problème. L'ennui, c'est que mes hommes et moi, nous avons failli ne pas pouvoir rentrer cette nuit, à cause de la tempête. Et maintenant que nous devons enquêter sur un homicide, eh bien, je vais avoir besoin de quelqu'un sur place pour me donner un coup de main. Alors, si votre offre tient toujours, je vous nomme adjoint, avec effet immédiat. Il va probablement falloir aussi que j'en titularise quelques autres. Donc, si vous pouviez me donner des idées, les noms de personnes à Blue Rock en qui vous avez confiance et que je pourrais ajouter à la liste de mes adjoints…

La liste en question risquait fort d'être courte.

O'Donnell marqua un temps d'arrêt. Trent entendit le déclic d'un briquet, aussitôt suivi d'une profonde inspiration au moment où le shérif alluma une cigarette.

— Je vous assure, reprit O'Donnell. Avec cette tempête, nous ne savons plus où donner de la tête. Mes hommes travaillent vingt-quatre heures sur vingt-quatre. J'ai dû en retirer quelques-uns de l'école pour parer à d'autres urgences. Merde, j'ai même été obligé de répondre moi-même à plusieurs appels de détresse !

Ce qui expliquait l'heure matinale de l'appel.

— Nous n'avons pas assez d'effectifs pour nous occuper de tout, même avec l'aide de la police d'Etat, de la police municipale et des équipes d'urgence. Un homme comme vous nous serait très utile.

— Vous pouvez compter sur moi, répondit Trent, soulagé à l'idée d'avoir accès aux informations, même limitées, détenues par police.

— Parfait.

— Dites-moi seulement ce que vous voulez que je fasse, par où je dois commencer.

— Meeker vous mettra au courant. Il est à Blue Rock en ce moment.

O'Donnell tira une nouvelle bouffée de sa cigarette.

— Ecoutez, Trent, ne vous avisez pas de faire cavalier seul, d'accord ? C'est encore mon territoire, ici, et c'est moi qui suis en première ligne. Alors, vous travaillez avec mes hommes, compris ? Vous êtes sous les ordres des inspecteurs Ned Jalinksy et Tori Baines.

— Entendu. Mais si je comprends bien, ils ne sont pas ici pour l'instant ?

— Non, et ils ne viendront pas aujourd'hui. Les routes étaient trop dangereuses quand nous sommes redescendus, hier soir. Encore heureux que les techniciens de scène de crime aient pu faire leur boulot hier et recueillir tout ce qu'il leur fallait.

Trent se rappela les experts qui avaient pris des photos, relevé les empreintes, récolté les indices, cherché les traces de pas et fouillé de fond en comble l'écurie et les environs, pendant que leurs collègues menaient les interrogatoires.

— Personne ne pourra monter à Blue Rock avant qu'il ne s'arrête de neiger, continua O'Donnell. Mes inspecteurs y retourneront dès que Mère Nature voudra bien nous ficher un peu la paix. En attendant, vous aurez affaire à Meeker. Il se trouve sur le campus, comme qui dirait coincé là-haut.

— Comme nous tous.

— La tempête ne devrait pas tarder à se calmer, déclara le shérif.

Or, tous deux savaient pertinemment que la météo annonçait de nouvelles chutes de neige.

Trent laissa tomber sa serviette et s'en servit pour éponger la flaque qui s'était formée à ses pieds.

— Comment va Prescott ? s'enquit-il.

— Toujours dans un état critique. Les toubibs étaient très optimistes quand il a repris connaissance et qu'il a parlé avec tout le monde, mais il semblerait qu'il soit retombé dans le coma.

— C'est moche..., grommela Trent, navré par la nouvelle.

— Comme vous dites. L'hôpital doit appeler dès qu'il reviendra à lui, mais il est toujours en soins intensifs. Ils parlent de lésions au cerveau et à la colonne vertébrale.

Après un bref silence, durant lequel Trent pria le ciel de faire un miracle, le shérif conclut :

— Bon, je dois y aller. Si vous avez d'autres questions, adressez-vous à Meeker, ou appelez Baines ou Jalinsky.

O'Donnell raccrocha. Trent avait désormais le feu vert pour enquêter sur ce qui était arrivé dans l'écurie.

Pas trop tôt ! Il jeta sa serviette dans un coin et enregistra le numéro du shérif ainsi que ceux de Jalinsky et de Baines dans le répertoire de son téléphone. Puis il enfila plusieurs couches de vêtements chauds et se mit en route vers l'écurie. Il avait deux heures devant lui, avant de devoir se rendre au gymnase pour surveiller les jeunes qui jouaient au basket-ball ou s'entraînaient sur les équipements sportifs pendant le week-end. Il voulait encore une fois examiner la scène de crime.

L'accès à l'écurie avait été interdit tout le temps que les policiers s'étaient activés sur les lieux. Mais les techniciens et les inspecteurs ayant terminé leur travail, Trent ne tint pas compte du ruban jaune délimitant la scène de crime, ruban qui, d'ailleurs, avait déjà été arraché et claquait au vent. Il entra dans l'écurie.

Il y trouva Flannagan qui faisait rentrer Augure, un hongre noir, par la porte de derrière, et le conduisait dans son box. Augure tirait sur sa longe, caracolait et secouait la tête, sa robe noire luisant sous la lumière. Les autres chevaux avaient déjà réintégré leurs stalles.

Trent tendit la main pour caresser le museau gris d'Arizona, et le hongre dans le box voisin s'ébroua impatiemment.

— Doucement, Scout, dit Trent avant de se tourner vers Flannagan. Vous avez besoin d'un coup de main ?

Vêtu de son pantalon de treillis et de l'anorak de Blue Rock, Flannagan secoua la tête.

— Nan ! C'est le dernier. De toute façon, je vais avoir de l'aide aujourd'hui, avec les trois élèves qui se sont battus hier. La nouvelle, Stillman, et aussi Lucy Yang et Eric Rolfe. Ils sont de corvée de nettoyage des stalles, ce week-end — enfin, une fois qu'ils auront fini de déblayer la neige.

Ses lèvres se tordirent en un rictus plus menaçant qu'amusé.

— Ce n'est que le début de la punition pour leur petite empoignade d'hier, reprit-il.

— Le début ?

Flannagan enferma Augure dans son box, puis détacha la longe du licou.

— Mmm… En temps normal, on abandonnerait les deux protagonistes dans la nature pendant un jour ou deux, séparément, bien entendu, histoire de leur donner le temps de réfléchir à ce qu'ils ont fait, à la façon dont ils ont manqué de respect envers l'école...

Il se dirigea vers le coin où était conservée la nourriture pour les animaux. Tandis que les chevaux poussaient des hennissements d'impatience, Flannagan dévissa le couvercle d'un baril d'avoine.

— Mais à cause du blizzard, le révérend Lynch dispense un peu de sa miséricorde aux âmes noircies des pécheurs.

— Ce sont des pécheurs ?

— Comme tout le monde, non ? répliqua Flannagan avec un rire étouffé.

Le couteau de chasse qu'il portait à la hanche attira le regard de Trent. Curieux accessoire, pour un homme qui travaillait avec des délinquants juvéniles, mais il faisait partie du personnage. Sans compter que c'était le genre d'outil indispensable pour qui soignait des bêtes.

Pendant que Flannagan grimpait l'échelle pour monter dans le fenil, Trent examina l'endroit où Andrew Prescott s'était effondré, inconscient. Quelqu'un avait lavé le sol, mais les vieilles planches poreuses s'étaient imprégnées de sang, si bien que la tache, d'une couleur brun roux, demeurait. Un peu plus loin, on voyait encore l'autre trace, plus petite, qui ressemblait aussi à une tache de sang. Les techniciens l'avaient photographiée et en avaient prélevé des échantillons pour déterminer s'il s'agissait du sang de Nona Vickers ou de celui de Drew Prescott.

— Ecartez-vous ! cria Flannagan avant de balancer deux bottes de foin par la trappe.

Dégringolant par l'ouverture, il atterrit sur le sol et, d'un adroit coup de couteau, trancha net les ficelles qui retenaient le foin pressé.

En imagination, Trent vit Prescott étendu sur le sol et Flannagan debout au-dessus de lui, brandissant cette affreuse arme de chasse.

Sauf qu'Andrew n'avait pas été poignardé.

— Qu'est-ce qu'il y a ? demanda Flannagan en saisissant une fourche. C'est ça qui vous dérange ?

Il pointa les dents de l'outil vers la tache sanglante visible sous les brins de foin.

— Oui, un peu.

— J'ai essayé de la laver à grandes eaux, mais cette foutue tache est têtue. Le sang est difficile à enlever, vous savez, expliqua Flannagan, comme s'il avait une longue expérience en la matière.

Il secoua la fourche pour en faire tomber du foin dans les mangeoires. Aussitôt, les chevaux plongèrent le museau dans l'herbe sèche en s'ébrouant.

Trent se mit à mesurer des rations de grain.

— J'ai l'impression que ce serait inconvenant de faire comme si elle n'était pas là, dit-il.

— La vie continue, répliqua Flannagan avec un sourire tranchant comme une lame de rasoir. Comprenez-moi bien. J'espère que ce garçon survivra. Je veux que le shérif O'Donnell capture l'assassin. Mais j'ai des bêtes à nourrir, des écuries à entretenir et des gamins à instruire. Je n'ai pas le temps de m'inquiéter à cause d'un peu de sang répandu par terre. J'en ai assez vu dans ma vie, je peux vous le dire. Il n'y a rien que nous puissions faire pour changer ce qui s'est passé. Nous ne pouvons que veiller à ce que ça ne se reproduise jamais.

Finalement, ils étaient au moins d'accord sur quelque chose, se dit Trent, tandis que Flannagan suspendait la fourche à son crochet sur le mur, avant de sortir de l'écurie pour gagner l'étable.

Une fois la porte refermée derrière son collègue, Trent contempla une dernière fois la tache de sang, puis gravit l'échelle. Dans le fenil, une sensation familière de pattes d'araignée lui remontant le long de l'échine l'envahit — cet étrange sentiment qui l'avait pris aux tripes la nuit où Nona Vickers était morte. Il leva les yeux vers les chevrons, revit le corps nu de la jeune fille se balancer doucement. Si les murs pouvaient parler…

Il grimpa jusqu'à l'endroit où on avait trouvé le sac de couchage et le tas de vêtements. Du mur de foin que les enquêteurs avaient démoli en ratissant les lieux, il ne restait plus que quelques bottes éparpillées en désordre. Il faisait froid, là-haut ; la petite lucarne ronde était toujours ouverte de quelques centimètres. Il songea à la fermer puis, se rappelant le hibou qui nichait dans les poutres, décida de la laisser telle quelle.

Debout au milieu du fenil où la terreur avait régné la nuit précédente, il sortit son téléphone mobile et appela les inspecteurs dont il avait fait la connaissance la veille. N'ayant pu joindre que le répondeur de Ned Jalinsky, il essaya Tori Baines.

— Baines à l'appareil.

La voix grave de l'inspecteur avait le ton mordant de quelqu'un qu'on dérange.

— Cooper Trent, à Blue Rock. Nous nous sommes rencontrés hier sur la scène de crime. J'ai parlé à O'Donnell ce matin, il m'a nommé adjoint.

— Oui, je suis au courant, répondit-il, sans enthousiasme. Ça fait bien dix minutes, pas vrai ? On peut dire que vous ne perdez pas de temps.

— Je veux attraper ce type avant qu'il ne s'en prenne à quelqu'un d'autre. Le shérif O'Donnell m'a dit de m'adresser à vous si j'avais des questions. Mais ce n'est peut-être pas le moment ?

Il soupira.

— Si, pourquoi pas ? De toute façon, je suis bloqué à un barrage routier. Vous n'imaginez pas le nombre de conducteurs qui se croient assez malins pour rouler dans la neige, juste parce qu'ils conduisent des 4x4.

— Je sais, j'ai déjà travaillé dans la police. Je me demandais si vous aviez reçu les résultats d'analyse à propos de Nona Vickers. Est-ce qu'on a déjà pratiqué une autopsie ?

— Le coroner s'est débrouillé pour effectuer l'autopsie dès hier. Il m'a envoyé le rapport sur mon BlackBerry. Je l'ai sous les yeux. Et il est formel : il ne s'agit pas d'un suicide.

— Ça confirmerait donc ce qu'a dit Drew Prescott.

Le téléphone dans une main, Trent redescendit dans l'écurie.

— C'est bien ce que vous soupçonniez, non ? Vous avez été le premier à remarquer les traces d'hémorragie pétéchiale. On dirait que la pendaison n'était destinée qu'à impressionner. La victime est morte d'asphyxie.

— Elle a donc été étranglée, conclut Trent.

— Les ecchymoses sur le cou correspondent à des marques de doigts. Il y a aussi quelques côtes fracturées. Tout cela ressemble bien à une strangulation. Quelqu'un s'est agenouillé sur elle et lui a serré le cou jusqu'à ce que mort s'ensuive.

— Le fils de pute ! s'exclama Trent. Salopard de fils de pute !

Plus que jamais, il eut envie d'une cigarette.

# 25

Devant sa fenêtre, Julia se séchait les cheveux avec une épaisse serviette, tout en observant les nuages amoncelés au-dessus des montagnes. La nuit avait été d'un calme mortel, mais, ce matin, la tempête était revenue se venger. Les routes demeureraient impraticables. Toute la journée, ils resteraient bloqués ici, sans pouvoir compter sur le secours de la police.

Coincés sur place, à la merci d'un tueur en liberté.

Le vent, dont le hurlement menaçant ressemblait au rire du diable, traversait en mugissant le canyon, avant de venir lécher les bords glacés du lac de la Superstition et soulever des vagues aux endroits où l'eau était trop profonde pour geler. Dans le ciel, des nuages gris acier entraient en collision, et la neige tombait en petits flocons de glace durcie qui cliquetaient furieusement en heurtant la fenêtre.

Julia avait mal dormi, l'esprit toujours hanté par des images de mort. Après avoir rêvé de son père gisant dans une mare de sang, elle avait eu un cauchemar dans lequel le corps nu d'une jeune femme se balançait au bout d'une corde dans une écurie obscure. Pauvre Nona!

Quant à ses craintes concernant une présence éventuelle dans sa chambre ou dans le couloir, elle n'avait trouvé aucun signe anormal. A l'évidence, son imagination, débordante autant que macabre, s'était encore emballée.

— Parano, murmura-t-elle entre ses dents, tandis qu'elle entrait dans la salle de bains. Voilà ce que tu es.

Elle brancha le sèche-cheveux et finit de se coiffer, puis, après s'être appliqué une couche de rouge à lèvres, elle se prépara une tasse de thé et composa le numéro de Mme Dixon. Sa voisine, qui était une lève-tôt, décrocha dès la première sonnerie.

— Je ne vous le rendrai jamais, déclara-t-elle tout à trac.

— Comment ?

— J'ai reconnu votre numéro sur l'écran d'affichage, et je vous avertis simplement : je suis dingue de votre chat. Vous allez devoir me l'arracher.

— Il est chez vous depuis quoi ? Deux jours ? On verra si vous l'aimez toujours autant dans une semaine ou deux, quand il vous aura rapporté des souris décapitées en guise de trophée, ou qu'il aura déchiré vos rideaux à coups de griffes et accueilli vos invités avec des feulements.

— Mon adorable petit Diablo ? s'esclaffa Mme Dixon.

— Il ne s'appelle pas comme ça par hasard, vous savez. Il mérite bien son nom.

Mme Dixon émit un petit rire, puis les deux femmes bavardèrent pendant quelques minutes. Tout en buvant son thé à petites gorgées, Julia écouta sa voisine lui raconter les moindres faits et gestes de son chat. Lorsqu'elle raccrocha, elle se sentit quelque peu réconfortée. Le thé l'avait réchauffée, et sa voisine à Seattle avait dissipé toutes ses inquiétudes à propos de son compagnon à quatre pattes. Ce traître de Diablo semblait parfaitement s'accommoder de son absence.

Estimant qu'elle ne risquait rien à se déplacer seule en plein jour, elle s'emmitoufla pour affronter le froid et partit explorer le campus. Elle s'appliqua à mémoriser l'emplacement de chaque bâtiment, ainsi que les allées qui les reliaient. Un sentier traversait le campus et, au-delà des étables, conduisait d'un côté vers des pentes boisées, longeait de l'autre les bords du lac. C'était ce chemin, décida-t-elle, qui deviendrait sa piste de jogging, dès que le temps le permettrait. A condition, naturellement, qu'elle reste assez longtemps dans cette école.

Pour l'instant, il lui était impossible de courir à cause du verglas, mais elle pourrait toujours faire de l'exercice dans le gymnase, qui, d'après les brochures qu'elle avait consultées, offrait toutes sortes d'équipements de musculation.

Même si cela impliquait d'avoir affaire à Cooper Trent.

Elle allait devoir s'efforcer de le considérer comme un allié plutôt que comme un adversaire. Leur malheureuse histoire d'amour était terminée depuis longtemps, et il leur fallait désormais affronter le présent.

Pas question de remonter dans son passé, jusqu'à cet été où elle l'avait rencontré pour la première fois. Ce jour-là, il sentait bon la poussière, le tabac et le cheval, une barbe de trois jours ombrait ses fortes mâchoires, et un sourire effronté avait lentement étiré tout le bas de son visage. Elle avait été fascinée par l'aura de mystère et la virilité qui émanaient de lui.

— Idiote, se morigéna-t-elle tout bas.

Ce qui n'empêcha pas son cœur de battre plus vite à ce seul souvenir.

Malheureusement, oublier les moments qu'ils avaient passés ensemble était plus facile à dire qu'à faire. Quelques heures plus tard, Julia eut l'occasion de le vérifier.

La première fois qu'elle aperçut Trent, ce jour-là, ce fut au moment du petit déjeuner. Il avait pris place à table avec son groupe. Assise à côté de lui, l'air maussade, Shaylee chipotait son muffin. Trent, absorbé dans une discussion avec ses élèves, ne jeta pas un seul coup d'œil en direction de Julia. Ce qui, en fin de compte, était aussi bien. Même si cela n'améliorait en rien le goût de ses flocons d'avoine et de son café.

En revanche, Shaylee gardait avec insistance les yeux braqués sur Julia, et ça, ce n'était pas malin. Malgré tous ses efforts, Julia ne pouvait ignorer la supplication dans le regard de sa sœur. Elle ne refusait pas de parler à Shay, mais simplement, elle ne pouvait en prendre le risque. Surtout pas devant tous les professeurs et les élèves de Blue Rock réunis.

Avant le repas, le révérend Lynch avait prononcé une prière dans laquelle il s'en remettait à Dieu pour leur sécurité.

— Il est dit dans le Psaume 27 : 5 : « Car Il me protégera

dans son tabernacle au jour du malheur, Il me cachera sous l'abri de sa tente ; Il m'élèvera sur un rocher. »

Sur un rocher ? Julia retourna ces derniers mots dans sa tête. Le pasteur avait-il choisi cette citation de la Bible à cause du nom de l'école ?

Le petit déjeuner se déroula dans une ambiance tendue. Les professeurs et les élèves ne s'étaient pas remis du choc causé par les sauvages agressions de la veille, et restaient inquiets à l'idée que l'assassin erre toujours en liberté.

Comme les adolescents commençaient à débarrasser leurs assiettes, Lynch regagna l'estrade pour aborder la question des tâches ménagères et entreprit de répartir les corvées entre les différents groupes. Puis, à la surprise de Julia, il appela Shaylee, Lucy Yang et Eric Rolfe. Il leur demanda de se tenir par la main et de « briser le mur des malentendus » qui les avait divisés.

Julia tenta de ne pas prêter attention aux ricanements qui fusèrent dans la salle pendant que Lynch leur posait une main sur la tête et récitait une prière pour implorer le Seigneur de pardonner leurs péchés. Au moment du dernier « Amen », il exigea que toutes les personnes présentes dans le réfectoire se prennent par la main et que chacune prononce un mot gentil à l'intention de ses voisins.

Exactement le genre de choses que Julia avait en horreur.

— Je me félicite que vous ayez rejoint notre équipe, lui dit Rhonda Hammersley. Nous avons bien besoin de quelques femmes en plus.

Forçant un mensonge à franchir ses lèvres, Julia lui répondit, de la même façon, qu'elle était heureuse d'être à Blue Rock.

A son tour, Wade Taggert, avec son expression perpétuellement inquiète, lui affirma qu'elle serait un atout précieux pour l'école et qu'il se réjouissait à l'avance de travailler avec elle. Toute la scène avait l'air surréaliste, comme écrite à l'avance. Espérant paraître beaucoup plus sincère qu'elle ne se sentait en réalité, Julia lui répéta ce qu'elle avait dit à Hammersley.

Dès qu'il eut relâché sa main, Taggert se frotta nerveusement le menton.

Elle n'entendit pas ce que Shaylee, Lucy et Eric se dirent, mais les mâchoires crispées de Shaylee n'auguraient rien de bon en matière de pardon des offenses. Toutefois, Julia n'allait pas se tourmenter pour ça. Pas pour l'instant.

Même si on était le week-end, Julia avait du pain sur la planche. Pour commencer, elle devait remplir les formulaires d'embauche destinés à compléter son dossier en tant que membre du personnel. Dès le petit déjeuner terminé, elle se rendit dans le bâtiment de l'intendance, où elle trouva le bureau de Charla King. La secrétaire de Lynch ressemblait quelque peu à une ex-reine de beauté — très fanée et légèrement mécontente. De ses ongles manucurés, Charla montra à Julia où elle devait signer les formulaires pour l'assurance, la pension de retraite et les impôts. L'opération était fastidieuse, mais Julia prit la peine de parcourir rapidement les documents avant d'y apposer sa signature.

— Nous avons presque terminé, lui promit Charla comme si elle avait lu dans ses pensées.

Elle poussa vers Julia le dernier document et expliqua :

— Ceci est une clause de confidentialité. Elle nous garantit que vous ne divulguerez aucune information sur Blue Rock, pendant tout le temps que vous serez employée ici, et même après votre départ. Comme vous le savez, nous tenons beaucoup au respect de la vie privée de nos enseignants et de nos élèves.

Julia sentit ses orteils se tortiller dans ses bottes lorsqu'elle baissa le regard sur le formulaire. Celui-là allait lui poser un problème, mais, après tout, qu'est-ce que ça pouvait faire ?

Charla la regarda, en souriant, lire rapidement le document puis griffonner son nom dans la case appropriée.

— Parfait.

La secrétaire rassembla toutes les feuilles, les tapota sur le bureau pour en faire une petite liasse bien nette, puis les déposa soigneusement dans une chemise cartonnée qu'elle enferma dans l'un des classeurs.

— Très bien, répéta-t-elle en fourrant la clé dans son sac à main, avant d'attraper son manteau de laine et son écharpe. Je vais maintenant vous faire faire brièvement le tour du propriétaire. Avec toute cette neige, le campus risque d'être calme, aujourd'hui. Nos élèves vont devoir rester à l'intérieur la plupart du temps. Tout le monde est encore très nerveux à cause de ce qui est arrivé à ces deux gosses.

Curieusement, le ton de Charla réussissait à minimiser la gravité de la situation. Julia enfila sa doudoune, prit son bonnet et emboîta le pas à la secrétaire, qui sortit dans le vent glacial.

Pleine d'enthousiasme, le bout du nez et les joues rougies par le froid, Charla désigna un à un les bâtiments, les allées et les raccourcis, dont Julia avait déjà repéré la plupart sur la carte accrochée au mur de son studio.

— Le révérend Lynch tient fermement les rênes de notre école et, chaque année, il vient en aide à des centaines d'adolescents en difficulté, dit Charla, comme aiguillonnée par sa foi en l'homme qui, à ses yeux, était le pilier de Blue Rock Academy.

Julia la suivit sur l'allée qui disparaissait rapidement sous une nouvelle couche de neige fraîche. Avec plus de force que prévu, la tempête en provenance du Canada balayait la Colombie-Britannique et déferlait sur l'Etat de Washington, l'Oregon, et jusque dans certaines régions du nord de la Californie. Les bulletins d'informations signalaient que plusieurs tronçons de l'autoroute I-E, l'épine dorsale des Etats de l'Ouest, étaient fermés à la circulation. Julia se félicita d'être arrivée la veille, avant le déchaînement du blizzard.

Sur les bords gelés du lac de la Superstition, l'hydravion était emprisonné dans les glaces. Avec un temps pareil, il n'y avait aucun moyen d'entrer dans cet endroit ou d'en sortir.

Charla suivit son regard.

— Je n'ai jamais vu autant de glace sur le lac de la Superstition, déclara-t-elle. Pourtant, nous avons toujours notre lot de neige. Cette partie des monts Siskiyou est régulièrement ensevelie.

— L'isolement ne vous pèse pas ? demanda Julia.

Une pluie de minuscules cristaux de glace lui giflait le visage.

— Je peux dire en toute honnêteté que c'est assez confortable, ici, en hiver. Blue Rock a beau se trouver géographiquement désavantagée, nous sommes parés pour affronter n'importe quelle situation. Nous pourrions même survivre à une attaque nucléaire.

« Parés pour affronter n'importe quelle situation, sauf la disparition et le meurtre de vos étudiants ! » eut envie de répliquer Julia.

— Je crois même qu'à une époque, il y a eu un abri antiatomique sur le campus, mais je ne l'ai jamais vu, poursuivit Charla en riant.

Et elle entreprit d'expliquer que l'école était entièrement autonome grâce à ses réserves de nourriture, ses deux groupes électrogènes et ses énormes réservoirs de propane et d'essence. Elle possédait également sa propre station de radiocommunication et une infirmerie. Même si le personnel ne comptait pas de médecins parmi ses membres, Jordan Ayres serait bientôt en mesure d'exercer en tant qu'infirmière praticienne, et Kirk Spurrier, le pilote, avait été autrefois ambulancier.

Derrière ses lunettes embuées, Charla semblait croire que les besoins médicaux de l'école étaient largement couverts. Julia se gardait bien de dire qu'elle ne partageait pas son avis, hochant la tête aux moments opportuns de la conversation et tenant la capuche de son anorak serrée sous son menton. Malgré ses bottes et ses grosses chaussettes, ses orteils commençaient à s'engourdir.

— Depuis combien de temps êtes-vous ici ? demanda-t-elle.

— Ça fera dix-huit ans en avril, répondit la secrétaire avec fierté. J'ai été la première que le révérend Lynch a engagée. Je l'ai aidé à tout organiser et à embaucher le personnel enseignant. A l'époque, nous n'étions encore qu'une poignée.

— Et avant ça ?

Charla fit un geste de sa main gantée en direction des bâtiments.

— Oh, le domaine était affreusement délabré... Son

propriétaire en avait fait don à une église dans les années 1940, pour qu'il serve de centre de retraite et de conseil familial. Mais les installations n'étaient pas entretenues et elles se sont détériorées. Je crois que le père du révérend venait ici quand il était enfant ; ensuite, il y a amené son fils. Pour aller à la chasse et à la pêche, ce genre de choses… Plusieurs années plus tard, quand le révérend Lynch a eu l'idée de fonder son école, il a pensé que ce serait l'endroit idéal. Isolé du monde mais près de Dieu. Il a trouvé des investisseurs et a travaillé d'arrache-pied pour réaliser son rêve. Aujourd'hui, l'école fait figure de modèle pour les établissements d'enseignement dans tout le pays, et probablement dans le monde entier.

— Et Mme Lynch, elle en fait partie ? demanda Julia, se rappelant l'échange de propos amers qu'elle avait surpris entre le pasteur et son épouse.

L'expression du visage de Charla perdit un peu de son entrain, puis son sourire revint, comme sur commande.

— Oh, naturellement, dit-elle. Le père de Mme Lynch, Radnor Stanton, a beaucoup investi dans Blue Rock. C'était un philanthrope et un entrepreneur né. Il a fait fortune dans le transport maritime, je crois.

Elle agita sa main gantée, comme pour souligner que les activités professionnelles de Stanton n'avaient aucune importance. Elles expliquaient tout de même l'élégante demeure de Seattle.

— Il est décédé, si je ne m'abuse ?

— Oui, il y a dix ans, et c'est bien dommage, répondit Charla. C'était un homme bien. Perspicace, comme le révérend.

— Et peut-être aussi comme le révérend McAllister ? suggéra Julia.

Charla poussa un soupir.

— Lui, il est… différent. Le conseil d'administration souhaitait que quelqu'un de plus jeune fasse partie du personnel, et il était disponible. Mais il est convaincu que les élèves devraient, vous savez — elle dessina des guillemets en l'air avec ses doigts —, « suivre leur propre chemin ». Entretenir une relation personnelle avec Dieu. Il dédaigne toute forme d'autorité et de doctrine.

Elle coula un regard oblique vers Julia et ajouta :

— Comme je vous le disais, il est différent.

— Je comprends ce que vous voulez dire. Il est non-conformiste.

— C'est une manière de voir les choses.

— Mais les deux pasteurs n'ont pas de mal à travailler ensemble, n'est-ce pas ?

— Comme l'affirme le révérend Lynch, « il y a plusieurs voies pour arriver jusqu'à Dieu ».

— Et Mme Lynch partage cet avis ?

— Cora Sue ? Qui peut le savoir ? répondit Charla avec feu.

— Et leur mariage ? Que devient-il dès lors que le révérend habite ici la plupart du temps et que sa femme vit à Seattle ?

— Ça rend les choses plus faciles pour elle, répliqua Charla avec une pointe d'amertume dans la voix.

— Et pour lui aussi, j'imagine. Quand sa femme n'est pas là, il peut… agir à sa guise.

Charla posa un regard horrifié sur Julia.

— Est-ce que vous insinuez que Tobias pourrait tromper Cora Sue ? demanda-t-elle, outrée. Il ne ferait jamais une chose pareille ! Ce n'est pas un mari adultère.

— Et Cora Sue ?

Charla s'arrêta net.

— Cela ne nous regarde ni l'une ni l'autre. Le révérend Lynch est un homme bon ! Charitable, juste et extrêmement indulgent…

Elle sembla vouloir en dire davantage, mais se ravisa.

— Même quand sa femme… ? insista Julia.

— Cora Sue n'est pas aussi… dévouée que le révérend, répondit Charla.

Son regard sévère exprimait clairement la réprobation. Elle avait manifestement conscience que le mariage du pasteur battait de l'aile et que le problème venait de sa femme. Elle se remit en marche, les joues rougies par le froid.

Julia la suivit et décida de la sonder plus avant.

— J'ai cru comprendre, lors de mon premier entretien, que le révérend Lynch était également titulaire d'un doctorat, c'est exact ?

— Un double doctorat, confirma la secrétaire, le visage de nouveau rayonnant. En psychologie et en études religieuses. Il est extrêmement cultivé — l'un des théologiens les plus estimés de la côte Ouest. Il se consacre totalement à ses étudiants.

Julia supposa que la secrétaire, entichée comme elle l'était de son patron, en rajoutait peut-être un peu, mais elle joua le jeu.

— Je savais bien que c'était un homme de Dieu. C'est l'une des raisons qui m'ont poussée à accepter ce poste. Tout comme le révérend Lynch, je m'attache à aider les jeunes.

Là, au moins, elle disait la vérité, et Charla sembla la croire.

— Mais j'ai l'impression qu'il reste des lacunes dans le programme scolaire du professeur qui m'a précédée, Mme Howell.

Charla se raidit.

— Cela fait un moment qu'elle est partie. Mme Hammersley et M. Taggert l'ont remplacée jusqu'à votre arrivée. S'il manque quelque chose, c'est à eux que vous devriez vous adresser.

— Je me disais que, comme vous semblez occuper la fonction de coordinatrice pour toute l'école, vous auriez une idée de l'endroit où je pourrais trouver les notes et les plans de cours détaillés de Mme Howell.

— Je ne sais pas, répondit Charla, malgré la petite lueur qui s'alluma dans ses yeux — à croire qu'elle mourait d'envie de partager avec Julia les potins de Blue Rock. Je suis certaine que tout ce que l'école possède se trouve dans le dossier qu'on vous a remis.

— On m'a donné le manuel et le programme, mais je pensais que vous pourriez m'éclairer sur la personnalité de Mme Howell. Elle travaillait avec mes futurs élèves, elle devait bien les connaître.

Charla exhala un soupir.

— Je ne devrais pas vous parler d'elle.

— A cause du procès ?

Au diable la discrétion ! Il n'était plus question de tourner autour du pot.

— Les poursuites ont été abandonnées, rétorqua Charla d'un ton féroce, avant de se reprendre. Tout récemment… Ce n'est pas un secret… Maris a été surprise avec un élève. Ethan Slade. Les parents étaient très mécontents, ça se comprend.

— Mais Ethan est toujours ici.

— Oh, oui, bien sûr. Il est même devenu assistant d'éducation et il poursuit ses études universitaires par l'intermédiaire de l'école, le tout gratuitement — ça fait partie de l'arrangement que ses parents ont négocié. Maris a été remerciée, et même le procureur a renoncé à toute inculpation. Les charges retenues ont été abandonnées.

Visiblement, Charla n'approuvait pas. Comme si elle venait de se rendre compte qu'elle en avait trop dit, elle pressa le pas.

— Voici notre gymnase, annonça-t-elle pompeusement en montrant l'énorme bâtisse dont le toit bombé s'élançait vers le ciel. Tous les élèves doivent suivre des cours d'éducation physique et des stages de survie. Vous avez déjà rencontré le professeur, M. Trent. Il occupe ce poste depuis peu, mais il travaille avec chaque élève, et le programme ne se limite pas aux sports en salle. M. Trent passe beaucoup de temps dehors. Il pratique aussi bien le football que le tir à l'arc, l'équitation, le yoga ou la planche à voile. Le révérend Lynch est lui-même très sportif — il a pratiqué la boxe. Il est convaincu que chacun doit entretenir sa forme physique et que le corps et l'esprit sont des dons de Dieu. Nous apprenons à nos élèves l'importance de prendre soin de l'un comme de l'autre.

On en revenait toujours à ce bon révérend ! Bon sang, Charla devait être vraiment mordue !

Elles dépassèrent plusieurs groupes d'élèves occupés à déblayer les allées. Charla fit bonjour de la main à un grand gaillard coiffé d'une casquette de chasse à oreillettes.

— Bonjour, Joe ! lança-t-elle.

Avec sa stature qui avoisinait les deux mètres, l'homme était bâti comme un joueur de football américain.

— Joe Ingersoll est responsable de l'entretien, précisa Charla.

L'air un brin agité, l'homme hocha la tête sans cesser de donner des ordres à trois assistants d'éducation dont Julia ne connaissait pas encore le nom.

Charla leva une main gantée devant sa bouche.

— Nous parlions d'Ethan Slade… Eh bien, le voici, à côté de Joe.

Et, du doigt, elle désigna un garçon au visage grave — celui qu'on disait impliqué dans un scandale avec Maris Howell. Julia se promit d'aller lui parler.

— Les deux autres sont aussi des AE, ajouta Charla. Roberto Ortega et Kaci Donahue.

— Vous connaissez tous les étudiants par leurs noms ? demanda Julia.

— Naturellement. Certains AE reçoivent leurs consignes de Joe avant de conduire les équipes de travail sur le terrain ou dans les bâtiments.

— Et les assistants participent aussi aux opérations de sécurité ?

— Sous surveillance, cela va de soi.

— La surveillance de qui ?

— Nous engageons du personnel, comme le gardien à l'entrée du domaine, mais, en fin de compte, quand il y a un problème, on s'adresse à Bert Flannagan ou Kirk Spurrier, expliqua Charla. Flannagan était le seul responsable de la sécurité, jusqu'à la disparition de l'une de nos élèves. Depuis, il fait équipe avec Spurrier, conclut-elle nerveusement.

— Vous voulez parler de Lauren Conway ? demanda Julia, sautant sur l'occasion pour aborder le sujet. J'ai lu qu'elle avait disparu sans laisser de trace.

Charla se figea.

— Je sais. Toutes sortes d'hypothèses ont été avancées. Mais si vous voulez mon avis, elle s'est enfuie, purement et simplement. Les journalistes ont voulu faire croire qu'il lui était arrivé quelque chose d'épouvantable. Je ne suis pas en mesure de le nier, mais cette fille était une manipulatrice. Elle était venue ici en suppliant qu'on l'accepte dans le programme réservé aux assistants d'éducation, pour payer ses études.

Elle secoua la tête et poursuivit :

— Mais je l'ai cataloguée dès le début, vous savez. Je me suis tout de suite doutée qu'elle ne préparait rien de bon.

— Vous croyez que d'autres motivations l'avaient poussée à venir ici ?

— Je ne peux pas le prouver. Mais il y avait quelque de louche là-dedans, répondit Charla.

Puis, comme si elle venait de prendre conscience qu'elle avait encore une fois trop parlé, elle fit un geste de la main en direction du bâtiment de l'intendance et changea de sujet :

— Nous revoici à notre point de départ. Vous trouverez du café, du thé et du chocolat chaud à votre disposition dans la cafétéria. Et il va sans dire que si vous avez des questions, je suis généralement disponible pour vous répondre. Le révérend m'a chargée de vous rappeler que vous aviez rendez-vous avec lui ce soir. A 19 heures dans son bureau, à la chapelle.

— Je ne manquerai cela pour rien au monde, affirma Julia, essayant de ne pas laisser transparaître l'ironie de ses paroles.

Tandis que Charla se hâtait de gravir les marches couvertes de neige du bâtiment, Julia s'interrogea sur la relation qui unissait la secrétaire et son patron. A l'évidence, Charla n'éprouvait aucune affection pour Cora Sue Stanton Lynch, et devait même nourrir une certaine jalousie à son égard. A cause de la fortune de Cora Sue ? Ou parce que celle-ci était l'épouse du révérend Tobias Lynch ?

Julia avait du mal à penser au pasteur en termes de sexualité, mais finalement, qu'en savait-elle ? Elle-même avait entretenu une liaison avec Cooper Trent quand celui-ci n'était encore qu'un misérable cow-boy de rodéo et, pour dire la vérité, elle le trouvait toujours aussi séduisant.

— Idiote, grommela-t-elle en tapant du pied sur le perron de Stanton House pour faire tomber la neige de ses semelles.

Jetant un coup d'œil derrière elle, histoire de s'assurer que personne ne la surveillait ni ne la suivait, elle entra. Et se demanda ce que Trent allait faire ce jour-là.

« Arrête ! C'est fini, entre vous.

« Quelle que soit l'attirance qu'il a exercée sur toi, elle aurait dû se dissiper depuis des années. »

Et pourtant, elle était toujours là.

Comme une fichue rage de dents, une de celles qu'on s'efforce d'ignorer en espérant qu'elle partira toute seule. Sauf qu'elle ne faisait qu'empirer.

# 26

Il devait y avoir une loi pour empêcher ce genre de traitement inhumain, songea Shay. Est-ce que ramasser du fumier à la pelle n'appartenait pas à la catégorie des « peines cruelles et inusitées » ? Il existait forcément une loi contre les abus de cette sorte !

Debout dans le box de la jument grise, Shay s'échinait à glisser sa pelle sous le crottin fumant et la paille souillée, avant de vider le tout dans une brouette à moitié pleine. Malgré la température glaciale, elle commençait à transpirer, sans doute parce qu'elle bouillait à l'intérieur. Pelleter du fumier avec Lucy et Eric était pire que tout !

Elle avait espéré que Julia aurait un plan pour la faire sortir de là. Mais jusqu'à présent, le plan en question semblait plutôt foireux. En quoi consistait-il, déjà ? Se faire engager comme professeur, fouiner partout et lui conseiller de « se montrer patiente »...

Elle enfonça encore une fois sa pelle dans la litière et l'entendit racler le béton. Ce qui était bon signe. Au moins, elle en avait presque terminé avec ce box-là.

Malheureusement, l'écurie était immense. Elle devait bien comporter une trentaine de stalles, et toutes devaient être récurées pendant que les chevaux tournaient en rond dans le manège couvert.

Il faudrait une éternité pour les nettoyer et y étaler ensuite de la paille fraîche. Ensuite, les chevaux recommenceraient à tout saloper.

Shay avait beau porter d'épais gants de cuir, elle sentait la brûlure des cloques qui se formaient sur ses mains. Pourtant, elle n'osait ni s'arrêter ni se plaindre. Pas avec Flannagan dans les parages, qui ne cessait d'entrer et de sortir, et Eric et Lucy prêts à la dénoncer si elle s'arrêtait de trimer. Ses épaules et son dos la faisaient souffrir. Même ses bras protestaient, malgré tous les exercices qu'elle effectuait régulièrement pour se maintenir en superforme. Et pour couronner le tout, le fumier lui montait jusqu'aux chevilles.

Se pouvait-il qu'un centre de détention juvénile soit plus horrible que ça ? Shay en doutait. Elle jeta une autre pelletée de crottin dans la brouette qui attendait, dans l'allée derrière les stalles, et envisagea un instant de flanquer un tas de fumier à la figure d'Eric. Mais elle s'abstint. Il travaillait deux fois plus vite qu'elle, ce qui réduisait d'autant sa part de corvée à elle.

— Ce n'est pas juste ! maugréa Lucy dans le box du hongre louvet baptisé Roscoe.

Elle glissa un regard noir en direction d'Eric.

— A qui le dis-tu ! approuva Shay.

— Oh, fermez-la, les mauviettes ! lança Eric en se redressant.

La sueur lui dégoulinait sur le visage. Il avait presque fini de curer le box de Scout.

— Ça pourrait être pire, ajouta-t-il.

— Alors là, je ne vois pas comment, rétorqua Lucy, toujours prompte à riposter.

S'essuyant le front avec sa manche, Rolfe esquissa un sourire narquois.

— Essaie de faire la même chose en plein été, quand il fait 38° à l'ombre. Ça pue mille fois plus, et ça grouille de mouches. Des mouches qui ne se contentent pas de bourdonner, mais qui piquent. Et parfois, il y a des vers dans le crottin. Ou des asticots.

— Tu essaies de me débecter ? demanda Lucy.

— Remets-toi au boulot et arrête de pleurnicher, grogna Eric.

La porte coulissante qui donnait sur le pâturage s'ouvrit en grinçant sur ses roulettes gelées. Flannagan entra à grandes enjambées, les épaules et les bords de son chapeau tout blancs de neige.

— Il y a un problème ? demanda-t-il. J'espère que non, parce que si vous croyez que je n'ai pas mieux à faire que de torcher le derrière à des petits morveux de votre espèce, vous vous fourrez le doigt dans l'œil.

— Moi, ça va, dit Eric en saisissant les poignées de la brouette. C'est les filles, elles n'ont pas l'habitude de bosser.

Il descendit l'allée et sortit par la porte ouverte.

— Quelle plaie, celui-là ! soupira Lucy dès que les deux hommes eurent quitté l'écurie. Tous les AE sont comme ça. Ils attrapent la grosse tête.

Elle lança un regard méprisant vers la porte.

— Ils s'imaginent qu'ils ont droit à un traitement de faveur. Comme s'ils le méritaient !

Elle plissa le nez.

— C'est curieux, tu sais… On dirait qu'ils font partie d'une société secrète ou quelque chose dans ce goût-là.

— Ça n'a rien de secret, répondit Shay.

— Je ne parle pas seulement du fait d'être assistant d'éducation. Je crois qu'il y a autre chose. Quelque chose… je ne sais pas, de plus sérieux. Peut-être que ça ne vaut pas pour tous, remarque.

Lucy fronça ses fins sourcils.

— Lauren Conway, tu sais, la fille qui a disparu avant Thanksgiving ? Eh bien, elle trouvait qu'il se passait des choses bizarres, comme une sorte de culte, et elle savait de quoi elle parlait, vu qu'elle faisait partie des AE.

Shay faillit éclater de rire.

— Un culte des AE ?

— Hé, ce n'est pas une blague ! A mon avis, c'est pour ça qu'elle a disparu. Je crois qu'elle en savait trop.

— Alors maintenant, il s'agirait d'un culte mortel ?

Du revers de la main, Lucy essuya la transpiration sur son front.

— Je sais que ça a l'air dingue, mais ce n'est peut-être

pas complètement à côté de la plaque. Enfin, je veux dire… Qu'est-ce que tu crois qu'il soit arrivé à Nona et Drew ?

— Je n'en sais rien, mais je ne pense pas qu'une bande d'AE cinglés les ait agressés. Enfin, voyons ! Drew Prescott est l'un d'eux ! Tu ne vas pas me dire qu'ils se sont tous ligués contre lui parce qu'il était devenu… quoi ? Un renégat ? Et pareil pour Lauren Conway. Elle ne s'entendait pas bien avec eux, alors ils l'ont assassinée, et ensuite ils se sont débrouillés pour se débarrasser du cadavre ?

Shay leva les yeux au ciel.

— Tu vois, Lucy, on se croirait en plein dans une de ces tragédies de Shakespeare que Maeve aime tant.

— Je sais que ça sonne bizarre, mais moi, je te dis qu'il se passe des choses pas très catholiques, ici.

Le vent sifflait autour du bâtiment ; au-dessus de leurs têtes, les poutres craquaient. Lucy regarda en l'air et Shay devina à quoi elle pensait — que c'était là-haut que Nona et Drew avaient été attaqués. Là-haut que Nona avait perdu la vie.

— Ce n'est pas ça, la vraie punition, reprit Lucy en montrant du doigt les pelles et les stalles à moitié nettoyées. Pour nous donner une leçon, ils s'y prennent autrement. Avec leurs trucs psychologiques. La spécialité de Lynch.

— Qu'est-ce que tu veux dire ?

Lucy regarda autour d'elle pour s'assurer que personne ne pouvait les entendre.

— Ils auraient pu nous envoyer dans les chenils ou les granges, ou même la porcherie… Pas vrai ? Tu ne crois pas que ça aurait été encore pire, avec les cochons ? Mais non, on se retrouve ici, dans l'écurie, exactement à l'endroit où Nona a été assassinée, conclut-elle en levant les yeux vers le fenil.

— Et alors ?

— Réfléchis un peu au nom de famille du révérend. Lynch. Comme dans « lynchage ». Comme dans pendaison.

Lucy frissonna.

— Tu crois vraiment qu'il s'agit d'une coïncidence ?

Avant que Shay ait eu le temps de répondre, les lumières se mirent à clignoter de façon inquiétante.

— Oh, nom d'un chien ! murmura Lucy.

Des voix vibrantes de colère retentirent à l'autre bout de l'écurie.

— Et vous avez intérêt à filer droit ! vociférait Flannagan, manifestement très remonté. On ne vous a pas sélectionné pour cogner sur des filles, monsieur Rolfe. Ne refaites jamais ce genre de conneries.

Lucy croisa le regard de Shay et haussa une épaule, comme pour dire : « Tu vois, je ne m'étais pas trompée ! »

— Alors, d'après toi, Flannagan serait aussi dans le coup ? s'esclaffa Shay. Je regrette de te dire ça, Yang, mais Flannagan est un peu vieux pour un assistant d'éducation. Et Lynch aussi.

La mine renfrognée, Lucy passa dans un autre box. Shay se remit au travail, tandis qu'Eric, le visage rougi par le froid et l'engueulade qu'il venait d'essuyer, remontait l'allée avec la brouette.

Il entra dans le box d'Augure.

— Je déteste ce vieux débris, marmonna-t-il entre ses dents, tout en ramassant une nouvelle pelletée de fumier et de crottin. Je voudrais qu'il crève, ce salaud !

Avant de pousser la porte de la chapelle déserte, Julia tapa du pied pour débarrasser ses bottes de la neige qui s'y était collée. Elle avait quitté le réfectoire au beau milieu du dîner, afin d'arriver à l'heure à son rendez-vous avec le révérend Lynch, même si la pensée de devoir traverser le campus seule dans le noir l'avait fait hésiter un instant.

Une fois à l'intérieur, elle s'enfonça dans l'ombre de la nef. Le sol carrelé réfléchissait la lueur des bougies à piles placées à divers endroits stratégiques, de façon à éclairer la remontée de l'allée centrale jusqu'à l'autel. Derrière elle, des lampes encastrées illuminaient l'énorme croix enchâssée dans la paroi vitrée.

Le bruit de ses pas assourdis par le long tapis rouge, Julia gagna une porte latérale, puis descendit un petit couloir avant d'atteindre le bureau privé du pasteur. Elle frappa à la porte, tendit l'oreille. Pas de réponse. Elle essaya de tourner la poignée.

Comme il fallait s'y attendre, la porte était fermée à clé.

Julia, semblait-il, était seule dans la chapelle.

A cette pensée, un frisson la parcourut tout entière. Qu'est-ce qui empêcherait le tueur d'entrer et de frapper de nouveau ?

« Continue, se dit-elle. Profites-en pour explorer les lieux. »

Elle se dirigea vers l'escalier principal et descendit.

En bas, il y avait un dédale de salles souterraines dans lesquelles, elle le savait, certains cours de théologie, de psychologie et de religion étaient dispensés. Elle alluma une à une les lumières et examina les pièces équipées de tableaux blancs, de rétroprojecteurs et d'éclairages au néon clignotants.

Rien de sinistre ni de suspect.

Au bout du couloir, elle trouva des toilettes et une porte verrouillée marquée « Entretien », qui, supposa-t-elle, devait être un placard à balais ou une chaufferie. Elle fut vaguement déçue de n'avoir rien découvert de spectaculaire ni d'inhabituel, mais naturellement, si Blue Rock gardait de noirs secrets, ceux-ci devaient être bien cachés.

Elle gravit un autre escalier, plus étroit, qui menait directement à une mezzanine surplombant la nef. Ce poste d'observation élevé offrait une vue imprenable sur les rangées de bancs en contrebas et, au-delà, à travers la haute baie vitrée divisée en son centre par l'immense croix, un vaste panorama du campus. Elle pivota sur elle-même, remarqua que les quatre côtés de la mezzanine étaient percés de fenêtres et se rendit compte du même coup que, de là, il était possible de surveiller la totalité du campus. Le lac de la Superstition et la résidence des filles étaient clairement visibles, de même que les bâtiments principaux, le kiosque, la cafétéria et même le chemin conduisant à l'écurie et aux garages. Une vision à presque 360°. Cet endroit constituait une sorte de tour de guet sacrée.

— Epoustouflant, n'est-ce pas ? murmura une voix masculine surgie de l'ombre.

Julia sursauta. Son cœur fit un bond. Elle faillit trébucher en faisant brusquement volte-face.

Tobias Lynch se tenait au bord de la mezzanine, appuyé contre une bibliothèque.

Julia pressa une main contre sa poitrine, comme pour ralentir les battements affolés de son cœur. Depuis combien de temps était-il là ? Seul dans l'obscurité ? A observer son campus bien-aimé ?

— Il faut le voir au clair de lune, dit-il en traversant la mezzanine à pas feutrés.

Soudain, il fut si près d'elle qu'elle sentit la chaleur de son corps. Elle dut réprimer un mouvement instinctif de recul.

Julia voulut s'écarter, mettre de la distance entre eux, mais elle tint bon.

— Le paysage est impressionnant à la pleine lune, continua-t-il. Le lac et le parc semblent coulés dans de l'argent. Splendide exemple de l'œuvre de Dieu.

— C'est magnifique, convint Julia d'une voix qu'elle essaya de rendre égale, malgré son cœur qui battait la chamade.

Que diable faisait-il donc dans le noir ?

— Je suis allée à votre bureau, mais il n'y avait personne. Comme je n'étais encore jamais montée ici, je...

— Vous êtes venue jeter un coup d'œil.

Y avait-il une pointe de réprobation dans le ton de sa voix ?

— Je comprends et je ne voulais pas vous faire peur. Nous sommes tous soumis à un stress considérable, en ce moment.

Dans la pénombre, son visage paraissait plus sombre, ses yeux plus creux et les traits de son visage plus accentués, presque sinistres. Il tendit le bras et ses doigts s'attardèrent sur l'épaule de Julia, juste une fraction de seconde de trop.

— Je suis également très préoccupé, poursuivit-il. C'est un tel malheur, une si grande perte... Et quel gâchis ! J'ai beau savoir que nous devrions puiser du réconfort dans l'idée que Nona se trouve maintenant auprès de Dieu, il est tout de même difficile de l'oublier, ce cher ange.

Il consulta sa montre, dont le cadran émettait une lueur bleuâtre.

— Je vois que je vous ai fait attendre. Toutes mes excuses.

Il fit un geste de la main en direction de l'escalier principal qui descendait en colimaçon derrière l'autel.

Julia se hâta de regagner le rez-de-chaussée, les pas réguliers du pasteur résonnant dans son dos. Tout en ouvrant la porte de son bureau, il évoqua les raisons pour lesquelles il occupait un second cabinet de travail, ici, dans la chapelle. Pendant ce temps, une foule de questions se pressaient dans l'esprit de Julia : le révérend était-il monté seul dans la mezzanine ou l'y avait-il suivie ? Avait-elle été filmée en train de se livrer à sa petite exploration des lieux par une caméra de surveillance ? Avait-il été averti qu'elle fouinait dans le bâtiment, ou ne s'agissait-il que d'une coïncidence ?

— Entrez, entrez, dit Lynch, en lui tenant la porte ouverte et en tendant le bras dans l'embrasure pour trouver l'interrupteur.

Une lampe de bureau répandit soudain une lumière dorée dans la petite pièce, éclairant ses rayonnages chargés de livres qui montaient jusqu'au plafond, sa petite cheminée de brique, sa large table de travail et son classeur. L'un des dossiers étalés sur le bureau était ouvert et Julia entrevit une photo de Cooper Trent. Un autre était étiqueté Farentino, Julia.

Son cœur fit un bond.

Pourquoi Lynch examinait-il le dossier de Trent ? Et le sien ? Avait-il remarqué que son nom de jeune fille était Delaney, comme celui de la mère de Shay ? Non, non… Après tout, Delaney était un nom courant. Mais peut-être avait-il fait le rapprochement avec sa cousine Analise…

Toutefois, il y avait tout de même de quoi se faire du mauvais sang. Julia savait qu'en creusant un peu, il pourrait découvrir la vérité, et comprendre qu'elle avait menti en affirmant n'avoir aucun lien de parenté avec qui que ce soit à Blue Rock.

Il l'invita d'un geste à prendre place dans un rocking-chair, puis fit promptement disparaître les deux dossiers dans un classeur derrière son bureau. Avant de s'asseoir à son tour, il alluma un brûleur à gaz qui enflamma le petit bois et les bûches entassés dans l'âtre. Des flammes s'élevèrent en crépitant.

— Parfait !

Il éteignit le gaz et s'installa enfin dans son fauteuil de cuir.

— Désolé… D'habitude, je suis quelqu'un de très organisé, mais la récente tournure des événements m'a un peu pris de court.

Il paraissait en effet un brin nerveux. Pas vraiment dans son assiette.

— Je tenais à vous parler en privé, d'abord pour vous souhaiter personnellement la bienvenue parmi nous, ensuite pour vous assurer que nous formons tous une équipe, et que si vous avez la moindre question, vous ne devez pas hésiter à me la poser.

— Comme vous me l'avez déjà dit, lui rappela-t-elle.

— En effet. Hier soir, chez moi.

Autrement dit : quand ma femme était là.

— Mais je voulais également vous faire partager quelque chose de plus personnel.

Une alarme se déclencha aussitôt dans le cerveau de Julia. Il se renversa dans son siège et, d'un doigt, tapota sa barbiche. Un geste aussi sensuel que pensif.

Julia s'obligea à rester assise.

En quelques mots, il lui fit part de son expérience, lui expliqua comment il s'était lui-même trouvé sur la « mauvaise voie », lorsque sa négligence l'avait envoyé, ainsi que deux autres personnes, à l'hôpital. Alors qu'il était sans connaissance, le Seigneur, son sauveur, était venu à lui, lui avait dit que, pour cette fois, il épargnerait la vie de Tobias et de ses amis, mais que désormais, il devait répandre la parole de Dieu.

Et il avait écouté le Seigneur, affirma-t-il avec gravité. Ses amis s'en étaient sortis — même si l'un d'eux était resté cloué sur un fauteuil roulant —, et Tobias Lynch avait complètement changé de vie, se consacrant dorénavant à accomplir la volonté de Dieu. Il espérait de toute son âme que cette école, Blue Rock

Academy, lui survivrait en tant qu'institution vouée à aider les jeunes en difficulté à reprendre leur vie en main.

— L'ambition de cette école est respectable..., dit Julia avec une conviction forcée.

Une partie d'elle-même voulait le croire. Cet homme paraissait sincère. Troublé, même. Les yeux baissés sur ses genoux, elle réfléchit.

— Mais ? Il me semble détecter une pointe de réticence ?

Décidément, il avait le chic pour lire entre les lignes.

— Vous avez posé des questions au sujet de Maris Howell, enchaîna-t-il.

Manifestement, Charla lui avait déjà tout répété. Les nouvelles voyageaient vite, dans cet établissement.

— Je vais reprendre ses cours, il est normal que je me renseigne.

— Julia..., dit-il d'une voix douce qui lui glaça le sang. Il y a autre chose, n'est-ce pas ?

Elle se sentit comme un papillon pris au piège, que l'on épingle vivant sur une planche pour l'étudier.

— Oui..., répondit-elle lentement, tout en réfléchissant à toute vitesse. Je veux comprendre ce qui s'est passé, et qui en a été affecté. Je veux me mettre à l'écoute des besoins des élèves. Je ne peux pas débarquer, comme ça, sans rien connaître de la situation, alors que certains d'entre eux en ont peut-être souffert.

Le menton posé sur les mains, Lynch la dévisageait attentivement.

— Voilà qui est très perspicace de votre part, mais la prochaine fois, venez me voir. Adressez-vous à moi en personne. Nous ne voulons pas semer la zizanie dans l'école, n'est-ce pas ?

Elle hocha la tête. Il se leva, lui signifiant que l'entretien était terminé.

— J'espère que vous saurez partager notre vision et faire preuve du même dévouement que nous, souligna-t-il.

— Tout ce que je veux, c'est aider ces jeunes, répondit-elle.

Ce qui était la stricte vérité.

— Très bien. C'est ce que je souhaitais entendre.

Il contourna son bureau et serra les mains de Julia dans les siennes.

— Seulement, je regrette que vous ayez dû arriver à un moment aussi pénible. Mais nous nous en sortirons, avec l'aide de Dieu. Soyez la bienvenue, Julia Farentino.

Il eut un large sourire, presque entendu.

Une sirène d'alarme retentit de nouveau dans le cerveau de Julia, les poils de ses bras se hérissèrent. Elle se força à sourire et réussit à mentir encore une fois.

— J'ai hâte de me mettre au travail, dit-elle lorsqu'il lui lâcha enfin la main. Transmettez mes salutations à votre épouse.

— Mon épouse, répéta-t-il entre ses dents, comme si Cora Sue avait été à mille lieues de ses pensées. Oui, je n'y manquerai pas.

Julia le remercia de lui donner l'occasion de travailler avec de tels élèves. Puis, sans cesser de se demander ce qui en lui l'agaçait autant, elle enfila son manteau.

En quittant la chapelle, elle repensa aux dossiers qu'elle l'avait vu ranger dans le classeur. S'agissait-il de duplicata de ceux que Charla King conservait dans son bureau de l'intendance, ou de tout à fait autre chose ? Conserver des doubles serait une perte de temps. Non, Julia soupçonnait plutôt Tobias Lynch de conserver ses propres dossiers sur chaque membre du personnel, des documents officieux qui faisaient fi des règles de déontologie.

Les yeux rivés sur l'allée enneigée, elle marchait rapidement, d'un cercle de lumière à l'autre. Elle savait que Lynch l'observait depuis sa fenêtre ; elle avait repéré sa silhouette.

Un homme de Dieu ?

De vraie foi ?

Julia n'avait pas fini de s'interroger.

# 27

Tout en se réchauffant les jambes devant le feu et en sirotant du café de la veille, Trent retournait le meurtre de Nona dans sa tête. Il avait tenté en vain de trouver un lien entre l'assassinat de la jeune fille et la disparition de Lauren Conway : d'une façon ou d'une autre, il en était certain, les deux mystères étaient liés.

Il avait passé des heures à réexaminer tout ce qu'il avait appris sur les événements ayant abouti à l'expédition malheureuse de Nona dans l'écurie. La jeune fille avait dû porter la casquette de Shay, comme sans doute elle l'avait fait la nuit où il avait trouvé la pouliche dehors. L'animal avait dû sortir lorsque Nona et Andrew s'étaient glissés furtivement dans l'écurie pour une petite partie de jambes en l'air. Ensuite, Trent était tombé sur eux au moment où ils repartaient.

Pour l'heure, il penchait pour l'hypothèse selon laquelle la casquette de Shaylee Stillman avait fait partie du déguisement de Nona, qui l'avait certainement « empruntée » pour le cas où elle aurait été filmée par une caméra de surveillance ou aperçue par un membre du personnel. La casquette était en effet la seule chose susceptible d'identifier un individu portant un gros sweat-shirt, un blouson de l'école et un blue-jean.

Hélas, elle était restée dans le fenil, et Shaylee Stillman en payait à présent le prix.

Trent vida sa tasse et se remémora la conversation qu'il avait surprise entre les deux jeunes, cette nuit-là. La fille semblait au bord de la panique, il s'en souvenait, et le garçon essayait de la calmer en lui promettant qu'il ne lui arriverait rien. S'il s'agissait bien de Drew et Nona, le garçon n'avait pas tenu parole.

Qu'avait-elle dit, déjà ?

« La situation nous échappe… Je veux dire… quand j'ai accepté d'en faire partie, je pensais que ce serait amusant, excitant. Et je croyais en lui. »

Plus il y réfléchissait, plus il était convaincu que la voix était celle de Nona.

« Je croyais en lui. »

En qui ? En qui avait-elle cru ?

Un homme. Nona n'aurait pas parlé de Dieu ou du Christ en même temps qu'elle prononçait des mots comme « amusant » ou « excitant ». Le révérend Lynch, peut-être ? Non, ça ne collait pas. Personne n'aurait songé au sinistre pasteur, si croyant et imbu de lui-même, comme à quelqu'un d'amusant. Ou d'excitant.

Perplexe, Trent se versa le reste du café, le mit à réchauffer dans le four à micro-ondes et jeta le marc à la poubelle.

Pour l'instant, il considérait comme probable la présence d'un troisième individu dans le fenil, lequel, pour une raison quelconque, avait assassiné Nona après avoir pris son pied en regardant les deux adolescents faire l'amour. Puis il avait pendu Nona, comme pour communiquer un message.

Pour faire croire à un suicide ?

Ou pour produire un effet théâtral ?

Il aurait été tellement plus simple d'abandonner le corps sans vie dans le foin, au lieu de faire un nœud coulant, de le passer par-dessus les chevrons et de hisser le cadavre…

Sauf si c'était précisément cela qui l'excitait.

Une sorte de torture de détraqué.

Mais seulement sur la fille. Drew avait été frappé à la tête et jeté au bas de l'échelle par la trappe.

Le micro-ondes fit ding et Trent en sortit sa tasse avec précaution. Contemplant par la fenêtre la tempête qui faisait toujours rage et apportait sans cesse plus de neige, il passa en revue les informations qu'il avait obtenues du bureau du shérif.

L'inspecteur Baines l'avait informé qu'aucune blessure défensive n'avait été détectée sur le corps de Nona, encore que le coroner eût trouvé des fragments de peau sous ses ongles. Ils attendaient de voir si les cellules correspondaient à l'ADN d'Andrew Prescott — ce qui était une réelle possibilité, vu que les deux ados nus s'étaient étroitement enlacés. Cependant, l'analyse allait prendre du temps. Il y avait certes encore des indices à examiner, des empreintes digitales à comparer, mais toujours rien de solide.

Et pendant ce temps, tout le monde était bloqué ici — bloqué et terrifié.

Il avala une dernière gorgée de café et vida le reste dans l'évier. Maintenant qu'il faisait partie des adjoints du shérif, il ne lui restait plus qu'à se mettre au travail et découvrir ce qui avait réellement eu lieu dans le grenier à foin.

Pour une fois, Julia émergea d'un sommeil sans rêve. La veille, par bonheur, elle s'était sentie à ce point terrassée par la fatigue qu'elle n'avait pas cédé aux cauchemars. Même sa migraine s'était estompée. Sa tête ne lui infligeait plus d'élancements.

— Rien ne vaut une vie saine, murmura-t-elle pour elle-même.

Elle prit une douche rapide puis s'habilla — sous-vêtements thermiques, jean, pull et parka.

Elle allait saisir la poignée de la porte lorsqu'elle remarqua un petit morceau de papier blanc près du seuil, une feuille qui n'était pas là quelques instants plus tôt.

Elle ramassa le papier, le retourna.

« A L'AIDE ! »

L'appel à l'aide avait été griffonné en capitales, à l'encre noire.

Elle faillit lâcher la feuille.

— Qu'est-ce que c'est que ce cirque ?

Une plaisanterie ? Une farce que les gosses faisaient à leur nouveau professeur ? Ou quelque chose d'autre ? N'avait-elle pas eu l'impression que quelqu'un était entré dans sa chambre, l'autre nuit ? Que quelqu'un s'était tenu au-dessus d'elle et l'avait regardée dormir ?

Elle avait la chair de poule lorsqu'elle ouvrit la porte à la volée et sortit dans le couloir.

Vide.

Les deux autres portes de l'étage étaient hermétiquement fermées. Qui donc avait déposé ce message désespéré ?

Shay.

Evidemment.

Pourtant, ça ne ressemblait pas à sa sœur de jouer les timides.

Elle fourra le bout de papier dans sa poche et descendit en trombe l'escalier, cherchant des yeux qui avait pu glisser la feuille sous sa porte.

Elle avait beau tâcher de considérer la situation d'un cœur léger, elle s'en sentait incapable. Pas avec ce meurtre qui venait d'être commis dans l'enceinte de l'école.

Elle arriva au bas de l'escalier sans avoir rencontré âme qui vive.

A cette heure, Stanton House était silencieuse.

Elle jeta un coup d'œil au rez-de-chaussée, où quelques fauteuils et tables basses formaient une sorte de coin-salon. Mais, là non plus, il n'y avait personne. Les seuls bruits perceptibles étaient le doux ronronnement d'une chaudière invisible qui pulsait de l'air chaud à travers tout le bâtiment, et le tranquille tic-tac d'une vieille horloge accrochée au mur.

Pour le moment, il était impossible de dire qui lui avait fait parvenir le message, ni s'il s'agissait d'un réel appel au secours ou d'un canular.

Enfilant d'un coup sec ses gants, Julia sortit du bâtiment. Dehors, le vent se déchaînait sur le campus en hurlant, soufflant des rafales de neige, faisant bouillonner les eaux noires du lac de la Superstition.

Elle rabattit la capuche de son anorak autour de son visage et, pataugeant dans la neige, se mit en route vers l'écurie.

— Bienvenue au paradis ! marmonna-t-elle entre ses dents.

L'allée était recouverte de dix centimètres de poudre blanche, et la voie d'accès, sur laquelle quelques véhicules de l'école étaient garés, n'avait pas encore été déblayée.

Rien à voir avec les paysages alpestres, idylliques et baignés de soleil, qu'elle avait vus sur le site Web. Même les clichés réalisés en hiver montraient des jeunes en train de faire de la luge ou de la raquette dans une forêt, glaciale certes, mais ensoleillée. Les photos prises à l'intérieur montraient, dans le foyer aux fenêtres couvertes de givre, des étudiants rassemblés autour de l'âtre où brûlait une joyeuse flambée. Sur une autre image, on les voyait, coiffés de leurs bonnets de laine, tenant un livre de cantiques à la main, autour d'un sapin de Noël haut de six mètres, étincelant de centaines de petites lumières.

Pareils à des anges… Tu parles !

Julia frissonna.

Il n'y avait rien de confortable et de douillet à prendre en photo aujourd'hui, pas avec cette température qui frôlait les moins 12° et l'atmosphère lugubre qui planait sur l'école.

Le vent sifflait autour de la porte lorsqu'elle entra dans l'écurie. A l'intérieur, comme dans un refuge douillet à l'abri du monde, il faisait bon ; ça sentait le cheval et la paille fraîche.

Curieux, les chevaux tendirent le cou par-dessus les barrières de leurs box. Yeux sombres, oreilles frémissantes, grognements de réprobation, ils la jaugèrent. Elle descendit l'allée, caressant au passage leurs chanfreins, sentant leur haleine chaude sur ses mains, se tenant tout de même sur ses gardes au cas où certains n'auraient pas été aussi amicaux qu'ils le paraissaient.

Puis elle la vit. La tache rouille sur le sol, au pied de l'échelle qui montait au fenil. Quelqu'un avait essayé de l'effacer, mais elle semblait indélébile. Parsemées de brins de paille, les traces de la chute d'Andrew Prescott la firent s'arrêter net.

Il avait dû y avoir beaucoup de sang…

Saisie d'un frisson, elle fit un pas en arrière.

Scraatch.

Qu'est-ce que c'était que ça ?

Un bruit de cuir sur du bois.

Elle n'était pas seule !

Le cœur battant à tout rompre, elle recula, heurtant un poteau, tandis que des bottes de cow-boy éraflées et de longues jambes gainées de jean apparaissaient sur l'échelle.

— Il y a quelqu'un ? demanda Trent en sautant sur le sol.

Lorsqu'il vit Julia, un coin de sa bouche se releva.

— Tu me cherchais ? demanda-t-il, une lueur amusée dans son regard brun.

Il n'était pas rasé, sa bouche formait une ligne mince, et ses yeux profondément enfoncés la transperçaient jusqu'au fond de l'âme.

— Sûrement pas ! Tu as failli me faire mourir de peur ! s'exclama-t-elle, une main sur son cœur.

— Mais c'est bien moi que tu cherchais, non ?

Un sourire retroussa ses lèvres et les murs de l'écurie semblèrent se rapprocher. L'atmosphère devint brusquement étouffante.

— A toi de me le dire.

Il secoua la tête.

— Non ! objecta-t-il. ça n'aurait rien d'amusant.

— Hé, attends une minute, cow-boy ! Tu ne serais pas en train de me draguer, par hasard ?

Tout au fond d'elle, cette idée lui plaisait, même si, vu les circonstances, la situation avait quelque chose de surréaliste.

— Te draguer ? Non, je ne crois pas.

Mais la lueur dans ses yeux disait le contraire. Le cœur de Julia se mit à battre plus fort. Elle se rappelait avec netteté l'effet que cela faisait de l'embrasser — les fourmillements que sa langue faisait naître dans sa bouche, la brûlure de ses lèvres pressées sur sa nuque, la faiblesse qui la prenait soudain et ses genoux qui se dérobaient sous elle.

Comme s'il avait lu dans ses pensées, il demanda :

— Eh bien, que veux-tu, Julia ?

— Je regrette de devoir blesser ton invraisemblable amour-propre, mais je ne pensais vraiment pas te trouver ici.

Il haussa un sourcil sceptique.

A croire qu'elle l'avait défié. Cette mimique, c'était celle qu'il affichait souvent, juste avant de la prendre dans ses bras et de l'embrasser avec fougue, histoire de lui prouver qu'en réalité elle le désirait.

Elle dut se faire violence pour résister à l'envie de reculer d'un pas.

Un cheval pie à la tête blanche et aux yeux bleus tendit le cou, renifla et s'ébroua. Julia s'approcha pour le caresser.

— Si tu crois que je vais te donner à manger, tu te trompes, dit-elle à l'animal, tâchant de relâcher la tension ambiante.

— Scout réclame toujours quelque chose, dit Trent.

— Typiquement masculin.

— Ne le lui dis pas, mais il est châtré.

— Oups ! Désolée, mon garçon ! dit-elle, tournée vers le cheval.

Elle sentit le regard de Trent sur elle, qui la scrutait.

— Tu sais, je ne croyais vraiment pas tomber sur qui que ce soit en venant ici…

— Tu voulais juste examiner la scène de crime ?

— Je suppose.

Elle gratta le front du cheval sous la crinière noire. C'était difficile à expliquer. Elle ne voulait pas croire qu'elle était la proie d'une curiosité morbide, mais une partie d'elle tenait à savoir ce qui s'était passé, à se rendre compte par elle-même et à essayer de comprendre les victimes.

— Je me suis dit que peut-être, si je me rendais sur les lieux où c'est arrivé, je pourrais faire le rapport avec la disparition de Lauren Conway, si rapport il y a. Ne me dis pas que cette idée ne t'a pas traversé l'esprit.

— Non, je ne le nie pas.

— Je suis venue à Blue Rock pour voir ce qui s'y passe, et pour sortir Shay de là, s'il s'avère que cette école n'est pas l'institution idéale qu'elle prétend être.

Elle secoua la tête, se mordit la lèvre, et réfléchit.

— Mais avant même que j'arrive, tout se retrouve sens dessus dessous et une fille se fait assassiner. Ça n'a aucun sens.

— Tu as raison, convint-il.

— Et pour embrouiller encore un peu plus l'énigme, regarde ce que j'ai trouvé ce matin sous ma porte.

Elle extirpa le bout de papier de sa poche et le lui tendit.

Trent lut le message et fronça les sourcils.

— Ça vient de Shay ?

— Je ne sais pas, mais ça m'étonnerait.

— Je peux le garder ?

— Bien sûr, mais pourquoi ?

— Je suis shérif adjoint, désormais, répondit-il, avant de lui rapporter le coup de téléphone d'O'Donnell.

— Alors, c'est officiel.

La nouvelle la conforta dans le sentiment de sécurité qu'elle éprouvait en sa présence. Du point de vue physique, naturellement, car pour ce qui était de ses émotions, elle se sentait toujours aussi déstabilisée dès qu'il s'approchait un peu trop d'elle.

— Lynch est au courant ?

— Nous n'en avons pas discuté, mais je suis sûr qu'O'Donnell s'est chargé de l'informer.

— Parle-moi de notre intrépide directeur, suggéra-t-elle.

— Lynch ? Tout ce que je sais, c'est qu'il est ici depuis le début et qu'il voit cette école comme un modèle pour les autres ; il considère Blue Rock comme sa mission.

— Et sa femme ?

— Cora Sue ? C'est vraiment un cas, celle-là. Je ne suis pas certain qu'elle partage la même vision que son mari. Elle évite cet endroit comme la peste.

— Pourtant, elle est ici, en ce moment.

— Disons qu'elle vient quand on l'appelle.

Il se pencha par-dessus la barrière d'un box et flatta la tête d'un cheval noir au front marqué d'une étoile blanche.

— Elle fait clairement comprendre qu'elle aimerait mieux se trouver ailleurs, mais elle vient quand même, et il l'exhibe. On les voit ensemble, mais pour qui sait lire le langage corporel, il est évident qu'elle ne fait qu'accomplir son devoir.

— Mais pourquoi ?

— Je n'ai pas la prétention de comprendre les couples mariés, mais si on me demandait mon avis, je dirais qu'ils restent ensemble à cause de l'argent, ou de leur serment.

— Ils ne s'aiment pas ?

— Comment le savoir ?

— Tu crois qu'il l'a trompée ?

— C'est possible, ou peut-être l'inverse. Mais ne me demande pas mon opinion ; je ne suis pas exactement un expert en matière de rapports humains. Cependant, il ne fait aucun doute qu'il exerce une influence sur elle. Je te le dis : quand il l'appelle, elle accourt.

— Comme un chien qui obéit à son maître, dit-elle, songeant à la conversation qu'elle avait surprise alors qu'elle écoutait à la porte, sur le perron du révérend.

— Qui sait quel genre de relations les gens entretiennent entre eux ? conclut Trent, les yeux rivés sur elle.

L'espace d'un instant, elle se rappela à quel point elle l'avait aimé. Ou plutôt croyait l'avoir aimé, corrigea-t-elle. Tu as oublié ? Ça n'a pas marché, entre vous.

Comme la conversation s'engageait sur un terrain glissant, elle désigna le sol taché sous la trappe ouverte du fenil.

— Si je comprends bien, dit-elle, c'est ici qu'on a retrouvé Drew Prescott ? J'ai entendu dire qu'il était blessé à la tête.

Son estomac se retourna tandis qu'elle se représentait le garçon étendu sur le sol poussiéreux.

— C'est exact.

Elle se pencha, examina la tache, même si elle n'avait aucune idée de ce qu'elle espérait découvrir. Elle n'était pas enquêteuse et ne connaissait rien aux traces de sang, aux positions des cadavres ni à quoi que ce soit en matière d'homicide.

A environ un mètre de la plus grosse tache, il y en avait une autre, plus petite, à peu près de la taille de sa paume de main.

— Qu'est-ce que c'est ?

— Du sang, reconnut-il. Les experts de la police scientifique ont prélevé des échantillons et pris des photos.

— Cette tache a été faite la nuit du meurtre ? demanda-t-elle en se balançant sur ses talons. C'est bizarre.

— A quoi penses-tu ?

Elle secoua la tête et leva les yeux vers lui.

— Désolée, je suis en panne d'idées.

C'était tout de même étrange. S'agissait-il du sang d'Andrew ? De Nona ? Ou de quelqu'un d'autre ? Elle leva la tête et regarda par l'ouverture du fenil plongé dans l'obscurité. Dieux du ciel, qu'était-il donc arrivé là-haut ?

— Tu peux monter, si tu veux, suggéra Trent.

— Je ne suis pas sûre d'en avoir envie, avoua-t-elle.

Toutefois, elle se dirigea vers l'échelle, prenant soin de ne pas marcher sur la tache de sang, et s'appliquant de toutes ses forces à ne pas tenir compte de l'appréhension qui lui glaçait l'âme.

Consciente qu'elle suivait le même chemin que Nona quelques jours plus tôt, elle agrippa les barreaux d'acier et grimpa dans le grenier à foin. Trent appuya sur un interrupteur, et des ampoules nues s'allumèrent, jetant un éclat surnaturel sur les vieilles poutres transversales. Sous le haut plafond du fenil traversé de courants d'air, des centaines, peut-être des milliers, de balles de foin étaient entassées.

Julia entendit Trent monter l'échelle derrière elle. Elle se fraya un chemin entre les grosses bottes cubiques éparpillées sur le plancher. Certaines avaient visiblement été éventrées au cours de l'enquête et répandaient leurs tiges desséchées un peu partout.

Près du mur du fond, Julia s'arrêta et leva les yeux vers l'unique lucarne, percée dans le toit, très haut au-dessus de sa tête. Celle-ci était légèrement entrouverte et des traces de la présence d'un hibou jonchaient le plancher.

En imagination, Julia vit le corps nu d'une jeune fille pendu à l'une des poutres. Se balançant doucement. La peau grise, les yeux fixes.

Julia secoua la tête pour chasser cette image. Elle n'avait vraiment pas besoin d'une autre mort pour hanter son esprit.

Mais trop tard ! Le fantôme de la fille s'était insinué dans ses pensées et l'obséderait sans doute pour toujours.

— Qu'est-ce qui a bien pu se passer ici ? murmura-t-elle, soudain transie jusqu'à la moelle des os.

Debout derrière elle, Trent secoua la tête, se passa les doigts dans les cheveux. Il regardait les chevrons, comme si, lui aussi, avait pu voir Nona.

— Deux gamins se retrouvent dans l'écurie, commença-t-il avant de désigner d'un geste du menton un coin du fenil. Ils avaient construit une sorte de nid d'amour avec des bottes de foin, là-bas. Apparemment, leur cachette avait été préparée à l'avance, mais depuis combien de temps, on ne sait pas. Flannagan ne laisse guère d'occasion à ces gosses de se payer sa tête.

— Le bruit court qu'on les a trouvés nus.

En le voyant opiner, elle poursuivit :

— Ils auraient donc été agressés pendant qu'ils faisaient l'amour… ou peut-être après ?

— Oui. Prescott a fait une déposition aux inspecteurs. Il affirme que Nona et lui étaient en train de s'en donner à cœur joie, lui au-dessus d'elle, quand, tout à coup, le monde a explosé. Il ne se souvient même pas d'une quelconque douleur, seulement qu'à un moment il faisait l'amour, et que le moment d'après, il se réveillait à l'hôpital.

Julia réfléchit à haute voix.

— Quelqu'un est donc entré, l'a frappé, a fait basculer son corps par l'ouverture dans le plancher, puis a pendu Nona. Vraiment ?

Ça ne sonnait pas juste.

— On n'a retrouvé aucune arme. La blessure à l'arrière du crâne d'Andrew était profonde, sans doute due à une pierre coupante. Mais la police n'a pas encore réussi à mettre la main dessus. Et tant que la tempête ne sera pas levée, il se peut qu'ils ne la retrouvent pas, voire même jamais. Pour autant qu'on sache, elle pourrait reposer au fond du lac ou sous cinquante centimètres de neige.

Il plissa les paupières et leva les yeux vers le plafond de bois.

— Quant à Nona, elle était probablement déjà morte quand l'assassin l'a pendue.

Les mâchoires crispées, le regard sombre sous la faible lumière, il dévisagea Julia.

— Les détails sont assez horribles, ajouta-t-il.

— Je suis capable de supporter l'horreur, répondit-elle.

Des souvenirs douloureux lui traversèrent l'esprit : les bagarres ignobles entre ses parents, les nuits passées à se blottir au fond de son lit, à espérer que ça s'arrêterait, et puis, au bout du compte, la découverte de son père baignant dans une mare de sang. Oh oui, elle en avait supporté, des choses affreuses, elle avait même réussi à les transcender… Du moins avait-elle essayé.

— Ce que je ne supporte pas, c'est de ne pas savoir à quoi m'en tenir.

Il hésita un instant, comme incertain de ce qu'il était en droit de divulguer.

— Je suis une grande fille, lui rappela-t-elle.

— Ça, je le sais, concéda-t-il. Je suppose que, dans la mesure où tu vas demeurer ici, tu es en droit de connaître la vérité.

Et il lui décrivit la sauvagerie de l'agression. Le coroner, lui révéla-t-il, avait trouvé l'os hyoïde de Nona broyé, son larynx endommagé et, dans son vagin, des traces de rapports sexuels d'une extrême brutalité. La mort de la jeune fille avait été violente et douloureuse et, à en croire les ecchymoses sur son cou, il apparaissait évident qu'elle s'était trouvée face à face avec l'individu qui lui avait ôté la vie. Il l'avait regardée se débattre tandis qu'il l'asphyxiait, puis, à l'aide du treuil utilisé d'habitude pour hisser les balles de foin et d'une corde dont Flannagan se servait pour les chevaux, il avait suspendu tout en haut le cadavre nu de Nona.

— Quel genre de malade ferait une chose pareille ? demanda Julia.

— Quelqu'un de profondément perturbé.

Du bout de sa botte, Trent donna un léger coup de pied dans un tas de foin, et ils regardèrent tous deux les brins dorés dégringoler par l'ouverture dans le plancher et tomber en virevoltant sur le sol de l'écurie.

— Quelqu'un qui se trouve ici, dans cette école.

— La police pense-t-elle avoir affaire à un cas isolé ? Croient-ils que c'était bien Nona et Drew qui étaient visés, et que le meurtrier a un mobile ?

— Ça, c'est la question à un million de dollars, répondit Trent. Je suppose que l'avenir nous fournira la réponse.

# 28

D'habitude, les dimanches étaient calmes, sur le campus. Du moins Shay l'avait-elle entendu dire. Mais aujourd'hui, c'était différent. La moitié des étudiants, terrorisés, passaient leur temps à geindre tandis que le personnel d'encadrement flippait et s'évertuait à les occuper avec d'ennuyeuses activités de groupe.

Si le sermon du révérend Lynch n'avait pas été très inspiré, le père Jake avait réussi à rendre le service religieux un tantinet plus intéressant et animé, et les jeunes y avaient réagi favorablement. Shay elle-même l'avait remarqué, de même que Lynch, d'ailleurs ; celui-ci avait feint de ne pas s'apercevoir que le jeune pasteur retenait l'attention de tous, mais Shay avait tout de même vu sa mâchoire se crisper.

Et cela n'avait probablement rien arrangé que sa femme, comme toujours tirée à quatre épingles, soit restée assise sur le bord de son siège tandis que le père Jake se tenait debout devant l'autel.

Tout bien considéré, le service divin s'était révélé beaucoup plus intéressant que Shay ne s'y était attendue.

A présent, dans le réfectoire, en compagnie de tous les pensionnaires, Shay mangeait du bout des dents son déjeuner — *chili con carne*, pain de maïs, salade de chou cru et crème glacée en dessert. « De la crème glacée pour un temps glacial », avait proclamé Lynch. Il y avait même eu des ados pour trouver cela drôle.

Julia était installée trois tables plus loin. N'étant plus l'invitée d'honneur, elle avait perdu son siège à la table principale. Et comme elle n'avait pas de groupe à surveiller, elle avait toute latitude pour choisir sa place. Elle s'était assise entre Ayres, l'infirmière baraquée, à sa gauche, et Spurrier, le Baron rouge, à sa droite, lui-même à côté de Flannagan, l'homme aux chevaux qui incarnait le type même du militaire macho, le genre à vous faire froid dans le dos. Ce crétin-là, Shaylee en avait eu sa dose la veille.

Le professeur de mathématiques, M. DeMarco, piquait davantage sa curiosité. Il possédait certaines des qualités qui l'avaient fait craquer pour Wolf. A la pensée de son ex-petit ami, elle se rembrunit. Il était le premier à lui avoir vraiment plu, mais elle était restée prudente. Edie en aurait fait, une tête, en apprenant que Shay n'avait même pas couché avec lui ! Qu'elle n'avait pas franchi le pas.

Shay n'avait reçu aucune nouvelle de lui depuis qu'elle avait atterri ici. Elle avait beau savoir qu'il n'avait pas le droit de lui téléphoner depuis sa prison, il n'empêchait qu'elle se sentait blessée.

« Qu'espérais-tu ? Qu'il serait différent de tous les autres garçons qui ont défilé dans ta vie ? »

— Ouais, murmura-t-elle, en plongeant sa paille dans son thé glacé.

Elle baissa les yeux sur ses mains. A force d'avoir, pendant des heures, pelleté du fumier et de la neige, elle avait les paumes couvertes d'ampoules à vif. Elle releva la tête et surprit le sourire sexy et vaguement inquiétant de DeMarco. Elle leva son verre, aspira un peu de thé et se mit à mâchonner l'extrémité de la paille. Elle n'avait pas l'intention de succomber à un prof de maths tel que DeMarco. Ce serait bien le comble de la bêtise ! Et contraire au règlement. Cela dit, se faire pincer en sa compagnie lui vaudrait peut-être la chance d'être renvoyée de l'école.

Cela valait-il le coup ?

Les conditions seraient-elles meilleures, dans un centre de détention juvénile ou dans un autre établissement ?

Comme Julia repoussait sa chaise, Shay laissa son regard se poser sur la femme installée quelques sièges plus loin, cette secrétaire tyrannique qui couvait sans cesse le révérend Lynch des yeux. Du moins quand elle n'était pas occupée à fusiller du regard la revêche petite femme du pasteur.

La bonne nouvelle, c'était que Shay avait désormais accès au domaine réservé de Charla King, y compris aux ordinateurs, aux dossiers et aux divers documents relatifs à l'école. C'était incroyable ce qu'on pouvait se procurer au marché noir de Blue Rock !

Elle vit Julia atteindre le couloir.

A la seconde où sa sœur tourna l'angle du corridor, Shay laissa tomber sa paille dans son verre et, d'un geste vif, renversa le reste de son *chili con carne* sur ses genoux. Elle poussa un petit cri d'effroi et se tourna vers Cooper Trent, assis au bout de la table.

— Désolée !

Bon sang ! Pourvu qu'il morde à l'hameçon et la prenne vraiment pour une empotée… Elle s'essuya rapidement les genoux avec une serviette en papier, repoussa sa chaise et se précipita vers les toilettes. Ce faux accident avait sans doute quelque chose d'un brin exagéré — de toute façon, personne ne se serait soucié de la voir foncer aux W.-C. —, mais ses vêtements maculés justifieraient le temps qu'elle allait passer dans les toilettes. Du temps qu'elle emploierait à s'entretenir avec Julia.

Sans compter que, si elle ne croyait pas à la présence de caméras dans les chambres, elle en était beaucoup moins certaine en ce qui concernait les parties communes de l'établissement. A coup sûr, il devait y avoir des dispositifs de surveillance sur le campus. Peut-être même des micros, aussi. Et on avait fort bien pu en installer dans les toilettes.

Elle suivit le petit couloir désert et se glissa dans la pièce. Elle ouvrit le robinet, humecta une serviette en papier et entreprit de frotter les jambes de son jean. Il y eut un bruit de chasse d'eau. Et quelques secondes plus tard, la porte d'un cabinet s'ouvrit et Julia en sortit.

Leurs regards se rencontrèrent dans le miroir.

Julia voulut dire quelque chose, se ravisa et, sur un signe de Shay, ouvrit le robinet.

— Je t'ai vue entrer, murmura Shaylee à voix basse, remuant à peine les lèvres. Tu as reparlé à Edie ?

— Non.

— Putain, Julia ! maugréa Shay sans cesser de s'escrimer sur les taches, avec la serviette qui commençait à se déchiqueter.

— Calme-toi.

Heureusement, Julia jouait le jeu, appuyant sur la pompe du distributeur de savon, examinant son reflet dans la glace, souriant à Shaylee, tout en prenant garde à ce que sa voix demeure presque inaudible.

— Pour l'instant, personne ne peut entrer ni sortir. Il y a des parents qui veulent faire rentrer leurs enfants chez eux, mais c'est hors de question. Il paraît que la route est impraticable. J'ai été l'une des dernières personnes à pouvoir arriver jusqu'ici. Et avec cette tempête, l'hydravion et l'hélicoptère sont cloués au sol.

Un immense découragement s'empara de Shaylee. Elle ne savait pas combien de temps encore elle tiendrait le coup dans cet endroit sans devenir folle.

— Il doit bien y avoir un moyen.

Julia secoua l'eau de ses mains, mais ne ferma pas le robinet.

— J'essaie de trouver une solution.

— Eh bien, dépêche-toi ! lança Shay, jetant la serviette en lambeaux dans la poubelle, avant d'en arracher bruyamment une autre du distributeur. J'ai eu l'occasion de parler à Edie, tu sais…

Julia afficha l'expression d'une biche prise dans les phares d'une voiture. Visiblement, elle n'avait pas entendu.

— La direction nous a tous autorisés à appeler nos parents pour leur dire que nous allions « bien », reprit Shay, en dessinant des guillemets en l'air avec ses doigts. Moi, en tout cas, je ne vais pas « bien » du tout et je l'ai fait savoir à Edie. Mais le révérend Lynch lui a téléphoné de son côté et lui a raconté des tas de bobards pour lui faire croire que l'école ne risquait rien. Des conneries à propos de policiers et d'agents de sécurité supplémentaires, qui veilleraient à ce qu'il n'arrive rien de fâcheux.

Elle lança à sa sœur un regard en coin, comme pour lui signifier : « Tu imagines, des bêtises pareilles ? »

— Il lui a aussi dit que j'avais des « problèmes de colère » et que je m'étais bagarrée.

— C'est la vérité, non ?

— Ce n'était pas ma faute ! C'est cet abruti d'Eric Rolfe qui a commencé. Et maintenant, je dois ramasser du crottin de cheval et de la neige pendant tout le week-end, et plus longtemps encore, si ça se trouve.

— Tu n'as qu'à en tirer la leçon. Tiens-toi tranquille.

— Ben voyons ! J'aurais dû rester les bras ballants, comme une mauviette, et l'écouter sans rien dire se payer la tête de Nona ? Toi, tu l'aurais peut-être laissé te tabasser, mais pas moi.

— Shaylee, écoute-moi. Je fais tout ça pour toi, alors tu ferais mieux de réfléchir à deux fois avant de me chercher querelle.

— Ou sinon ? rétorqua Shay, le regard noir. Tu ne tiendras jamais tête à Lynch. Tu n'es qu'une poule mouillée.

Julia se tourna pour lui faire face ; ses yeux lançaient des éclairs. L'insulte l'avait piquée au vif. A la bonne heure ! Shay avait besoin de mettre sa sœur dans son camp.

— Montre-toi un peu intelligente, Shay. Prouve-nous que ton QI est aussi élevé que maman le croit. Et ne me laisse plus de message. Tu vas te faire prendre, et moi en même temps.

— De quoi tu parles ?

— Du mot que tu as glissé sous ma porte ce matin.

— Tu es cinglée ? Quel mot ?

— Quelqu'un — je pensais que c'était toi — m'a laissé un message, c'est tout, répondit Julia d'un ton exaspéré.

— Qui est-ce ?

— Je ne te le demanderais pas si je le savais.

Shay se mordit la langue. Tout cela ne lui plaisait pas du tout.
— Que disait le message ?
— « A l'aide. »
— C'est tout ?
— Oui.
— Je n'ai rien à voir là-dedans, d'accord ? Je ne sais pas qui l'a laissé, et je m'en fiche !
Shay devait trouver un moyen de détourner l'attention de sa sœur de ce truc craignos. Elle essaya une autre tactique :
— Alors, comme ça, tu vas m'abandonner ici, dans cette école de damnés ; c'est ça que tu veux me dire ?
— Ecole de damnés ? On dirait le titre d'un très mauvais film d'horreur. Allons, Shay ! Arrête ton cinéma et reprends-toi. Cesse de t'attirer des ennuis, sinon tu ne réussiras jamais à sortir d'ici.
— Tu te fiches de moi ? Tu crois qu'ils vont me relâcher pour bonne conduite ?
A cette pensée, Shay sentit l'indigeste *chili con carne* lui brûler l'estomac. Manifestement, Julia était en train se faire embobiner. Il était temps de lâcher le morceau.
— J'ai entendu certains élèves discuter. Ils croient que les AE font partie d'une sorte de secte ou quelque chose comme ça.
— Une secte… vraiment ? Qui te l'a dit ?
Pas question pour Shay de dénoncer Lucy, même à sa sœur.
— Peu importe. Ce qui compte, c'est que personne n'est à l'abri, ici. Il faut que tu fasses quelque chose, Julia. Pour l'amour du ciel, rappelle Edie et…
La porte s'ouvrit brusquement et Missy Albright et Kaci Donahue entrèrent en riant. Elles jetèrent un coup d'œil vers les lavabos, mais ne semblèrent rien remarquer d'autre qu'elles-mêmes. Kaci se hâta de gagner un cabinet tandis que Missy se plantait devant le miroir et se mettait à tripoter ses cheveux. D'un geste expert, elle redonna du volume à ses mèches pâles, puis tourna la tête d'un côté et de l'autre pour mieux s'admirer. Quelle débile ! Comme si quelqu'un ici s'intéressait à sa coiffure !
Néanmoins, Shay ne voulait pas courir le risque que Missy

se doute du lien qui l'unissait à Julia. Après tout, Lucy Yang avait l'air de croire que les AE s'adonnaient à quelque sinistre culte clandestin. Sans doute scellé dans le sang.

Shay poussa un juron étouffé. Elle renonça à effacer les taches sur son pantalon, roula la serviette en boule, la jeta dans la poubelle, et sortit en trombe, sans crainte de faire profiter le monde entier de son humeur massacrante. Elle n'eut pas un regard en arrière pour Julia. Sa sœur serait tout de même capable de se débrouiller avec ces deux idiotes d'AE, non ?

Peut-être.

Jusqu'à présent, Julia s'était montrée très décevante.

# 29

Bam !

Une balle en caoutchouc frappa dans le dos le dernier élève de l'équipe des Verts, un garçon de petite taille au visage lisse, agile, mais pas tout à fait assez rapide. Avant qu'il ait eu le temps de s'écarter, deux autres balles l'atteignirent à la taille. Le garçon crispa le poing, l'abattit sur une cible invisible et se retint d'insulter ses coéquipiers qui, alignés le long du mur, se lamentaient en chœur.

De l'autre côté du terrain, leurs adversaires, portant des dossards jaunes, poussaient des cris, braillaient et se félicitaient en se tapant dans les mains les uns des autres. Quelques-uns brandissaient un doigt en l'air. Leur équipe était « numéro un ».

Que ce soit à l'occasion des jeux Olympiques ou d'un mini-tournoi de balle aux prisonniers à Blue Rock, la joie de la victoire et la douleur de la défaite ne changeaient jamais, se dit Trent en soufflant dans son sifflet. Au moins le tournoi avait-il fourni à ces gosses une occasion de se distraire pour échapper à l'ambiance lugubre qui pesait sur l'école.

— O.K., les Jaunes ont gagné cette partie !

Encore des cris et des sauts d'allégresse parmi les vainqueurs.

Les Verts sombrèrent dans un silence morose, à croire que le tournoi comptait pour de bon. Deux garçons ramassèrent quelques ballons perdus et se mirent à marquer des paniers.

— Hé ! C'est fini !

Trent siffla pour attirer de nouveau l'attention des joueurs.

— C'est tout, ça suffit pour aujourd'hui, ordonna-t-il. La

finale aura lieu demain, et mercredi, nous commencerons les arts martiaux.

A vrai dire, aucun de ces exercices physiques ne faisait partie de ses sports favoris. Il préférait de loin le canoë, le rafting, l'équitation, et même la raquette, aux activités en salle. Mais du fait du blizzard et des mesures de sécurité, ils devaient rester à l'intérieur.

Il entendit plusieurs garçons de l'équipe des Jaunes chahuter les perdants.

— Assez ! cria-t-il. Maintenant, écoutez-moi. Vous allez ramasser les ballons et foncer dans les douches.

Quelques élèves parmi les plus jeunes de l'équipe des Verts jetèrent les balles dans le chariot, qu'ils firent rouler jusqu'à un placard, tandis que les autres se sauvaient à fond de train pour échapper à toute corvée supplémentaire. Pour finir, ceux qui avaient aidé Trent partirent en courant rejoindre leurs camarades.

Alors qu'il fermait le placard à clé et s'apprêtait à éteindre les lumières du gymnase, Trent remarqua le révérend Lynch debout dans l'embrasure de la porte d'entrée. A l'évidence, il les avait observés depuis le début. C'était toujours comme ça avec le directeur de l'école, sans cesse en train d'espionner ou de faire irruption dans une classe sans crier gare. D'habitude, il rappelait à Trent le personnage d'Ichabod Crane dans *La Légende du cavalier sans tête*, mais aujourd'hui, sa doudoune et son pantalon matelassé lui donnaient un air moins dégingandé. Il traversa le gymnase à longues foulées.

— Monsieur Trent, dit-il en souriant, bien qu'il n'y eût pas une ombre d'humour sur son visage.

Ses bottes laissaient des traînées de neige mêlée d'eau sur le parquet ciré du gymnase. Le nul !

— Vous avez une minute ?

— Bien sûr, répondit Trent, dont la nuque se raidit instantanément.

C'était la première fois depuis son embauche que Lynch venait le trouver en personne. D'ordinaire, on le convoquait dans le bureau privé du pasteur, souvent en compagnie d'autres professeurs.

— Faites attention avec vos chaussures.

— Quoi ?

Lynch regarda par terre et poussa un soupir, remarquant enfin les traces humides sur le sol.

— Oh, désolé…

— Que puis-je faire pour vous ?

Trent se dirigeait vers l'entrée principale du bâtiment.

— Le shérif O'Donnell m'a informé qu'il vous avait nommé shérif adjoint.

Trent hocha brièvement la tête.

— C'est exact.

— Et vous avez travaillé pour les services d'une police locale dans le Montana. Cela figure dans votre dossier.

— Dans le comté de Pinewood, pour être exact.

— Très bien. Dans ce cas, c'est tout à fait logique. Mais je pense que Blaine O'Donnell pourrait avoir besoin de quelques adjoints supplémentaires. Et s'il en fait la demande, je lui suggérerai de prendre Bert Flannagan et Kirk Spurrier. Ils sont déjà responsables de la sécurité ici.

— Pas de femmes ?

Trent attrapa une serviette pliée sur le chariot près de la salle de douches.

La bouche de Lynch se contracta convulsivement.

— Oh, vous avez raison… Il est vrai que je suis de la vieille école ; je suppose que cela pourrait être interprété comme du sexisme, de nos jours. Mais, en fait, pas du tout. En cas de nécessité, je pense que Mme Burdette ferait une excellente auxiliaire de police.

Trent n'était pas certain de partager cet avis, mais il se garda bien d'exprimer son opinion.

Lynch fronça les sourcils et attendit que Trent ait déplié la serviette.

— Je veux que vous fassiez vos rapports au fur et à mesure

de l'évolution de la situation, non seulement au shérif mais également à moi.

— A vous ?

— Vous êtes un salarié de Blue Rock, lui rappela Lynch, avec ce sourire hautain qui tapait tellement sur les nerfs de Trent.

— En effet, et je prends mon métier d'enseignant très au sérieux, répliqua Trent.

Il pensa aux informations qu'il avait déjà recueillies en discutant avec les inspecteurs de police. Certains détails ne devaient absolument pas être révélés dans l'enceinte du campus, sous peine de nuire au bon déroulement de l'enquête.

— Mais c'est très différent du travail de police, enchaîna-t-il.

— Naturellement. Toutefois, je compte sur vous pour me tenir au courant.

Trent n'était pas du genre à renier ses principes, même s'il était rémunéré par l'école.

— Voici ce que je vous propose. Si je découvre quelque chose dont vous, en tant que directeur de cet établissement, devriez être averti, je vous le ferai savoir. Mais je ne peux pas compromettre les investigations.

— Oui, bien sûr... Ce n'est pas ce que je vous demande.

Une bourrasque ébranla la porte d'entrée à double battant.

Le pasteur afficha une moue de probité outragée, mais Trent ne mordit pas à l'hameçon.

— Cependant, il faut tout de même que je sois au courant pour pouvoir assurer la sécurité de mes pensionnaires, reprit Lynch.

Trent soutint le regard du pasteur. Il y avait autre chose, il le savait parfaitement.

— Je suis certain que le shérif vous tiendra informé, assura-t-il.

La mine béate de Lynch changea imperceptiblement et, l'espace d'un millième de seconde, Trent devina l'homme calculateur dissimulé derrière le col d'ecclésiastique.

— Nous en reparlerons, dit Lynch.

Et, en quelques longues enjambées, il franchit les lourdes portes vitrées et disparut dans la nuit.

Trent essuya le sol du gymnase avec la serviette, tout en réfléchissant à la demande du révérend. Quelque chose ne collait pas chez ce type. Non qu'il manquât de piété : dans ce domaine, on ne pouvait l'accuser d'imposture. Seulement, le révérend Lynch donnait l'impression d'aimer un peu trop son rôle de dictateur bienveillant. Nicolas II avait régné sur la Russie. Lynch régnait sur Blue Rock Academy.

Shaylee avait raison.

Edie ne changerait pas d'avis.

— Blue Rock est peut-être la meilleure chose qui soit jamais arrivée à Shay, dit-elle à l'autre bout du fil.

Julia s'appuya contre le bureau de la salle 212 et changea son téléphone mobile d'oreille. C'était à peine si elle arrivait à placer un mot dans la conversation. Sa mère n'en finissait plus de chanter les louanges de Blue Rock.

Le révérend Lynch avait assuré à Edie que Shaylee réussissait « mieux que prévu ». Elle s'intégrait bien à la communauté et s'était fait de nombreux amis, malgré son altercation avec l'un des étudiants. Et même si la mort de sa camarade de chambre constituait une horrible tragédie, Shaylee « affrontait l'extraordinaire défi émotionnel avec énergie et bravoure ». Edie était aux anges.

Pendant que sa mère poursuivait sa monotone tirade, Julia contemplait le paysage enneigé. Située au premier étage du bâtiment des études, sa salle de classe offrait une vue digne d'une station de sports d'hiver. D'un côté, la bâtisse, qui abritait les départements des langues et des études sociales, surplombait les eaux du lac. De l'autre côté de l'escalier central, les départements des maths et des sciences donnaient sur le terrain vallonné du campus et sur les montagnes en arrière-plan. L'espace d'un instant, Julia ressentit un certain remords à la pensée qu'elle mentait à sa mère en lui faisant croire qu'elle était partie travailler dans un autre Etat.

Mais Edie était résolument au septième ciel, aujourd'hui.

Elle avait entendu trop de commentaires négatifs à propos de sa seconde fille pour que les éloges d'un directeur d'école ne suffisent pas à la réconforter. Peu importait que celle-ci, toujours théâtrale, la supplie de la délivrer, Edie ne regrettait pas sa décision de confier sa fille à la surveillance attentive et bienveillante de Blue Rock Academy.

— Alors, pour l'instant, Shaylee reste où elle est, répéta Edie avec fermeté. Même Max est d'accord avec moi. De toute façon, les routes sont impraticables. Quand il fera moins mauvais temps, nous reparlerons de tout ça. Si Shay veut toujours partir et que mon avocat trouve un moyen de rencontrer le juge, qu'à cela ne tienne ! Mais dans l'immédiat, Shaylee va devoir s'armer de courage.

— Mais elle est si malheureuse, insista Julia.

— Shaylee est toujours malheureuse, et elle m'a fait le coup au moins un million de fois. Mais, au fait, où es-tu exactement, Julia ?

— Pas loin de San Francisco, mentit Julia.

— Tu cherches toujours du travail ?

— En fait, il se trouve qu'il y a des postes vacants dans plusieurs districts, au moins pour l'année à venir. Du coup, je crois que je vais rester ici un moment.

— Et ton chat ?

— Pas de problème. Ma voisine s'occupe de Diablo. Elle ramasse aussi mon courrier, donc tout va bien.

— Parfait. Bon, écoute, il faut que je file. On se rappelle bientôt.

— D'accord. Prends soin de toi, maman.

Julia raccrocha et verrouilla son téléphone, une précaution dont elle avait pris l'habitude dès son arrivée à Blue Rock. Elle enfouit l'appareil dans son sac et se prépara à accueillir sa dernière classe de la journée, le groupe d'élèves qui constituaient la « meute » de Cooper Trent, celle dont Shay faisait partie. Julia était censée leur enseigner l'histoire des Etats-Unis, et le programme prévoyait d'étudier la période de la Grande

Dépression, que les élèves devraient comparer à la récession économique récente.

Les adolescents commencèrent à entrer dans la salle en file indienne, certains riant et bavardant, d'autres plus réservés.

Shay, comme de bien entendu, fermait la marche, mais du moins n'était-elle pas seule. Lucy Yang, la fille avec qui elle avait passé le week-end à pelleter de la neige et du fumier, prit place à côté d'elle.

Etait-ce un signe de progrès ? L'incident dans le foyer avait-il créé des liens entre les deux filles ?

Julia l'espérait.

Pour la quatrième fois de la journée, elle se présenta puis rompit la glace en disant :

— Je sais que c'est un moment difficile pour vous tous. Je n'ai pas connu Nona, mais on m'a dit qu'elle appartenait à votre groupe et j'imagine que ce doit être particulièrement pénible pour vous. Alors, essayons de décompresser. Nous rattraperons notre retard dans le courant de la semaine. Pour l'instant, j'aimerais que vous me disiez sur quoi vous avez travaillé jusqu'à présent. J'ai cru comprendre, d'après les notes de Mme Hammersley et le programme établi par Mme Howell, que vous aviez commencé à étudier le début du XXe siècle.

Personne ne lui manifesta le moindre intérêt.

Elle ne pouvait guère leur en vouloir.

Ils étaient trop angoissés pour se préoccuper de ce qui s'était passé quatre-vingts ans plus tôt. Pour eux, c'était de l'histoire ancienne.

— Hé, j'ai besoin de votre aide !

Quelques têtes se relevèrent, des yeux s'allumèrent. Constatant qu'elle avait réussi à capter l'attention de plusieurs élèves, Julia esquissa un sourire.

— Je suis nouvelle, ici, alors il faut que vous me donniez un coup de main. La Grande Dépression vous semble peut-être appartenir à l'Antiquité, mais je peux vous assurer que je ne l'ai pas connue non plus.

Quelques élèves pouffèrent. A la bonne heure ! C'était un début.

Julia décida d'observer la manière dont la situation évoluerait. Il lui fallait d'abord découvrir qui étaient les meneurs — qui allait se lancer, qui resterait en retrait. D'après son expérience, la discussion démarrerait lentement, alimentée par un ou deux élèves seulement. Au bout d'un moment, quelques autres s'y joindraient et, à la fin du cours, presque toute la classe participerait.

C'est exactement ainsi que les choses se déroulèrent avec la classe de Shaylee. Lorsque Julia leur demanda si l'un d'eux pouvait comparer le contexte économique actuel avec la crise de 1929, une poignée d'adolescents prirent la parole.

Lucy Yang, Keesha Bell, Nell Cousineau et Ollie Gage se révélèrent les plus bavards. Ollie avoua que son père avait perdu son travail dans le krach internet, et Keesha s'avoua inquiète à l'idée que la banque allait reprendre possession de la maison de ses parents. Shay gardait le silence, les yeux rivés sur son pupitre. Chaz Johnson somnolait et Julia dut lui demander d'enlever sa capuche et de faire un effort pour rester éveillé. Maeve Mancuso, la tête baissée, triturait quelque chose sous sa manche, mais elle fut tout de même capable de répondre à la question que Julia lui posa. Quant à JoAnne Harris, alias Banjo, elle admit se sentir coupable. Elle raconta que son grand-père saisissait des maisons hypothéquées, en chassait les propriétaires pour ensuite les relouer, parfois aux mêmes personnes, profitant sans remords du malheur des autres.

— C'est vraiment dégoûtant, intervint Ollie. Mais tu n'y es pour rien. Tu vois ce que je veux dire, Banjo ? Ce n'est pas ta faute.

Crystal Ricci leva la main.

— Finalement, quelle différence il y a entre une dépression et une récession ? demanda-t-elle en dessinant des guillemets en l'air avec ses doigts.

— Bonne question, dit Julia. Quelqu'un veut-il répondre ?

A sa grande surprise, les adolescents se mirent à proposer

tout un éventail d'hypothèses, dont certaines donnèrent lieu à d'autres questions. Finalement, à dix minutes de la fin du cours, Shay et Chaz eux-mêmes renoncèrent à leur mine maussade et témoignèrent quelque intérêt.

Julia commençait à se détendre. S'il n'y avait pas eu ces brutales agressions perpétrées sur le campus, elle aurait même pu passer un moment agréable. Bien sûr, il lui faudrait affronter ses sentiments contradictoires à l'égard de Cooper Trent. Bien sûr, Shaylee ne cesserait de la harceler pour qu'elle la fasse sortir de l'école. Et, bien sûr, des questions demeuraient sans réponse à propos de Blue Rock et de ses pratiques. Tout cela, elle ne pouvait le nier. Restait qu'elle avait toujours adoré enseigner, et qu'il lui apparaissait évident que la plupart de ces gosses « à problèmes » ou « en difficulté » ne manquaient ni d'intelligence ni de perspicacité.

— Nous n'avons plus le temps de continuer, aussi je vous demande de lire le chapitre 17 ce soir. Nous en discuterons demain. Et pour vendredi, choisissez un sujet de dissertation. Votre devoir pourra porter sur n'importe quelle période déjà étudiée ce trimestre.

— Ce serait beaucoup plus facile si on avait internet, se plaignit Lucy.

— Certainement. Mais comme ce n'est pas le cas, vous allez devoir travailler à l'ancienne.

Crystal et Ollie poussèrent des gémissements exagérés tandis que tout le monde quittait la salle à la queue leu leu. Keesha prit ses livres et rejoignit Benedict Davenne, qui l'attendait près de la porte. Une fois tous les élèves sortis, Missy Albright entra dans la classe.

Shay, qui avait été la dernière à partir, jeta un regard méfiant par-dessus son épaule. Ses yeux croisèrent ceux de Julia et lui lancèrent un avertissement muet : « Fais attention ! »

Missy posa son sac près du cartable de Julia. Elle semblait n'avoir rien remarqué.

— Le révérend Lynch m'a désignée pour vous servir d'assistante, annonça-t-elle de sa voix de fausset qui détonnait tant avec son physique.

— Vraiment ? demanda Julia, stupéfaite. Il ne m'en a pas parlé.

— Il le fera. Il m'a dit de venir vous voir, alors me voilà.

Elle haussa les épaules de cette façon peu naturelle qu'ont les jolies filles quand elles veulent paraître encore plus mignonnes, plus charmantes et plus innocentes.

— Il y a quelque chose que je peux faire… je veux dire, pour demain ?

— Demain ? Mmm… Pour vous dire la vérité, je n'y ai pas encore songé, admit Julia, un brin agacée que Lynch ne l'ait pas mise au courant avant de lui affecter cette fille comme assistante. J'ai examiné ce que le professeur précédent avait prévu, mais je trouve ça un peu aride. Cours magistraux. Discussion. Questions. Tests. Assez ennuyeux, en somme.

— C'est un cours d'histoire, répondit Missy, comme si cela suffisait à tout expliquer.

— Je sais, et je ne connais pas encore les usages en vigueur ici. Mais j'aimerais rendre le cours un peu plus intéressant.

— Bonne chance !

Tout en replaçant les pupitres en demi-cercle face à son bureau, Julia réfléchit à haute voix.

— En ce moment, la classe étudie les années 1930 et la Grande Dépression. Je crois que c'est une très bonne occasion d'établir une comparaison avec ce qui se passe aujourd'hui dans le pays. Je voudrais aussi tâcher de rendre les choses plus réelles et plus vivantes en explorant les difficultés de la vie quotidienne dans les années 1930.

— Je croyais que vous ne vouliez pas que ce soit ennuyeux.

— Essayons tout de même. Que diriez-vous de proposer aux élèves une sorte de jeu de devinettes sur la vie à cette époque ? Des questions du genre : « Quel était le salaire mensuel moyen ? » « Combien coûtait un pain ? » « Quels films ont remporté les plus gros succès au cinéma ? »

— Ils faisaient des films en ce temps-là ? demanda Missy.

— Oui, Missy, le cinéma existait déjà au XX^e^ siècle, ironisa Julia. Je parierais même que vous avez vu certains longs-métrages datant de cette période.

Missy secoua la tête, ses cheveux blonds presque blancs sous les tubes fluorescents.

— Des classiques comme *Autant en emporte le vent*, *Le Magicien d'Oz*, *Blanche-Neige et les sept nains* de Disney, ça ne vous dit rien ?

La tête cessa de dodeliner.

— Et puis, il y avait des icônes du cinéma comme les Marx Brothers et Shirley Temple. Nous pourrions aussi parler des livres qui ont été écrits à ce moment-là. Au hasard, je citerais ceux de Dr Seuss, les romans policiers d'Agatha Christie et des classiques tels que *Les Raisins de la colère*.

Missy n'était toujours pas convaincue.

— Ça ne les intéressera probablement pas.

— Mais voyons, ils ont tous lu Dr Seuss quand ils étaient petits et ils savent qui est Agatha Christie. Et ne me dites pas qu'ils n'ont jamais regardé un film de Walt Disney ! Je suis prête à parier qu'ils ont aussi joué au Monopoly et vu un match des Yankees, qui étaient très populaires dans les années 1930. Il est vrai que ç'a été l'époque du Dust Bowl, qu'il régnait une extrême pauvreté et que des vagabonds se déplaçaient de ville en ville en se cachant dans les trains de marchandises. Mais il y a eu aussi Albert Einstein, Jo DiMaggio, Lou Gehrig[7], Duke Ellington et Bette Davis. Les Twinkies[8] et les Spam — la viande en boîte, pas les messages qui envahissent les courriers électroniques.

— Je sais, répondit Missy, en levant les yeux au ciel.

Julia s'animait, gagnée peu à peu par un réel enthousiasme. Pour la première fois depuis longtemps, elle se rappelait pour-

7. Jo DiMaggio et Lou Gehrig sont de célèbres joueurs de base-ball américains. (NdT)

8. Les Twinkies sont de petits gâteaux fourrés de crème, inventés en 1930. (NdT)

quoi elle avait choisi la voie de l'enseignement et à quel point l'Histoire l'avait toujours passionnée. Elle se sentait presque euphorique lorsqu'elle passa devant le pupitre de Maeve et y remarqua les lettres ES écrites au crayon. Les initiales d'Ethan Slade.

Julia savait qu'il serait de son devoir de réprimander la jeune fille pour avoir détérioré le matériel scolaire, mais, pour l'heure, elle sortit un mouchoir en papier de sa poche et effaça les lettres griffonnées. Du coin de l'œil, elle s'aperçut que Missy observait le moindre de ses gestes.

Cette fille était-elle une assistante d'éducation ou une espionne ? Comment le savoir ? De toute façon, Julia entendait bien la mettre au travail.

— En posant ce genre de devinettes aux élèves, nous pourrons nous rendre compte de ce qu'ils connaissent du sport, de la mode et des inventions de cette époque.

— Si vous le dites.

— Exactement.

Julia fourra le mouchoir dans sa poche et frotta les dernières traces de crayon avec son doigt.

— Et je pense que nous devrions présenter le côté positif des choses. Nous pourrions montrer que, même durant une période aussi sombre que la crise de 1929, des gens ont réussi à accomplir des exploits. Je suppose que vous avez accès à internet ?

— Naturellement, répondit Missy en haussant une épaule. Les assistants d'éducation peuvent se connecter chaque fois qu'ils en ont besoin.

— Vraiment ?

— Oui, dans la salle d'informatique, précisa Missy, le nez plissé. On aimerait bien avoir nos ordinateurs portables ou nos téléphones mobiles, mais, comme vous le savez, c'est interdit.

— Même pour les AE ?

— Ouais, soupira Missy. Tout ça pour une histoire de discipline.

Julia décida de jouer son va-tout.

— J'aurais pensé qu'il existait un autre moyen d'aller surfer sur internet, insista-t-elle.

— Et comment ? demanda Missy d'un air innocent.

Son sourire, cependant, ne tarda pas à s'effacer, comme si elle avait deviné où Julia voulait en venir.

— Vous savez, j'ai été jeune moi aussi, et il n'y a pas si longtemps que ça, dit Julia. Je suis certaine qu'il y a des tas façons de faire entrer en fraude des modems USB, des appareils pour se connecter aux antennes relais ou même des téléphones mobiles.

Comme Missy ne répondait pas, elle ajouta :

— Il doit forcément y avoir un marché noir pour ce genre de choses.

— Je n'en sais rien, tenta de rétorquer Missy, malgré la lueur, dans ses yeux, indiquant qu'elle mentait.

Julia n'était pas dupe, mais elle décida de ne pas insister. Pas maintenant.

— Si vous avez la possibilité de naviguer sur internet depuis la salle d'informatique, ça suffira. Pour demain, trouvez-moi vingt-cinq objets ou événements remontant aux années 1930 et à peu près autant datant des années 1940 à 1990, histoire de rendre le jeu plus amusant. En tout, il en faudrait une cinquantaine. Imprimez-les et apportez-moi la liste. Est-ce que nous avons un rétroprojecteur ? Un de ces appareils électroniques, sinon, un vieux modèle fera l'affaire. Oh, et pouvez-vous imprimer sur du plastique transparent ?

— Euh… oui, répondit Missy.

— Très bien. Alors, si c'est possible, faites-le et trouvez-moi un rétroprojecteur ou quelque chose qui en fasse fonction. Demain, nous jouerons aux devinettes. Le vainqueur gagnera… oh, je ne sais pas. Peut-être une boîte de Spam, ou un paquet de Twinkies, ou alors une bande dessinée.

Missy regarda Julia comme si elle avait perdu la boule.

— Mais vous ne pouvez pas offrir ce genre de truc comme récompense.

— Pourquoi pas ?

— Je ne crois pas que Mme Hammersley sera d'accord. Et ça m'étonnerait beaucoup que le révérend Lynch nous autorise à avoir des Twinkies ici. Sûrement pas !

Julia n'entendait pas renoncer à son projet.

— Je me charge de convaincre le directeur et Mme Hammersley. Contentez-vous de faire la liste.

— Bon…

Le ton de Missy trahissait le fond de sa pensée : cette prof, il lui manquait une case ou deux, et elle ne tarderait pas à se faire virer.

L'ironie de la situation n'échappa pas à Julia — elle-même ne doutait pas qu'elle finirait par être renvoyée, mais pour d'autres raisons.

— Je vous assure, cet exercice va être très amusant. Venez me voir avant le cours, demain.

Missy hocha la tête, et Julia regagna son bureau. Du coin de l'œil, elle regarda la jeune fille farfouiller dans son énorme sac, refermer la fermeture Eclair, puis se hâter de sortir dans le couloir où le bruit des pas et des conversations commençait à s'éteindre.

Missy semblait obéir à des consignes, songea Julia en sortant un stylo de son tiroir pour griffonner quelques notes rapides sur un bout de papier.

Pourquoi n'arrivait-elle pas à faire confiance à sa nouvelle assistante ?

C'était à cause de Shay.

Qu'est-ce que sa sœur lui avait raconté, déjà ? Que les AE appartenaient à une sorte de secte…

N'était-ce pas ridicule ?

Comment Shaylee, avec son attitude déplorable, pouvait-elle prétendre connaître tous les secrets de Blue Rock Academy ? Pour commencer, elle n'était pas arrivée ici depuis assez longtemps pour comprendre les rouages internes de l'école. Toutes ces rumeurs n'étaient que commérages d'adolescents ; elles faisaient partie des mythes du campus.

Tout en tapotant sur son agenda, Julia se demanda si Trent était au courant de cette prétendue secte.

Possible.

Elle regarda, par la fenêtre, la nuit qui commençait à tomber.

Le temps était peut-être venu de tenir une petite réunion entre professeurs.

# 30

Trent sentit la fumée de cigarette avant de voir Meeker entrer dans le gymnase. Perché au sommet de l'échelle d'où il remettait en place un panier de basket-ball, il sut aussitôt que le policier n'était pas venu là par hasard.

Frank Meeker avait une mine épouvantable. Son uniforme était tout froissé, des cernes profonds soulignaient ses yeux, et ses mâchoires avaient besoin d'un bon coup de rasoir. Cela faisait trois jours qu'il campait à l'école, dans une petite pièce du rez-de-chaussée de Stanton House qui lui servait à la fois de bureau et de chambre à coucher. Coincé sur place comme il l'était en attendant l'arrivée des chasse-neige, il employait au mieux le temps dont il disposait.

Ils étaient seuls dans l'immense gymnase, mais un bruit métallique régulier indiquait que quelqu'un était en train de faire de la gonflette dans la salle du haut.

— Vous avez une minute ? demanda Meeker d'un air sombre.

— Oui, je suis à vous dans une seconde.

Trent finit d'accrocher le filet, descendit de l'échelle, la referma d'un coup sec et l'enferma dans un placard.

— Nous pouvons parler ici, ajouta-t-il en désignant son bureau.

En voyant Meeker opiner du chef, Trent comprit immédiatement qu'il venait lui annoncer une mauvaise nouvelle. Il ferma la porte derrière le policier et lui fit signe de s'asseoir.

— Que se passe-t-il ? demanda-t-il.

— Le jeune Prescott n'a pas survécu.

— Merde !

Trent sentit son estomac se retourner. Il avait tellement espéré que Drew — pourtant un solide gaillard — s'en sortirait…

— Je viens de recevoir l'appel, précisa Meeker. Le shérif voulait que je vous prévienne. Il est en train de téléphoner à Lynch, en ce moment.

Il poussa un profond soupir et humecta de sa langue ses lèvres gercées.

— Dire qu'il allait si bien après l'opération…, poursuivit-il. Il s'est réveillé, il a parlé. Il se souvenait de tout ce qui s'était passé dans l'écurie. Ensuite, il s'est rendormi, et ça a été terminé. Comme ça, d'un seul coup, ajouta-t-il en faisant claquer ses doigts.

Il se frotta la joue de sa main et baissa les yeux.

— J'ai un gamin du même âge. Il fait des études, joue au football. Si quelque chose comme ça devait lui arriver…

Sa voix s'étrangla, et l'on n'entendit plus que le cliquetis des poids qu'on soulevait et laissait retomber dans la salle du dessus.

— C'est dur, dit Trent. Je ne connaissais pas très bien Drew, mais la mort d'un gosse est toujours injuste.

Il se tut. L'image de l'adolescent affaissé sur le sol de l'écurie s'imposa à son esprit. De même que celle de Nona, suspendue au bout d'une corde.

— C'est difficile à accepter, ajouta-t-il.

Meeker releva vivement la tête, son regard croisant celui de Trent. Il posa ses mains sur ses genoux et se releva.

— Pauvre môme ! Quand je pense qu'il avait l'air sorti d'affaire ! Baines a même pu tout enregistrer. Et deux jours après, voilà que son cœur s'arrête d'un seul coup. On n'a pas pu le réanimer. Encéphalo complètement plat.

Les haltères avaient cessé de s'entrechoquer, et le bureau de Trent était devenu silencieux comme une tombe.

— Il faut choper le fils de pute qui a assassiné ces deux gosses, grommela Trent d'un air grave.

Une colère noire le submergeait. Il rencontra le regard fatigué de Meeker.

— Pas question de laisser ce salaud s'en tirer impunément, ajouta-t-il.

— Je suis tout à fait d'accord, approuva Meeker. Nous n'avons pas de temps à perdre. Nous devons coffrer cette ordure au plus vite.

Assise à son bureau, Julia réfléchissait aux accusations extravagantes de sa sœur.

Shay n'était pas exactement un baromètre fiable de la réalité.

Comment son père avait-il décrit Shay, lorsqu'il s'était remarié avec Edie ? Julia pouvait presque entendre Rip Delaney dire à sa femme de sa voix de baryton :

— Tu sais, chérie, s'il existait un raz-de-marée émotionnel quelque part dans un rayon de trois Etats, Shaylee serait capable de le trouver, de s'y précipiter tête la première et ensuite d'appeler au secours.

Edie n'avait pas trouvé cela drôle.

L'attitude de Rip Delaney vis-à-vis de sa belle-fille avait constitué une pomme de discorde dans une union déjà malheureuse.

« Tu as qu'à refuser de prendre ce que dit Shay au pied de la lettre », s'intima Julia. Malheureusement, elle n'était pas dans cette école depuis assez longtemps pour pouvoir juger des motivations ou des actes des assistants d'éducation. Elle n'avait pas non plus gagné leur confiance au point de les inciter à lui parler en toute franchise.

Elle n'était pas des leurs. Tout comme Shay, d'ailleurs, qui n'était pas arrivée beaucoup plus tôt qu'elle.

Pour l'instant, elle s'en tiendrait au principe juridique de la présomption d'innocence. Lequel valait aussi pour les diaboliques assistants d'éducation. Seigneur, ce que Shay pouvait se complaire dans le mélodrame !

« Les chiens ne font pas des chats », songea Julia, qui se promit de rappeler sa mère. Même si les AE n'avaient rien à se reprocher, quelque chose ne tournait pas rond ici. Une élève était morte, une autre avait disparu et un troisième — qui se trouvait justement faire partie des AE — était grièvement blessé. Le tout en l'espace de cinq mois.

Nona Vickers était inscrite à l'école depuis presque un an, et Lauren Conway y était restée seulement quelques mois. Julia ne savait pas avec certitude depuis quand Andrew occupait sa fonction, mais il avait sans doute passé pas mal de temps à Blue Rock avant de se voir promu assistant d'éducation. Et puis, il y avait Ethan Slade, le garçon dont on disait que Maris Howell avait abusé. Ethan restait à Blue Rock, fort de l'assurance de pouvoir y terminer ses études, ses parents s'étant empressés d'accepter la transaction proposée par l'école.

Julia faisait nerveusement cliquer son stylo. Toutes ses tentatives pour obtenir des informations auprès des élèves et des autres enseignants s'étaient révélées vaines.

Alors, que lui restait-il ?

Les dossiers personnels.

Jetant un coup d'œil par la fenêtre, elle vit l'angle du bâtiment de l'intendance où l'on gardait tous les dossiers. Enfin, pas tous, rectifia-t-elle. Certains étaient conservés dans le bureau de Lynch, celui qu'il occupait dans la chapelle.

En serait-elle capable ?

Fracturer les tiroirs des classeurs ou s'introduire frauduleusement dans les ordinateurs, et ensuite inventer une excuse, si elle se faisait prendre ?

En vérité, elle n'avait guère le choix. Elle devait le faire.

Avant qu'il n'y ait une nouvelle victime.

Il suffisait d'échafauder un plan.

Sans cesser de se triturer les méninges pour trouver une idée lumineuse, elle passa la demi-heure suivante à essayer de se concentrer sur le cours du lendemain.

Finalement, elle abandonna. Il serait toujours temps de préparer quelque chose après le dîner. Qui sait ? Peut-être qu'une fois rentrée chez elle, en pyjama, elle imaginerait un moyen de jeter furtivement un coup d'œil sur les dossiers des profs et des élèves. Elle rassembla ses notes, ses livres et ses disquettes, et fourra le tout dans son cartable aux couleurs de Blue Rock.

Elle cala la bandoulière sur son épaule et se dirigea vers la porte. L'obscurité enveloppait déjà les montagnes ; la neige tombait toujours à gros flocons. Tout en éteignant les lumières, elle se demanda si la tempête se calmerait jamais. Quand l'école sortirait-elle enfin de son isolement ? En l'état actuel des choses, le blizzard interdisait tous les accès, et personne ne pouvait franchir les cols enneigés — ni la police, ni les familles, ni les services de secours. On aurait dit que le sort s'acharnait sur Blue Rock et que le vent se moquait des pauvres défenses qu'on lui opposait.

« Ne sois pas ridicule », se réprimanda-t-elle silencieusement, sans toutefois empêcher un frisson de peur de lui secouer l'échine.

Elle referma la porte derrière elle.

Le couloir désert était étrangement silencieux. Les bottes de Julia résonnèrent sur le sol carrelé, le bruit de ses pas retentit à ses oreilles. « Surtout, reste calme », s'ordonna-t-elle. Elle dévala l'escalier, bien décidée à rentrer chez elle pour y passer un peu de temps seule. Les crimes perpétrés contre Nona et Drew étaient certes horribles, mais elle n'avait aucune raison de penser que quelqu'un projetait de l'attaquer, ni elle ni personne d'autre, d'ailleurs.

Malgré sa nervosité, Julia réfléchit à ce qu'elle allait faire de sa soirée. Elle décida de rappeler sa cousine Analise — après tout, Eli avait été assistant d'éducation à Blue Rock. Que lui avait-il dit, la dernière fois qu'ils s'étaient parlé ?

*Analise avait peur que tu ailles fouiner.*

*Pourquoi ?*

Sur le moment, Julia avait trouvé étranges les préoccupations de sa cousine. Elle en avait conclu qu'Eli et Analise s'étaient surtout inquiétés pour eux-mêmes, à cause de la façon dont ils avaient quitté l'école. Mais peut-être s'était-elle trompée. Et s'ils avaient tout simplement eu peur de ce que Julia pourrait découvrir ?

Elle tourna l'angle du couloir… et manqua de percuter Maeve.

La jeune fille, en larmes, les épaules arc-boutées contre le mur, s'effondra doucement sur le sol et se mit à pousser des sanglots à fendre l'âme. Ses livres tombèrent sur ses genoux.

Julia se précipita vers elle, mit un genou à terre et lui toucha l'épaule.

— Quelque chose ne va pas, Maeve ? s'enquit-elle.

Surprise, Maeve releva brusquement la tête et ébaucha un mouvement de recul.

— Rien, mentit-elle de façon éhontée.

Elle refoula d'un clignement de paupières un nouveau flot de larmes et posa sur Julia des yeux remplis de désespoir.

— Ne craignez rien, assura Julia. Vous pouvez vous confier à moi.

Maeve renifla et hoqueta de plus belle.

— Je… vous ai dit… que ça allait.

Sa main droite s'agitait nerveusement dans sa manche gauche — un geste que Julia avait déjà remarqué pendant la classe.

— Je vais bien. Vraiment. Laissez-moi tranquille.

Clac, clac, clac !

— Je ne crois pas, dit Julia avec douceur.

Elle venait de se rendre compte que Maeve faisait claquer un bracelet de caoutchouc sur son poignet. La jeune fille avait le visage écarlate ; des larmes ruisselaient de ses yeux et dégoulinaient sur ses joues.

— Maeve… vous savez que vous ne devriez pas circuler seule sur le campus, mais…

Si Julia tenait à respecter l'espace vital de la jeune pensionnaire, elle voulait aussi lui venir en aide.

— Je suis ici pour vous aider, d'accord ? Y a-t-il quelque chose que je puisse faire pour vous ?

— Non, répliqua Maeve d'un ton catégorique.

Elle renifla et se remit debout tant bien que mal.

Son sac lui échappa des mains et tout le contenu s'éparpilla en vrac sur le sol. Elle tenta de se pencher en avant pour rattraper ses livres qui avaient glissé de ses genoux, mais s'affala sur le carrelage étincelant.

— Oh, merde !

Elle s'empressa de rassembler ses affaires — un étui à lunettes rose, un paquet de mouchoirs en papier, son portefeuille, ses clés, une boîte de tampons.

— Oh, mon Dieu ! murmura-t-elle, morte de honte, en fourrant un sachet de pastilles à la menthe et un bonnet tricoté rose dans son sac.

Ses larmes se remirent à couler de plus belle, et des traînées noires de mascara maculèrent ses joues. Sa lèvre inférieure tremblait.

Julia ne pouvait la laisser ainsi.

— Je vous accompagne, décida-t-elle.

Elle ramassa deux ou trois stylos, un morceau de papier sur lequel était écrit « AUGURE » et les tendit à Maeve.

— Vous devriez peut-être parler avec votre conseillère ou avec Mme Burdette, ajouta-t-elle.

La jeune fille laissa brusquement éclater sa fureur.

— Fichez-moi la paix ! Je vais très bien ! Il y a tout de même de quoi péter un plomb, non, avec tout ce qui se passe ici !

Elle s'empara de son portefeuille et de son étui à lunettes et, reniflant bruyamment, les jeta dans son sac. Puis elle s'essuya les joues et récupéra son cahier — dont la couverture était entièrement recouverte de gribouillis représentant des visages, des cœurs, des étoiles et les initiales d'Ethan Slade — qui avait atterri près du distributeur d'eau.

Maeve coinça le cahier sous son bras, prit les stylos et le papier des mains de Julia.

— Je ne veux pas de votre aide. Je n'en ai pas besoin.

Pourtant, il y avait quelque chose dans ses yeux, une lueur de doute, une tristesse profondément enfouie qui démentait ses paroles.

— Je parle sérieusement, je crois vraiment que vous feriez mieux d'aller voir Mme Williams, suggéra Julia.

Elle savait que Maeve, comme tout le monde à Blue Rock,

était submergée par un raz-de-marée émotionnel, mais elle se demandait également si le chagrin causé par la mort de sa camarade en était la seule raison.

— Vous savez, Maeve, nous sommes tous là pour vous soutenir.

— Vous croyez vraiment que quelqu'un peut m'aider ? Vous êtes cinglée ? Personne ne peut rien faire pour moi, ni vous ni une conseillère ni qui que ce soit d'autre, d'accord ? Alors foutez-moi la...

Elle s'interrompit brusquement, cligna des yeux, ravala sa colère.

— S'il vous plaît, supplia-t-elle, en tendant la main vers Julia. Allez-vous-en.

C'est alors qu'intervint une voix masculine :

— Hé ! Que se passe-t-il ici ?

Julia regarda par-dessus son épaule et vit Roberto Ortega descendre précipitamment du premier étage.

— Tout va bien, répondit Maeve en reniflant et en secouant la tête.

— Tu es sûre ?

Le visage de Roberto était plissé d'inquiétude.

— Je viens de te le dire, non ?

Elle remit prestement le reste de ses affaires dans son sac, ramassa les livres encore dispersés sur le sol et sortit en trombe. La rafale d'air froid qui s'engouffra dans le bâtiment prit Julia au dépourvu. Elle regarda par la porte vitrée Maeve s'élancer au milieu des tourbillons de neige, fourrager maladroitement dans son sac, en extraire son bonnet rose et l'enfoncer sur sa tête.

— Ah, les filles ! grogna Roberto.

Puis, comme s'il venait de se rendre compte que Julia l'avait entendu, il esquissa un sourire d'autodérision, consulta sa montre, fronça les sourcils et se dirigea vers l'extrémité du bâtiment.

— Désolé.

— Ce n'est rien, dit Julia.

Mais Roberto, pressant le pas, avait déjà atteint la sortie.

Bang ! La porte se referma derrière lui et, une fois de plus,

Julia eut l'impression de se retrouver seule dans le grand bâtiment de verre.

Elle remonta la fermeture à glissière de son anorak et sortit. Au loin, au travers d'un rideau mouvant de neige, elle vit Maeve rejoindre quelqu'un sous l'auvent du passage couvert. Un garçon ? Ou un homme ? Julia ne put distinguer son visage, n'entrevit qu'un blue-jean et un blouson bleu au logo de l'école.

Il n'était pas encore 17 heures, mais il faisait déjà noir. Au cœur de l'hiver, la nuit tombait vite, sur les montagnes.

Le compagnon de Maeve entoura d'un bras rassurant l'épaule de la jeune fille, puis la conduisit vers le sentier qui menait à la chapelle.

L'espace d'un instant, Julia crut qu'il s'agissait d'Ethan Slade, le garçon sur lequel, supposait-elle, Maeve versait tant de larmes.

Ou bien était-ce quelqu'un d'autre qui la consolait ?

Pendant une fraction de seconde, Julia s'imagina que ce pouvait être le père Jake. Non, impossible ! L'aumônier ne se serait pas conduit de façon aussi familière.

Ils disparurent dans la pénombre et Julia resta plantée là, à s'interroger sur Maeve Mancuso.

A vrai dire, elle n'avait aucune idée de ce qui avait pu faire pleurer la jeune fille. Son état émotionnel n'avait peut-être rien à voir avec un amour non partagé. Il se pouvait que, comme elle l'avait affirmé, ce soit tout simplement le chagrin causé par la mort de Nona. En tout cas, les adolescentes étaient connues pour leurs sautes d'humeur spectaculaires, passant sans transition de l'exaltation à l'abattement.

Cela étant, Julia se faisait du souci, même si elle ne savait pas trop quoi faire pour venir en aide à Maeve.

Elle se souvint alors du mot griffonné sur le morceau de papier qu'elle avait ramassé : il lui rappela celui qu'on avait glissé sous sa porte. Tous deux sur du papier ligné, mais d'écritures différentes.

L'un disait : « A L'AIDE », l'autre : « AUGURE ». Cet avertissement, était-ce Maeve qui l'avait écrit, ou l'avait-elle reçu ?

Julia ne le saurait sans doute jamais, mais ces trois simples mots, écrits sur deux morceaux de papier, la tarabustaient. Toutes les craintes de Shay, réelles ou imaginaires, s'insinuèrent alors dans son cerveau.

Luttant contre le vent qui gémissait sur le lac, Julia se mit en route vers Stanton House. Elle avait beau se dire qu'elle se laissait emporter par son imagination, que Shay se trompait, elle sentit un frisson lui glacer l'âme lorsqu'elle passa devant la chapelle.

# 31

— Nom d'un chien !

Julia fourrageait dans son sac à la recherche de son téléphone mobile. Sans succès.

Elle avait eu l'intention d'appeler Adele Burdette. Selon la brochure de Blue Rock qu'elle avait étudiée avant de venir, elle était, en tant que membre de l'équipe enseignante, censée aider les élèves à surmonter leurs traumatismes émotionnels et physiques et signaler tout « incident », y compris les empoignades, confrontations verbales et autres problèmes affectifs.

La crise de Maeve Mancuso dans le couloir appartenait sans nul doute à l'une de ces catégories, mais Julia ne tenait pas à soulever une tempête dans un verre d'eau. Aussi voulait-elle simplement mettre Burdette au courant de ce qui s'était passé, sans toutefois en exagérer l'importance. Ensuite, elle téléphonerait à Analise et son mari. Elle avait besoin d'en connaître davantage sur les assistants d'éducation, et sa cousine serait certainement la mieux à même de l'éclairer. En son temps, Eli avait fait partie des AE et, s'il ne lui avait pas appris grand-chose jusqu'à présent, Julia ne doutait pas que, mis au pied du mur, il finirait par lui révéler des informations sur l'existence éventuelle d'une secte secrète au sein de Blue Rock.

Ou par lui rire au nez.

Ne trouvant pas son téléphone dans son sac, elle vérifia dans son cartable. Rien. Ses poches aussi étaient vides.

— Ce n'est pas possible…, marmonna-t-elle.

Elle se rappelait parfaitement avoir utilisé son portable pour téléphoner à Edie juste avant son cours.

L'avait-elle laissé dans la salle de classe ?

Un tueur en liberté rôdait sur le campus, et elle n'avait même plus son téléphone pour appeler au secours. Bel exemple de prudence pour ses élèves !

Comme elle tournait les talons et repartait en direction du bâtiment des études, elle passa mentalement en revue tout ce que contenait son téléphone : les coups de fil que Shaylee lui avait passés avec le portable de Nona, le répertoire comprenant les numéros de sa sœur et de sa mère, l'historique des appels récents affichant les coordonnées d'Analise et Eli. Bien sûr, elle avait verrouillé l'appareil, mais n'importe quel petit crack en technologie aurait vite fait de décrypter le code et de récupérer les données stockées à l'intérieur.

— Et merde !

Son cœur se mit à battre la chamade ; elle tâcha de résister à la panique qui menaçait de l'envahir.

— Ne commence pas à échafauder un scénario catastrophe, s'exhorta-t-elle.

Mais elle avait beau essayer de se convaincre que le téléphone n'était ni perdu ni volé, simplement égaré, le nœud qui serrait douloureusement son estomac lui rappelait l'importance de l'enjeu.

Elle s'engouffra alors dans le bâtiment, et monta l'escalier quatre à quatre. Ses bottes résonnèrent dans le couloir désert, laissant des flaques de neige fondue sur le carrelage. Arrivée au premier étage, elle tourna l'angle du corridor au pas de course et s'arrêta net. A quelques mètres de là, Missy Albright était en train de fermer la porte de la salle 212 derrière elle. Zach Bernsen était là aussi, faisant les cent pas dans le couloir, à croire qu'il montait la garde en l'attendant.

Une fraction de seconde, les deux jeunes gens parurent surpris. Puis leurs visages affichèrent en même temps un grand sourire, comme un mouvement d'horloge parfaitement huilé.

— Désolée, dit Missy en montrant à Julia sa calculatrice.

Je l'avais perdue. Elle a dû tomber de mon sac quand j'étais dans votre classe.

— Vraiment ? demanda Julia, incapable d'empêcher une pointe d'incrédulité de percer dans sa voix. Pourtant, je ne l'ai pas vue en rangeant la salle.

Missy leva les yeux au ciel, l'air de dire : « Ce que je peux être nouille, parfois ! »

— Je sais. En fait, je l'avais oubliée dans le labo de science. C'est Zach qui est venu me la rapporter.

Elle haussa les épaules d'un geste théâtral et s'éloigna avec Zach vers les ascenseurs.

— Je suis vraiment désolée, répéta-t-elle.

— Une seconde ! s'exclama Julia, bien décidée à ne pas la laisser s'en tirer à si bon compte. Pendant que vous y étiez, vous n'auriez pas trouvé mon téléphone portable ?

Une expression embarrassée se peignit sur les traits de Missy. Elle secoua la tête.

— Non, répondit-elle en soutenant le regard de Julia. Mais je n'ai pas vraiment regardé.

— Je pensais que vous auriez pu tomber dessus en cherchant votre calculatrice.

— Non, je regrette.

De nouveau, Missy haussa les épaules, jugeant visiblement cette réponse suffisante. A part la traiter de fieffée menteuse ou lui arracher son sac pour le fouiller, Julia ne voyait guère de solution. Quant à Zach, il assistait à la scène avec un ennui manifeste.

— Dans ce cas, il doit être encore dans la salle, conclut Julia tandis que les deux étudiants battaient en retraite.

Elle ouvrit la porte. La classe lui apparut telle qu'elle l'avait laissée, propre et bien rangée.

Julia chercha pendant dix minutes, ouvrit des tiroirs, fouilla dans le placard, passa le sol au peigne fin. Mais elle demeura bredouille. Son téléphone portable ne se trouvait nulle part. Etait-ce Missy qui l'avait pris ? Un élève de la classe ? Ou bien l'avait-elle perdu pendant qu'elle s'occupait de Maeve ?

Un téléphone mobile valait de l'or pour ces jeunes, elle en avait conscience ; la plupart d'entre eux n'auraient pas hésité une seconde à le faucher soit pour leur usage personnel, soit pour le revendre. Pas forcément par méchanceté.

Et pourtant…

Elle éteignit les lumières, mais, avant de sortir dans le couloir, elle s'arrêta un instant à la fenêtre et laissa son regard survoler le campus. La neige qui scintillait sous la lueur des réverbères lui conférait un aspect paisible.

Au loin, l'éclairage de la chapelle ajoutait à l'impression de sérénité. « Tout cela n'est qu'une illusion », songea-t-elle.

Si elle avait encore quelques doutes, elle n'avait qu'à demander au père de Nona Vickers.

Elle aperçut Missy et Zach qui se hâtaient vers la chapelle. Zach tenait la jeune fille par l'épaule, comme pour la guider. Au moment où ils atteignirent les portes cintrées, Missy tourna la tête pour regarder derrière elle, levant les yeux vers l'endroit exact où Julia se tenait dans l'obscurité.

Celle-ci se figea, se demandant si l'adolescente pouvait la voir.

« N'en fais pas une montagne », lui souffla la voix de la raison. Elle sentit tout de même un frisson de peur la parcourir.

Sur un mot de Zach, Missy se glissa à l'intérieur de la chapelle, et Julia resta avec l'impression troublante que, malgré tous les éloges décernés à Blue Rock, Shaylee avait peut-être raison. Cette école pouvait fort bien être celle des damnés.

Et dans ce cas, Julia était déterminée à en avoir le cœur net.

Dès cette nuit.

Trent rattrapa Julia au moment où elle quittait le bâtiment des études. La tête rentrée dans les épaules pour se protéger du vent, apparemment absorbée dans ses pensées, elle marchait d'un pas rapide en direction de Stanton House.

— Hé ! Mademoiselle Farentino ! lança-t-il, au cas où quelqu'un l'aurait vu l'interpeller. Attendez !

Elle sursauta, releva la tête et ralentit le pas. La neige tourbillonnait autour d'elle, s'accrochant aux mèches de cheveux qui s'échappaient de sa capuche.

C'était peut-être un effet de lumière, mais le temps d'un battement de cœur, il crut voir les coins de sa bouche se relever un brin, comme si elle avait été heureuse de le voir.

— J'aimerais m'entretenir avec vous au sujet de l'un de nos étudiants, dit-il, résistant à l'envie de lui saisir le coude.

— Lequel ?

Trent baissa la voix.

— Andrew Prescott. Je viens d'apprendre la nouvelle, il y a seulement deux heures : il n'a pas survécu. Lynch l'annoncera tout à l'heure.

Julia pâlit, ses yeux gris s'emplirent de tristesse.

— Un de plus, murmura-t-elle. Mon Dieu, j'espérais qu'il s'en tirerait…

— Comme nous tous.

Il la mit au courant de ce que Meeker lui avait dit à propos de la mort d'Andrew. Frissonnante, les traits empreints d'anxiété, elle l'écouta avant de laisser échapper un long soupir.

— En fin de compte, je ne comprends pas comment ces gosses arrivent à supporter tout ce stress, ajouta-t-il. Il y a un assassin en liberté, et nous sommes tous enfermés ici à cause de la tempête. A moins que ce salaud ait réussi à prendre le large avant l'arrivée du blizzard, il est encore coincé ici.

— Avec nous, je sais.

En la voyant frémir, il fut pris d'une envie irrépressible de l'entourer d'un bras protecteur, de la serrer contre lui, d'enfouir sa bouche dans ses cheveux et de lui chuchoter que tout irait bien. Mais il se retint. D'abord, il ne devait en aucun cas laisser qui que soit deviner qu'il la connaissait autrement qu'en tant que nouvelle collègue. Ensuite, il s'était juré, il y avait bien longtemps, de ne jamais entretenir de relations intimes avec une femme qui lui avait fait comprendre sans ambiguïté qu'elle ne voulait pas de lui.

Sitôt après le meurtre de Rip Delaney, Julia lui avait affirmé catégoriquement qu'elle ne voulait plus avoir affaire à lui.

Et pour finir, il savait désormais que, malgré toutes les règles qu'il s'était imposées et toutes les promesses qu'il s'était faites, il n'était pas prudent pour lui de se trouver en présence de Julia. Qu'il le veuille ou non, il n'avait jamais pu l'oublier. Alors qu'il se tenait tout près d'elle, le regard plongé dans ses yeux inquiets, observant la moue pensive de ses lèvres, il se rendit compte avec une clarté foudroyante qu'il la désirait toujours.

Mais qu'est-ce qui n'allait pas, chez lui ?

Une seconde, il envisagea d'oublier toute prudence et de se pencher plus près d'elle.

— Monsieur Trent ! appela une voix, qui fit voler en éclats la magie du moment.

Il regarda par-dessus son épaule et vit Banjo Harris accourir vers eux.

Merde !

Il lui était complètement sorti de l'esprit qu'il avait promis de la voir, pour régler avec elle quelques questions à propos de son emploi du temps.

— Je dois y aller, dit-il.

— Attends ! Il faut que je te parle, insista Julia en le retenant par le bras.

Or, il ne pouvait risquer de s'attarder plus longtemps. Trop de gens pouvaient les voir. Il s'écarta.

— Alors, viens chez moi cette nuit, disons vers 22 heures, 22 h 30, murmura-t-il. Tu sais où c'est ?

Elle hocha la tête.

— La lumière du perron sera éteinte, ajouta-t-il.

Allons bon ! Qu'est-ce qu'il lui prenait, maintenant ? L'inviter dans son bungalow ? Autant se jeter carrément dans la gueule du loup !

— Je viendrai, répondit-elle tout bas, à l'instant même où Banjo les rejoignait, son étui à guitare brinquebalant dans son dos.

— Merci, dit-il.

Et il tourna les talons.

Rester auprès de Julia une seconde de plus aurait été trop dangereux.

De mille façons.

— Tu te trompes ! insista Maeve.

L'estomac en compote, elle se dirigeait vers la cafétéria en compagnie de Nell, Lucy et cette horrible fille, Shaylee. Ce n'était pas parce que la nouvelle faisait partie de leur meute qu'elles étaient obligées de l'accepter dans leur groupe, tout de même !

Mais ça n'avait plus de réelle importance, désormais.

Le bruit courait qu'Andrew Prescott était mort. Vraiment mort. En apprenant que Drew et Nona avaient été victimes d'une agression, Maeve avait abandonné l'idée romantique d'un pacte suicidaire entre les deux jeunes, et désespérément souhaité qu'Andrew s'en sorte. Comme si sa survie avait été un acte de bravoure, une façon de défier l'assassin qui avait volé la vie de sa bien-aimée.

La mort de Drew, en plus de ses propres problèmes, lui rendait la vie à Blue Rock plus insupportable que jamais. Depuis deux jours, ses amies essayaient de la convaincre de renoncer à Ethan, de renier ce qui comptait le plus dans son existence.

Elle savait au fond de son cœur qu'Ethan était son âme sœur, le seul homme qu'elle aimerait jamais.

Seigneur, elle était si malheureuse qu'elle ne pouvait plus s'arrêter de pleurer ! Les larmes gelaient sur ses joues, formant de minuscules diamants dans ses cils, et le vent nocturne soufflait si fort qu'il lui glaçait les poumons. Maeve ne savait pas comment elle résisterait à l'épreuve du dîner. Bien sûr, Ethan serait là — à cette pensée, un petit frisson de plaisir la traversa —, mais elle craignait qu'il ne lui accorde même pas un regard. Il ne cillerait pas, ne lui montrerait pas qu'elle occupait une place à part dans sa vie, même s'il le lui avait affirmé des douzaines de fois auparavant.

N'avait-elle pas été là pour lui, lorsqu'il avait dû répondre de ces terribles et ridicules accusations à propos de ses rapports avec Mme Howell ? Ne l'avait-elle pas soutenu ? Ne lui avait-elle pas fourni un alibi, en cas de besoin ? Ne savait-il pas qu'elle était prête à tout pour lui ? Qu'elle ferait n'importe quoi ?

La neige crissait sous leurs bottes. Elle ne s'était jamais sentie aussi frigorifiée de toute sa vie. Pourtant, le froid de l'hiver n'était rien à côté de celui qui lui glaçait le cœur à la pensée de perdre Ethan.

Ethan l'aimait, elle n'en avait aucun doute. Il le lui avait dit. Chaque fois qu'ils étaient allés dans le fenil où… Oh, mon Dieu, elle ne voulait pas penser à Nona, à la manière dont elle était morte, pendue à une corde !

La boule dans sa gorge était si grosse qu'elle pouvait à peine respirer, et l'idée qu'Ethan puisse sortir avec une autre fille lui transperçait le cœur de mille coups de poignard.

— Je dis seulement que je l'ai vu avec Kaci Donahue, affirma Lucy. Il n'y a pas de quoi en faire tout un plat.

Mais si, justement ! Il s'agit de ma vie ! Il est tout, pour moi ! Elle cligna des paupières, comme si la neige la gênait, alors qu'en réalité, elle menait une bataille perdue d'avance pour refouler ses larmes. Elle aimait Ethan. Elle le lui avait prouvé. Elle l'avait laissé la toucher, l'embrasser et lui faire l'amour. Elle aurait pris tous les risques pour lui.

— Aucun type n'en vaut la peine, déclara Shay.

A croire qu'elle avait de l'expérience en la matière, celle-là ! Mais que savait-elle donc de sa douleur ? Et d'abord, qui lui avait demandé son avis ?

— Ethan en vaut la peine, murmura Maeve avec ferveur, tandis qu'elles arrivaient à la cafétéria.

La lumière trop vive de la salle l'aveugla et l'odeur du hachis parmentier de Mme Pruitt lui donna un haut-le-cœur. Un flot de bile lui remonta dans la gorge, qu'elle ravala aussitôt. Pas question qu'un prof devine dans quel état elle se trouvait. Elle s'éclaircit la voix et chuchota :

— Je ne veux pas en parler. Pas maintenant.

Balayant du regard la salle lambrissée de bois, Nell eut tôt fait de repérer une table dans le fond, à laquelle Ethan et Kaci étaient assis en tête à tête.

— Ça alors ! s'exclama-t-elle. Je n'arrive pas à croire qu'il a le culot de s'afficher ici avec elle.

— Ils sont tous les deux assistants d'éducation, fit remarquer Lucy.

Maeve eut envie de disparaître dans un trou de souris. Elle agrippa le bracelet en caoutchouc à son poignet et le fit claquer avec force. Et encore plus fort. Elle avait besoin de cette douleur pour ne pas sentir son cœur se déchirer.

— Le bâtard ! siffla Nell entre ses dents.

— Elle ne veut pas en parler, d'accord ? rappela Shay.

— Mais il fait ça devant son nez !

De son côté, Ethan jeta un coup d'œil à Maeve, lui adressa un petit sourire innocent, puis se tourna de nouveau vers Kaci. Comme si de rien n'était. Comme si elle n'avait été qu'une élève ordinaire qu'il reconnaissait à peine, une rien du tout qui suivait le cours de maths de M. DeMarco et à qui il était chargé d'expliquer les logarithmes.

Rien de plus.

Zach et Missy rejoignirent le couple. Maeve crut qu'elle allait vomir.

Elle prit sa place à la table de M. Trent. Coincée entre Benedict Davenne d'un côté et Nell de l'autre, elle s'efforça de ne pas river son regard sur Ethan, mais elle avait un mal fou à se retenir. Pourquoi ne comprenait-il pas que leur amour était quelque chose d'unique, d'infiniment précieux ? Sous la table, elle s'acharnait frénétiquement à tirer sur l'élastique autour de son poignet.

Lorsque tous les élèves furent assis, le révérend Lynch confirma le décès d'Andrew Prescott. La mine sombre, il récita une prière tandis qu'un silence lugubre s'abattait sur les pensionnaires abasourdis.

Tous avaient su que Drew risquait de mourir, mais l'annonce de sa mort n'en parut pas moins étrange. Irréelle. Pendant quelques instants, par respect — ou parce que c'était ce qu'on attendait d'eux —, tout le monde demeura silencieux. Le hachis parmentier et la salade passèrent de main en main, sans que personne ne prononce un mot.

Les choses commencèrent à changer vers le milieu du repas. Des voix s'élevèrent, d'abord étouffées, puis de plus en plus animées, par-dessus le cliquetis des couverts et le tintement des gobelets en plastique. Le brouhaha des conversations se fondit peu à peu en un bruit diffus, ponctué par les éclats de rire de Kaci Donahue.

Maeve, qui s'était servi une part de tarte et une tranche de pain, était incapable d'avaler une bouchée. Des larmes lui montaient aux yeux, et elle devait se faire violence pour les empêcher d'inonder ses joues. Tout en triturant son pain, elle réfléchissait à un moyen de reconquérir l'amour d'Ethan.

Comme lui faire prendre conscience que c'était elle — et non ce sac d'os de Kaci, qui ressemblait à un faucheux —, la femme de sa vie ?

— Hé, calme-toi, Maeve ! dit Benedict avec un sourire, en désignant le morceau de pain réduit en miettes. C'est bon, tu l'as déjà tué.

A côté de lui, Keesha éclata de rire.

C'en était trop ! L'estomac de Maeve se révulsa. Personne ne la comprenait. Personne ! Pas même Nell.

Ethan non plus, se dit-elle avec désespoir.

Elle repoussa sa chaise et s'élança entre les tables en direction de la sortie. Au diable le règlement qui obligeait tout le monde à attendre la fin de la dernière prière avant de quitter le réfectoire ! Elle sentit la brûlure des regards curieux dans son dos et espéra, contre toute attente, qu'Ethan s'apercevrait de sa douleur et viendrait la chercher.

Evidemment, il n'en fit rien.

A sa grande honte, celle qui poussa la porte des toilettes derrière elle fut Kaci Donahue. Maeve regretta de ne pas s'être cachée dans un cabinet.

— Salut ! s'exclama Kaci d'un ton léger.

Elle se pencha vers le miroir et étudia son reflet, tapotant les commissures de ses lèvres, comme pour essuyer un résidu de rouge à lèvres.

Mais Maeve perçut une lueur de satisfaction dans le regard de l'assistante d'éducation, et comprit que celle-ci n'était venue que pour remuer le couteau dans la plaie.

Quelle humiliation !

Sans un bruit, Maeve quitta les toilettes et sortit dans le couloir. Où l'attendait M. Trent, appuyé contre le mur.

De mieux en mieux !

Les bras croisés sur la poitrine, il capta son regard puis lui emboîta le pas.

— Ça va ? demanda-t-il.

Si seulement elle avait pu disparaître de la surface de la terre !

— Ouais, mentit-elle.

— Vous êtes sûre ?

— Mmm…

Elle avait tellement hâte de se débarrasser de lui qu'elle hocha éperdument la tête. La dernière chose dont elle avait besoin, c'était bien que son chef de groupe la voie s'effondrer. La gorge toujours nouée, elle se força à répondre :

— Je… euh… je crois que je couve un rhume, ou quelque chose comme ça.

Le mensonge était sorti de sa bouche sans la moindre hésitation.

— Je vois.

Il avait gobé son histoire ? Vraiment ?

— Je sais que tout cela est difficile, reprit-il.

Quoi ? Il savait ? Etait-elle à ce point transparente ?

Alors, elle comprit. Il parlait du meurtre d'Andrew et de Nona.

— Nous avons mis en place une cellule d'aide psychologique. Vous pouvez venir individuellement ou en groupe. Et vous savez que si vous avez besoin de parler, je suis là…

— Je sais, répondit-elle en essayant d'injecter dans sa voix un peu de la jovialité qu'elle était si loin d'éprouver.

M. Trent était à mille lieues de s'en douter, évidemment, mais elle avait depuis longtemps dépassé le stade où de bonnes paroles pouvaient encore la sauver.

Parler ne servait à rien. C'était d'agir qu'elle avait besoin.

# 32

Le regard rivé sur l'autel de la chapelle, le père Jake traça un signe de croix sur sa poitrine. Comme toujours, ce geste le ramenait à sa jeunesse.

Cela faisait bien longtemps qu'il n'avait accompli le rituel catholique, mais les vieilles habitudes avaient la vie dure, surtout quand on se retrouvait confronté à des moments difficiles, de grandes tragédies.

Il avait eu son lot de chagrin, de peur et d'humiliation, tout au long de ses trente-six années de vie, et pourtant sa foi était demeurée intacte. Il connaissait la douleur de perdre une épouse, de la voir mourir lentement et de se rendre compte qu'il était la cause de sa mort.

Son désespoir avait été immense et son sentiment de culpabilité insupportable. Il avait commis des erreurs, dans sa vie, il avait menti et triché, et il avait accompli des actes dont il ne tirait aucune fierté.

Cependant, sans faillir, il avait conservé sa foi. Ç'avait été dur, parfois, presque impossible, mais il avait toujours senti la présence du Seigneur à ses côtés.

Or, les choses étaient en train de changer, il en avait conscience. Depuis qu'il était arrivé à Blue Rock, sa foi avait été durement mise à l'épreuve.

A présent, il n'était plus du tout certain qu'elle ne faiblirait pas.

Il s'agenouilla et pria pour réclamer une intervention divine.

Il sentait contre son dos le métal froid du pistolet coincé dans la ceinture de son pantalon.

Julia se tenait devant la fenêtre de sa chambre plongée dans le noir, espérant que personne ne la voyait. Les mains rentrées dans les manches de son pull, elle observait la sombre silhouette du révérend Lynch qui, revenant de la chapelle, quittait le sentier, comme pour se diriger vers la maison qu'il partageait avec Cora Sue. Julia ne pouvait distinguer la villa à travers l'écran de neige, mais elle n'avait aucun doute sur le fait que le pasteur rentrait chez lui.

Restait à espérer qu'il y demeurerait toute la nuit.

Les nerfs à vif, elle enfila son anorak et ses bottes, enroula son écharpe autour du cou et attrapa sa lampe torche et ses clés, dont elle pourrait toujours se servir comme d'une arme. Il n'était pas question pour elle de rester dans cette chambre à ne rien faire, à attendre, assise derrière sa porte verrouillée, en priant pour qu'il ne lui arrive rien. Pas quand un tueur rôdait sur le campus. Pas quand sa sœur était en danger.

Tout en fermant à clé la porte derrière elle, elle s'enjoignit de se ressaisir, même si elle savait très bien que, tant que l'assassin n'aurait pas été traduit en justice, rien ne pourrait la rassurer.

Elle descendit en courant l'escalier jusqu'au rez-de-chaussée de Stanton House. Des tables basses et quelques fauteuils formaient avec les tapis aux chaudes couleurs ocrées un coin salon confortable. Des lampes de bureau et une demi-douzaine de bougies électriques ajoutaient à l'ambiance feutrée.

Pourtant, il n'y avait personne sur les coussins de cuir moelleux du canapé, disposé perpendiculairement aux fenêtres. A l'exception des accords assourdis d'une ballade espagnole en provenance du premier étage, l'endroit était désert et silencieux.

Julia ajusta son écharpe autour de son cou.

Soudain, la porte du placard sous l'escalier s'ouvrit.

Julia faillit sauter au plafond lorsque Keesha Bell, une expression de dégoût sur le visage, un chiffon à poussière pendouillant de la poche arrière de son jean, sortit du réduit en tirant un aspirateur derrière elle.

— Vous m'avez fait peur ! s'exclama Julia avant de laisser échapper un petit rire.

Keesha n'esquissa pas l'ombre d'un sourire.

— Désolée, dit-elle. Parfois, je me fais peur à moi-même. Surtout le matin.

Elle rangea une pile de magazines sur une table basse de verre, puis brancha l'aspirateur dans une prise.

— C'est vous qui êtes de corvée ce soir ? demanda Julia.

Le front de Keesha se creusa de rides profondes. Elle leva les yeux au ciel.

— Ouais, j'en ai, de la chance !

— Tous les soirs ?

La jeune fille tira sur le câble en hochant la tête.

— C'est le révérend Lynch qui l'a décidé.

Julia pensa de nouveau à la note qu'on avait glissée sous sa porte, la première nuit. Elle ne savait toujours pas s'il s'agissait d'une farce ou d'un réel appel au secours, mais elle comptait bien le découvrir.

— Vous avez fait ça toute la semaine ?

Keesha extirpa le chiffon de sa poche et en frappa la toile d'araignée qui pendait de l'abat-jour d'une lampe.

— Non, Dieu merci, répondit-elle. C'est à tour de rôle.

— Vous étiez de service ici, la nuit où je suis arrivée ? Vendredi dernier ?

Keesha secoua la tête ; ses tresses lui caressèrent le dos.

— Non.

— Vous savez qui c'était ?

— Euh… Nell, peut-être.

Elle alla ouvrir le cagibi pour consulter le tableau de service affiché à l'intérieur de la porte.

— Voyons, dit-elle en suivant la liste du doigt. Oui, c'est bien ce que je pensais. Nell était de corvée tout le week-end. Pourquoi ? Elle n'a pas fait votre chambre ?

— Non, non, ce n'est pas ça du tout, répondit Julia, toute contente de tenir le début d'une piste.

Si Nell n'avait pas fait passer le message sous sa porte, elle avait peut-être vu quelqu'un rôder dans le couloir.

Julia rentra les extrémités de son écharpe dans le col de son anorak.

— Je me demandais simplement comment vous vous arrangiez pour le roulement.

Keesha ferma la porte du placard et retourna à son aspirateur.

— En fait, il y a eu quelques changements depuis une semaine. Avant, une seule personne à la fois était chargée du ménage dans chaque bâtiment, mais après ce qui s'est passé… enfin, vous savez, avec l'assassinat de Nona et Drew et tout ça…

Elle se frotta les bras, comme si elle avait eu soudain la chair de poule.

— Maintenant, nous travaillons deux par deux.

Julia leva les yeux vers le premier étage.

— Vous avez une coéquipière ? demanda-t-elle.

— Si on peut l'appeler comme ça. Banjo est au deuxième étage.

Keesha pointa un doigt vers le plafond.

— Vous l'entendez ?

— Oui, en effet.

— Vous croyez que c'est du travail, ça ? Sûrement pas ! Je parie que je vais encore être obligée de monter pour récurer moi-même ces fichues toilettes.

Elle poussa un soupir dégoûté et reprit :

— Je ne sais pas pourquoi on m'oblige à faire équipe avec elle. J'ai demandé si Benedict et moi pouvions travailler ensemble, mais, bien sûr, M. Trent n'a pas voulu en entendre parler. Pas question de « former des couples » ! Je crois que c'est ce qu'il a dit.

Visiblement énervée, elle fouetta le dossier du canapé avec son chiffon, comme si elle avait voulu en chasser un essaim de mouches.

— Enfin, nous ne faisons le ménage ici que pendant deux

nuits, et ensuite, ô joie, toute notre meute sera de service dans le réfectoire.

— J'ai cru comprendre que vous n'aimiez pas trop travailler dans les cuisines.

— Et vous avez raison, approuva énergiquement Keesha. Là-bas, c'est vraiment craignos. A côté, faire le ménage ici, ça ressemble au paradis.

Ces dernières paroles avaient à peine franchi ses lèvres qu'elle se reprit aussitôt :

— Désolée. Mais rien que de penser à cette foutue cafétéria... beurk ! Toute cette bouffe écœurante et ces assiettes sales et ces cochonneries renversées par terre ! Tous ces plateaux qui s'empilent jusqu'au plafond ! Ça ne donne pas du tout envie.

Se rendant soudain compte qu'elle était en train de tempêter devant un membre du corps enseignant, elle se tut et jeta son chiffon poussiéreux dans le seau vide. Puis elle esquissa un sourire forcé, entre amusement et dissimulation.

— Comme dit ma grand-mère, il n'y a pas de repos pour les méchants. Et je trouve qu'elle a tout à fait raison ! En tout cas, je me sentirais plus en sécurité avec Benedict qu'avec la *señorita* là-haut.

Elle fit un signe du menton vers la cage d'escalier, dans laquelle on entendait résonner les notes plaintives d'une chanson.

— Soyez prudente, conseilla Julia.

— Oh, comptez sur moi !

— Bien.

Julia sortit dans une rafale d'air glacial. Dehors, le vent se déchaînait en violentes bourrasques, mugissant dans la nuit, balayant le campus et secouant les chaînes des mâts.

Les nerfs déjà tendus de Julia se crispèrent. Elle se reprocha mentalement sa sottise. A coup sûr, elle se ferait renvoyer, si on la surprenait en train d'entrer par effraction dans le bureau de Lynch, mais la pensée des dossiers enfermés dans le classeur la turlupinait. Pourquoi deux jeux de documents ? Et pourquoi ne pas avoir entré ces informations dans l'ordinateur ?

« Regarde les choses en face, Julia. Ce qui t'inquiète, c'est d'avoir vu ton nom et la photo de Trent. Tu t'imagines que Lynch a fait le rapprochement. »

En tout cas, il s'en fallut d'un cheveu pour qu'elle change d'avis et rebrousse chemin. Elle fonça tout droit vers la chapelle, ne s'arrêtant que pour vérifier que tout allait bien du côté de la demeure brillamment éclairée de Lynch.

— Reste chez toi, marmonna-t-elle entre ses dents, tandis que le vent emportait son haleine à peine sortie de sa bouche, et que des flocons de neige fondaient sur son visage.

Survolant du regard le paysage enneigé, l'oreille à l'affût du moindre bruit de pas derrière elle, Julia se hâta vers les portes de la chapelle. Elle tendait la main pour saisir la poignée lorsqu'une voix masculine retentit derrière elle.

— Mademoiselle Farentino ?

Elle sursauta et fit volte-face pour se retrouver nez à nez avec deux gaillards en anorak et cagoule de ski. Transie de peur, elle serra une main tremblante sur sa poitrine.

— Julia ?

L'un des hommes retira sa cagoule — c'était Wade Taggert, l'un des professeurs de psychologie.

Les doigts gantés de Julia se contractèrent sur sa torche électrique.

— Où est votre coéquipier ? demanda Taggert.

L'autre homme enleva à son tour sa cagoule, et elle reconnut Tim Takasumi, un assistant d'éducation qui, elle le savait, étudiait l'informatique.

— Oh, mon Dieu ! Vous m'avez fait une de ces peurs ! s'exclama-t-elle. Ecoutez, je sais que je suis censée me faire accompagner quand je sors, mais j'avais envie de passer un peu de temps seule dans la chapelle.

Les sourcils de Taggert se rejoignirent.

— Personne ne doit déambuler sur le campus après la tombée de la nuit sans quelqu'un pour l'escorter. C'est pour votre bien.

— Je sais. Mais je ne resterai que quelques minutes. Cette première semaine a été difficile pour moi, et j'ai besoin d'un peu de tranquillité. Je me suis dit que je pourrais allumer un ou deux cierges.

Elle grimaça un sourire mal assuré, mais n'en relâcha pas pour autant sa prise sur la torche électrique.

Comment savoir à qui se fier ?

Taggert sembla accepter ses explications.

— Vous voulez qu'on reste avec vous ? cria-t-il pour couvrir le rugissement du vent.

— Non, merci, répondit-elle en haussant à son tour la voix pour se faire entendre. Vous avez votre ronde à faire. Je n'en ai que pour un petit moment.

Elle craignit que Taggert ne propose de l'attendre, mais, au même instant, un mouvement dans le kiosque attira l'attention de ce dernier. Quelqu'un était assis au centre du petit pavillon, à l'abri du treillis orné de centaines de petites lumières.

— Qu'est ce que… ? grommela Taggert avant de se retourner vers Julia. Vous êtes sûre que ça ira ?

— Oui.

Wade toucha le bras de Takasumi.

— Allons-y !

Ils remirent leur cagoule en place et s'élancèrent au pas de course.

Maintenant qu'ils étaient au courant de sa présence ici, il ne restait à Julia que très peu de temps pour mettre son plan à exécution. Le cœur cognant dans les tempes, elle remonta rapidement la nef et tourna dans le couloir qui menait au bureau du révérend Lynch.

Elle essaya d'ouvrir la porte.

Fermée à clé.

Evidemment.

Zut !

Elle n'avait rien d'une cambrioleuse ; elle n'aurait pas su forcer une serrure même si sa vie en avait dépendu. Elle pouvait peut-être tenter de passer par la fenêtre, mais elle risquait de se faire surprendre par les patrouilles de sécurité.

Son seul espoir résidait dans les toilettes, accessibles à la fois depuis le couloir et le bureau du pasteur. Elle pria le ciel pour qu'elles soient ouvertes et que la porte donnant sur le bureau ne soit pas verrouillée.

Sans bruit, elle se glissa dans la petite pièce et referma à clé derrière elle ; puis elle essaya la porte de communication, qui, bien sûr, s'ouvrit. Le verrou était à l'intérieur.

Cependant, la partie n'était pas encore gagnée. Il fallait maintenant accéder au contenu du classeur. Elle baissa les stores et éteignit sa torche, craignant que l'œil vigilant de ces agents de sécurité d'un nouveau genre ne détecte la lumière mouvante de sa lampe, et qu'ils ne décident d'entrer dans la chapelle pour savoir de quoi il retournait. Au bout d'une minute, ses yeux s'habituèrent à la lueur rougeoyante du feu qui mourait dans l'âtre.

Elle contourna le bureau et essaya le tiroir du haut.

Il était fermé à clé.

Génial… Et maintenant ? De la neige fondue dégoulinait de ses chaussures et formait de petites flaques sur le tapis, flaques qui, elle l'espérait, sécheraient avant le retour du pasteur le lendemain matin. Dans la chaleur du bureau et emmitouflée comme elle l'était, elle ne ressentait plus le froid de la nuit.

Elle desserra son écharpe, histoire de pouvoir respirer plus à l'aise, mais elle ne retira pas ses gants. Sans faire de bruit, le cœur tambourinant dans sa poitrine, elle ouvrit les tiroirs du bureau un à un, à la recherche des clés du classeur. Rien. Pourtant, même si Lynch les gardait tout le temps sur lui, il y avait de fortes de chances pour que, comme la plupart des gens, il en conserve un double dans son bureau.

Quelque part.

Par exemple, chez Charla King.

Non, ça n'avait aucun sens. Lynch ne devait confier les clés de ses dossiers personnels à personne, pas même à sa secrétaire.

Bang !

Un bruit sec éclata soudain dans la cheminée, pareil à un coup de fusil.

Julia étouffa un cri, ses genoux faillirent se dérober sous

elle, son pouls grimpa en flèche. Décidément, elle n'avait pas l'étoffe d'une espionne, mais alors pas du tout ! Elle n'était pas faite pour ce genre d'escapade.

Les nerfs à vif, elle effectua une fouille rapide de la pièce, tâtant le dessous des tiroirs, vérifiant sous les plantes en pot, soulevant même les coins du tapis. En pure perte.

Un exaspérant sentiment de frustration grandissait en elle.

Où, mais où donc cachait-il ces maudites clés ?

Peut-être n'étaient-elles pas dans le bureau, finalement. Mais alors, où ?

Elle n'avait jamais été du genre à baisser les bras et n'était certainement pas venue jusqu'ici pour abandonner, mais les idées commençaient à lui manquer. Et le temps jouait contre elle. Taggert et Takasumi ne tarderaient pas à vouloir jeter un coup d'œil dans la chapelle, cela ne faisait aucun doute. Penseraient-ils qu'elle avait quitté les lieux pour rentrer chez elle, ou viendraient-ils la chercher ? Impossible de savoir.

Les mains moites de transpiration, elle dénicha un ouvre-lettres dans le tiroir supérieur du bureau. Hélas, la lame était trop épaisse pour s'introduire dans la serrure. De même que sa lime à ongles. Et ses propres clés.

— Merde, merde, merde ! maugréa-t-elle.

Mais, en fin de compte, il n'y avait peut-être rien dans ces dossiers. Si ça se trouvait, toutes ses pitoyables tentatives pour jouer les détectives ne servaient à rien. Malgré tout, elle s'acharna encore une fois à passer la main derrière le classeur, de gauche à droite, de haut en bas. Sans succès. A moins de défoncer le tiroir à coups de marteau ou de casser la serrure, il n'y avait pas moyen, semblait-il, d'ouvrir ce classeur.

Craaac.

Un pas résonna dans le couloir.

Le cœur de Julia lui remonta dans la gorge.

Elle se figea, priant le ciel d'avoir été le jouet de son imagination.

Le bruit sourd et régulier des pas se fit de plus en plus fort, de plus en plus proche.

« Oh, mon Dieu ! »

Des clés cliquetèrent dans le couloir, derrière la porte du bureau de Lynch.

Elle recula à pas de loup vers les toilettes tandis que la voix étouffée du révérend franchissait la porte.

— J'espère bien que le FBI daignera venir, disait-il. Il faut que quelqu'un prenne les choses en main.

A qui parlait-il ? Avec un peu de chance, à quelqu'un qui retiendrait son attention suffisamment longtemps pour qu'elle ait le temps de s'éclipser.

— Absolument !

La porte s'ouvrit à l'instant même où Julia se faufilait dans les toilettes et tirait la porte tout doucement derrière elle.

— Vous pouvez me croire, reprit Lynch. Je sais parfaitement que nous avons un sérieux problème sur les bras.

Le verrou émit un petit clic sous les doigts de Julia. Le cœur battant à coups redoublés, elle entendit Lynch traverser son bureau d'un pas lourd. Devait-elle rester un moment dans sa cachette ? Ou bien essayer de sortir dès à présent par la porte du couloir et, au cas où il la surprendrait, lui servir la même excuse qu'à Taggert et Takasumi ?

Lynch parlait toujours, haussant la voix, mais personne ne répondait. Il devait être au téléphone.

— Je sais ça ! Envoyez-nous tout de même quelqu'un… Comment ? Shérif ? Nous allons être coupés ! Vous m'entendez ?… Shérif O'Donnell ? Vous m'entendez ?

Il y eut une longue pause. Julia se retint de respirer.

— Shérif ? Oh, Seigneur ! Blaine ? La ligne est trop mauvaise. Je raccroche. Rappelez-moi !

Puis ce fut le silence.

Le dos trempé de sueur, Julia n'osait plus bouger. Elle demeurait pétrifiée, l'oreille collée contre la porte, même si son instinct lui soufflait de prendre ses jambes à son cou.

« Un peu de patience.

« Attends un moment.

« Tu apprendras peut-être quelque chose. »

Elle ferma les yeux, et se concentra.

A travers la porte, elle entendit un déclic — une serrure — puis le bruit d'un tiroir qu'on ouvrait. Elle se mordit la lèvre, s'efforçant de ralentir sa respiration.

Slap !

Des papiers qu'on jetait sur le bureau ?

Slap !

— Ça devrait suffire, dit Lynch à voix plus basse, tandis que ses pas se rapprochaient.

Julia retint son souffle. Elle recula d'un pas, puis perçut un grincement métallique.

— Et voilà !

Whoosh !

Qu'est-ce que c'était ? Un courant d'air ?

Fermant les yeux, elle plaqua son oreille contre l'interstice entre la porte et le chambranle. S'efforçant de calmer les battements affolés de son cœur, elle entendit un faible chuintement puis un crépitement... Le feu ! Le pasteur était en train de ranimer le feu.

En imagination, elle vit des flammes s'élever dans l'âtre. Là où, quelques minutes plus tôt, il n'y avait eu que des braises incandescentes.

Mais pourquoi voulait-il attiser le... dieux du ciel ! Saisie d'une angoisse soudaine, Julia comprit : il faisait brûler quelque chose, non pas pour chauffer la pièce ni parce qu'une brusque envie de faire du rangement l'avait pris en plein milieu de la nuit, mais pour détruire la chose en question. A l'évidence, l'appel du shérif l'avait poussé dans son bureau pour se débarrasser de...

De ces fichus dossiers !

Accablée, Julia appréhenda la situation : ces dossiers contenaient des informations compromettantes, et Lynch avait décidé de s'en défaire avant que les hommes du shérif ou n'importe quel autre représentant de la loi ne reviennent à Blue Rock. Car, une fois la tempête calmée, l'école serait prise d'assaut par les parents d'élèves, les policiers et les journalistes.

Le temps ne serait plus à la langue de bois et aux lieux communs. L'école serait examinée à la loupe. Deux élèves avaient été sauvagement assassinés, et la scène macabre du crime attirerait sur le campus des essaims grouillants d'enquêteurs et de reporters.

Rien d'étonnant, donc, à ce que Lynch se donne tant de mal pour faire disparaître quelques papiers personnels au beau milieu de la nuit. C'étaient des pièces à conviction qu'il détruisait. Si seulement Julia était arrivée plus tôt...

Dans le silence, une faible musique retentit. Quelques notes de l'*Alleluia* de Haendel.

— Allô ?... Comment ?...

Son téléphone portable. Bien sûr.

— Je suis désolée, Cora Sue. Je ne t'entends pas. Je suis au bureau. C'est la ligne qui... Comment ? Tu es toujours là ?

Il marqua une pause. L'odeur de la fumée s'infiltrait sous la porte.

— Que veux-tu que j'y fasse ! Tu n'as qu'à couper l'arrivée d'eau sous l'évier... Oh, pour l'amour du ciel ! Bon, bon, d'accord, j'arrive. Je ne sais pas ! Une serpillière ? Des serviettes ? Attends-moi. Je serai là dans deux minutes !

Quelques secondes plus tard, Julia l'entendit sortir à grands pas de la pièce et claquer la porte du bureau avec une telle force que les murs en tremblèrent.

C'était le moment où jamais !

Elle commença à compter jusqu'à dix, histoire de s'assurer qu'il ne revenait pas, mais s'arrêta à cinq et ouvrit la porte des toilettes.

La pièce baignait dans une mouvante lumière dorée. Dans le fond de l'âtre, les flammes consumaient des chemises cartonnées bourrées de liasses de papier. Les feuilles s'embrasaient et se recroquevillaient ; des volutes de fumée noire s'élevaient dans la cheminée.

Julia ouvrit le garde-feu et s'empara d'un tisonnier. Elle se pencha tout près des flammes et entreprit de séparer les piles de dossiers, éloignant chaque chemise du centre du foyer, tâchant d'arracher aux flammes autant de documents que possible.

— Espèce de salopard ! gronda-t-elle entre ses dents. Qu'est-ce que tu comptais faire ?

Quelles informations cruciales ces documents contenaient-ils donc ? Des indices sur l'identité du tueur ?

C'était peu probable.

En tout cas, il s'agissait certainement de preuves de l'implication de l'école dans une affaire louche qu'on ne tenait pas à exposer au grand jour.

Elle réussit à extraire les papiers du feu, puis, à l'aide d'une petite pelle, étouffa les flammes qui continuaient de dévorer les coins des pages.

— Allez, vite ! murmura-t-elle, penchée sur les feuilles fumantes.

Certaines étaient intactes, d'autres complètement carbonisées.

Tous les dossiers concernaient les professeurs et les élèves de l'école — il n'y avait aucun document comptable, aucun indice tendant à démontrer qu'il existait une comptabilité parallèle.

Alors, qu'est-ce que tout cela signifiait ? D'une manière ou d'une autre, il fallait qu'elle le découvre, et le seul moyen d'y parvenir était d'emporter avec elle ces dossiers à demi calcinés.

Le porte-bûches en cuivre posé à côté de la cheminée ferait très bien l'affaire. Se servant des épais gants de cuir qu'elle trouva près des autres accessoires, Julia retira avec précaution les papiers qu'elle avait pu sauver des flammes. Les bords en étaient noircis, certains flamboyaient encore, mais elle s'appliqua à entasser les feuilles — quelques-unes avaient gardé leurs trombones — dans le panier.

Elle remettait enfin l'écran en place lorsqu'elle entendit des voix dans le couloir.

Elle s'immobilisa. Oh, non ! Pas maintenant ! Pas quand elle était si près du but ! Pourtant, il n'y avait aucun doute : quelqu'un s'approchait de la porte.

— Elle est peut-être encore là.

Wade Taggert !

Elle se releva, abandonna les gants dans l'âtre et s'apprêta à filer vers les toilettes sur la pointe des pieds.

La poignée de la porte tourna.

Le cœur de Julia s'arrêta de battre.

Lynch n'avait pas fermé à clé quand il était sorti en trombe de la pièce.

Pourvu que le pêne de la serrure se soit remis automatiquement en position verrouillée !

La porte ne s'ouvrit pas, mais, tétanisée, Julia osait à peine respirer. Et s'ils avaient la clé ? Que pourrait-elle inventer pour se justifier ? Pour expliquer le panier plein de pages calcinées ?

La gorge nouée, elle recula, se cogna la cuisse sur un coin du bureau et se mordit la langue pour s'empêcher de crier.

— Vous ne sentez pas de la fumée ? demanda Takasumi.

— C'est normal, répondit Taggert. Lynch allume du feu tous les jours, quel que soit le temps.

— Vous avez cru à l'histoire de cette fille ? Qu'elle était venue dans le kiosque pour méditer ?

— Je n'en sais rien. Elle a l'air perturbée.

— Je dirais plutôt dérangée, si vous voulez mon avis. Comme tous les autres, d'ailleurs. Enfin, quelle idée ! Dehors, dans le kiosque, en plein milieu de ce satané blizzard, en train de faire claquer un élastique autour de son poignet ! C'est complètement dingue !

— Disons que Maeve a des problèmes.

Vous parlez d'un psychologue à la noix ! Mais à quoi pensait donc Taggert en discutant du cas d'une élève — d'une patiente — avec Takasumi ?

Julia se glissa dans les toilettes juste au moment où les deux hommes essayaient d'en ouvrir la porte donnant sur le couloir.

— Celle-là aussi est fermée à clé ? s'étonna Takasumi. Elle ne devrait pas, si ?

— C'est le seul moyen de s'assurer que personne n'entre dans le bureau ; Lynch la verrouille quand il n'est pas là. Partons. Elle a dû terminer ses prières et rentrer chez elle.

De toute évidence, « elle » désignait Julia.

Seigneur ! Faites qu'ils n'aillent pas vérifier à Stanton House !

L'oreille tendue, elle attendit. Les pas s'éloignèrent. Finalement, au loin, une porte claqua. Ne sachant pas dans quelle direction ils étaient partis, elle patienta encore un peu. Plusieurs minutes s'écoulèrent.

Incapable de rester plus longtemps immobile, elle finit par ouvrir la porte. Le couloir était désert, presque plongé dans le noir, le seul éclairage provenant des veilleuses allumées dans la chapelle. Craignant à tout moment de se faire intercepter, Julia se rua vers la sortie en emportant son butin.

Arrivée à la porte de derrière, elle adressa au ciel une courte prière.

Puis elle sortit dans la nuit.

# 33

— Je vous avais bien dit qu'elle nous attirerait des ennuis, déclara son lieutenant en lui lançant le téléphone mobile.

L'appareil décrivit un arc de cercle scintillant au milieu des flocons.

Le Guide le rattrapa au vol et le fourra dans la poche de sa parka.

— J'ai déchiffré le code de sécurité, ajouta le garçon. C'était du gâteau.

Quelle arrogance, ce petit salaud !

— Très bien, j'examinerai ce qu'il contient.

— Vous n'avez qu'un mot à dire, insista l'autre. Je suis prêt. Nous le sommes tous. Nous ferons tout ce que vous voudrez.

A la bonne heure !

— Bientôt, répondit-il.

Ils avaient un plan, mais il s'avérerait peut-être nécessaire de le modifier si Julia Farentino commençait à poser des problèmes sérieux. Et son second avait raison : les choses se mettaient à partir en vrille.

— Tu n'essaierais pas de me trahir, n'est-ce pas ?

— Jamais ! protesta le garçon.

Pourtant, il croyait détecter une certaine réserve dans les paroles de son sous-fifre.

Et si l'un de ceux en qui il plaçait sa confiance s'avisait de le quitter pour voler de ses propres ailes, commençait à agir pour son propre compte ?

— Vous pouvez compter sur moi, ajouta le garçon avant de repartir pour s'enfoncer dans l'écran neigeux.

Essayait-il de le berner ? Etait-il passé maître dans l'art de la dissimulation ? Et si ce n'était pas lui, qui d'autre ? Car il n'y avait aucun doute que quelqu'un avait décidé de faire cavalier seul.

Le Guide devait découvrir qui le trahissait.

Il régnait une certaine agitation dans l'air nocturne, comme un signe avant-coureur de ce qui allait advenir. A cette idée, il sentit un frisson d'excitation le parcourir, un bouillonnement dans ses veines, en même temps qu'une sourde inquiétude.

Tout comme la neige tombait en tourbillonnant, le vent du changement tournoyait, un vent qu'il lui fallait à tout prix maîtriser. Son lieutenant avait-il vu juste ? Les problèmes provenaient-ils seulement de Julia Farentino, ou bien découlaient-ils de causes plus profondes ?

Plus obscures ?

Se pouvait-il qu'elle soit plus dangereuse qu'il ne l'avait imaginé ? Il allait devoir tempérer tous les fantasmes qu'il nourrissait à son égard — de même qu'envers la jeune Stillman, qui lui ressemblait tant — jusqu'à ce qu'il sache à quoi s'en tenir.

Serrant le téléphone dans sa main, il traversa les pelouses recouvertes d'un tapis blanc. Le vent lui fouettait le visage, mais il s'en réjouit. Malgré le blizzard qui rendait la visibilité pratiquement nulle, il retrouvait son chemin sans la moindre difficulté. Ici, plus qu'en tout autre endroit de la terre, il se sentait chez lui.

Arrivé sous le passage couvert, il tapa des pieds sur le sol de béton pour faire tomber la neige de ses bottes.

A l'intérieur du bâtiment de l'intendance, il longea rapidement le couloir jusqu'à son bureau privé — un endroit qu'il utilisait rarement, attendu qu'il disposait d'un lieu beaucoup plus discret.

Cette nuit, il en était certain, personne ne viendrait le déranger. Néanmoins, il verrouilla la porte derrière lui. Il ouvrit la fermeture Eclair de son anorak et retira ses gants.

Il faisait bon dans la pièce, même si le thermostat était réglé sur 15° seulement pour la nuit. Il baissa les stores, accrocha sa doudoune à une patère, et s'installa à son bureau. Il se mit au travail.

Il alluma le téléphone de Julia Farentino. Conformément aux affirmations du garçon qui l'avait volé, le mobile était déjà déverrouillé. Il avait donc accès à tous les textos et appels reçus, envoyés et manqués. Il pouvait aussi entrer dans le répertoire, lequel prouverait sans aucun doute que Julia Farentino était, au mieux, un imposteur, au pire, un flic en civil — même s'il ne croyait pas trop à cette dernière éventualité. Il la voyait bien dans la peau de toutes sortes de personnages, mais en inspecteur de police ?

C'était peu probable.

Il glana tout ce qu'il put dans l'appareil, puis il éplucha le répertoire dont il nota chaque nom et chaque numéro de téléphone. La frustration le faisait grincer des dents. Comme il aurait aimé étrangler ce maudit portable ! Ou, mieux encore, serrer le long cou sensuel de sa propriétaire. Il s'imagina la mettant au pied du mur. Ou, plutôt, gagnant sa confiance. Trouvant un moyen de l'isoler des autres, de flirter avec elle, de jouer avec ses émotions.

Il n'aurait aucun mal à la séduire.

Il profiterait de cette part d'elle que le danger attirait. Il lui caresserait la joue, plongerait son regard dans le sien, lui décocherait un petit sourire sans la quitter des yeux. Et elle comprendrait.

Ils trouveraient un endroit tranquille, un lieu où elle se sentirait suffisamment en sécurité pour baisser sa garde.

Il voyait déjà une lueur d'excitation briller dans ses yeux gris, son sourire taquin lorsqu'elle se rendrait compte qu'il était agréablement dangereux.

Cette erreur la perdrait.

Mais il n'avait pas de temps à perdre en fantasmes, pas cette nuit. Il se remit à étudier les informations contenues dans le téléphone.

Plusieurs noms figurant sur la liste des contacts attirèrent son attention : Shay, par exemple. Ce n'était pas un prénom courant, et pourtant, c'était aussi celui de la nouvelle élève, celle qui ressemblait à Julia. Et puis, il y avait aussi Analise. Encore un nom peu commun. Même s'il n'était pas rare de tomber sur de tels prénoms, il y avait tout de même de quoi se poser des questions... Malheureusement, Julia n'avait pas lié de photos aux contacts répertoriés dans son téléphone. Son fond d'écran montrait l'image d'un chat gris assis sur son arrière-train, frappant d'un coup de patte une cible invisible.

Il composa chaque numéro. Le premier appel — le numéro de « Shay », dont il reconnut l'indicatif comme étant celui de Seattle, où habitait Shaylee Stillman — n'ayant pas abouti à cause de la tempête, il essaya de nouveau. Cette fois, la communication bascula sur une boîte de messagerie vocale. La voix monocorde d'un message préenregistré l'invita à laisser son nom et son numéro, sans lui donner plus de détails.

Il raccrocha. Puis tambourina avec ses doigts sur le bureau. Voilà qui n'augurait rien de bon. Rien de bon du tout.

Il essaya alors le numéro d'Analise. Là non plus, pas de nom de famille. Mais cette fois, quelqu'un décrocha à la troisième sonnerie.

— Allô, Julia, répondit une femme, qui manifestement avait lu le nom de sa correspondante affiché sur l'écran. Justement, je voulais... parler à... n'entends rien... Julia? Oh, zut! Rappelle...

Plus aucun doute n'était possible. Il avait reconnu la voix. Ainsi, Julia Farentino connaissait à la fois Shaylee Stillman et Analise Delaney. Une peur sourde s'insinua en lui. Jusque-là, il en était certain, rien ne lui avait donné à penser qu'elle connaissait quelqu'un ayant fréquenté Blue Rock.

Mensonge éhonté ?

Ou simple omission ?

Quelle différence cela faisait-il ?

Mais, non, ce n'était plus d'Analise « Delaney » qu'il s'agissait, corrigea-t-il mentalement, se rappelant la jolie fille qui avait épousé Eli Blackwood. Encore une erreur de sa part. Il avait fait confiance à Eli, mais pas assez, toutefois, pour lui révéler tous ses secrets. Encore heureux, attendu que le garçon avait fini par le trahir.

Comment connaissait-elle Analise et Eli Blackwood ?

Les sourcils froncés, il composa le numéro enregistré sous « maison ». L'indicatif signalait que la « maison » en question se trouvait à Seattle. Malgré les grésillements sur la ligne, il entendit une voix :

— Bonjour ! Vous… chez Julia… pas là pour l'instant… laisser… message et je vous rappellerai dès que…

La communication fut coupée, mais il était impossible de s'y tromper. Cette voix appartenait bien à Julia Farentino, celle-là même qui avait juré ses grands dieux qu'elle habitait à Portland, dans l'Oregon.

Comment se faisait-il que son indicatif soit celui de Seattle ? Avait-elle déménagé ? Et gardé son ancien numéro pour plus de simplicité ? Ses amis et sa famille le connaissaient-ils ?

Les possibilités ne manquaient pas.

Mais quelle bizarre coïncidence, tout de même, quand on pensait qu'elle avait été engagée à Blue Rock peu après l'arrivée de Shaylee Stillman…

Sans compter qu'elles se ressemblaient étrangement.

Il décida alors de tenter le coup et pianota le numéro marqué « Maman ».

Le téléphone sonna plusieurs fois avant qu'un service de messagerie vocale ne réponde :

— Vous êtes bien chez Edie. Désolée d'avoir manqué votre appel. Si vous voulez bien laisser…

Et blablabla.

Il n'avait pas le dossier de Shaylee Stillman sous les yeux, mais il se rappelait parfaitement que sa mère s'appelait Edith Delaney, la femme dont Julia avait enregistré le numéro sous le nom de « Maman ».

Alors, comme ça, elles étaient sœurs ?

Il contempla les diplômes affichés sur les murs de son bureau, une collection impressionnante de certificats proclamant son « excellence », des titres prouvant son intelligence et les capacités naturelles qui lui avaient permis de surmonter le handicap d'une enfance défavorisée. Et malgré tout, il lui arrivait parfois de se tromper. Son esprit vif, froidement objectif, pouvait être obscurci par la luxure, l'envie et la gourmandise, ces péchés qu'il s'était tellement escrimé à réprimer.

Il se renversa dans son fauteuil, qui émit un grincement de protestation.

Pour quelle raison aurait-elle menti ?

Pour décrocher le poste ?

Pour être auprès de sa sœur ? Pas étonnant qu'il ait fait l'amalgame entre les deux femmes et fantasmé sur elles.

Ou bien était-elle venue ici avec des intentions cachées ?

Après tout, ça n'avait aucune importance. Tout ce qui comptait, c'était qu'il ne devait prendre aucun risque avec elle. Et sa mort s'imposait comme la seule solution raisonnable. Bien sûr, en la démasquant, en dénonçant son mensonge, il s'assurerait de son renvoi de l'école. Mais, tout au fond de lui, son intuition lui soufflait qu'il y avait autre chose derrière sa supercherie.

Et il ne voulait pas se mettre en péril.

Soudain, le téléphone vibra dans sa main. Le numéro d'Analise s'afficha sur l'écran. Il décrocha, sans prononcer un mot.

— Julia ?

Cette fois, la voix d'Analise lui parvenait très clairement. Il ne répondit pas.

— Tu m'entends ? Oh, mon Dieu, j'espère que oui. Julia ? Julia ! Ecoute, Eli me tuerait sûrement s'il savait que je t'ai dit ça, mais il se passe quelque chose à Blue Rock… Tu m'entends ? Je ne voulais pas t'en parler, je ne pensais pas que tu serais en danger ou que… Seigneur ! Ni Eli ni moi ne sommes sûrs de ce qui se passe, mais il existe une sorte de secte secrète, là-bas. Je sais que ça a l'air bizarre, mais j'ai l'impression qu'ils pourraient être… je ne sais pas, dangereux semble un peu exagéré, mais c'est pourtant le sentiment que j'ai… Julia ? Tu es toujours là ? Je croyais que cet établissement serait salutaire pour Shay, mais je ne sais plus trop. J'aime cette école, je crois sincèrement qu'elle m'a aidée, mais… tu as raison. Oh, zut, j'aurais dû te prévenir… Ecoute, j'essaierai de te rappeler plus tard. J'espère que tu vas bien et que vous avez de l'électricité. Ici, nous sommes privés de courant… Julia ? Oh, et puis zut !

Et sur ces mots, elle raccrocha. Le Guide considéra fixement le téléphone dans sa main. Tous ses plans, tous ses rêves, tous ses idéaux lui traversèrent l'esprit en un éclair.

Que faisait Julia Farentino ici ?

Etait-elle venue pour espionner ? Pour emmener sa sœur qu'on avait placée dans cette institution sur ordonnance d'un tribunal ?

Pour le démasquer, lui ?

Le Guide sentit son cœur devenir froid et dur comme de la pierre. Le visage de Lauren Conway surgit brusquement dans son esprit, et il tâta sa poche pour vérifier que la petite clé USB contenant tant de photos et d'informations compromettantes était toujours cachée en lieu sûr. Cette fille aussi avait cru pouvoir le dénoncer, mais elle avait appris à ses dépens qu'on ne pouvait s'opposer à la volonté divine.

Ç'avait été la dernière fois que ses disciples le retrouvaient dans l'ancienne église abandonnée. Adjacente à un cimetière, enfouie au fin fond de la forêt à proximité des grottes de Blue Rock, l'édifice délabré constituait un lieu idéal, sûr et discret, pour tenir des réunions, louer Dieu, rassembler et façonner les esprits de ceux qu'il jugeait les plus dignes de servir le Seigneur. Ou du moins l'avait-il cru.

Mais, alors qu'il prononçait son sermon, il avait aperçu son visage au travers des vitres embuées d'une étroite fenêtre et s'était rendu compte qu'elle les espionnait.

La traîtresse.

Exactement comme la première femme qu'il avait aimée avec sincérité. Celle-là, elle reconnaîtrait bientôt son erreur. Elle comprendrait, en assistant à son ascension, quelle idiote elle avait été. Mais pour Lauren, ç'avait été une autre affaire.

Celle nuit-là, il avait feint de ne pas l'avoir vue, de ne pas avoir décelé ses mensonges. Mais elle n'avait pas tardé à s'en rendre compte. Avant d'avoir eu le temps de lui porter préjudice.

De nouveau, il palpa la petite bosse dans sa poche, se répéta — pour se rassurer — que les informations étaient en sécurité et qu'il ne devait se fier à personne. La clé USB en était un rappel silencieux et constant.

Il lui fallait faire preuve de vigilance. Il se mordit la lèvre. En tant que soldat de Dieu, il lui revenait de s'occuper de tout ce qui risquait de mettre sa mission en péril et de faire de cette école la meilleure du pays. Il se voyait déjà porté aux nues, encensé pour ses bonnes actions. Blue Rock serait le premier d'une longue série d'établissements se proposant comme objectif de venir en aide aux jeunes désenchantés, de les guider vers le Christ, de les former pour en faire une armée au service de Dieu. Il envisageait sa mission à la manière des rois et des empereurs d'Europe qui avaient mené les croisades en Terre sainte, se considérant comme un guerrier à l'égal de Richard Cœur de Lion.

Oui, du sang avait été versé.

Mais c'était un mal nécessaire dans ce combat pour propager la parole de Dieu.

Il s'imagina dans la maison au bord du lac Washington, tellement semblable à un château. Un lieu idéal. Mais voilà qu'il mettait la charrue avant les bœufs ! Il y avait beaucoup à faire, d'abord, et son bras droit avait raison : la tempête offrait une couverture parfaite pour se débarrasser des traîtres qui s'étaient infiltrés dans l'école.

Pour l'heure, tout le sud de l'Oregon demeurait paralysé. Les avions étaient cloués au sol, les camions, voitures et cars immobilisés sur l'autoroute, les routes secondaires impraticables. Des amoncellements de neige bloquaient l'entrée principale de l'établissement, et les réserves de nourriture se limitaient au contenu actuel des celliers.

Jusqu'à présent, l'électricité fonctionnait encore. En cas de panne d'un transformateur ou de chute d'un poteau électrique, des groupes électrogènes étaient prévus pour prendre le relais — ce qui entraînerait toutefois une nette diminution du courant.

Il devait donc agir vite.

Résoudre le problème des traîtres.

Et Julia Farentino figurait tout en haut de la liste.

Pourquoi fallait-il toujours que les femmes qu'il trouvait les plus fascinantes s'avèrent les plus fatales ?

Une nouvelle fois, la sonnerie du téléphone retentit, et il sourit en décrochant, avant de le porter à son oreille. A l'autre bout de la ligne, une voix affolée sifflait :

— Bon sang, Julia, qu'est-ce que tu fabriques ici ? Ça ne te fait pas flipper que des élèves meurent dans cette école ? Ils meurent, tu comprends ? Je... je croyais que tu étais venue pour me sortir d'ici... alors, vas-y ! Fais-le ! Peu importe ce que ça coûte, dépêche-toi ! Appelle Edie ! Appelle papa ! Appelle le Président, s'il le faut ! Mais emmène-moi loin d'ici ! Oh, merde, je crois que quelqu'un arrive...

La ligne fut coupée.

Il poussa un juron.

Les choses se révélaient encore pires que ce qu'il craignait. Son lieutenant avait vu juste. Il devait intervenir rapidement. Exercer sa vengeance.

Il n'était plus temps de convoquer une réunion dans la petite église : elle était située trop loin, et cela prendrait du temps pour s'y rendre, un temps précieux qu'ils ne pourraient employer à accomplir leur dessein. Mais il existait un autre endroit sur le campus.

S'y rassembler comporterait davantage de risques, mais il n'avait pas le choix.

Une bourrasque de vent s'abattit sur le bâtiment, ébranlant la charpente, faisant trembler les vitres.

Le Guide y vit un signe de Dieu.

***

Le message disait : « Augure ».

Et c'en était bel et bien un.

Maeve savait ce qu'il lui restait à faire, où elle devait aller.

Mais elle avait peur.

Elle fit claquer son bracelet en caoutchouc autour de son poignet. La douleur cuisante la soulageait de l'anxiété qui s'emparait d'elle, lui permettant ainsi de réfléchir plus calmement. Etait-ce Ethan qui lui avait envoyé ce mot ? Incurablement romantique, elle avait espéré que c'était le cas, et elle avait prié pour qu'il l'aime encore. A présent, le désespoir lui déchirait le cœur. Elle aurait tant voulu qu'il prenne enfin conscience qu'ils étaient faits l'un pour l'autre !

Mais ses rêves avaient volé en éclats quand elle l'avait vu flirter avec Kaci. Juste sous son nez, histoire de bien enfoncer le clou.

Peut-être s'agissait-il d'un test.

Pour mesurer la profondeur de son amour, de son adoration.

Ne savait-il pas qu'elle ferait n'importe quoi pour lui, quitte à se sacrifier ?

N'était-ce pas cela, l'amour ?

Maeve n'en était plus très sûre. Elle avait assisté à sa séance de thérapie de groupe dirigée par Mme Williams et essayé d'y participer activement. Mais, ce soir, la discussion à propos de la force des femmes dans les relations de couple avait touché en elle une corde trop sensible.

Et même si elle n'était pas censée regagner la résidence des filles non accompagnée, elle s'était esquivée discrètement. De toute façon, sa « coéquipière de sécurité » n'en avait rien à faire. C'était toujours comme ça avec Crystal : elle se contrefichait de tout le monde excepté d'elle-même.

Ce qui convenait tout à fait à Maeve, vu qu'elle tenait par-dessus tout à éviter les questions et les regards indiscrets.

Elle sentit le couteau caché au fond de sa botte et sourit. Si les choses ne marchaient pas comme prévu, il y aurait toujours le réconfort de cette petite lame bien aiguisée, la consolation de voir son propre sang couler en une ligne parfaite sur sa peau.

Comme elle avait retroussé sa manche pour pouvoir tirer sur l'élastique de son poignet, sa main s'engourdissait de froid. Tant pis, elle attendrait. Elle redescendit sa manche. Elle savait qu'elle obtiendrait satisfaction.

Soit Ethan.

Soit la lame du couteau.

Restait à espérer que, cette nuit, il se montrerait à la hauteur, qu'il serait réellement un Roméo pour sa Juliette. Tout en marchant dans la neige et en pensant à Ethan — si beau, si parfait — elle se remémora quelques mots d'un vers ciselé comme une pierre précieuse et sombre.

« Ces joies violentes ont des fins violentes… »[9]

9. *Roméo et Juliette*, acte II, scène 6, trad. François-Victor Hugo. (NdT)

# 34

« Cours ! Vite ! Plus vite ! »

Julia courait à travers les rafales de neige.

Elle avait l'impression d'être poursuivie, que quelqu'un savait.

— Je deviens cinglée, essayait-elle de se persuader.

Pourtant, elle ne pouvait s'empêcher de penser que Taggert ou Takasumi, peut-être même Lynch, étaient à ses trousses.

Etaient-ce des pas qu'elle entendait derrière elle ?

« Oh, mon Dieu, non ! »

Elle accéléra encore l'allure, ses bottes glissaient sur le sol verglacé, la poignée du panier en cuivre lui cisaillait les gants.

Evitant les flaques de lumière projetées par les éclairages de sécurité, à bout de souffle, elle filait le long du sentier qui menait au bungalow de Trent. L'espace d'un instant, saisie d'une peur bleue, elle voulut se débarrasser du porte-bûches, mais les feuilles de papier étaient encore trop brûlantes pour qu'elle puisse les fourrer dans son anorak, sans compter qu'un coup de vent risquait de les emporter.

Elle n'avait pas le choix. Elle fonçait, une main crispée sur la poignée, l'autre posée sur la pile de papiers, faisant tout son possible pour ne perdre aucun de ces précieux documents. Précieux et très probablement accablants.

Qu'allaient-ils révéler ?

Quels terribles secrets contenaient-ils, pour que le directeur de l'école ait voulu les détruire ?

« N'y pense pas ! Avance ! »

A chaque tournant, elle retenait son souffle, certaine que

l'assassin, tapi en embuscade, allait bondir de derrière un buisson ou de sous un banc. Ou alors, elle serait accostée par une de ces équipes de vigiles qui sillonnaient le campus.

Rendue méfiante par sa rencontre avec Takasumi et Taggert, elle redoubla de prudence en se faufilant parmi les arbres.

Malgré tout, elle avait toujours le sentiment que quelqu'un l'épiait, la suivait. Se mordant la lèvre et tâchant de ne pas céder à la panique, elle poursuivait sa course, tout en espérant que le rideau de neige qui l'enveloppait suffirait à la camoufler.

Crunch !

Dieu tout puissant ! Un bruit de pas, cela ne faisait aucun doute !

Elle se mit à courir plus vite.

Si seulement elle pouvait arriver jusqu'à chez Trent !

Crunch. Crunch.

« Oh, mon Dieu… »

De toute la vitesse de ses jambes, elle dépassa un bosquet de pins ; son cœur battait à tout rompre. Elle repensa aux meurtres. Pour quelle raison avait-on assassiné Nona et Drew ?

A cause de ce qu'ils savaient.

« Et ce que tu transportes dans ces dossiers pourrait apporter quelques éclaircissements sur les mobiles du meurtrier. Ces documents contiennent peut-être la clé de l'énigme. »

— Hé ! cria une voix masculine.

« Oh, non ! »

Elle ne s'arrêta pas.

— Julia ! Pas si vite !

Elle pivota sur ses talons, prête à balancer le porte-bûches à la figure de son agresseur, lorsqu'elle reconnut Trent, les mains enfoncées dans les poches de son blouson doublé de peau de mouton, le col relevé. Il courait pour la rattraper.

— Tu m'as flanqué une de ces frousses ! s'écria-t-elle, soulagée toutefois de tomber sur lui. Pour l'amour du ciel, qu'est-ce qui t'a pris ? J'ai failli t'assommer avec ça, ajouta-t-elle en brandissant le panier de cuivre. Ma parole, mais tu me suivais !

— Continue de marcher. Et ne crie pas, d'accord ?

— Mais j'ai eu la peur de ma vie…

— Très bien, c'est ce qu'il te fallait.

Il lui saisit le bras et la poussa en avant. Son haleine formait de petites bouffées de vapeur, de la neige s'était déposée sur ses épaules. Les mèches de cheveux qui s'étaient échappées de son bonnet étaient blanches de givre.

— Qu'est-ce que tu trimbales là ? reprit-il.

— Les dossiers de Lynch. Il voulait les brûler.

— Quoi ?

Il la regarda comme si elle avait perdu l'esprit.

— Tu les as volés ?

— Oui.

— Bon sang !

— Je viens de te dire qu'il était en train de les détruire. J'ai voulu lui épargner la peine de s'en débarrasser.

— Ça ne va pas lui plaire.

— Sans doute pas. Je croyais que nous devions nous retrouver chez toi ?

— En effet, convint-il en fouillant dans sa poche pour en extirper un petit porte-clés. Mais j'ai pensé que ce n'était pas très malin de te laisser venir toute seule dans le noir. Alors, je t'ai attendue devant Stanton House, et ensuite je t'ai vue entrer dans la chapelle après avoir été abordée par Tweedledee et Tweedledu[10].

Elle ne put réprimer un sourire en pensant à Takasumi et Taggert.

— Du coup, j'ai dû attendre dehors. Complètement frigorifié. Jusqu'à ce que tu sortes par-derrière. Donne ça, je vais le porter.

Il s'empara du panier. Les mâchoires serrées, les muscles tendus, il scruta les massifs d'arbustes enrobés d'une croûte de glace qui flanquaient les bâtiments, comme s'il s'attendait à voir l'assassin jaillir de l'ombre à tout moment.

10. Personnages d'une comptine britannique écrite par le poète John Byrom que l'on retrouve dans *De l'autre côté du miroir* de Lewis Carroll. En France, ils sont appelés Bonnet Blanc et Blanc Bonnet.

— Est-ce que les policiers ont découvert quelque chose ? demanda-t-elle.

— Non, rien.

— Zut !

Comme ils passaient à proximité de l'écurie, Julia songea à la scène du crime, au fenil et à l'endroit où Drew Prescott avait perdu tant de sang. Le souvenir de la petite tache sur le sol lui revint à la mémoire. Cette seconde trace de sang la turlupinait, comme s'il y avait là quelque chose qu'elle aurait dû comprendre. Mais elle n'arrivait pas à mettre le doigt dessus.

— Du nouveau à propos des taches de sang ?

— Ils y travaillent encore.

Ils couraient côte à côte, avançant avec difficulté dans la neige, le corps penché en avant pour offrir le moins de prise possible au vent furieux qui leur glaçait la peau. Elle lui jeta un coup d'œil en coin, remarqua ses traits crispés, ses mâchoires contractées, et un souvenir depuis longtemps oublié remonta d'un seul coup à la surface de sa mémoire. Une réminiscence de chaleur et d'amour tout à fait déplacée dans la froidure de cette nuit de février.

Comme maintenant, ils couraient à travers bois, sauf que c'était l'été et qu'il faisait chaud. Le soleil tachetait de lumière les herbes sèches sous leurs pieds, un lapin surpris disparaissait d'un bond entre les chênes nains et les pins. Trent avait pris sa main, puis, entrecroisant ses doigts puissants avec les siens, il l'avait entraînée dans un coin discret au bord d'une rivière, où les branches d'un saule formaient un dais de feuillage au-dessus de la rive. Des libellules voletaient à la surface de l'eau tandis que des truites zébraient les profondeurs de leur éclat argenté. Un balbuzard décrivait des cercles dans le ciel bleu de ce mois de juin.

Ils s'étaient baignés nus dans la rivière, riant et s'éclaboussant l'un l'autre. Puis ils avaient fait l'amour sur la berge tandis que le soleil cuisait la terre aride et faisait danser des étincelles à la surface de l'eau.

Pendant quelques précieux mois, elle s'était sentie amoureuse et pleine de vie ; elle avait cru à un avenir radieux.

Et puis, la vie de Rip Delaney s'était arrêtée, et tout avait basculé.

Et maintenant, elle courait à perdre haleine, par une nuit d'hiver glaciale, poussée par la main de Trent sur une allée obscure enfouie sous une épaisse couche de neige. Ses oreilles étaient transies, son nez coulait, et le blizzard soufflait de plus belle sur les montagnes.

Et, pour couronner le tout, un meurtrier se cachait parmi eux. Un tueur se terrait ici, narguant la justice.

Rien à voir avec cet été lointain et idyllique.

Après avoir longé un bâtiment abritant toutes sortes de matériel, ils arrivèrent enfin à la rangée des vieux bungalows délabrés qui servaient de logement à certains professeurs de l'école.

Wade Taggert occupait l'un d'eux, Kirk Spurrier — quand il était présent sur le campus — un autre, et Salvatore DeMarco un troisième. Bert Flannagan avait établi ses quartiers dans le grenier de la sellerie, à proximité de l'écurie. Charla King, également, jouissait d'un logement individuel, alors que la plupart des autres membres du personnel résidaient dans les appartements de Stanton House.

Julia pensa à ceux qui avaient choisi de faire partie de Blue Rock Academy, à ces professeurs, conseillers et administrateurs que le révérend Lynch avait soi-disant recrutés pour leurs qualités relationnelles et leurs aptitudes intellectuelles.

Ou pour d'autres obscures raisons ?

Et puis, il y avait le groupe des assistants d'éducation, des jeunes qui avaient décidé de rester à Blue Rock pour participer au programme universitaire offert par l'école, des étudiants intelligents, qui — selon Shaylee — appartenaient à une sorte de secte mystérieuse et sinistre. Leurs visages défilèrent devant ses yeux. Missy Albright, Zach Bernsen et Kaci Donahue étaient-ils tous membres d'une société secrète meurtrière ? Eric Rolfe aussi ? Et Ethan Slade ? Ainsi qu'une demi-douzaine d'autres ? Qui, parmi eux, possédait les caractéristiques d'un tueur impitoyable ?

Et qu'en était-il des élèves bloqués ici ? Se pouvait-il que l'un d'eux fût un assassin, un psychopathe ? Tous les pensionnaires de Blue Rock souffraient de problèmes psychologiques plus ou moins graves, certains avec des tendances violentes.

La réponse se trouvait peut-être dans les dossiers qu'elle avait arrachés aux flammes.

Trent la guida, frissonnante, le long de ce qu'on aurait pu vaguement qualifier d'allée derrière la rangée de maisonnettes. Des lumières brillaient aux fenêtres de plusieurs bungalows. D'autres, inoccupés et dans divers états de décrépitudes, étaient obscurs, leurs fenêtres condamnées, leurs gouttières rouillées et leurs perrons tapissés de neige et de glace.

Le bungalow de Trent était le dernier de la rangée, une maison de plain-pied qui semblait dater des années 1930 ou 1940, et qui accusait un sérieux besoin de rénovation. Les marches étaient de guingois et le toit s'affaissait par endroits.

— Bienvenue au Ritz, marmonna-t-il en ouvrant la porte.

Une fois à l'intérieur, il tira le verrou derrière eux et alluma quelques lampes. La température dans la maison ne devait pas dépasser les 18°, mais il y faisait bon, en tout cas, bien meilleur que dehors.

Trent posa le panier de cuivre sur un banc dans la petite véranda.

— Ça va ? demanda-t-il.

— Impec ! répliqua-t-elle d'un ton sarcastique. Tout va pour le mieux dans le meilleur des mondes. Nous sommes coupés de la civilisation, au beau milieu de la pire tempête de neige de la décennie, voire même du siècle, et prisonniers ici en compagnie d'un fou meurtrier en liberté. Sérieusement, tu crois que ça pourrait être pire ?

— Je suis là, lui rappela-t-il.

— Justement ! riposta-t-elle. Je ne vois pas comment les choses pourraient se gâter encore plus.

Un sourire s'étira lentement sur le visage de Trent.

— Tu es sûre ?

— Absolument.

Elle lui lança un regard qui signifiait : « Attention, si tu me cherches, tu me trouveras. »

— Alors, n'essaie pas de te prendre pour un héros de western, d'accord ? Tu peux toujours essayer de me servir ton baratin, je n'y crois pas.

Le sourire de Trent s'élargit, une lueur malicieuse s'alluma dans ses yeux.

— Oh, mince alors ! Et moi qui me donnais un mal de chien !

— Ça ne suffit pas, cow-boy.

Elle ne put, malgré tout, retenir un sourire. La tension se relâcha. Il avait raison, reconnut-elle en son for intérieur tandis qu'ils retiraient leurs bottes et les rangeaient sous le banc dans la véranda. Elle se sentait plus en sécurité avec lui ; d'une certaine manière, elle avait même le sentiment de pouvoir se fier à lui — malgré la promesse qu'elle s'était faite, des années plus tôt, de ne plus jamais le revoir.

« Idiote ! Tu savais à quoi t'en tenir. Même quand tu as épousé Sebastian… »

Grinçant des dents intérieurement, elle regarda Trent accrocher son bonnet à une patère puis enlever son blouson.

Elle remarque le pistolet enfoncé dans la ceinture de son blue-jean.

— Hé, attends une minute ! s'exclama-t-elle. Tu portes une arme ?

Il suspendit son blouson à un autre crochet.

— Je me suis dit que ce serait une bonne idée.

— En effet, compte tenu des circonstances…

— Je ne fais rien d'illégal. Meeker et O'Donnell sont au courant. Ça ne leur pose pas de problème.

— Et Lynch ?

— Fais-moi confiance, Julia. Il y a assez d'armes sur ce campus pour équiper tout le comté.

— Ah bon ? Et que devient l'idéal de *peace and love*, dans tout ça ?

— Ce n'est pas exactement la devise de Blue Rock. L'équipe de Flannagan à elle seule serait en mesure de soutenir le siège de Fort Alamo.

— Son « équipe » ?

— Quelque chose comme un commando d'opérations spéciales, sauf que personne ne l'appelle jamais comme ça, bien sûr. En tout cas, on peut considérer l'équipe de Flannagan comme une troupe d'élite. Si tu t'en souviens, ils ont été les premiers que Lynch a chargés de renforcer la sécurité ici.

— Cela a dû m'échapper. Alors comme ça, ils fonctionnent comme une milice interne ?

— Ça arrive. Tu gardes ton anorak ?

— Pour l'instant, oui.

Malgré la tiédeur qui régnait dans la maison, Julia se sentait encore glacée jusqu'aux os. Elle avait des fourmillements dans les orteils à mesure qu'ils se réchauffaient dans ses chaussettes.

— Je vais voir ce que je peux faire, dit-il en récupérant le panier de cuivre dans la véranda.

Elle le suivit dans le coin-cuisine, équipé d'un évier, d'un minuscule réfrigérateur, d'un réchaud et de quelques placards qui avaient connu des jours meilleurs. Au sol, le lino craquelé s'arrêtait à l'ouverture cintrée qui donnait sur la salle de séjour, où il cédait la place à un parquet éraflé. Trent monta le thermostat.

— Alors, dis-moi, qui donc a le droit de s'amuser avec des armes à feu ? demanda-t-elle.

Dès qu'il eut posé le panier sur le comptoir, elle s'empara de la chemise cartonnée sur le dessus de la pile des dossiers calcinés. Le premier document portait le nom Slade Ethan inscrit en gros caractères.

— Tous les suspects habituels détiennent des permis de port d'arme, répondit Trent. Eric Rolfe, Missy Albright, Ethan Slade et Zach Bernsen.

Il tira tous les stores de la maison, puis entreprit de faire du café.

— C'est-à-dire tous les assistants d'éducation ?

— En tout cas, presque tous. Je crois que l'on songeait à en donner un à Drew Prescott.

— Vraiment ?

— Mais il n'y a que Flannagan qui puisse le confirmer.

En même temps que Julia se remémorait ses récentes découvertes, des idées prenaient forme dans son esprit.

— Shay croit qu'il existe une sorte de secte secrète parmi les AE. C'est de ça que je voulais te parler.

— Une secte secrète qui ferait quoi ?

— Je ne sais pas, mais Shay pense qu'elle pourrait avoir un rapport avec les meurtres de Nona et Drew.

Les sourcils froncés, Trent alluma la cafetière électrique, qui se mit à gargouiller.

— Elle en est sûre ?

— Assez pour me le dire.

— C'est un peu tiré par les cheveux, comme histoire.

Il secoua la tête, mais elle pouvait presque voir fonctionner les rouages de son cerveau tandis qu'il considérait l'hypothèse de Shay. Il saisit le panier et se dirigea vers le séjour.

— Voyons un peu ce que tu as sauvé au péril de ta vie. Lynch sera furax, demain, quand il ira dans son bureau et s'apercevra qu'on a farfouillé dans les cendres. Il comprendra vite qu'il y a anguille sous roche.

Elle avait déjà envisagé cette éventualité.

— Il sera toujours temps de m'en inquiéter plus tard.

— Takasumi et Taggert t'ont vue. Ça va barder pour toi !

— J'ai dit : plus tard !

Pour une fois, il ne riposta pas et la précéda dans la pièce à vivre où une table carrée en chêne entourée de chaises dépareillées occupait l'espace devant les fenêtres. Plus près de la porte d'entrée, une causeuse défraîchie et un fauteuil relax en cuir tout déglingué trônaient devant une cheminée en pierre bleue, flanquée de deux bibliothèques. Dans l'âtre, des braises rougeoyaient sous une épaisse couche de cendre.

Trent déposa le panier sur une chaise pour qu'elle puisse ôter les fragments carbonisés des documents personnels de Lynch.

Puis il vérifia encore une fois que tous les stores étaient bien fermés et remonta le thermostat.

Julia commençait à sentir la moelle de ses os se dégeler peu à peu. Elle retira sa doudoune qui gênait ses mouvements et la jeta sur une chaise.

— Un charmant petit nid douillet que tu as là, remarqua-t-elle.

— C'est une manière de voir les choses, répondit-il avec un demi-sourire.

Pendant qu'il ranimait le feu, Julia s'attaqua aux dossiers.

Elle sépara tout d'abord les feuilles, rangeant celles qui n'étaient pas totalement détruites suivant un semblant d'ordre. Pour les dossiers restés intacts, c'était facile. Mais plusieurs pages étaient roussies ou noircies, et certaines s'effritèrent dès qu'elle les toucha. Il lui fallut beaucoup de temps pour trier les feuilles les plus fragiles, ce qui rendit la tâche fastidieuse.

Agenouillé devant la cheminée, Trent jeta un coup d'œil par-dessus son épaule.

— Tu as trouvé quelque chose ? demanda-t-il.

— Je ne sais pas encore.

Il jeta dans l'âtre quelques-unes des bûches qui remplissaient le panier métallique, identique à celui que Julia avait dérobé dans le bureau de Lynch — apparemment, tout le monde avait le même à Blue Rock. Le bois s'enflamma rapidement, le feu se mit à crépiter. Bientôt, l'odeur de la fumée se mêla à l'arôme alléchant du café chaud.

Trent lui apporta une tasse fumante, mais Julia avait brusquement perdu tout intérêt pour le café. Elle commençait à voir un schéma se dégager des documents qu'elle était en train d'étudier.

D'abord, elle n'en fut pas tout à fait persuadée.

Ce ne pouvait être…

Mais à mesure qu'elle progressait dans ses recherches, elle devint de plus en plus certaine de ne pas se tromper. Et si elle avait raison, des forces maléfiques régnaient effectivement sur Blue Rock.

***

Les pires craintes du Guide se confirmaient.

Il se tenait tapi dans la pénombre, devant le bungalow du professeur d'éducation physique. Trent et Julia Farentino étaient à l'intérieur, il le savait. Il les avait surpris ensemble, au moment où Trent avait rattrapé Julia qui courait, chargée, semblait-il, d'un lourd panier. En réfléchissant la lumière du réverbère qu'elle avait essayé d'éviter, son fardeau avait jeté un éclat métallique.

De quoi s'agissait-il ?

Et pourquoi l'emportait-elle chez Trent ?

Tout cela ne présageait rien de bon. Ça n'entrait pas dans ses plans.

L'inquiétude lui nouait les tripes.

Le Guide avait observé la manière possessive dont Trent avait pris le coude de Julia et l'avait conduite jusqu'à son bungalow. Il avait remarqué qu'ils s'étaient blottis l'un contre l'autre, comme s'ils se connaissaient depuis longtemps, alors qu'elle n'était arrivée à l'école que depuis quelques jours.

Or, Trent l'avait appelée sur son portable. Il possédait donc son numéro personnel.

Le Guide avait écouté le message.

L'appel avait été bref et professionnel. Juste un rapide « Mademoiselle Farentino, Cooper Trent à l'appareil. Pourriez-vous me rappeler dès que possible ? » Il avait laissé son numéro, comme si Julia ne l'avait pas déjà enregistré dans la mémoire de son téléphone. Et effectivement, il ne figurait pas sur la liste de ses contacts.

Ce message avait agacé le Guide, comme une démangeaison de la peau qu'il n'aurait pu gratter. Il s'était ordonné de ne pas trop y penser. Des choses beaucoup plus graves le préoccupaient.

A présent, bien sûr, il avait changé d'avis.

Depuis sa cachette dans l'ombre d'un séquoia, il surveillait la petite maison. Il avait vu Trent tirer les stores, senti l'odeur d'un feu de bois. Des lumières brillaient à l'intérieur. Des ombres imprécises se déplaçaient sans rien laisser entrevoir de ce qui se passait entre les murs.

En tout cas, quoi que ce fût, il devait y mettre un terme.

Cette nuit même.

# 35

Julia n'en croyait pas ses yeux.

Comment était-ce possible ?

Le révérend Lynch — un homme de Dieu qui se décrivait volontiers lui-même comme un protecteur bienveillant des jeunes en difficulté, un parangon de foi chrétienne — était-il un imposteur ? Et pire encore, se pouvait-il qu'il soit réellement un fou cruel, un fourbe hypocrite, une sorte de Dr Jekyll et Mr Hyde ?

Comment sa femme avait-elle formulé cela, le soir où Julia avait écouté aux portes de la villa du pasteur ?

« On dirait que tu prends un malin plaisir à me persécuter et à me tourmenter… »

A présent, Julia saisissait ce qu'elle avait voulu dire.

Tremblant intérieurement, elle parcourait des yeux les pages brûlées, balayant doucement les cendres, tâchant de lire tout ce qu'elle pouvait. Au milieu des papiers carbonisés, il restait suffisamment de documents lisibles pour brosser une image perverse, presque diabolique, de Blue Rock Academy.

— C'est assez flippant…, murmura-t-elle en examinant un dossier qui se révélait encore plus inquiétant que les autres. Je crois que je commence à comprendre ce qui se passe ici.

Trent se releva et s'épousseta les mains. Derrière lui, dans l'âtre, le feu pétillait joyeusement.

— Montre-moi ce que tu as trouvé, Nancy Drew, dit-il.

— Ce n'est pas drôle !

— Je sais, ne te fâche pas.

Il se tenait derrière elle, lisant par-dessus son épaule.

Elle prit sa tasse de café et la serra entre ses mains.

— Ça ne va pas te plaire, annonça-t-elle.

— Je m'en doute.

Elle avala une gorgée, puis fit à Trent un résumé de ce qu'elle avait découvert.

— D'après ce que j'ai réussi à déchiffrer, Lynch gardait un dossier pour chaque élève et chaque professeur, distinct de ceux que Charla King met sous clé dans le classeur de son bureau.

Elle montra du doigt les documents noircis et poursuivit :

— Ces dossiers contiennent des informations très différentes, telles que données personnelles, extraits de casiers judiciaires et renseignements concernant le profil psychologique des élèves.

Elle tapota du doigt une chemise noircie, sur laquelle le nom Bernsen Zachary était imprimé en gros caractères.

— Ça n'a rien à voir avec des dossiers classiques. Et c'est pour cette raison qu'ils étaient gardés sous clé.

Les sourcils froncés, Trent l'écoutait, tout en promenant sur les papiers un regard rapide.

— Ce n'est pas un crime de conserver un second jeu de documents plus détaillés.

Une rafale de vent secoua les fenêtres et fit danser les flammes dans l'âtre.

— C'est vrai, concéda-t-elle en hochant la tête, il n'y a rien d'illégal là-dedans, mais voilà le hic : ces dossiers renferment des données qui ont été délibérément exclues des fichiers informatiques de Charla King. Regarde celui-ci, par exemple, dit-elle en désignant quelques pages pratiquement intactes. Nous avons le profil psychologique d'Eric Rolfe, tu es d'accord ?

— Oui…

— Il y a aussi ses notes et ses résultats aux examens, le tout soigneusement informatisé et imprimé. On trouve même quelques informations sommaires sur sa famille et une rapide évaluation de ses difficultés d'adaptation sociale.

Les yeux rivés sur la feuille de papier, Trent opina du chef.

— Je suppose que c'est également ce qui figure dans les

dossiers de Charla King, ce que ses parents, les universités susceptibles de l'accepter, les médecins ou les avocats peuvent connaître de lui.

— Et alors ?

— Eh bien, tout cela ne constitue que la partie visible de l'iceberg.

Elle sentit un flot d'adrénaline se déverser dans ses veines, comme si la découverte qu'elle venait de faire lui insufflait une énergie nouvelle.

— Regarde ! s'exclama-t-elle en tournant une autre page, écrite de la main de Lynch. Voici un compte rendu différent et beaucoup plus détaillé. Le psychisme de Rolfe y est disséqué.

Il haussa les épaules.

— Encore une fois, ce n'est pas illégal. Ça me semble tout à fait normal.

— Sauf que ça n'apparaît pas dans les dossiers administratifs. Et si… si Lynch prenait ces gosses qui ont une inclination à la violence, s'il les sélectionnait, non pas pour les aider, mais pour un autre motif ?

Trent la regarda comme s'il venait de lui pousser un troisième œil au milieu du front.

— Mais pourquoi ?

— Parce que personne d'autre ne veut se charger d'eux. Parce que ça leur évite d'échouer dans des institutions ou des hôpitaux psychiatriques, et que leurs parents sont prêts à le payer grassement pour qu'il les en débarrasse.

— Je ne te suis pas.

— Très bien, alors, commençons par Eric. C'est un bon exemple, car il est complètement asocial et personne ne l'ignore.

— Ce pour quoi il est suivi par un conseiller psychologique, objecta Trent, qui toutefois s'assit à califourchon sur une chaise, souleva les feuilles avec précaution et se mit à lire les notes de Lynch.

Le portrait que le pasteur avait dressé de Rolfe montrait clairement que Lynch considérait le jeune garçon comme un sociopathe. Dès l'enfance, Eric Rolfe avait présenté des problèmes comportementaux. Il avait fait pipi au lit jusqu'à son entrée au collège, et son frère aîné ne s'était pas privé de se moquer de lui devant tout le monde. Très jeune, on l'avait surpris en train de s'amuser à torturer de petits animaux et, une fois entré à l'école, il avait pris plaisir à brutaliser des enfants plus jeunes et plus faibles que lui, et il avait été renvoyé d'une demi-douzaine d'établissements. Pour finir, il avait tabassé un camarade de classe si sauvagement que sa victime avait dû être hospitalisée.

Le dossier de Rolfe contenait même une plainte pour viol, mais l'affaire avait finalement été classée sans suite. Cependant, Lynch avait réussi à mettre la main sur une photo de la victime, une fille de treize ans qui était revenue sur sa déposition quant à l'identité de son agresseur, ce soir-là, sur une aire de jeux. Pour une raison ou pour une autre, la preuve ADN avait été récusée. L'affaire n'avait jamais été portée devant un juge.

— Un vrai charmeur, commenta Trent, les yeux assombris d'une rage silencieuse.

— Et, d'après ses résultats aux tests, il serait brillant.

— On s'en fiche ! Même s'il possédait l'intelligence d'Einstein, il serait toujours sociopathe.

— Exact. Tu vois ce morceau de ruban adhésif rouge à l'intérieur de la chemise cartonnée ?

Avec précaution, pour éviter que les pages carbonisées ne se désintègrent, Julia ouvrit les chemises concernant Missy Albright et Roberto Ortega.

— Celles-là ont le même papillon rouge et contiennent le même genre de remarques. Il se pourrait qu'il y ait d'autres dossiers semblables, mais ces trois-là sont les seuls dont la couverture n'a pas brûlé et dont les informations sont les plus complètes.

Trent compara les documents, et sa bouche se tordit en un rictus.

— Missy et Roberto ressemblent à Eric et à quelques autres du même acabit. Eux aussi ont des antécédents violents, et c'est pour cette raison, je crois, que le révérend leur a accordé une attention toute particulière. Il a pris des notes sur eux, qu'il a écrites de sa propre main. Il était fasciné par ces gosses.

Elle fit glisser plusieurs feuilles vers Trent et lui indiqua les inscriptions manuscrites détaillées dans chaque dossier.

— Le point commun entre eux, c'est qu'ils sont intelligents mais extrêmement perturbés. A un niveau profond. Ils sont animés d'une rage incontrôlable, toujours prête à exploser. Ils sont cruels, incapables de la moindre empathie.

Julia croisa le regard sombre de Trent.

— Ce sont des sociopathes, des dangers pour la société et pour eux-mêmes, conclut-elle.

Puis elle déplia ses doigts l'un après l'autre, tout en énumérant quelques-unes des caractéristiques des personnalités antisociales.

— Ils sont charmeurs, enjôleurs, même. Ils ne manifestent jamais de remords. Ils sont persuadés que le monde entier tourne autour d'eux. Ils n'éprouvent aucune compassion. Ils sont impulsifs et se fichent complètement des autres.

Elle poussa un gros soupir et ajouta :

— On ne peut rien faire pour les corriger, mais ce n'est pas ce que recherche notre directeur. Seulement, j'ignore s'il les a fait venir ici pour l'argent ou s'il y a d'autres raisons. Il croit peut-être pouvoir maîtriser leurs tendances mauvaises d'une manière ou d'une autre. Je ne sais pas.

— Seigneur…, marmonna Trent. La plupart d'entre eux sont malins comme des singes, au point que je n'ai jamais vu ça. C'est d'ailleurs grâce à leur intelligence qu'ils ont été acceptés ici.

— Mais ils ne sont pas tous cruels. C'est pour ça que les plus faibles deviennent des victimes.

Horrifiée par sa découverte, Julia eut un haut-le-cœur. Pour autant, elle était convaincue d'avoir vu juste.

— Tu penses à Drew Prescott et Nona Vickers ? demanda Trent en se frottant distraitement la mâchoire. Tu crois qu'il existe un groupe de jeunes que Lynch a sélectionnés du fait de leurs troubles de la personnalité, et que Drew et Nona se sont, en quelque sorte, trouvés entre deux feux ? Ou qu'ils ont été pris pour cibles ?

— Je l'ignore, reconnut-elle, terrifiée de voir ses plus grandes craintes se cristalliser. Mais à mon avis, c'est encore pire que ça. Je crois qu'on pourrait très bien considérer cette bande de déséquilibrés, qui pour la plupart ont un lourd passé de violence, comme des assassins en puissance.

— Tu penses qu'ils n'hésiteraient pas à tuer ?

— Certains le feraient même volontiers.

Elle ressentit le besoin de se lever, de marcher d'un bout à l'autre de la pièce pour relâcher la tension qui lui nouait le ventre.

— Lynch les a rassemblés intentionnellement. Des psychopathes.

Le mot, prononcé à voix haute, sembla se répercuter à travers toute la pièce. Soudain, elle sentit de nouveau le froid l'envahir. Elle alla se planter devant la cheminée pour se réchauffer l'arrière des jambes, tout en essayant de découvrir une logique à ce qu'elle avait mis au jour.

— Et si personne d'autre ne les avait identifiés ? Si Lynch était le seul à savoir ce qu'ils sont vraiment ?

— Mais pourquoi les avoir réunis ici ?

— Et surtout, pourquoi les avoir armés ? Tu as bien dit que certains de ces gosses détenaient des permis de port d'arme ?

Le visage de Trent devint blême.

— Une armée ?

— Je ne sais pas. Mais tu as parlé de la troupe « d'élite » de Flannagan, quelque chose comme un commando d'opérations spéciales. Et ce sont ces gosses-là qui sont censés nous protéger ? Guider les autres élèves ? C'est délirant, non ?

Le cerveau de Julia fonctionnait à plein régime. Ça paraissait tellement bizarre, tellement insensé de penser que Lynch s'était ingénié à regrouper de riches psychopathes, qu'il leur avait fourni des armes… Et tout ça, dans quel but ? D'ailleurs, comment savoir s'il était lui-même sain d'esprit ?

— Et que devient Lauren Conway là-dedans ? demanda Trent.

Au même instant, les lumières vacillèrent, plongeant, l'espace d'une seconde, la pièce dans le noir, avec la lueur du feu pour seul éclairage.

— Mon Dieu, j'espère qu'il n'y aura pas de coupure de courant…, gémit-elle.

— Nous ferions mieux de nous y préparer.

Trent avait déjà repoussé sa chaise et fouillait dans un tiroir à la recherche d'un briquet.

— Quel est son rôle dans cette histoire, à ton avis ? reprit-il.

— Je n'en sais rien, mais il y a quelque chose de louche là-dessous. Autrement, elle aurait refait surface et téléphoné à ses parents, ou à quelqu'un de sa connaissance, au moins à une amie.

— Personne ne l'a vue ni n'a reçu de ses nouvelles depuis qu'elle a disparu, dit Trent en allumant les lampes à pétrole.

— Je sais.

Avec un soupir, Julia survola du regard les dossiers étalés sur la table : aucun ne portait le nom de Lauren. Y avait-il jamais eu un dossier sur elle ? Avait-il été détruit dans les flammes, ou plus tôt, au moment de sa disparition ?

— Je déteste devoir dire ça, mais je pense que Lauren est probablement déjà morte, continua Julia. Soit elle s'est trouvée embarquée dans quelque chose dont elle n'a pas pu se sortir, soit elle est morte en essayant de s'échapper. Si elle avait eu un accident, si elle s'était perdue dans la forêt, ou blessée quelque part sur le campus, on aurait retrouvé son corps.

— C'est aussi ce que je pense, convint-il.

Les lumières se remirent à clignoter. Il posa une lanterne sur la table et reprit place sur sa chaise.

— Mais d'après ce que j'ai cru comprendre, elle n'avait rien d'une faible femme, et n'aurait pas fait une proie facile. D'après ce que je sais, elle était intelligente et athlétique, plutôt du genre coriace.

Il plissa les yeux comme pour mieux explorer toutes les éventualités.

— Tu crois qu'elle en savait trop ? Peut-être qu'elle avait découvert quelque chose…

Il saisit le dossier de Missy Albright et poursuivit :

— En tant qu'assistante d'éducation, Missy était censée prendre Lauren sous son aile. Si tu as raison à propos de tout ça…

— Ça ne fait aucun doute, l'interrompit Julia, convaincue qu'elle avait enfin levé un coin du voile sur les secrets de Blue Rock.

— Alors, elle est sûrement morte, conclut Trent, l'air sombre.

— Certains de ces dossiers ne sont pas marqués d'un papillon rouge. Par exemple, deux jeunes de ton groupe, Chaz et Maeve.

— Super ! Nous avons donc deux ados normaux, encore que « perturbés », c'est ça que tu veux dire ?

— Il y en a sûrement d'autres. Beaucoup d'autres. Mais Lynch ne s'est pas donné la peine de constituer des dossiers sur eux, ou alors ils ont brûlé. Je n'ai rien trouvé sur Shay, ni sur Ollie Gage, ni sur Crystal Ricci, pour ne nommer qu'eux.

A ce sujet au moins, elle était soulagée.

— D'accord, disons que je te crois, concéda Trent. Je n'ai pas de meilleure explication à proposer pour l'instant. Mais à moins de préparer un coup d'Etat — pour s'emparer de quoi ? de Medford ? de l'Oregon ? —, pourquoi Lynch voudrait-il réunir tous ces jeunes ici ? Pour les observer ? Pour essayer de les façonner à sa guise ? Pour quoi ? Et pourquoi les nommer assistants d'éducation ? Ça n'a aucun sens…

— Bien sûr que si, objecta-t-elle. Surtout si on recoupe les informations concernant la santé psychologique des élèves avec ceci.

Elle lui tendit plusieurs feuilles noircies.

— Qu'est-ce que c'est ?

— Des déclarations de ressources.

Il prit les documents relatifs à la situation financière des parents d'Eric Rolfe et étudia l'estimation de leurs biens. Il émit un long sifflement, amplifié par le gémissement du vent.

— Je sais, moi aussi, ça m'a étonnée, reconnut-elle. Le père d'Eric est un industriel allemand multimilliardaire. Et il n'est pas le seul. Regarde un peu !

Elle lui tendit le dossier financier de la famille de Missy Albright.

— Il se trouve que Missy est la fille aînée de la riche héritière d'un armateur et de son troisième mari. Et si étrange que cela paraisse, il semble que la plupart des AE aient des parents pleins aux as.

— Et qui ont beaucoup de relations, ajouta-t-il en regardant le dossier de Roberto Ortega.

La famille Ortega était à la tête d'une chaîne de restauration rapide qui s'étirait entre El Paso au Texas et Seattle dans l'Etat de Washington.

— Lynch ne tient sûrement pas à ce que quelqu'un fasse le rapprochement, du moins pas aussi facilement. Je suis sûre que les autorités seraient en mesure d'établir un lien entre toutes ces données, mais ce serait rudement plus difficile une fois les dossiers détruits.

— Et il ne voudrait certainement pas que ses notes personnelles sur la santé mentale des élèves soient rendues publiques, remarqua Julia, en se frottant la nuque pour dénouer les nœuds que la tension nerveuse y avait formés. Pour les parents, tout cela est parfaitement logique, encore qu'assez tordu. Inscrire leurs enfants à problèmes dans le programme universitaire de Blue Rock constitue un excellent moyen de leur éviter la prison et d'autres ennuis.

— Et d'empêcher que leurs noms ne fassent la une des journaux, renchérit Trent. Moins ils attirent l'attention des médias, plus ils échappent aux scandales.

— Tout le monde y gagne. Les parents croient que leurs petits chéris sont à l'abri et, entre guillemets, reçoivent de l'aide. Et, de leur côté, les gosses peuvent obtenir un diplôme universitaire et paraître tout ce qu'il y a de plus « normal ».

— C'est dégueulasse, voilà ce que c'est ! maugréa Trent.

Julia était la première à en convenir. Mais il restait de nombreux points à éclaircir. Toutes les pièces du puzzle ne s'emboîtaient pas encore parfaitement ; il y avait des lacunes qu'elle ne parvenait pas à combler.

— Je me demande si ces jeunes, dont le dossier porte un papillon rouge, font partie de la troupe d'élite dont tu m'as parlé, celle qui est dirigée par Bert Flannagan.

— C'est très possible. Après ce que tu m'as montré, on peut s'attendre à tout.

— Je crains que les choses ne fassent que se gâter.

— Comment est-ce que ça pourrait être pire ?

— Je t'ai dit que Shay soupçonnait l'existence d'une secte secrète sur le campus. Mais s'il ne s'agissait pas seulement des assistants d'éducation ? Si des membres du personnel étaient impliqués ? Comme Lynch, vraisemblablement. Et d'autres, peut-être.

— Attends une seconde, coupa Trent en la regardant comme si elle était brusquement tombée sur la tête.

— Non, écoute-moi jusqu'au bout. Je sais que ça sonne bizarre, complètement dingue, mais réfléchis une minute. Une telle secte aurait besoin d'un gourou.

— Voyons, Julia ! Tous ces gens sont des professeurs qualifiés, ils ont des diplômes et des années d'expérience. Ce n'est pas parce que certains d'entre eux ne te plaisent pas que ce sont des criminels.

Julia avait l'impression que tout le poids du monde reposait sur ses épaules, mais en même temps l'absolue conviction d'être sur la bonne voie.

— Je n'invente rien ! protesta-t-elle. Regarde toi-même.

Elle fit glisser une autre pile de papiers noircis vers Trent et lui désigna le dossier sur lequel l'inscription Flannagan Bert était encore visible. A côté de son nom, un morceau de ruban adhésif rouge.

— Plusieurs dossiers de membres du personnel sont aussi marqués en rouge.

— Bon sang, tu as raison ! Et c'est Lynch qui les a personnellement recrutés…

— Exactement.

Elle tendit le bras par-dessus la table pour ramasser un tas de chemises cartonnées et, en effleurant celui de Trent, prit soudain conscience de la température qui montait dans la pièce et de l'odeur qui émanait de la peau de son compagnon — mélange de savon et de sueur.

— Je suis prête à parier ma chemise qu'il ne les a recrutés que dans ce but, affirma-t-elle.

— Dans ce cas, il est aussi tordu que les autres.

— Pire, dit-elle. Si c'est possible.

— « C'est un rempart que notre Dieu, une retraite sûre…[11] »

Tout en fredonnant à voix basse, Maeve avançait d'un pas lourd sur le sentier enneigé. Elle avait l'impression de marcher depuis des heures, mais elle savait qu'elle devait progresser doucement et se tenir sur ses gardes. Elle avait déjà eu affaire à M. Taggert. Heureusement, elle avait réussi à le convaincre qu'elle regagnait sa chambre, alors qu'en réalité, dès que Tim Takasumi et lui avaient tourné le dos, elle était ressortie de la résidence des filles.

Croyaient-ils vraiment pouvoir l'arrêter ? Personne ne pouvait mettre fin à l'amour.

Elle savait qu'Ethan aurait du mal à s'éclipser. En tant que vigile, il était de garde, cette nuit. Aussi ne lui restait-il qu'à tuer le temps en l'attendant, à réfléchir à ce qu'elle allait lui dire, à la manière dont elle s'y prendrait pour qu'il l'aime de nouveau.

« Il t'aime, il t'aime, c'est sûr. Tu n'as qu'à le lui démontrer, le lui prouver. »

Arrivée à l'écurie, elle se glissa à l'intérieur du bâtiment qui sentait le cheval et le foin. Ce n'était pas elle qui avait choisi. Pourquoi aurait-elle voulu retrouver Ethan à l'endroit même

11. Cantique écrit et composé par Martin Luther en 1529. (NdT)

où Nona et Drew avaient été assassinés ? Peut-être était-ce son destin de revenir là où ils avaient fait l'amour pour la dernière fois.

Il y avait quelque chose de romantique là-dedans, non ?

Rien d'étrange ni d'effrayant.

Les veilleuses émettaient une faible lueur bleutée, irréelle, éclairant l'allée entre les stalles. Il faisait plus chaud à l'intérieur, mais aussi plus sombre, sans la neige pour réfléchir la lumière. Râteaux, harnais, brosses, balais, seaux et sacs d'avoine formaient de noires silhouettes, indistinctes dans la pénombre. Le mors d'une bride, les dents d'une fourche luisant d'un éclat bleu maléfique apparaissaient à Maeve comme autant d'incarnations du mal tapies dans l'ombre.

Pendant une seconde, elle crut percevoir le refrain de *C'est un rempart que notre Dieu* dans les craquements du plancher au-dessus de sa tête, comme un chœur d'âmes damnées qui seraient mortes avant elle.

« Et quand les démons furieux rempliraient cette terre, de ces tyrans audacieux qu'importe la colère ! »

Elle chantait dans sa tête, comme pour repousser le mal, chasser les mauvaises pensées. Elle avait toujours aimé ce vers à propos des démons furieux. Elle s'imaginait les transperçant d'un coup d'épée. Oui, ce serait cool !

C'est alors qu'elle entendit craquer les chevrons à l'étage au-dessus, et toute sa belle assurance s'envola. La musique dans sa tête mourut, elle sentit un frisson glacé courir dans ses veines. C'était peut-être une très mauvaise idée, finalement, de revenir sur les lieux où deux personnes avaient trouvé la mort.

Elle fit claquer l'élastique autour de son poignet et avança, lentement, s'attendant presque à voir les fantômes de Nona et Drew se ruer sur elle avec un rugissement de fureur — Nona, complètement nue, la tête inclinée selon un angle improbable, et Drew, dévêtu lui aussi, les yeux grands ouverts, la tête dégoulinante de sang. Ils pouvaient surgir à tout moment.

Le cœur de Maeve cessa de battre.

« Arrête de te flanquer la trouille. Tu es ici pour rencontrer

Ethan, ton Roméo ! Il n'y a pas de fantôme. Personne pour te faire du mal. Seulement Ethan, avec un peu de chance. »

Tirant sur son bracelet de caoutchouc, elle s'obligea à se ressaisir.

Les chevaux semblaient aussi agités et inquiets qu'elle, comme s'ils avaient senti la présence menaçante d'une force malfaisante. Ils piaffaient nerveusement dans leurs box et s'ébrouaient. Leurs queues fouettant l'air, leurs sabots martelant le sol, ils hennissaient de plus en plus fort.

Maeve ravala sa peur et puisa quelque réconfort dans le couteau, dont la lame acérée lui collait à la cheville et lui agaçait la peau sous sa chaussette. Elle se sentit un peu rassurée de savoir qu'elle pouvait s'en saisir en une seconde s'il le fallait.

Les couteaux.

Les ciseaux.

Les rasoirs.

Qu'elle aimait et détestait tant.

« Tout va bien. Tout va bien. Sois patiente. Ethan va venir. Il ne peut pas faire autrement. »

Et pourtant, le mugissement du vent lui donnait la chair de poule sur la nuque, jusque sur le cuir chevelu.

Du coin de l'œil, elle vit quelque chose bouger du côté de la stalle de Scout.

Elle se figea.

Ethan ?

Voulait-il s'amuser à la faire enrager ?

De nouveau, une ombre remua près des tonneaux.

Etait-ce Ethan qui arrivait ? Ou quelqu'un d'autre ? Quelqu'un qui l'avait suivie. L'assassin de Nona revenu sur les lieux du crime ?

« Oh, Seigneur ! »

Son cœur se mit à battre plus follement que les ailes d'un millier de chauves-souris effrayées.

Sa gorge se serra, et elle se baissa tout doucement, résolue à sortir le couteau de chasse de sa botte.

Mais non, il n'y avait aucun mouvement perceptible près des tonneaux. Pas de fou meurtrier à l'affût.

En fin de compte, ce n'était peut-être qu'un cheval apeuré qui avait bougé.

« Allez, remets-toi ! Il n'y a rien de maléfique, ici. Ni diables armés de fourches, ni fantômes de camarades assassinés. »

Arizona, la jument grise, s'ébroua lorsque Maeve passa devant son box. Elle hennit doucement, visiblement en quête de caresses, mais Maeve n'avait pas de temps à perdre. Elle devait poursuivre son chemin. Elle ne prêta pas attention à Platon, le hongre louvet qui, du fond de son box, l'observait d'un air soupçonneux, ni à Scout, le cheval pie avec la tête blanche et les étranges yeux pâles. Une bourrasque de vent secoua le bâtiment, faisant trembler les vitres et hurlant sinistrement au-dessus du fenil.

Là où l'on avait trouvé le corps nu de Nona pendu, tournoyant dans le vent d'hiver.

De nouveau, Maeve refoula son épouvante. Elle était ici pour voir Ethan. Pour le rejoindre. Lui jurer son amour.

Finalement, elle arriva devant le box d'Augure. Le grand cheval noir se tenait dans le fond, ses muscles semblaient frémir sous sa robe lustrée.

— Ce n'est rien, mon garçon, dit Maeve, bien qu'incapable de s'en convaincre elle-même.

Les paroles du cantique lui revinrent à l'esprit : « Prie et ne crains rien : un seul mot, ô chrétien, terrasse l'adversaire… »

C'était cet endroit qu'Ethan avait voulu lui indiquer ; elle l'aurait juré.

Le message qu'elle avait trouvé dans son livre de maths pendant le cours où Ethan faisait office d'assistant d'éducation ne comprenait qu'un mot : « AUGURE ».

Elle se tourna vers le cheval, qui renifla avec méfiance.

— Il va venir, chuchota-t-elle à l'animal noir comme du charbon. Je le sais.

C'était là qu'ils se retrouvaient avant, quand Ethan finissait son tour de garde, vers 11 heures du soir. Elle ne pouvait pas se tromper.

Elle tendit la main vers le loquet et ouvrit la barrière de la stalle.

Elle resterait cachée à l'intérieur, avec le grand cheval noir pour monter la garde.

Ethan la trouverait.

Forcément.

# 36

Une secte ?

Julia avait beau s'évertuer à le convaincre de l'existence d'une société secrète dirigée par l'un des professeurs, voire par le révérend Lynch lui-même, Trent demeurait tout de même sceptique. Certes, le raisonnement de Julia tenait la route, jusqu'à un certain point. Mais pourquoi Lynch aurait-il eu besoin d'une secte, dès lors qu'il régnait déjà sur son petit domaine ?

Trent pensa à l'horrible scène qui s'était déroulée dans l'écurie. Se pouvait-il qu'il s'agisse d'une sorte d'initiation ? Quelque macabre rite sacrificiel ?

Dans ce cas, les policiers ne manqueraient pas d'être étonnés. Ils menaient leur enquête en partant du principe qu'on avait affaire à un tueur solitaire, un psychotique capable de commettre un double meurtre et possédant des antécédents de violence. Les inspecteurs Baines et Jalinsky vérifiaient les casiers judiciaires des enseignants et des élèves ; les recherches avaient déjà mis au jour une douzaine d'arrestations parmi les jeunes. Rien ne permettait encore de réduire la liste des suspects.

Et Trent savait que Julia ne tenait nullement à savoir qui se trouvait en haut de cette liste.

Taraudé par le remords, il la regardait essayer de démontrer la validité de sa théorie — et celle de Shaylee —, théorie selon laquelle les meurtres de Drew Prescott et Nona Vickers faisaient partie d'une machination compliquée ourdie par une secte de fanatiques. Les meurtres et la secte étaient, d'une façon ou d'une autre, liés à la disparition de Lauren Conway.

Malgré tout, Trent écoutait Julia lui exposer ses hypothèses. Il devait reconnaître qu'elle présentait des arguments plutôt convaincants. Même s'il avait commencé par douter sérieusement de la vraisemblance de ses présomptions, il voyait à présent où elle voulait en venir.

Il avait poussé sa chaise près de la sienne afin de pouvoir lire par-dessus son épaule, heureux de ce prétexte pour se rapprocher d'elle. Tandis que le feu ronflait dans la cheminée, ils examinaient ensemble les informations recueillies.

Julia avait trié les dossiers des enseignants et les avait empilés sur la table. La plupart ne contenaient rien que de très banal en matière de documents : CV, références, diplômes et récompenses diverses. Mais les notes manuscrites figurant dans les dossiers marqués d'un papillon rouge étaient troublantes. Comme pour les dossiers des étudiants, c'étaient ces notes personnelles qui le préoccupaient. Son intuition lui soufflait que quelque chose ne tournait pas rond.

Un papier partiellement roussi lui apprit que Salvatore DeMarco, un professeur de mathématiques accompli, était aussi un ex-marine expulsé de l'armée à cause de bagarres qui lui avait valu d'être mis aux fers : il avait expédié ses adversaires à l'hôpital, lardés de multiples coups de couteau. Après son séjour dans les marines, il avait purgé une peine de six mois de prison pour avoir roué de coups une femme qui lui avait fait une queue de poisson sur l'autoroute.

— Lynch a noté que DeMarco avait du mal à « gérer sa colère », remarqua-t-il. Tu parles d'un euphémisme !

— C'est effrayant, non ? demanda Julia en se mordant la lèvre inférieure.

Ce petit tic qu'elle avait empêchait Trent de se concentrer pleinement. Il lui donnait envie de lui mordiller la lèvre avec ses dents…

Il posa une main sur la nuque de Julia et, la sentant crispée, entreprit de lui masser doucement le cou.

— En effet, ça fait froid dans le dos, acquiesça-t-il.

Il tourna de nouveau son attention sur les dossiers pour tenter de comprendre où tout cela conduisait. Pour quelle raison Lynch aurait-il embauché des gens qu'il considérait comme instables et versatiles pour s'occuper d'adolescents à risques ? Quel était son but ?

Il ne restait plus rien du dossier de Kirk Spurrier, à l'exception de deux moitiés de page. Trent réussit à déchiffrer une partie du CV où Spurrier indiquait qu'il avait servi dans l'armée de l'air comme pilote et qu'il était expert en armement. Sur l'autre morceau de papier encore lisible, Lynch avait noté que Spurrier adoptait parfois « un comportement passif-agressif ».

— Un comportement passif-agressif? répéta-t-il tout haut. Ce n'est pas ce qu'on fait quand on se retient de sauter à la gorge de quelqu'un, comme le fait DeMarco ?

Julia repoussa sa chaise et se dirigea vers la cuisine.

— Dans certains cas, admit-elle. Mais il y a des réactions extrêmes.

Le dossier de Jordan Ayres était intact. Pour tout commentaire, Lynch notait qu'il la jugeait très compétente, mais estimait qu'elle faisait preuve d'autoritarisme. En d'autres termes, elle avait une fâcheuse tendance à mener son petit monde à la baguette.

Julia revint avec le reste du café. Elle remplit leurs deux tasses, puis remporta la cafetière dans la cuisine.

A cet instant précis, les lumières se remirent à clignoter. Nom d'un chien ! S'il y avait une chose dont ils n'avaient pas besoin maintenant, c'était bien une coupure de courant. Trent regarda se rallumer les ampoules du lustre suspendu au-dessus de la table.

— On dirait que nous avons encore un sursis avant la panne, constata-t-il.

— Il y a des groupes électrogènes de secours, non ? demanda-t-elle, du seuil de la cuisine, la cafetière vide toujours à la main.

— Oui, mais ils ne serviront pas à grand-chose ici. Ils ne produisent assez d'électricité que pour alimenter les résidences, le bâtiment des études, la chapelle, le foyer, et quelques dépendances comme l'écurie, c'est à peu près tout. Stanton House aura du courant, mais pas moi, ni aucun de ces bungalows. On ferait bien de s'y préparer.

Il se leva et entreprit d'empiler des bûches près de la cheminée, de quoi tenir toute la nuit. Il alluma également trois bougies dans des pots de verre, pour le cas où les lampes à pétrole viendraient à s'éteindre. Il dénicha deux torches électriques dans un placard et s'assura que les piles étaient encore chargées. Les deux lampes projetèrent aussitôt un faisceau lumineux puissant et continu.

— Nous allons peut-être nous geler, conclut-il, mais au moins, nous y verrons clair.

— Comme c'est rassurant !

Les mains posées sur sa tête, Julia s'étira en cambrant les reins et tourna la tête de gauche à droite.

Ses seins pointaient en avant, et Trent dut détourner les yeux, s'obliger à concentrer son attention sur les documents dispersés sur la table. Savait-elle à quel point elle paraissait sexy, avec son corps mince et ferme, ses paupières closes et ses cheveux noirs qui lui retombaient en cascade sur les épaules ?

Elle devait très bien se rendre compte de ce qu'elle faisait.

Avec effort, il détacha d'elle son regard et se plongea dans l'étude de ce qui restait du dossier de Rhonda Hammersley. Aucun papillon rouge sur celui-là. Cette femme semblait réglo : pieuse, sérieuse, consciencieuse. La seule note de Lynch à son sujet indiquait qu'elle intériorisait trop les problèmes et qu'elle se montrait perfectionniste. Ce que Trent trouva bizarre. N'était-ce pas précisément ce que Lynch voulait ? N'était-ce pas ce qu'il prônait auprès des adolescents ?

Alors pourquoi ces notes à propos des tendances agressives des autres membres du personnel ? Pourquoi avoir engagé ces bombes à retardement ? Ce dont Lynch avait besoin, c'était de professeurs à poigne. Des guides, pas des cinglés.

Le dossier de Bert Flannagan révéla qu'il avait été renvoyé de plusieurs universités et qu'il éprouvait une attirance pour les armes. Après un séjour dans l'armée, on lui avait refusé à deux reprises un poste dans la police. Le mot « mercenaire » était suivi d'un point d'interrogation.

Les documents concernant Wade Taggert avaient presque entièrement brûlé. Armé d'une loupe, Trent réussit cependant à déchiffrer une note sur le papier noirci, note laissant entendre que Taggert avait la folie des grandeurs.

— En voilà un qui m'a l'air particulièrement terrifiant, annonça Julia en poussant vers lui plusieurs pages pratiquement illisibles.

Trent lut son propre dossier : Lynch y avait écrit qu'il avait travaillé pour le shérif du comté de Pinewood, que c'était un tireur d'élite et qu'il détenait un permis de port d'arme. Ce qui était parfaitement exact.

— Très drôle, marmonna-t-il.

— Je voulais juste détendre l'atmosphère.

— Eh bien, je suis ravi d'apprendre que non seulement tu as agi comme une idiote en allant fouiner dans le bureau de Lynch toute seule, mais que tu es aussi une actrice comique.

— Nous détenons les informations que nous voulions, non ?

— Tu aurais dû m'en parler. Je serais venu avec toi.

— Tu aurais essayé de m'en dissuader, répliqua-t-elle, le mettant au défi de la contredire.

— Probablement.

— Alors, ne viens pas me traiter d'idiote.

— Tu préfères « tête de mule » ?

— Peut-être.

Les yeux fixés sur elle, il la regarda tenir sa tasse à deux mains et la porter à ses lèvres.

— A partir de maintenant, tu ne vas plus nulle part sans moi.

— Ne joue pas les machos avec moi, Trent.

— Je parle sérieusement.

— Je sais, mais tu n'as pas une ronde de sécurité à faire ? Moi, si. Avec Hammersley et DeMarco.

— Ce type, DeMarco, ne m'inspire pas confiance.

Elle laissa échapper un petit rire nerveux et secoua la tête.

— A moi non plus, cow-boy. Mais sache que je ne me fie à personne.

— Sauf à moi.

— Toi ? s'exclama-t-elle avec une horreur feinte. Sûrement pas ! En ce qui te concerne, je redoublerais même de méfiance !

Maeve en avait assez d'attendre.

Elle mourait de froid dans l'étable, et Augure, le grand hongre noir, ne semblait pas apprécier sa présence. Il avait même pissé à côté d'elle. L'odeur acide et écœurante de l'urine lui donnait envie de vomir.

Elle s'efforçait toutefois de garder espoir. Ethan serait là d'une minute à l'autre, dès qu'il aurait terminé sa ronde. Ce qui arriverait ensuite méritait bien qu'elle patiente encore un peu.

Mais pour l'instant, se geler les fesses, blottie contre la mangeoire dans une stalle puante ne lui semblait pas une idée particulièrement géniale.

Elle consulta sa montre. Le cadrant lumineux lui indiqua qu'elle n'attendait que depuis vingt minutes.

« Donne-lui encore un peu de temps. Il ne va plus tarder ! »

N'empêche, elle se sentait les nerfs à vif. Et ce stupide cantique qui continuait à lui trotter dans la tête ! Elle essayait de penser à un air plus moderne. Les premières notes d'une chanson de Fergie lui traversèrent brièvement l'esprit. Mais, de nouveau, malgré tous ses efforts, le refrain de *C'est un rempart que notre Dieu* revint la hanter.

Elle remua ses orteils dans ses bottes pour faire circuler le sang, car ses pieds commençaient à s'engourdir. Peut-être devrait-elle se lever et faire quelques pas. Jusque-là, elle n'avait pas osé bouger, persuadée d'avoir vu le croquemitaine tapi dans l'ombre, l'assassin de Nona et Drew caché entre les sacs d'avoine et les bottes de foin.

Ce qui était parfaitement ridicule.

Aucun cinglé assoiffé de sang ne s'était rué sur elle.

Nom d'un chien, elle n'était pas dans un film d'horreur !

Elle se redressa le long du mur de la stalle et détacha les brins de paille de son blouson, espérant qu'ils n'avaient pas été souillés. Il ne manquerait plus que ça ! Quand Ethan arriverait enfin, elle sentirait la pisse de cheval !

Contournant l'animal à distance respectueuse, elle marcha vers la barrière. Par-dessus le bruissement de la paille, elle entendit un autre son. Des pas ? Le piaffement d'un cheval dans son box ?

« Arrête de paniquer, Maeve ! Tu n'as rien à craindre, ici. Il n'y a personne. »

N'empêche… N'avait-elle pas l'impression que des yeux dissimulés dans l'ombre de la stalle l'épiaient ?

« Ça suffit ! Il n'y a personne. Compris ? »

Elle s'arrêta et, les paupières plissées pour essayer de percer l'obscurité, elle retint son souffle et tendit l'oreille. De toutes ses forces.

N'étaient-ce pas des pas qu'elle entendait près de la porte ? Elle tourna la tête. Les petits cheveux sur sa nuque se hérissèrent.

— Ethan ? chuchota-t-elle d'une voix inquiète.

Clic !

Une flamme jaillit devant ses yeux.

Une flamme d'allume-barbecue qui faillit lui roussir le bout du nez.

Maeve poussa un cri et recula d'un bond.

Le cheval s'ébroua nerveusement, lui soufflant son haleine chaude dans le dos.

— Ethan, ce n'est pas drôle…

Mais les yeux, cruels et jubilants derrière la flamme, n'appartenaient pas à Ethan.

— Oh, mon Dieu ! murmura Maeve. Qui est là ?

Son cœur battait comme un tambour, la panique l'envahissait.

— Devine ! siffla la voix.

Oh, Seigneur ! Le sang de Maeve se figea de terreur. Elle se précipita pour saisir le loquet, griffant le bois poli de ses doigts tremblants. Mais la barrière était bloquée.

Au même instant, l'allume-barbecue décrivit un arc de cercle flamboyant avant de toucher le sol.

Whoosh !

La paille éparpillée dans le box et l'allée centrale s'enflamma instantanément, pareille à de l'amadou.

— Ça va pas, la tête ? cria Maeve d'une voix perçante.

Comme une forcenée, elle se mit à piétiner les flammes, tout en tirant sur la barrière pour essayer de sortir.

— Tout va flamber en un rien de temps !

Elle s'escrimait à ouvrir le loquet, mais une main énergique tenait la barrière fermée.

— Je veux sortir !

Le feu grésillait.

Derrière elle, le cheval devint fou de terreur. Avec des hennissements stridents, Augure se cabra, ses pattes antérieures fouettèrent l'air, ses yeux bordés de blanc s'emplirent d'épouvante.

Maeve se plaqua contre le mur du box. Dans la stalle voisine, Scout, le cheval pie, disjonctait. Il envoya un coup de sabot contre la cloison et se mit à hennir bruyamment.

— Je ne vais pas me laisser faire ! rugit Maeve en s'écartant du cheval, avant de se ruer de nouveau vers la barrière.

Elle n'hésiterait pas à bondir sur son agresseur s'il le fallait.

La fumée, de plus en plus épaisse, envahissait le box. Quelqu'un finirait bien par entendre le vacarme et venir à la rescousse, non ?

Hélas, le sifflement du vent au-dehors assourdissait le remue-ménage à l'intérieur.

— A l'aide ! hurla Maeve en essayant d'escalader la barrière.

L'autre agita de nouveau l'allume-barbecue sous son nez.

Des flammes lui léchèrent le visage, lui brûlèrent le cuir chevelu. Elle poussa un cri aigu. Le feu s'empara des brins de laine de son bonnet et enflamma ses cheveux.

— Non, pas ça ! cria-t-elle, grimaçant de douleur.

Elle arracha son bonnet et retomba lourdement sur le sol

du box, au milieu des flammes. Affolé, le grand cheval ruait et se cabrait furieusement.

Que se passait-il ?

« Pourquoi ? Oh, mon Dieu, pourquoi ? »

Elle se força à se relever. La fumée la faisait suffoquer. Et ce maudit animal qui n'arrêtait pas de hennir !

Elle tenta de nouveau de grimper par-dessus la barrière.

— Espèce de malade ! glapit-elle. Pauvre débile !

— Ne me traite jamais de débile !

Un rictus cruel tordit le visage de son bourreau.

Augure se cabra de nouveau, ses naseaux grands ouverts, sa robe noire luisante de sueur.

Maeve se recroquevilla sur le sol.

Les sabots ferrés de l'animal cinglèrent l'air. Tout près d'elle. Dangereusement près ! La fumée s'élevait en tourbillonnant. Les flammes mortelles crépitaient avec un rire diabolique.

Paniquée, désespérée, Maeve tentait en vain de s'échapper. Elle poussait la barrière de toutes ses forces, la martelait de ses poings, essayait de l'enfoncer à coups d'épaule ; le loquet ne bougeait pas d'un pouce. Elle fit une dernière tentative pour l'escalader, mais fut repoussée à l'intérieur du box avec violence. Elle s'écroula pesamment sur le sol avant de s'éloigner à quatre pattes du cheval et des flammes.

Toussant et pleurant, elle sentit la chaleur lui picoter les jambes. C'est alors qu'elle vit le bas de son pantalon prendre feu. Elle tomba à genoux et supplia :

— Non ! Non ! Je veux sortir ! Au secours ! AU SECOURS ! Pour l'amour du ciel, non, pas ça !

Puis elle se releva.

Derrière elle, Augure poussait des hennissements éperdus. Martelait le sol de ses sabots. Pris au piège.

— Oh, mon Dieu !… Seigneur !…

Augure se cabra une fois de plus.

Du coin de l'œil, Maeve vit un sabot refléter la lueur vacillante du brasier.

— Non !

Elle s'écarta d'un bond.

Trop tard.

Bam !

Le sabot ferré lui heurta le dos avec une violence inouïe.

Craaac !

Elle entendit un bruit d'os qui se brise et sentit, sous son blouson, la peau se déchirer.

Une douleur atroce irradia tout le long de sa colonne vertébrale.

Maeve hurla et essaya encore une fois de sauter par-dessus la barrière. Elle prit son élan, mais ses jambes se dérobèrent sous elle. Elle resta cramponnée aux barreaux de bois, tandis que les flammes rampaient vers elle et l'engloutissaient peu à peu.

— A l'aide ! supplia-t-elle, la gorge déchirée, le visage inondé de larmes. Pitié… Oh, mon Dieu !

Mais son bourreau se contenta de sourire.

Le cheval saisi d'épouvante tournait en rond, cherchant un moyen de s'échapper. Il fit un brusque mouvement en avant, et l'un de ses sabots laboura l'épaule de Maeve.

Cette douleur… C'était insupportable. Le monde autour d'elle commençait à s'obscurcir.

Maeve dégringola le long de la barrière, son poids l'entraînant vers les flammes.

Une terreur indicible se répandait en elle.

— J'ai besoin d'aide, par pitié !

Sa voix n'était plus qu'un murmure étouffé.

— Pourquoi pas ?

Quoi ? Se pouvait-il que son bourreau ait changé son fusil d'épaule ?

Le loquet cliqueta, la barrière s'ouvrit.

Maeve tomba comme une pierre sur le sol. Dieux du ciel, peut-être allait-on enfin la secourir. Par pitié !

Augure hennit.

Il s'élança vers la barrière ouverte.

Elle s'arc-bouta.

Le cheval s'élança, essayant de sauter par-dessus Maeve. Son grand corps frôla l'une des cloisons du box.

Bang ! Un sabot d'une lourdeur mortelle s'abattit sur sa tête.

Maeve s'écroula. La douleur explosa dans son crâne. L'espace d'un instant, un voile noir lui couvrit les yeux, puis tout redevint clair.

Instinctivement, elle essaya de se relever.

Rien ne se passa.

Ses jambes refusaient de bouger.

Paralysée ? Elle était paralysée ?

« Non, oh… non… »

Elle s'efforça de se retourner pour voir son bourreau, mais en fut incapable. La fumée était trop épaisse. Elle sentit qu'on la soulevait par les épaules. Un gémissement lui écorcha la gorge. Elle eut l'impression qu'on la déchirait en deux. Son esprit s'embrouillait. Avait-on vraiment l'intention de la sauver ?

— Il faut appeler quelqu'un, implora-t-elle. Une ambulance…

— La ferme ! répondit la voix gutturale et sauvage.

Maeve fut extraite de la stalle en feu, traînée dans l'allée centrale. A travers l'écran de fumée, elle vit, à l'autre bout de l'écurie, le grand cheval noir, tout tremblant, piaffer devant la porte du fond.

« Je suis désolée », songea-t-elle, s'estimant responsable de la mort imminente de l'animal… et de la sienne.

Mais où diable étaient les extincteurs automatiques ? Pourquoi l'eau n'arrosait-elle pas les stalles ? Et les détecteurs de fumée, pourquoi ne hurlaient-ils pas plus fort que les chevaux effrayés ?

Rien ne fonctionnait.

Son adversaire y avait veillé.

Maeve fut larguée par terre sans ménagement. Alors, elle pensa à Ethan. Peut-être allait-il venir la sauver. Elle essaya de murmurer son nom, mais la voix lui manqua.

Comme dans une scène surréaliste, elle regarda son bourreau chercher calmement un extincteur, le décrocher de son support et, avec une précision implacable, asperger les flammes de mousse.

Puis, au moment où Maeve commençait à entrevoir une chance de salut, son agresseur jeta l'appareil, revint vers elle, se pencha sur son corps brisé et glissa la main dans sa botte pour en extirper le couteau de chasse.

« Le couteau… Oh, mon Dieu, non ! »

— Tu es gauchère, n'est-ce pas ?

Le bracelet de caoutchouc à son poignet claqua, puis fut tranché d'un seul coup. Maeve, que la fumée faisait tousser et pleurer, regarda avec une fascination morbide la lame entailler ses poignets à plusieurs reprises. Son cœur s'emballa, la douleur irradia dans tout son corps tandis que le sang commençait à suinter lentement, traçant des lignes bien nettes sur sa peau.

On lui fourra le couteau dans la main droite, on replia ses doigts sur le manche.

— Tu sais, Maeve, Ethan n'en vaut pas la peine.

La voix s'était faite désinvolte, à présent.

Le sang tiède coulait goutte à goutte sur le sol.

Impuissante, Maeve gémit faiblement. Elle ne put que regarder son assassin prendre son poignet, le soulever et le déplacer de manière à ce que le filet de sang qui en dégouttait dessine sur la poussière de l'allée un motif bien particulier. Puis son bras fut relâché, le sang tacha le bout de ses bottes, et l'assassin sortit tranquillement par la porte.

Maeve tenta de se remettre debout sur ses pieds, mais son corps ne répondait plus. Ses jambes semblaient de plomb, comme si sa moelle épinière avait été sectionnée. C'était la fin. Elle ravala un petit sanglot. Elle allait mourir, elle le savait.

Les paroles du dernier cantique qu'elle avait chanté lui revinrent à l'esprit. « Le monde et l'enfer à la fois ne peuvent rien contre elle… »

La tête lui tournait, elle avait l'impression de tomber dans le vide. Les lueurs bleuâtres vacillaient devant ses yeux.

— Ethan, chuchota-t-elle. Mon amour…

Elle sombra dans les ténèbres.

# 37

Julia ne se sentait plus le courage d'examiner ces maudites preuves une seconde de plus. Elle repoussa sa chaise et se mit à marcher de long en large dans le séjour. Il se préparait quelque chose, cette nuit, elle en avait l'intuition.

Elle frissonna intérieurement, comme si un fantôme venait de lui traverser l'âme.

— Je devrais aller voir si tout va bien pour Shay, dit-elle, contrariée par la disparition de son téléphone portable.

— Shay est à l'abri. Elle partage sa chambre avec une camarade et, en plus, il y a des vigiles partout.

— Comme si ça pouvait me rassurer ! La sécurité ici est une vraie passoire. Des gosses vont et viennent à leur guise. Des virtuoses de l'évasion et des sociopathes… Pas étonnant qu'il y ait un tueur en cavale !

Un sentiment de panique couvait parmi les pensionnaires. Les résidences avaient été équipées de nouvelles serrures, et des membres du personnel dormaient à tour de rôle dans les bâtiments où logeaient les élèves. Des équipes de vigiles avaient été constituées sur les conseils de Frank Meeker, qui avait, en outre, nommé Bert Flannagan, Wade Taggert et Rhonda Hammersley auxiliaires de police. Or, depuis qu'elle avait lu les dossiers de Lynch, Julia craignait justement que le meurtrier ne se cache parmi ces enseignants devenus agents de sécurité.

— Veux-tu que j'appelle la résidence des filles ? proposa Trent. Pour demander à quelqu'un d'aller voir Shay ?

— Oui… non. Ça ne ferait qu'attirer l'attention sur elle.

Déjà qu'on la considère comme suspecte sous prétexte qu'on a découvert sa casquette sur la scène de crime…

Elle entortilla ses cheveux à la base de son crâne et maintint quelques secondes le chignon ainsi formé, avant de poursuivre :

— Qu'est-ce qui a pu pousser l'assassin à commettre de tels crimes ? Et pourquoi maintenant ?

— Je ne sais pas.

— Il faut que nous parlions à Meeker ou au shérif. Ou alors, nous devrions aller voir Lynch nous-mêmes et le mettre au pied du mur.

— Il n'en est pas question, mais je peux essayer de trouver Meeker, décida Trent. Le problème, c'est que, dès que je lui aurai dit que tu es entrée par effraction dans le bureau de Lynch et que tu as volé ses dossiers, nous nous retrouverons dans un sale guêpier.

— Techniquement, je ne suis pas entrée par effraction, répliqua-t-elle, agacée. Mais je n'ai pas envie non plus d'être démasquée. Si jamais on apprenait que je suis la sœur de Shay…

Elle marcha vers la fenêtre, mais, n'osant pas jeter un coup d'œil au-dehors, elle revint sur ses pas jusqu'à la cheminée.

— Mon Dieu, si ça se trouve, ils savent déjà qui je suis. On m'a volé mon portable aujourd'hui. Si quelqu'un entre dans le répertoire, il ne lui faudra pas longtemps pour découvrir notre lien de parenté.

— On te l'a volé ? demanda Trent, penché sur le feu.

Laissant ses cheveux retomber en cascade sur ses épaules, elle le regarda tisonner les bûches dans l'âtre. D'une certaine façon, elle s'en sentit réconfortée.

— Je crois que c'est Missy Albright ou Roberto Ortega.

Elle expliqua ce qui s'était passé, comment elle avait surpris Missy dans sa classe, et comment elle était tombée sur Roberto alors qu'elle essayait de consoler Maeve.

— Si quelqu'un fouine dans mon téléphone, il ne tardera pas à se rendre compte que je connais Shay, et à en tirer des conclusions. Son nom figure sur ma liste de contacts.

— Ça fait tout de même beaucoup de suppositions,

reconnut-il. Cependant, il y a pire. Avant de savoir que tu irais fureter dans le bureau de Lynch, je t'ai laissé un message pour te dire que je t'attendrais devant Stanton House.

— Personne n'a décroché ?

— Non. Mais ton voleur a sûrement remarqué que tu avais manqué un appel de ma part. Il se pourrait aussi qu'il ait interrogé ta messagerie vocale.

— J'ai un code secret…

— Ce ne doit pas être trop compliqué à casser. Ces gosses sont malins et certains se servent de téléphones mobiles, d'iPods et d'ordinateurs depuis qu'ils savent marcher et parler.

— Merde…

Pourtant, c'était vrai, hélas. Et les professeurs n'étaient pas en reste. Elle-même, n'avait-elle pas pianoté sur un clavier dès qu'elle avait été capable de s'asseoir sur les genoux de son père ?

Trent s'appuya contre le manteau de la cheminée.

— Pourquoi ai-je l'impression que les choses vont se gâter ? demanda-t-il.

— Peut-être que tu as un don de double vue ? le taquina-t-elle, sans savoir au juste ce qui la poussait à traiter à la légère une situation aussi grave.

— Si seulement !

Dehors, le vent continuait à se déchaîner sur la maison, tandis qu'à l'intérieur, le feu pétillait et les lumières électriques clignotaient. La conversation roula bientôt sur le message que Julia avait reçu et celui qu'elle avait entrevu dans les affaires de Maeve.

— J'aimerais parler à Nell Cousineau. Elle était de corvée à Stanton House la nuit où quelqu'un a glissé le mot sous ma porte. Si c'est elle qui m'a laissé ce message, je me demande bien quel genre d'aide elle attendait de moi.

Trent acquiesça d'un hochement de tête.

— En effet, ça me semble plutôt vague, comme appel au secours.

Il se frotta la nuque et ajouta :

— C'est énervant quand on se heurte à un mur comme

ça, en plein milieu d'une enquête. Et cette neige qui ne fait qu'aggraver les choses !

— Mais les hommes du shérif ont recueilli des tas de preuves scientifiques avant l'arrivée de la tempête de neige. Ils n'en ont encore aucune nouvelle ?

— Rien de neuf, du moins, pour autant que je sache. Le labo de la police scientifique de l'Etat est soumis à d'énormes pressions ; on exige de lui qu'il produise des résultats au plus vite. Nous espérons tirer quelque chose des analyses susceptibles de nous conduire au tueur. Mais, malgré ce qu'on nous montre à la télé, il faut des semaines pour analyser des prélèvements d'ADN. On n'a pas retrouvé l'arme du crime, mais le légiste dit que la plaie que Drew avait à la tête correspondait à une blessure faite par une hache, et aucun outil de ce genre n'a pu être déniché nulle part.

— L'assassin l'a sans doute gardée, suggéra-t-elle. Il a peut-être l'intention de s'en servir encore.

— Alors, pourquoi ne l'a-t-il pas utilisée pour tuer Nona ? Pourquoi se donner tout ce mal pour la ligoter et la pendre ?

— Une sorte de vengeance ultime, peut-être ? Pour l'avilir ? Ça fait sans doute partie du rituel de cette secte de malades.

— Si secte il y a, lui rappela-t-il.

— Bon sang, Trent, j'aimerais que tu arrêtes de dire ça ! Franchement, est-ce que tu peux regarder ces dossiers et continuer à affirmer qu'il n'y a rien de tordu dans cette école ?

— Je suis certain que tu as mis le doigt sur quelque chose, Julia, mais je ne crois pas à une théorie du complot échafaudée par une ado à problèmes. Je sais que Shay est ta sœur, mais elle n'a rien d'un ange. En fin de compte, si les élucubrations de Shay n'étaient qu'un tissu de mensonges, je ne voudrais pas que tu sois déçue.

— Je pense être capable de le supporter.

Elle se rappelait un temps, très lointain, où Trent et elle formaient un couple uni et solide et croyaient à la force de leur amour. Mais ils avaient fini par se séparer et ne plus se faire confiance. Oui, on pouvait dire qu'ils s'y connaissaient, tous les deux, en matière de déception.

Elle capta son regard et se demanda si ses pensées suivaient le même cheminement.

Des sentiments longtemps enfouis remontèrent à la surface et, pendant une seconde, elle imagina l'effet que ça ferait, de l'embrasser de nouveau. De le toucher. De sentir ses muscles souples et puissants sous ses doigts.

Bonté divine ! Quelle idiote ! Une minute, elle lui en voulait et, la minute suivante, elle fantasmait sur lui.

« Reprends-toi, Julia ! »

Mais la proximité de Trent était décidément trop éprouvante pour les nerfs. De vieux souvenirs la taraudaient. A maintes reprises, au cours de la soirée, tandis qu'ils travaillaient côte à côte, elle avait, le temps d'un battement de cœur, perdu de vue la raison de sa présence ici, près de lui.

Et ça recommençait de plus belle.

Elle eut soudain trop chaud, retroussa les manches de son pull et se racla la gorge. Il n'y avait pas de temps à perdre.

— Bon, remettons-nous au travail, dit-elle, angoissée à l'idée que l'assassin puisse frapper encore une fois. Nous ne savons toujours pas en quoi le meurtre des deux gosses est lié à la disparition de Lauren Conway.

— Ni s'il existe bien un rapport entre les deux.

— Qu'en est-il de cette histoire entre Ethan Slade et sa prof, celle que je remplace ?

— A en croire Ethan, il ne s'est rien passé. Il s'agit d'un malentendu et toute l'affaire a été grandement exagérée. Aussi bien par ses parents que par l'école. En tout cas, Maris Howell a été chassée comme une malpropre.

— Mais elle n'a pas été poursuivie en justice ?

— Exact. Peut-être que tous ces événements n'ont rien à voir entre eux.

— Tu crois que ce ne sont que des écrans de fumée ? demanda-t-elle, plongeant les yeux dans le regard sombre de Trent.

— Ou des coïncidences.

— Dans ce cas, Blue Rock Academy est l'école la plus malchanceuse du pays.

— Ne dramatisons pas, répondit-il avec un petit rire sarcastique.

La lueur du feu jouait sur les traits de son visage, jetant des ombres dorées sur ses pommettes et ses yeux profondément enfoncés. Sa mâchoire était toujours aussi puissante, ses lèvres minces aussi sexy qu'elle se les rappelait. Il était préoccupé, ce qui le rendait follement séduisant.

Il enfonça ses pouces dans les poches de son jean et ajouta :

— Par contre, la bonne nouvelle, c'est que la tempête devrait se calmer demain.

— Vraiment ?

— Meeker a parlé au shérif et me l'a dit avant que je parte à ta recherche. Si c'est vrai, on pourra faire venir un hélicoptère.

Elle écouta le mugissement du vent.

— Ça me semble bien hypothétique. Je ne compterais pas trop là-dessus.

Malgré tout, dans le fond de son cœur, elle sentait renaître une lueur d'espoir. S'ils avaient enfin la possibilité de communiquer avec le monde extérieur, de mettre les pensionnaires à l'abri et de recevoir l'aide des forces de police, alors, ils auraient une chance de coincer le fou meurtrier.

Elle s'étira de nouveau, levant les bras très haut au-dessus de sa tête, et tournant le cou dans tous les sens pour relâcher la tension de ses muscles.

— Quand les inspecteurs seront là, je crois qu'ils voudront encore interroger Shaylee, remarqua Trent.

— Et tous les autres aussi.

Trent hocha lentement la tête, mais elle perçut de l'hésitation dans son geste et comprit.

— Attends une minute ! s'exclama-t-elle, aussitôt alarmée. Ne me dis pas que tu crois réellement ma sœur coupable ?

— Cette possibilité n'a pas encore été écartée.

— Nom d'un chien ! Mais que faites-vous de la disparition

de Lauren Conway, dans ce cas ? Est-ce que Shaylee est aussi considérée comme suspecte dans cette affaire, alors que ça date de plusieurs mois avant son arrivée ?

— C'est toi qui supposes que les deux événements sont liés, tu te rappelles ?

— Et alors, ils ne le sont pas ? répliqua-t-elle, anxieuse de lui prouver l'innocence de sa sœur. A l'exception d'un scandale à propos d'un professeur et d'un élève, cette école n'avait encore perdu aucun de ses pensionnaires. Jamais. Jusqu'en novembre. Puis, quatre mois plus tard, deux autres gosses se font assassiner !

— Je voulais simplement te prévenir qu'on va tenir Shaylee à l'œil. Et de très près.

— A cause de cette foutue casquette. C'est ridicule ! Nona l'avait déjà portée avant. Quant au téléphone mobile, ça ne veut rien dire ! Quand elle a pris le portable de Nona, celle-ci était encore en vie. Tout ce dont on peut l'accuser, c'est de chapardage.

— Le corps de Nona a été traîné par terre. Les écorchures sur son dos et ses fesses indiquent qu'on l'a tirée au milieu des balles de foin jusqu'à l'endroit où elle a été pendue aux poutres.

— Drew et elle étaient en train de faire l'amour.

— Sur un sac de couchage, pas sur la paille, rectifia-t-il tranquillement. Et Shay est la dernière personne à avoir vu Nona vivante.

— Faux ! riposta Julia, indignée. Drew est le dernier à l'avoir vue, et nous ne pouvons même pas affirmer que Nona n'a pas rencontré quelqu'un d'autre, entre le moment où elle a quitté sa chambre et celui où elle a retrouvé Prescott.

Bouillant de rage, elle repoussa sa chaise, dont les pieds raclèrent le parquet avec un grincement bruyant.

— Je n'arrive pas à croire que tu gobes cette… cette hypothèse aberrante et absurde, surtout après ce que je viens de te montrer, poursuivit-elle en pointant du doigt les dossiers noircis. Bon sang, Trent, elle n'a que dix-sept ans et c'est tout juste si elle pèse cinquante-quatre kilos !

— Tu veux dire qu'elle aurait été incapable de remorquer le cadavre de Nona ?

— Non, elle connaît la technique utilisée par les pompiers pour transporter les corps. Et elle a appris toutes sortes d'arts martiaux et fait de la musculation et…

Elle n'acheva pas sa phrase, soudain consciente qu'elle ne faisait qu'enfoncer un peu plus sa sœur.

— Tu te rends compte de ce que tu dis ? reprit-elle enfin. Tu es en train de l'accuser de meurtre. D'un double homicide, qui plus est.

— Personne n'accuse qui que ce soit, répliqua-t-il en s'approchant d'elle. Mais je crois que tu devrais prendre conscience de ce qui se passe.

— Un homme averti en vaut deux, c'est ça ?

— Il faut te préparer à toute éventualité.

Alors, elle faillit le gifler. Elle leva la main, prête à frapper.

— Je ne ferais pas ça à ta place, murmura-t-il.

— Ferais pas quoi ? le défia-t-elle.

Son cœur battait comme un tambour. Trent était tout près d'elle, si près qu'elle sentait son souffle sur son visage. Elle pensa reculer d'un pas, mais elle était déjà aussi près du feu qu'elle pouvait se le permettre.

— Me gifler, répondit-il, la mine sombre. Je pourrais riposter. Ou pire.

— Pire ?

Il laissa tomber son regard sur ses lèvres.

— Parfaitement.

Les yeux rivés dans les siens, le pouls battant la chamade, tous ses sens en éveil, elle répliqua :

— Je crois que tu essaies seulement de m'impressionner.

Il sourit du coin des lèvres, de ce sourire d'autodérision qui lui avait toujours ravi l'âme.

— Et moi, je crois que tu bluffes.

Elle eut tout à coup du mal à respirer, incapable comme elle l'était de percevoir autre chose que la chaleur qui émanait de lui, l'odeur du café et le soupçon d'après-rasage qui venaient lui chatouiller les narines. La seule présence de Trent la troublait jusqu'au tréfonds de son être. Elle sentit une vague de chaleur lui remonter le long de l'échine.

— On dirait que nous sommes arrivés dans une impasse, constata-t-il.

— Comme toujours.

— Nous ferions mieux de discuter de l'affaire qui nous occupe.

— Tu as raison, concéda-t-elle.

Sauf que, pour l'heure, elle n'avait pas du tout la tête à reprendre la discussion. Tout ce qu'elle voulait et — même si ce n'était que pour un petit moment — tout ce dont elle avait besoin, c'était oublier le cauchemar dans lequel leur vie avait basculé, et de fuir vers un lieu sûr et douillet.

Ce qui était parfaitement grotesque.

— A mon avis, tu devrais t'intéresser à d'autres suspects, suggéra-t-elle.

— C'est ce que je fais.

— Et la police ?

— Ils suivront toutes les pistes possibles.

Le regard de Trent se promena sur son visage, et elle en sentit toute la douceur. Elle n'allait tout de même pas se laisser entraîner dans cette voie… Non, pas question !

— Alors, laissez Shaylee tranquille, répliqua-t-elle d'une voix plus basse qu'elle n'en avait eu l'intention.

La chaleur entre eux était presque palpable.

— Fais-moi confiance, Trent. Je sais que j'ai raison.

Elle était plus déterminée que jamais ; elle ne permettrait pas qu'on expédie sa sœur derrière les barreaux pour des meurtres qu'elle n'avait pas commis.

Trent plaqua ses deux mains sur le manteau de la cheminée, de part et d'autre de sa tête, la prenant ainsi au piège.

— Pour une fois, Julia, c'est toi qui dois me faire confiance.

L'espace d'une fraction de seconde, elle crut qu'il allait l'embrasser. Au lieu de quoi, il planta son regard dans le sien.

— Je ne sais pas si je peux, avoua-t-elle, le cœur cognant à grands coups.

— Dans ce cas, ça pose un problème.

— Un seul ?

— Non, en effet. Nous en avons un autre, beaucoup plus important.

— Lequel ?

— Celui-là !

Et, avec la rapidité de l'éclair, ses bras l'enlacèrent et ses lèvres trouvèrent les siennes. Il l'embrassa avec fougue, la pressant si fort contre lui qu'il manqua de l'écraser.

Elle ne lui opposa aucune résistance. Au contraire, elle noua ses bras autour de son cou et enfonça ses doigts dans ses cheveux. Elle ouvrit les lèvres sous son baiser, et toutes les années qu'ils avaient vécues loin l'un de l'autre se désintégrèrent en un clin d'œil. Envahie d'une chaleur brûlante, le cœur battant à tout rompre, elle sentit s'éveiller, tout au fond d'elle, un désir resté endormi depuis cinq ans.

C'était malheureux à dire, mais aucun homme ne l'avait touchée comme l'avait fait Cooper Trent. Elle n'avait laissé personne l'approcher suffisamment pour l'atteindre ou la blesser.

Elle ne protesta pas lorsqu'il la souleva dans ses bras et l'emporta le long du petit couloir jusqu'à sa chambre. Il se laissa tomber avec elle sur le lit, qui grinça sous leur poids.

— Nous sommes en train de commettre une grosse erreur, chuchota-t-il.

— Tu as tout à fait raison.

— Oh, et puis zut !

Il plaqua sa bouche sur la sienne, et il n'y eut plus moyen de l'arrêter. Ses mains se glissèrent sous son pull, le tirèrent par-dessus sa tête, tandis que les siennes s'activaient sur la braguette de son jean. Il enfouit son visage entre ses seins, ses lèvres avides mordillèrent les bords de son soutien-gorge avant de faire glisser une bretelle sur son épaule. Un sein sortit de son bonnet, et il embrassa goulûment le mamelon, attisant le désir qui la consumait de l'intérieur. Elle gémit et se cambra sous lui, tandis qu'il lui agaçait l'aréole de sa langue et lui titillait le téton durci.

Avec un gémissement de plaisir, elle prit sa tête entre ses mains et se renversa en arrière.

— J'avais oublié combien tu étais belle, murmura-t-il.

Son souffle tiède contre sa peau la fit frissonner.

— Et moi, j'avais oublié à quel point tu pouvais dire des bêtises, répliqua-t-elle avec un petit rire.

Il déposa un baiser sur son ventre, le nez pressé contre sa peau.

— Tu me poses un problème, Julia.

— Toi aussi.

Elle fit glisser son jean sur ses hanches, palpant au passage les muscles de ses fesses et de ses cuisses fortifiées par des années de rodéo et de travail physique. Plusieurs cicatrices zébraient son dos, de vieilles blessures qu'elle caressa du bout des doigts une fois qu'il eut jeté sa chemise sur le plancher.

Il eut tôt fait de la débarrasser de son pantalon de ski et lui retira son slip d'un seul geste.

— Tu es sûre de le vouloir ? demanda-t-il lorsqu'ils se retrouvèrent entièrement nus.

Allongé à son côté, en appui sur un coude, il caressait de sa main libre son torse, sa taille, ses hanches.

— Je ne suis sûre de rien, avoua-t-elle.

— Moi non plus.

Il l'embrassa de nouveau et roula sur elle. Mille fois, elle se dit qu'elle commettait une bêtise, qu'elle regretterait d'avoir fait l'amour avec lui, mais l'odeur qui émanait de son corps viril était un aphrodisiaque trop puissant, le contact de sa peau un réconfort trop précieux.

Elle ferma les yeux et s'abandonna à l'instant présent. Elle sentit les mains de Trent fourrager dans ses cheveux, en même temps qu'il déposait une pluie de baisers humides sur sa nuque, son cou et le creux de sa gorge.

Répondant à ses caresses, elle l'embrassa avec la même ardeur et sentit les poils de sa barbe sur ses lèvres. Elle laissa courir ses doigts le long de sa colonne vertébrale, les referma sur ses fesses musclées.

Elle poussa un gémissement lorsqu'il glissa son genou entre les siens, et elle se cambra lorsqu'il fit courir ses lèvres et sa langue sur son ventre, puis plus bas, soufflant son haleine tiède sur sa peau déjà en feu.

Il lui écarta doucement les jambes puis la toucha au plus profond de sa féminité, soulevant en elle un tourbillon de désir, jusqu'à ce qu'elle laisse échapper un cri. Il l'embrassait. La caressait. La léchait. Et elle en voulait toujours plus.

— Trent…, murmura-t-elle d'une voix rauque.

Il remonta à hauteur de son visage, frottant son sexe durci contre son ventre, et essaya de s'introduire entre ses jambes. Mais, bien décidée à lui donner autant de plaisir qu'il venait de lui en procurer, elle se glissa sous lui et se mit à le couvrir de petits coups de langue qui le firent haleter et pousser des soupirs de plaisir.

Une lourde odeur de sexe imprégnait l'air, la sueur perlait sur sa peau.

— Julia… Julia…, cria-t-il d'une voix râpeuse

— Mmm…

— Je ne crois pas que je vais pouvoir… me retenir plus longtemps.

— Laisse-toi aller, chuchota-t-elle en se hissant sur les draps froissés.

— Oh…

Il s'enfonça en elle, et elle enroula ses jambes autour de ses hanches. Il se mit à donner des coups de reins, une fois, deux fois, trois fois. De plus en plus fort, de plus en plus vite. Cramponnée à ses épaules, elle céda au plaisir.

Elle était là.

Avec Trent.

Dans son lit.

Elle sentit la première vague la submerger. Brûlante. Violente. Un spasme voluptueux qui la fit se tordre.

Il poussa un cri.

La deuxième vague fut encore plus puissante. Julia s'agrippa de toutes ses forces à l'homme qu'elle avait aimé jadis, en qui elle avait eu confiance. Des larmes lui montèrent aux yeux, mais elle refusa de donner libre cours à la peur et au doute. Le vent pouvait toujours siffler et hurler, les bourrasques de neige secouer le bungalow branlant, les forces du mal souffler sur l'école. Pour l'instant, elle bravait la tempête au côté de Trent, avec courage et fierté. Elle aimait et était aimée. Elle était avec Trent.

# 38

Dieu le mettait à l'épreuve.

Oui, ce devait être ça.

Finalement, le Guide comprenait que Dieu lui avait jeté son gant immaculé et l'observait, attendant de voir si celui qu'il avait choisi relèverait le défi. Eh bien, oui, il accepterait le combat.

— Je ne faillirai pas, murmura-t-il.

Il traversa le campus balayé par le blizzard. Cette tempête envoyée par les cieux constituait une couverture parfaite. Le Guide en prenait conscience, à présent : Dieu le testait, certes, mais il le soutenait aussi dans l'exécution de son dessein ultime. Tout devenait clair.

Comme toujours, la sagesse divine se révélait absolue.

Evitant les pitoyables rondes de sécurité, il pressa le pas derrière le foyer des étudiants et sourit intérieurement. Ses partisans ne faisaient-ils pas partie de chacune de ces équipes désignées pour veiller à la sécurité de l'école ?

Quelle blague, vraiment !

Il maîtrisait la situation.

Dieu était de son côté. Le reste du monde ne tarderait pas à s'en apercevoir. Elle aussi s'en rendrait compte — cette femme qui l'avait si durement rejeté.

Sans aucun doute, Dieu le récompenserait, lui et ses disciples qui l'avaient aidé à accomplir sa mission sacrée. Quant aux autres, ceux qui avaient détourné la parole du Tout-Puissant, l'avaient déformée à leur profit, ils seraient démasqués. Châtiés. Ils auraient à rendre compte de leurs péchés devant leur maître.

Certes, son plan comportait quelques failles, mais il serait facile de les combler. Il se faufila à l'intérieur de la chapelle. Une odeur de fumée flottait dans l'air. Il se précipita vers l'escalier et dévala les marches, sans un bruit, le cœur battant à coups redoublés, l'adrénaline se déversant à flots dans son système sanguin.

Sans prendre la peine d'appuyer sur l'interrupteur, il longea rapidement le couloir familier jusqu'au placard à balais. Le réduit était si rarement utilisé que le matériel, à l'intérieur, était couvert de poussière.

Une fois la porte refermée derrière lui, il alluma le plafonnier ; puis il s'agenouilla à moitié et glissa la main derrière un seau abandonné là depuis longtemps. Sur le mur, sous une étagère, était dissimulé un petit clavier numérique. Il composa prestement le code secret, et les rayonnages tournèrent silencieusement sur leurs gonds pour s'ouvrir sur un escalier de pierre.

Il descendit dans ce qui avait autrefois été un souterrain. Seules quelques ampoules nues y dispensaient une pâle lumière. Peu après la Seconde Guerre mondiale, au début des années 1950, cet endroit avait été aménagé en abri antiatomique, avec plafond et murs renforcés, groupe électrogène et système de filtration d'air. Une source naturelle fournissait de l'eau. Heureusement, Radnor Stanton, le père chéri et décédé de Cora Sue, avait été un homme prévoyant, songea-t-il avec une pointe d'amertume. Lorsque Stanton, survivant de la guerre froide, avait contribué à la construction de Blue Rock Academy, il avait veillé à ce que ce refuge idéal soit conservé intact.

Mais Radnor Stanton était mort depuis longtemps et, au fil des ans, tout le monde avait fini par oublier son singulier asile souterrain. Disparus les vieilles boîtes de conserve, le transistor, les lits de camp métalliques et les énormes lampes électriques qui avaient fait partie des objets de première nécessité plus d'un demi-siècle auparavant. A présent, c'étaient un autel, des prie-Dieu et des lanternes qui occupaient l'espace.

Il y avait aussi un placard fermé à clé, véritable arsenal abritant fusils, pistolets et walkies-talkies. Les téléphones cellulaires étaient utiles, bien sûr, mais pas complètement fiables, ici, au cœur de cette région montagneuse. Il dressa mentalement un inventaire des munitions, des jumelles de vision nocturne, des poignards, des cagoules, des gilets pare-balles, et des blousons au logo de l'école.

Il était fin prêt.

Pour l'Apocalypse.

Ses disciples, soigneusement sélectionnés, brûlaient d'impatience de mettre le plan à exécution. Certains avaient déjà appliqué ses ordres à la lettre, d'autres allaient bientôt recevoir leurs instructions.

Un frisson de plaisir anticipé le parcourut lorsqu'il se rendit compte que tous ses projets, tous ses rêves étaient sur le point de se réaliser. Il y aurait des répercussions, il le savait, mais, au bout du compte, il triompherait.

Il le fallait.

Il avait Dieu de son côté.

Pour se calmer, et pour montrer à Dieu son humilité et sa respectueuse dévotion, il s'agenouilla devant l'autel et se mit à prier. Il demanda au Créateur de le guider, convaincu qu'il lui montrerait la voie et que rien ne pourrait le détourner de sa mission.

Il pensa à Lauren Conway, belle et séduisante Jézabel. Comme elle s'était jouée de lui ! Tout ce pour quoi il s'était donné tant de mal avait bien failli être anéanti par sa faute.

Il y avait une bonne raison pour que son corps n'ait pas été retrouvé, et pour qu'il ne le soit jamais. Il tâta de nouveau sa poche, histoire de s'assurer que la petite clé USB qu'il avait prise dans le sac à dos de Lauren, enveloppée dans un sac en plastique, se trouvait toujours en sa possession. Il ne l'avait pas détruite, même si elle contenait quantité de photos et d'informations à son sujet. Non, il l'avait gardée toujours sur lui. Comme un rappel du caractère insidieux du désir.

Il revit le visage de Lauren, se remémora la course-poursuite dans laquelle il s'était lancé en pleine nuit. Il l'avait pourchassée avec l'énergie du désespoir, résolu à l'arrêter à tout prix. Mais elle s'était révélée plus maligne qu'il ne l'avait cru, et ce n'est qu'au bout d'une heure qu'il avait retrouvé sa trace au bord de la rivière. Là, les empreintes de ses pieds dans la neige avaient disparu, et il en avait conclu qu'elle avait été emportée par le courant glacé.

Nul n'aurait pu y survivre.

Il l'avait maudite de lui avoir échappé, et avait adressé au ciel une petite prière pour son âme impure et perfide.

A l'aube, au cours d'une des rares occasions où il était passager à bord de l'hydravion, il avait regardé par le hublot et aperçu, sur la berge enneigée, la tache bleu foncé du sac à dos de la jeune femme. Il n'en avait soufflé mot à personne, mais, plus tard, il était parti à cheval jusqu'au fond du canyon et avait découvert son cadavre accroché à des branches rejetées sur la rive. Le corps boursouflé et couleur de cendre, elle gisait au bord de l'eau. Il avait eu envie de lui cracher dessus, mais, au lieu de cela, il avait embrassé pour la dernière fois ses lèvres bleuies. Non sans mal, il avait chargé son corps sur le dos d'Augure et était retourné à la petite église abandonnée, là où il l'avait surprise en train de l'espionner, cachée derrière une vitre au verre dépoli.

Malgré le gel qui avait durci la terre, il avait creusé une tombe peu profonde à l'aide d'une pioche. Puis il y avait jeté son corps et l'avait enterré, prenant soin de remettre en place les brindilles et petites branches sur le sol gelé, remerciant Dieu pour la neige qui dissimulerait la sépulture dans ce cimetière où personne ne venait jamais.

Sur la pierre tombale était écrit :

« A la mémoire de notre regrettée Lily Carver »

C'était tout à fait approprié. Une tombe idéale. Au-dessus du cercueil pourri contenant le squelette de Lily Carver, il avait enseveli Lauren Conway. Il pourrait venir lui rendre visite chaque fois que l'envie le prendrait et, dès lors qu'elle avait les mêmes initiales que l'occupante des lieux, il ne risquerait pas d'oublier l'emplacement de sa dernière demeure.

« Rappelle-toi que c'était une perfide. Son âme brûlera en enfer. »

Il avait beau la haïr de toutes ses forces, à présent, il ne pouvait oublier son rire argentin, la lueur de gaieté dans ses yeux, sa démarche gracieuse lorsqu'elle s'éloignait de lui, regardant nonchalamment par-dessus son épaule pour lui lancer un clin d'œil complice. Il se souviendrait toujours de la moue sensuelle de ses lèvres aguicheuses. Le souvenir de ce sourire lui faisait encore de l'effet.

Julia Farentino pourrait jouer le même rôle.

« Imagine combien le contact de sa bouche sur ta peau te remuerait les tripes. Tu la posséderais — elle s'est déjà donnée à Cooper Trent, au bout de quelques jours à peine ; tu pourrais prendre sa place, lui arracher ses vêtements, la forcer à s'agenouiller devant toi. Tu en as le pouvoir. »

Le sang bouillonnait dans ses veines. Il se lécha les lèvres et se dit que la luxure était un péché, le renflement qui durcissait entre ses jambes un égarement. Rien ne lui aurait fait davantage plaisir que de la baiser à mort, mais il saurait attendre.

Pour l'instant.

Il ne pouvait prendre le risque de commettre une autre erreur.

Car, tout comme Lauren, elle ne manquerait pas de le trahir.

Des bruits de pas l'avertirent qu'ils arrivaient. Ses disciples. Cette nuit, l'abri souterrain ressemblerait davantage à un conseil de guerre qu'à une église. Sans un mot, il attendit qu'ils entrent, par petits groupes de deux ou trois, suivant en cela les consignes de l'école qui leur imposait de ne jamais se déplacer seuls.

Puis ils prirent place avec empressement. La ferveur de la jeunesse se lisait dans leurs yeux. C'étaient des fanatiques, ces brillants et talentueux petits soldats. Totalement dévoués à la cause de Dieu, prêts à franchir n'importe quelle limite.

Des croisés.

Quelques-uns jetèrent un coup d'œil sur la porte ouverte du

placard, impatients de prendre les armes, fébriles et brûlant du désir d'exécuter ses ordres. Il se demanda si l'un d'eux pouvait être un franc-tireur, davantage intéressé par ses propres projets que par l'intérêt général.

Il chassa rapidement cette idée tandis qu'ils le regardaient fixement, sinon avec adoration, du moins avec une crainte respectueuse.

Il fit un signe de tête et le sergent d'armes referma la porte. Dès qu'il eut regagné sa place sur le banc, il annonça :

— Vous avez suffisamment patienté. Certains d'entre vous le savent : nous allons passer à l'attaque cette nuit. Le plan que nous échafaudons depuis si longtemps doit être mis à exécution. Tout comme moi, quelques-uns d'entre vous ont commencé à accomplir leur mission, mais à présent, nous devons tous unir nos forces et agir avec détermination. Chacun connaît la tâche qui lui a été assignée.

Il promena son regard sur les visages levés vers lui, en remarqua certains qui hochaient la tête, prêts à partir sur-le-champ.

— Il se peut que nous ayons à déplorer des pertes dans nos rangs, reprit-il, mais pas si nous faisons preuve de rigueur. Avant de sortir, vous prendrez les armes qui vous seront distribuées. J'attends de vous que vous manifestiez votre foi et votre ferveur.

On entendit des pieds racler le sol de pierre au moment où ils s'apprêtèrent à se lever.

— Mais d'abord, dit-il, prions.

Dans son rêve, Julia entrait dans le bureau, passait devant l'écran tremblotant du téléviseur et s'arrêtait devant le corps de son père. Rip gisait dans une mare de sang, un couteau profondément enfoncé dans la poitrine.

— Papa… papa !

Comme elle se penchait et arrachait le couteau, les yeux de son père s'ouvraient tout grands et la regardaient fixement.

Quelque part, tout près, une femme hurlait.

Elle se retournait, et voyait sa mère. Le visage d'Edie était déformé par l'horreur.

— Tu l'as tué ! lançait-elle en se précipitant dans la pièce avant de s'effondrer sur le sol.

— Non, ce n'est pas moi. Maman…

Edie, agenouillée dans le sang de son mari, regardait par-dessus son épaule et dévisageait sa fille aînée.

— Pourquoi ? demandait-elle. Pourquoi as-tu tué ton père ?

— Je n'ai rien fait… Maman, il faut que tu me croies.

— C'est ta faute, grondait la voix de Rip, même s'il ne remuait pas les lèvres.

Curieusement, Julia savait qu'il parlait à Edie.

— Tu l'as laissée faire.

— Je n'ai rien fait, répétait Julia, tandis que le sang dégouttait sur le parquet.

Julia se redressa brusquement dans l'obscurité. Où diable était-elle ?

— Hé, ça va ?

Trent était allongé dans le lit à côté d'elle. Il l'entoura de ses bras puissants, et la serra contre lui. Elle cligna des yeux, se rappela où elle se trouvait et la façon dont elle était arrivée là, idiote qu'elle était.

Elle secoua alors la tête.

— Non !

Non, décidément, ça n'allait pas du tout, et à bien des égards. Bonté divine ! Quelle imbécile ! Le souvenir de son cauchemar lui donnait encore la chair de poule.

— Je n'arrête pas de faire ce rêve horrible à propos du meurtre de mon père… Il revient tout le temps, toujours pareil. J'entends un bruit bizarre : quelque chose qui coule goutte à goutte. Et je sais que ça vient du bureau.

Elle poussa un soupir, et frissonna malgré la chaleur du corps de Trent qui l'enveloppait.

— Et puis tout change. J'entre dans le bureau, la télé est allumée, et papa est étendu par terre, au milieu d'une flaque de sang, mais parfois il est encore envie et il me parle. Certaines fois, ma mère est là ; d'autres fois, c'est Shaylee qui est recroquevillée dans un coin et... tout devient flou. Tous les gens qui comptaient pour moi à cette époque de ma vie sont présents, mais on dirait qu'ils jouent des rôles différents. Je ne sais pas ce que ça signifie, et même si ça signifie quelque chose...

Elle laissa échapper un petit soupir et ébouriffa les poils sur la poitrine de Trent.

— Pour te dire la vérité, ça me fiche une peur bleue.

— Chut ! murmura-t-il en lui embrassant les cheveux. N'y pense plus.

— J'ai essayé, crois-moi, mais...

Elle ne put réprimer un frémissement. Si seulement cette horrible nuit pouvait cesser de la hanter ! Elle reviendra, tu le sais bien, tant que le souvenir en restera vague. Les réminiscences de cette nuit fatale où son père était mort s'étaient transformées au fil du temps ; elles avaient quelque peu vieilli, s'étaient éparpillées en bribes qu'elle avait rassemblées pour en faire un montage homogène. Elle vivait à la maison, le mariage de Rip et Edie se désintégrait de jour en jour. Ils se plaignaient continuellement l'un de l'autre, leurs querelles s'envenimaient. Shaylee et elle se réfugiaient à l'étage, écoutant de la musique à plein volume pour étouffer les paroles blessantes que leurs parents se lançaient à la figure.

Le spectacle de leurs parents se détruisant mutuellement avait eu des effets néfastes sur Julia et sa demi-sœur. Et les conséquences de la mort de Rip avaient été encore pires. Julia avait abandonné son projet de déménager pour aller étudier à l'université, et expulsé Trent de sa vie. Shay avait commencé à s'attirer des ennuis à l'école, et Edie... Edie avait failli perdre la tête. Elle avait sombré dans une terrible dépression, n'en émergeant qu'au moment où Grant Skyes était entré dans sa vie. Elle avait ressenti comme un échec ses deux divorces, son veuvage et la perte de tout espoir de richesse. Car Max Stillman était bien décidé à ne plus lui donner un sou, au point même qu'il avait presque complètement tourné le dos à sa propre fille, gâteux comme il l'était devenu après la naissance de son fils, Max Junior. Mais si les relations entre Shay et son père avaient toujours été ténues, Rip lui avait préféré Julia. Aussi, la nuit de son assassinat, Julia et Shay avaient chacune perdu un père, et leurs vies avaient basculé pour toujours.

On n'avait jamais retrouvé le cambrioleur qui s'était enfui en emportant le portefeuille de Rip. Les empreintes de pieds qu'il avait laissées dans la boue indiquaient qu'il chaussait du 44. Etait-il venu là par hasard ? Ou bien s'agissait-il d'un associé qui estimait avoir été escroqué ? Ou le mari d'une des conquêtes de Rip, qui s'était finalement vengé ?

Personne ne le savait.

En tout cas, cette nuit-là avait changé le cours de la vie de Julia et continuait à hanter ses rêves.

— Je crois, dit-elle, que ce cauchemar ne disparaîtra jamais. Il me poursuivra toujours.

— Ne crains rien, répondit Trent d'une voix ferme. Je suis là.

En décelant une pointe d'humour macabre dans cette simple déclaration, elle émit un petit rire.

— Et ?

— Et cette fois, je ne te quitterai pas.

Elle sentit une boule se former dans sa gorge et laissa les bras solides de son amant la réconforter.

— Même si j'insiste ?

— Surtout dans ce cas-là.

— Ai-je besoin de te rappeler que nous sommes coincés dans un pensionnat où les gens se font assassiner ?

— Ce ne sera pas toujours comme ça.

Seigneur, quelle conviction dans ses propos ! Julia aurait aimé puiser du réconfort dans cette certitude, mais ça lui était difficile. Maintenant qu'elle était réveillée et que le cauchemar se retirait dans un coin obscur de son cerveau, elle devait se remettre à réfléchir à ce que Trent et elle avaient découvert dans les dossiers à moitié calcinés de Lynch. Et il lui fallait aussi affronter cette bouleversante réalité : elle avait de nouveau fait l'amour avec Cooper Trent !

Sans hésiter, elle s'était glissée entre les draps de ce dernier et, en un clin d'œil, ils étaient redevenus amants.

Elle n'avait pas opposé la moindre résistance et s'était ensuite endormie dans ses bras.

Idiote, idiote, triple idiote !

Qu'est-ce qui lui avait pris ?

Avait-elle simplement eu besoin de consolation et de soutien moral, l'espace de quelques heures ? Besoin de s'assurer que la vie et l'amour survivaient au milieu du chaos ?

Quelle ineptie !

Ce n'était pas coucher avec Trent qui arrangerait les choses. Des larmes lui brûlèrent les yeux, mais elle les refoula.

— Tu es un idiot, Cooper Trent.

— C'est le moins qu'on puisse dire.

— Je parle sérieusement.

— Moi aussi.

Sur ce, il s'empara d'autorité de ses lèvres et l'embrassa, et elle eut l'étrange impression de rentrer enfin chez elle. Elle sentit la chaleur de son corps, le martèlement de son cœur, la force pure qui émanait de lui.

— Je suis désolée, murmura-t-elle. Je t'ai reproché quelque chose qui n'avait rien à voir avec toi.

— C'est de l'histoire ancienne, maintenant.

— Non, pas du tout. Je crois que ce qui m'a fait le plus peur à l'époque, ç'a été de me rendre compte à quel point je t'aimais et dépendais de toi.

— Je te fais une proposition, dit-il d'une voix dans laquelle elle perçut un sourire. Tâchons de repartir de zéro.

Elle se racla la gorge.

— Je ne sais pas si ça marchera.

— Comme disait mon père, il n'y a qu'à faire en sorte que ça marche. Mon père croyait fermement à la pensée positive. Et moi aussi.

Il lui pressa la main et déposa un baiser sur son front. Pendant une seconde, dans l'obscurité de la chambre, elle s'autorisa à croire que tout irait bien, qu'ils avaient réellement une chance de triompher du cauchemar dans lequel ils vivaient.

— Tu entends ? chuchota-t-il tout à coup.

Elle prêta l'oreille. Mais à part les battements de son cœur, elle ne perçut aucun son. Pas même le ronflement d'une chaudière.

— Il n'y a plus de courant, constata-t-il. Et le vent est tombé.

Elle était suffisamment réveillée pour mesurer à quel point les ténèbres qui régnaient dans la pièce étaient profondes. Le réveil à affichage digital lui-même n'émettait pas la moindre lueur. Il faisait noir comme dans un four, et de plus en plus froid.

Trent tendit le bras vers la table de chevet et, deux secondes plus tard, elle vit s'allumer la lumière de son portable lorsqu'il essaya de passer un appel.

— Pas de chance ! maugréa-t-il.

Julia se pelotonna sous la couette en tremblant.

— Allez, debout ! s'exclama Trent qui sautait déjà hors du lit. Tu vas geler, ici. Couvre-toi, ordonna-t-il en l'enveloppant dans une courtepointe.

Elle essaya de remettre de l'ordre dans ses idées. Non, évidemment, elle ne pouvait rester ici toute la nuit. Pas avec tout ce qui se passait dans l'école. Encore à moitié endormie, elle le laissa la conduire dans le séjour, devant de la cheminée.

Nu comme un ver, sa silhouette musclée se détachant dans le brasillement rouge sang des braises, Trent ajouta quelques bûches dans l'âtre, et le bois moussu s'enflamma. Puis il retourna dans la chambre et en revint quelques instants plus tard, traînant derrière lui le matelas, qu'il laissa choir sur le sol, et un jean qu'il enfila aussitôt.

— Il faut que j'aille voir les bêtes, annonça-t-il. Je dois m'assurer qu'il y a du chauffage dans l'écurie. Mais toi, tu restes ici. Je vais te chercher les oreillers, tu pourras dormir devant la cheminée.

— Non, pas question !

Elle n'avait aucune envie de se retrouver seule. Pas cette nuit.

— Tu seras plus en sécurité ici, insista-t-il, avec, toutefois, une pointe d'appréhension dans la voix. Je ne serai parti que vingt minutes tout au plus, et je te laisse le pistolet.

— Tu crois que le tueur me cherche ? demanda-t-elle, apeurée.

— Je ne sais pas qui il cherche, ni même s'il traque encore quelqu'un, mais je préfère te savoir à l'abri.

— Moi aussi, figure-toi. Mais c'est pour Shay que je m'inquiète aussi.

— Elle n'est pas seule, dans la résidence des filles. Elle ne court aucun danger.

— Ça, nous n'en savons rien. Nous ne pouvons pas affirmer que personne ici ne risque rien. Ce serait rassurant de penser que l'assassin a terminé son boulot, que Nona et Drew étaient ses seules victimes et que les meurtres étaient des affaires personnelles. Mais il ne faut pas oublier Lauren Conway.

— D'accord, tu as raison.

— Et tu allais me laisser le pistolet. Par sécurité. Parce que, en ton for intérieur, tu as le sentiment que le tueur n'en a pas fini avec ses crimes. Et que nous pourrions être ses prochaines victimes. Je me trompe ?

— Non.

— J'ai besoin de savoir que Shay ne craint rien. C'est la raison pour laquelle je suis venue ici, tu sais. Pour la ramener à la maison. Sauf que j'ai rencontré quelques obstacles sur ma route.

Elle se débarrassa du couvre-lit, saisit une torche électrique sur la table, l'alluma et fonça vers la chambre. Mais où avait-elle eu la tête ? Avec tout ce qui se passait sur le campus, quel besoin avait-elle eu de coucher avec Trent ?

Et toutes ses belles paroles qu'il lui avait susurrées — comme quoi il resterait auprès d'elle, qu'ils feraient une nouvelle tentative pour vivre ensemble — demeureraient des phrases creuses tant qu'ils ne seraient pas sortis du piège que constituait Blue Rock.

Elle traversa la chambre, trébucha sur ses bottes et se cogna l'orteil. Poussant un juron entre ses dents, elle retrouva ses sous-vêtements dans le coin où elle les avait jetés. Son jean et son pull se trouvaient à l'autre bout de la pièce, témoignant de la fébrilité avec laquelle ils avaient été retirés.

Refusant de réfléchir plus longuement à la stupidité dont elle avait fait preuve, elle s'habilla le plus rapidement qu'elle put.

— Je trouve que c'est une très mauvaise idée, souligna Trent. Je tiens à le signaler.

Elle leva les yeux et l'aperçut dans l'encadrement de la porte.

— On ne peut pas dire que j'ai eu beaucoup d'inspirations géniales, ces derniers temps, marmonna-t-elle, tout en se demandant pourquoi il était revenu dans la chambre. Qu'est-ce que tu fais ?

— A ton avis ?

A la lumière de la torche, elle le vit sourire en boutonnant la fermeture de son pantalon. Elle essaya de ne pas remarquer combien son jean usé descendait bas sur ses hanches.

— J'ai décidé que nous devions rester ensemble. Nous allons d'abord passer à l'écurie pour vérifier que les bêtes n'ont pas froid, et ensuite, nous irons faire un tour du côté des résidences.

Elle détesta la vague de soulagement qui l'envahit.

— On dirait que tu as tout prévu.

— Ce n'est pas terrible, comme plan, mais c'est tout ce que j'ai à proposer.

Dans la salle de séjour, avec pour seul éclairage les braises qui rougeoyaient dans l'âtre, ils enfilèrent leurs parkas et leurs bottes. Trent referma la porte d'entrée derrière eux.

Au-dehors régnait un silence de mort. Le vent avait enfin cessé de hurler et la nuit paraissait étrangement calme. Un croissant de lune baignait le paysage d'un éclat argenté.

— Voilà qui est curieux, fit remarquer Trent en balayant le campus du regard. Les groupes électrogènes devraient fonctionner, mais il n'y a aucune lumière.

On ne distinguait en effet aucun éclairage de sécurité dans les bâtiments, aucune guirlande clignotante dans le kiosque, aucun réverbère allumé dans les allées.

Leurs lampes électriques répandaient les seules clartés visibles dans la nuit.

Tout était trop calme. Trop silencieux.

De frayeur, Julia sentit des picotements dans son cou.

— Eteins ta lampe, murmura-t-il brusquement, comme s'il avait, lui aussi, ressenti l'étrangeté du silence. Nous faisons des cibles trop faciles dans la lumière.

— Où sont les patrouilles de sécurité ?

— Bonne question.

Le cœur de Julia se glaça.

— Je n'aime pas ça du tout.

Il sortit le pistolet de son holster à l'intérieur de son anorak.

— Moi non plus.

Pointant son arme devant lui, il prit la main de Julia.

Ils passèrent devant plusieurs dépendances plongées dans le noir, dont les toits croulaient sous la neige. L'oreille aux aguets, Julia ne quittait pas des yeux les fantomatiques amas de neige et les ombres tapies dans les recoins noyés de ténèbres.

Elle se cramponna à la main de Trent lorsqu'ils s'engagèrent sur le chemin qui menait à l'écurie. Dans l'air glacial flottait une odeur de brûlé, comme si quelqu'un venait d'éteindre un feu de camp.

— Tu sens ? demanda-t-elle. On dirait un feu de bois.

— Possible.

L'écurie était aussi sombre que les autres bâtiments, mais la porte principale était entrouverte.

— Merde ! gronda Trent tout bas.

Il lui fit signe de rester derrière lui, se glissa à l'intérieur et alluma l'interrupteur.

Pas de lumière.

— Quelque chose a brûlé là-dedans, remarqua-t-il entre ses dents.

Du pinceau lumineux de sa torche, il balaya les stalles dans lesquelles les chevaux piaffaient nerveusement. Une lourde odeur de fumée flottait dans l'air.

Les poils sur les bras de Julia se hérissèrent.

Qu'était-il arrivé ?

Un cheval poussa un hennissement sonore.

— Qu'est-ce que c'est ?

Trent braqua sa lampe vers le mur du fond. Un grand cheval noir allait et venait, les yeux fous et la robe écumante de sueur.

Trent pointa la torche vers le sol.

— Tout doux, mon garçon ! murmura-t-il en s'avançant avec précaution vers l'animal.

Julia entra à son tour dans l'écurie. Ça ne sentait pas uniquement le brûlé, il y avait autre chose, comme une odeur métallique…

— Trent…, appela-t-elle tout bas.

— Nom de Dieu !

Sous la lumière de sa torche gisait le corps inanimé de Maeve Mancuso. Il s'agenouilla près d'elle et tendit son pistolet à Julia.

— Juste au cas où, lui dit-il. Ouvre l'œil.

Il cala sa lampe par terre, le faisceau lumineux dirigé sur la malheureuse.

Maeve était adossée contre un poteau. Une mare de sang s'était formée autour d'elle, sur le sol de ciment poussiéreux. Trent lui palpa le cou, guetta le moindre souffle d'air sortant de ses poumons, mais secoua la tête.

— Elle est morte, laissa-t-il tomber d'une voix à peine audible.

Le regard rivé sur le visage pâle et sans vie de la jeune fille, Julia sentit au plus profond de son être quelque chose se briser.

# 39

— C'est une mise en scène pour faire croire qu'elle s'est suicidée, remarqua Julia, que les fines marques visibles, sur la face interne des poignets de Maeve, ne trompaient pas une seconde.

Le couteau ensanglanté gisait sur le sol, près de la main gauche de la jeune fille, ses cheveux noirs étaient brûlés.

— Quoi qu'il en soit, il y a eu le feu ici… et on l'a éteint. Seigneur, que s'est-il donc passé ?

— Ce salaud l'a tuée, voilà ce qui s'est passé.

Trent se tenait toujours auprès de Maeve, promenant le pinceau de sa torche autour de lui.

Furieux, il se remit debout.

— Regarde ça !

Il pointa sa lampe sur une petite flaque de sang, non loin des mares sombres qui coagulaient sous les paumes ouvertes de la malheureuse. La tache avait été étalée, exactement comme celle que Julia avait observée près de l'endroit où Drew Prescott était mort. A moins de six mètres de là. Machinalement, elle jeta un coup d'œil vers le pied de l'échelle qui menait au fenil.

Deux traces de sang barbouillées sur le sol… à distance des corps. Tellement semblables. Sinueuses et comme estompées. Un frisson lui parcourut l'échine.

— Est-ce qu'on a trouvé une tache semblable près de Nona, dans le fenil ? demanda-t-elle.

Trent secoua la tête.

— Je ne sais pas. S'il y en avait une, je suppose qu'elle

se serait trouvée sur le sac de couchage, mais je n'ai pas eu l'occasion de l'examiner, vu qu'ils l'ont emporté au labo. En tout cas, je suis certain qu'il n'y en avait pas autre part dans le grenier ; je l'ai moi-même passé au peigne fin. Pourquoi ?

— Je n'en suis pas sûre.

Julia regardait fixement les traces de sang. Elle avait le sentiment que cela signifiait quelque chose ; une idée se formait dans son esprit, qui n'arrivait pas tout à fait à se consolider. De quoi s'agissait-il ?

A l'autre bout de l'allée, le grand cheval s'ébrouait et piaffait, se tenant instinctivement à l'écart de l'odeur de la mort. Julia ne pouvait lui en vouloir. Elle aussi aurait voulu fuir la réalité, laisser derrière elle tous ces meurtres, cette horrible école et ses sombres secrets.

Elle toussa. L'odeur de la fumée flottait lourdement dans l'air, et les chevaux, dans les stalles voisines, hennissaient et s'agitaient nerveusement. Julia braqua sa lampe torche sur le sol de l'écurie, à l'endroit où le ciment était maculé de paille noircie et de sang. Le grand cheval tremblait toujours au fond de l'allée. Que diable était-il arrivé, ici ? Quelle force maléfique était-elle à l'œuvre ?

Trent faisait glisser la lumière de sa lampe sur le corps de Maeve, s'arrêtant sur son torse et ses jambes.

— Bon sang ! Même ses vêtements de ski n'empêchent pas de voir qu'on s'est acharné sur elle. Elle est couverte de blessures.

Il lança un regard vers Julia, et elle eut soudain la certitude que la même idée leur était venue à tous les deux — une idée propre à glacer le sang.

Le tueur était peut-être encore là.

A l'intérieur.

Il attendait.

Julia sentit ses boyaux se tordre. Dieu tout puissant ! En ce moment même, le monstre qui avait agressé Maeve pouvait être en train d'observer leurs moindres mouvements. Sans faire de bruit, Trent lui toucha doucement l'épaule. Elle comprit tout de suite et lui tendit le pistolet. Après tout, à en croire les dossiers du révérend Lynch, Trent était un « tireur d'élite ».

Les battements de son cœur étaient si précipités qu'elle les sentait se répercuter jusque dans son crâne. Qui avait fait ça à Maeve ? Et pourquoi ? Réprimant sa peur, elle fouilla du regard les recoins les plus sombres de l'écurie. N'importe qui aurait pu se cacher parmi ces formes étranges et irréelles que dessinaient les outils et le matériel rangés contre les murs et suspendus aux chevrons. L'assassin était peut-être tapi dans l'ombre. A attendre. A épier. Il pouvait se trouver dans l'une des stalles, parmi les tonneaux de grain, ou là-haut, dans le fenil…

Elle leva les yeux, vers le grenier, s'imaginant la scène du crime, l'endroit même où Nona Vickers avait été si cruellement pendue à une poutre, son corps nu exposé aux regards, comme si le meurtrier avait voulu se moquer d'eux. Elle frissonna en voyant Trent commencer à grimper à l'échelle, le pistolet à la main.

Si l'assassin était armé, nul doute que tous deux formaient des cibles faciles, avec leurs torches allumées. Elle s'avança d'un pas vers Trent, mais il secoua la tête et lui fit silencieusement signe de ne pas bouger.

Il atteignit le haut de l'échelle et disparut dans l'obscurité. Les nerfs tendus à se rompre, Julia écouta le bruit de ses pas se déplacer sur le plancher au-dessus de sa tête.

Elle s'approcha à son tour de l'échelle.

Le cheval noir s'ébroua bruyamment, et elle se figea. En voyant frémir les muscles de l'animal, elle se retourna pour chercher du regard le plus petit signe d'une présence dans l'écurie. Les autres chevaux aussi étaient inquiets, piaffant et hennissant dans leurs box.

— Il n'y a personne, ici, annonça Trent avant de sauter sur le sol pour atterrir à l'endroit précis où Drew Prescott avait été laissé pour mort.

Julia exhala le souffle qu'elle avait retenu et se frotta l'épaule.

Le grand cheval faisait toujours les cent pas devant le mur du fond, ses sabots ferrés raclant le sol de ciment.

— Il n'a pas l'air content, constata Julia avec une pointe d'humour forcé qui retomba à plat.

— Personne ne l'est. Ne bouge pas.

Trent s'avança vers l'animal. Une cible inratable. Julia sentit son estomac se nouer. Elle s'attendait à ce qu'un coup de feu éclate à tout moment et que Trent s'écroule par terre.

— Je vais m'occuper de lui, dit-il sans élever la voix, avant d'ajouter pour le hongre : Doucement, mon grand. Ce n'est rien.

« Tu parles ! » songea-t-elle. Mais elle retint sa langue. Trent s'approcha du cheval effrayé et caressa d'une main experte sa robe frissonnante.

— Tout va bien, chuchota-t-il à son oreille.

Encore une fois, il mentait comme un arracheur de dents ! Non, ça n'allait pas, pas bien du tout, même. Plus rien n'irait jamais bien.

— C'est ça… Calme-toi, Augure.

Augure ? Le nom du hongre rappela instantanément à Julia le mot qu'elle avait vu dans le sac de Maeve, le jour où elle avait trouvé la jeune fille éperdue de chagrin à cause d'Ethan Slade. Se pouvait-il que le message ait eu un rapport avec le cheval ? Elle regarda de nouveau le cadavre de Maeve et sentit le froid de la mort s'insinuer en elle.

— Là, c'est bien… Tu vois ? continuait Trent en saisissant le licou d'Augure. Il a une plaie superficielle à l'épaule droite, ajouta-t-il à l'intention de Julia. Il s'est sans doute écorché contre la barrière du box. Mais il survivra.

Pas comme Maeve. Ni Drew. Ni Nona. Ni, sans doute, Lauren.

Debout près du corps sans vie de Maeve, Julia ne pouvait s'empêcher de se demander qui serait la prochaine victime. A qui le tueur s'en prendrait-il ensuite ? Comme autant d'images dans un kaléidoscope, les visages des élèves défilèrent devant ses yeux, se fondant les uns dans les autres : le petit Ollie Gage, la maussade Crystal Ricci, Keesha Bell avec ses jolies tresses et son sourire fugace, ou encore Shay, sa pauvre petite sœur incomprise. Julia déglutit péniblement. Sa peur s'amplifiait, l'angoisse se diffusait dans ses veines.

— Nous devons l'arrêter, murmura-t-elle.

Mais qui était le tueur ? Son cerveau essayait éperdument de rassembler les pièces d'un puzzle qui semblait n'avoir aucun sens. Qui ? Pourquoi ? A quelle fin ?

Les questions se bousculaient dans son esprit tandis qu'elle regardait Trent enfermer le grand cheval dans un box.

Une fois l'animal en sécurité, Trent dirigea la lumière de sa lampe vers la stalle voisine, celle, vraisemblablement, dont le hongre terrifié s'était échappé.

Qui avait fait une chose pareille ?

Prendre la peine d'organiser une telle mise en scène ? Du sang par terre, de la paille brûlée, des traces de talons parallèles, bien visibles sur le sol, indiquant clairement que Maeve avait été traînée de la barrière du box à l'endroit où elle était morte.

Rien de tout cela ne tenait debout. Si le meurtrier avait voulu la mort de Maeve, pourquoi ne pas l'avoir simplement tuée, point à la ligne ? Au lieu de cela, il semblait avoir soigneusement orchestré et fait durer la mise à mort.

— C'est ici que le feu a pris, dans le box d'Augure, déclara Trent en examinant le sol, les sourcils froncés. Mais on dirait qu'on l'a empêché de se propager au reste de l'écurie. L'assassin a pris le temps de l'allumer, puis de l'éteindre avec l'extincteur.

— A moins que ce ne soit Maeve qui l'ait déclenché.

— Ou quelqu'un d'autre ? Une troisième personne ? Qui sait ? Mais il y a du sang ici.

— Celui du cheval ?

— Non, il y en a trop. Sa blessure n'est pas si profonde.

Trent fit glisser la lumière de sa lampe sur les barrières latérales.

— Et voici du crin de cheval, annonça-t-il. Et… Oh, mais qu'est-ce que c'est ? On dirait un bonnet à moitié cramé.

— Il est rose ? demanda Julia, même si elle connaissait déjà la réponse. Maeve en portait un comme ça.

— Bingo !

Julia frémit. Une image crue et pénible surgit dans son cerveau : le bonnet de Maeve s'enflammant sur sa tête, lui brûlant le crâne et les cheveux. Mon Dieu, quelle cruauté ! Quel genre de monstre dérangé commettrait pareille horreur ? Le froid de la nuit et le mal qui rôdait dans le bâtiment s'infiltrèrent au plus profond de son âme.

— Alors le sang dans le box serait celui de Maeve ? demanda-t-elle, en risquant un coup d'œil vers le corps sans vie.

— Ou celui du tueur.

Trent parcourut l'allée centrale, éclairant tour à tour l'intérieur de chacune des stalles. D'un geste distrait, il effleura le nez des chevaux nerveux qui, sur son passage, tendirent le cou par-dessus les barrières. Leurs grands yeux affolés étaient bordés de blanc, leurs naseaux dilatés aspiraient l'odeur persistante de la fumée et celle, métallique, du sang versé.

— Tout va bien, dit-il à Scout, dont les yeux bleu pâle brillaient d'un éclat surnaturel dans les ténèbres.

L'animal secoua sa tête blanche et s'ébroua, comment pour traiter Trent de menteur.

— Hé… chuuut !

Il gratta le chanfrein du cheval pie jusqu'à ce qu'il se calme.

Une fois qu'il se fut assuré que les chevaux ne craignaient rien, Trent sortit son téléphone mobile et dit à Julia :

— Il faut que j'appelle Meeker.

Il composa le numéro, attendit, puis poussa un juron entre ses dents.

— Et merde ! Ça ne passe toujours pas. Je crois qu'on va devoir se passer de la cavalerie.

Le cœur de Julia se serra. Le meurtrier avait-il terminé sa morbide entreprise ? Ou bien y avait-il d'autres cadavres quelque part ?

C'est alors que la porte de l'écurie s'ouvrit à toute volée. Une bouffée d'air glacé s'engouffra à l'intérieur, soulevant des brins de paille et transperçant l'anorak de Julia.

Elle sursauta en étouffant un cri.

— Baisse-toi ! lui cria Trent.

Il s'accroupit prestement et pointa son arme vers la porte.

Une silhouette noire portant une grosse lanterne dynamo surgit.

— Arrêtez ! ordonna Trent, son arme et sa torche braquées sur le visage stupéfait de Bert Flannagan.

Le nouveau venu s'immobilisa net, sa lanterne de survie dans une main, son fusil attaché dans le dos.

— Qu'est-ce que c'est que ce bordel ? vociféra-t-il. Que se passe-t-il, ici ?

Sa lanterne projeta sa lumière crue sur le corps et le visage livides de Maeve et les flaques de sang autour d'elle.

— Putain de merde !

Sa pomme d'Adam tressauta, puis il dirigea un regard noir sur Trent.

— Mais bordel, qu'est-ce qui est arrivé ?

— Vous ne savez pas ?

— Bien sûr que non ! lança Flannagan, les dents serrées, la mine agitée, désespérée même. Vous allez m'expliquer ?

— Nous venons de la trouver, répondit Julia, méfiante.

— Vous avez une idée de ce qui a pu déclencher un incendie dans la stalle d'Augure ? intervint Trent.

— Un incendie ? répéta Flannagan, comme s'il venait de remarquer la paille brûlée et la forte odeur de fumée qui imprégnait l'air. Nom d'un chien !

Les traits crispés, les coins de sa bouche abaissés, il jeta un coup d'œil vers le box qui abritait d'ordinaire le grand cheval noir.

— Augure n'est pas blessé ?

— Juste une égratignure. Il s'est écorché en s'enfuyant. Nous l'avons retrouvé de l'autre côté de la barrière.

Guettant Flannagan du coin de l'œil, Trent montra d'un geste l'ouverture de la stalle.

— Elle était grande ouverte.

Julia se rappela les notes que Lynch avait consignées dans ses dossiers : « Attirance pour les armes. Formation militaire. Refusé par plusieurs services de police. » Avec son crâne rasé et son physique de catcheur, Flannagan prenait soin des bêtes chaque jour. Ici même. L'écurie était son domaine. Les trois adolescents assassinés l'avaient été sur son territoire. Il aurait très bien pu tuer Maeve quelques instants auparavant, et revenir sur les lieux du crime pour écarter tout soupçon à son encontre.

Julia en eut froid dans le dos. Elle ne faisait aucunement confiance à cet homme, point barre. Etait-il un tueur sans pitié ?

Flannagan regarda de nouveau le cadavre, et un muscle de sa mâchoire se contracta.

— Je suppose que nous ferions mieux de prévenir Lynch.

— Allez le chercher, suggérer Trent. Et pendant que vous y êtes, essayez de trouver le shérif adjoint Meeker et envoyez-le ici. Nous allons devoir mettre en place un cordon de sécurité autour de l'écurie, en attendant l'arrivée des inspecteurs et des enquêteurs de la police criminelle.

— On va la laisser comme ça ? demanda Flannagan, incrédule.

Il leva plus haut sa lanterne, et la lumière se répandit alentour. Les silhouettes fantomatiques disparurent, se transformant instantanément en sacs de grain, selles et harnais.

— Pour l'instant, nous la laissons comme nous l'avons trouvée. Jusqu'à ce que la police ait pu l'examiner. Nous devons empêcher quiconque d'entrer dans l'écurie, afin de conserver l'intégrité de la scène de crime.

Flannagan fronça les sourcils et soupira par le nez.

— Vous ne pensez pas qu'elle s'est simplement ouvert les veines ?

— Après avoir mis le feu dans le box d'Augure, l'avoir laissé sortir, et avoir éteint l'incendie avec un extincteur ? demanda Trent. Non, je ne crois pas.

Flannagan lança un regard vers Julia. Ses sourcils argentés formaient une ligne empreinte de suspicion.

— Et d'abord, que vous faisiez-vous ici, tous les deux ?

— Nous sommes venus vérifier que les bêtes allaient bien malgré la coupure de courant, répondit Trent sans s'émouvoir.

— Ah oui ?

Visiblement, Flannagan n'en croyait pas un mot.

Trent ne sembla pas le remarquer.

— Je vais chercher l'appareil de chauffage d'appoint pour éviter qu'il gèle là-dedans. La température est déjà en train de dégringoler. Nous ferions bien de couvrir les chevaux.

Tandis que Flannagan continuait de toiser Julia, Trent ouvrit un placard et commença à en sortir des couvertures. Flannagan se mit à son tour au travail.

— Alors, si je comprends bien, vous étiez ensemble lorsque le feu s'est déclaré, conclut-il au bout d'un moment. C'est bien ça ?

En ressortant du box de Scout, il posa un regard dur sur Julia, comme s'il avait voulu lui faire sentir qu'elle portait une sorte de marque d'infamie gravée sur son front.

— C'est exact, répondit-elle.

— En plein milieu de la nuit ?

— Oui.

Elle n'allait tout de même pas se laisser démonter ! Que Flannagan pense ce qu'il voulait, ça lui était complètement égal.

Trent approuva d'un hochement de tête, puis ouvrit le loquet de la barrière qui fermait le box d'Arizona et caressa le nez de la jument.

— Nous étions en train de travailler sur un projet pour mon groupe quand la panne est survenue.

— Pas possible ! s'exclama Flannagan avec un sourire totalement dénué d'humour. Un projet ? répéta-t-il d'un ton sarcastique.

— C'est bien ce que j'ai dit.

— Après l'extinction des feux ? Je m'en souviendrai.

— A votre aise. En attendant, contentez-vous d'aller chercher Lynch et Meeker. Vous avez des walkies-talkies ?

Flannagan hocha la tête.

— Chez moi.

— Apportez-les, ordonna Trent. Nous devons rester en contact. Je prendrai les miens plus tard.

— Les patrouilles de sécurité s'en servent déjà, fit remarquer Flannagan, avant de jeter un regard autour de lui. Mais au fait, où est passé le groupe électrogène ?

— Je n'en sais rien. Vous n'aurez qu'à voir ça avec Lynch. Et laissez la lanterne ici. Vous pouvez prendre ça à la place.

Et Trent lui lança sa torche électrique, que l'ex-militaire rattrapa au vol.

— Allons-y !

Flannagan posa sa lanterne sur le sol à côté de l'une des stalles.

Julia le regarda s'éloigner, son fusil sur le dos, aussi rapidement qu'il était entré. Elle ne se fiait pas à lui. Après tout, on racontait qu'il avait été mercenaire, un de ces soldats qui vendent leur loyauté au plus offrant. Se pouvait-il qu'il ait fait la même chose ici ? Etait-il possible qu'il soit l'un des sbires de Lynch, engagé pour satisfaire la folie meurtrière du révérend ?

Mais pourquoi Lynch aurait-il voulu assassiner une autre élève ? Ça ne tenait pas debout !

N'était-ce pas à lui qu'il revenait, en dernier ressort, de décider qui pouvait intégrer l'école ? S'il avait commis une erreur en acceptant d'inscrire dans son école un adolescent qu'il aurait dû refuser, pourquoi ne pas simplement exclure l'élève sur une accusation forgée de toutes pièces ? Pourquoi recourir au meurtre ?

Pour se donner des sensations fortes ?

Pour faire passer un message ?

Pour s'assurer que la victime ne parlerait pas ?

Tremblant intérieurement, Julia regarda encore une fois la morte. Calée contre le poteau, les poignets entaillés, les cheveux calcinés, le corps couvert d'écorchures, Maeve, tout comme les chevaux, avait été terrorisée. Menacée. Brûlée. Il y avait quelqu'un d'assez cinglé pour avoir pris son pied en se repaissant de son épouvante.

— Que t'est-il arrivé ? murmura Julia.

Le bruit des bottes de Trent l'arracha à ses pensées, et elle l'aida à sortir deux énormes appareils de chauffage d'appoint d'un débarras. Ils placèrent les radiateurs dans l'allée, à environ cinq mètres l'un de l'autre, puis les allumèrent. Une étrange lueur surnaturelle baigna aussitôt l'allée centrale de l'écurie.

— Ça devrait suffire pour l'instant, dit Trent en regardant une dernière fois autour de lui.

Julia ne pouvait détacher ses yeux du cadavre de la jeune fille.

— Tu sais, je crois que Maeve est venue ici pour retrouver Ethan Slade, confia-t-elle à Trent.

Et elle lui parla de l'état de désarroi dans lequel elle avait trouvé Maeve, et du morceau de papier qu'elle avait vu tomber de son sac.

— Elle était vraiment effondrée, presque incohérente, expliqua Julia que ce souvenir déchirait de remords. Elle pleurait toutes les larmes de son corps. J'aurais dû insister pour qu'elle voie une conseillère. Si je l'avais fait, elle serait peut-être encore en vie.

— Ne culpabilise pas, ce n'est pas ta faute.

— Mais j'aurais dû intervenir. Je sentais bien que quelque chose n'allait pas.

— Nous savions tous qu'elle avait un faible pour Slade, qu'elle était même obsédée par lui. Elle avait pris conseil auprès de Williams et de Lynch aussi, je crois.

Trent toucha doucement l'épaule de Julia et la regarda dans les yeux.

— Nous n'avons pas le temps de nous lancer dans une chasse aux coupables, d'accord ?

— Mais…

— Je sais ce que tu vas dire, mais nous devons aller au-delà. Pour Maeve. Pour découvrir ce qui lui est arrivé. Maintenant, dis-moi, penses-tu que Slade soit suspect ?

— Je crois que tout le monde l'est, répondit-elle, s'efforçant toujours de repousser les remords qui l'assaillaient.

Elle se remémora les commentaires notés d'une main ferme dans les dossiers de Lynch.

— Y compris Tobias Lynch en personne. Je dirais même qu'il se situe tout en haut de la liste. Après tout, c'est lui qui a pris toutes ces notes. Il se rendait parfaitement compte que certains de ceux qu'il avait engagés trimbalaient leur lot de problèmes mentaux ou émotionnels.

Elle jeta un coup d'œil vers la porte par laquelle Flannagan avait disparu.

— Prends notre collègue Bert Flannagan, par exemple. On lui a refusé deux fois d'entrer dans la police, mais Lynch l'a jugé assez convenable pour Blue Rock. Flannagan a piloté des avions et pris part à des combats, au temps où il servait dans l'armée. C'est un expert en armement, et peut-être même un ancien mercenaire, si l'on en croit les notes du révérend. Tu trouves que c'est un bon exemple pour des gosses perturbés ? A moins que l'école ne soit vraiment branchée discipline paramilitaire et autres trucs du même genre.

Elle reprit son souffle et poursuivit :

— Alors pourquoi le directeur de l'école a-t-il embauché des gens dont il savait qu'on ne pouvait pas leur faire totalement confiance, hein ? Pourquoi ne pas avoir choisi plutôt des candidats qui n'ont rien à se reprocher ni l'ombre d'un problème ? Lynch avait réellement besoin d'une équipe d'éducateurs capables de s'occuper de ces ados gravement perturbés. Tout cela n'a aucun sens. Si tu veux mon avis, c'est comme approcher une allumette enflammée d'un bidon d'essence.

Les sourcils froncés, Trent examina une dernière fois l'intérieur de l'écurie.

— Je vois Lynch un peu différemment, répondit-il enfin. Je le crois homme de conviction. Il est persuadé qu'il agit pour le bien de tous, qu'il obéit à la parole de Dieu. Je ne pense pas qu'il joue la comédie.

— Peut-être pas. Mais des cimetières entiers sont pleins de soldats morts au nom de la religion. Depuis la nuit des temps, des dirigeants détournent la foi de ces malheureux au profit de leurs petites vengeances personnelles.

Julia regarda de nouveau le corps de Maeve et frissonna. Ce n'était pas le moment ni l'endroit pour discuter théologie et religion.

— Sortons d'ici, dit-elle. Il faut que j'aille parler à Nell Cousineau. Je suis presque sûre que c'est elle qui m'a envoyé cet appel au secours. Elle sait quelque chose. Et puis, il y a

Ethan Slade. J'aimerais bien savoir ce qu'il a à dire ! Et je dois aussi discuter avec ma cousine Analise et son mari Eli. Il a été assistant d'éducation ici. Il a peut-être entendu parler de quelque chose quand il était à Blue Rock et…

— Julia ! l'interrompit Trent avant de l'enlacer et de poursuivre d'une voix radoucie : Calme-toi, d'accord ? C'est l'affaire de la police. Et en plus, c'est dangereux !

— Sans blague ?

— Ecoute-moi… Je ne veux pas que tu prennes un mauvais coup dans cette histoire. Je te raccompagne à Stanton House. Tu vas rentrer chez toi et fermer ta porte à clé. Je…

— Quoi ? Tu es fou ? s'exclama-t-elle, incrédule. Il est hors de question que je reste à attendre, les bras croisés.

— Il n'y a pas grand-chose que tu puisses faire, objecta-t-il d'un ton catégorique. Comme les téléphones ne marchent pas, tu ne pourras joindre personne, et je doute que tu arrives à faire quoi que ce soit en courant d'un bout à l'autre du campus, au beau milieu de la nuit, alors qu'un tueur rôde dans les parages.

— Mais je dois agir ! Je… nous ne pouvons pas rester sans rien faire. La dernière fois, il a tué deux personnes ! Comment pouvons-nous être sûrs qu'il n'y a pas un autre gosse assassiné quelque part ?

Trent secoua la tête.

— Tu as raison, mais de toute façon, si quelqu'un d'autre est mort, nous n'y pouvons rien pour l'instant. Dans quelques heures, il fera jour et…

— Il n'est pas question d'attendre, coupa-t-elle.

Elle pensait à Shay. Sa sœur était-elle en sécurité ? Et si le tueur était en ce moment même en train d'exercer sa vengeance sur elle ? Son estomac se révulsa. La nuit promettait d'être longue.

— Quelle heure est-il ? demanda-t-elle.

— Je ne sais pas. Sans doute pas loin de 4 heures.

— Il reste encore deux ou trois heures avant que le jour se lève. La dernière fois que le tueur est parti en chasse, il a assassiné deux personnes. Et avant ça, si c'est lui qui a tué Lauren, une seule. Mais peut-être qu'il est passé à la vitesse supérieure. Et si la pauvre Maeve n'était que la première d'une série de trois ?

Trent lui saisit le bras.

— Ne tire pas de conclusions trop hâtives, d'accord ? Je veux que tu gardes les idées claires. Compris ?

Tout en acquiesçant d'un hochement de tête, elle essaya de gagner la porte. Il fallait qu'elle sorte, qu'elle s'éloigne de cette atmosphère de mort qui pesait sur elle.

— Attends ! dit Trent, les doigts cramponnés sur son bras. Tu peux me tenir la lanterne une minute ?

Il lui mit la poignée dans la main et la souleva au-dessus du corps de Maeve.

— Voilà, comme ça. Ne bouge pas.

Il extirpa de nouveau son téléphone de sa poche, ouvrit le clapet, appuya sur une touche et se mit en devoir de photographier le cadavre.

A chaque nouveau flash illuminant le visage livide et le regard fixe de Maeve, Julia tressaillit.

Clic. Encore une image de mort.

— Même si je n'arrive pas à passer des appels, ce foutu téléphone sert au moins à quelque chose, remarqua Trent. Au cas où nous serions forcés de partir, je veux garder une trace de l'état des lieux au moment où nous sommes arrivés.

Clic. Clic. Clic. Trois macabres images de plus.

— Je n'aimerais pas m'en aller et revenir pour m'apercevoir que le corps a été déplacé, qu'il a disparu, ou je ne sais quoi d'autre.

Il demanda à Julia d'orienter différemment la lanterne et alla prendre des clichés de la stalle endommagée d'Augure. Puis il revint avec un mètre à ruban qu'il tira sur une longueur de trente centimètres. Il le posa près du couteau, à côté de la main de Maeve.

— Pour avoir une idée des proportions, expliqua-t-il avant de prendre encore quelques photos.

Soudain, dehors, des pas résonnèrent.

Le cœur de Julia lui remonta dans la gorge.

Trent s'empara de son pistolet et le braqua sur la porte à l'instant précis où elle s'ouvrait. Frank Meeker, arme au poing, se glissa à l'intérieur.

— Police ! cria-t-il.

Trent abaissa son pistolet.

— Heureux de vous voir, dit-il.

Le regard de Meeker parcourut l'intérieur de l'écurie avant de se poser sur le corps de Maeve.

— Encore une ? demanda-t-il.

Julia détourna les yeux et opina du chef.

— Le fils de pute !

Meeker secoua tristement la tête et rengaina son arme.

— Salopard de fils de pute !

# 40

Cooper Trent !

Allongée sur son lit, Shay se rappelait maintenant pourquoi ce nom lui avait semblé si familier.

Julia était sortie avec ce type. C'était pendant cette curieuse période où toute la famille se disloquait. Max venait de se remarier et avait eu un nouveau bébé, ce qui l'avait éloigné davantage d'elle. Edie avait pris tout ce qu'elle avait pu de l'argent de Max, puis elle s'était remise avec Rip Delaney. Un salaud de la pire espèce, celui-là ! Il était apparu évident pour tout le monde, excepté pour Edie, trop aveuglée par l'amour, que Rip Delaney n'avait recommencé à la voir et ne l'avait épousée une seconde fois que pour profiter de sa part de la fortune Stillman — une somme dérisoire qu'elle avait obtenue après son second divorce.

Cupidité, avidité, rapacité. On en revenait toujours à une question d'argent, avec Edie. Pareil avec Rip.

Et puis, il ne fallait pas oublier Max Stillman, ce cher vieux papa. Enfin, disons plutôt Max Stillman père, car il y avait désormais un Max Stillman fils, dont le vieux était ridiculement gâteux. On disait que Max le jeune, le demi-frère de Shay, âgé de six ans, était une véritable terreur. A la bonne heure ! Ça lui apprendrait, à son père ! Shay n'avait jamais aimé l'idée que sa mère était enceinte lorsqu'elle avait épousé Max ; la pensée lui avait même traversé l'esprit qu'Edie avait piégé Max avec cette grossesse, et que c'était la raison pour laquelle son père ne s'était jamais senti vraiment proche de sa fille unique.

— Mais qu'est-ce que ça peut faire, maintenant ? marmonna-t-elle.

N'empêche, elle sentait des larmes lui brûler les paupières. La vérité, c'était que Maxwell Octavius Stillman n'était qu'un sale égoïste, qui l'avait rejetée comme une vieille chaussette dès qu'il était devenu le père de ce petit crétin de Maxwell Junior.

Même avant la naissance de « Maxie », son père n'avait jamais entretenu de rapports étroits avec elle, et elle ne pouvait même pas prétendre que c'était pour se venger d'Edie. Non : Max n'en avait simplement rien à faire, de sa fille.

Pas comme Rip Delaney avec la sienne. Alors lui, pour un loser, c'en était un, et avec un grand L, en plus ! Toujours à glander et à accumuler les dettes de jeu. Mais au moins, il avait aimé Julia. Tellement, même, que c'en était écœurant.

Troublée, Shay focalisa ses pensées sur le présent, refoulant ces vieilles émotions décidément trop pénibles. Surtout quand elle se prenait à rêver que son père n'avait jamais rencontré Hester, l'épouse n° 2, et n'avait pas conçu son demi-frère…

« Arrête d'y penser ! Ton père est un connard, et alors ? Concentre-toi plutôt sur l'instant présent. »

Shay se sentait tendue, cette nuit-là, incapable de trouver le sommeil. Au contraire de Crystal. Sa camarade de chambre dormait pour l'heure à poings fermés, la tête enfouie sous son oreiller, l'étrange dragon tatoué sur son cou à peine visible dans la semi-clarté. Elle ronflait légèrement.

Un peu plus tôt, Shay avait entendu le ronronnement de la chaudière s'affaiblir au moment où la panne de courant était survenue. Elle avait allumé sa torche électrique, histoire de ne pas se laisser engloutir par l'obscurité. Pour ne pas se sentir seule.

Lorsque les groupes électrogènes avaient commencé à fonctionner, une demi-heure plus tard, elle était allée à la fenêtre et avait aperçu deux silhouettes sur l'un des sentiers du campus — Julia et Cooper Trent, son chef de meute, serrés l'un contre l'autre, avançant péniblement au milieu des amoncellements de neige. Or, à cette heure de la nuit, nul n'était censé se trouver dehors, à l'exception des patrouilles de sécurité.

Qu'est-ce que ça voulait dire ?

Rien de bon, sûrement.

Et pourquoi Julia ne lui avait-elle rien dit à propos de Trent, le cow-boy de rodéo qu'elle avait autrefois songé à épouser ? Evidemment, Julia ne lui avait jamais avoué ses projets de mariage, mais Shay l'avait percée à jour. Elle avait détecté le changement qui s'était opéré en sa sœur aînée. Elle la connaissait tellement mieux que Julia ne se connaissait elle-même !

Pourquoi Julia lui cachait-elle ses secrets ?

Un mauvais pressentiment s'était insinué en elle lorsqu'elle avait vu Trent, près de la chapelle, se pencher et frôler d'un baiser la joue de sa sœur.

A croire qu'elle lui plaisait toujours autant.

Une boule dans l'estomac, Shay se demanda si Julia savait que Trent faisait partie du personnel de l'école, au moment où elle avait postulé. Peut-être sa sœur était-elle venue à Blue Rock non pas pour l'aider, mais parce qu'elle voulait récupérer son ex-petit ami. Si ça se trouvait, Shay lui servait uniquement de prétexte.

C'était dingue, non ?

Même si elle n'avait rien d'un génie, Julia avait toujours aimé et protégé sa petite sœur.

Jusqu'à présent.

Shay était sur le point de regagner son lit lorsqu'elle avait distingué une silhouette se découpant sur le paysage enneigé. Grande. Seule.

Que diable se passait-il donc ? L'ombre solitaire suivait-elle Julia ? Non, ça ne tenait pas debout. L'individu s'était arrêté, comme indécis quant à la conduite à tenir, puis s'était retourné et, l'espace d'une fraction de seconde, la faible clarté de la lune avait éclairé son visage.

Le père Jake ?

Le cœur de Shay en avait presque cessé de battre.

Mais que faisait-il dehors en plein milieu de la nuit ?

Il n'écrivait sûrement pas son sermon pour la semaine prochaine.

Shay s'était écartée de la fenêtre et avait aperçu son sac à dos dans un coin de la chambre. Mais impossible d'appeler Julia, vu que ce fichu téléphone mobile qu'elle avait piqué à Nona était déchargé, et qu'elle ne possédait pas le chargeur adéquat.

Alors, elle s'était étendue sur son lit et avait réfléchi à un moyen de s'échapper de cette foutue prison.

En fin de compte, avait-elle décidé, elle allait affronter sa sœur à l'ancienne, c'est-à-dire face à face.

Quant au prétendu tueur en cavale, elle n'était pas inquiète.

Elle saurait se débrouiller.

Souriant intérieurement, elle s'habilla dans le noir, prenant soin d'ajouter une couche de vêtements isolants sous sa doudoune. Elle enfila un pantalon de ski par-dessus son jean et mit ses bottes. Ses gants dans ses poches, elle était fin prête.

A pas de loup, elle sortit de la chambre et longea le couloir. Quelle importance si elle déclenchait une alarme ! Elle ne se mettait plus martel en tête à propos de ces stupides dispositifs de sécurité. Jusque-là, ils ne l'avaient pas empêchée d'aller et venir à sa guise. Elle savait qu'il n'existait pas de caméras cachées dans les chambres. Quant aux couloirs, elle tenterait le coup.

Elle descendit l'escalier jusqu'au sous-sol.

On avait soi-disant inspecté et sécurisé chaque bâtiment. Quelle blague ! Comme tout le reste ici, d'ailleurs.

Elle gagna rapidement le soupirail et en ouvrit le loquet à l'aide du tournevis qu'elle avait caché dans la vieille bibliothèque déglinguée. Elle n'eut aucun mal, ensuite, à pousser le panneau et à se hisser par l'ouverture. Un vrai jeu d'enfant de s'évader ! Une fois dehors, elle se sentit revivre. L'air était vif, la neige pareille à un épais tapis blanc, la lune, un globe lumineux dans le ciel nocturne parsemé d'étoiles.

Les guirlandes clignotantes du kiosque étaient éteintes, mais quelques éclairages de sécurité dispensaient suffisamment de lumière pour lui permettre de se repérer sans peine.

Elle suivit les allées déblayées, espérant que ses traces ne se verraient pas, maintenant qu'il n'y avait plus de neige fraîche pour les recouvrir. L'air glacé lui brûlait les poumons, apportant avec lui une faible odeur de fumée.

Poussée par un sentiment d'urgence, Shay se hâta de traverser la pelouse et de tourner l'angle du bâtiment de l'intendance. Elle observa Stanton House, le gymnase, la cafétéria, scruta les alentours afin d'éviter les minables patrouilles qui sillonnaient le campus. Elle n'avait pas envie de devoir s'expliquer devant Missy Albright ou ce taré de Flannagan.

Rien en vue.

Elle était seule.

Elle exhala un soupir et fit deux pas en avant.

Crac !

Elle se figea. Etait-ce un bruit de pas ? Où ça ?

Son cœur se mit à battre à coups redoublés.

Elle s'approcha tout doucement d'un bâtiment et essaya de recouvrer son calme près d'un rhododendron drapé de neige. Lentement, sans bruit, elle se retourna. Son regard balaya le paysage immaculé et serein. Tout était si calme, si étrangement paisible… Le vent s'était tu, la neige avait cessé de tomber.

Le campus était désert.

Il n'y avait pas âme qui vive.

Pas même une patrouille de sécurité faisant sa ronde.

Cependant, ses nerfs étaient aussi tendus que des cordes de piano, les muscles de sa nuque raidis. Elle sentait que quelqu'un l'épiait ; des yeux invisibles guettaient le moindre de ses mouvements.

« Ça suffit ! Tu ne vas tout de même pas devenir parano comme tout le monde ici ! Va voir Julia. Essaie de savoir ce qu'elle a prévu, ce qu'elle a l'intention de faire pour te sortir de cette maudite école ! »

Elle se remit en route.

Crac !

Plus de doute, c'était un bruit de pas.

Saloperie !

Instinctivement, elle fit brusquement volte-face, soulevant

un nuage de neige autour elle, et retomba accroupie, tous ses muscles contractés. Elle avait suffisamment pratiqué les arts martiaux, elle était prête. S'il le fallait, elle passerait à l'attaque.

C'est alors qu'elle aperçut quelqu'un près de la résidence.

Les petits cheveux de sa nuque se hérissèrent.

Ça suffit !

La silhouette regarda dans sa direction.

Nell Cousineau ?

Debout près du mur, la pauvre gourde tremblait comme une feuille.

— Shaylee ? appela Nell, visiblement soulagée de la voir.

Elle claquait des dents et son haleine formait de petites bouffées de vapeur.

Quelle abrutie ! Nell ne portait même pas de parka, juste une mince veste de flanelle.

— Chut ! siffla Shay entre ses dents.

— Tu peux m'aider ? demanda Nell en s'avançant vers elle.

— Quoi ?

C'était bien la dernière chose dont Shay avait besoin.

— Je ne peux plus rentrer, gémit Nell, ouvrant de grands yeux suppliants.

— Qu'est-ce que tu fabriques dehors ? demanda Shay furieuse. Tu ne sais pas que c'est dangereux ? C'est pour ça qu'ils ont renforcé les patrouilles.

— Je sais, je sais, répondit Nell en se frottant les bras, l'air apeuré d'un lapin pris au piège. Ça me flanque tellement la trouille. Je… je ne peux plus supporter cet endroit. J'ai demandé de l'aide. Aux conseillers, aux profs, à ma mère…

Sa voix faiblit pendant une seconde, et Shay crut que cette petite dinde allait fondre en larmes. Au lieu de quoi, elle renifla bruyamment et continua :

— Je… je veux partir d'ici et rentrer chez moi.

— Je comprends ça ! répondit Shay.

Et comment qu'elle comprenait ! Mais elle n'avait pas de temps à perdre avec les idioties de Nell.

— Mais qu'est-ce que tu espérais ? Qu'est-ce que tu croyais pouvoir faire ? T'enfuir dans le blizzard ?

— Il ne neige plus, fit remarquer Nell, les bras serrés sur sa poitrine, clignant des yeux comme une malade. Je me suis dit que je pourrais peut-être voler un des scooters des neiges et me sauver avec. Je sais où se trouvent les clés.

Des scooters des neiges ?

— Vraiment ? demanda Shay, soudain intéressée.

Personne n'avait jamais mentionné l'existence de ces engins, mais, bien sûr, cela tombait sous le sens que Blue Rock en possède. Enfin, elle voyait ses prières exaucées ! Un scooter des neiges lui permettrait de se frayer un chemin dans les montagnes enneigées et de s'enfuir. Pour la première fois depuis plusieurs jours, l'espoir renaquit en elle.

— Où sont les clés ?

— Les voilà.

Nell tendit une main, paume ouverte, et exhiba deux petites clés accrochées à un anneau.

— J'en ai fauché un jeu, dit-elle.

— C'est pas vrai !

L'espace d'un instant, Nell remonta en flèche dans l'estime de Shay. Ce n'était pas super, ça ? Mais Nell ? Incroyable ! Que cette mauviette soit capable de barboter quoi que ce soit — et mieux encore, un truc aussi cool que des clés —, c'était une réelle surprise. Une très bonne surprise.

S'il le fallait, Shay n'aurait qu'à exploiter l'idée de Nell à son profit.

— Fais voir, dit-elle, essayant encore de deviner les véritables intentions de la fille. Alors comme ça, tu allais faire du scooter des neiges sans anorak, par ce temps glacial ?

Une minute !

Cette histoire ne tenait pas la route !

Oh, merde ! Se pouvait-il que Nell fasse partie d'une sorte de…

Shay sentit tout à coup une haleine brûlante sur sa nuque. Oh, mon Dieu ! NON ! Une peur atroce l'envahit. D'instinct, elle tenta de prendre ses jambes à son cou. Mais des bras vigoureux se refermèrent sur elle comme un étau, la faisant presque tomber par terre.

« Oh, Seigneur, je vous en prie, non ! »

Il sentait la sueur. Un vrai porc.

La panique lui vrilla le cerveau.

Elle se contorsionna, se mit à hurler, essaya de sauter à la gorge du cinglé qui la tenait prisonnière. Trop tard ! Un bras dur comme de l'acier la pressa contre lui, une main gantée se plaqua sur sa bouche.

Shay mordit. Un goût de cuir !

Elle sentit la bouche froide d'un pistolet appuyée contre sa tempe. Aussitôt, elle cessa de se débattre.

— Un seul geste, un seul mot, gronda-t-il à son oreille, et je te jure, salope, que je t'explose la tête.

# 41

Le ravisseur de Shay lui tordit violemment le bras dans le dos.

Clac ! Une paire de menottes se referma sur ses poignets. L'acier dur et froid lui mordit la peau.

— Alors, quel effet ça te fait, sale garce ? grogna-t-il de nouveau tout près de son oreille.

Et sur ces mots, il fit tourner un peu les menottes. Shay faillit s'affaisser à terre. La douleur lui déchirait les bras, remontait dans ses épaules, lui transperçait l'échine. Souffrant comme une damnée, elle suffoquait. Dans un mouvement brusque, elle tenta de s'arracher à l'étreinte de son bourreau, voulant à tout prix le voir en face.

Le clair de lune illumina le beau et cruel visage.

Eric Rolfe !

Le diable en personne !

Ses yeux luisaient d'une joie démoniaque qui retroussait ses lèvres dans un rictus mauvais.

— Je t'ai bien eue !

Crier ne servirait à rien. Il la tuerait avant qu'on l'entende et prétendrait ensuite l'avoir prise pour l'assassin.

Si seulement elle pouvait se libérer de cette poigne ! Tout ce dont elle avait besoin, c'était d'un peu de jeu pour se retourner et prendre de l'élan. Elle pourrait alors flanquer un coup de pied dans la figure de ce fumier. Elle le mettrait K.O. Elle lui réglerait son compte, elle en était capable. Il lui fallait juste un peu d'espace.

Mais le monstre savait ce qu'elle projetait de faire et la tenait fortement serrée.

— Je suis désolée…, murmura Nell, frissonnante de froid, le visage inondé de larmes.

Quelle lavette !

— Ils ont dit…, sanglota-t-elle.

Ses dents claquaient, non pas tant de froid que de frayeur.

— Ils ont dit que si je faisais ça, je n'aurais rien à craindre.

C'est alors que Missy Albright, qui faisait partie de la même patrouille qu'Eric, arriva, arracha les clés des doigts tremblants de Nell et les empocha.

Nell poussa un vagissement désespéré.

— La ferme ! lança Shay.

Quelle poule mouillée, cette fille ! Shay n'en revenait pas. Pas plus qu'elle n'arrivait à croire qu'elle-même avait été assez bête pour se faire prendre par surprise, pour tomber dans ce piège ridicule. Et le fait que ce soit Eric Rolfe qui l'ait attrapée n'arrangeait rien.

— Allons-y ! dit Missy avec un signe de tête à l'intention d'Eric. Avant que quelqu'un d'autre ne se ramène.

Jetant un regard vers Stanton House où quelques lumières brillaient déjà, elle poussa Nell devant elle tandis qu'Eric se chargeait de Shay.

Le canon du pistolet appuyé fermement contre sa colonne vertébrale, Shay savait qu'Eric n'hésiterait pas à lui tirer dans le dos pour lui sectionner la moelle épinière. Il la tuerait ou, à tout le moins, la laisserait paralysée à vie.

— Pas de faux pas, chuchota-t-il doucement. Ni de mouvement brusque. Sinon, je te jure, tu n'auras plus jamais l'occasion d'envoyer un coup de pied latéral ni aucune de ces conneries de taekwondo.

Julia n'était pas près de s'endormir.

Pas après le meurtre de Maeve.

Elle avait laissé Trent la raccompagner, d'abord à la chapelle, où il l'avait embrassée si doucement qu'il lui avait chaviré le cœur, puis à Stanton House. Pour quoi faire ? Pour attendre bêtement que le jour se lève ? Eh bien, non, ça ne se passerait pas comme ça.

Tandis qu'elle allait et venait dans son appartement, l'image de Maeve, baignant dans une mare de son propre sang, lui taraudait l'esprit. C'était le même genre de tableau qui la hantait depuis la nuit où son père avait été assassiné.

Que lui avait dit le psy à ce propos ? Qu'elle possédait un talent exceptionnel pour refouler les impressions qu'elle ne voulait pas affronter, mais aussi pour s'appesantir sur les plus déplaisantes. Le psychiatre s'était montré fasciné par son cas et lui avait déclaré qu'elle avait chassé Trent de sa vie par crainte de le voir partir si elle lui faisait trop confiance. Exactement comme son père l'avait quittée, la première fois qu'Edie et lui avaient divorcé. Comme son beau-père, Max Stillman, l'avait fait après son bref mariage avec sa mère. Et encore une fois, quand son père était mort… La mort de Rip avait constitué l'abandon ultime.

« Mais il n'avait pas voulu te quitter, n'est-ce pas, Julia ?

« Il est parti parce que quelqu'un l'a tué.

« Tu as banni Trent de ta vie parce que tu avais peur de trop l'aimer, de souffrir s'il t'abandonnait… Tu as été lâche. »

— Arrête ! s'ordonna-t-elle.

Sa voix avait résonné plus fort qu'elle n'en avait eu l'intention. Tant pis. Elle refusait d'écouter les dissensions qui faisaient rage dans son esprit, les luttes éprouvantes qui lui causaient immanquablement de violents maux de tête. Comme celui qui était en train de naître derrière ses paupières en cet instant précis.

« Réfléchis, Julia. Tâche de comprendre, bon sang !

Avant qu'il arrive malheur à Shay ! »

Elle entra dans la salle de bains, s'empara du flacon d'antalgiques et, rejetant la tête en arrière, avala quatre comprimés qu'elle fit descendre avec une gorgée d'eau bue directement au robinet. En se redressant pour s'essuyer la bouche du revers de la main, elle vit son reflet dans le miroir, remarqua la peur et la frustration dans ses yeux.

Qui était derrière ces meurtres brutaux, tous perpétrés selon des modes opératoires différents ? Shaylee et elle avaient passé d'innombrables soirées devant la télévision à regarder Les *Experts*, *Cold Case* et toutes sortes de séries policières. Elle avait d'ailleurs appris pas mal de choses grâce à cela. Aussi lui semblait-il pour le moins bizarre que l'assassin ait tué Drew avec une hache, étranglé et pendu Nona et ouvert les veines de Maeve après lui avoir brûlé le cuir chevelu. Nona et Drew avaient été retrouvés nus et Maeve entièrement vêtue. Bon, il était vrai, aussi, que Nona et Drew avaient dû se déshabiller pour faire l'amour.

Le meurtrier ne leur avait pas ôté leurs vêtements.

Il devait y avoir un rapport entre les meurtres, un lien qui échappait à Julia. Quelque chose de plus significatif que le simple fait d'avoir eu lieu dans l'écurie.

A moins qu'elle ne soit seulement en train de se répéter une réplique sortie tout droit d'une série télé ? Elle regarda fixement son image dans la glace. Qui assassinait des étudiants ? Et pourquoi ceux-là en particulier ? S'agissait-il de crimes aveugles — la mort des victimes ne relevant que du hasard — ou avaient-ils été méticuleusement préparés, les victimes choisies avec soin et ensuite traquées ? Compte tenu des méthodes utilisées, cette dernière hypothèse paraissait plus que probable.

Ou cela faisait-il aussi partie de ce qu'elle avait retenu à force de regarder tous ces crimes à la télé ?

Elle s'aspergea le visage d'eau froide, dans le vain espoir d'apaiser son mal de tête, puis s'essuya le visage avec une serviette.

Comment le tueur avait-il su que Maeve serait dans l'écurie ?

Parce qu'il l'y avait attirée avec son message. Tu te rappelles ? Le bout de papier sur lequel était griffonné : « AUGURE » ?

Elle se regarda une dernière fois dans le miroir, et une évidence s'imposa à son esprit.

Une seule chose aurait pu faire sortir Maeve au beau milieu

de la nuit : la perspective de retrouver Ethan. N'était-ce pas ce qu'elle avait dit à Trent ?

Julia éteignit la lumière de la salle de bains et regagna son séjour. Elle alla à son bureau, fouilla dans des papiers entassés en désordre à côté de l'ordinateur et trouva le tableau de service des patrouilles de sécurité. Elle parcourut la liste des affectations, s'arrêtant sur les noms des vigiles inscrits pour la plage horaire correspondant au moment où, supposait-elle, Maeve avait été tuée.

— Vous êtes grillés ! s'exclama-t-elle tout haut.

Ethan Slade et Roberto Ortega, sous la conduite de Salvatore DeMarco, avaient effectué leur ronde au début de la nuit.

Julia ne doutait pas qu'Ethan ait prévu de retrouver Maeve après son tour de garde.

Suivant les lignes avec son doigt, elle descendit plus bas sur la liste. Après Ethan et Roberto, c'était au tour de Missy Albright et d'Eric Rolfe, normalement sous la direction de Bert Flannagan. Sauf que Flannagan était seul lorsqu'il était arrivé dans l'écurie. Et qu'il avait dû s'occuper des chevaux après l'incendie.

Ce qui avait fort commodément laissé Missy et Eric se débrouiller tout seuls…

Etait-ce possible ? Avait-il voulu les couvrir ? Ou s'étaient-ils arrangés pour le semer afin d'accomplir leur horrible forfait ? Ou, plus vraisemblablement encore, était-il, une fois le meurtre perpétré, revenu sur la scène de crime pour faire croire qu'il n'était pas au courant ? Se pouvait-il qu'il soit si bon comédien ? Pourtant, sa réaction devant le corps de Maeve avait semblé sincère.

A la pensée de cette équipe de vigiles en particulier — le mercenaire dirigeant une Missy rusée et secrète et un Eric prompt à la colère —, Julia sentit sa peau se hérisser. Flannagan n'avait-il pas débarqué dans l'écurie armé d'un fusil ? S'agissait-il d'une arme pour se défendre ou pour conduire une bande d'assistants d'éducation dans une expédition meurtrière ? Le sang de Julia se glaça dans ses veines.

Rien dans cette histoire ne tenait debout. Elle n'arrivait pas à reconstituer le puzzle, les morceaux refusaient de s'emboîter tout à fait. Quelque chose lui échappait, mais quoi ?

« Réfléchis, réfléchis ! Il ne te reste plus beaucoup de temps. » Une fois de plus, elle parcourut le tableau de service. Après Missy et Eric, Zach Bernsen et Kaci Donahue devaient faire leur ronde, sous la houlette de Kirk Spurrier. Qu'avait donc noté Lynch à propos de Spurrier dans ses dossiers ? Qu'il avait servi dans l'armée de l'air et montrait un comportement passif-agressif ? Encore un homme qui se sentait dans son élément avec les armes. Pas exactement le genre de type à qui on souhaiterait confier le soin d'enseigner la théologie à des gamins. Bernsen, Donahue et Spurrier. Encore une équipe douteuse, s'il en était. Zach Bernsen était un prétentieux à la puissance mille, et Kaci Donahue avait tout du mouton, sans aucune volonté propre. Et puis, il y avait Spurrier, bel homme au physique d'athlète, qui parlait peu et ne dévoilait jamais son jeu.

Et il n'était pas le seul suspect possible.

Chacun, dans cette maudite école, semblait souffrir de graves troubles psychologiques. A croire que Lynch les avait choisis pour leurs défauts plutôt que pour leurs qualités.

Et c'est plus grave qu'une simple affaire de dysfonctionnement ; l'un d'eux au moins est un meurtrier.

Dommage qu'il n'y ait pas eu de dossier sur Lynch lui-même, se dit Julia. A l'évidence, c'était lui, le maître de la mort et de la destruction dans ce que beaucoup considéraient comme une institution idéale, vouée à la réhabilitation, à l'éducation et à l'espoir.

— Foutaises ! grommela-t-elle, agacée. Un vrai tas de conneries…

Pénétrée du sentiment que le temps lui échappait, elle retourna à la fenêtre et jeta un coup d'œil au-dehors. Au centre du lac de la Superstition, l'eau était d'un noir d'encre. Les berges tapissées de neige et de glace chatoyaient sous le clair de lune. L'hydravion était toujours amarré, prisonnier de la glace. Elle se rappela avoir aperçu Spurrier sur l'embarcadère au cours de la journée. Seigneur, cela faisait une éternité depuis la dernière fois qu'elle l'avait vu… Elle l'avait observé tandis que, avec l'aide de quelques élèves, il débarrassait les ailes, le fuselage et les flotteurs de l'appareil de la neige qui s'y était accumulée. Plusieurs assistants d'éducation avaient été réquisitionnés pour cette corvée — Tim Takasumi, Ethan Slade et Zach Bernsen constituaient la dernière équipe qu'elle avait regardée travailler sur l'avion. Pour l'heure, l'appareil demeurait toujours immobile, pris dans les glaces.

Elle se demanda si l'arme qui avait tué Drew Prescott se trouvait dans les eaux noires du lac.

Pire encore ! Se pouvait-il que le corps de Lauren Conway repose dans ces profondeurs sombres et glacées ? Réduit à l'état de squelette, lesté d'une ancre ou d'un bloc de ciment, son cadavre gisait-il au fond du lac ?

Dieu seul le savait.

Julia se frotta les tempes, tâchant de soulager sa migraine. Elle plissa les yeux pour scruter la nuit. A cause de la coupure d'électricité, le campus paraissait plus obscur que d'habitude, même si la neige reflétait la lumière de la lune et éclairait quelque peu le paysage.

Où diable était Trent ?

Le cœur de Julia se serra à la pensée qu'il courait peut-être un danger, à se lancer ainsi, seul, à la recherche d'un tueur.

— Fais attention à toi, murmura-t-elle.

Elle essaya de se convaincre qu'il ferait preuve de prudence, qu'il avait déjà travaillé dans la police et que tout irait bien.

Quant à Shay, elle était en sécurité dans sa chambre à la résidence des filles.

Pas vrai ?

Quelque chose sonnait faux là-dedans.

Si seulement Julia avait pu la joindre, s'assurer qu'elle ne risquait rien… Même si ces maudits téléphones mobiles ne marchaient pas, il devait bien exister un moyen de vérifier que rien ne pouvait arriver à Shay.

Evidemment, la chose la plus intelligente à faire, c'était de prendre son mal en patience, d'attendre l'aube pour que le soleil chasse les ombres et que les portes du campus s'ouvrent.

Le moins raisonnable serait de risquer le tout pour le tout : sortir, traverser l'étendue couverte de neige qui séparait les deux bâtiments et cogner à la porte de la résidence jusqu'à ce que quelqu'un vienne lui ouvrir. Elle pouvait aussi aller trouver Adele Burdette, la directrice des filles. Burdette ne refuserait certainement pas de la laisser voir Shay. Mais dans ce cas, il lui faudrait abattre ses cartes, avouer qu'elles étaient sœurs.

Nom d'un chien, qu'est-ce que ça peut foutre ? Il y a des gens qui meurent assassinés ! Il faut faire quelque chose. N'importe quoi.

Julia ne pouvait se contenter de rester ici, bien à l'abri, pendant que ceux qu'elle aimait — Trent et Shay — se trouvaient peut-être en danger.

Sans hésiter, elle enfila son pantalon isolant et sa doudoune. Elle ne s'arrêta pas pour songer à la facilité avec laquelle elle avait rangé Trent dans la catégorie des gens qui lui étaient chers.

D'ailleurs, il n'y avait là rien d'étonnant.

Combien de fois Sebastian, son ex-mari, le lui avait-il reproché, au cours de leur mariage, si bref qu'il ait été ? En la jugeant incapable « d'oublier ce foutu cow-boy de rodéo », Sebastian n'avait-il pas trouvé une bonne excuse pour justifier sa liaison avec Peri ? Et sa meilleure amie ne lui avait-elle pas lancé ce reproche à la figure, lorsque Julia les avait surpris dans le lit conjugal ?

— Oh, et puis merde !

Elle n'avait pas le temps de revenir sur ces vieilles histoires. Elle fourra le pistolet de Trent dans sa poche, quitta son studio et descendit l'escalier en toute hâte. Elle était déjà dehors, devant la porte d'entrée, une torche électrique à la main, lorsqu'elle s'arrêta pour reprendre son souffle.

Chaque chose en son temps : elle allait d'abord rejoindre Trent, et tant pis s'il se mettait en pétard parce qu'elle n'avait pas attendu tranquillement chez elle. Il aurait dû la connaître mieux que ça ! Si sa sœur et elle avaient quelque chose en commun, c'était bien de ne pouvoir rester les bras croisés.

Elle se mit en route en direction du bungalow, fit deux pas, puis se figea, comme tirée en arrière par des rênes invisibles.

Du coin de l'œil, elle détecta un mouvement et, en une fraction de seconde, se rendit compte qu'elle n'était pas seule dans l'obscurité. Elle recula dans la pénombre, le regard rivé sur le groupe de personnes qui allaient en sens inverse. Serrés les uns contre les autres pour se protéger du froid, leurs visages dissimulés dans l'ombre, leurs souffles se mêlant dans l'air glacial, ils progressaient péniblement dans la neige en direction de la chapelle.

Ils ne prononçaient pas un mot.

Le silence planait sur le petit groupe, pareil à un glas inaudible.

Les doigts de Julia se crispèrent sur le pistolet. Etait-ce une patrouille de sécurité ?

Elle ne le pensait pas.

Ils étaient trop nombreux. Cinq ? Non, quatre ! Se déplaçant aussi rapidement que possible, comme unis dans la poursuite d'un but commun. Lequel ? Un meurtre ?

Le cœur glacé, Julia s'avança tout doucement. Pendant une seconde, elle crut reconnaître Shay dans le groupe. Une des silhouettes avait la même taille et la même démarche que sa sœur… Mais c'était impossible. Deux autres, plus grandes, emmitouflées dans d'épais vêtements sombres, marchaient côte à côte. Le quatrième membre du groupe paraissait quelque peu différent, toutefois. Il s'agissait visiblement d'une fille et, au contraire de ses compagnons, elle ne portait pas de doudoune. Mince, les cheveux longs, la tête nue, elle titubait. Ses épaules tremblaient. De froid ? Ou peut-être secouées de sanglots ? Poussée en avant par les deux plus grands, elle trébucha.

Julia étouffa un cri. Au moment où le groupe passait sous l'une des rares lumières trouant l'obscurité, quelque chose brilla d'un éclat argenté dans la main de l'homme qui marchait derrière l'autre fille — celle qui ressemblait à Shay.

Le cœur de Julia s'arrêta de battre lorsqu'elle reconnut un pistolet.

Bien sûr, cela devait faire partie de l'attirail des équipes de sécurité, mais…

La fille aux cheveux longs se releva, chancelante, tourna la tête et regarda par-dessus son épaule. Dans son visage blême, ses yeux exprimaient une panique incontrôlable.

Nom d'un chien ! C'était Nell Cousineau !

La fille qui avait fait parvenir un message à Julia.

L'élève qui avait imploré son aide.

Alors, Julia comprit que les deux autres membres du groupe n'étaient pas des vigiles, mais des tueurs. Et elle eut l'affreuse conviction que les deux plus grands conduisaient ces filles vers leur sinistre destin.

Dans la lumière bleuâtre, elle reconnut celle qu'on poussait dans le dos avec une arme à feu.

Un haut-le-cœur la saisit

Son pire cauchemar s'était réalisé : les assassins tenaient Shay !

Craaac !

Quelque part, du verre vola en éclats.

Trent se figea. Il tourna la tête, tendit l'oreille, essayant de deviner d'où était venu le bruit.

Il regagnait l'écurie au pas de course pour y rencontrer Lynch et Meeker lorsqu'il avait distinctement entendu ce fracas de verre brisé se répercuter dans le silence alentour.

— Que se passe-t-il encore ? maugréa-t-il entre ses dents.

Evidemment, tout était redevenu calme. D'un calme mortel. Pas un bruit pour rompre le silence.

Malgré l'assassinat de Maeve, il régnait une trompeuse sérénité sur le campus immaculé de Blue Rock Academy.

Mais cela commençait à changer. Lynch avait eu beau décider de cacher la nouvelle aux pensionnaires jusqu'au matin — espérant joindre tout d'abord la famille de Maeve —, la rumeur circulait déjà.

Les fuites provenaient en partie des membres du personnel, que Lynch et Flannagan avaient prévenus tandis que Meeker surveillait l'effroyable scène de crime. Les patrouilles d'étudiants aussi étaient au courant de ce qui se passait. Trent avait vu des lumières s'allumer dans les chambres des résidences. Oui, le bruit courait que le tueur avait de nouveau frappé.

Alors quel était ce vacarme de verre cassé ?

Clank !

Trent se tourna dans la direction d'où venait le son. Vers sa maison. Il se mit à courir, certain désormais que l'origine du bruit se trouvait dans la rangée des bungalows.

Qui s'amusait à casser des fenêtres au beau milieu de la nuit ? Pendant une seconde, il revit les dossiers personnels de Lynch étalés sur sa table.

Si quelqu'un s'avisait de les voler…

— Bordel de merde !

Pressant l'allure, il coupa par-derrière l'intendance et à travers un bosquet de pins jusqu'à l'allée qui longeait les bungalows.

Toutes les maisons étaient plongées dans le noir ; aucun signe de vie nulle part.

Toutes, sauf la sienne.

Au travers des stores tirés de son bungalow, il vit la lueur dansante d'un feu.

Son estomac se noua. Les braises qu'il avait laissées couver dans l'âtre auraient dû s'éteindre depuis longtemps, et il avait baissé la mèche de toutes les lampes avant de partir. Or, sa maison, au lieu d'être obscure, rayonnait d'un inquiétant éclat orange.

Il tendit la main vers sa ceinture, avant de se rappeler qu'il avait donné son pistolet à Julia.

Sans faire le moindre bruit, il contourna la maison. Comme il s'y attendait, la porte de derrière était démolie, des morceaux de verre encore accrochés au châssis disloqué. Un épais nuage de fumée s'échappait par l'ouverture en même temps qu'une odeur d'essence enflammée.

Au travers de la vitre brisée, il aperçut un rideau de flammes.

Ardentes et furieuses, elles se propageaient dans toute la maison en crépitant.

— Fils de pute ! fulmina-t-il.

Il grimpa les quelques marches du perron tout en allumant son walkie-talkie.

— Ouais ? répondit Bert Flannagan.

— C'est Trent, annonça-t-il à voix basse. J'ai besoin de renforts. Et vite ! Il y a le feu chez moi. Vous m'entendez ? Dépêchez-vous !

Il éteignit l'appareil, se demandant tout à coup s'il ne venait pas d'alerter l'ennemi. Tant pis ! Il s'empara de la seule arme qu'il trouva sur le perron — une bûche de chêne.

Pas besoin d'être sorcier pour comprendre pourquoi on était entré chez lui par effraction. Quelqu'un tenait à tout prix à détruire les satanés dossiers de Lynch.

Qui ?

Tobias Lynch avait-il deviné que les documents en question n'avaient pas brûlé la première fois ?

Voilà ce qu'on appelait un homme de Dieu et de foi !

Trent se précipita à l'intérieur.

Une vague de chaleur le submergea. Une épaisse fumée noire lui assaillit les narines tandis qu'il traversait la cuisine.

Par l'ouverture qui donnait sur le séjour, il vit un torrent de flammes exploser et entendit une autre fenêtre se fracasser. Une pluie d'étincelles retomba autour de lui. La fumée s'élevait en tourbillons.

Pas question de permettre ça !

Il avança, s'attendant à tout moment à ce que quelqu'un se jette sur lui pour l'assommer. Ses doigts se crispèrent autour de son arme improvisée.

Aucun agresseur ne surgit de la pénombre.

Aucune silhouette ne pointa de pistolet sur lui.

Sans y réfléchir à deux fois, il arracha l'extincteur fixé au mur du couloir.

Toujours pas d'assaillant.

C'était peut-être un coup de chance.

Trent laissa tomber la bûche pour avoir les mains libres. D'un geste adroit, il retira la goupille de sécurité de l'extincteur et projeta une giclée de $CO_2$ dans le couloir et le séjour.

Tandis que la fumée tournoyait autour de lui et lui brûlait les poumons, il pénétra plus avant dans sa maison dévastée. Le feu rampait sur le plancher de la salle de séjour, s'emparant des tissus d'ameublement. Les flammes dévoraient la couverture qu'il avait laissée par terre, étalée entre la cheminée et le matelas. Quelqu'un s'était manifestement employé à faire en sorte que le feu paraisse dû à une négligence.

Une autre fenêtre explosa, pulvérisant les vitres.

La table du coin salle à manger s'était transformée en bûcher. Les feuilles déjà noircies des dossiers n'étaient plus que cendres, le reste flambait. Au centre de la table, les éclats de verre d'une lampe à pétrole brisée réfléchissaient une lumière rouge sang.

Tout était détruit, les notes de Lynch, les preuves pour lesquelles Julia avait risqué sa vie, tout était parti en fumée !

— Salopard de fils de pute ! cria Trent en s'escrimant à éteindre les flammes, à combattre le feu qui continuait à gagner du terrain.

Il dirigea le tromblon de l'extincteur sur la table, et un jet de $CO_2$ jaillit en sifflant dans l'air.

Il sentit le goût de la fumée dans sa bouche et se mit à tousser. Ses yeux larmoyaient. Mais il continuait de pulvériser le dioxyde de carbone pour étouffer les flammes, éteindre le feu, tenter de sauver quelque chose, n'importe quoi, des dossiers de Lynch.

Soudain, à la périphérie de son champ de vision, quelque chose bougea.

Il cligna des paupières, incrédule, et, de nouveau, perçut un mouvement du coin de l'œil. Il fit volte-face, pointa le tromblon devant lui. Qu'avait-il vu ? Y avait-il quelqu'un dans la maison ? Flannagan était-il arrivé ?

— Qui va là ? appela-t-il.

Crac ! Un bruit de verre brisé, comme si quelqu'un avait marché dessus.

Bam !

La douleur explosa à l'arrière de son crâne.

Ses genoux fléchirent.

Trent s'écroula ; sa tête heurta le plancher. L'extincteur tomba à côté de lui avec un fracas métallique et roula sur le sol. Des flammes et de la fumée s'élevèrent devant ses yeux, et il eut l'impression de sombrer dans un puits noir sans fond.

« Tiens bon ! Ne tombe pas dans les pommes ! Nom d'un chien, Trent, accroche-toi ! »

Ses yeux étaient noyés de larmes d'irritation. Il battit des paupières. Les flammes se rapprochaient en vagues chatoyantes.

Il essaya de se relever, mais son corps ne bougea pas d'un pouce.

Et le feu continuait à le presser de toutes parts, à le harceler, alors qu'il gisait immobile, incapable du moindre mouvement.

« Debout ! Lève-toi ! Pour l'amour du ciel… Ne reste pas là ! »

Mais son cerveau n'était plus connecté à ses muscles et, dans un ultime moment de lucidité, Trent sut qu'il allait mourir.

# 42

Dissimulée dans l'obscurité de la nuit glaciale, Julia emboîta le pas au petit groupe qui pénétrait dans la chapelle. Plusieurs adolescents avaient déjà été assassinés, et maintenant, c'était sa sœur que l'on conduisait à la mort. Pas question de laisser faire ça !

Serrant entre ses doigts le pistolet que Trent lui avait confié, Julia suivit le groupe à distance, sans le quitter des yeux. Shay marchait bizarrement, les mains derrière le dos, poussée en avant par celui qui tenait une arme.

Peut-être aurait-elle dû tirer en l'air pour alerter quelqu'un — n'importe qui ! —, mais elle ne pouvait s'y résoudre. Le ravisseur de Shay risquait de perdre le contrôle de ses nerfs, d'ouvrir le feu et de tuer sa sœur. Même chose si elle tentait d'y aller au culot et de viser l'homme avec son pistolet. De la façon dont elle voyait les choses, Julia n'avait d'autre choix que de les suivre à l'intérieur de la chapelle.

« Seigneur, aidez-moi ! Et, s'il vous plaît, protégez-la ! »

Le plus grand des quatre, un homme ou un garçon de haute taille, les fit entrer. Il avait l'air sûr de lui, et semblait connaître les lieux comme sa poche. Il ne prit même pas la peine d'allumer.

Julia n'était qu'à quelques pas derrière eux. Sans faire de bruit, elle réussit à rattraper la porte avant qu'elle ne se referme en claquant. Rapidement, elle se glissa dans l'ombre tiède de la chapelle. La porte émit un petit cliquetis derrière elle. Elle retint son souffle et, une fois qu'elle se fut repérée, remonta la nef à pas feutrés. Elle entendit un bruit de piétinement dans le couloir devant elle, puis dans l'escalier, assourdi par le tapis. Arrivée sur le palier, elle s'aperçut que les pas descendaient au sous-sol au lieu de monter vers les combles.

Qu'y avait-il donc en bas ?

« Un cul-de-sac. Fais attention ! »

L'arme au poing, Julia commença à descendre l'escalier, prenant garde de maintenir une certaine distance entre elle et le groupe. Au bas des marches, quelqu'un alluma une torche électrique, et elle s'arrêta net, osant à peine respirer. Si la personne qui tenait la lampe s'avisait de la diriger vers le haut, Julia était prise au piège.

— Allons-y ! ordonna une voix bourrue.

Le faisceau lumineux se détourna de l'escalier, et le groupe se remit en route dans le labyrinthe des couloirs obscurs.

La gorge serrée, Julia les suivit. Qu'avaient-ils l'intention de faire à Shay ? Des images du cadavre de Maeve surgirent dans son esprit, et elle se fit le serment que rien d'aussi ignoble n'arriverait à sa sœur, sa petite sœur qu'elle avait aimée et protégée malgré tous ses défauts. Julia ne laisserait jamais Shay subir un sort aussi cruel et funeste que celui qu'avaient connu Nona et Maeve. Ni qui que ce soit d'autre. Elle se devait de mettre un terme à ce massacre, et sans délai.

Le dos collé au mur, trempée d'une sueur d'angoisse, elle les suivait pas à pas, tandis qu'ils parcouraient un dédale de corridors, s'enfonçant toujours plus avant dans les ténèbres.

Les yeux de Julia demeuraient rivés sur la lumière qui zigzaguait devant elle.

Elle refoulait sa peur, chassait la crainte qui l'envahissait à l'idée de trébucher.

« Garde ton calme… »

Elle ne pouvait s'empêcher de se rappeler ses affreux cauchemars : elle traversait une maison obscure et silencieuse, entendait le bruit d'un liquide qui s'égouttait, et tombait, pour finir, sur le corps inanimé de son père.

Dans son rêve, elle tenait un couteau à la main.

Cette nuit, c'était un pistolet, et, bon sang, elle n'hésiterait pas à s'en servir, s'il le fallait, pour sauver Shaylee !

Tout comme elle aurait utilisé le couteau pour sauver son père.

En aucun cas elle ne rejouerait la même scène avec d'autres personnages. Pas question de retrouver le cadavre de sa sœur.

Elle remarqua que la lumière faiblissait, soulignant les contours du mur d'un éclat lugubre, comme si le groupe avait tourné un angle du corridor. C'était le moment où jamais ! Propulsée en avant par la peur, le cœur battant à tout rompre, elle accéléra l'allure.

Elle tourna le coin du couloir.

Puis elle avança d'un pas.

Une lumière éblouissante jaillit devant ses yeux.

Elle étouffa un cri. Se reprenant aussitôt, elle abaissa brusquement sa lampe et brandit le pistolet.

— Sale garce ! lança une voix rageuse.

Eric Rolfe !

Aveuglée, Julia tenta de reculer. Quelqu'un se rua sur elle par-derrière. Elle plia sous le poids de son adversaire et tomba à plat ventre sur le tapis. Malgré la poussière qui lui entrait dans la bouche, elle se débattit comme un beau diable. Se tortilla. Donna des coups de pied. Agita le pistolet dans tous les sens. Son agresseur respirait bruyamment, mais ne lâchait pas prise, continuant à peser de tout son corps sur elle. Elle s'efforça désespérément de fixer son regard ébloui par la lumière de la lampe braquée sur elle.

Une fille poussa un cri, qui se répercuta tout le long du couloir.

Julia luttait toujours pour se libérer.

Elle réussit enfin à flanquer un coup de crosse à son agresseur.

Qui laissa échapper un hurlement de douleur et de rage, avant de lui arracher le pistolet des mains.

« Oh, mon Dieu, non… »

Haletante, du sang dégoulinant de la commissure de ses lèvres, Missy Albright jubilait.

— Non ! murmura Julia, refusant de croire que la fille

qu'on avait affectée à sa classe puisse être capable d'une série de meurtres.

Le sourire empreint de suffisance haineuse, Missy sembla lire dans ses pensées. Elle essuya le sang de sa bouche, puis dit d'une voix moqueuse :

— Eh bien, mademoiselle Farentino, que diriez-vous de nous donner quelques exemples de choses qui n'ont pas changé depuis les années 1930 ?

— Quoi ?

Qu'est-ce que c'était que ce jeu de malades ?

— Ah, je sais, continua Missy de son insupportable voix de fausset. Si nous commencions par Bonnie et Clyde ? Aujourd'hui, on dirait… Missy et Eric ?

— Oh, ferme-la ! ordonna Eric, avant d'éclater de rire, ce rire méchant et dénué d'humour qui lui était propre.

Tremblant comme une feuille, Nell Cousineau semblait sur le point de vomir, tandis que Shay, les mains liées derrière le dos, lançait à Rolfe des regards noirs, emplis de haine à l'état pur.

— Mademoiselle Farentino, ironisa-t-il en prenant le pistolet des mains de Missy. Je me doutais bien que vous viendriez vous joindre à nous. Vous êtes tellement prévisible, ajouta-t-il en agitant l'arme sous son nez.

Elle croisa son regard sans ciller.

— Je pense…, commença-t-il.

— Ce serait bien la première fois, coupa Shay.

Ce qui lui valut un grand coup de coude dans les côtes de la part de Missy.

— Salope ! grommela Shay, pliée en deux de douleur.

— Comme je le disais, continua Eric, je pense que nous pourrions tenir une petite séance de thérapie familiale. Vous savez, une sorte de tête-à-tête entre sœurs ? Car vous avez toutes les deux des problèmes avec vos pères respectifs, n'est-ce pas ?

Ainsi, ils savaient que Shay et elle étaient parentes. Julia aurait dû s'en douter.

— Tu n'es qu'un sale connard, tu le sais ça, non ? lança Shay. Un pauvre type !

— Possible, mais en attendant, c'est moi qui tiens le pistolet. Si j'étais toi, je la bouclerais. Tu ferais mieux de me supplier d'épargner ta misérable vie.

Il jeta un coup d'œil à Missy, et son sourire sadique s'élargit.

— Non pas que ça serve à grand-chose. Tu es déjà pratiquement morte.

L'incendie se propageait rapidement. Trent avait vaguement conscience de la chaleur étouffante, de la fumée âcre et du crépitement des flammes voraces.

Il cligna des paupières, dans un effort pour ne pas perdre connaissance, et vit le bout d'une paire de grosses bottes devant son visage. Il leva les yeux, sentit un filet de sang suinter de son cuir chevelu. Ce n'était pas une, mais deux formes noires qui se dressaient au-dessus lui.

La douleur lui martelait le crâne. La pièce tournait autour de lui. Il se dit qu'il voyait double, mais non, les deux silhouettes étaient bel et bien distinctes. Rien à voir avec ces images floues causées par un étourdissement subit. Vêtus de noir, les deux hommes se tenaient côte à côte et l'observaient. A travers la fumée, il reconnut Kirk Spurrier.

— Ça t'apprendra à fouiner dans ce qui ne te regarde pas, dit ce dernier avec un sourire satisfait.

Le pilote était-il donc à l'origine des meurtres ? Pas Lynch ? Quelque chose sonnait faux, là-dedans.

Quant au complice de Spurrier, Trent s'aperçut sans grande surprise que c'était un jeune qu'il connaissait bien — Zach Bernsen. Le garçon balançait à bout de bras le rondin que Trent avait laissé tomber. Il leva la main, comme s'il n'attendait qu'un ordre pour l'assommer une fois de plus.

— Espèce de salaud ! lança Trent au pilote.

— Vu que tu es à terre, tu devrais plutôt dire « espèce supérieure de salaud ».

Le sourire de Spurrier se tordit en un rictus mauvais, et il ricana d'un air sinistre.

— Bienvenue en enfer, Trent. C'est plus que tu ne mérites. Je sais qui tu es, je sais que tu as été engagé par les parents de Lauren Conway pour découvrir ce qui lui est arrivé. Et je suis aussi au courant, en ce qui concerne Julia Farentino. Eh oui, figure-toi que je vous ai vus, cette nuit. Il ne fallait pas être très malin pour se rendre compte que vous aviez une liaison, tous les deux. Et puis, il y a aussi un fait que tout le monde a l'air d'oublier, à savoir que Julia Farentino fait partie de la famille de Shaylee Stillman.

Avant que Trent ait pu répondre, Spurrier enchaîna :

— Mais ne t'en fais pas. Ce petit secret va disparaître, en même temps que toi et les dossiers de Lynch. Dès cette nuit.

Il se mit à rire, mais la fumée le fit tousser.

— Nous devons sortir d'ici, dit nerveusement Bernsen, en se cachant le visage dans le creux du coude.

Zach n'était pas aussi courageux qu'il voulait bien le faire croire.

Une autre fenêtre vola en éclats, mais Spurrier y prêta à peine attention, trop occupé qu'il était à fanfaronner devant son prisonnier. Avec ses yeux brillants de fanatique, Spurrier n'en avait pas fini d'exulter.

— On croira à un accident, tu vois, dit-il.

A croire qu'il avait tout prévu, y compris cette maudite tempête de neige.

Les idées de Trent commençaient à s'éclaircir.

Spurrier désigna d'un geste la salle de séjour en flammes.

— La lampe renversée, le matelas brûlé. Ta maîtresse et toi pris au piège dans le brasier. Incapables de fuir. C'est le scénario que tout le monde imaginera.

— Foutaises ! répliqua Trent. Personne ne croira à une chose pareille.

Cependant, tout au fond de lui, un vent de panique le secouait. Où était Julia ? Déjà entre les griffes de ce cinglé mégalo ? La terreur s'empara de lui. « Oh, mon Dieu, s'il vous plaît, faites qu'elle soit restée bien sagement enfermée dans sa chambre à

Stanton House. » Ignorant la douleur, il leva la tête et fusilla Spurrier du regard.

— Vous n'êtes qu'un détraqué.

— La plupart des visionnaires sont des incompris.

Spurrier trouva une lampe encore intacte et la fracassa sur le sol, à côté de Trent. L'essence se répandit rapidement sur le plancher en direction des flammes.

Trent fit un effort surhumain pour se hisser sur les coudes. Il ne pouvait croire à la folie de cet homme.

— Incompris ? répéta-t-il. Vous vous fichez de moi !

Bernsen commençait à s'affoler.

— Il faut vraiment y aller, maintenant. La baraque va s'écrouler.

Spurrier ne paraissait nullement inquiet.

— Lynch portera la responsabilité de tout ce qui s'est passé ici, toutes les morts, énonça-t-il d'une voix calme. Ce ne sera que justice. Je n'y suis pour rien, tu sais.

— Ben voyons !

— Blue Rock aura besoin d'un nouveau directeur, de quelqu'un qui voit loin, d'un homme qui comprend la volonté de Dieu.

— Vous ?

Ce type était fou à lier.

— Exactement. Et ils verront, tous. Elle, y compris.

— Elle ?

Seigneur ! Il voulait dire Julia. Ce cinglé avait des projets à son sujet.

— Elle a choisi le mauvais mari, continua Spurrier, dont le masque d'impassibilité se fissurait quelque peu.

Etait-ce à Sebastian Farentino qu'il pensait ? ça n'avait aucun sens.

— Fais-moi confiance, ajouta le pilote. Elle va se rendre compte de l'erreur qu'elle a commise. Ça lui apprendra, à cette garce, d'écouter son père.

Mais de quoi parlait-il à la fin ? En tout cas, pas de Julia, Dieu merci !

— Ça y est, j'ai compris, ironisa Trent. Une femme vous a largué. Vous parlez d'une surprise ! Je parie qu'elle ne considérait pas Blue Rock comme un tremplin pour conquérir le monde, je me trompe ?

Les yeux de Spurrier étincelèrent de colère.

Pour qui se prenait-il, celui-là ?

— Cora Sue finira par comprendre, dit-il.

— Cora Sue ? La femme de Lynch ?

Les poumons envahis de fumée, Trent toussa avant de reprendre :

— Vous et elle ? C'était avant ou après son mariage avec Lynch ? Vous êtes dingue, Spurrier. Complètement tordu. Vous le savez, non ? Lynch avait raison. Il l'avait pressenti. Je l'ai vu dans ses notes.

— Lynch est un imposteur ! tonna Spurrier, hargneux.

— Mais pas un tueur, n'est-ce pas ? C'est vous l'assassin. Et vous avez commencé par Lauren Conway.

Les yeux de Spurrier s'étrécirent, sa bouche se tordit.

— Lauren m'a trahi. Elle n'était pas ce qu'elle prétendait être. Tu ne le savais pas, hein ? Elle n'était pas venue ici pour étudier, ni pour écouter la parole de Dieu. Elle avait son propre plan. Un appareil photo. Des clés USB. Elle collectait des informations. Elle était venue pour dénoncer l'école et démasquer Lynch.

— Pourtant, ça devait cadrer avec vos projets.

— On ne peut plus rester, ici, coupa Zach, de plus en plus anxieux.

Et sur ces mots, il essaya de sortir à reculons par la porte principale, dont les flammes commençaient déjà à grignoter le chambranle.

Mais Spurrier, emporté par son délire, poursuivit :

— Elle aurait dû s'en tenir à son objectif premier. Si elle avait gardé le cap…

— Putain, vous n'avez qu'à lui dire que vous l'avez baisée, et on se tire de là vite fait ! hurla Zach, à présent complètement affolé, les traits tordus par la peur. Avant que quelqu'un s'aperçoive qu'il y a le feu. Et avant de rester coincés au milieu des flammes.

Spurrier n'en tint aucun compte.

— C'était plus que ça, se défendit-il.

Ainsi, on l'avait pris pour un imbécile ; il était tombé amoureux d'une femme qui s'était jouée de lui.

— Que s'est-il passé, Spurrier ? Elle vous a plaqué pour un homme de son âge ?

Les lèvres du pilote esquissèrent une grimace de rancœur.

— Elle croyait qu'elle allait me dénoncer. Moi ! gronda-t-il en pointant un pouce rageur sur sa poitrine. Elle ne savait plus ce qu'elle faisait, alors...

— Vous l'avez tuée.

Nom d'un chien ! Dire que Trent n'avait pas eu le moindre soupçon à propos Spurrier jusqu'à cette nuit, jusqu'à ce qu'il lise les dossiers de Lynch !

— Je n'ai tué personne, abruti !

— Bien sûr que non ! Vous êtes trop lâche. Vous avez envoyé un de vos disciples barjots pour s'en occuper.

— Vous ne savez rien ! fulmina Spurrier.

— Qu'avez-vous fait du corps, hein ?

Dans la chaleur intense, au milieu des flammes et de la fumée qui s'épaississaient, Trent pouvait à peine respirer.

— Sa mort a été un accident, lâcha Spurrier.

— Bon, ça suffit, mec ! cria Zach. C'est de la folie de rester une seconde de plus.

La porte d'entrée était maintenant la proie des flammes. Le garçon fonça vers la cuisine et la porte de derrière.

— Un accident qui tombait bien, non ? ironisa Trent. Elle vous a laissé choir et vous l'avez assassinée. En fait de grand gourou, Spurrier, vous n'êtes qu'un imbécile lourdé par une femme. Elle n'avait peut-être pas envie de se trouver avec un tueur hypocrite.

— Espèce de crétin ! Tu n'as rien compris !

Spurrier balança un violent coup de pied, le bout de sa botte dirigé droit vers le visage de Trent.

Trent roula sur lui-même.

Le coup l'atteignit à l'épaule.

Il entoura de ses bras la jambe de son assaillant et se jeta dans la direction opposée.

Le pilote sauta à cloche-pied avant de retomber par terre sur le dos.

Bang!

Toute la maison en fut ébranlée.

Spurrier poussa un rugissement de douleur.

Trent se releva d'un bond et se rua sur lui. Laissant exploser sa fureur, il se mit à marteler de son poing serré les mâchoires de Spurrier. Les deux hommes luttèrent corps à corps au milieu des flammes et des morceaux de verre brisé.

— Arrêtez! Laissez-le partir! Bon sang de merde!

Bernsen, revenu en trombe de la cuisine, tenait les deux adversaires en joue avec son fusil.

Trent ignora le garçon. Déchaîné, il assénait de furieux coups de poing à Spurrier, l'emprisonnant entre ses jambes comme il l'aurait fait avec un taureau de sept cents kilos.

— Aide-moi! ordonna Spurrier à son sous-fifre.

Trent lui envoya son poing dans le nez.

Crac!

Des os se brisèrent, du cartilage fut réduit en bouillie.

Le sang gicla des narines du pilote.

Spurrier émit un beuglement et se tordit de souffrance.

Trent le frappa encore une fois, à s'en faire mal au poing.

— Ça suffit! cria Bernsen en visant la tête de Trent, les yeux arrondis de terreur. Laissez-le! Tout de suite!

Profitant d'une seconde d'hésitation, Spurrier roula sur le côté et envoya son poing dans la mâchoire de Trent, qui s'écroula en arrière.

Bang!

Le canon du fusil s'abattit sur son crâne. Il s'affaissa.

Spurrier se dégagea, se remit debout sur ses jambes flageolantes.

— Bien joué! reconnut-il. J'ai eu peur que tu ne le descendes.

— Vous avez dit qu'il fallait faire croire à un accident. Maintenant, tirons-nous d'ici !

Le pilote se pencha sur Trent, l'œil mauvais.

— Tu ne savais pas que nul ne peut s'opposer à la volonté de Dieu ? dit-il en reniflant pour tenter d'étancher le flot de sang qui lui coulait des narines.

Sur le sol, Trent remua lentement, et ses mains se refermèrent sur un éclat de verre de la lampe. Avec peine, il se redressa en position assise. Le verre brûlant lui coupait les doigts, mais ce misérable débris était sa seule chance, sa seule arme dans ce brasier infernal.

Ses doigts se serrèrent sur le verre bombé, probablement un morceau du réservoir de la lampe. Par miracle, il contenait encore suffisamment de pétrole pour couler entre ses doigts. Trent s'efforça de conserver le précieux liquide dans sa main.

L'air était devenu irrespirable.

— Fichons le camp d'ici, criait Bernsen, terrorisé. Vous n'avez qu'à lui briser les jambes.

— Non, nous ne devons pas risquer d'être mis en cause, insista Spurrier. Ça doit ressembler à un accident.

Sans quitter des yeux le feu qui redoublait d'intensité, Bernsen saisit de nouveau le rondin de bois.

— Je vais lui éclater les genoux. Il ne pourra plus bouger. Tout va flamber ici, il n'y aura pas de preuve. C'était un accident. Comme vous l'avez dit. On croira qu'il est tombé, que sa tête a heurté le coin de la table et qu'en voulant se relever, il s'est cassé les jambes. On doit se barrer avant que quelqu'un arrive.

Stimulé par la peur et l'adrénaline, Bernsen sautillait pratiquement sur place.

— Laisse-moi faire, gronda Spurrier dans un sursaut d'autorité.

Il cracha une dent cassée, arracha la bûche des mains de Bernsen et dit à Trent :

— Je vais te donner un exemple de la volonté divine que tu sauras apprécier.

— La volonté divine ? Mais oui, bien sûr ! Un meurtre de

plus à votre actif, vous voulez dire. Lauren, Drew, Nona et Maeve ne vous ont pas suffi. Dieu doit être si fier de vous !

— Je t'ai déjà dit que je n'y étais pour rien. Pourquoi est-ce que je me serais embêté à tuer Prescott et Vickers, et maintenant Mancuso ? Je n'ai rien à voir avec eux. Ils ne faisaient pas partie de la mission.

— On se casse ! rugissait Bernsen.

A présent, les flammes furieuses les encerclaient, de plus en plus proches.

Le fusil toujours pointé sur son cœur, Trent regarda Spurrier s'accroupir, tenant le morceau de bois ensanglanté.

— L'un après l'autre, Trent, promit le pilote qui, visiblement, savourait le pouvoir qu'il détenait en cet instant. Tu vas les entendre se disloquer. La douleur sera insupportable.

Il affichait le sourire de satisfaction de qui se berce d'illusions.

— La volonté divine ? répéta Trent, les doigts tellement crispés sur le bout de verre qu'il sentit son propre sang suinter.

— Tu t'estimeras heureux de mourir au lieu de souffrir, répondit Spurrier.

Ce fut au tour de Trent de sourire.

— Ne comptez pas trop là-dessus !

Et, avec la rapidité d'un serpent à sonnettes, il lança le fragment de verre et l'essence qu'il contenait encore à la figure de son adversaire.

Lâchant le rondin, Spurrier recula et porta ses mains à ses yeux. Aveuglé, il battit en retraite vers le matelas en flammes.

— Tue-le ! rugit-il.

Bernsen hésita.

— Quoi ?

— Tue-le immédiatement ! ordonna Spurrier.

— Avec plaisir !

Trent se jeta de côté.

Le garçon fit feu.

Bang !

Une douleur cuisante transperça l'épaule de Trent.

Avant que l'adolescent puisse tirer de nouveau, Trent roula sur le plancher.

Les flammes léchaient à présent les jambes du pantalon de Spurrier, qui hurlait d'épouvante.

— Au secours ! Pour l'amour du ciel, aidez-moi !

Le jeune homme se retourna vers son chef.

Le corps déchiré de douleur, Trent tira brusquement sur une jambe de Bernsen pour le déséquilibrer.

Bang !

Le fusil cracha de nouveau le feu, en même temps que le garçon s'écroulait avec un bruit sourd

— Salaud !

La balle ricocha contre les murs.

Bernsen se remit tant bien que mal sur ses pieds.

Léché par les flammes qui montaient à l'assaut de son corps, Spurrier gémissait de souffrance. Il tomba à genoux, véritable bûcher ardent.

Horrifié, Zach s'enfuit, comme le poltron qu'il était, abandonnant Spurrier et son arme sur le sol.

Trent fondit sur lui.

Zach réussit à l'esquiver et se précipita vers la porte de derrière.

Pour tomber nez à nez avec le fusil de Meeker.

— Arrêtez ! Police ! ordonna le shérif adjoint.

Bernsen se retrouva cloué contre le mur du perron.

— Et merde !

— Ça va ? demanda Flannagan à Trent, pas le moins du monde impressionné par la fournaise qui faisait rage dans la salle de séjour.

Trent se tourna pour regarder vers Spurrier.

— Je m'en sortirai, dit-il en s'obligeant à se remettre debout.

— Au secours ! hurlait le pilote, fou d'épouvante.

Après avoir embrasé ses vêtements, le feu lui consumait à présent les cheveux.

Trent aperçut l'extincteur sous une chaise en flammes et se précipita pour s'en emparer.

— Ne faites pas ça, dit Flannagan. ça va exploser.

— On ne peut pas le laisser mourir !

Trent saisit l'appareil, dont le métal lui brûla la main. Spurrier était pris au piège derrière un rideau de flammes. Son corps s'était embrasé, son visage noirci n'était plus qu'un masque d'effroi ; ses cris de douleur résonnaient par-dessus le grondement du brasier.

— Putain, laissez-moi faire !

Flannagan arracha l'extincteur des mains de Trent et pointa le tuyau vers Spurrier et les flammes qui le dévoraient. Un nuage de dioxyde de carbone emplit l'air.

Spurrier s'écroula sur le sol, où il se tordit dans des convulsions de souffrance.

— Prenez-moi, Père ! cria-t-il avec désespoir, tandis qu'une odeur de chair brûlée se diffusait. Mon Dieu, mon Dieu, pourquoi m'avez-vous abandonné ?

A croire qu'il se prenait réellement pour Jésus-Christ.

# 43

— Nous n'avons plus qu'à attendre, annonça Eric Rolfe d'un ton suffisant. Les autres ne vont pas tarder à nous rejoindre, dès qu'ils auront accompli leurs missions.

Il jeta un coup d'œil à Missy qui hocha la tête, la mine satisfaite au plus haut point. Elle avait essuyé le sang de ses dents et semblait absolument certaine que plus rien ne pourrait déjouer l'ignoble machination qu'ils avaient ourdie tous ensemble.

— Quelles missions ? demanda Julia, qu'on avait fait asseoir sur une chaise pliante.

Elle était entourée, d'un côté de Nell, qui pleurnichait à qui mieux mieux, de l'autre, de Shay, qui, le regard furieux, n'avait rien perdu de son agressivité. La petite salle souterraine dans laquelle elles étaient toutes trois retenues prisonnières devait être, songea Julia, l'abri antiatomique datant des années 1950 dont Charla King lui avait parlé. L'endroit avait, semblait-il, été récemment équipé d'un système de sécurité dernier cri et de groupes électrogènes, et converti en une étrange chapelle souterraine, abritant non seulement un autel mais aussi un placard bourré de fusils, de cartouches, de jumelles à vision nocturne et de Dieu sait quoi encore. Il y avait là, sans doute, suffisamment de puissance de feu pour armer une milice secrète. Julia en eut la chair de poule.

— Vous n'avez pas besoin de le savoir, répondit Missy de sa voix haut perchée.

Examinant avec nonchalance les ongles de l'une de ses mains, tout en braquant, avec l'autre, son pistolet sur les trois prisonnières, elle paraissait très à son aise dans son rôle de gardienne.

— Le Guide a tout prévu. A la perfection.

— Votre Guide est un assassin, remarqua Julia.

— Taisez-vous ! s'écria Nell en secouant la tête, terrifiée à l'idée de faire des vagues. Je suis sûre… je suis sûre que c'est un homme formidable.

Shay leva les yeux au ciel et poussa un soupir d'incrédulité.

— Un homme formidable ? s'indigna Julia. Vous plaisantez ! Trois personnes sont mortes. Sans doute quatre, si on compte Lauren. S'il y a une chose qu'il n'est pas, c'est bien « un homme formidable ».

— Il faut toujours consentir à des sacrifices, répliqua Missy avec insouciance, comme si, pour elle, les morts ne comptaient pas.

— Quatre personnes ? gémit Nell, désespérée. Mais je croyais que c'était seulement Drew et Nona…

— Et Maeve, ajouta Julia. Nous avons retrouvé son corps mutilé dans l'écurie, cette nuit.

— Maeve aussi ? s'écria Nell, horrifiée, les joues inondées d'un nouveau flot de larmes. Oh, non, non, non !

— Qu'est-ce que ça peut faire ? lâcha Missy avec indifférence. Nous devons seulement obéir à ses ordres.

— Sans poser de questions ? demanda Julia. Même s'il vous demande de commettre des meurtres ? De prendre des vies innocentes ?

— C'est la volonté de Dieu, insista Missy. Et je ne sais rien des meurtres dont vous parlez.

— Il va y en avoir d'autres, prédit Eric.

Son sourire démoniaque s'élargit ; il entendait clairement montrer qu'elles étaient en son pouvoir. Il pouvait faire d'elles tout ce qui lui plairait, sans avoir à craindre les conséquences.

Nell gémit.

Eric prenait visiblement plaisir à intimider la pauvre fille.

— Si tu veux mon avis, dit-il d'un air entendu, il nous en manque déjà plusieurs.

D'un regard, Missy tenta de lui imposer silence.

Eric, cependant, était parti sur sa lancée.

— Mais je crois que nous allons nous rattraper cette nuit.

— Tais-toi ! répliqua Missy.

— Elles veulent savoir, il faut leur expliquer, ironisa-t-il. Je lui avais bien dit d'éliminer Howell aussi, mais il s'est montré trop indulgent envers elle.

Maris Howell, le professeur que Julia remplaçait ?

— Elle fouinait partout, comme Lauren, et il l'a laissée partir. C'était stupide.

Les narines d'Eric se dilatèrent, ses doigts se serrèrent sur son pistolet.

— J'aurais dû la liquider, ajouta-t-il. Nous débarrasser du problème une bonne fois pour toutes.

— Maris Howell ? demanda Julia. A cause de son aventure avec Ethan Slade ?

Missy et Eric échangèrent un sourire éloquent.

— Quelle aventure ? dit finalement Eric, avant de s'esclaffer brusquement.

Son rire hideux se répercuta dans l'espace restreint de la petite pièce. Missy émit à son tour un gloussement aigrelet.

— On l'a bien surprise avec Ethan Slade, non ? insista Julia.

— Un coup monté, expliqua Rolfe, qui manifestement se délectait de la situation. Comme elle nous espionnait, le Guide a inventé cette histoire pour la faire chasser de l'école. Ethan a vraiment bien joué son rôle. Il a pleuré sur son épaule, l'a convaincue qu'il avait besoin d'une attention particulière. Sniff !

Eric afficha un air tragique, essuya une larme imaginaire, et reprit :

— Elle est tombée dans le panneau. Elle l'a consolé, l'a serré dans ses bras. Ethan s'était arrangé pour être à moitié nu au moment où elle est venue lui parler. Nous avons pris des photos. Quelques coupés-collés, un montage astucieux, et le tour était joué. On a fait croire qu'elle avait essayé de le séduire — du moins aux parents d'Ethan.

— Le pauvre chéri, ajouta Missy.

— Le pauvre malade, oui ! rectifia Shay.

— Pour l'amour de Dieu, Shay, tais-toi ! murmura Nell.

— C'est pour ça que nous sommes ici, approuva Eric. Pour l'amour de Dieu.

— Je ne crois pas, non, conclut Julia, écœurée par la profondeur de leur perversion.

Avec quelle facilité ils manipulaient la vie d'autrui, avec quelle sauvagerie ils assassinaient ! Et tout ça au nom de Dieu !

En voyant Eric hausser les épaules, Julia douta qu'il se soucie le moins du monde de Dieu, de la foi chrétienne ou même du Guide. Eric Rolfe ne pensait qu'à Eric Rolfe.

— Nous avons tous soutenu Ethan, elle a été sacquée et Slade fait maintenant des études supérieures. Tout le monde y gagne.

— Excepté Maris Howell, souligna Julia. Sa réputation a été ruinée. Mais ce « grand » Guide, qui est-ce ?

Eric se pencha. Ses yeux luisaient comme des pierres polies.

— Howell a eu de la chance de s'en tirer à si bon compte, dit-il. Moi, je l'aurais tuée.

— Il faut dire aussi que tu es un vrai connard, rétorqua Shay.

Sans hésiter, Eric lui balança son poing dans la mâchoire. La tête de Shay fut projetée en arrière, du sang s'écoula du coin de sa bouche.

— Arrêtez ! cria Julia, bondissant de sa chaise avant d'être repoussée par le canon du pistolet de Missy.

— Salopard de cinglé ! lança Shay.

Terrorisée, Nell se remit à pleurer à gros sanglots.

— Je vais adorer te voir crever, rétorqua Eric à Shay d'un ton hargneux. Et toi, Nell, ferme-la !

La malheureuse se mordit la lèvre inférieure et cligna des yeux, sans pour autant empêcher ses larmes de dégouliner sur ses joues.

Des pas pressés résonnèrent dans le couloir, bientôt suivis d'un coup sec frappé à la porte.

— Le spectacle va commencer ! claironna Eric, qui se hâta d'aller ouvrir.

Julia sentit tous ses espoirs s'évanouir lorsqu'elle vit Tim Takasumi, Kaci Donahue, Roberto Ortega et Ethan Slade apparaître sur le seuil. Ils avaient l'air nerveux, fébriles, enivrés d'adrénaline ou de Dieu sait quoi d'autre. Tous étaient vêtus de noir et armés.

— Ils l'ont attrapé ! cria Kaci, paniquée, en agitant son fusil. Ils ont arrêté le Guide !

Quoi ?

Il restait peut-être encore une chance, se dit Julia... Elle échangea un regard avec Shay.

— Qui ? demanda Eric. Qui l'a capturé ?

— Ce maudit Trent ! répondit Ortega, les yeux noirs de fureur. Le Guide est salement amoché. Grièvement brûlé. Et ce n'est pas tout. Ils ont pris Zach, aussi.

— Non ! gémit Missy, son expression arrogante faisant place à l'horreur. Ce n'est pas possible !

— C'est vrai ! intervint Takasumi en hochant vigoureusement la tête.

Ils étaient manifestement fous d'inquiétude, chacun nourrissant son angoisse de l'affolement des autres.

Ortega lança un coup d'œil sur les otages, puis sur Rolfe.

— C'est pas des blagues, mec ! Il est prisonnier. Dans l'infirmerie. Et c'est ce porc de Meeker qui le surveille.

Parfait, pensa Julia. Mais comment était-ce arrivé ? Qui que soit le Guide, il ne se serait sûrement pas laissé épingler sans se défendre. Et dans ce cas, Trent était peut-être blessé. Même si, d'après Ortega, il avait battu leur taré de Guide.

— Qu'est-ce qu'on fait, maintenant ? demanda Slade à bout de nerfs. Nous ne pouvons pas rester comme ça.

Le regard haineux de Rolfe balaya la pièce avant de s'arrêter sur ses prisonnières. Ses yeux s'étrécirent et ses lèvres se retroussèrent avec une détermination renouvelée.

— Nous allons le récupérer.

Il désigna du pouce les trois otages et ajouta :

— Nous avons une monnaie d'échange. Soit ils le relâchent, soit nous tuons ces salopes. A commencer par celle-là, conclut-il en pointant son pistolet sur Shay.

— Non ! hurla Julia.

Avec un sourire mauvais, il appuya sur la détente.

Julia poussa un rugissement.

Mais il retint le chien de son arme avant qu'il ne percute l'amorce.

— Pan ! murmura-t-il avec une joie sombre. Tu es morte !

L'infirmerie devint leur forteresse.

Zach Bernsen était enfermé dans une des salles de désintoxication, Spurrier, relié à une intraveineuse qui l'assommait littéralement, et Trent, assis sur un brancard dans le couloir. Ayres, les lèvres pincées, les lunettes perchées sur le bout de son nez, les yeux soulignés de cernes profonds, s'employait résolument à déloger la balle de l'épaule de Trent, avec pour seule aide un anesthésique local et une pince stérile.

Ça faisait un mal de chien.

— Vous avez eu de la chance, dit-elle. Elle a raté de peu l'artère brachiale.

— Oui, de la chance, répéta Trent qui n'avait pas précisément l'impression que la fortune lui souriait. Et Spurrier, comment va-t-il ?

L'infirmière secoua la tête.

— Ça m'étonnerait qu'il s'en sorte.

Aussi bougonne et efficace que jamais, elle s'activa, les sourcils froncés, à emmailloter le haut de son bras et son épaule dans des bandages.

— Maintenez-le en vie, dit Trent. Quoi que vous fassiez, ne le laissez pas mourir.

— J'en parlerai à Dieu, répondit-elle avec une moue ironique. La prochaine fois qu'Il me demandera mon avis.

Trent réussit à peine à esquisser un sourire. Son corps était tout meurtri et contusionné, mais la douleur physique, il pouvait s'en accommoder ; rien de tout cela n'était pire que ce qu'il avait connu au temps où il faisait du rodéo. Ce qui le tourmentait se trouvait à un niveau beaucoup plus profond, une souffrance au tréfonds de son âme : Julia avait disparu. Il avait appris la nouvelle par Meeker.

Et cette disparition ne présageait rien de bon.

Surtout si les désaxés qui obéissaient à Spurrier étaient encore en liberté. Si seulement elle n'avait pas bougé… Ou, plutôt, si seulement il était resté avec elle pour la protéger. Le sentiment de culpabilité, qui l'avait si souvent accompagné dans sa vie, le rattrapait une fois de plus.

Cependant, il n'entendait pas rester les bras croisés. Nom d'un chien, d'une façon ou d'une autre, il la retrouverait ! Il la sauverait. Pas question de la perdre une fois de plus. Sûrement pas !

A moitié mort, éperdu de souffrance, Spurrier leur avait avoué qu'il avait eu l'intention de prendre le contrôle de l'école, car, disait-il, Tobias Lynch était un imposteur qui interprétait de travers la volonté de Dieu. Lynch avait eu beau relever les pires défis et admettre les adolescents les plus perturbés à Blue Rock, il avait échoué. Spurrier était au courant des dossiers secrets du directeur, il les avait lus lorsque celui-ci se trouvait à Seattle avec la femme qu'il avait lui-même convoitée, autrefois. Cora Sue et lui avaient été amants, même après son mariage avec Lynch. Selon ce que Trent avait compris, elle avait toujours regretté d'avoir épousé le pasteur, mais elle s'était pliée aux ordres de son père, craignant que Radnor Stanton ne la raye de son testament si elle désobéissait et s'acoquinait avec Spurrier, plus jeune et plus extrémiste.

Au cours des années suivantes, Kirk Spurrier avait fait le serment de démontrer à Stanton et à Cora Sue qu'elle avait commis une erreur monumentale. Lynch l'avait même engagé, convaincu du bien-fondé du pardon, et non de la rancune.

Ce fut son erreur.

Trent se tâta l'épaule. Il n'arrivait pas à croire qu'un homme ait pu nourrir de telles illusions. Et pourtant, Spurrier avait été la proie d'un réel délire. Pire encore, il avait réussi à entraîner derrière lui une petite armée de jeunes gens brillants, encore que tordus. Alors que Lynch avait voulu aider les plus déséquilibrés, Spurrier s'était servi d'eux pour son propre compte.

Pour l'heure, avec l'aide de Bert Flannagan et de Wade Taggert, Meeker devait avoir bouclé l'établissement. Les pensionnaires étaient confinés dans leurs chambres, les enseignants surveillaient les entrées, l'incendie dans la maison de Trent couvait toujours et le bungalow voisin, celui de DeMarco, flambait à son tour. On avait retrouvé le prof de maths — capable, semblait-il, de dormir pendant l'Apocalypse sans se réveiller —, la tête sous les couvertures, totalement inconscient du chaos qui régnait autour de lui.

Plusieurs assistants d'éducation avaient disparu — tous avaient déjà été dénoncés par Bernsen qui livrait à contrecœur des informations au compte-gouttes, s'attachant surtout à conclure un marché pour sauver sa peau.

Désespéré, conscient d'être au bord du gouffre, Bernsen jurait ses grands dieux qu'il n'avait rien à voir avec les meurtres. Cela dit, c'était un menteur éhonté.

En ce moment, Meeker se trouvait avec lui et lui lisait ses droits, lui expliquait que c'était sa dernière chance de parvenir à une sorte d'arrangement avec le procureur, même si l'adjoint du shérif ne lui faisait aucune promesse.

Dévoré d'inquiétude, Trent ne pouvait supporter de rester enfermé. Il avait accepté qu'on s'occupe de son épaule, mais il se rongeait les sangs à propos de ceux dont on n'avait toujours pas de nouvelles. Il avait hâte de les retrouver et de débusquer les autres fanatiques de la bande de Spurrier. Non seulement il n'y avait trace de Julia nulle part, mais Nell Cousineau et Shaylee Stillman s'étaient également évaporées.

L'espace d'une seconde, Trent ferma les yeux. La peur le consumait de l'intérieur. Etre si près du but, avoir fait l'amour à Julia pendant des heures… tout cela pour qu'on la lui enlève ? Il serra les poings. Il ne laisserait pas une telle chose se produire. Pas tant qu'il y aurait un souffle de vie en lui.

Si ces salauds avaient tué Julia, ils paieraient jusqu'au dernier.

Trent ne ressentait aucune pitié. Des « ados perturbés » étaient une chose, des psychopathes en étaient une autre.

La porte de la salle de désintoxication dans laquelle Bernsen était détenu s'ouvrit. Meeker sortit dans le couloir et referma la porte à clé derrière lui.

— Où sont-ils ? demanda Trent.

Meeker, l'air totalement exténué, secoua la tête. Son regard fatigué croisa celui de Trent.

— Je ne sais pas. Pas encore. Bernsen s'obstine à ne rien dire. Il ne parlera que s'il peut échapper à la taule.

— Alors, il faut le convaincre.

— Il ne se laissera pas faire.

— Laissez-moi lui parler, demanda Trent avec un rictus mauvais, avant de s'adresser à Ayres. Vous en avez fini avec cette épaule, non ?

— J'ai fait de mon mieux, dit l'infirmière en collant un bout de sparadrap sur le bandage.

— Parfait !

Il sauta à bas du brancard et se dirigea vers la salle de désintoxication.

Meeker, à qui les mâchoires serrées et les yeux étrécis de Trent n'avaient pas échappé, tenta de l'arrêter :

— Vous croyez que c'est une bonne idée ?

— Vous en avez une meilleure ?

Tous deux savaient qu'ils ne pouvaient compter que sur eux-mêmes, les communications avec le monde extérieur n'ayant toujours pas été rétablies.

— Non.

— Alors, restez ici. Et verrouillez la porte derrière moi.

Shay avait envie de hurler, mais elle se retenait. Elle ne voulait pas que ce crétin de Rolfe voie combien il l'avait humiliée. Comment avait-elle pu être bête au point de tomber dans son piège ? Elle était tout de même plus maligne que ça ! Sans quitter cette ordure des yeux, elle s'efforçait de se débarrasser de ses menottes, déterminée, une fois qu'elle aurait réussi à s'en libérer, non seulement à arracher les clés du scooter des neiges à Missy, mais à s'occuper personnellement d'Eric Rolfe.

Il n'avait aucune idée de la personne qu'il avait mise en colère, mais il ne tarderait pas à comprendre à qui il avait affaire. Elle l'observa avec attention, ressentant la brûlure sur sa joue, à l'endroit où il l'avait frappée. Elle sentit le goût de son propre sang dans sa bouche et vit la peur dans les yeux de Nell.

Shay accrocha le regard de Julia. Elles communiquèrent silencieusement. Ni l'une ni l'autre ne se laisseraient vaincre sans se battre bec et ongles.

Bernsen regarda avec méfiance Trent entrer. La porte claqua bruyamment derrière lui.

L'air bravache, déployant d'inutiles efforts pour faire croire qu'il maîtrisait encore la situation, Zach se tenait debout dans un coin, les mains liées derrière le dos, la mâchoire en avant, les lèvres serrées. Une lueur de défi étincelait dans ses yeux.

Trent ne se laissa pas impressionner. Pas une seconde. Le garçon affichait une confiance feinte ; en réalité, il était terrifié. Adossé à la porte, Trent attendit quelques minutes, sans rompre le silence, clouant son regard implacable sur Bernsen.

Finalement, il se repoussa de la porte d'un coup d'épaule, sans tressaillir sous le coup de la douleur que l'anesthésie n'arrivait plus à endormir.

— Ecoute, Zach, dit-il d'une voix égale. Je n'ai pas envie de jouer, d'accord ? Soit tu me dis où se trouve le reste de ta bande, soit je m'occupe de toi de la même façon que je l'ai fait avec ton foutu Guide.

— Vous n'oseriez pas.

— Tu veux parier ? demanda Trent en dévisageant le garçon avec un calme effrayant. Tu te rappelles à quoi ressemblait ton maudit Guide, n'est-ce pas ? Son visage a pratiquement fondu, ses lèvres se sont détachées, ses yeux ne sont plus que des fentes, et il continue de cramer, tu sais. Il supplie son Dieu, dont il parle sans arrêt, de venir prendre son âme abjecte et misérable.

— Et alors ? lança Bernsen d'une voix hargneuse, se cramponnant à son orgueil, sans sourciller.

Exactement comme ces cow-boys faussement cool auxquels Trent avait eu affaire, au cours de ses années de rodéo.

— Je vais te dire, répondit-il sans élever la voix. Tu vois, Frank Meeker est un bon père de famille, un shérif adjoint qui a juré d'appliquer la loi et de respecter les règles.

Zach pâlit quelque peu ; il commençait à voir où Trent voulait en venir.

— Mais pas moi, reprit Trent. Rien ne m'empêche de te faire tout ce qui me plaît.

Pendant une seconde, la crainte vacilla dans les yeux du garçon.

— Et pour tout arranger…

Toujours debout près de la porte, à plus de trois mètres de Bernsen, Trent sentit un tic lui crisper la joue. Le jeune homme ne pouvait manquer de s'apercevoir combien il lui était difficile de ne pas perdre patience.

Il désigna du pouce la porte derrière lui et reprit :

— Meeker est parti faire une pause. Du coup, c'est moi qui commande. Ce qui veut dire que nous allons faire les choses à ma manière.

Bernsen déglutit péniblement. Il avait compris le message.

— Alors, voici comment ça va se passer. Tu me dis ce que je veux savoir et si tu résistes…

Trent haussa les épaules, comme s'il se fichait éperdument de la réaction du garçon.

— … eh bien, qu'à cela ne tienne ! enchaîna-t-il avec un sourire sinistre. Si tu veux crier à l'injustice et porter plainte contre moi pour coups et blessures, ça me va. Je n'en ai strictement rien à foutre.

Bernsen cracha sur le sol carrelé.

— Tu parles !

Alors, Trent vit rouge. Son sang-froid l'abandonna. Il bondit en avant, poussa de toutes ses forces le garçon contre le mur, sans prêter attention au craquement émis par les tendons de son épaule.

— Et comment que je parle !

Le bras plaqué sur la gorge de Bernsen, il respira bruyamment, articulant un à un les mots entre ses dents serrées.

— J'ai affronté des taureaux Brahman, des chevaux sauvages et des cow-boys qui se prenaient pour des durs. Je me suis retrouvé dans plus de services d'urgences que tu n'as de doigts. Alors, dis-toi bien que tu ne me fais pas peur, sale petite lavette de gosse de riches.

Ses narines frémissaient, tous les muscles de son corps étaient tendus, prêts pour la bagarre.

— Vas-y, fais-moi une démonstration de tes arts martiaux de bazar, et je te montrerai comment te battre avec tes poings et flanquer de mauvais coups.

Il secoua le garçon, dont les dents s'entrechoquèrent.

Bernsen se raidit.

A la bonne heure !

« Vas-y ! songea Trent. Quand tu veux ! Ne te gêne pas ! »

— Il n'y a personne ici pour t'aider, Zach. Ton Guide est foutu. Je t'ai fait arrêter pour tentative de meurtre. Alors, à moins que tu ne tiennes vraiment à jouer à la roulette russe, tu vas me dire où tes amis sont planqués.

— Bien essayé ! jeta Bernsen en crachant au visage de Trent. Mais je crois que je vais prendre le risque.

— Comme tu veux !

Trent saisit les deux bras menottés du garçon, les tordit derrière son dos et les leva vers le plafond, attendant que les ligaments craquent et se déchirent.

Le garçon poussa un hurlement atroce et tomba à genoux.

Haletant, Trent s'écarta.

— Réfléchis-y, gronda-t-il, en tremblant intérieurement.

C'est alors que, la mine sombre, Meeker passa la tête par l'ouverture de la porte.

— Nous avons de la visite, annonça-t-il, sans un regard

pour Bernsen qui se remettait debout. Et pas exactement ce qu'on espérait.

Bernsen projeta un jet de salive mêlée de sang qui éclaboussa le carrelage.

Trent sortit de la pièce, dont il verrouilla la porte derrière lui.

— Qui est-ce ?

— Les disciples, répondit Meeker, le visage renfrogné. Et ils amènent des otages.

# 44

Julia frissonnait dans l'air glacé de la nuit, tandis qu'on lui faisait traverser le campus silencieux, la bouche d'un pistolet appuyée sur son échine. Elle ne pouvait laisser cette bande de dingues fanatiques mettre leur plan à exécution. Elle les avait entendus discuter entre eux et savait qu'ils comptaient proposer une sorte d'échange — leur vie contre celle de leur maudit Guide.

Tout en avançant péniblement dans la neige, les mains attachées derrière le dos, elle essayait de réfléchir à un moyen de s'échapper. Shay, Nell et elle marchaient de front, sans se toucher, suivies de près par les disciples enragés qui les poussaient avec le canon de leurs armes.

Toutes ces histoires que Shay lui avait racontées à propos d'assistants d'éducation crapuleux, toutes ces inquiétudes dont elle lui avait fait part et dont elle-même s'était moquée, elles étaient donc réelles. Ces jeunes-là étaient beaucoup plus que perturbés : ils formaient une petite armée d'extrémistes intrépides et bien entraînés, prêts à donner leur vie pour leur Guide et sa « cause », quelle qu'elle soit.

« Réfléchis, Julia. N'abandonne pas. Il doit y avoir un moyen de s'enfuir ; il suffit que tu le trouves. »

Tremblante, l'âme tout engourdie, elle cheminait dans le paysage enneigé, en direction de l'infirmerie. La lune était encore visible, tandis qu'à l'est, les premières lueurs grisâtres de l'aube commençaient à illuminer le ciel.

Comme autant de minuscules rayons d'espoir, pensa-t-elle fugitivement.

Mais en son for intérieur, elle savait qu'avec cette lumière matinale, elle verrait peut-être le soleil se lever pour la dernière fois.

Les intestins de Trent se liquéfièrent. Il revit Julia sur son lit, la nuit précédente.

— Comment ça, des otages ? demanda-t-il à Meeker.

Le shérif adjoint l'entraîna vers la fenêtre à l'avant de l'infirmerie.

— Regardez vous-même.

Trent jeta un coup d'œil entre les lamelles des stores.

Son cœur se glaça.

En effet, Eric Rolfe, enfoncé dans la neige jusqu'aux genoux, pointait un pistolet dans le dos de Julia. Elle se tenait debout, bien droite, le regard rivé sur la porte de l'infirmerie. Si elle avait peur, elle ne le montrait pas ; son beau visage demeurait impassible.

Non ! Trent sentit son sang se figer dans ses veines. Non, non, non !

A côté de Julia, Shay, les lèvres crispées, les mains derrière le dos, affichait une expression lugubre et farouche, tandis que Missy Albright la poussait en avant. De l'autre côté, Nell Cousineau, à qui Roberto Ortega donnait de petits coups avec le canon de son arme, tremblait sans pouvoir s'arrêter, comme à deux doigts de s'évanouir.

— Merde ! murmura Trent, qui voyait son pire cauchemar se dérouler devant ses yeux.

S'emparant de son pistolet, il ne prit pas la peine de réfléchir à ce qu'il allait faire ; il se mit simplement en mode survie. Il fourra le Glock dans la ceinture de son jean et fonça vers la porte.

Frank Meeker l'arrêta. Il avait deviné ce que Trent avait derrière la tête, et son visage s'était assombri.

— Attendez, Trent, ordonna-t-il. Vous ne pouvez pas y aller comme ça.

— Sans blague !

— Je parle sérieusement. Ces gosses ne sont pas que des rebelles, ce sont des enragés. Si ça se trouve, ils ont formé un commando suicide. Ils vous abattront sans hésiter.

— C'est ce qu'on verra !

— Je ne plaisante pas, Trent.

— Moi non plus. Appelez Flannagan avec le walkie-talkie. Qu'il rapplique vite fait, avec Wade et tous les autres. Ensuite, couvrez-moi !

Trent tira sur les pans de sa chemise de flanelle et, sans se soucier d'enfiler sa parka, il sortit, une main en l'air, l'autre plaquée contre lui par le bandage, dans le froid mordant de l'aube naissante.

Il vit Julia hoqueter de surprise. Le calme qu'elle affichait une minute auparavant s'évanouit en un clin d'œil dès qu'elle l'aperçut. L'espace d'une seconde, elle parut sur le point de s'effondrer. « Tiens bon, la supplia-t-il silencieusement. Accroche-toi. »

Il posa son regard sur Rolfe.

— Qu'est-ce que c'est ce que ce cirque ?

— Nous voulons Spurrier, cria Rolfe d'un ton menaçant. Il irradiait littéralement de rage et d'orgueil — tel un vrai dur braquant un pistolet dans le dos d'une femme. Avec Spurrier hors service, c'était Rolfe, le nouveau Guide.

En entendant prononcer le nom du pilote, les trois otages relevèrent la tête d'un seul coup. Visiblement, elles n'étaient pas au courant.

— Et Bernsen, ajouta Rolfe dont la voix rebondit sur la glace alentour. En échange, vous pouvez reprendre celle-là…

Il poussa Julia si violemment qu'elle trébucha et faillit tomber.

— … et les deux autres.

Il désigna Shay et Nell d'un geste du menton.

Missy Albright flanqua un coup de crosse dans le dos de Shay. La sœur de Julia ne remua pas un cil.

Roberto Ortega tenait Nell Cousineau dans sa ligne de mire. La jeune fille avait l'air de s'attendre à mourir à tout instant. Quand il lui asséna un coup de coude dans les côtes, elle poussa un vagissement plaintif.

Trent bouillait intérieurement, mais il ne broncha pas. Il regarda Rolfe droit dans les yeux.

— Tu fais une grosse erreur, Eric.

— Ah ouais ?

— Je t'assure.

— Mais oui, cause toujours ! Bla bla bla !

Rolfe ne semblait pas disposé à se laisser entortiller, et Trent se demanda comment il allait s'y prendre, tout seul, avec pour seule arme un pistolet coincé dans sa ceinture, pour mettre hors d'état de nuire six cinglés et, en même temps, sauver les otages. Même avec Meeker pour le soutenir, cela se terminerait vraisemblablement dans un bain de sang. Il ne pouvait y avoir d'heureux dénouement et Eric, cette petite brute qui souriait malgré son regard froid et assassin, le savait.

— Ecoute, mec, nous sommes plus nombreux et mieux armés que vous, fit remarquer Rolfe, qui commençait à s'agiter. Et on se gèle les fesses, ici ! Alors, allons droit au but. J'ai déjà dit que nous voulions faire un échange. Mais puisque vous préférez déconner, je crois que je vais changer les termes du marché.

La situation s'envenimait. Trent devait essayer de gagner du temps.

— Comment ça ?

— Vous nous donnez Bernsen et Spurrier, et vous reprenez celle-là, répondit Rolfe en poussant de nouveau Julia avec son arme. Et Cousineau en prime. De toute façon, elle ne va pas tarder à se pisser dessus. Elle est à vous. Mais nous gardons Stillman jusqu'à ce que nous soyons à l'abri. Nous la relâcherons plus tard.

— Non ! s'écria Julia.

— Ferme-la, salope ! vociféra-t-il.

Trent se retint à grand-peine de saisir son arme et de viser la tête de la petite ordure. Il s'avança vers le groupe.

— Je ne peux rien vous promettre.

Rolfe n'écoutait plus. Il anticipait déjà ce qui allait se passer après l'échange de prisonniers.

— Il nous faudra aussi l'hélicoptère et l'hydravion. Ça fait partie du marché.

— Pour aller où ? A Roseburg ? A Medford ? Voyons, Spurrier n'est pas en état de partir, et encore moins de prendre l'avion. Laisse tomber, Eric. C'est fini. Spurrier a besoin de soins médicaux de toute urgence. Sinon, il ne s'en sortira pas. Quant à Zach, il s'est mis à table, il est en train de vous dénoncer tous.

Missy secoua la tête.

— Ce n'est pas vrai ! Il… il ne ferait pas ça.

Malgré tout, on décelait une pointe de doute dans sa voix haut perchée.

— Bien sûr que si, répliqua Trent, qui continuait d'avancer sans tenir compte des signes de tête de Julia ni de la frayeur dans ses yeux.

— Tu sais qu'il ferait n'importe quoi pour sauver sa peau. Il a un père avocat, à moins que ce soit un oncle, enfin quelqu'un de la famille… Bref, il a déjà demandé à parler au procureur. Il veut l'immunité pendant que vous pourrirez tous en prison pour le reste de votre vie.

— Il ment ! s'écria Missy.

— Je sais.

Eric ne se laissait pas intimider.

— Qu'est-ce que tu en sais ? demanda Ortega, avec un coup d'œil inquiet vers Rolfe.

Ainsi, Ortega était le maillon faible de la chaîne. Bon à savoir. Le garçon humecta du bout de sa langue ses lèvres gercées. Sa nervosité était visible sur son visage aux traits tirés.

— Zach a peut-être changé.

— Non, jamais de la vie ! insista Missy, dont un souffle de vent ébouriffa les cheveux.

— Ne panique pas à cause de ce loser, lui lança Eric.

Le regard de Trent trouva celui de Julia. Il y détecta de la « Non ! » cria-t-elle en silence.

Rolfe esquissa un rictus.

— Je crois que nous voilà dans une impasse, n'est-ce pas ?

Il déplaça le canon de son pistolet et le pointa droit sur la tête de Trent.

— Dommage ! Finalement, je vous aimais bien, Trent.

Trent tendit le bras pour empoigner son arme.

Bang !

Une détonation retentit dans tout le canyon.

Julia hurla.

La tête de Rolfe bascula. Du sang gicla, éclaboussa la neige de rouge. Tournoyant sur lui-même, le jeune homme lâcha son arme et s'écroula sur le sol. De la matière grise ensanglantée souilla le tapis neigeux immaculé.

— Non ! Pas ça ! glapit Missy. Eric ! Non ! Seigneur, mais qu'est-ce que vous avez fait ?

Trent arracha son pistolet de sa ceinture.

Derrière lui, le shérif adjoint Meeker, debout près d'un chêne squelettique, détourna son arme du corps sans vie de Rolfe et la pointa sur Roberto Ortega.

Nell poussa un hurlement de terreur. Trébuchant dans la neige, elle se précipita vers l'infirmerie, les mains toujours liées dans le dos, les cheveux flottant dans l'air glacé.

Sans otage pour lui servir de bouclier, Ortega formait désormais une cible facile.

— Non, oh, mon Dieu, non ! cria Missy, folle d'épouvante.

Julia se laissa tomber dans la neige, ramassa le pistolet d'Eric de ses mains menottées et, les doigts engourdis de froid, essaya de braquer l'arme sur Missy.

Roberto Ortega la vit, épaula son fusil et la mit en joue.

— Attention ! cria Trent en s'élançant en avant.

Visant Ortega, il bondit dans les airs, atterrit sur Julia pour lui faire un rempart de son corps.

Ortega pressa la détente.

Trent fit feu.

Une balle siffla près de la tête de Trent, la ratant d'un cheveu.

Avec un cri aigu de douleur, Ortega s'effondra.

Du coin de l'œil, Trent vit Shay pivoter sur elle-même, lancer sa jambe et atteindre Missy d'un coup de talon dans le menton, envoyant du même coup son arme valser dans les airs.

Ortega n'était que blessé. Il releva la tête et, les coudes plantés dans la neige, ajusta Trent.

— Crève, salaud ! grogna-t-il haineusement en appuyant sur la détente.

Trent roula sur lui-même, entraînant Julia avec lui dans une congère.

La balle les manqua de quelques centimètres et s'enfonça dans la neige. Une seconde plus tard, Trent, protégeant toujours Julia de son propre corps, leva son bras valide et brandit son pistolet.

Ortega, qui avait du mal à se remettre debout, tira une fois encore.

Mais il s'effondra comme une masse. Son sang aspergea la neige alentour.

Meeker accourut, son pistolet dirigé vers Missy Albright, qui essayait de se relever sur la neige glissante.

Pâle de colère, Shay sautillait sur place, les mains toujours menottées dans le dos, prête à lui asséner de furieux coups de pieds.

— N'y pense même pas, sale garce ! pesta-t-elle, les yeux étincelants de haine.

— Non…, commença Missy avant de jeter un regard autour d'elle, sur Roberto qui suffoquait et Eric qui avait visiblement cessé de vivre. Oh, mon Dieu ! gémit-elle dans un soupir.

Des larmes coulèrent sur ses joues tandis que, vaincue, elle se recroquevilla dans la neige en position fœtale.

— Ça ne va pas du tout ! Ce n'est pas ainsi que ça devait se passer.

— Dommage pour toi ! lança Shaylee.

Les autres petits soldats de l'armée de tarés levée par Spurrier — Takasumi, Slade et Donahue — regardaient fixement le pistolet de Meeker et les corps jonchant la neige. L'un après l'autre, ils laissèrent tomber leurs armes et levèrent les mains.

Takasumi se montrait stoïque, Slade méfiant. Quant à Kaci Donahue, elle tremblait si fort que ses dents s'entrechoquaient.

— Ne tirez pas ! supplia-t-elle. S'il vous plaît, je vous en prie, ne tirez pas !

Aucun de ces trois-là — des soldats de seconde classe, apparemment — n'avait ouvert le feu ni pris part à l'attaque. Dieu merci. S'ils avaient commencé à tirer, l'affrontement aurait pu tourner au massacre.

Aux yeux de Trent, ils méritaient tous d'être traînés devant un juge et condamnés à de lourdes peines d'emprisonnement.

Heureusement, Julia et Shaylee étaient saines et sauves. Il roula sur le flanc, regarda Julia, ses cheveux noirs étalés dans la neige, son visage pâle éclairé par la lune.

— Tu n'as rien ? demanda-t-il.

— Ça dépend de ce que tu veux dire par « rien ».

Elle réussit à grimacer un pauvre sourire, puis se tourna vers sa sœur. Ses yeux se remplirent de larmes lorsqu'elle vit que Shay était vivante et indemne.

— Est-ce que ça m'est déjà arrivé de ne « rien » avoir ?

— Jamais.

— C'est bien ce que je pensais.

Elle se redressa en position assise pour considérer les dégâts.

— Quel horrible gâchis ! murmura-t-elle. J'aurais pu me débrouiller toute seule, tu sais… Tu n'avais pas besoin de me jeter par terre et de me clouer au sol.

— J'en avais peut-être envie. Je n'ai pas pu m'en empêcher.

— Oh, lâche-moi un peu !

— C'est exactement ce que je viens de faire, répliqua-t-il avec un clin d'œil.

La lumière du soleil commença alors à ruisseler sur les montagnes, et l'aube, tant attendue, à chasser la nuit.

— Bon, bon, d'accord, je reconnais que tu m'as sauvé la vie, admit-elle. Je suppose que, maintenant, je vais avoir une dette envers toi jusqu'à la fin de mes jours.

— Tu as tout compris !

Trent lui tendit son bras valide pour l'aider à se remettre

debout. Meeker tenait toujours en respect les assistants d'éducation survivants.

— Tout va bien ? lui demanda Trent.

— Oui, ceux-là sont de gentils gosses, ironisa le shérif adjoint. Ils obéissent au doigt et à l'œil. Pour l'instant, ils sont en train de se passer les menottes les uns aux autres, comme je le leur ai demandé.

Meeker se tenait suffisamment près du petit groupe pour leur ôter toute envie de s'enfuir. Il avait déjà confisqué leurs armes, qu'il avait entassées à ses pieds.

— Pourquoi n'es-tu pas restée bien tranquille à Stanton House, hein ? demanda Trent à Julia. Qu'est-ce qui t'est passé par la tête ?

— Je me suis dit que je pourrais me rendre utile. Si tu ne l'avais pas encore remarqué, je ne suis pas très douée pour rester les bras ballants quand il y a des problèmes.

Elle secoua la neige de ses cheveux et reprit :

— A ton tour. Qu'est-ce qui t'a pris de vouloir descendre Spurrier ?

— En réalité, c'est lui qui a essayé de me liquider. J'ai simplement eu de la chance. Mais je me suis rendu compte d'une chose : que si jamais nous nous sortions vivants de ce cauchemar, je ferais en sorte de ne plus jamais te perdre.

— Mais oui, cause toujours !

— Sérieux ! insista-t-il, du soleil plein les yeux.

— C'est drôle, parce que je pensais exactement le contraire. Je me disais que si j'avais un tant soit peu de jugeote, que j'en réchappais et te retrouvais de nouveau sur mon chemin, je devrais prendre mes jambes à mon cou et m'enfuir aussi loin que possible.

Il haussa un sourcil sceptique.

— Je te rattraperais, tu sais.

— Je n'en doute pas, répondit-elle en effleurant sa joue grisonnante d'un baiser furtif. En fait, cow-boy, j'y compte bien !

— Aidez-moi ! gémit Shay en s'avançant vers eux.

Elle faillit trébucher sur le cadavre d'Eric Rolfe, baissa les yeux sur lui, et son expression s'assombrit.

— Bien fait pour toi, salaud ! grommela-t-elle.

Soudain, monté sur Augure, Flannagan fit irruption sur la pelouse.

Les sabots du cheval noir labouraient la neige, soulevant des nuages de poudreuse. Derrière lui, le troupeau entier arrivait au galop.

— Qu'est-ce que c'est que ça ? s'écria Trent.

Il ne tarda pas à comprendre. En désespoir de cause, Flannagan avait eu l'idée insensée qu'en provoquant une débandade parmi les chevaux, il pourrait arrêter l'attaque qui se préparait. Le regard brillant, il tenait un fusil dans chaque main et les rênes entre les dents, comme dans une de ces versions hollywoodiennes où l'un des protagonistes tente de sauver la situation.

Pareil à un vengeur sorti de l'enfer, il fonça droit sur le groupe des assistants d'éducation. Puis il descendit de sa monture et ramassa toutes les armes.

— Hé ! protesta Meeker. Laissez ça.

Flannagan obtempéra.

— On dirait que j'ai raté la bataille, dit-il.

— Trop tard, confirma Trent.

— C'est toujours comme ça, en ce moment.

Flannagan fourra les pistolets dans des étuis et considéra le carnage, comme s'il regrettait de ne pas y avoir participé.

— Vous arrivez à temps pour tout nettoyer, annonça Meeker.

— C'est bien ma veine ! répliqua Flannagan d'un ton malheureux.

— Qui aurait pu imaginer ça ? murmura Julia en regardant la neige rougie.

Ortega, toujours vivant, poussait de faibles gémissements.

— Je m'en occupe ! déclara Flannagan, en sa qualité de secouriste qualifié.

Jordan Ayres, vêtue de sa combinaison de ski, avait abandonné son poste dans l'infirmerie et, sa sacoche à la main, se précipitait vers les blessés.

Trent examina le corps d'Eric Rolfe. Le garçon était mort, son regard vide tourné vers le ciel, son visage encore empreint de la haine qui l'avait consumé. Que lui était-il donc arrivé pour qu'il devienne si facilement la proie d'un fou meurtrier tel que Spurrier ? Rolfe avait-il été mal programmé dès la naissance ? Trent plongea la main dans les poches raidies de froid de la parka du garçon et en sortit les clés des menottes.

— Et voilà ! dit-il en plantant un baiser sur le front de Julia.

Elle se frictionna aussitôt les poignets et apporta les clés à Shaylee, qui, dès lors qu'elle n'avait plus personne à assommer à coups de pied, observait en haletant sa sœur d'un œil incrédule.

— Toi et le cow-boy ? Pour de vrai !

— On dirait bien, convint Julia.

Elle risqua un regard vers Trent. Nul homme au monde n'aurait dû avoir le droit d'être aussi sexy, surtout après la nuit épouvantable qu'ils venaient de vivre. D'un geste prompt, Julia détacha les poignets de sa sœur.

— Qu'est-ce que tu dis de ça ?

— Je ne l'aurais jamais cru, répondit Shay avec un pauvre sourire contraint.

Julia la serra avec force dans ses bras. Le ciel s'éclaircissait rapidement, le soleil effaçait les étoiles et se réfléchissait sur la neige piétinée.

— Mon Dieu, comme je suis heureuse que tu n'aies rien…

— Moi aussi.

— J'ai eu si peur… peur qu'ils…

Julia déglutit avec peine. Les mots avaient du mal à franchir ses lèvres.

— Je croyais qu'ils t'avaient tuée, toi aussi. En voyant Maeve, je me suis dit qu'il devait y en avoir d'autres et que tu…

— C'est bon, je vais bien, coupa Shay. Mais je t'avais dit que cet endroit était plein de cinglés et de tordus. Tu me crois, maintenant ? Alors, fichons le camp d'ici ! Ramène-moi à la maison.

— Dès que possible, promit Julia, avant de ravaler la boule qui s'était formée dans sa gorge.

Shay dodelinait de la tête, frappée par le contrecoup des événements de cette horrible nuit où elle avait craint pour sa vie.

— Oui, c'est ça. Il faut que je quitte cette école. En attendant, donne-moi les clés. Je vais délivrer Nell.

— Oui, bien sûr.

Julia lui tendit les clés des menottes.

— Mais d'abord, commençons par le commencement.

Shay marcha droit sur Missy Albright, prit une paire de menottes des mains de Tim Takasumi et les referma sur celles de la jeune fille, qui n'en finissait plus de pleurnicher.

— Ça t'apprendra, sale garce ! lança Shay.

Elle poussa Missy en arrière avant de la rattraper par les poches.

— Ça suffit ! ordonna Meeker.

Les poings serrés, Shay recula à contrecœur.

— J'espère que tu récolteras ce que tu mérites, dit-elle à Missy.

Et sur ce, elle se dirigea enfin vers Nell. Trent entoura d'un bras l'épaule de Julia et la pressa contre lui.

— Rebelle un jour, rebelle toujours, murmura-t-il en regardant Shay.

— Tu parles de ma sœur ? demanda Julia. Ou de toi ?

Il sourit.

— Des deux.

Et il l'embrassa sur le front.

# 45

Quelques heures plus tard, Julia parvint enfin à se détendre un peu. Trent et elle s'étaient retrouvés dans la cafétéria de l'école, où ils sirotaient du café tout en essayant de tirer au clair certains points qui demeuraient encore inexpliqués.

Du moins sa sœur était-elle désormais en sécurité.

Shay et Nell Cousineau avaient été emmenées à l'infirmerie, où Ayres les avaient examinées pour s'assurer qu'elles n'étaient pas blessées. Ensuite, elles devaient rencontrer leurs conseillères psychologiques, qui les aideraient à surmonter le traumatisme d'avoir été prises en otage et menacées de mort.

Pour autant que Julia puisse en juger, Shay semblait bien supporter la situation, du moins pour le moment. Nell, en revanche, était complètement effondrée. Elle resterait probablement marquée à jamais par ce qui lui était arrivé. Pour l'heure, elle se trouvait sous l'œil vigilant de Rhonda Hammersley, qui attendait avec elle l'arrivée de ses parents.

Meeker, avec l'aide de Flannagan, Taggert et Burdette, avait enfermé les agresseurs dans l'infirmerie, transformée pour l'occasion en prison de fortune. Ayres pansait les blessures. Eric Rolfe était mort, Roberto Ortega se cramponnait à la vie et Spurrier, qui n'avait plus rien d'un Guide, s'éteignait rapidement.

Un peu plus tôt, d'une fenêtre de son appartement dans Stanton House, Julia avait vu un hélicoptère du shérif atterrir sur le campus, bien avant la réouverture des routes. Les inspecteurs Baines et Jalinsky avaient déjà pris sa déposition, ainsi que celle de Trent, et interrogeaient à présent les disciples de Spurrier. Le shérif et plusieurs de ses adjoints arrivés par hélicoptère s'entretenaient avec les pensionnaires et enregistraient leurs témoignages l'un après l'autre — une corvée interminable et extrêmement fastidieuse.

Pendant que les policiers inspectaient les scènes de crime, l'infirmerie, la pelouse et l'abri antiatomique rénové, Julia et Trent avaient essayé de reconstituer le cours des événements.

C'était tout de même hallucinant, se disait à présent Julia, tout en avalant une gorgée de son café tiède. Elle avait été sidérée d'apprendre que Kirk Spurrier, pilote et professeur occasionnel, avait échafaudé un plan pour prendre la direction de l'école. Dans sa vision délirante du monde, il avait considéré sa mainmise sur Blue Rock Academy comme une ultime vengeance contre le révérend Tobias Lynch et sa poule mouillée de femme, Cora Sue. Toutefois, selon les dires de certains assistants d'éducation plus bavards, les projets de Spurrier s'étaient avérés infiniment plus ambitieux. Blue Rock devait lui servir de tremplin pour étendre beaucoup plus largement son influence, y compris sur d'autres écoles où il comptait rassembler son troupeau de fanatiques. Il s'était vu comme un croisé, appelé à prendre un jour la tête d'une immense congrégation de fidèles, pareil à un télévangéliste avide de pouvoir politique.

Julia se resservit. Son bras valide posé sur son épaule, Trent regardait par la fenêtre. Lui aussi semblait absorbé par ses pensées. Il en avait oublié sa tasse. Elle la remplit de café.

Les policiers étaient toujours occupés à passer au crible les assistants d'éducation. Ils interrogeaient Lynch et ceux dont ils savaient qu'ils faisaient partie du programme universitaire de Blue Rock, afin de déterminer l'ampleur de l'influence néfaste de Spurrier.

Le Guide avait informé Rolfe, Bernsen, Albright et Ortega — le cercle de ses intimes — de ses projets. Bernsen et Albright, les deux seuls encore en état de parler, avaient, de mauvaise grâce, avoué ce qu'ils savaient de la mission de Spurrier, mais avaient nié avec véhémence toute participation aux meurtres de Drew Prescott, Nona Vickers et Maeve Mancuso.

Sur ce dernier point, ils demeuraient inébranlables — leur Guide bien-aimé n'était pas un assassin ! Cependant, ils reconnaissaient que Spurrier avait craint la présence d'un « franc-tireur » dans leurs rangs. Missy était convaincue qu'Eric Rolfe était le tueur, car il s'était toujours montré assoiffé de sang, prêt à prendre le mors aux dents et à exhorter Spurrier à la violence.

Comment le savoir ?

Spurrier était agonisant, et Rolfe déjà en route pour se présenter devant son Créateur.

Entre-temps, deux enquêteurs avaient examiné l'écurie à la loupe, dans l'espoir de découvrir des indices permettant de faire le lien entre Rolfe et les meurtres. Quant aux communications téléphoniques, elles avaient été rétablies, encore que de façon très aléatoire.

— Je ne sais pas pour toi, mais personnellement, j'ai hâte de plier bagage, finit par déclarer Trent.

Il tourna le cou dans tous les sens pour détendre ses muscles.

— Le plus tôt sera le mieux, approuva Julia. Mais je veux attendre encore un peu pour pouvoir emmener Shay avec moi.

— Ça risque de prendre du temps.

Le regard de Trent survola un groupe d'élèves installés à des tables dans le fond de la cafétéria. Les traits tirés, tous étaient silencieux. Des survivants. Julia se demanda combien d'entre eux avaient été au courant, combien s'étaient doutés des forces maléfiques à l'œuvre au sein de Blue Rock.

Une porte s'ouvrit tout à coup, et le père Jake entra. Ayant repéré Julia et Trent, il se fraya un chemin entre les tables inoccupées pour les rejoindre.

— Quelle nuit ! s'exclama-t-il. Ça ne vous dérange pas si je m'assois à côté de vous ?

— Pas du tout, répondit Julia.

L'aumônier avait la mine sombre. Il prit une tasse inutilisée sur la table et se versa du café.

— Comme vous avez tous les deux été mêlés de près à ce

gâchis, je crois que je vous dois des explications sur les raisons véritables de ma présence ici.

— Vous aussi, vous aviez des intentions secrètes ? grommela Trent.

Le père Jake esquissa un demi-sourire et se renversa dans son siège.

— Comme tout le monde, pas vrai ?

Rien de plus exact. Julia avait menti pour aider Shaylee à se faire la belle, et Trent était venu incognito pour essayer de découvrir ce qui était arrivé à Lauren Conway. Tous deux avaient avoué, et maintenant, semblait-il, c'était au tour du père Jake.

— Eh bien, voilà..., commença-t-il.

Et il se mit à raconter son histoire. Il expliqua qu'il avait été engagé par le conseil d'administration de Blue Rock Academy pour surveiller Lynch. Après la disparition de Lauren Conway, les membres du conseil, mécontents des explications du pasteur, avaient souhaité recueillir un autre point de vue sur l'école.

— Le vôtre, donc, devina Trent. Et qu'en avez-vous conclu ?

— Evidemment, je pense que Lynch devrait se retirer, répondit Jake McAllister avec un sourire. Et inutile de me regarder comme ça. Je connais mes limites en tant qu'ecclésiastique, et ma place n'est pas ici. Lynch s'est laissé convaincre de démissionner. Il devrait le faire cet après-midi. J'ai dit au conseil d'administration que je resterais ici jusqu'à ce qu'ils aient trouvé un remplaçant plus approprié.

— Vous croyez que Blue Rock va fermer ? demanda Julia, oubliant totalement son café.

McAllister haussa une épaule.

— Qui sait ? répondit-il. Peut-être. Pourtant, sous la direction d'une personne compétente, je crois que ce genre d'établissement pourrait marcher. En tout cas, je l'espère. Il y aura toujours des gosses perturbés qui en auront besoin, acheva-t-il avec un pauvre sourire.

Julia ne l'ignorait pas. Shay en était un parfait exemple.

Dieu seul savait si, après cette expérience terrifiante, elle redeviendrait jamais la petite fille heureuse qu'elle avait été jadis.

Les portes s'ouvrirent de nouveau, et d'autres pensionnaires, après avoir été interrogés, entrèrent dans la cafétéria, où Martha Pruitt avait installé une longue table chargée de sandwichs et de boissons fraîches. Les élèves étaient pâles et graves : rien à voir avec les ados excités et impatients que Julia avait rencontrés à son arrivée… Cela ne faisait-il vraiment que quelques jours ?

Plusieurs de ses élèves croisèrent son regard, et elle leva une main pour leur faire signe tandis qu'ils se mettaient en file pour prendre des couverts et un plateau. Ollie Gage la regarda avec ses yeux de chouette, Keesha Bell agita sa main libre, gardant l'autre serrée dans celle de son petit ami. Même Crystal Ricci hocha la tête dans sa direction. Comme dans toutes les tragédies, les gens se rapprochaient les uns des autres. Parlant le moins possible, ils se rassemblèrent autour des tables au fond de la salle. Quelques conseillers étaient assis ici et là, au milieu d'eux, mais aujourd'hui, pour une fois, aucune table n'était réservée à quelqu'un en particulier. Il n'y avait plus de règlement qui tienne, et les pensionnaires semblaient ne pas demander mieux que de se serrer les coudes.

Quelques secondes plus tard, la porte s'ouvrit à la volée et Shay fit son entrée. Elle jeta un rapide regard circulaire dans la cafétéria, aperçut Julia et se dirigea droit vers la table de sa sœur.

— Je croyais que tu étais avec ta conseillère, lui dit Julia.

— C'est bon, je vais bien, répondit Shay. Je crois que nous pouvons partir, maintenant.

— Juste comme ça ? demanda Julia, sceptique. Tu vas « bien » et l'école te laisse repartir ? Tout de suite ?

— Ils estiment que j'en ai assez bavé.

Pour la première fois depuis très longtemps, Shay souriait. Certes, ce n'était pas le sourire contagieux et enthousiaste de son enfance, mais un sourire tout de même.

— Waouh ! s'exclama Julia. Je suis un peu surprise, mais bon, tant mieux !

Cependant, compte tenu de tout ce qui s'était passé au cours des dernières quarante-huit heures, l'autorisation de sortie accordée à sa sœur semblait un peu prématurée.

Comme si elle avait lu dans ses pensées, Shay précisa :

— Mme Hammersley veut que je continue à voir un conseiller psychologique à Seattle, peut-être en consultations externes... Et, bien sûr, il va falloir que je me débrouille avec le juge.

Elle parlait plus vite, à présent. Avec animation. Impatiente de quitter enfin l'école qu'elle considérait comme une prison.

— Je pense qu'Edie réussira à arranger les choses, tu sais, vu tout ce que j'ai subi. Après tout, j'ai été prise en otage, j'ai vu tous ces meurtres...

Elle frissonna, et Julia remarqua que Trent et le père Jake observaient sa sœur, comme pour tenter de la cerner. Ce qui, évidemment, n'était pas gagné.

— Je suis certaine qu'Edie fera de son mieux. Je lui ai expliqué que je venais te chercher, mais je ne lui ai pas encore avoué que je travaillais ici. Je pense qu'il vaut mieux lui dire ça en face.

— Ouais, je suppose, convint distraitement Shay, trop surexcitée pour écouter réellement. S'il le faut, Edie n'aura qu'à en discuter avec Max. Il doit bien y avoir un moyen de convaincre le juge de me laisser rentrer à la maison.

— A mon avis, intervint le père Jake, tu auras besoin de la recommandation d'un conseiller, d'une lettre de quelqu'un de l'école et d'un bon avocat.

Shay haussa les épaules.

— Alors, il ne devrait pas y avoir de problème.

— Nous nous en occuperons, assura Julia, même si elle n'était pas totalement convaincue.

C'était le problème, avec Shay : elle croyait toujours qu'il lui suffisait de croire à quelque chose pour que son souhait se réalise par la seule force de sa volonté.

— Va donc te chercher un morceau à manger, en attendant que tous les papiers soient prêts, suggéra Julia. Tu sais comment ça marche. Il faut du temps pour tout, ajouta-t-elle pour couper court aux protestations de sa sœur.

— Bon, d'accord, répondit Shay en levant les yeux au ciel. Mais je n'ai pas faim. Je vais juste prendre une boisson et l'emporter dans ma chambre. Je veux faire mes bagages le plus vite possible.

— Attends une seconde ! Il n'y a pas des formulaires à signer pour que tu puisses partir avec moi ? Etant donné que je ne suis pas ta mère…

— Hammersley a dit qu'il suffisait que tu prouves que tu étais ma sœur, ou quelque chose comme ça. Mme King, la secrétaire, a toutes les autorisations de sortie. Ensuite, il ne restera plus qu'à les faire signer par un responsable.

— Nous verrons cela, dit le père Jake.

— Sans l'ordonnance d'un juge ni la permission de tes parents ? insista Julia. L'école te laissera sortir ?

— Bien sûr que non, mais nous allons obtenir tout ça, pas vrai ? Puisque les communications téléphoniques sont rétablies, nous pouvons appeler Edie et Max. L'avocat n'a qu'à trouver le juge et le convaincre. Non ? J'en ai parlé avec l'inspecteur Baines pendant mon interrogatoire.

Julia jeta un coup d'œil au père Jake.

Il hocha la tête, mais n'ébaucha pas un sourire.

— A peu de choses près, c'est ainsi que ça fonctionne, et, de toute façon, tout est complètement chamboulé à cause des familles qui réclament à cor et à cri le retour de leurs enfants.

— Je ne sais pas, Shay, hésita Julia, toujours en proie au doute. Tu viens d'endurer pas mal de choses et…

— Et je vais très bien, coupa Shay en levant les yeux au ciel, comme consternée par l'attitude de sa sœur, qui se révélait incapable de reconnaître l'évidence. Je t'assure ! Tout baigne !

Julia éprouvait encore quelque difficulté à admettre l'idée que tout pouvait être aussi facilement passé à la trappe ; mais peut-être ne s'agissait-il là que d'une façon pour Shay d'affronter ses traumatismes. Sans compter qu'elle était morte de fatigue et n'avait plus envie d'argumenter.

— Très bien. Mais tu suivras les conseils de Mme Hammersley et tu te plieras aux ordres du juge, n'est-ce pas ? Promis ?

— Parole de scout ! s'empressa de répondre Shay. Ouais, je te le jure.

— Tu as intérêt à tenir ta promesse ! prévint Julia, qui n'avait pas l'intention de se laisser embobiner.

Shay afficha un large sourire.

— Oui, oui, t'inquiète !

Julia abdiqua.

— Bon, je te retrouve dans ta chambre dans un petit moment. Nous nous occuperons de la paperasse ensemble.

— Dépêche-toi ! Je suis trop pressée de ficher le camp d'ici !

Sur ces mots, Shay alla chercher une canette de Coca dans la glacière et sortit.

Comme si rien ne s'était passé.

« Bizarre, tout de même », songea Julia.

Cela dit, c'était du Shay à cent pour cent. Totalement imprévisible.

Julia se tourna vers le père Jake.

— Tout ça vous paraît vraiment réglementaire ? Je ne sais pas pourquoi, mais j'ai l'impression que c'est trop facile.

Elle lança un regard à Trent qui suivait Shaylee des yeux.

— C'est un peu rapide, en effet, admit le jeune ecclésiastique, mais les conditions ne sont pas vraiment normales. Nous savons tous qu'un grand nombre de pensionnaires partiront dès que le shérif aura donné son accord. J'imagine qu'il va se produire un exode massif, à cause des meurtres. Ni les parents ni les juges ne forceront les gosses à rester ici. Ce serait trop traumatisant, ça causerait plus de mal que de bien. Les avocats sont probablement déjà en train de faire du raffut pour que les élèves soient transférés dans des institutions plus sûres, et je ne peux pas leur en vouloir.

Il regarda le groupe d'élèves réunis autour des tables. Certains affichaient une mine renfrognée, quelques autres plaisantaient bruyamment, comme si de rien n'était.

A l'instar de Shay, ils semblaient s'être forgé une épaisse carapace pour se protéger des horreurs de ces derniers jours.

— Quelles nouvelles de Spurrier ? s'enquit Trent.

— Il est dans le coma, répondit le père Jake avec une moue. L'hélicoptère sanitaire est en route, mais personne ne pense qu'il survivra.

— L'enfer est encore trop bien pour lui, commenta Trent.

— Je suis d'accord.

— Et Roberto Ortega ? ajouta Trent, le regard toujours rivé sur les portes de la cafétéria, avant de se tourner vers l'ecclésiastique.

— Il a une chance de s'en sortir, mais très mince. Dommage pour ces gosses.

Le père Jake consulta sa montre, poussa un soupir, puis tapota sur la table avec les jointures de ses doigts.

— Merci pour tout. Sans vous deux, je ne suis pas certain qu'on aurait pu démasquer Spurrier. Le devoir m'appelle. Je dois aller m'en acquitter.

Il se leva brusquement, remit sa chaise en place d'un coup de pied, puis s'éloigna d'un pas rapide en se faufilant parmi les tables. Il se dirigea vers la porte par laquelle Shay était sortie un peu plus tôt.

Quelques pensionnaires le regardèrent partir.

Les autres semblèrent n'y prêter aucune attention.

Mais pas Trent. Les sourcils froncés, il considéra le pasteur d'un regard songeur.

— Que penses-tu du père Jake ? demanda-t-il.

Julia jeta un coup d'œil par-dessus son épaule.

— Qu'il est trop beau pour être ministre du culte.

— Je parle sérieusement.

— Moi aussi, répondit-elle en tendant le bras par-dessus la table pour lui prendre la main. Mais il n'est peut-être pas aussi séduisant qu'un certain cow-boy de rodéo que je connais.

— Ex-cow-boy de rodéo. Tu te rappelles ?

— C'est ce que je voulais dire.

Elle sourit, et il lui pressa la main, mais ses yeux restèrent fixés sur la porte qui claqua derrière l'aumônier.

Avec quelle rapidité les choses pouvaient changer…, se dit Julia. Pour commencer, sa liaison inattendue avec Trent se révélait extrêmement positive. Et à présent, elle était enfin sur le point d'accomplir la mission qu'elle s'était fixée : secourir sa sœur en l'éloignant de la terrifiante menace qui avait plané sur elle.

Quant à l'école, maintenant que Spurrier et ses disciples cinglés avaient été démasqués, il y avait fort à parier que Blue Rock Academy allait faire faillite. Encore un exemple prouvant que les projets les mieux conçus pouvaient mal tourner et aboutir à des résultats imprévus.

— Bon, je crois que je ferais mieux, moi aussi, d'aller boucler mes valises et donner ma démission, dit-elle en retirant sa main de celle de Trent. C'est sans doute la première fois qu'un prof reste si peu de temps en fonction dans cette école.

Trent émit un petit rire.

— Je ne tarderai pas à t'imiter. Je vais démissionner dès que j'aurai pu parler aux parents de Lauren Conway. Tu sais que Meeker a trouvé une clé USB dans les poches de Spurrier ?

— Je ne savais pas ce que ça impliquait.

— Nous n'en sommes pas encore sûrs, mais nous pensons que la clé pourrait contenir des informations récoltées par Lauren. Rhonda Hammersley l'a branchée sur un des ordinateurs de l'infirmerie, et, bien qu'elle ait été partiellement endommagée par le feu, il semble que certaines données soient restées intactes. Le shérif va demander à son labo d'essayer de les récupérer.

— A la place des dossiers de Lynch.

— En plus de ce qui n'a pas été détruit dans l'incendie. Les adjoints du shérif sont déjà en train de fouiller dans les décombres de ma maison.

— Et qu'est-il advenu du corps de Lauren ?

— Bernsen croit qu'il sait quelque chose, mais il refuse de parler. Il veut bénéficier d'une immunité.

— Super ! On va remettre Zach Bernsen en liberté ! Il ne manquait plus que ça ! Et toi, cow-boy ? Que feras-tu, une fois sorti d'ici ?

— Tu as besoin de le demander ?

Elle leva un sourcil.

— En ce qui te concerne, oui, je crois.

— Je pensais te l'avoir expliqué juste après que nous avons failli nous faire descendre. Tu te souviens ? Sinon, je te le répète : ce que j'ai l'intention de faire dès que j'aurai quitté cet endroit, c'est de te courir après. Alors, n'imagine pas que tu vas m'échapper.

Elle cligna des yeux.

— Attrape-moi si tu peux.

— Je le peux, répliqua-t-il avec assurance. Et fais-moi confiance, j'y arriverai.

Ainsi, sa vie allait prendre un tournant décisif, songea Julia, essayant d'imaginer l'avenir avec Trent. Qui l'eût cru ?

Stimulée par la pensée que ce cauchemar au moins serait bientôt terminé, Julia quitta la cafétéria et traversa le campus pour ce qui serait sans doute la dernière fois. Tout était calme, à présent, paisible, même. Le soleil brillait, faisant miroiter les rives glacées du lac de la Superstition. Sur fond de montagnes et de ciel bleu, le campus avait une fois de plus repris cette apparence paradisiaque, si joliment rendue sur les photos du site Web — un cadre idéal et porteur de promesses pour des adolescents à problèmes.

Julia perçut tout à coup le tchouc tchouc tchouc de l'hélicoptère sanitaire avant de le voir amorcer sa descente vers le sol enneigé.

L'hydravion au logo de l'école était toujours emprisonné dans les glaces, comme un rappel discret de Spurrier et de ses plans diaboliques. Comment les agissements d'un seul homme avaient-ils pu avoir autant d'impact sur tant d'autres personnes ? Julia frissonna et se mit en route vers Stanton House.

La vie à Blue Rock ne serait plus jamais la même.

Spurrier survivrait-il ?

Avouerait-il jamais les meurtres ?

Elle en doutait. Même Zach et Missy clamaient à tue-tête que leur Guide n'avait eu aucune intention de tuer qui que ce soit. Sauf qu'ils affichaient une confiance aveugle en Spurrier — à croire qu'ils le considéraient presque comme un membre de leur famille. Ils étaient pareils à des enfants qui refusent de voir le mal chez leurs parents.

La loyauté familiale est un sentiment d'ordinaire profondément ancré et inébranlable, au point parfois d'en devenir ridicule. Il n'y avait qu'à voir ce qu'elle-même avait accepté de faire — tous les mensonges et les tromperies — pour sa sœur.

Julia lança un regard vers le bout de terrain devant l'infirmerie, la neige foulée, le sang encore visible. Les chevaux avaient été rassemblés et reconduits dans leurs stalles, de nouveau en sécurité sous la responsabilité de Bert Flannagan. Mais les jeunes impliqués dans l'attaque de l'infirmerie n'oublieraient jamais ; leur vie serait changée pour toujours.

De même que la sienne.

Et celle de Shay.

Au lieu de regagner son appartement, elle décida d'aller voir ce que faisait sa sœur. Quelque chose clochait dans la façon dont Shay réagissait à l'épreuve qu'elle venait de subir, et Julia voulait s'assurer qu'elle allait bien, qu'elle serait capable de tracer une croix sur toute cette abomination et de mener une vie normale.

Du moins, aussi normale que Shay pourrait le supporter.

A dire vrai, c'était autre chose qui turlupinait Julia. Que Shay obtienne l'autorisation de partir dès aujourd'hui, dans l'heure qui suivait, ça ne sonnait pas juste, et ce en dépit des explications avancées par le père Jake.

Shaylee était connue pour son penchant au mensonge, son aptitude à déformer la vérité pour la faire concorder avec sa propre vision des choses, son talent pour inciter Julia à faire ce qu'elle voulait sans se préoccuper des conséquences. Ses antécédents parlaient d'eux-mêmes.

Shay pensait peut-être avoir été miraculeusement « guérie »

de l'angoisse d'avoir été retenue prisonnière et prise en otage par Eric Rolfe, mais Julia savait qu'il faudrait des années de thérapie avant que sa sœur cesse de manipuler son entourage. Au fond de son cœur, Julia se demandait si Shay serait jamais normale, quelle que soit la signification de ce terme. Depuis le jour où Edie avait épousé pour la seconde fois Rip Delaney — le père de Julia — Shay débloquait. L'adolescence avait étouffé la gentille petite fille en elle. Comme l'avait dit le père Jake, c'était « dommage ».

Julia se hâta de grimper l'escalier de la résidence déserte. Vidé de ses occupantes — rassemblées dans la cafétéria ou interrogées dans les locaux de l'intendance — le bâtiment était plongé dans un calme et un silence surnaturels. Elle frappa à la porte de Shay.

— Hé, tu es prête ?

La porte non verrouillée s'ouvrit d'elle-même.

Un téléphone mobile collé contre l'oreille, Shay sursauta. Surprise, elle se retourna pour faire face à la porte ouverte.

— Qu'est-ce que tu fous là ? s'écria-t-elle avec colère, en renversant sa canette de soda à moitié vide. Merde, Julia, tu m'as fait peur !

— Désolée, lui dit Julia.

Elle referma la porte derrière elle et se rendit compte que sa sœur n'était pas aussi calme qu'elle le prétendait. Le Coca se déversait par terre avec un gargouillis.

— Je croyais…

— Je te rappelle, Wolf, dit Shay dans le téléphone de Nona — celui qu'elle n'avait jamais rendu.

Elle se tourna vers sa sœur.

— Il est sorti, tu sais, annonça-t-elle avec un large sourire. Sous caution.

— Wolf ? Tu devrais peut-être l'éviter, conseilla Julia.

Elle se dirigea vers le bureau pour chercher de quoi nettoyer le soda répandu par terre.

— Ouais, c'est ça.

Sans réfléchir, Shaylee s'empara d'une serviette sur son

bureau, la jeta sur la flaque, puis posa son pied dessus et en essuya doucement le sol.

En la poussant du bout du pied.

Epongeant le liquide. Lentement.

Traçant une forme de S.

Aussi naturellement que si elle avait fait cela toute sa vie.

Julia, debout près de la fenêtre, regardait fixement le pied de Shay. Le geste circulaire. Familier. Sinistre.

Son cœur faillit cesser de battre.

Un souvenir vacillant lui revint à la mémoire, un souvenir qu'elle avait refoulé pendant des années. Elle revit le petit pied de sa sœur sur une autre serviette, celle qui recouvrait une tache de sang près du corps de Rip Delaney. Pas le sang que Julia avait fait jaillir en retirant le couteau du corps de son père, mais celui de la blessure qui était déjà là.

— Oh, mon Dieu! murmura-t-elle.

Des images aux bords déchiquetés se présentèrent à son esprit. Elle se rappela le corps de son père étendu sur le sol, le couteau planté dans sa jambe, le sang s'échappant de son artère fémorale sectionnée. Il était déjà trop tard lorsqu'elle était entrée dans la pièce éclairée par la lueur tremblante de l'écran du téléviseur. Elle avait trouvé Shay en train d'essuyer le sang avec son pied. Julia avait poussé un hurlement et arraché le couteau de boucher, mais il était trop tard.

Quelle avait été l'excuse de Shay? Qu'elle essayait de se rendre utile?

Le souvenir, demeuré flou si longtemps, était maintenant clair comme le jour.

Julia sentit ses entrailles se glacer.

Cela ne pouvait pas être vrai!

Et pourtant, le geste que Shay accomplissait avec tant de naturel était identique à celui qui s'était gravé dans son cerveau.

Impossible! Son imagination devait lui jouer des tours! Son pouls commença à tambouriner douloureusement contre ses tympans tandis qu'elle se souvenait de la tache sanglante près du corps d'Andrew Prescott dans l'écurie. Comme si quelqu'un avait voulu essuyer le sang répandu, d'un geste serpentin, ne laissant visible que les courbes sombres d'un « S ».

Une autre bribe de souvenir : la petite flaque barbouillée sur le sol à côté du corps de Maeve Mancuso. Encore une fois, les traces d'un mouvement ferme et régulier. Une forme sinueuse plus foncée au milieu de la tache effacée.

Et, selon toute vraisemblance, sur le sac de couchage où Nona Vickers avait trouvé la mort, il devait y avoir la même signature sanglante : la signature de Shay. Le « S » estompé et ondoyant.

Julia déglutit avec peine. Son esprit refusait de reconnaître les faits.

Elle se focalisa de nouveau sur l'instant présent, le regard toujours rivé sur le pied de Shay. Puis elle releva la tête et vit que sa sœur l'observait, un sourire entendu flottant sur ses lèvres charnues.

— Pour l'amour du ciel, Shay, chuchota Julia d'une voix tremblante. Qu'as-tu fait ?

Une telle chose ne pouvait se produire ! C'était impossible ! Shay n'était pas une meurtrière ! Il devait y avoir une autre explication, une autre personne… Mais il brillait dans le regard de sa sœur une lueur de triomphe. Et autre chose, aussi : quelque chose de beaucoup plus dangereux et maléfique.

A cet instant précis, Julia sut qu'elle avait vu juste. Mais il lui fallait l'entendre de la bouche de sa sœur.

— Tu les as tués ?

Non, pas elle ! PAS SHAY !

— Nona, Drew, Maeve ? Tu les as assassinés ? demanda-t-elle encore une fois, espérant contre toute attente qu'elle s'était trompée.

« S'il te plaît, nie-le ! Je t'en prie. Je te croirai ! »

— C'était le seul moyen pour que tu me croies, répondit Shay innocemment.

Une certaine satisfaction était perceptible dans sa voix, mais aucune trace de dénégation.

— Comment j'aurais pu te convaincre de me sortir d'ici, sinon ? ajouta-t-elle.

— Ce n'est pas possible, tu n'as pas pu faire ça !

Julia secoua la tête. Elle refusait de considérer sa sœur comme un monstre. La pensée que Shay soit capable de préméditer des meurtres, de tuer de sang-froid, l'horrifiait au plus profond d'elle-même.

— Tu es trop stupide pour reconnaître que tu ne m'aurais jamais emmenée loin d'ici, si tu n'avais pas cru ma vie en danger ? demanda Shay, que la colère enflammait. Tu pensais qu'on devait m'enfermer. Tu n'étais venue que pour te déculpabiliser.

— Non… je n'ai…

Pourtant, c'était la vérité. Et elles le savaient toutes les deux.

— Alors, il fallait que quelqu'un meure ! J'ai décidé que ça devait être quelqu'un qui se croyait plus malin que moi, qui prenait son pied à me faire des vacheries. Nona et Maeve, pour commencer. Andrew, lui, s'est simplement trouvé en travers de mon chemin. Tu sais, toujours le même problème : au mauvais endroit, en train de baiser la mauvaise fille.

— Quoi ? Attends une minute ! Ne mens pas, Shay !

Julia s'accrochait désespérément à l'idée que Shay n'agissait que par bravade, qu'elle avait craqué au moment où Eric Rolfe et Missy Albright avaient braqué leurs armes sur elle.

— Tu ne les as pas tués ! Lauren Conway a disparu bien avant que tu arrives ici.

Voilà, c'était ça ! La preuve que sa sœur délirait.

Mais Shay ne sourcilla pas, et Julia tenta de se convaincre qu'il y avait une explication.

— Tu es vraiment naïve. Putain, Julia, je n'aimerais pas être à ta place ! Evidemment que je n'ai pas tué Lauren ! Je crois que c'est Spurrier ou sa clique qui l'ont fait. D'ailleurs, il s'agissait peut-être d'un accident, mais je me suis dit que ça pourrait tourner à mon avantage et c'est exactement ce qui est arrivé, pas vrai ?

Julia décela de la haine dans l'expression de sa sœur.

— Et papa ?

— Rip ? Ce pervers ? Tu rigoles ? Bien sûr que je l'ai assassiné ! Puisque tu en étais incapable ! Tu ne te rendais compte de rien dès qu'il était question de lui. Tu sais comment il me reluquait ? Et toi aussi ? Je nous ai rendu un fier service à toutes les deux !

Les lèvres de Shay se retroussèrent sur un rictus de dégoût.

— Quoi ? Non…

— Bon, il ne m'a pas touchée, et alors ? Ce n'était qu'une question de temps. Et il était pratiquement amoureux de toi.

— Quoi ?

Julia n'en croyait pas ses oreilles.

— Toujours à te prendre dans ses bras, suspendu à tes lèvres, à te traiter comme si tu étais la huitième merveille du monde…

— C'était mon père.

— Et il voulait être davantage.

Le visage de Shay se tordait de dédain, sa psychose transparaissait sur ses traits.

— Tu es folle, murmura Julia.

Ahurissant ! Certes, Shay et Rip ne s'étaient pas bien entendus, et Shay n'avait jamais compris le profond attachement du père pour sa fille, mais là, elle nageait en plein délire…

— Alors, tu l'as tué ? chuchota Julia, horrifiée jusqu'à la moelle des os.

Elle n'en revenait pas.

— Qu'est-ce que tu as cru ? Que quelqu'un était entré par effraction et l'avait poignardé dans la jambe ? Pour quoi ? Pour sa carte de crédit ?

Shay leva les yeux au ciel.

— Mais pourquoi ?

— Je viens de te le dire : il me faisait flipper !

Quel genre de monstre était-elle donc ?

— Ça lui en a fichu un coup… et je dois dire qu'à moi aussi. Mais je l'ai regardé se vider de son sang et j'ai ressenti… une sensation de puissance. C'était drôle, vraiment…

La voix de Shay s'éteignit, comme si elle s'était perdue dans ses propres souvenirs.

Drôle ? Le meurtre de son père était « drôle » ? Julia n'arrivait pas à accepter l'idée qu'elle s'était laissé duper pendant toutes ces années, que le caméléon qu'était sa sœur l'avait trompée dans les grandes largeurs.

— Tu vois ce que je veux dire, continua Shay. J'étais comme tétanisée, juste de regarder son sang couler. Il y en avait une de ces quantités ! Partout... et, bien sûr, il ne fallait pas que je m'en approche. J'ai même fait semblant d'appeler le 911 pendant qu'il essayait d'attraper le téléphone.

— Mais il y a eu un cambrioleur...

— Bien sûr ! Rip avait laissé son portefeuille sur la table, alors je l'ai caché, et le lendemain, en allant à l'école, je m'en suis débarrassée en le donnant à un SDF dans la rue.

Shay riait presque, se délectant de l'expression d'horreur qu'affichait le visage de Julia.

— On a trouvé des empreintes de pas, objecta Julia.

Elle commençait à se rendre compte que Shay se repaissait de la pensée d'avoir abusé tout le monde — sa sœur, Edie, la police.

— De la même taille que les siennes. La police ne l'a même pas remarqué. Bizarre, non ? Tu te rappelles les chaussures qu'Edie avait mises dans un sac pour les donner à GoodWil[12] ?

Shay haussa une épaule, comme pour dire « Trop facile ! »

Julia avait envie de vomir. L'effarante vérité s'imposait avec de plus en plus de force à son esprit.

— Ensuite, tu es arrivée et j'ai dû essuyer... avec la serviette, pour faire croire que je venais juste de le trouver, moi aussi. Je me suis forcée à pleurer et à crier, mais tu n'y as vu que du feu. Un seul coup d'œil sur lui, et tu as pété les plombs. Tu es devenue dingue. Putain, qu'est-ce que j'ai eu comme pot !

Shay arbora un large sourire. Ces souvenirs semblaient presque la griser.

12. Association caritative. (NdT)

— Mais tu étais si jeune… Oh, mon Dieu, pourquoi as-tu fait ça ? gémit Julia, qui tentait désespérément de mesurer la profondeur de la perversion de sa sœur.

— Non, sans blague ? Tu ne comprends donc vraiment rien ? Je t'ai déjà expliqué que j'ai fait ça pour nous sauver. Je savais que si Edie et moi, nous restions seules, tu ne nous quitterais pas.

Elle scrutait le visage de Julia, son air bravache à présent mêlé de suspicion.

— Tu en avais l'intention, je le savais. Et tu étais la seule personne qui s'intéressait vraiment à moi. Du moins, je le croyais. Mais je me trompais. Tu avais changé. Tu voulais partir pour faire tes études à l'université, et tu sortais avec un type que je n'avais jamais rencontré, le même fils de pute qui est devenu mon chef de groupe ici… Tu parles d'un manque de bol !

Trent !

— Je ne te crois pas.

— Ça ne m'étonne pas ! s'esclaffa Shay. Toi, tu es une petite sainte. Tu ne vois jamais le mal chez les autres. J'ai même eu peur de ne pas pouvoir te convaincre que l'école était pourrie. Tout compte fait, j'ai eu de la chance qu'il y ait Spurrier et sa bande de fêlés.

Contente d'elle, Shay jubilait, encore qu'avec une certaine méfiance.

— Tu sais, je me suis demandé si tu allais faire le rapprochement. Ces taches de sang à côté des corps d'Andrew et de Maeve, c'était un indice drôlement révélateur. Je t'ai mise à l'épreuve, et tu as échoué, Julia. Lamentablement. Tu es complètement bouchée, ou quoi ?

Ainsi, c'était vrai. Julia devait accepter la réalité.

Shay était une tueuse sans pitié. Et elle se tenait entre la porte et elle. Cette fille, qui autrefois l'adorait, une femme à présent, qui, de bien des façons, lui ressemblait, était fermement plantée au milieu de la pièce, comme si elle avait voulu l'empêcher de s'échapper. Mon Dieu, qu'était-il arrivé à Shay ?

Où était la douce petite fille qu'elle avait aimée ? Comment était-elle devenue ce monstre ?

Les lèvres de Shay se crispèrent, comme si elle avait deviné les pensées de Julia. Ses yeux luisaient d'un éclat hideux.

— Tu ne me comprends toujours pas, n'est-ce pas, Julia ?

— Non.

En fait, Julia ne l'avait sans doute jamais comprise.

— Et ça m'étonnerait que tu y arrives un jour.

En un éclair, les yeux de Shay se vidèrent de toute expression. Ils ne trahissaient plus aucune émotion. Quels qu'aient été les liens qui les avaient unies dans le passé, ils avaient été rompus des années auparavant, et pour la première fois, Julia ressentit un frisson de peur.

— Il est temps d'y aller, déclara-t-elle fermement, un œil sur la porte.

— Aller où ? Je ne crois pas que tu aies l'intention de m'aider.

— Shay, tu as encore une chance, avec un bon avocat…

— Ton bon avocat, je l'emmerde !

Chaque muscle du corps de Shay se contracta. En une seconde, elle se transforma en un assassin cruel. Son regard se focalisa sur Julia, et elle se ramassa sur elle-même, dans une posture que Julia reconnut aussitôt : Shay s'apprêtait à frapper.

A cet instant, elle sut que Shay allait la tuer. Et elle le ferait sans hésiter.

Les paupières plissées, Shay changea de position.

Instinctivement, Julia fit une feinte en direction d'un des lits jumeaux.

Sa sœur rectifia son placement, dans le but évident de lui décocher un coup de pied en plein visage.

— Non, Shay, arrête !

Trop tard ! Avec une grimace, Shay pivota sur elle-même, son talon fendit l'air, tout près de la tête de Julia.

Julia se baissa vivement.

Le talon de Shay l'atteignit à l'épaule. Une douleur fulgurante irradia le long de sa colonne vertébrale.

— Pour l'amour du ciel, Shay, arrête !

— Pas question !

Shay, les yeux noirs de haine, se remettait déjà en position d'attaque.

Julia poussa un cri, et bondit vers la porte.

Il fallait qu'elle sorte d'ici !

Ses mains cherchèrent à tâtons la poignée.

— Il y a longtemps que j'attendais ce moment, lança Shay d'un ton mauvais.

Tandis que Julia se débattait avec la poignée de la porte, Shay pirouetta de nouveau. Ses orteils glissèrent sur la serviette abandonnée sur le sol.

— Merde ! rugit-elle, en perdant l'équilibre.

Elle réussit tout de même à allonger un coup de pied.

Julia se laissa tomber par terre.

Lorsque la jambe de Shay siffla au-dessus de sa tête, elle lui agrippa le mollet.

Avec un cri aigu, Shay s'effondra. Sa tête heurta le sol avec un bruit sourd.

Des pas résonnèrent dans le couloir.

— Par ici ! cria Julia.

Shay se débattit, à coups de pied et de poing, bien décidée à expédier sa sœur dans l'autre monde. Elles roulèrent sur le parquet. Julia se cogna le dos contre le pied d'un lit et poussa un cri de douleur.

Ne venait-elle pas d'entendre quelqu'un dans le corridor ?

— Au secours ! appela-t-elle d'une voix pleine de détresse.

Clouée contre le pied du lit, elle serrait de toutes ses forces la jambe de son adversaire. Elle s'y agrippait. Tout comme elle s'était toujours cramponnée à la stupide vision qu'elle avait de sa sœur, elle s'accrochait à l'idée que Shay pouvait encore se racheter. Or, il était trop tard pour le monstre déchaîné qui se battait contre elle, jurant, crachant et griffant. Shay avait franchi la frontière ténue entre la raison et la folie.

La jambe libre de Shay enserra la taille de Julia, ses doigts puissants s'entortillèrent dans ses cheveux et lui tirèrent brutalement la tête en arrière. Soufflant comme un bœuf, Shay s'escrimait à se dégager de la poigne de sa sœur, tout en lui infligeant autant de dégâts qu'elle le pouvait.

Mais en aucun cas Julia ne se résignerait à relâcher sa prise. Combien de compétitions Shay avait-elle gagnées par le passé ? Combien de fois s'était-elle vantée auprès de Julia d'avoir vaincu ses adversaires sans effort ?

Shay s'arc-bouta. Ses doigts griffaient le cuir chevelu de Julia, lui tordaient les cheveux, lui tiraient sur la nuque. Sa main était devenue une arme fatale. Elle raidit ses doigts et les colla l'un contre l'autre, comme pour asséner un coup avec le tranchant de la main sur la gorge de sa sœur !

— Je te hais ! cria-t-elle.

Incapable de bouger, Julia vit avec horreur Shay brandir son bras.

Aussitôt, elle lâcha la jambe et tenta de dévier le coup.

Trop tard !

La main de Shay s'abattit sur sa gorge.

Julia s'affaissa comme une poupée de chiffon. Elle toussa. Cligna les yeux. Le monde se mit à tourner autour d'elle. Elle ne pouvait plus respirer. Ni parler. Les ténèbres l'enveloppèrent tandis que Shay retirait ses doigts de ses cheveux et, haletante, roulait sur le flanc.

Une main sur la gorge, l'autre sur le sol, Julia aspira à grand-peine une goulée d'air.

— Crève, sale garce ! vociféra Shay. J'ai parlé à Wolf. Il va m'aider. Tout ce que j'ai à faire, c'est de piquer un des scooters des neiges dont m'a parlé Nell, et je serai libre !

Elle plongea la main dans sa poche et en extirpa les clés qu'elle balança devant le visage de Julia, qui s'efforçait toujours de reprendre son souffle. Une lueur de triomphe étincelait dans ses yeux.

— Je les ai fauchées à cette salope de Missy au moment où je lui passais les menottes. Les choses vont changer, maintenant. Tu vas voir !

Elle se redressa, satisfaite de son exploit, puis, sous le regard impuissant de Julia, attrapa son sac à dos sur son bureau et se dirigea vers la porte.

Suffoquant, Julia empoigna la serviette.

Shay ne remarqua rien. Obligée d'enjamber le corps de Julia pour atteindre la porte, elle ne put résister : un pied posé sur la serviette, elle pointa le bout de son autre botte en direction du visage de sa sœur.

— Si tu retrouves ta voix, dis bonjour à Rip de ma part ! ajouta-t-elle avec un rire mauvais.

Et elle balança sa jambe, prête à lui fracasser la tête.

Julia ferma les yeux et tira sur la serviette.

De toutes ses forces, rejetant son poids en arrière, elle tira vers elle le morceau de tissu-éponge trempé.

Shay chancela. Son masque de haine fit place à la stupéfaction.

— Merde !

Ne trouvant rien à agripper, ses bras battirent l'air. Elle perdit l'équilibre et tomba, heurtant le sol avec violence, projetant son sac à dos à l'autre bout de la pièce.

De nouveau, des bruits de pas dans le couloir…

— A l'aide ! tenta de crier Julia, sans succès.

La porte s'ouvrit brusquement.

— Plus un geste ! ordonna une voix masculine.

Shay regarda par-dessus l'épaule de Julia et se releva avec difficulté, refusant d'abandonner la partie. Ses lèvres retroussées se tordirent en une horrible grimace.

Trent s'engouffra dans la chambre. Il saisit Shay à bras-le-corps. Elle s'écroula de nouveau. Julia s'écarta en tremblant.

— Lâche-moi !

Shay lançait de furieux coups de pied pour se libérer de l'emprise de Trent, qui la maintenait plaquée au sol.

— Sûrement pas !

L'écrasant sous son poids, Trent essaya de saisir ses mains. Mais elle était rapide et déterminée ; ses bras et ses jambes s'agitaient dans tous les sens.

— Salaud ! fulmina-t-elle.

Il réussit enfin à attraper un de ses poignets.

— Laisse-moi ou je crie au viol !

Il s'empara de son second poignet. Elle cracha en l'air, et sa salive atteignit Trent entre les yeux.

— Tu as encore besoin d'entraînement ! gronda-t-il.

— Fils de pute ! Putain de nullard de cow-boy !

Julia demeurait figée. Cette psychopathe hurlante était-elle vraiment sa sœur ?

— Ça va ? lui demanda Trent par-dessus son épaule, tandis que Shay continuait à se démener sous lui.

Julia se contenta de hocher la tête. Non, ça n'allait pas ! ça n'irait plus jamais. Voir sa sœur dans cet état lui était insupportable.

C'est alors que le père Jake, l'arme au poing, fit irruption dans la pièce.

— Arrêtez ! Tout de suite !

Il pointa son pistolet sur Shaylee et ordonna :

— Laissez-la !

Trent poussa un soupir et, l'air de quelqu'un qui commet la plus grosse erreur de sa vie, s'écarta de Shay.

— Faites attention, dit-il en s'essuyant le visage de sa manche.

— Ne vous inquiétez pas.

Le regard du père Jake était ferme, ses traits durcis. Il remit Shaylee sur ses pieds, puis tira un de ses bras en arrière. Elle poussa un cri de douleur et retomba sur les genoux, soumise. Alors, il lui passa les menottes.

— C'est fini, dit-il.

— Ce ne sera jamais fini, riposta-t-elle avec un air de défi.

De la bave dégoulinait des coins de sa bouche, ses cheveux étaient en broussaille, ses yeux fous. Son regard passa de Trent au père Jake avant de se poser sur sa sœur.

— Aussi longtemps que je vivrai, Julia, ce ne sera jamais fini, dit-elle, blême de rage.

— Alors, vois ça avec Dieu, lui suggéra l'ecclésiastique avant de la conduire hors de la pièce.

Julia regarda sa sœur disparaître par la porte.

Trent s'agenouilla près d'elle. Tremblant comme une feuille, le visage inondé de larmes, elle se blottit entre ses bras.

— Shay a raison, murmura-t-elle, heureuse de pouvoir s'appuyer sur la force de Trent, mais consciente de la vérité terrifiante qui lui glaçait le cœur. Ça ne finira jamais. Jamais.

# Epilogue

*Seattle, Etat de Washington*
*Mai*

Transpirant à grosses gouttes sous le soleil printanier, les jambes endolories par sa séance d'entraînement sportif, Julia ouvrit la porte de sa maison. Elle entra, trouva Diablo roulé en boule sur le canapé ; il daigna tout juste lever sa tête grise pour la saluer.

— Gros fainéant, lui dit-elle tout en le grattant sous le menton.

Des lésions au larynx, récoltées lors de sa lutte avec Shay quelques mois plus tôt, elle gardait encore une voix un peu rauque. Mais elle se remettait. En dedans comme au-dehors.

— Que dirais-tu de déménager, hein ? demanda-t-elle à son chat, tout en contemplant le fouillis qui régnait chez elle.

Toutes les pièces étaient remplies de cartons, certains bourrés de bric-à-brac, d'autres encore vides.

Malgré les inquiétudes de sa mère, Julia savait qu'emménager avec Trent était la meilleure chose à faire. La seule. Même si cela signifiait un changement radical dans sa vie.

Il avait acheté un ranch en dehors de Spokane et, pour l'heure, s'affairait à s'y installer. Julia ne tarderait pas à le rejoindre et, ensemble, ils commenceraient une nouvelle vie. Trent avait décidé d'acheter des chevaux et du bétail dont il voulait faire l'élevage sur plus de quarante hectares de terres agricoles. Julia avait déjà commencé à envoyer des candidatures spontanées et espérait décrocher un poste d'enseignante dans le coin.

— Mais je ne veux plus avoir affaire à des ados à problèmes, dit-elle à Diablo.

Elle attrapa une serviette et se tamponna le visage. Ses amies, Erin et Gerri, approuvaient son départ, et son seul regret était d'avoir perdu sa sœur. Non pas, se rappela-t-elle, qu'elles aient jamais été très proches. Leurs relations n'avaient été qu'une illusion, rien de plus.

— En tout cas, toi, tu ne seras plus un « chat des villes », ajouta-t-elle en se dirigeant vers la cuisine pour allumer la radio. Ça sera peut-être dur au début. Mais je compte sur toi pour exterminer les rats et les souris dans les granges. Tu as compris ?

Sans manifester le moindre intérêt, Diablo s'étira et bâilla, montrant sa langue rose et ses dents blanches, tandis que de la musique pop des années 1990 emplissait la maison. Les premiers accords d'un air familier firent sourire Julia lorsque Rick Springfield commença à chanter *Jessie's Girl.*

Elle ouvrit le robinet, remplit un verre et avala l'eau fraîche d'un trait. Elle se sentit tout de suite mieux. Ses cauchemars avaient disparu, et elle n'avait plus besoin d'antalgiques. Elle avait consulté un psychologue et passé les trois derniers mois à récupérer tous ses souvenirs refoulés et à maîtriser ses sentiments conflictuels envers sa sœur.

L'enquête sur le meurtre de Rip Delaney avait été rouverte ; Shaylee était la principale suspecte. Julia ne se rappelait toujours pas les détails avec clarté, mais les images devenaient de plus en plus nettes. De plus en plus terrifiantes. Comment avait-elle pu repousser l'idée de la culpabilité de Shaylee ?

Quant aux horreurs qui s'étaient déroulées à Blue Rock Academy, Shaylee était considérée comme la seule suspecte pour les meurtres de Nona Vickers, Drew Prescott et Maeve Mancuso. Le procureur était encore en train de préparer son dossier d'accusation, et Max Stillman avait payé cher pour s'assurer les services des meilleurs avocats.

Kirk Spurrier et Roberto Ortega avaient tous deux succombé à leurs blessures, mais avec l'aide de Zach Bernsen, de chiens policiers spécialisés dans la recherche des cadavres ainsi que du dégel printanier, les policiers avaient retrouvé le squelette de Lauren Conway, enterré dans une tombe peu profonde, dans un cimetière depuis longtemps oublié, au fond des bois.

Pour le moment, Shaylee était confortablement installée dans un hôpital psychiatrique de l'Oregon, où elle attendait son procès. La question de savoir si elle était capable de passer en jugement était âprement débattue, psychiatres et psychologues s'évertuant encore à confirmer ou à contester son équilibre mental.

Max Stillman dépensait des fortunes, aussi bien pour le traitement psychiatrique de Shay que pour sa défense ; en tout cas, certainement davantage, pensait Julia, pour sauvegarder son nom et sa réputation que pour préserver la liberté de sa fille.

Sa sœur était-elle psychotique ? Absolument. Mais avec calcul. Shay avait délibérément laissé sa casquette sur la première scène de crime pour lancer les enquêteurs sur une fausse piste. Personne ne savait pourquoi elle avait mis en scène les meurtres comme elle l'avait fait. Cela faisait partie de son jeu, supposait Julia.

A présent, au moins, Julia s'était débarrassée des œillères du passé.

Dieu merci…

— Oui ! dit-elle à son chat. Nous avons tous besoin de prendre un nouveau départ.

Par la fenêtre ouverte, elle entendit le grondement familier de la camionnette de Trent et ne put empêcher son stupide cœur de se mettre à battre plus vite.

Il frappa une seule fois à la porte avant d'entrer. Julia vit Diablo détaler pour aller se cacher sous le canapé, mais Trent ne sembla pas y prêter attention.

Il la trouva devant l'évier et lui enlaça la taille par-derrière.

— Comment allons-nous ?

— Je vais très bien, sauf que je suis en nage et répugnante de crasse.

— Exactement comme je t'aime.

Et pour appuyer ses dires, il lui mordilla le cou.

Elle fronça le nez.

— Beurk!

— Rien ne vaut une femme sale et en sueur.

— Tu parles comme un vrai cow-boy!

— Mmm… Attends de me voir rentrer à la maison, le soir, après avoir passé la journée à m'occuper du bétail.

— Je préfère ne pas y penser, gloussa-t-elle.

Une fois la chanson de Rick Springfield terminée, la voix posée d'un présentateur retentit sur les ondes.

— Votre enfant adolescent est-il en difficulté ? Se conduit-il mal ? A-t-il déjà été arrêté ? Perturbe-t-il votre famille ?

Julia se figea.

On entendit alors une voix de femme inquiète réciter :

— Ma fille avait des problèmes à l'école et traînait avec une bande de voyous peu recommandables. Elle avait des résultats désastreux dans toutes les matières et sortait la nuit en douce. Je ne savais plus quoi faire. C'est alors que j'ai entendu parler de Blue Rock Academy, et cela a changé ma vie, notre vie à tous, à jamais…

Assise dans un coin, Shay se balançait sur son siège, faisant mine d'ignorer ce qui se passait autour d'elle, feignant d'être autant à côté de ses pompes que la plupart des malades mentaux de l'hôpital psychiatrique de Halo Valley. Elle était internée dans le service où l'on soignait les vrais cinglés, ceux qui vous fichaient réellement la frousse, mais elle savait comment s'y prendre avec eux.

Les médecins estimaient qu'elle avait sa place avec Alice May, celle qui marmonnait à longueur de journée et avait attaqué son mari à coups de machette. Avec Sergio aussi, qui ne prononçait jamais un mot, mais qu'on avait retrouvé dans une forêt près de Tillamook, entièrement nu et couvert de sang — pas le sien, mais celui d'une femme non identifiée dont on n'avait jamais découvert le corps. Quant à Orville — il devait avoir la cinquantaine — il restait prostré dans son coin, suçant son pouce et observant tout le monde avec un air hagard. On disait qu'il avait mis le feu à sa propre maison, avec toute sa famille à l'intérieur. Shay ne savait pas ce qu'il y avait de vrai dans tout ça, et elle s'en fichait royalement.

Elle n'avait rien à faire ici. C'était ridicule. Elle était bien trop intelligente pour qu'on l'enferme dans un asile. Ne savaient-ils pas qu'elle était un génie ? Elle passa en revue les psychopathes de ce pavillon. Tous des fous dangereux.

Mais elle n'avait pas peur.

Elle pouvait se débrouiller toute seule.

A dire vrai, rien ne lui faisait peur.

Rien ne l'avait jamais effrayée.

Par la fenêtre, elle regarda l'orage arriver de la mer, les arbres courbés sous le vent, le ciel d'un gris lugubre.

Cette prison ne valait pas mieux que Blue Rock.

Rock, rock, rock.

Elle faisait semblant de se balancer.

Continue. Fais-leur croire que tu es perdue dans ton petit monde intérieur. Ne les laisse pas penser une seule seconde que tu as la moindre conscience de ce qui se passe vraiment.

— C'est l'heure de vos médicaments, dit une infirmière aux joues rouges comme une pomme d'api.

Quelle plaie, celle-là ! Son badge indiquait qu'elle s'appelait Amy Dryer, infirmière diplômée d'Etat. Une idiote qui n'arrêtait pas de parler de son fiancé. Si Shay l'entendait prononcer le nom de Merlin une fois de plus, elle allait vomir.

Habillée tout en mauve aujourd'hui — pantalon et petit haut à col en V assorti, impuissants à dissimuler les rondeurs de ses hanches —, l'infirmière adressa à Shay son écœurant sourire en plastique et lui tendit le gobelet contenant les pilules prédosées et comptées avec précision.

Sans quitter des yeux la fenêtre, Shay vit le reflet pâle de l'infirmière dans la vitre, en même temps que les premières éclaboussures de la pluie sur les carreaux.

— Shaylee ? appela Amy.

Sa voix était montée d'une octave ; elle commençait visiblement à s'inquiéter.

« Parfait ! »

Réprimant un sourire, Shay continua de se balancer tandis qu'une aide-soignante réglait le son qui se déversait des haut-parleurs discrètement camouflés. Aujourd'hui : musique country. Encore Taylor Swift.

— S'il vous plaît, mon petit, supplia Amy. C'est l'heure.

Shay ne broncha pas.

— Shay !

Pomme d'Api était carrément en pétard, à présent. Shay tourna lentement la tête et perçut de la consternation sur le visage de l'infirmière. Son propre regard demeurait vide, ne laissant rien transparaître de la haine qui brûlait dans son âme. Elle réussit même à laisser échapper un peu de bave de la commissure de ses lèvres.

— Vous ne m'avez pas entendue, mon petit ?

« Oh, je t'ai très bien entendue, crétine ! Seulement, je n'ai pas envie de te répondre. »

— Il faut prendre vos médicaments.

Prenant un air éteint, Shay accepta le gobelet et, lentement, fit mine de prendre les pilules tandis que Pomme d'Api, les sourcils froncés, passait au barjot suivant.

« Quelle tarée ! »

Comme chaque fois, Shay feignit d'avaler ses médicaments avant de les glisser dans ses chaussures, profitant du fait que personne ne la regardait. Plus tard, elle les cacherait en lieu sûr. Qui sait quand elle pourrait en avoir besoin ? Les comprimés, un couteau dérobé à la cafétéria, une petite paire de ciseaux subtilisée dans l'atelier des travaux manuels, et même un minuscule tournevis qu'elle avait prélevé de la ceinture porte-outils de l'employé chargé de l'entretien. Tous ces trésors, elle les gardait dissimulés dans une trousse de maquillage collée avec du ruban adhésif sous le fond du chariot à roulettes qui contenait les affaires personnelles de Connie.

Si par malheur on découvrait le butin, on accuserait Connie — une kleptomane complètement détraquée — de l'avoir volé.

« Chaque chose en son temps », songea Shay, s'obligeant à garder son calme. Elle détestait être emprisonnée, mais cela ne durerait pas toujours, et elle savait exactement ce qu'elle ferait dès qu'elle se serait évadée.

Elle avait quelques comptes à régler : Edie figurait sur la liste, de même que ce salaud de cow-boy de Cooper Trent. Mais celle dont elle tenait par-dessus tout à s'occuper, c'était Julia.

A la pensée de sa sœur, Shay sentit son sang bouillir. Elle avait compté sur elle, mais Julia, égale à elle-même, l'avait laissée tomber, humiliée. A cause d'elle, elle se retrouvait dans cet asile avec des désaxés et des abrutis. C'était la faute de Julia si elle était enfermée ici. Il ne fallait pas s'y tromper.

Oui, il fallait que Julia paie, et elle le paierait de sa vie.

La chanson de Taylor Swift se termina sur un accord de guitare familier, puis laissa la place à une annonce publicitaire pour Blue Rock Academy. Le ventre de Shay se glaça lorsqu'elle entendit cette imbécile de mère débiter ses inquiétudes à propos de sa fille, puis la fille prononcer à son tour, d'une voix enjouée, un ramassis d'inepties sur la façon dont l'école en question avait transformé sa vie.

— Oh, par pitié ! murmura Shay, les poings serrés.

— Et maintenant, j'ai retrouvé ma fille, affirma la mère d'un ton joyeux et confiant.

Shay revit le campus, les montagnes, les eaux glacées du lac de la Superstition et tous les gens qui avaient promis de l'aider. Tous n'avaient fait qu'aggraver les choses.

Même Julia.

Surtout Julia.

Shay se demanda vaguement qui dirigeait l'école, à présent.

Non que cela eût la moindre importance.

Elle n'y retournerait jamais.

Jamais !

Même une fois qu'elle se serait enfuie, se dit-elle en souriant intérieurement, son reflet liquide sur la vitre lui retournant un regard mauvais. Parce qu'elle savait que son évasion aurait lieu bientôt, très bientôt…

## Note de l'auteur

Blue Rock Academy n'existe pas, pas plus que n'existent les services de police dont il est question dans ce roman. En revanche, il y a dans la région du sud de l'Oregon des montagnes d'une incroyable beauté. Si l'institution dont il s'agit dans ce livre est fictive, le paysage, lui, est bien réel, et je peux vous assurer qu'il est à vous couper le souffle !

# Remerciements

Ecrire un livre est un travail d'équipe, et j'aimerais remercier certains membres de mon équipe qui ont travaillé dur sur celui-ci. Rosalind Noonan et John Scognamiglio ont passé des heures à me faire profiter de leur expertise pour la rédaction de ce roman. Je tiens à remercier tout le monde à Kensington Publishing et, naturellement, Nancy Bush, Ken Bush, Alex Craft, Matthew Crose, Niki Crose, Michael Crose, Kelly Foster, Darren Foster, Ken Melum et mon agent, Robin Rue. Et tous ceux qui m'ont apporté leur aide.

CHEZ MOSAÏC

*Par ordre alphabétique d'auteur*

| | |
|---|---|
| LAURA CALDWELL | *La coupable parfaite* |
| ANDREA ELLISON | *L'automne meurtrier* |
| LORI FOSTER | *La peur à fleur de peau* |
| HEATHER GUDENKAUF | *L'écho des silences* |
| KRISTAN HIGGINS | *L'Amour et tout ce qui va avec* |
| LISA JACKSON | *Le couvent des ombres* |
| LISA JACKSON | *Ce que cachent les murs* |
| ANDREA KANE | *La petite fille qui disparut deux fois* |
| ALEX KAVA | *Effroi* |
| BRENDA NOVAK | *Kidnappée* |
| EMILIE RICHARDS | *Le parfum du thé glacé* |
| NORA ROBERTS | *La fierté des O'Hurley* |
| NORA ROBERTS | *La saga des O'Hurley* |
| NORA ROBERTS | *Par une nuit d'hiver* |
| ROSEMARY ROGERS | *Une passion russe* |
| KAREN ROSE | *Elles étaient jeunes et belles* |
| ERICA SPINDLER | *Les anges de verre* |
| SUSAN WIGGS | *Là où la vie nous emporte* |

Composé et édité par les

*éditions* HARLEQUIN

Achevé d'imprimer en Allemagne
par GGP Media GmbH, Pößneck
en octobre 2012

Dépôt légal en novembre 2012